生死守护

张平 著

作家出版社

自　序

《生死守护》同样是很早以前写完的一部作品。

"新冠"疫情期间，几乎是在亿万民众与疫情抗争的泪水里，在与病毒搏杀的炽情中，完成了这部作品的最后修改。

"新冠"疫情在改变着我们对世界的认识，也改变着我们的思维方式。

天地间，一定会有一种信念在强力支撑；冥冥之中，这个世界也一定会有英灵守护。

人类生命在这个地球上已经生存延续了数百万年之久，我们不应悲观，也绝不悲观。

我坚信，人类的未来一定会越来越好。

《生死守护》写得十分艰难。想好的故事和细节，不断地被修改，被否定。

有时候，一天只写几百个字。有时候，好几天一个字也写不下去。

心之所向，情之所至，连自己也没预料到，故事的严酷和人物的悲壮，会如此地激越和令人震颤。

实话实说，现实题材小说的写作越来越难了。不是因为没有素材，恰是因为素材太多了。

对素材如何取舍，也同样越来越不容易。

社会的变化越来越快。

二十年前，曾去过一次普陀山。前年再去时，已经完全认不出来了，整个舟山群岛已经完全被各种各样的跨海大桥相通相连，那种气势和壮美给你的震撼无法形容。春节前见到了作家陆天明，他刚刚完成一个电视剧本《大桥》，写的就是刚刚通车的港珠澳跨海大桥，他在那里整整采访了一个月，为这座大桥的技术含量和建筑速度惊叹不已。也同样是在春节前，我们在重庆搞过一个活动，行进在驰名中外的黄桷湾立交桥上，这个五层、八向、二十匝道的世界奇观，再次给了我们难以表述的时光穿越感和历史跨越感。

一个现代化的中国，几乎是在几十年内完成的。

但是，让你无法想象的是，这样的大桥，所有的基础性工程，几乎都是在无数农民工的努力之下完成的。

中国有几亿农民工，我们的文学很少能描写到他们。

面对这样一个快速蜕变的历史进程，文学似乎很难走近。

面对着悲壮而生动的现实，写作者距离这样的生活也好像越来越远。

卫生、教育、科技、环保、金融，以及当今社会关乎民生的所有领域，这些对我们所有人都具有直接影响的现实生活，我们的当代文学似乎都无法涉及，无从涉及，无力涉及。

我始终觉得对当代现实文学创作最大的威胁和困境既来自瞬息万变的生活本身，也来自我们自己。一方面是波澜壮阔、浓郁酷烈、惊天地、泣鬼神、令人惊诧不已、应接不暇的当代生活；一方面则是生活体验越来越匮乏，题材越来越狭窄的当代文学创作。面对着一座座文学的富矿，文学却无力去挖掘和描写，这种强烈的对比和反差，让我们扼腕长叹，感慨万分。这其中的原因，值得每一位写作者反省和思考。

我始终觉得当代现实题材的文学创作应该是内容大于形式，社会效应大于文学效应，至少在当今，在眼下，现实题材的写作还应该是这个样子。

我们的社会，对现实题材的文学作品，往往太过于求全责备。我们作家自己，对现实题材的文学创作，也一样太过于求全责备。

记得一位文学批评家说过，现实题材创作，就应该是在一片花草最茂盛、土质最肥沃的地方，完完整整地铲起一抔土来让人观赏。这抔土里既有鲜花，也有杂草；既有瓜果，也有根茎；既有肥料，也有渣滓……

唯此，现实题材才会有她独特的色彩和魅力。

距离现实生活越近，描写她的文字也许会越粗粝。

就像大路上的石子，尽管朴拙而不规整，但正是由这些石子的铺垫和延伸，才可能让文学巨匠从这条大路上滚滚而过。

真实是文学的底线。

现实题材中的人民性写作，必须是接地气的，必须是人民乐于接受和认可的。因此，现实题材文学创作的灵魂和生命线首先是真实，最终也只能是真实。

现实生活中的社会题材、政治题材，很容易成为虚假的代名词。

事实上，那些男欢女爱、儿女情长的家庭与伦理题材，那些尔虞我诈、神奇夸张的历史和魔幻题材，也同样容易造假和伪造。

没有任何一种题材，任何一类作品，可以成为我们制造虚假的借口。

任何领域里的制造虚假，都必然会被人民所抛弃。

"人民"这两个字，是全世界约定俗成的概念。在文学创作中，不应对它任意矮化和污名化。

为人民写作，不应该是，也绝不能是一个不被提倡不被期许的文学精神和文学道路。

文学创作，如果缺失人民的概念，那文学本身也是缺失的。

现实题材文学创作面临的风险和困境有很多。

在眼下，现实题材创作最大的危机首先是来自无时不在、无处不在的网络写作，来自在这种网络写作冲击下读者阅读口味和感觉的快速变化。新一代读者划拉式的网络阅读，已经让网络文学写作完全适应并全力迎合。数百万、上千万字的网络作品比比皆是，大行其道，读者众多。网络写作的收入和在读者心目中的位置，早已今非昔比。传统文学写作，现实题材写作，步履维艰，后继乏人。

与此同时，网络写作也一样面临着自身的危机，这一危机对传统文学写作也同样是或者也更是一个巨大的威胁。现如今网络上动辄10万＋文章的批量显现，这种文章里的那种文字，那种痛快，那种犀利，那种泼辣，那种酣畅淋漓，那种不可一世、雄视天下、惊世骇俗的风格和气概，对当今的文学，甚至包括对新闻，对各种媒体，都构成了多层面的夹击和胁迫。看惯了这种文章，可能看什么都觉得不过瘾，都觉得没有劲道和滋味。文学的美，文字的美，都会被这种偏激甚至极端的文字和文风撕裂得溃不成军。这种冲击似乎只是刚刚开始，最终是否会横扫一切，我们正拭目以待。至少目前我们还无法应对或者正在节节退守，几无还手之力。

所有门类写作对读者的争夺之战，日趋激烈，仿佛你死我活。

网络之间相互碰撞激发出来的巨浪洪涛，往往是"顺我者昌，逆我者亡"，或者是"以眼还眼，以牙还牙"，抑或是"让他们怨恨去吧，我一个也不宽恕"，当然也还有"和而不同，美美与共"。

伟大的文学作品，一定不是偏激的、极端的；一定不是缺失人性内涵和悲悯情怀的；一定是丰富多彩，充满生机和活力的。优秀的文学作品，既能给你深刻的人生体验和强烈的情感共鸣，同时一定是温馨明净、抚慰人心的精神家园。

这也同样是现实题材写作的准则和憧憬。

我们期待着现实题材文学的绝处逢生，雄风重振。

《生死守护》是一部现实题材小说。

现实生活中，反腐已经成为社会、政治题材中无法绕过的内容。

现实题材小说不应被归类为纯粹的反腐小说，尽管现实题材小说必然会有反腐的内容，甚至是主要内容。

否则，所有的现实题材作品，都会被称为反腐作品。

现实题材作品对腐败行为一定具有最为强烈的愤慨和憎恶，对其也一定应该具有更深层次的揭示和评判。

腐败正对一个明丽洁净的社会进行着最为惨烈凶暴的污损和焚毁。

当一个社会被腐败覆罩时，太多的恶，常常以善的面孔出现；太多的荒谬，往往以真理自居。当非即是，黑即白，谎言成为真相，虚假变成真实，温顺蜕变为暴戾时，我们看到的生活只能是颠倒的。于是就会出现各种各样的畸形思维和观念，让我们识龟成鳖，甚至指鹿为马。

这种颠倒的生活，久而久之，很可能渐渐沉淀成为我们的文化。

反腐倡廉，是所有人的职责。

一位知名人士说过，一个还有人生气、有人愤慨的社会，标志着这个社会还有生气，还有希望。

由此再进一步，一个敢于生气、敢于大声斥责抨击社会不公的文艺作品，不论是书法、绘画、歌曲、评弹，还是小说、话剧、电影、电视剧，都应该予以支持赞许。

面对着腐败，当所有的声音都消失了时，腐败就会像病毒一样肆虐并毒害全人类。它会毁坏我们的肌体，也会毁坏我们的灵魂。

人民监督的缺失和被遮蔽，是制造贫困和不公的祸首。人为导致的贫困和不公，是人类社会最大的罪恶。

腐败是以人民的血汗泪水为代价的，是以整个社会道德的沉沦为背景的。

《生死守护》是对全民反腐全民监督的一曲颂歌。

一条铺满鲜花的阳光大道，需要全体人民的誓死守护。

反腐功在千秋。

政府公信力，一直是文学创作中一个或隐或现的话题。

公信力来自对公众承诺的能否兑现。

公信力和法治是社会正义的重要支撑。

政府官员，国家干部，不要动辄埋怨和质疑人民群众不断增长的物质需求和文化需求。

民主自由，法治诚信，公正公平，富庶平安，幼有所育，学有所教，劳有所得，老有所依，等等，这些都应是人民最基本的权利保障。

对此，我们的领导干部不能有任何失职和渎职行为，更不可虚与委蛇和敷衍应付。人民有权对国家干部的失职渎职、贪污受贿、权钱交易、腐化堕落等行为予以诛讨和抗争。

因为人民才是国家的真正主人。

时时刻刻要对人民保持敬畏之心。

人民是具体的，不是抽象的。善待每一位国民，才能真正实现对公众的承诺，才是政府公信力最有力的体现。

中国共产党的初心，一句话就可以概括：让人民当家做主。

中国共产党的胜利，一句话也可以概括：得民心者得天下。

尊重读者，感谢读者。

这几年，这种话很少有人讲了。

一个作家的写作初心，就是希望读者能喜欢你的作品。

一个作家的成功，就是看你拥有多少喜欢你作品的读者。

真心感谢所有喜爱文学的读者，包括所有喜欢现实题材作品的读者。

这样的读者，才是文学写作和现实题材写作最大的信心和动力。

喜欢现实题材的读者，一定是关心政治，关心社会，关心时代进步的读者。

一位知名学者说，关心政治的人，往往是一个理性的人，热心的人，有同情心和具有良知的人；关心政治的人，一定是通情达理，有正义感，有责任心，有思想和担当，具有悲天悯人情怀和爱憎分明的人。

关心政治，关心社会，关心时代进步的读者，值得所有的写作者尊重。

最美人间四月天。

对作家来说，读者就是四月天遍野盛开的美丽花朵。

文学的鲜艳和文学的生命，唯有在读者心目中才能达到永恒。

一

市委市政府决定修建一条路。

通往市郊龙泉机场的一条路。

严格意义上讲，是要打通一条路。

要打通的这条路其实并不很长，从市委市政府所在地飞云大街到龙泉机场，大约四十公里。

但现在的路，从市委市政府到龙泉机场，大约得七十多公里，几乎要多绕一半的路程。

打通这条路历任政府设想筹划了好多年，但一直没能实施。

这条路叫龙飞大道。

龙兴市是个地级市，全市四区八县，人口八百多万，市城区人口四百七十多万。四百七十多万人口的一个城市，市中心城区全部面积却不到三百平方公里。整个市区被两座大山紧紧箍在一条狭长的地带里，再也无法拓展。改革开放几十年来，不管人口如何增长，城区如何扩大，就这么一直在这个山窝里打转，城市建设已经到了山穷水尽的地步。

在城市化进程越来越快的今天，市委市政府明白，龙兴市要发展，现在就只有一条路，也就是必须下决心打开这条通往龙泉机场的路。

龙泉机场其实也只是图纸上的机场。这个机场由于龙飞大道工程没有付诸实施，机场的兴建也只是在谋划之中，连最为关键的机场征地规划都还没有开始。也就是说，钱早就筹集到手了，方案也早就定下来了，就是还没找到干事的人。

龙泉机场附近十五公里处还有一家龙泉宾馆，也是龙兴市唯一一家园林式的五星级宾馆。龙泉宾馆近旁的龙泉寺，是一座具有三千年历史的国家一级保护寺院。最关键的是，龙泉宾馆向外，就是一马平川，古称六百里龙兴平原。龙泉宾馆不远处，又是三条高速公路的会合处。而龙飞大道的另一端，则是龙兴市五所高校新校区的建设工地，这个高校新区的建设也是刚刚起步。所以龙兴市打通贯穿市区两端、直通龙泉机场的龙飞大道，也就成了龙兴市市政建设、经济建设、社会建设、文化建设包括科技建设的最大关键所在。

尤其是龙兴市的城市改造，也首先必须打通这条路，才有可能快速地推进并向外拓展。

一句话，就是要把横贯市区的这条已经无法适应当下发展格局的老路，拓宽成一条新路；把原本只有两车道的一条弯路窄路，修成十车道的一条中心大路。打通了，就把整个龙兴市的城市建设全部打活了，打开了。这条沿着龙兴河、横贯市中心的龙飞大道打通了，制约龙兴市的交通问题、规划问题、环保问题等，也就能着手解决了。打通了这条路，整个市区的面貌也将会得到极大改善。困扰多年的城市布局就会化险为夷，绝处逢生，一切均可重新布局，重新规划，外资会大笔跟进，城建会快速发展，这座千年老城，随着这条路的修通，很快就会展现出新的勃勃生机和发展前景。

这是整个龙兴市迫在眉睫的头等大事，市委市政府研究了整整一个星期，最终由市委常委会决定、省委批准，破格提拔、抽调吴浙县县长辛一飞任龙兴市委常委、副市长，主管城建。一句话，就是直接点将，让辛一飞负责打通这条龙飞大道。

吴浙县县长辛一飞听到这个消息时，有点发愣。

辛一飞今年五十三岁，按他这个岁数，还待在县长这个位置上，也就意味着他已经过了提拔的年龄，升职的事他早已不想了。

这些年，在基层干部眼里，干部提拔已经成了一件非常非常不容易的事情。不仅要层层考察，而且还要层层推荐。前前后后，还得经过六方面共十七八项调查，才能初步过关。提拔一个干部，差不多得折腾几个月。

但这一次，却一反常态，在谁也不知道的情况下，竟然连跳三级，由县长越过县委书记，直接提拔为副市长，而且还成了市委常委。

这在龙兴市甚至全省近年来干部提拔的历史上，几乎是前所未有的事情。

上午十点多接到通知，下午刚过两点，辛一飞就到了龙兴市委书记田震的办公室。一百多公里的路，刨去吃饭，总共两个多小时。

田震在学校时是体育健将，中学大学都是篮球队长。人高马大，嗓门粗壮，行事果断。见到辛一飞，开门见山，不拐弯也没客套："老辛啊，这次任命，市委考虑再三，还是觉得你合适。"田震比辛一飞小四岁，所以就叫辛一飞"老辛"。但田震是省委常委，副省级干部，说话自然是居高临下，直来直去："你也清楚，临阵点将，是有硬仗要打，这个提拔对你来说，只是个苦差使。"

辛一飞有点踌躇不安地说："田书记，吴浙县我手头还有几个工程没干完，再给我半年时间就差不多了……"

田震摆摆手："县里的事情就不要考虑了，现在你马上得考虑市里的事。龙兴市的市政建设，已经不能再拖了。这么急着把你调过来，就是时间太紧迫，不能再等了。省里已经定了，明年国庆节，要在龙兴市召开首届国际矿业博览会，我算了算，从马上开始准备到博览会召开，满打满算也不到一年五个月的时间。考虑到市里的情况，我们已经没时间患得患失了，一句话，考虑不了那么多了。"

"不就是要打通那条路吗？"辛一飞似乎是明知故问。

"以这个为主，其他的也不能误了。"田震直直地看了辛一飞一眼。

"我干不了。"辛一飞没看田震，嗓音不大，像石头似的回了这么一句话。

田震愣了一下，死死地盯着辛一飞，良久，也嗓音不高，却不容置疑："你别想给我讲什么条件。干得了得干，干不了也得干！你现在马上就是市委常委了，一条绳上的蚂蚱，我跑不了，你也别想跑！"

"再没人选了吗？明年换届我去人大政协干个闲职就可以了。现在的工作不好干，我真不想干。"

"你想得美！"田震毫不客气，"先打通这条路，还有机场和高校新区，都得接着干。人选多的是，但现在你是最合适的人选。"

辛一飞好像早就知道会有这么个结果，低着头想了想，有些发蔫地说："那也得有个交接有个熟悉过程吧，怎么着不也得十天半月的？"

"没有那么多时间，一天时间报到，两天时间交接，过几天人大常委会再正式表决通过就全部到位。明天就以市委常委名义开始介入工作，县里的工作我已经给你们书记说了，一切暂时由他代理。"田震说到这里已经站了起来，"你现在就到李市长那里去，具体怎么办，李市长都会告诉你。好了，我再告诉你一遍，没时间了，这条路要是不能按时打通，到时候只能拿你是问。"

辛一飞也没再说什么，看了一眼田震，然后低着头就往外走。

瞅着辛一飞的背影，田震又说了一句："老辛你放心，市委市政府会全力支持你。"

辛一飞没吭声，也没转身。

市长办公室外面等了一大堆人，个个都是一脸焦急的样子。秘书见辛一飞来了，马上站了起来，推开门就领着辛一飞进了市长办公室。

市长李任华不是本地人，原本是中央某机关挂职下来的，刚一年多，就由副书记当上了市长。之所以提拔得这么快，主要是市长出了问题，严重违法违纪，先是双规，很快就移交司法处理。于是临危受命，李任华就被提拔任命为代市长。一个月后，便被市人代会选举为市长。市委市政府的人包括一般的干部职工私下里都认为李任华是个"飞鸽牌"，下来无非是历练历练镀镀金，迟早是要回到中央机关的。不过也有人说，李任华是中央专门派下来的眼线，就是专门为中央在下面摸底了解情况。此次破格提拔，也是为他的下一步提前铺垫。即使像强势的市委书记田震，对他也是三分礼让，十分恭敬。

李任华个头不高，戴着厚厚的近视镜，一副文质彬彬的样子。别人说了，李任华市长和田震书记两个人的角色正好反了，按两个人的脾气，李任华当书记、田震当市长也许更合适。

李任华见秘书领了辛一飞进来，立刻就对正在谈话的那个人说："我看今天就这样吧，过两天看看情况你再过来。"

那个人好像还要说点什么，但看到李任华已经不再看他了，只好点点头走了出去。

"坐吧，老辛。"李任华一边让座，一边让秘书沏茶。李任华比辛一飞还要年轻好几岁，叫辛一飞"老辛"并不是客气。

辛一飞也真有点渴了，坐下来，端起杯子也不顾烫不烫，也不管茶泡好了没有，一边吹一边就吸溜吸溜地喝了起来。

李任华也在沙发上坐了下来。有滋有味地看着辛一飞，问道："见过书记了？"

"见过了。"辛一飞一边喝，一边答。

"怎么这么快？"

"该说的都说了。"

"是吗？"李任华有些吃惊，"我离开书记还不到二十分钟，这么快就说完了？田书记给我说了，要同你好好谈谈的。"

"意思清楚了就行了，明年国庆节前打通龙泉路，国庆节要召开博览会。硬任务，不能打折扣，不能讲条件。"辛一飞淡淡地说。

"那你也没谈条件？"

"书记说让找你谈。"

"是吗?!"李任华再次显得有些吃惊。

"其实也没啥条件，要说条件也就一个，我当副市长，就主管城建，别的一概不管。"

"可你是市委常委，很多事都要上常委会才能定。"

"除了城建的事，尽量别让我参加常委会，还有市政府的常务会也尽量别让我参加。"

"那怎么行？"李任华扶了扶眼镜，依然有些吃惊。他清楚辛一飞的性格，但好像没想到会这样，"田书记没有给你说？市委已经报送省委了，下一步还可能要让你担任常务副市长。"

辛一飞像是被烫了一下，抬起头来，怔怔地看着李任华，"……那更干不了，能干了也没法干。"

"为什么？"

"李市长，你知道的，这条路十几年了一直打不通，并不是历任领导不想打通，实实在在是打不通。五年前，田书记还是市长时就找我谈过，我说你就没那实力，那得用钱打。后来他当书记了，又找我，我说你现在有钱了，可别的势力也有实力。过去一亩地十万二十万就拿下来了，现在一亩地二百万三百万也拿不下来。你政府的那点钱，如今能算几个钱？道高一尺，魔高一丈。过去打不通，现在你一样打不通。"辛一飞一边喝着茶，一边像拉家常似的说着这些扎人的话。

"市委市政府已经下决心了，这个你不用担心。"听辛一飞这么说，李任华脸色变得郑重起来，沉沉地说道，"老辛啊，你看田书记，他还年轻，能看着这条非修的路不修吗？你再看我，老百姓都说我是中央派下来的，我当市长，这条路能不修吗？要是老百姓说，中央下来的都修不了，你想想在老百姓眼里，市委市政府还有什么公信力？"

"拖了这么多年，在龙兴市的老百姓眼里，政府哪还有什么公信力？市长你说得没错，现在确实得重新争取公信力，但让老百姓相信政府，谈何容易。"辛一飞好像很随意地撂了这么一句。

一句话噎得李任华说不出话来。过了好一阵子，李任华才说道："是啊，任何时候，要让老百姓相信政府，也都不容易。好了老辛，我现在就听你的，有什么想法，你就直说。"

"李市长，让我当常务副市长已经报上去了？"辛一飞想了想问。

"那还有假？当时省里批下来的是进常委，我同书记商量过了，为确保万一，你任常务当然更好。"

"你估计会批下来吗？"

"应该没问题，刚才我同书记一块儿打电话给省委组织部，省委同意，估计很快就会批下来。"

"既然这样，那我还得有个条件。"辛一飞思考了半天说道。

"说吧。"李任华好像没有做任何思考。

"如果让担任常务，我还是只管城建，别的一概不管。"

"那怎么行？"李任华不禁一怔，"常务副市长，该管的都得管，包括公安和财政。现在搞市政工程，让公安保驾护航很重要。"

"不管。"辛一飞态度坚决，毫无回旋余地，"一手搞拆迁，一手带公安，在老百姓眼里，我成什么了？"

"那财政和发改委呢？"李任华追问道，"常务副市长，总不能不管财政不管经济吧。"

"也一样，都不能管。"

"为什么？"

"我主管城建，又主管财政。万一在节骨眼上，有什么人半路在上面告我，你说这路还修不修了？"

"这个你放心，市委市政府会全力支持你。"

"人家要是连书记市长一块儿告呢，你们还怎么支持我？"

"未雨绸缪当然应该，但也不必把事情想得那么严重复杂。"

"市长，这条路连着五个商场、六家国企、十几座宾馆、五十多家饭店、上百个商铺、十几个加油站、十五六家工厂和作坊，还有一万多家农舍，还有两个棚户区，涉及几万人的就业问题，这还不包括龙泉机场和高校新区两个大工程。如果不复杂不严重，怎么会等到今天才下决心打通这条路？再不打通这条路，龙兴市就无路可走了。"辛一飞嗓音很低，却字字呛人，"老百姓都说了，过去最难的是打天下，现在最难的是修路是拆迁。既然让我来，我就这么一个条件，只管修路，其他一概不管。市委市政府要是不答应，那我就没法干，我在吴淞县当县长其实就挺好。"

听了辛一飞的这番话，李任华好像并不气恼。依然是有滋有味地看着辛一飞，像是开玩笑似的说："呵呵，知己知彼，百战不殆。你还真清楚啊，看来书记选人还真选对了。我说呢，难怪上上下下那么多人反对，就书记一个人坚持不松口。实话告诉你，我当时都动摇了，你的阻力不小啊。知道吗，田书记对你的事，可是立了军令状的。"说到这里，李任华表情一下子严肃了起来，顿了顿，接着说道："好了老辛，你还有什么条件就只管说。"

辛一飞想了想，说道："这也不算是条件，但我得提前先给市长打个招呼，将来工程干起来，我需要什么样的人，市长就给我配什么样的人。这是实打实的工程，得找能干事的人。那些只会说套话空话、摆空架势的人，一概不能用。"

"还有吗？"

"市长你也知道的，现在是干事就有事，不干就没事，干得越多事越多，啥也不干啥事也没有。我们将来用的人，如果有人告状有人找事，我一个人顶着，市委市政府拿我是问就行，千万别动不动就把我的人给弄走了。要不就函询电话调查什么的，整天人心惶惶的，谁还干事？如果真出了问题，我来负责。如果真有问题，等我干完工程再一并调查核实，该怎么处理就怎么处理。这不是条件，只是个约定，你看行不行？"

"还有吗？"

"没了。"

"好的，我都记下了。这也不是你一个人的问题，是现在的通病。用人的事没问题，你只管放心就是。至于其他的，等你来了再商量。今天你先回吴浙交代交代工作，明天一早到市政府报到。办公室已经给你准备好了，还有司机、通讯员，也都由你来了定。后天下午省委和市委组织部介绍你和市政府的班子见面。"

辛一飞还想再说点什么，但这时李任华已经站了起来，继续说道："你也看到了，这几天，我所有的事情都能放下，就只优先考虑你的事。不过老辛你听好了，我今天也多少看出了点你的做事风格，以后咱们相互间都不藏着掖着，说什么也都别客气。像今天的事，你说什么我也会答应，但下一步，要是再出什么问题，我也会及时与你沟通，咱们也一样都不要客气。"

二

上午十点，离市委不到五公里远的一幢不大起眼的小楼里，云翔集团的董事长靳如海，一个六十多岁的、看上去清癯且和善的老头，同云翔集团下属云翔大酒店的总经理霍怡帆，一个看上去三十岁左右、颇有风韵、光彩亮丽的女人，正一起向市城建局的一个科员打听情况。

靳如海把整个身子都深深地陷在沙发里，默默地在听着那女人同科员的对话。

"已经定了？"

"定了，千真万确。"科员格外谦恭地说道，"上午的常委会，下午找他谈话，可能现在就在市委，消息绝对可靠。"

"这个人叫什么来着？辛什么飞？"那女人好像根本没听说过"辛一飞"这个名字。

"辛一飞。辛苦的辛，一二三的一，起飞的飞。"科员很细致地叙述着。

"以前是干什么的？"女的显得十分认真。

"八五届省工业大学毕业，龙兴市阳郴县人，毕业后一直在阳郴县城建局工作，任过城建局副局长、局长。而后在阳郴西堡镇任镇党委书记，六年后被提拔为吴浙县副县长、县委副书记，一直分管城建，七年前，被提拔为吴浙县县长。"

"哦，他呀！"那女人好像一下子想起来了，"那个'辛镢头'是不是就是说他？"

"对对，就是他，真名辛一飞。"

"那这家伙挺厉害的呀。"女人突然皱了皱眉头，"他在阳郴县干了不少工程，后来到了吴浙，又干了不少工程，他搞的那个吴浙新区，还有正在施工的那个吴浙老城堡工程，好像省里还在那里开过现场会。还有以前他弄的那个吴浙龚山景区，现在也火得很。"

"没错，就是他，要说能干确实很能干，每个工程都干得很漂亮，连专家也承认，确实是大手笔。"

"既然这样，怎么就一直提不起来，县长干了七年，连个书记也混不上？"

"像他这种人，肯定是不懂官场规矩呗。谁的话也不听，谁的面子也不给。他当县长，书记没法干；他当书记，县长没法干。说好的人，能把他夸死，说赖的人，能把他咒死。有的人说他有魄力，有能力；有的人骂他一根筋，二百五。不过有争议的人，肯定也有过人之处。如果不这样，哪能干成那么多事？领导不喜欢，但老百姓对他却像神一样敬重，威望极高。"

"说得好。"那个陷在沙发里的靳如海突然挺直了腰板说道，"怡帆啊，我看你们这次真得想想对策了。"

那个叫怡帆的女人笑笑说："我说靳董啊，你每次都担心这担心那的，可哪一次咱们失过手？放心吧，现在是市场经济，市场经济就是资本说了算。毛主席老人家也说过，裹着糖衣的炮弹谁也打得倒，谁也跑不了。"

"这次我看有所不同啊，怡帆。"靳如海站起来一边来回踱步，一边慢慢地呷了一口茶说道，"你想想，龙兴市八百多万人口，适合提拔的处级干部上百个，怎么偏偏就选了个辛一飞？而且是破格提拔，要是没有硬功夫，谁敢这么提拔？看似一级，其实是连升三级，你想想，万一这样的人出了什么事，市长书记的，哪个会没有责任？既然不怕担责任，那说明这个人真的是过得硬。"

"这年头哪还有什么刀枪不入，这种词早过时了。"怡帆微微一笑。

"得得，你也看看现在是什么时候。这一拨一拨的，抓走多少人了，谁在这个时候还敢不收敛不收手？这个时候用干部，首先就是看干部干净不干净。再用老眼光老办法看问题解决问题，非出大事不可。如果这回真的来了一个刀枪不入的，你到时候又能怎么办？"姓靳的老人这时慢慢地站了起来，一脸沉重地问。

"知道了，就按你说的办。"霍怡帆口气明显软了下来，"我马上让人去查查看看他究竟是个什么人。比如说，五十多岁了，父母应该都还在吧，岳父母也一定在世，但年龄一定都不小了，老人就有老人的办法。上有老下有小，老婆孩子的事情也一定少不了。孩子的上学呀、工作呀、房子呀、车子呀、对象呀，还有他个人就没个什么爱好？收藏呀、字画呀、文物呀，不爱钱，也不好色？不好色，也不好吃？不抽烟不打牌，难道也滴酒不沾？人有七情六欲，只要有爱好，咱就能黏住他。"

"万一呢？"

"万一？"霍怡帆好像没听明白，"这么多年我们就这么干的啊，屡试不爽，会有什么万一吗……"

"万一！"靳如海突然嚷了一声，分明有些火了。

怡帆愣了一愣，紧接着也有些恼火地说："那你说怎么办，又能怎么办？我这不是正想法子嘛！"

"等到了那一步，全都晚了，什么也来不及了。"说到这里，靳如海的嗓音突然又柔和下来，"怡帆啊，你俩都给我听着。这一次非同小可，我们得双管齐下，否则老本全都得贴进去。你也不是不知道，我们沿路的那些宾馆饭店，百分之八十以上都算是违章建筑，都在必须拆迁的范围。一旦实施，会让咱们损失惨重，闹不好还会血本无归！"

这时那个城建局的科员赔着笑脸劝解道："靳董说得对，这个辛一飞也确实不可小视。他在阳郴和吴浙都是出了名的倔巴子，较起真来，六亲不认。爱好基本没有，喝几杯酒就满脸通红。除了爱看书，基本没什么其他业余活动。陪着老婆孩子看戏看电影，常常是鼾声如雷。别人都知道他这毛病，说他一到了工地上就神气活现，一到了影剧院就烂醉如泥。吴浙的人都说，想把辛县长弄倒，就把他拉到穆考。穆考是吴浙县最大的影剧院，就是陪上边领导看戏，他也一样会呼呼大睡。这毛病他也知道，别人说他，他就说从小就这样，条件反射，可不是人家戏唱得不好。"

城建局的科员本想调剂调剂气氛，但说到这里，现场反倒一片死寂，以致让他不知道再这样说下去是否合适。不过他刚停顿下来没多久，靳如海便朝他看过来说道："说啊？怎么不说了？挺好，这些消息很重要，往下说，往下说。"

科员想了想继续说道："辛一飞出身农家，祖祖辈辈都是地地道道的农民，因此也没什么大的背景。因为祖祖辈辈都是农民，他对自己能当个县长这么大的官，也就很知足。因为没背景，所以也就没什么太大的官瘾。因为这两点，他也就把官场上的事看得很淡。不惧下，也不唯上，跟同僚也不勾勾扯扯，也从没什么团团伙伙。吃软不吃硬，翻了脸，多大的来头也不认；见了普通老百姓，见了受苦受冤的人和事，反倒和和气气，设身处地地替你想办法出主意，什么事情也好像都变成了一家人的事情。还有一点，这个人，不怕事，但也不惹事。对上级和领导，既不言听计从，也决不硬顶硬撞。有人说他是远小人也敬小人，只要你不拦不挡我的事，我也不招你惹你。你要是真的有能耐坏他的事，说不定他也会给你一条生路。他也给别人说过，现在好多的事，他也没办法，能妥协就妥协，只能这么来，要是太较真，事情办不了，还让你整天没情绪，划算不来，那些赔本赚吆喝的事他绝不会干。辛一飞说了，一个领导干部，整天跟地痞无赖二流子较劲，你还干不干事了？"

"说完了？"科员停下来好一阵子了，靳如海才好像从沉思中惊醒过来。

"据说辛一飞的故事太多了，以我的了解，目前知道的大致就这些。"

"很好，这些信息很重要，很重要啊。"说到这里，靳如海转过身来，慢慢地说道，"怡帆啊，你刚才说的那些办法都没问题，该做的都还照常做。但这一次非同小可，以前的办法肯定远远不够了。为什么？第一，这次市委市政府下决心了，这个同以前就完全不同。共产党就这样，平时你看不出什么，松松散散的，你搞垮一个两个，也看似很容易。但一旦形成合力，变成政府行为，那就不可阻挡。第二，这次从外地破格提拔调来一个人，没背景，没后台，也没利益，没牵扯，一来就主管城建，第一件事就是打通这条路，这非同寻常。说明政府下决心了，修路成了政府目前的最大项目最大工程。项目工程就是政绩，政绩就是人心，就是政府的大局。钱财物，任凭一个人使用调遣，全力以赴，不惜血本，不惧亏空。你们想了没有，这一招多狠多厉害呀！让上上下下都没了退路，只能背水一战。顺我者昌，逆我者亡。如果打不通，或者按时完不了工，他们这一届领导的公信力就等于一败涂地，所有人的功名前程也就土崩瓦解，大家一起玩完。所以这条路他们肯定会不惜一切代价拿下来，谁也不准挡，谁也别想挡，谁挡就会让谁粉身碎骨。"

"那你说，咱们就只有等死了，眼巴巴地看着让人家来收拾？"怡帆也渐渐感受到了事态的严重，不禁瞪大了眼睛问。

"你又错了，这次咱们小输即大赢，他们小赢即大输。他们要修这条路，确实不可阻挡，但我们可以拖延时间。他们拉开这么大一个架势，可能已经犯了个大错，那就是把时间定得太死了。本来破釜沉舟，背水一战，完全可以大获全胜，但明年国庆节以前全线竣工，可就真把自己给逼进了一个死胡同。只要拖住工程的进展，拖得过了他们定死了的那个时间，那他们就满盘皆输。这个我们清楚，他们当然也明白。求功心切，这也就成了他们的软肋。只要能拖延时间，咱们就会有丰厚的回报。"

"你说了，人家是政府行为，政府的工程，你要挡，你想拖，可你挡得住，你拖得起吗？咱们有这个能力和政府抗衡吗？"怡帆问道。

"政府有政府的强势和优势，但政府也有政府的缺陷和破绽。既然是政府行为，咱们就可以找上一级政府，上上一级政府。官大一级压死人，下级服从上级，个人服从集体，这是党的纪律和规矩，再强势的下级还敢不听上级的话？咱们七家宾馆饭店，每家只要能在上面搬来一个差不多点的上级领导，每个领导只要能拖延三天五天，加起来就能拖延它一个月两个月。要是能拖延八九十来天，那就差不多拖它两三个月。其实咱们只要拖延它一两个月，那他这工程还怎么按期完成？又怎么在明年国庆节前全线竣工？"

"政府的事情，又不是自家的事情，拖了就拖了，到时候找个借口解释一番，我们又能拿人家怎么样？"怡帆有些不解的样子。

"这你就糊涂了，我刚才给你说了半天你还是没闹明白。怡帆啊，国际矿业博览会，那可是'一带一路'项目，再加上国庆节，这已经不是工程，而是政治了。任何一届党委政府，都会在政治上不惜一切代价。只要你能拖延时间，金钱就会滚滚而来。他们要保的是政治，我们攻击的也是政治。只要涉及政治，你想要多少补偿，就会得到多少补偿。即便你是漫天要价，他也会满口答应。"

"你说了，万一呢？"怡帆也陷入了思索，"万一这个辛镢头既不听上级的，也不听领导的，就给你猛打猛冲，强拆强迁，你又能拿他怎么办？"

"如果真是那样，真把咱们逼急了，那咱们也只能拼死一搏，挡不住你，还拖不住你？他辛一飞不是吃软不吃硬吗？不是一见吃苦的受穷受冤的就受不了吗？现在的领导，最怕的不就是上访、告状、请愿、闹事吗？那咱就给他来个集体上访，五百人到市委省委门口静坐，八百人堵塞交通，三千人围堵政府，然后再上网、上报，闹得他满城风雨，国内外关注。中央急了，省里还能不急？省里急了，市里还能不当回事！如果还不行，到时候，咱就发动群众，宾馆饭店所有的职工，不够了再找，一人一天两百元补助，管吃管喝，聚集一万人上街！我就不信一万人上街还惊动不了省委，惊动不了中央……"

三

　　龙兴市古绛文物市场 93 号柜台的经理崔铭化，正在默默地听着三儿子崔晓剑带来的紧急情况。

　　"爸，千真万确，上午市委刚刚定了，明年国庆节前全线贯通。"

　　"线路没有变化？"崔铭化顷刻间面如死灰，满脸沮丧。

　　"没有，仍是以前的线路。"

　　"那条线路图你也带来了？"

　　"带来了。"崔晓剑急匆匆地从手提包里拿出地图，飞快地在父亲面前展开，"这是五年前就规划出来的，国家权威部门的专家搞的，不会再变了。谁来了也不会变。"

　　崔铭化死死地盯着这条横贯市区的龙飞大道的规划图。这是三儿子崔晓剑下了大工夫刚刚从市规划局复印出来的。

　　崔铭化名义上是一个普普通通的文物商贩，所经营店铺也只有几十平方米，然而私下里，即使是他最亲近的朋友，包括他的岳父岳母，包括他的大儿子和二儿子，也都不知道他的另一重身份：一个祖传了好多代的古墓大盗。

　　他从十二岁随父盗墓，一直到他的三儿子已经十四岁时，才确定了由三儿子作为他盗墓的传承人。

　　崔铭化家人丁兴旺，两个闺女三个儿子。他的几个孩子天分都极好，考一流大学都绰绰有余。三个儿子之所以最终选中了老三，因为他觉得老大更适合从政，从小就是班干部，稳健而大气，果决而善谋；老二记忆超强，数据过目不忘，中考高考，数理化几乎门门满分，搞科技必有大成。老三虽也聪慧过人，但却木讷敦厚，沉着刚健，天大的事也会不动声色，处之泰然。几个儿子他权衡再三，最终才决定把老祖宗的绝活传给老三。

老三高中还未毕业就不再上学，老大老二和两个女儿当时都向父母提出强烈抗议，这么早让三弟辍学，实在太可惜太残酷了。父亲始终没有表态，只有母亲出来说话："你爸就那么一个小店，你们以为是摇钱树啊。供你们几个就不错了，还能把五个都供了？有能耐就给你三弟挣回三万五万来，光耍嘴皮子算什么本事！你爸的儿子你爸还不比你们更心疼，你们要是真有心，等将来出息了，别让你这三弟打了光棍就成！"

其实弟兄姊妹几个都不清楚，这个不苟言笑、看上去老实巴交而又倔犟强悍的父亲，其实已是腰缠万贯，富甲天下。

一晃就过去了二十年，如今的老三崔晓剑早已驾轻就熟，黑白通吃，成了文物界的江洋大盗。他不仅精通祖传的盗墓技艺，而且练就了一身绝世武功。近些年来，他又办了一所档次很高的拳术堂馆，广交各路精英，成为龙兴市闻名遐迩的武功高手。

然而在背地里，崔铭化和三儿子崔晓剑却是两个地地道道的闻名江湖的大盗强寇。

二十年来，他们极少失手。他们勘测古墓的水平和精准度，比国家级的专业机构毫不逊色甚至更高。他们的胃口很大，一般的墓穴，绝不会进入他们的视野。但凡看中了的，必有斩获，极少落空。相比那些颇有声望的盗墓高手，他们更专业也更稳健，对文物的识别能力也更强更精，视野也更开阔，文物的历史知识也更丰富更深厚。细致冷静，沉稳准确，是他们多年盗墓实践历练的结果。这些年，由于文物价格的猛涨，一夜暴富的欲望，催生了大批土生土长、勇而无谋的盗墓团伙，这些团伙鲁莽急切，祸端横生，自生自灭，再生再灭，相互猜忌，坑蒙拐骗，极难长久。而他们父子则不露声色，稳扎稳打。门内门下言出法随，行规如山。师长如父母，搭档如兄弟。忠厚为先，情义无价，成员中几乎都是死士。宁可自己粉身碎骨，家败人亡，也绝不牵连他人，背叛师兄。于是他们越做越强，越做越大，个个腰缠万贯，个个也心安理得。既无顾忧，也无隐患。

但今天的消息则给他们父子俩带来了灭顶之灾般的噩兆。他们投资了将近三个亿、已经耗时将近两年的计划，极有可能彻底泡汤。

他们先是投资了一座毫无开发价值的废铁矿，还投资了一座小煤窑。在小煤窑周边建起了一座砖厂，一座铁厂，并在市郊近旁投资了一处形状细长而又价格不菲的房地产开发小区，承租了附近的近千亩土地，承建了三十多座蔬菜大棚、九处花卉养殖园、两百亩中药材种植基地，这几项投资超过两个亿。当然，如果他们的计划顺利，事成之后，收回这些投资成本绝无问题，甚至还会有很大的盈余，说不定这近三个亿的投资，收回四五个亿也未可知。

只有他们自己清楚，这一切所谓的投资只不过是他们的障眼法。他们更大的目标和投入并不在这里。

在这片狭长的房地产开发区五米以下的地下，从砖厂、铁矿、花卉养殖园、蔬菜大棚和中药材种植基地相连之处，秘密挖掘了一个地下通道。这个地下通道高不到两米，宽不过三米，在一年多的时间里，已经掘进了七公里有余。

这个地下通道是他们的核心秘密，只有极少的几个成员知道内情。雇来的挖掘工，都付以高薪，均不是本地人。告诉给这些雇工挖掘地下通道的意图一是秘密找矿，二是挖土烧砖。因为这都是违法行为，所以决不能走漏风声，否则大家一起完蛋。至于能不能找到矿，并不要你们负责，你只需按路线挖掘就是，其他一概不用问不用管，反正大家的报酬比当地农民工的工资至少高一倍还多。这些雇工当然也明白，如果在别的地方打工，比这更累更苦，吃得更差，睡得更烂，但工资则只有这里的一半甚至更少。于是大家都拼命干活，并且是计件制，进度越快，工资越高，整个工程的进展也越来越顺利，越来接近目标。

在这条地下通道上面的房地产项目，也一样是掩人耳目，目的就是同时在所在小区的地面上凿开几个地下通道的施工口，变单口单向施工为多口双向施工，以使地下通道的进度能更加快速。唯一的问题就是，两米高三米宽的地下通道，施工时只能容纳一个人，三个人轮换，三班倒，九个人值守，日夜不息，连挖带运，每天十几米已到极限，经再三努力，进展也无法再快。何况有的地段地质复杂，特别是有水有沙有巨石拦路时，进展则要大打折扣。一年多的时间里，挖掘了八九公里之多，没有发生任何事端，平平安安，稳稳当当，虽然在时间上超出了计划，但已属十分不易。特别是现在地下通道已经进入市区，挖掘进展更须小心谨慎，白天只能挖掘五到六个小时，晚上几乎完全停止，机械挖掘基本不能使用，完全变为人工挖掘。因为一旦被上面的人听到或发觉，就会前功尽弃。

这些天来，虽然想尽办法，仍然无法加快进度。而且进入市区的挖掘，地质情况更加复杂，碰到市区自有的建筑结构，比如下水道、燃气管道，以及高层楼房、商场的地下建筑时，更是需要提前预测并准确绕过。以前多口双向的掘进方式，已基本不可能。现在只能是碰运气，几乎就是挖一步看一步了。

以他们的测算，再有一公里多，就可以挖掘到达目的地。如果算上找到准确位置的时间，大概有三个月的时间基本足够，即使再出现问题，四五个月也足够了。

这是他们二十多年来屡试不爽的绝活，也是他们从无失手的谋划和算计。

因为他们的目的地是一个大目标，是一个他们绝对看好也绝对不会走眼的大名堂。

那里面的东西一定都是稀世珍宝，个个价值连城。一旦到手，足以让他们成为超级富翁。换成人民币美金，几辈人享用也绰绰有余。

崔铭化的父亲、祖父、曾祖父，再往上数好多辈祖宗，靠的都是这个绝活和法宝。

上世纪八十年代初，崔铭化就跟父亲一起干了一桩类似的盗墓大活。

他们当时采取的就是这种方法和策略。踩准目标，固定住所，长巷道掘进，不慌不忙慢慢靠近，在表面上永无变故的天地山野之间，悄然在地下取走所有墓中贵重陪葬之物。即使几年几十年甚至几百年之后，也不知道究竟是谁无声无息地盗走了这些稀世珍品。

一切都是父亲的言传身教。看准了墓穴，踩准了路线。然后在距离墓穴七里之遥，一户刚刚包产到户的农家，把一块儿最好的地长年租给了他。他在这块地上，盖了一座在当时当地都会认可的豪宅大院，一个五分地的大院落，一溜五间的南向正房，门口还建了北向两间厨房和一间储藏间。这样的住房在当时确实让当地农民惊讶无比，羡慕之极。这是什么人家啊，竟然这么有钱！

然而这样的住宅只是崔铭化和父亲的一个障眼法，一个转移人视线的标的物。他们真正的目标，则是附近七里之外的一个从未被盗过的清代一品要员的豪华官墓。

总共用了九个多月的时间，才把事情做完。父子两个人平时深居简出，当然也会在适当的时间出现在众人视线之内，无非是要让人们知道这个豪宅内的住户，平时在外忙碌，但逢年过节，也一定会回来阖家团圆。事实上父子两人夜以继日，从未停顿。父子二人日夜顶替，婆媳二人分别打下手。六里长的地道，一米多高一米多宽，连挖带运，数千方泥土，都在夜间悄悄撒在附近的沟渠和农田之内，手法缜密而精细，并不会引起人们的注意。

真正到了官墓所在地，并没用多长时间，大概只用了不到一个晚上，就把所有的随葬品收取一空。三个月以后，父子俩把这所大院和所有的租地，一并都以十分低廉的价格奉还给了土地的主人。主人当然十分满意，几乎是空手套白狼，相当于一半价格的一套豪宅，外加一年的土地佣金，远超主人在土地上十年的辛勤劳碌。

直到一年之后，人们才知道这家院落的真正主人，但早已物是人非，他们在这个村里永远消失了。

那九个月的辛劳，换来的是三代人数十年的富豪生活。

在众多的珍品中只出手了两件，就换来了四套住房。还有一些零星物件，便足以打发日常的高额开支。供了三个孩子上大学，嫁了一个闺女，娶了两房媳妇，厚葬了四位老人，还在老家盖了六间青砖大瓦房。看上去一切都水到渠成，顺理成章。也从未有任何人质问过家里的经济来源和劳动收入。户口的松动和每年数以亿计的人口流动，让社会的管理远远滞后于社会的变化。这是一个人人都有机遇的年代，也是一个人人都可能找到致富之路的年代。市场经济，在一些人眼里就是人人致富的代名词。笑贫不笑娼，笑廉不笑贪，道德不设底线，良心也能换钱，竟成了一些人对这个年代定义和认可的最大特色。

崔铭化的致富之路，就是这个时代留给他的一道亘古少有的空隙。

他很兴奋也很满足。如果没有这个千载难逢的时代，像他这样的江洋大盗，如若技痒难耐，频繁出击，即便屡屡得手，那风险也会频频放大。等待他的或是被杀头，或是被抄家。兵荒马乱，盗来的文物要么分文不值，要么被人见财起意，讨不到好价钱，杀人越货倒可能是家常便饭。

没有这个物欲横流的时代，他可能仍然只是一个身怀绝技的穷光蛋。

崔铭化当然也清楚，这个时代留给他的空隙已经越来越窄，时间和机会也已经无多，像他这样的致富之路，再这么走下去，只能是一条死路绝路。

他必须在最终一次的大捷大获大勇大成之后，金盆洗手，改邪归正，此生此世再不踏入这个行道，永远退出江湖。

他们沉寂将近十年之后，看中了一个巨大的地下宝藏。

这个令崔铭化兴奋无比也是他最终的一笔大宗生意，则是一座被湮没数百年之久的通天古寺。

这座通天寺就在龙兴市中心区域近旁的一片居民区里，这个居民区恰恰就在龙兴市委市政府决定打通的那条龙飞大道的东侧。这个东侧对崔铭化父子则是致命的一侧，因为他们花了近两年时间，直接间接投资了近三个亿的那条地下通道，就在这条龙飞大道的东侧。

龙飞大道将要对他们的这条地下通道横向碾压而过！

也就是说，崔铭化父子的这条致富之路，将会被这条龙飞大道彻底切断!

龙飞大道即将开工。

面对着这个灾难般的信息，崔铭化父子面面相觑，久久怔在那里。

他们满打满算，即使再快，也必须再有三个多月的时间。

何况地下通道已经挖到了居民区，地质状况极其复杂，任何一个疏漏，都可能让他们的行动功亏一篑，给他们带来灭顶之灾。

而这条龙飞大道到达他们这条地下通道的距离，最慢也只需不到三个月的时间，如果进展快，两个月就能修过来。最要命的是，如果龙飞大道提前进行全线地下勘探，包括地下文物探测，很可能将在极短的时间内，也同样会发现他们这几年来朝思暮想、牵肠挂肚的那个地下大目标。

这条龙飞大道将会是龙兴市区最为重要的一条大街，街面以下的工程也将会非常巨大。一般来说，一个城市主干大道的下水管道、燃气管道，还有电缆、通信光缆、特殊光缆以及各种地下管道都算在一起，深度至少要在二十米上下，而有些城市主干道的地下管道甚至比这个深度还要多一至两倍。地下污水管道到了城区末端，往往会埋得很深，有的地段会超过十米。燃气管道出于安全考虑一般都埋得很深，那些主干大口径管道埋得更深，以至会深达三十米、四十米以下。让崔铭化父子感到最为绝望的是，这些管道工程在大道修筑之前就必须全面开始探测兴建。尤其要命的是，在这些管道工程开始施工之际，还会对这条大道的地下结构和地质情况进行缜密细致的全方位探测，任何一个以厘米计甚至更小更窄的裂缝和空隙都会被探测到，更别说他们这条高二米、宽三米的地下通道了。

还有，最最要命的是，崔铭化父子巨资开挖的这条地下通道的必经路线，恰恰要沿着这条龙飞大道的地下，和其蜿蜒曲折同行四百多米。

四百多米的地下通道全都重合在这条龙飞大道的线路上，你想躲都躲不开。

龙飞大道的扩建改建工程，最先进行的必定是探测工程，工程规划也必定是在探测工程结束之后，这就是说，留给他们的只有两三个月时间，很可能连两三个月的时间也不到。

如果提前进行地下文物勘探，留给他们的时间很可能一个月不到！

这也意味着，这条龙飞大道不仅会切断他们的巨富之路，而且一旦被察觉发现，工程部门、公安部门都会立即介入，不仅会危及他们的这次行动，还将危及他们自己的身家性命！事情败露，必将是万劫不复的血光之灾，等待他们父子后半生的将会是森森牢狱！以目前的情况看，你想逃都逃不了！

"爸，你说吧，我们到底该怎么办？"崔晓剑憋了好久，才轻轻问了这么一句。

"你说呢？"崔铭化死死地盯着儿子带来的这张规划图，反问了儿子一句。

"爸，我们没有退路。这会儿撤了，我们损失太大。撤也是死，不撤也是死。与其都是死，不如拼力一搏，说不定还有生路。"

"现在撤，来不及了？"

"来不及。这条地下通道如果两个月后被发现，我们撤不利索，时间不够。所有的后续工作都无法完成，公安一介入，立刻就能查到我们。我们跑不远，也无路可跑。时间太短，我们手头的很多东西无法变现，即使跑到国外，我们在国外也待不久。"崔晓剑分析得十分到位，说得非常肯定。

"不撤呢？"

"不撤就想尽一切办法加快进度，争取在两个月内打进目的地。两个月后被发现和半月后被发现，后果一样。但我们拥有稀世国宝，或可一搏。"

"嗯？"崔铭化看了一眼儿子。

"我们押准了九件宝物，还有数不清的其他物件。这九件宝物只要有一件在手，就足以让天下所有的寺院都来保护它，都来感激我们。这是旷古大发现，功大于过，即使出了问题，我们也可以躲过全家的劫难。而其余的八件宝物和那些珍贵的物件，将会让我们所有的付出和代价十倍、百倍地收回。"

"这是你的预测，在现实中很难兑现。"崔铭化摇摇头，"还有，你想在两个月内打通通道，这个我们毫无把握。我不能把事情的结果押在难以实现的进度上，我要确保万无一失，而不是靠想象中的奋力争取，靠什么加大努力，靠一点把握也没有的指望和想象。没有十拿十稳的事情我们绝不做，这是我们家百年不败的规矩和法则。"

"这只是其中的一个，我们还有其他的办法。"

"还有什么办法？"

"找到有用的办法，阻止拖延这条龙飞大道的修建和进度。"

"说说看。"崔铭化又看了儿子一眼。

"第一，阻止辛一飞的市长任命，让他无法上任副市长。"

"这个不可能。"崔铭化立刻否了这一条。

"我有办法。第二，让城建局、规划局、交通局、电信局、电力局、自来水公司，甚至让部队的有关部门阻止龙飞大道的进展。既然是在城区修筑主干大街，这些部门都会给他的工程带来各种各样的难题和困难。"

"辛一飞已经是市委常委了，这些部门哪个敢不听他的？部队也一样，党指挥枪，没人敢不服从党的领导。"崔铭化又否了第二条。

"阻止不了他修路，但拖延时间应该有可能。第三，我看了我们投资的房地产项目，其中有一个近万矿工的棚户区，这个棚户区就在龙飞大道必经的区域。棚户区其实就是个贫民窟，这里的矿工对政府的意见很大，历届政府对他们的要求都无法满足。这些人完全可以利用，我们发动他们冲击政府，冲击施工人员，冲击修路工程，四两拨千斤，千斤力在后。我们乘势推波助澜，即可大功告成。"

"这个能有把握？"崔铭化再次看了儿子一眼。

"能。重赏之下，必有勇夫。我们拿出两百万来，就能让这些人个个成为当代荆轲。这些人已经等了好多年，胃口也越来越大。只要政府拿不出让他们满意的方案，扩建工程就不可能拿出整体规划，整体规划拿不出来，工程就无法进展。我们找几个人兴风作浪，这里的矿工都会成为钉子户。一个钉子户好办，十个钉子户也容易解决，一百个钉子户，成千个钉子户合在一起，什么样的政府、什么样的市长也没办法。"

四

　　市文物局文物安全督察科的副科长史文祥，既是文物盗窃案方面的研究专家，也是一个文物鉴宝行当里的顶级专家，同时他还是一个盗墓技术研究的狂热爱好者。

　　史文祥五十三岁，毕业于龙兴市师范学院历史系。当时还没有类似今天的公务员考试，毕业后，直接就分配到了市文物局。在文物局一干就是近三十年，一直从一个历史系的普通学生，成了当今龙兴市最具权威的文物专家。

　　龙兴市是一个文物大市，每年这里的文物案件有数百起。特别是进入二十一世纪以来，文物市场在龙兴市急剧膨胀，文物黑市屡禁不止。正是在这样的一个庞杂特殊的社会环境里，迫使史文祥在巨大的工作压力下勤奋学习，刻苦钻研，在繁琐而艰辛的文物保护和文物督察的实践中无师自通，终成大才。

　　这些天，史文祥正在为一起文物倒卖案件伤透脑筋。

　　是从市公安局那里得到的线索，市公安局治安支队得到这个文物小件时，为了确认其价值，特意找到他进行了鉴定。

　　他在市公安局看到这件文物，并听到有关情况时，几乎被吓了一跳。

　　一起非常普通的文物黑市倒卖案件，价值也就是数万元。刚开始史文祥并没有把这起案件当回事，连过问也没有过问。然而当他看到那个转手倒卖的文物时，不禁大吃一惊。

一个只有不到五厘米的青白玉佩，竟然是明代的物品。

这种物品只可能在上千里之外的皇室寝陵才会出现。

这种物品也只能是帝王之家和皇亲国戚才可能拥有。

虽然很小，但却是稀世珍品。

一般的文物倒卖者不会把这样小的物件卖到这样高的价格。

这就是说，这种文物一定是一个文物老手才会出手的物件。

出货的和收货的都只能是文物市场的行家里手！

然而这个文物倒卖者却几乎是一个文物盲，他根本不知道这件文物的价值所在，更不知道这件文物的来龙去脉。他甚至对这样的一个东西能卖到几万元嗤之以鼻而又万分惊讶。

这个倒卖者只是当地的一个民工。他说是工地上的一个工友欠他五万元，当时那个工友因为没钱，又有腿伤，就拿这个东西作抵押。他看到这个东西时不禁哈哈大笑，说什么狗屁东西能值五万元，甚至骂他是个无赖和诈骗犯。那个工友并不生气，只是说："你到市场上去试试，如果值不了这么多钱就把东西原样还我就是，如果卖得多了，咱们就对半平分。反正我这会儿腿上有伤不能走路，也不能干活，你又逼着我要钱，否则怎么会让你去卖？如果我腿上没毛病，也是本地人，又不欠你的高利贷，还能说一口本地话，那我就去卖了，还会让你占这么大便宜？值不值那么多，我是不是无赖诈骗犯你到市场问问不就知道了？"

这个民工半信半疑，没想到到了文物市场上一出手就围了两个人紧追不放，开口就给三万。他假装很生气，说："我这东西最少也不能低于五万，你三万元就想拿走？你以为我是外行，啥也不懂？"

没想到他刚说完，其中一个人就对他说："五万就五万，咱们一手交钱一手交货，马上成交。"直到这个时候，这个民工才明白手里的东西真是一个好东西，最后死皮赖脸地又加了一万才算成交。

后来事发找到这个民工时，这个民工居然说，当时好后悔的，看那样子，就是再多要五万也肯定成交。

而以史文祥的估算，类似这样的珍稀物件，如果在拍卖场上，三十万元也打不住。

这个民工说那个工友是个赌徒，平时玩的都是大的，一晚上输个十万八万的是常有的事情。这个物件也是他赌博得来的玩意，人家当时只是以五万元抵押给他，说两三天后马上就会赎回来。只是这个东西押给了他的第二天，那个赌友就在工地上的一场事故中被一块巨石砸死了。死的赌友其实是个小工头，平时出手阔绰，人也讲义气。还说那个工友一直很信任那个死了的押给他物件的赌友，人家说这个东西值钱，他问也不问，认为肯定就值钱。因此这个民工的工友也同样是一个文物盲，他其实也并不知道这个东西确实很值钱，更不知道为什么能值那么多钱。

至于这个东西从哪里来的，也同样一无所知。

让史文祥惊讶的是，那个拥有这件珍宝的工友，居然第二天就在一场车祸事故中也出事了。过马路时一辆大货车飞驶而过，还没拉到医院就已经断气了，年仅三十三岁。

仅有的线索好像一下子就中断了。

他们只知道这个亡故的工头不是本地人，已婚，家在农村，有老婆有孩子，年龄四十岁上下。每年挣钱不少，但花钱大手大脚，尤其是嗜赌如命，因此他家的日子过得并不如意。

这个工头出事后，家里只来了一个弟弟。从他弟弟嘴里，才知道工头的老婆在五年前早已改嫁他人，一个女儿也一直跟着他老婆，这个工头事实上这些年就是一个人独自生活。家里如今除了还有个母亲以外，剩下的亲人就只有这个弟弟了。

工头的弟弟文化很低，初中都没有毕业，也常年在外地打工，对文物的事情更是一概不知。平时与哥哥也很少联系，并说他的哥哥已经好几个年头都没回过家了。看情况兄弟俩确实很冷漠生疏，弟弟并没有过多地了解哥哥的情况，哥哥的遗体就地火化，拿了一笔二十万元的赔偿金，然后就匆匆离开了。

唯一让史文祥感到有些费解的是这个工头所在的公司，对这一事故处理的敏捷和大度。这家公司叫华臻投资管理公司，感觉上实力并不雄厚，所投资管理的产业也很一般。按常理，一般公司对类似事故的处理，都是要经过多次反反复复的商洽和谈判的，两方讨价还价是常有的事情。但这家华臻公司基本上是对方提什么条件就答应什么条件，几乎没有什么推托和刁难。甚至连工头的一笔十二万的赌债也全部承担了，整个公司，甚至工头的弟弟对此都感到吃惊和意外，当然还有千恩万谢和激动。

这在整个公司都传为佳话，让公司所有的人都感同身受，感动不已。

公司为什么会这样呢？对史文祥来说，这样的举动实在有些太夸张了。尽管是公司的职员，但他的十二万赌债完全没有必要由公司来承担，事实上也根本不需要公司承担。包括他弟弟拿到的抚恤金，也不会受到任何影响。因为这样的赌债根本不用理睬，这是在中国，大额赌债根本是违法的，如有人敢声张此事，肯定会受到法律的追究和惩处。何况人都死了，赌债自然也就一起随之消亡了，弟弟都不必承担，公司又何必多此一举？

太过分了，为什么要这样？

史文祥用了几个工作日大致了解了一下这家华臻投资管理公司的基本情况。两年前投资的一个铁矿，基本上没有什么回报，或者说，截至目前，并没有任何收益。因为这个铁矿原本就是一个贫矿，现在基本上就是个废矿，矿里的铁矿石早在十年前基本上就已采掘一空了，铁矿内并没有发现新的矿藏，铁矿附近也没有连带的其他矿源。他问过这个铁矿的负责人，得到的回答说是投资这个铁矿，主要是想在这个矿里采掘石材。但究竟是什么样的石材，也没有说下个一二三，当然史文祥对石材领域的事情也一窍不通，因此也没再留意。还有一个就是投资了一个铁厂和砖厂，铁厂的规模很小，几乎没有什么项目和技术方面的投入，平时倒是也鼓捣一些铁器用品，但鼓捣这些东西到底做什么用，史文祥觉得有些疑惑。这些铁器大都是采掘方面的用具，但这些铁器的生产既没有规模，也没有销路，究竟有什么意图干什么用，实在是个谜。还有一个项目就是那个砖厂了，砖厂的规模不小，平时的销路也还可以，但这种投资能否有盈余有利润，也同样是个谜。此外还有个小煤矿，倒是一直在运营，产量不高，但足够平时的开销还略有盈余。这个煤矿对环保倒是很负责，每天都运来大量的渣土回填巷道。

最大的投资项目是房地产开发，但他们所投资的地段，太偏太远，而且地带狭长，不像个小区，这样的房地产项目，房价肯定上不来，就算能够赚钱，也不会像其他房地产开发商那样有巨额回报。这个房地产方面的投资，也同样令人感到费解。

还有几十个蔬菜大棚和花卉种植园，看上去经营得很一般。填土很多，但却很少施肥。所以产品产量都一般，能不亏钱就很不错了。

总的看来，这个老总的经营，简直让人匪夷所思，说难听点，几乎就是个败家子。

这是史文祥了解后的第一个印象和感觉。

这个老板是干什么的呢？为什么会在这些毫无投资价值的项目上投入这么多资金？

好几个亿的投资项目，竟然不图回报，不思进取，不谋利益，这在干什么？

莫非是个暗中做洗钱营生的黑社会团伙？

每逢史文祥想到这里时，总是有点自嘲地会心一笑：你这个家伙，是不是职业病太重，看什么都有点神经质？

就在史文祥专注这起案子的时候，突然接到了一纸红头文件。文件是文物局局长宁为善亲自批示过来的，局长在上面写了好长一段话。

市政府的文件，关于市政府如何落实市委常委会会议精神，主要是具体实施龙飞大道工程的相关决定。其中有一部分内容要求文物局积极配合，即刻部署，在龙飞大道修建之前，把有关区域地上地下的文物探测、迁移和维护工作做好做实。

宁为善局长的批示非常有力而严厉，这种情况以前还从未有过。凡是市委市政府批示给文物局的文件，局长一般画个圈也就送过来了。而这次不仅有批示，有内容，而且批示内容非常严厉和坚决。

宁为善局长批示的大致意思，就是要求文物局文物安全督察科和文物保护考古科严格遵照市委市政府的决策部署，全面认真地做好此次文物探测、搜寻、抢救、发掘、维修、维护、监督、管理和保卫工作，特别是对龙飞大道沿线文物探测和发掘工作要强化督查，并认真做好这方面的指导和规划工作。确保重要文物无毁坏，无遗漏，无流失，无盗窃。并要求落实到人，责任到人，一旦发生问题，确保有案可查，有章可循，失责必追，追究必严。总之一句话，龙飞大道工程是市委市政府高度重视的工程，也必然涉及文物的抢救发掘和维护保卫工作。凡涉及国家文物保护的有关事项，一定要不折不扣、不讲条件、坚决彻底、不计代价地落实和完成。要坚决按照国家有关文物保护的法律规定，决不允许丢失一件文物，毁坏一件文物，遗漏一件文物。谁在这个工程项目上玩忽职守，失职渎职，将予以严厉查处，决不姑息。履职必尽责，失责必追究。

史文祥看着这个批示，脑子顿时有点发蒙。

这么多年来，史文祥还从来没有见过局长这样的批示。

一定是感到有什么重要的大事或者有什么紧急的情况让局长产生了巨大压力，才会有这样的长篇和重要批示。

让史文祥感到诧异的是，局长的批示，看似要坚决贯彻市委市政府的决策部署，实则是严厉要求文物局有关部门，要把发掘和维护国家文物的工作放在第一位。意思非常明白，工程能不能按时完成那是党委和政府的事，文物保护工作则是文物局的重要职责，如果文物保护工作遭到阻碍和破坏，那将是不可推脱的重大责任。

总之，不论市政府要求的龙飞大道工程如何紧急迫切，发掘和保护国家文物则是文物局的第一要务。

一句话，要把文物保护放在第一，而修路工程只能放在其次。

谁要是敢不当回事，必将严惩不贷，坚决查处。

局长怎么了，为什么会这样？

龙飞大道的修建，其实史文祥是早就有所了解的。

这条路确实早就该修了。龙兴市这么多年来，城市建设几乎就没有什么大的进展，最重要的原因，就是龙兴市的市政建设一直被这个老城的建筑结构给难住了。两座大山分立城市两边，中间一条狭长的市区，已经远远满足不了城市人口的急剧增长。

而在这条狭长的市区里，还有无数的文物古迹等待抢修和发掘。

龙兴市由于其独特的地理位置而成为历代君王和兵家必争之地，山势雄奇，易守难攻。自唐代以来，历经一千四百多年并无大的战乱。其间不仅人口繁衍快速稳定，而且在城内城外和两山周边留下了大量的文物古迹，尤其是众多的佛教寺院是历代龙兴最壮观的一道奇景。龙兴寺、龙泉寺、龙山寺、报恩寺、卧佛寺、大佛寺等等，让龙兴市成为一座庞大而古老的佛教都市。寺院之多，堪比南朝四百八十寺。

其中最知名的一座寺院，当数已经湮没了数百年之久的通天寺。

通天寺据说在唐代就已经名满天下，久负盛名。武则天当政时，曾多次莅临寺院。武则天病危时，还委派宠臣专程到通天寺拜谒祷告，以求佛祖护佑平安。

民间至今还有一个广为人知的传说。唐代义净高僧当年西天取经回来，不仅取回了佛学真经四百部，还带回了佛祖释迦牟尼的真身舍利三百粒，带回了九尊金刚座众佛祖坐像。这些无价之宝，稀世珍品，都被武则天据为己有，成为她笼络地方势力、聚集皇家威权的文化至宝。佛教即国教，佛宝即国宝。皇家佛教寺院的影响力在武则天朝代，事实上已经成为江山永固的政治根基。

当时天下共分为十道三百州，武则天将佛陀舍利以每道十粒，颁诏分赐给道所辖区的佛教寺院。剩下的则赐予长安城最大的寺院慈恩寺。龙兴市的通天寺，则是当年武则天赐封舍利的佛教寺院之一。据说武则天当年赐封佛陀舍利时，还赐给通天寺金刚座佛像一尊。通天寺为了供奉佛陀舍利，聘请了八位能工巧匠，用了九个月的时间，精心打造了一副庄重华美而又绚丽绮艳的金棺银椁。为了观赏这副绝世佳作，武则天曾专门来通天寺进行了一次隆重的朝拜。

通天寺究竟拥有多少镇寺国宝，至今仍是个谜。

因为通天寺已经在地下掩埋了数百年。

名震华夏的龙兴通天寺，却先毁于地震，再毁于大火，清初再度毁于地震。

龙兴市处于中国北方中强地震带，历史上有记载的强度地震有十余次。第一次有记载的强震发生在元代中期，这八级地震共造成约二十万人死亡，伤者无数，房屋破坏严重，波及范围极广。史书上记载："公廨倒塌殆尽，地涌黑沙与水不止……"正值秋天，"……瘟疫肆虐，居家皆空，尸体横陈，蛆虫遍野，腐臭之气，经年不绝"。

此次毁灭性强震中，通天寺被彻底夷为平地。

明朝末期，龙兴市遭遇百年不遇大旱，并频发蝗灾，史书上记载："飞蝗蔽日，麦枯死，禾无苗，瘟疫盛作，死者过半……""……夏蝗旬日不息，平地涌出，道路皆满，落地积尺许，草木叶殆尽。""冬，饿殍枕道，人相食。""次岁，匪寇横行，民变迭起，田宅皆空……"

重建后的通天寺再度毁于"兵火"，又于明代中期再度兴建。那时朝政正陷于动荡之中，历经土木之变、夺门之变、石曹之乱和京畿保卫战。民间期盼圣明之君，集资重建通天寺。起起伏伏，断断续续，历经十余载，遂使建成的通天寺再次成为驰名中外的佛家圣地。

清初夏日，龙兴市再次发生强震。有史可查："……城郭房舍存无二三，居民死伤十有七八，有阖门尽毙不留一人者。天鸣地裂，黑水涌地，哮哭惊声日夜不绝，瘟疫暴发，民皆露处，黠暴乘间剽掠。""……既而地中出火，烧死人畜树木房屋什物无算，随又水发，淹死人畜无算。有声如雷，城垣、衙府、庙宇、民居尽行倒塌，通天寺、龙兴府俱焚毁，倾覆殆尽。"

千年间斗转星移，通天寺屡经毁建。但不管如何损毁，一旦重建，就必然仍是龙兴第一寺，仍然是中国负有盛名的皇家佛教寺院。

通天寺于清初再度毁于强震，雍正年间再次重修，仍然是天下名寺宝刹，依然是四夷宾服、万方来朝之佛家圣地。

通天寺内还藏有一尊驰名中外的包骨真身像。其真身乃是武则天极为尊崇的一位高僧，以包骨真身的方式圆寂于通天寺。

包骨真身是寺院高僧坐化圆寂的一项极其酷烈的佛事壮举。为使自己的肉身经千载不腐，受万世敬仰，一些大德高僧在身体尚处康健之时，便毅然做出为民祈福、为国求安，圆满一切功德、寂灭一切私欲的决定。数日、十数日、数十日甚至数月不再进食，每日只饮松柏汁液，直至全身肉体通亮，清癯如玉，身内再无俗物可泄。而后盘腿端坐于瓷瓮内，瓮中以炭灰垫底，干草围身，致使躯体快速脱水，逐步枯瘁。此时仍清醒如初，神志不乱，以至数日、十数日气息尚存，直至溘然圆寂，仍端坐瓮中。气绝数日之后，以特制的泥浆包裹全身，再用青灰将瓮内充实，以玉盘盖顶将瓷瓮密封。数月之后，躯体腑脏彻底枯化，方可打开玉盖，将包骨真身缓缓抬出。经众僧谒拜诵经，历经数道礼仪，再摆于佛龛之内，供人世代膜拜。

这一壮举前后历时少至数月，多至经年。最终坐化圆寂为包骨真身像的高僧大德，在这一壮举中到底经历了哪些肉体的淬炼和痛苦的折磨，一般凡夫俗子无以想象。

据传，通天寺包骨真身像的圆寂坐化，曾历时数月。全国各地闻讯而来的高僧有数千之多，寺内寺外灯火通明，诵经之声日夜不绝。数万百姓齐跪于寺庙四周，号哭之声遍传四野，惊天动地。

而后龙兴一地十数年风调雨顺，物阜民安。

传说康熙之父顺治皇帝曾专程来通天寺朝拜包骨真身像，在包骨真身像前面合掌拜谒，长跪不起。事后委派重臣送来一座为包骨真身像专门打造的纯金佛龛底座，还有一副镶满钻石玉坠的宝蓝袈裟，均为稀世之宝。

这些稀世珍宝，至今仍无下落，是否当年随大地震一并陷落埋入地下，均无从可知。

通天寺的旷世奇物，究竟是尘世真品还是民间传说，至今仍然是个巨大的谜团。

这些年，史文祥与宁为善局长为如何启动通天寺的挖掘开发工作，多次发生争执。

局长主张全面尽快开发，而史文祥则建议逐项逐步开发，不可贸然全面铺开，避免给地下文物带来人为的毁坏和伤害。

自去年以来，局长的态度突然发生了一百八十度的大转弯，由以前的积极从快全面挖掘开发，完全转变为暂不开发，甚至一再表示，在现阶段科技保护手段没有绝对把握的情况下，对通天寺遗址可能埋藏的地下宝贵文物坚决不能随意开发。

然而局长态度的这一突然转变让史文祥百思不得其解，局长并不是不知道通天寺文物抢救挖掘工作的重要价值和重大意义。宁为善局长态度的巨大转变和彻底坚决，也让史文祥苦苦找不到原因。他曾多次同局长认真地交谈过，商量过，史文祥甚至找到了当时主管文物工作的副市长，但都无功而返。局长说，龙兴市是文物大市，可以开发挖掘的文物多的是，为什么偏偏就看上了通天寺的地下文物？局长还说，省文物局和国家文物局态度也一样，反对这种急功近利的地下文物挖掘。不能猴子掰棒子，掰一个扔一个，如果缺少保护，将来如何面对我们的子孙后代？

其实史文祥也找过省文物局和国家文物局，根本不是宁为善说的那样。省文物局局长甚至说，现在龙兴市正面临城市改造，这对文物挖掘保护工作有一个很大的促进作用，如果这个时候再不对一些重要文物遗址进行开发，有些宝贵的地下文物永远也没有可能也没有机会再去挖掘开发了，一些埋藏在地下的重要文物，有些很可能就永远也看不到了。

面对宁为善局长的重要批示，史文祥尽管感到有些吃惊，但想想也在预料之中。以史文祥对局长的了解，宁局长不会因为市领导的调整，也不会因为市委市政府的决策部署，在短时间改变自己的态度。

唯一让史文祥感到意外和兴奋的是，实施市委市政府市政工程建设的主管领导竟然变成了辛一飞，而辛一飞在文物方面则是一个顶级专家，尤其是对文物的挖掘开发和文物建筑的保护重建有着狂热醉心般的喜好和痴爱。多年前他们曾一同在省委党校学习，而且是同一个班，同一个组。三个月的党校学习，让他们俩成了莫逆之交，两人志同道合，无话不谈。有一次，辛一飞曾对他说，你们龙兴市文物局，如果不能在近几年内把通天寺恢复重建，那你们将会是历史的罪人、龙兴市的耻辱。

这些年，他们也保持着多方面的往来。辛一飞这几年在吴浙县当县长时，因为文物方面的重建和开发，他们没少打过交道，自然也没少过争吵。但每一次争吵过后，都让史文祥为辛一飞在文物方面的眼光和策略所折服。史文祥有时候甚至觉得，在文物的保护和开发方面，辛一飞要比文物局很多专家都要强得多。

数个月前，曾有传闻说辛一飞要调到市里工作，那时候史文祥曾想过如果辛一飞能来文物局当局长就好了，那他就能在有生之年跟着辛一飞，好好在文物局大干一番了。再后来有关辛一飞的这些传闻突然就没声息了，史文祥还惋惜过好一阵子。

让史文祥无论如何也没想到的是，这个辛一飞不仅调来了，而且还是由县长直接被任命为常务副市长。

突然有一种莫名的冲动，他特别想尽快见到辛一飞。想想也确实有些日子不见了，平时也很少通电话发短信微信什么的，他知道辛一飞是个大忙人，即使给他发短信他也很少会看，看了也不一定给你回。不是不想看不想回，而是真的没时间。铺的摊子太大，根本忙不过来。这是辛一飞的毛病，前边的工程还没干完，后边的就已经顶上来了，连他的司机都累得换了好几个，下边的人更是得拼命才能赶上他的工作节奏。

史文祥现在想马上见到辛一飞的目的只有一个，他就是想证实一个问题，这新建的龙飞大道是否真的要通过通天寺旧址所在地？还有十几年前辛一飞就跟他说过的那一句话，是不是还记着？如今的史文祥仍在文物局，发掘通天寺、重建通天寺的冲动和愿望仍在，而你辛一飞曾信誓旦旦地说过，"如果不能在近几年内把通天寺恢复重建，那你们将会是历史的罪人、龙兴市的耻辱"。如今鬼使神差，让你来到了龙兴市，你说过的这句话还记着吗？算数吗？还有，这么多年过去了，当年的激情和决心还保留着吗？会不会也像那些当官的一样，官大一级，就更谨慎一分？到头来，魄力和自信统统没了，只剩了一嘴套话和空话？

史文祥想方设法要提醒提醒辛一飞，如果你辛一飞说话真不算数了，那我就把你的话再给你还回去！如果你的话还算数，那我这剩下的这几年，就都交给你辛一飞了。鞍前马后，任你驱使！

这几年，也不知从哪里从哪些人嘴里传过话来，说这么多年龙兴市经济上不来，城市没发展，企业屡屡亏损，厂商频频破产，就是因为通天寺被横压在地下，让龙兴市的风水转不过身来。一句话，龙兴市的风水宝地就是通天寺，通天寺就是龙兴市的龙脉天眼！

更有人传出话来，说龙兴市史书上有记载的毁灭性大地震共有四次，再往上数曾经发生过的在民间有记载的毁灭性大地震还有两次，前前后后有记载有传说的这六次毁灭性大地震，经过准确测算，每次地震的时间，竟然分毫不差，都是相隔三百三十三年三个月。

而史书上记载的最后一次的毁灭性地震，距今已经三百三十二年。

距离三百三十三年三个月的地震时限，只有不到一年的时间。

甚至有人风传，明年国庆节前，这场地震就会不期而至。

这一预测，在老百姓中间传得沸沸扬扬，风云满天。只有重修了通天寺，再以通天寺为龙兴中心，打通纵贯全城的龙飞大道，这场必来的毁灭性地震方有可能避祸或移转。

龙兴市的龙脉需要修复，龙兴市的天眼需要重开。

民间盛传，这也正是龙兴市决定在此时此刻开建龙飞大道顺应民意、顺应天时的另一条重要原因。

对这样的传闻，史文祥向来不屑一顾。

只是让史文祥不可理解的是，对这一既利于国家级古迹旧址的挖掘修复、又利于民心民意的重大文物工程，文物局局长宁为善的态度为何会突然逆转，执意反对？

史文祥再次陷入沉思。

史文祥百思不得其解。

五

在龙兴市临时召开的第二十七次人大常委会会议上，市人大常委会主任刘利斌突然觉得眼前的情景很不正常。

这次临时召开的人大常委会会议只有一个议题，就是对龙兴市委提名辛一飞担任龙兴市政府副市长一职进行充分酝酿讨论，并按照相关程序，依法进行投票表决。

依照人大章程，市人大全体会议闭会期间，除市长人选以外，所有需要人大决定的政府职务人选，都由人大常委会代行决定。

都是必经的正常程序，政府任职，市委提名，人大决定。辛一飞已经是市委常委了，但担任副市长一职，必须由人大常委会进行投票决定。

为了确保辛一飞顺利当选，人大常委会经过充分酝酿讨论，沿用了惯常使用的选举和表决办法。

同意的，不动笔，直接把选票投入票箱即可。反对的，必须把现有人选名字后面反对一栏的方框用笔全部涂黑。另选他人的，还须在下面的推荐一栏里填写上你所赞成的人选名字，并再次把所填写人选后面同意的方框全部涂黑。弃权的，也同样必须把现有人选名字后面弃权一栏的方框用笔全部涂黑。这需要时间，也需要很明显的动作。而且必须使用特制的专用选举表决笔，能够经得起涂抹，经得起用力。如果没有涂满，或者不认真不用心，或者填写错了地方，很可能就会成为废票。

这样的选举办法，如果没有特殊情况和意外，选举结果不是全票，就是高票。

因为所有的常委在小组会上讨论时，都进行过表态发言，对市委的提名和说明，并没有什么过于激烈的反对意见。那么在投票表决时，一般也不会有什么不正常的情况出现。既然大家在讨论时都表示同意了，赞成了，投票表决时，也就不会有什么人会在大庭广众之下，拿起笔来，出尔反尔，在表决票上公然划来划去，这几乎等同于你公开表示反对或不同意市委提名的人选。一般情况下，很少有人会这么去做。

这样的选举和表决办法，想让一个候选人高票、全票很容易；而想把一个人选下去，否决掉，则很难很难。即使有什么人想在暗中组织、发动，煽阴风，点鬼火，造谣于大庭，策划于密室，企望把某个候选人选下去，否决掉，也绝非易事。

然而今天人大常委会的投票表决，则显得十分异常。发送选举票时，没有人交头接耳，也听不到任何声响。整个会场非常安静，出奇地安静。

等到选票到手，主持人对表决要求还没陈述完毕时，会场上有一半以上的常委居然都俯下身来，刷刷刷刷地在动笔！

刘利斌有些发怔，好半天没有回过神来。他有些不相信地认真地扫视了一圈会场，让他再次感到震惊，确实有一半以上的常委在动笔！

而决定候选人能否通过，按人大常委会这些年的惯例规定，则需要超过三分之二的票数！

这就是说，龙兴市人大常委会这六十多个常委中，只要有二十个以上的常委反对或弃权，辛一飞这个副市长职务的任命就无法通过！

看着眼前的情景，刘利斌主任的额头顿时冒出一层细汗。

今天确实出了意外。

看来这次表决，真的要出问题。

至少从目前看，这次表决已经完全失控！

怎么办？

又能怎么办？

如果辛一飞在这次临时召开的常委会会议的投票表决中，票数没能超过三分之二，就无法被任命为副市长，这将是龙兴市建市以来，最大的一起政治事故和政治事件！

随着辛一飞副市长一职的被否决，这起政治事故和政治事件，在各类领导讲话和相关文件中，一定会被当作一个反面教材，说不定都会在今后的几年、十几年甚至几十年内被历届市委市政府和市人大的领导们屡屡引用和提起，用来对于各种各样的选举表决活动进行告诫和警醒。

在他刘利斌担任市人大主任期间，在一次专门召开的人大常委会会议上，竟然把市委建议并提名、并报省委同意的副市长人选给否决了！

他无法再往下想了，如果真出现这样的事情，对他来说，那将会是一个多么令人无法接受的尴尬局面。

这不只是失职，更是玩忽职守，渎职，溺职！

刘利斌主任强迫自己镇定下来，再次扫视了一遍会场。

他对身旁主持选举的常务副主任王宇新悄悄耳语了一句："让动笔的马上停下来，强调一下投票纪律，再强调一遍表决办法，声音要大，要严厉。今天的表决有问题，如果真出了事，那我们下一步都会有事。情况异常，得马上想办法制止，否则这责任我们谁也推卸不了。"

王宇新副主任愣了一下，马上对着话筒厉声喊了起来："请各位委员收到选票后，先不要动笔，听清楚了吗？先不要动笔！一定不要动笔！下面我把今天的投票表决办法再讲一遍，大家一定要听清楚！今天的表决办法，凡是同意的，不动笔。也就是说，同意市委提名的副市长人选的，不需要动笔！反对的，也就是说，反对市委这次副市长提名人选的，可以用专用笔把市委提名人选后面的方框完全涂黑……"

刘利斌主任挺直了身子，板着脸，神色凝重而威厉地直视着会场。他觉得王宇新副主任的主持还是很有威慑力的，但与他自己的脸色一样，对下面异动的情景似乎没有任何影响。映入眼帘的，仍然是常务委员们低头在票面上用力涂抹的动作，耳朵里也仍然是一片似显非显的刷刷刷刷的涂抹声。

这个人大常委会会议厅其实并不大，人大主任们坐在主席台上，与前几排的常委们几乎就是面碰面，眼对眼。平时有个什么材料，不挪位子一伸手就能递过去。想说什么话，声音即使就像平时聊天，相互之间也能听得清清楚楚。但今天，这些常委对主席台上的主任们完全置若罔闻，漠然置之，对主席台上的喊话和主任沉重峻厉的面孔也好像根本视而不见，听而不闻！

刘利斌主任再次向会场扫视了一眼，仍然有至少一半的常务委员在动笔！

怎么办？

作为主任的刘利斌，他必须现在就想出善后的办法来。

如果辛一飞落选，主任当然是第一责任人，而作为第一责任人的他，现在就得考虑对这次落选事件如何收场。

首先必须马上想出对策来，如何向市委汇报这起表决落选事件。

而后还必须想出说辞来，如何在常委会会议上评价这起表决落选事件。

再往后，他还必须考虑如何对全体市民和干部汇报和交代这起表决落选事件。

这件事一定会立刻成为轰动整个龙兴市的头号重大新闻。由市委研究决定并提名的副市长人选，居然在人大常委会会议上没有通过，而这个副市长人选则是已经是市委常委，在龙兴市早已家喻户晓，将要全面负责龙兴市干部群众盼望已久的龙飞大道的改建扩建工程的辛一飞！

这一切，都必须也只能由他这个人大主任一人负责。

刘利斌主任怔怔地看着会场中的一张张熟悉的面孔，突然觉得一个个是这样地陌生和疏远。

沉思片刻，刘利斌突然转过身来，对主席台上的副主任兼秘书长马京辰摆了摆手，马京辰立刻俯身跑了过来。

马京辰一到了跟前，没等刘利斌说话，就焦急地说："主任情况不好，今天的表决估计要出问题。"

　　刘利斌没有答话，只是悄悄在秘书长耳边用急促的话语说道："你马上给田震书记打电话，就用手机打，不要通过秘书，直接给书记说，就说今天的副市长投票表决十有八九要出问题。如果出了问题，看书记对下一步如何补救有什么指示。你告诉田震书记，就说是我的意思。如果票数不够，没有超过三分之二，是否可以改为超过半数即通过。如果表决结果连半数也没有超过，是否可以暂不宣布表决结果，然后争取在最短的时间内找出问题的症结，并宣布这次表决作废，而后尽快进行第二次表决。"

　　秘书长马京辰有些发愣："主任，这样做行吗？如果有人捅上去，那可要出大事的。"

　　"都什么时候了，还顾忌这些干什么！"刘利斌的声音一下子大了许多，"今天表决结束后不宣布表决结果，投票结束即刻散会，明天上午逐个谈话，明天下午进行第二次投票表决。这是我个人的想法和决定，今天的表决结束后，马上召开人大主任会议统一思想。你告诉田书记，恳请市委同意我的建议。"

　　秘书长马京辰看了看刘利斌铁青的脸色，随即点了点头："好吧。"然后一溜烟跑出了人大常委会会议厅。

六

市委书记田震正在办公室批阅文件。

田震接到电话的第一个反应就是在办公桌上"嘭"地擂了一拳，连办公桌上茶杯和文件都跟着跳了几跳。

"怎么搞的！"田震腾的一下子站了起来，怒不可遏，雷霆大发，"你们事先都干什么去了！有问题为什么不提前做工作，为什么不提前给市委报告！"

秘书长的手机离开耳朵足有三十厘米远，仍然感到手机内发出的强烈震动。他大脑有些发僵地听着书记的怒斥，一时也不知道该说什么，只好默默地一声不吭。

田震继续一句接一句地质问："你们到底都做了些什么工作？这么多常务委员表示反对，事先就没有发现任何征兆吗？不是已经在小组会上进行过充分酝酿和讨论了吗？你们没有把市委的提名说明给大家讲清楚吗？有这么多人反对，这不明摆着打市委的脸吗？一个已经是市委常委的副市长人选被人大否决，你们知道不知道这是一起什么性质的事件？这个人选在市委常委会会议上全票通过，省委也是同意的，而且这已经经过了组织部和纪委的认真考察和核查，但居然在你们的人大常委会会议上没有通过，你们清楚不清楚这是件多大的事情！市里省里马上都会吵得沸沸扬扬，网上乱七八糟的事情也都会一起跟着翻出来，你说说你们都干了些什么事情！好了，让你们的主任马上过来，我想听听他怎么处理余下的七七八八的事情！"

"田书记，表决还没有结束呢，主任这会儿离不开啊。"秘书长慌忙解释道。

"什么？"田震愈发震怒，"这不是瞎扯吗！表决还没结束就怎么知道没有通过？"

"这是主任非让我来给你讲的。"秘书长马京辰有些结巴地说，"主任认为情况有些不正常，很可能要出问题。"

"那你呢？你也是这么认为的？"书记的质问明显缓和了许多。

"我也觉得有可能出问题。"马京辰实话实说，"我在主席台上大致估算了一下，差不多有一半的常委都动了笔，这还不算主席台上的七个主任副主任。"

"你能肯定动笔的都是反对的？"

"书记，候选人就辛一飞一个人，我们用的也是常用的比较保险的表决办法。同意的，不动笔；反对的、弃权的才动笔。动笔的不是反对的就是弃权的，这一点是可以肯定的。"马京辰耐心地给书记解释道。

"有一半左右的人在动笔，你能确定？"田震沉思片刻，再次问道。

"……我觉得能够确定。"

"你们主任现在让你给我打电话是什么意思？"

"主任让我征求书记的看法，如果辛一飞表决没有通过，看书记对此有什么指示。"

"主任是什么想法？"

"主任提了三条建议，让我给你汇报，希望市委能够同意。"

"哪三条？"

"第一，如果票数没有超过三分之二，是否可以改为超过半数即通过。"

"第二呢？"田震不做回答，继续问道。

"第二，如果表决结果也没有超过半数，是否可以暂不宣布表决结果。"

"往下说。"

"如果辛一飞确实没有通过，今天投票结束后不宣布选举结果，投票结束即宣布散会。选举结束后，马上召开人大主任会议统一思想。明天上午与所有常委逐个谈话，争取明天下午进行第二次投票表决。"

"还有吗？"

"就这三条，没了。"

田震沉默片刻，然后在手机里一字一板地对马京辰说道："你马上告诉刘利斌主任，他现在想到的这三条补救措施，已经没有任何意义。这么做，只能是越描越黑。到这会儿了，就不要光想着把什么责任都揽在自己身上，有用吗？既然是严肃的合法的合乎程序的选举，选举结束了，就应该宣布结果，这是必需的。这么严肃的选举能是儿戏吗？人大常委会只是个摆设吗？如果选举完了不宣布结果，第二天还要重选，让老百姓知道了，让上面的领导知道了，而后再让媒体知道了，龙兴市的四大班子，还怎么在龙兴市立足？还怎么去面对干部群众？党纪国法可以任意捏弄吗？人民代表大会还是不是最高权力机关了？这三条建议，市委绝不会同意，首先我个人表示坚决反对。你告诉他，选举结束以后，一切按程序办，常委会会议休会，委员们回家。如果确实被否决了，首先责任在市委，在我，与任何人没有关系，与他人大主任也没有关系。你告诉你们主任，人大常委会会议所有的议程结束后，请他马上到我办公室来。在我的办公室临时召开一个紧急会议，请他汇报和分析一下这次人大常委会会议投票表决的有关情况，然后再研究下一步怎么办。"

听了秘书长的传达，人大主任刘利斌木然地坐在主席台上，好久也没动一动。

投票已接近尾声，主持人最后一次向全场发问："还有没有人没有填写完选票？没有填写完选票的请举手！"

台下一片沉寂。

良久，主持人宣布："现在开始投票。首先请监票人和总监票人投票。"

大厅里突然响起了轻快活泼、热情洋溢的《喜洋洋》的民乐声。

刘利斌好像被吓了一跳，才知道应该自己投票了。

投完票，再坐回自己的位置，盯视着台下常务委员们一张张神色严峻、表情深沉的面孔，再次意识到今天的表决确实出问题了。在这个会议厅里，曾进行过无数次的选举和表决，每一次的选举表决都没有出现过今天这样的气氛。也许他审视的目光太扎眼，铁青的脸色太难看，主席台下没有一个人像往常那样同他打招呼，甚至没有人看他。

连欢快跳跃的音乐声，此时也显得无比滑稽、虐心和逆耳。

如果辛一飞副市长一职确实没有通过，这肯定将是龙兴市人大成立以来前所未有的一起大事。刘利斌非常清楚作为一个人大主任，自己应负的责任是什么。如今省一级的人大主任，一般都由省委书记兼任。直辖市的人大主任，均不由书记兼任。地市一级的人大主任，有的地方由书记兼任，有的地方书记不再兼任。县一级的人大主任，书记一般不再兼任。市委书记不兼任人大主任，是人民代表大会制度不断完善的需要，也是人民代表大会制度越来越规范的结果。人民代表大会制度的设立，就是要把党的意志通过人民代表大会制度转化为人民的意志。书记不担任人大主任，是对人民代表大会制度的高度认可和信任。

而今天，龙兴市人大常委会把市委建议的一个重要人选给否决掉，甚至有可能超过半数的委员投了反对票，这无论如何都不能是市委书记的责任，而铁定是人大主任的重大失职。对这起重大事故，他这个人大主任绝对负有不可推卸的重大责任。

辛一飞的落选，后果也同样不堪设想。这将会完全打乱市委市政府的人事部署和工作部署，在龙兴市不亚于一场超级地震。

投票很快结束了，监票人正在清点票数。

发出选票和收回选票相等，选举有效！

投票结果用不了二十分钟就会出来。

如果没有通过，下一步应该怎么办？

按照田震书记的指示，如实宣布票数，如实宣布结果。如果没有通过，作为人大主任，面对全体常务委员，自己如何对这次投票表决以及这次人大常委会会议予以定性和评价？

按照惯例，常委会会议结束前，人大主任都要发表讲话。这个讲话将会在第二天的媒体上全文照登，还将会在当晚的电视新闻中播出主要内容。

事先准备好的讲话稿肯定不能再用了，因为这次临时召开的人大常委会会议就一个议题，就是表决通过市委建议的副市长人选。讲话稿中，把市委的人选建议说成是一次重大的人事安排。甚至把当选的副市长辛一飞，进行了全方位的赞扬和好评。

现在看来，这个讲话稿几乎就是个笑话。

那么，还能像往常那样讲吗？经过全体委员的努力，我们顺利地完成了这次常委会会议的所有议程？如果这样的话不能讲，那又该怎么讲？对提请人大常委会的建议人选表示反对，是赋予所有人大常务委员的神圣权力，你能说这次人大常委会会议没有完成既定程序和表决任务？

什么话也不说，直接宣布结果，然后直接宣布散会？那也肯定不合适。会议结束后，媒体上如何登载，电视上又如何播出？还有，如果你什么也不讲，人们将会怎么议论这次会议，又将会怎样议论你这个人大主任失态的言行举止？

宣布了投票结果，人大主任板着个脸，什么话也没说，就直接宣布了散会。

能这样吗？这岂不是丢人败兴，等于自己打自己的脸？

书记说了，如果人选表决没有通过，人大常委会会议结束后，马上就在书记的办公室召开临时会议，专门研究这次人大常委会会议的选举情况。你又如何在会上汇报情况，又如何在会上表态？

要求辞职吗？

目前看，这肯定不行。市委肯定不会同意，上级也绝不会批准。一出事就辞职，岂不是变相逃脱责任？或者想故意给市委难看？

目前你最大的事情就是把这次表决没能通过的原因尽快找出来，你在会上要有一个精准而又合乎情理的分析和判断。而且还应该提供出一个能够尽快补救的办法和建议。

原因究竟是什么呢？

事态太突然了，他甚至都来不及思考，来不及剖判。

他不禁感到四顾茫然。自己确实太大意，太疏忽了。为什么事先毫无察觉？

这么多人反对，自己竟然完全被蒙在鼓里！

怎么会这样？

究竟谁在暗里做了手脚？

看来你这个人大主任完全被人给耍了，欺骗了，成了一个地地道道的任人摆布的木偶和傀儡。

刘利斌担任人大主任已经三年多。

他的上一届，人大主任还是由市委书记兼任。三年前人大换届前，市委书记田震被提升为省委常委，成了副省级领导，人大主任的位置就腾了出来。经过层层选拔，最终由刘利斌担任了市人大主任。

刘利斌是幸运的。在一个地级市里，正局级干部一般只有三个，书记、市长、政协主席。从刘利斌这一届开始，正局级干部增加了一个。这在一般的地级市里，是很多人做梦也想不到、想也不去想的位置。

人大主任的职务也就确定了他尽管已经退居二线，但他在四大班子的排序上仍然是稳居第二的位置。在各级媒体的报道中，他也永远是在第二的顺序上。还有在龙兴市所有干部中最为看重的一点，就是每次市委常委会人大主任都必须列席参加，尽管没有表决权，但却有发言权、监督权和建议权。特别是涉及一府两院，也就是市政府、市法院、市检察院的人事任免，人大主任的建言和举荐都占有很重的分量。

这个人大主任的权限远远超出了他的预料和想象。

尤其让刘利斌没有想到的是，这个人大主任工作的忙碌和繁重，完全出乎他的预想。千头万绪，整天忙得焦头烂额，根本没有人们所设想的退居二线的消闲和轻松。有时候，他甚至感到比他当市委副书记时，比他当常务副市长时还忙还累。

毕竟是一把手，什么都得操心。大事小事，最终都得由他拍板。

人大工作，对刘利斌来说，完全是一个全新而又陌生的领域。按人们的常规的说法，人大工作是集体有权，个人无权。即使你这个人大主任，在一些具体的事情上，也确实没有多大的权力。就像选举和表决，也一样是一人一票，你对整个的选举和表决，在关键时刻起不了决定性作用。就像一个召集人，或者主持人，有时候你说得口干舌燥，满嘴起泡，他不听你的照样不听你的，你也只能听之任之，尊重有加。

中国的各级人大机构中，最重要的常设机关人大常委会，除了部分担任党派职务的非党人士以外，绝大多数都是退下来的书记县长或者局长主任和部门领导。他们都在一线任职多年，工作经验丰富，行事老到成熟。历经枪林弹雨、大风大浪，什么世面也见过，什么战场也经过，你的工作要是做不到位，他看得一清二楚，明明白白。在这些人面前，事事如履薄冰，须臾不可松懈。何况人大常务委员中，包括那些人大专委会中，还有不少都是自己的同事、同学和同乡。有的曾在一起搭过班子，有的同在一届做过县长县委书记。其中有很多的人大常务委员或专委会主任，这些卸任来到人大的老局长、老主任、老书记，比他从政的时间更长，年龄也更大，资格也都比他老，甚至还做过他的领导。无非是自己的机遇更好一些，比他们早进步了两年，早提拔了几年，比较早也比较幸运地进入了市级领导班子，成了市里的主要领导之一，最终才担任了市人大主任。

自己的这个人大主任，也都是由他们选举上来的。让他感到特别激动和万分感念的是，他当初的人大主任选举竟然是全票当选！也就是说，台下的这些常务委员，当初都投了他的赞成票！

也许正是这些原因，面对着这些人大常委，常常让他有一种力不从心，甚至无能为力、难以作为的感觉。以前在政府也好，在党委也好，刘利斌硬朗的工作作风，还有他的能力和魄力也是众所周知的。

那时候的刘利斌，指哪儿打哪儿，可谓所向披靡。谁不服从，谁不守规，谁不努力，谁不认真，谁敢阳奉阴违、心口不一，他有的是办法。该说就说，该批就批，不行了该调就调，该免就免，该撤就撤。生了气，发了火，拍桌子瞪眼，雷霆震怒也是常有的事。但凡他拍板的事情，下面的那些大大小小的干部，没有敢不听、敢不从的。即使有些干部心里不服，也绝不敢当面一套背后一套。一旦发现，绝不轻饶。只要你还在我手下，就别想再有好日子。还有，那时候刘利斌当领导，下面出现了什么新问题，新情况，有什么纠葛矛盾，他都会在第一时间发觉和知晓。下面那些偷偷摸摸、鬼鬼祟祟的事情，没什么人能轻易逃过他的耳目和法眼。因此不管出了什么问题和情况，他都能从容应对，及时化解。更不会让苗头成为趋势，最终演变成事故，以致对矛盾的发展和走向措手不及，无从应对。

然而今天的情况，则完全相反。

刘利斌第一次真正感到，这个人大主任，确确实实只是个二线领导，只是个无权无势的主持人。

今天发生的事情，让他再次陷入到了这种极其尴尬的境地，他再次强烈地感受到了这种心余力拙、束手无策的感觉。

从目前的情况看，票决落选几乎是板上钉钉的事情，除非有天大的奇迹发生。那就是出现二十张以上的废票，足以让辛一飞的赞成票数有可能超过三分之二。或者是发出票数和实际票数不相等。但后面的这个刚才已经宣布过了，已经没有可能了，而废票出现二十张以上的情况也几乎等于零。

投票表决无法超过三分之二是肯定的了，已经不可阻挡。

如果超过半数呢？

如果连半数也超不过呢？

他该怎么办？

他应该如何向田震召开的紧急会议交代？

刘利斌想到这里，深吸了一口气，强迫自己冷静下来。他得尽快把这一重大而突发情况的前因后果好好忆一忆，捋一捋。

他看了看手表，全部会议议程的结束，还有不到一个小时时间。

一个巨大的疑问一直缠绕在他的脑海里，究竟是谁在暗中策划了这次人大常委会的选举？

策划这次选举的人胆子太大了，能量也一样太大了！

关键的问题是，这些常务委员都是党培养多年的领导干部，对市委的建议提名为什么会出尔反尔，在小组会上都一声不吭，而在选举时却一致投票反对？

尤为关键的问题时，这个候选人辛一飞为什么会遭到这么多人的反对？

这些反对票反对的是市委的提名，还是辛一飞个人？抑或是为了反对而反对？

这个常务副市长的人选确实有很多人在盯着，在企盼着，但如果有人公然敢采取这种手段竞争这个位置，岂不是利令智昏，自寻绝路？

在目前这种情况和形势下，什么人会傻到这种程度？

或者什么也不是，就是受了某些人的指使，非要把这个辛一飞给选下去？

那这个幕后指使者为什么要这么做？最终要达到什么目的？

这个幕后指使者何以会有如此大的能量和实力，竟至于让这次人大常委会会议临阵倒戈，一泻千里，全线崩溃？

这不是公开和市委市政府叫板吗？

谁敢这么做？谁有这么大胆子？

刘利斌主任脑子突然一片空白。

他真的完全蒙了。

七

　　市长李任华接到田震书记的紧急通知时，隐隐约约觉得一定是发生了什么大事。

　　他有些疑惑地问秘书："什么事，这么急？"

　　秘书回答："书记秘书小程说了，他也不知道。"

　　"临时会议？"市长觉得好像近期没有什么大事发生，不禁有些诧异。

　　"是，临时会议。"

　　"还有哪些人参加？"市长继续问道。

　　"具体不太清楚，田书记秘书说，市里的主要领导都参加。"

　　"上面来人了？"

　　"没有。"秘书说，"是书记要求开会。"

　　"知道了。"李任华还是有点纳闷。看看表，不到半小时十二点。

　　什么事呢，这么紧急？

　　市长此时正在即将扩建的龙飞大道所要经过的一个棚户区调研。

　　这个棚户区所在地叫马家园。

　　紧邻马家园有个季节河叫二道河，二道河过去到了雨季时才会有水。这些年，二道河基本消失，即使到了雨季，到了暴雨成灾的时候，这条河也不再出现。二道河旁边过去还是一个驿站，后来又成了骠马店，于是人们就叫它二道河马家园，再后来干脆就叫马家园。过去不在城区，交通还算方便，于是人们就沿着这条季节河的河床和河道旁，兴建起来了很多临时住宅。二道河旁边还有一个山丘，由于这几年打工的越来越多，临时住宅也越来越多，时间久了，整个河道和山丘上都成了一片一片的临时住宅区，这个二道河马家园便成了龙兴市最大的棚户区。

二道河马家园棚户区的住户，以前几乎是清一色的矿工。这几年其他工种打工的也越来越多，新来的临时住户可以说是五花八门，搞建筑的、卖菜卖瓜果的、拉货送货的、裁剪衣服的、机械加工的、修补家具的、修伞修鞋的、美甲美容的。这两年又增加了家装公司、服装公司、快递公司，等等。

龙兴市是矿业大市，矿业一直是市政府的支柱产业。截至目前，全市共有年产量六十万吨级以上的煤矿十二座，储量在十万吨级以上的铁矿七座，还有储量不低的一些稀有金属矿藏，如铝、铜、钴、镁、钨等。这些大大小小的矿藏，在龙兴市四周和各个县区，星罗棋布，随处可见。这些矿业的产值几乎占了龙兴市生产总值的一半以上，也让龙兴市的 GDP 始终在全省名列前茅。

这些年，由于矿产品大幅降价，龙兴市委市政府借机对这些矿产资源进行了大力改造和整合。小铁矿小煤窑基本上都被关停并转，重特大事故的发生率也不断降低。关停并转带来了有益的一面，但也带来了另外一个副产品，就是随着矿产资源的大整合，留下了令人忧惧、望而生畏的大片大片的矿工居住的棚户区。

这些大片大片的棚户区，同国外的那些贫民窟有些类似。但同国外贫民窟截然不同的是，这些棚户区有组织，有机构，有管理，服务水平和生活质量尽管不高，但排水排污系统基本畅通，水电气暖一样不差，公共设施包括公共厕所也还齐全，相对还可以保持干净。附近的小超市、小卖部的商品也算丰富多样，应有尽有。

棚户区的居民，大都是好几代留在这里的矿工。年龄大点的，改革开放之初就来到了这里，年龄小点的，几年前中学一毕业就来到了这里。更多的都是在这里出生、在这里长大的矿工的下一代，包括下一代的下一代。

当初来到这里打工时，根本没想过在这样的地方久住。农村来的，农闲时下煤窑，进铁矿，干个一月两月的，挣个零花钱。那时候也没有租房的想法，其实也没房子可租。大都在矿口附近，临时找个地方，随便搭个棚棚，挖个窑洞，或者盖间土坯房。只要晚上能遮身，能有个睡觉的地方就行。再后来，越挖产量越大，小矿变大矿，矿工也越来越多。农村种地的收益远低于打工的收益，于是过去的农闲时打工，变成了终年打工。一个人打工，带来了一家人打工。棚户区也积少成多，越变越大，最终连片，便成了现在这样的一个个一眼望不到头的超大棚户区。

整个龙兴市，从事挖矿的产业工人足有二十多万，解决了住房问题的不到五分之二。龙兴市过去能住人能盖房的周边，几乎全被这样的棚户区所占据。随着龙兴市城市化进程的加快，这些围在周边的棚户区，就成了一个绕不过去的老大难问题。

要想打通龙飞大道，就必须对这些盘踞在大道两旁的棚户区进行彻底改造。

这并不是一个小数字，即使到现在，住在棚户区的矿工和家属，也足有一万多户。在棚户区居住的新老矿工人数，少说也有三四万人。

李任华市长来这里时，派出所给他提供了一个较为准确的数字，如今居住在棚户区的二十岁左右的年轻人，保守地估计，也有一万人。

对一个城市管理部门来说，这样的一个人口比例，再加上这样的一个居住环境，这里必然会成为恶性案件多发之地。

居住在这里的年轻人，由于种种原因，大都没有受过完整的基础教育。从小在棚户区长大，离学校很远，由于条件的限制，学习也大都一般。能从小学毕业顺利读完初中的，几乎占不到一半。初中毕业，能上职业学校最终完成学业的，也少之又少。能考上普通高中，最终能考上大专大学的，几乎占不到五分之一。能上了一类院校、名牌院校的更是凤毛麟角。

很多年轻的矿工就在这里出生，从小就伴随着爷爷爸爸下矿挖矿。

等到大点了，上学期间放假了，就直接跟着爷爷爸爸去下矿挖矿。这里的孩子之间，没有歧视也没有隔阂。小时候与矿工的孩子一起玩耍，长大了也是同矿工的孩子谈情说爱，结婚生子。

这些年轻人简单淳朴，性情真挚。爱抱团，讲义气。最见不得倚势仗富，恃强凌弱。一旦谁家遇上了什么不公正不公平的事情，就会集体上阵，倾巢出动，常常是挺身而出，一呼百应。不讨个说法，绝不罢休。

这些矿工都是外乡人，从小到大，依靠的是政府，盼望的是政府，因此他们打心底里听政府的话，服从政府的领导。他们都是一线工人，因此从小学到的听到的，都是有了困难就找政府。他们任何时候都虔诚地认为，共产党的政府，就是为穷人为工人农民撑腰说话办事的政府。共产党的政府时时刻刻都会关爱他们，帮助他们，更不会不管他们，遗弃他们。有困难的时候，他们第一个想到的一定是政府，能依靠的也只有政府。凡事他们都会把你的做法与政府的宗旨号召认真对照，如有不同，他们绝不会答应，非但不答应，而且拼死拼活也要让你把话讲清楚，把道理说明白。

他们最喜欢讲真话的领导，也希望那些大大小小的领导干部都能给他们讲出更多的为人民谋幸福的话语。只要领导们说到要让人民群众拥有更多的幸福感和获得感，他们就会万分激动，兴奋异常，见到这样的领导就会拼命鼓掌，热泪盈眶。

他们一直认为自己就是城市的基层群众和贫困阶层，因此对党和政府的扶贫政策和安置政策充满了无限的期待和美好的憧憬。

他们中有很多人一生都在为大大小小的煤老板和私营矿主打工，但在心理上对政府的依赖感则越来越强。

他们从小到大，受到的教育和得到的认知，就是认定那些煤老板和私营矿主是他们天然的冤家和对头。正是这些人的欺压和剥削，才让他们一直过着这样没有尽头的贫困生活。在现实生活中，他们也能确切地看到感受到与这些煤老板和私营矿主之间巨大的贫富差距。

不怕不识人，就怕人比人。想想自己几代人在这里打工，至今还住在这走风漏气的棚户区里。而人家一个平平常常的煤老板，一个小学也没毕业的私营矿主，甚至是一个学校的同学，一个村里的同乡，却整日吃香喝辣，穿金戴银，住豪宅，开奔驰。儿女也一样高视阔步，富贵骄人。个个西装革履，蜀锦吴绫，经商的经商，留学的留学，与他们这些一辈子不见天日的矿工根本就是天地两隔，云泥之别。

越是如此，他们对政府的期待值就越高。凡是那些与老板矿主勾勾搭搭、拉拉扯扯、吃吃喝喝、吹吹拍拍的政府官员，他们一律认定为政府的败类，是他们同仇敌忾、无法容忍的腐败分子和贪官。

因此他们做梦也盼着的就是党的好政策，政府的好领导。

棚户区改造工程，就是他们此生此世最有可能实现的梦想。随着这些年房价的持续上涨，他们对棚户区改造工程的期望值越来越高，迫切性也越来越强。他们厮守了几年十几年甚至几十年的这些几平方米，十几平方米，且简陋得不能再简陋的小小蜗居，就是他们在这个世界上唯一具有巨大潜在价值的财富和希望。如何把这一梦想变为现实，就是他们眼下最大的期盼和热望。而梦想中所拥有的这一切，都寄托在能给他们派来一个好官、清官身上。

龙飞大道扩建工程的开工，便是他们梦想即将实现的最大希望。

他们清楚，龙飞大道的扩建改建，他们所在的棚户区是必经之路。棚户区改造，也是龙飞大道工程中的重要一环。只要龙飞大道开工，离他们的棚户区改造就会越来越近。他们多年来梦寐以求的真正的房产，就会以大红本的形式，划拨在自己的名下。真正的室内厨房、抽水马桶、客厅、阳台、卧室、洗手间，这一切过去都只在梦中出现的景象，将会变成真正的活生生的属于自己的现实。

一句话，他们一个最强烈的感觉就是，他们的苦日子到头了。

他们甚至有人都知道了即将给他们兴建的住宅大楼所在地，或许就在离此地不远的某某地域。

尤其让他感到兴奋不已的是，市政府将会给龙飞大道工程派来一个好领导，这个领导叫辛一飞，是一个老百姓人人叫好的大清官。

这个领导在当地的老百姓中间，有口皆碑，万民称颂。各种各样有关辛一飞的传闻，在这里都被人们讲得有声有色，家喻户晓。于是，他们的期盼之情就更加高涨。

"辛一飞"这个名字和这个领导干部，在二道河马家园已经是一个神一样的存在。

今天龙兴市市长李任华突然来到马家园棚户区查访调研，顿时让整个棚户区都处于一种无比亢奋的沸腾之中。

李任华市长接到马上回市委的电话时，正处在这种沸腾的棚户区居民的包围之中。

这个情景完全出乎李任华市长的预料，他根本没想到他的这次查访竟会引起这么大的轰动和呼应。

首先让他根本没想到的是，他一来到棚户区，顷刻间就被大批的居民包围了。他粗略地估计了一下，围在他身旁的居民至少也有七八百之多。

李市长完全被包围在人潮里。

李市长的秘书小杨惊恐地看着这起伏汹涌的人群，一时竟不知该如何处置。但杨秘书很快就放松了心情，这么多的人围着李市长，目的好像只有一个，就是想跟市长说说话，拉拉手。所有人的脸上都洋溢着灿烂的笑容，都流露出极度诚恳的表情。看得出来，李市长来到这里，给这个棚户区的居民带来的完全是一片渴望幸福的海洋。没有人上访，没有人喊冤，更没有人哭诉。有的只是热情的问候和询问，更多的人则是鼓掌和握手，再有的就是一片在阳光下闪烁的手机在不停地拍照和摄影。

李任华来时并没有做什么准备和安排，周围也没有布置任何安全措施，事先也没有通知这里的居委会和街道办，他觉得到一个棚户区私下看看，用不着兴师动众，也决不能骚扰百姓。而且是在上午上班时间，这里的大部分矿工都应该在班上，在家里的人不会很多。所以当这么多人一下子拥出来时，确实出乎他的意料。

在后来的询问和问候中，他才明白他来这里查访的消息还是提前走漏了。

围在他身边的人群里，不仅有老人和家属，而且还有很多专门请假留了下来的上班职工。不只是这个棚户区的矿工，其他棚户区的职工竟也来了不少。

无数的问题，无数的期许，无数的质疑，个人的，家庭的，集体的，政策文件，新闻媒体，私下传说，只要是听到过的，只要有联系的，他们都会问到。都与棚户区的改造工程有关，都与即将出台的分配政策有关。一句话，都与自己能不能分到房子有关，与能不能分到自己所希望的房子大小有关。

所有的问题都是赤裸裸的，有的问题一点也不顾及市长的面子。

"李市长，我们在这里住了十几年了，这一回是真的吗，不会又是忽悠我们吧？"

"李市长，你是外地来的，还不了解这里的情况。实话给你说，这些本地提拔起来的领导干部，没有几个好东西。还有那些大大小小的老板，也都是些吃里爬外的家伙。这几年反腐败抓了不少，但没有抓起来的还有很多。不把他们一网打尽，这里的老百姓哪有好日子过呀。"

"市长啊，我们这里的人，都是些特困户、特贫户，有点关系、有点路子的人早都走了。我们也没什么指望，靠的就是政府。现在就只想问一句，中央的精神，什么时候才能落实到我们这里啊？"

"龙飞大道吵吵了十几年了，李市长你来了，才真正要动工了，大家都念叨你呢，你可千万别再刚干两年，脚底一抹油就又走了。"

"那个辛一飞什么时候才能上任啊，我们私下里都听说了，这里有好多人都在私下里算计他呢，不想让他在这里干，不知道有没有这回事？"

"李市长，你一看就是好官，就是个好人。但这里的贪官坏官太多了，你这么斯文，能管得住他们吗？你说话他们听吗？能算数吗？"

"听说李市长你是挂职下来的，干个一年半载就提拔调走了，不知道是不是真的。我们也盼着你高升，可你走的时候，无论如何也要把这条龙飞大道修通，要把我们这个棚户区改造出来啊。我们这里的人世世代代都念你的好，不要像那些贪官，调走的时候，满街的老百姓都在放鞭炮！"

"李市长，这次棚户区改造，一定要公正公平啊。我们一家人来得晚，五口人才住十几平方米，如果只按面积算，我们一家人吃亏可就吃大了，你们一碗水要端平啊。"

问得最多的，还是辛一飞。

"辛一飞当副市长已经定下来了吗？听说还要当常务副市长，专门负责棚户区改造和市里的几个大工程？"

"李市长，听说那个辛一飞是个好官，让他当副市长，主要负责龙飞大道工程，听说反对的人好多，这个不会再变了吧？什么时候他才能来上任啊？他来了，你就省心了，不用这样亲自跑了。其实工程上的事你也不懂，辛一飞要是真的是清官，你就放手让他干就是了。我们觉得，他们能糊弄得了你，糊弄辛一飞可就没那么容易。我们这里的事坏就坏在贪官手里，越贪权力越大，越是清官越是没权。市长，你说是不是这样啊？"

"我们什么时候才能见到辛一飞啊，我们就想听听他怎么说的，这里的棚户区改造，到底是什么方案？"

"李市长，刚才有人传话，说今天上午就选举辛一飞当副市长，还说好多人都在反对，不想让他当选。大家就纳闷了，为什么有那么多人当领导都不选，偏偏辛一飞来了就得选？直接派来不就得了？"

"李市长……"

……

李任华被众多的人簇拥着，简短地、不断地回答着这一个个的提问。3月的天气，尽管仍然很冷，但在人群中，他早已是满头大汗，衬衫外套也好像都湿透了。

好不容易挤出人群，离开的时候，最后留给现场群众的几句话，仍然也还是有关辛一飞问题的解答。

"大家放心，辛一飞任副市长，是市里省里的决定！这个不会有任何变化！他今天上午，就会被任命为副市长，他也会很快与大家见面。有关棚户区的改造工程，都会综合大家的意见办理。具体的政策和规划，一定会按照公正公平的原则处理和解决。辛市长也一定会提前同大家见面商量，也一定会争取让大家都感到满意。大家说得很对，共产党的政府就是老百姓的政府，政府所有的工作，都是为老百姓办事的！谁与老百姓两条心，我们就撤他的职，查他的问题，就让他下台！这几年，大家也都看到了，今后我们就是要坚持这么做下去，人民的政府，就必须让人民满意！"

在一片热烈的掌声中，他终于离开了紧随不舍的人群。

八

刘利斌怔怔地看着眼前的选举结果，好久抬不起头来。

不出所料，辛一飞副市长一职的提名决定没有被人大常委会通过。

票数居然没有超过半数。

33 票赞成，24 票弃权，10 票反对！

离半数还差一票。

居然只差一票！

市委书记虽然不同意，但他当时还是想坚持自己的想法，只要选票过半，他就会宣布任命通过！如果有问题，有人质疑或反对，他将据理力争，所有的责任都由他来承担！即使田震书记有质疑，他也在所不惜，立刻就会当众宣布：辛一飞副市长的任命决定已经由人大常委会表决通过！

就在刚刚检票期间，刘利斌又给省人大常务副主任刘祥打了一个电话。电话很快打通了，刘利斌就问了一个问题：人大常委会的人事任免表决，票数过半是否就可以宣布通过。刘祥副主任连思考也没有思考就回答道，当然可以，没有问题。

刘祥主任特别给他讲道："根据法律规定，各级人代会投票选举，一般都是票数过半即当选。人代会闭会期间，人大常委会的选举各有不同，但重要的人事任免，票数过半即可通过。这几年，我们各级人大常委会对人事方面的任免决定越来越自信了，就把超过半数当选变成了超过三分之二当选。当然这也是对人大全体会议的一种承诺，在人民代表大会闭会期间，常委会代表全体代表行使职权，为了让这一职权更具效力和说服力，常委会在闭会期间的任免决定，就提高到了三分之二方可通过。其实根据法律规定，人大常委会投票决定半数通过是完全可以的，也是合乎法律的，不存在任何问题。"

刘祥主任的一番话，一如让他拨云见日，顿感信心爆棚。

他当时觉得，对辛一飞的表决，人大常委中即使有很多人反对，但票数过半绝不应该有任何问题。他不相信一个市委省委同意的决定，会在市人大常委会会议上遭到半数以上常务委员的反对！

人大常委会的组成人员，都经过千挑万选，也都是久经考验的领导干部。在他们中间，怎么会有一多半对省委市委的提名建议公开表示反对？

不可能！

这些常务委员，每一个他都非常熟悉，非常了解。他们都有很强的政治意识、大局意识，在关键时刻，都会坚决遵守党的纪律和党的意志。

每一个常务委员都值得信任和重托。

什么都想到了，就是没想到竟然会是这样的一个结果。

33：34。

半数还差一票！

太沉重了。

刘利斌默默地看着监票人送来的投票结果，好半天抬不起头来。

居然只差一票！

这样的一个结果，已经足以让他身败名裂，声名狼藉。

如果事先有所察觉，稍稍做点工作，哪怕在选举前强调几句，撂几句严厉的警告，用指头敲敲桌子，也许就会挽回眼前的这场困局、败局。

这已成定局的结果，注定成为他从政四十多年从未有过的奇耻大辱。

这些让他深为信任的老同事、老部下和老朋友竟然合谋欺骗了他，背叛了他。让他在市委省委面前，栽了如此之大的一个跟头。

市委建议省委同意的一个常务副市长人选，在他任人大主任刚刚三年的一次常委会会议上，在只要票数过半即可通过的情况下，竟仍然落选，相当于当众被集体打脸。

真是痛心疾首，深恶痛绝。

不禁浑身打战，怒火中烧。

只差一票没有超过半数。

这一票让事情的结局与预期的结果几乎一个天一个地。

"主任，该宣布了，常委们已经到齐，都回到会场了。"秘书长马京辰在耳边轻轻的一声，却几乎让刘利斌吃了一惊。

休息室里一片死寂，几个副主任都沉默着。空气像凝固了一般，大家的喘息声都听得清清楚楚。

刘利斌怔了半天，当回过神来，立刻用恶狠狠的眼光盯了秘书长一眼，不禁把秘书长也吓了一跳。刘利斌当着几个副主任的面，不管不顾，话里有话地问："你是秘书长，事先什么情况也不知道？"

秘书长一下子愣住了，他根本没想到主任会在这么多人面前用这种脸色和语气质问他。脸色红一阵白一阵，好半天才说："主任，不知道啊，真的不知道。确实没想到会是这样的结果，我刚才细细地同他们核对过了几遍，做梦也没想到啊。"

"做梦也没想到？"刘利斌依然死死地盯着马京辰秘书长，"以往开会，你一天在我的办公室跑无数趟。昨天今天，这么重要的会议，你却溜得无影无踪，都干什么去了？分组讨论会你没参加吗？会上没有人表示异议吗？讨论情况反馈，这方面的信息怎么一点也没有？是你没有布置还是没有人反映？你的工作都做到哪里去了？你把这个投票结果给我拿过来的时候就没想过应该给我说点什么？你没感觉到有压力吗？没感觉到失职吗？是不是觉得很坦然？这一切都很正常？"

大颗大颗的汗珠从马京辰的头上滚了下来，他可能根本没想到主任对他会有这么多的质疑和质问，而且一句接一句，根本不给他任何辩解的机会。尤其是主任面色铁青、眼中冒火的样子，根本不给他任何面子。等主任说完了，他正想着怎么回答，没想到主任腾地站了起来，也不看他，也没给任何人打招呼，径自向会场上大步走了过去。

所有的人都立刻站了起来，都跟在主任后面走了过去。

主持会议的常务副主任王宇新宣布完表决结果后，紧接着宣布了会议的最后一项议程：现在请市人大主任刘利斌做总结讲话。

刘利斌眼前没有讲话稿，早就写好的讲话稿在公文袋里根本没取出来。昨天晚上他还把讲话稿认真看了一遍，对其中的好多地方做了认真的修改。但现在看来，这个早就准备好的讲话稿已经没有任何意义，如果再照着念一遍，纯粹就是个笑话。

刘利斌死死地盯着会场，足有两分钟没有讲话。

台下的常务委员们也一个个面无表情地端坐在那里，与刘利斌长久地对视着，沉默着。

会场一派紧张的气氛。

此时，也只有刘利斌有讲话的权力。良久，他才有些恶狠狠地蹦出来一句话："我想了，这个结果一定是某些人最希望得到的、看到的，也一定是某些人最期盼、最满意的结果。不是吗？"刘利斌的嗓音不高，却字字如剑，一下接一下地刺向会场。

主任沉默片刻，表情阴沉地又接着讲道："恭喜这些人，你们赢了。我没说'得逞'这两个字，这会儿还不想说，因为还不到时候！我现在就只说这两个字，赢了，你们确实赢了。"刘利斌扫视着会场，声音渐渐阴森起来，"是不是感到很高兴？很得意？是不是还想再听听我平时那样的讲话：这次会议开得很顺利，圆满完成了各项议程，祝大家工作愉快，事事如意，一路平安。是不是还想听我再说几句这样的话？让你们再得意一下？"

会场死寂一般静默着，台下都有些发呆地看着这个平时很温和也很敦厚的人大主任。

刘利斌接着讲道："本来我不想说什么了，事后我们会对这次表决的结果立刻进行调查和分析，而后再对这次表决予以判断和定性。到了那个时候，我自然会有很多话要说，我也会把问题和真相给大家讲得清清楚楚。谁的问题谁负责，谁的责任谁承担。我说这话不是想追究查处，更不是想秋后算账。但究竟是什么问题什么原因，我得向市委交代，向市委检讨。为什么会这样？为什么?！"

说到这里，刘利斌再次死死地盯着会场，扫视着会场的每一个人，"我特别想问问会场超过一半的反对者，你们为什么要这么做？上午讨论时，你们不都表示同意市委省委的建议提名吗？不都没有异议、没有意见吗？为什么偏偏在投票时出尔反尔，口是心非？说一套，做一套？辛一飞到底哪里有问题，哪里让你们不满意了，会让你们做出如此强烈的反应？是因为辛一飞从一个县长破格越级提拔为副市长了？正处提副厅，正县升副市，在座的你们没有遇到过吗？哪里破格了，越级了？县长提拔为副市长，这在以前没有先例？很多啊，一个县的县长，直接提升为副市长，不正常吗？一个市长直接提升为副省长，不是常有的情况？哪里错了？哪里不符合干部条例？哪里不依法合规？有错吗？你们如果觉得有错，现在就给我提出来，咱们当着所有的常务委员，现场提问，现场辩论，现场解答。如果你说得有理，就坚决照你的来定性，对这次表决我绝不再说一个不字。有吗？行吗？"

刘利斌沉默了足有两分钟，现场仍然一片死寂。

"当初你们被推举为人大常委会委员时，你们的档案我全都细细地看过。"刘利斌继续扫视着下面讲道，"你们中间的不少人，就是直接从镇长提拔为副县长，从副县长副书记直接提拔为局长主任，从县委副书记直接提拔为书记的。这都越级了？都破格了？还有几个县委书记，是直接从副书记、副县长、常务副县长的位置上提拔起来的，是不是都算越级提拔？"

说到这里，刘利斌停了下来，默默地看着台下几张熟识的面孔。

台下此时几乎没有人同他对视，他发红的目光盯向哪里，哪里就只能看到一个脑壳。

"退一步讲，"刘利斌放缓了嗓音说道，"你们当初的提职就算是越级提拔，又有什么错？远的不说，就说说我们现在的省级领导、中央领导，如果都按某些人的说法，都这么一步一个台阶，哪个能到了现在的位置？我们的干部选拔，总有一批干部会按照时局和人民的需要，及时被提拔到某一个位置。大家几乎都当过一把手，这个谁也明白的道理，莫非你们突然想不明白了？或者，你们真的是因为这次提拔不公正不公平？那你们就说说，哪里不公正，哪里不公平？哪里违反了程序？哪里不合规定？哪里暗箱操作了？还是哪里走关系了？有吗？如果有，现在你就可以说出来。如果属实，我立刻辞职；如果不属实，也保证言者无罪。有人同意吗？有人愿意站出来吗？"

刘利斌再次停了下来，足足在会场扫视了三分钟。

"如果不是这些原因，又会是什么原因？"刘利斌继续说道，"如果不是因公，那就只能是徇私了？说实话，此时此刻，我真不想把这个词用在这里，用在大家头上。徇私！不觉得我们的人格受到了侮辱？怎么会是徇私？又为什么要徇私？这个私应该只有一个，那就是龙飞大道的扩建和开通，涉及了某些人的既得利益，断了某些人的财路，必须让这个工程胎死腹中，让这个执行人打道回府，然后再找一个可以保住既得利益的代理人？是不是这样？是吗？再问一句，到底是不是？如果不是又会是什么？还能是什么？有多大的分量才能把你的笔尖压倒在反对的选票上？重金贿赂？利益许诺？有人施压？是不是？如果是，那就摸着胸口想一想，大家都当了一辈子的领导干部，该你有的都有了，该给你的也都给了，养老、住房、医疗，各种待遇、福利、补贴，还有儿女的安排、家庭的资产、个人的尊严，还有什么不满意的？还觉得不够？你的孩子里面有失业的吗？有打工的吗？有上不了大学的吗？有看不起病的吗？你的亲戚里面，有幼无所学，老无所养，住无所居，病无所医，劳无所获的吗？如果有，你马上说出来，我当着所有人的面立刻给你鞠躬道歉，今天下午就给你解决！有吗？"

刘利斌恶狠狠地盯着台下，再次沉默了整整三分钟。然后突然一掌拍在桌子上，腾地站了起来，厉声说道："到底有多大的私利，就能把党纪国法和人民的恩义统统抛在脑后，踩在脚下？你们今天都在行使自己应有的权利，我本不该指责什么，也无权指责什么，更无权使用这么多侮辱性的字眼，我也知道我今天的这番话完全是违法的，不允许的，但我今天必须说出来！这是我的心里话！我不说出来就对不起我自己，对不起我这个职务！今天的表决，不仅是我的耻辱，也同样是你们的耻辱！龙兴市的老百姓不会忘记我这个失职的人大主任，但也肯定不会忘记你们这些投反对票的人！也肯定能看清你们都是些什么样的人，都在代表着谁的利益！得有多大的利益，才能让你们投下那反对的一票？你们的目的就是一个，就是要把辛一飞给否决掉！出现这种结果，原因无非就是一个：利益！除了利益还是利益，没有其他，只有利益！但究竟为什么阻止辛一飞，这里面究竟藏着什么意图，你们知道吗？了解过吗？你们能这么草率吗？只凭道听途说，就认定确实如此？如果真是这样，岂不是活见鬼！你们能那么傻吗！除非是更大的利益，才会这样拿着人民赋予的权力，干着危害人民利益的勾当！在利益面前，对人民忘恩负义，还能算是一个真正的国家干部？还能算是一个有立场有信仰的共产党员？当你投下这昧了良心的一票时，就等于你把你的手伸向了罪恶！在老百姓眼里，这样的人连人也不是……"

刘利斌多少年了，从来也没有这样发作过，也从来没有这样在大庭广众下怒吼过。年近六十，当了一辈子领导干部，最终又当上了这个他做梦也没想过的人大主任，本以为这是一个退居二线的工作，就这么兢兢业业、小心翼翼地干下去，一直到顺顺当当、安安稳稳地退休，此生此世也就可以圆圆满满地了结了，交代了。这个想法并不过分，也不难做到。人大工作，只要按部就班，一切按程序办事，就不会有什么大的纰漏和差错，更不会有什么过不去的坎儿。这三年多来，他所有的一切都是按这样的设计从事的，也都是按这样的路子往下走的。却没想到竟会在半路上遇到这样的一场恶战，碰到这样的一道关卡！居然能让他在不经意之间，一败涂地，阴沟里翻船！

此刻，他愤怒地审视着会场，再次看了看时间，然后咆哮似的从嘴里挤出两个字来：

"散会！"

九

　　中午十二点一刻，在田震书记办公室召开的临时会议气氛十分沉重。

　　书记、市长、市委副书记、人大主任、政协主席、纪检书记、组织部长、统战部长、市委秘书长。

　　没有记录，没有工作人员，就市里的几位核心领导。

　　临时会议由书记主持，开场白只有一句：

　　"在上午召开的人大常委会会议上，辛　飞副市长的任职没有通过表决，现在让利斌主任给大家说说情况。"

　　书记的话音不重，但让会上尚不知晓情况的几个领导都吃了一惊。

　　大家的眼光都齐刷刷地指向了刘利斌。

　　良久，刘利斌才显得十分焦灼而又自责地说道："首先向市委检讨，这次表决出现的情况，我个人应负主要责任。刚才人大常委会会议散会后，我们几个主任在一起也开了个临时会议，对今天表决投票的情况做了进一步的了解和梳理，对一些数据也进行了深入的分析和思考，从目前各方面反馈回来的信息看，有一点是可以证实的，主要责任确实在我。我太疏忽了，也太大意了。根本没想到也根本没有防范会出现这样的情况。"

　　说到这里，刘利斌把手里的笔记本打开，但他几乎看也不看地说道："今天共有 67 名常务委员投票，33 票赞成，24 票反对，10 票弃权。

反对弃权票刚好过半，因此可以确切无误地说，提名辛一飞任副市长一职的表决没有通过。这个情况首先我自己根本没有想到，表决前一切都很正常，没有表现出任何征兆。在全体会上我们着重讲了这次重大人事决定的重要性和紧迫性，市委非常慎重，省委也十分重视。小组讨论也没有任何异议，所有的人都表态同意。因为这次临时召开的人大常委会会议，就是这一个议题，因此几个小组讨论的时间都很短，大家全都表示同意后就散会了。会后记录我也看过，确实没有一个人发表过不同的看法和其他意见。我个人当时也非常乐观地以为，这次副市长的任命决定，在常委会会议上投票表决应该不会有任何问题，一定会高票甚至全票通过。直到选票发下去，有一半以上的常委在动笔画票时，才意识到了选情异常。到了这个时候，所有能想到的办法都已经无能为力了，想补救也根本来不及了。当时我就让秘书长给田震书记打了电话，报告了这次选举出现的情况。我当时就给书记讲了，所有问题的责任都在我，确实是我们太忘乎所以，太麻痹粗心了，这么大的问题，这么严重的情况，居然在事前毫无察觉。这是一起重大的政治事故，作为人大主任，这也是一起严重的失职渎职行为，我个人有不可推卸的政治责任。"

田震书记这时声音不高，但却是很严肃、很坚决地打断了刘利斌的话："现在还不是谈责任的时候。出了这么大的事情，现在谈责任还有什么意义？你就谈谈你个人对这次表决情况的分析，主要原因是什么，在哪些环节上出了问题，有可能是什么问题导致了这样的表决结果。不用回避，想到什么就说什么。"

刘利斌默默地看了一眼田震那副同样焦灼的面孔，又低下头看了看手里的笔记本，略做思考，仍然十分自责地说道："关于表决出现的问题，我刚才在常委会会议上也讲了几句。我个人觉得，现在也只是推测，原因不外乎这样几个。

"一是辛一飞的越级提拔，直接从县长提拔为市委常委，这在龙兴市近些年里没有先例。当然，我觉得这不应该是这次表决没有通过的主要原因，或者是大面积反对的根本原因。但另一方面，我觉得这可能会成为一些人反对辛一飞的借口，成为这次人大常委会会议上某些人煽风点火、暗中鼓动投反对票的理由之一。

"二是时间太紧，缺少必要的沟通和过渡。对辛一飞的升职任用，市委常委会研究决定后不到十天，省委常委会会议通过后不到一个星期，就要在临时召开的市人大常委会会议上投票表决，对这样重大的人事安排，估计会使一些人的思想上、心理上产生反感和逆反的情绪。不过，我个人坚持认为，这也不是这次表决没有通过的主要原因。当然，这也同样可能会成为一些人发泄不满、鼓动反对的又一借口。

"三是，辛一飞被破格提拔为市委常务副市长人选，将负责龙飞大道的改建扩建工程，这极可能影响到两类人的利益和期盼。一类是有可能被提拔到这个位置上的一些领导干部。这些人虽然人数不多，但由于都在重要的位置上，能量应该不小，他们的影响不可低估。我个人也觉得他们的承诺具有很强的效力，对一些人大常务委员的心理暗示和最终抉择能够产生决定性作用。再一类就是龙飞大道的系列工程，将会涉及不少人的切身利益。这些人的切身利益同各级领导可能或明或暗地有着千丝万缕的联系，甚至有可能涉及更高层的一些领导的切身利益。如果为了确保自己的利益不受损失，唯一的选择就是要确保这个工程的负责人必须是自己的代理人，任何让他们感到不信任不可靠不放心的候选人都是他们必须除掉的目标。因此这些人在利益面前会迅速地联合结盟，特别是有可能让这两类人合流并行，发挥出极大的能量，并通过各种办法各种手段不遗余力地来影响人大常务委员们的投票表决。我觉得这一点有可能是这次投票表决出现问题的最大原因和根本原因。

"刚才书记说了，有什么说什么，不用回避，实事求是。我说的这些都是我个人的判断，对不对供大家参考批评。"

说到这里，刘利斌看了一眼书记，停顿下来。

"还有吗？"书记问。

"这只是个初步大致的判断，具体的调查分析，我已经让下面在做。接下来我们要全面铺开，认真调查了解，争取尽快搞清楚这次选举的真正问题所在。"刘利斌再次看了一眼书记，然后说道，"目前能掌握的情况就是这些，我们会随时把进展情况给市委汇报。"

"没了？"书记再次问道。

"没了。"刘利斌好像也确实没什么可说的了。

"有件事我想与你核实一下。"田震直接向刘利斌问道，"今天上午十点左右，我的秘书给我送来一份函件，上面有二十多个人大常务委员的签名。这份函件是请求市委能满足他们的一个要求，就是希望在今天上午人大常委会表决前，让候选人辛一飞同所有的人大常务委员见面，听听大家对他的一些咨询和提议。这封信函也指出了很重要的一点，就是这次人大常委会开得很紧急，很特殊，不同意见很多，争议也很大。希望市委能让辛一飞出面回答大家的质疑和询问，争取在投票表决时不会出现意外情况。

"这封信我是在今天十点一刻左右看到的，刚看了不久，就接到了你们人大秘书长的电话，告诉了这次选举有可能失控的一些状况。我现在感到吃惊而又不可理解的是，这封信签署的时间是在前天人大常委会报到的那一天，距离今天已第三天了。市委市人大几乎就在一条大街上，相距不到一站地，为什么这个函件今天上午才收到？按常理，最晚昨天上午就应该收到的，但这样的一封极其重要的紧急信函，竟然在今天上午十点一刻才让我看到。这里面到底是什么情况？

"听了刚才利斌主任的分析，我越来越强烈地感觉到，这封信函的收发是不是太蹊跷太令人吃惊了？我刚才已经让我的秘书和市委办公厅主任专门为这件事一起去调查了，这究竟是意外，还是有人故意为之？大家都想想，如果昨天我就看到了这封有二十多个常委签名的信函，市委还会这样被动吗？这次人大常委会的投票表决还会出问题吗？我现在要问的是，利斌主任，你是人大主任，这次选举的有关情况，如果有问题你应该是最敏感最有感觉的，但如果确实如你所说，事先一点异常也没有察觉，这可能吗？难道有什么人从中做了个大套，完全把你与这些信息和乱象隔离了阻断了？

"还有，作为人大主任，像这样的一封极其重要的常委们联署的信函，就没有人给你寄送吗？或者到现在你也没有收到没看到吗？就算没有收到没看到，也没有任何常务委员向你提出过这方面的问询和要求？"

刘利斌可能根本没想到田震书记竟然连珠炮般地给他提出这么多问题，而且确实都是他想也没想到，确实也毫不知情的问题。面对着书记在这么多人面前毫不留情的质问，他突然间也意识到了书记这一连串问话所蕴含的分量和犀利。这封信函实在太重要了！如果确实有这封信函，也确实是代表了很大一部分常委的意见和要求，那作为市人大主任，无论如何也会及时征求书记市长的意见，并会尽快安排辛一飞同人大常委们见面。如果真能这样的话，投票表决中出现的问题就会及时化解，今天的任职决定就不会被常委会否决。这二十多个署名的常务委员，肯定都是发现了问题的，也肯定都是为给市委市人大分忧着想的，他们的请求也确实是合理的，但这样重要的一封信函，却没有任何回应，也没有任何人出面解释，这对这些常务委员的精神和内心将会是一个重大打击和强烈刺激，他们的情绪也一定会受到严重的负面影响和干扰。他们的想法完全正确，他们的要求也完全合理，也确实是为了市委和市人大的大局负责，市委市人大没有任何理由拒绝和不予理睬。在这样的情绪影响下，有那么多人投反对票也就没什么奇怪的了。

怎么会这样！

刘利斌有些发愣地看着田震书记，良久才说："我确实没有想到会有这样的事情发生，到现在了，我也只能实话实说，我确实没有收到过这样的信函，也确实没有听到接到过委员们有关这方面的问题和建议。截至目前，人大秘书处和人大办公室也没有给我汇报过这方面的情况。我现在也感到十分震惊，我一会儿回去后马上就查处这方面的问题。这样的联名信函，为什么给了市委书记，却没有任何人向我汇报。刚才我说我太大意了，现在看来，实在是太不称职太失职了！"

等刘利斌说完，书记并未回应他，而是直接向市长问道："李市长，你呢？你那里接到过这方面的信函和要求吗？"

市长李任华大概也没想到田震会问他，思索了一下说道："这两天一直在下面调研摸底，还没有回办公室办公。这几天秘书给我的急件里面，也没有看到这方面的信函，我想应该没有。我一会儿回办公室马上查看一下。如果有，我马上同你联系。这确实是个重大问题，一定是有什么人从中做了手脚，应该好好调查一下。"

田震书记此时从办公桌上拿起一个笔记本，一边看着大家，一边打开笔记本讲道："今天把大家紧急叫来，召开一个紧急会议。会议什么内容大家也知道了，利斌主任也已经把这件事的来龙去脉、基本情况给大家做了通报和分析。在今天上午召开的市人大常委会会议上，由市委建议并报省委同意的辛一飞担任副市长职务的提名决定，在表决时不到半数没有通过。这件事不是个小事情，我刚才已经把这一情况给省委做了汇报。省委张舜禹书记对此十分重视，认为这个情况在当前事关重大，非同一般，对全省的干部任用都可能产生非常负面的影响。根据省委的指示，省纪检监察委、省委组织部、统战部和有关部门很快会组成一个联合调查组，将在明天或后天来市里对此进行专门调查。在座的可能都会被询问谈话，了解情况。希望大家回去后马上着手准备，主动、积极、严肃、认真地配合这次调查。"

听到这里，在场的几个领导都有些吃惊。没想到省委对这一事件的重视程度如此之高，反应速度如此之快。

田震书记继续讲道："我刚才也了解了一下，今天参加表决的人大常务委员中，中共党员四十八名，民主党派和无党派人士十九名。所以我觉得这件事的主要问题还是出在党内，这么讲，并不是说党派成员中没有任何问题，即使有问题也是极少数，不会这样大面积地投否决票。多数还是在党内，多数，党内的绝对占多数。这一点可肯定，没有其他。"

田震书记说到这里，端起办公桌上的杯子，足足地喝了一大口，然后接着说道："还有一点，一定要给这些人大常务委员讲清楚，省委下派调查组，绝不是搞人人过关，更不是要搞秋后算账，把每个投反对票的都查出来。常委们投反对票，是常委们神圣不可侵犯的权利。为什么要投反对票？主要问题和原因是什么？省委市委就是想把这件事的主要问题调查清楚，把主要原因找出来。一句话，究竟是什么问题和原因造成了这次提名人选的被否决。利斌主任刚才表示，这次选举出现的问题主要责任在人大，在他人大主任。经过短暂的思考和刚才利斌主任的分析，我个人现在觉得，市委和我这个市委书记，对这起事件同样负有不可推卸的责任，而且是主要责任。

"利斌主任刚才的分析非常到位，也非常重要。这些天来，我们高度关注的确实只有龙飞大道的扩建工程，只想着如何让辛一飞的工作能尽快到岗，尽快开展工作，尽快落实市委市政府的安排部署，恰恰忽略了人大常委会这方面的选举工作。像这次的投票表决，事先确实是应该做好有关工作的，包括投票前安排辛一飞同常委们见面，或者专门召开一个咨询对话座谈会，让全体常务委员对市委市政府关于龙飞大道的扩建工程和市政建设能有一个较为全面、较为清晰的了解，同时对辛一飞这个候选人也能有一个全面的认识和判断。这对人大常委会的投票表决，肯定会具有积极正面的影响和效应。但这样的事情我们确实给忽略了，总是用老眼光看问题，认为选举不成问题，常委们都是可靠的放心的。我想，这也确实是市委工作的一次重大失误和疏忽。"

利斌主任再次感到吃惊，没想到书记的自责比自己更重更狠。他突然觉得分外感动，同时也感到深深的内疚。从书记的话中，他意识到这件事的负面影响比他想象的更大，也更严重。就在不到两个小时内，不仅惊动了省委，惊动了省委书记，而且对市委工作和市委书记本人造成的压力更是超乎想象。

田震继续讲道："对利斌主任刚才的几点分析，我基本赞同。特别是这里面是否有其他人为的因素，我也同意利斌主任的判断。刚才我也通知了公安局、交通局和电信部门，让他们尽快采取措施，必要时可以调看一些重要地段的视频监控。这样做并不是要对人大常委们实施监控，而是能尽快了解一下这些天在这些人大常务委员的周围，究竟都发生了些什么事情，是否有什么机构或人员同他们有过过于频繁密切的交往和联系。如果有迹象表明这确实是一场较量，那我们第一回合就已经输了，而且是惨败，几乎是丢盔卸甲，溃不成军。这是个教训，也是个提醒，对我们以后的工作必然会产生很大的负面影响。对此我们不能不防，不能继续掉以轻心。

"我今天特别要给大家讲的是，如果这确实不是一次偶然事件，那所有的这一切都可能只是刚刚开始，一定还有更多更大更严峻的后续问题出现和发生。就像刚才利斌主任说的，我们切不可再麻痹大意，思想松懈，最终一垮到底。我的话就先说到这里，对今天的会议内容和我们下一步的措施和安排希望大家严格保密。如果有什么被泄露出去，市委将会严厉追责，绝不含糊。不是不信任大家，而是目前的形势太严峻太复杂，让我们防不胜防，稍有疏漏，就会出现难以预料难以制止的后果。还是刚才那句话，对下一步可能出现的连带性问题，我们不得不防，不能不防，不可不防。组织纪律和组织原则，此时对我们来说，纪律和原则首要的一点就是责任。"

讲到这里，田震看了看时间，又看了看大家，顿了顿说道："大家发表意见吧，有话则长，无话则短，虚话套话就不用说了，有什么就说什么。下一步怎么办，包括辛一飞的工作如何调整，大家都说说。"

办公室一阵沉默。

市长李任华大概是第一次遇到这种严峻重大的事态，也没想到书记这么快就结束了讲话。按常理，作为二把手，应该是他发言了。想了想，有些下意识地说："那我就说两句吧。情况太突然了，一点心理准备也没有。我们原定下午召开一次市政府党组会议，议题就是辛一飞副市长任职表决通过后，研究一下下一步的市长分工。所有的工作都做了，与其他几个副市长私下也都商量过了，大家对下一步的市长分工都表示同意。什么也想到了，却没想到副市长的表决竟然没有通过。怎么会没有通过呢？这种情况我们市里以前发生过没有？如果发生过，那又是怎么解决处理的，怎么补救调整的？如果没有发生过，那辛一飞的工作又应该如何安排？既要合规又要合法，还要能名正言顺，我们有妥善解决的办法吗？比如，近期能否再召开一次人大常委会会议，按照刚才书记讲的，把该做的工作都做了，该预防的都预防在前面，让人大常委们再投票决定一次？这行吗？有可能吗？有先例吗？上级能同意吗？如果不可以，那辛一飞是否可以先行使副市长的职权工作？这个能不能行得通？

"我想我们下一步的工作首先要找到相关的实例和依据，然后再解决其他派生出来的问题。对刚才书记讲的那些紧急措施，还有利斌主任的分析我都表示同意，我唯一担心的是，辛一飞的这次表决没有通过，马上会成为重大的社会新闻，市里省里甚至中央都会高度关注。对我们龙兴市会有什么后续的社会影响，我们确实应该早做准备和防范。特别是龙兴市的干部群众会怎么看这次人大的表决，我们又应该如何解释并统一口径？现在的自媒体无处不在又影响极大，让我们现在的工作真正成了众矢之的。好事多多不出门，坏事一件传千里。对此也一定要未雨绸缪，把工作做到前面。还有，原定辛一飞下午就来市政府报到，他的情绪会不会受到大的影响，万一他这儿出了什么问题我们该怎么办？本来他就不想来，现在又遇到了这样的事情，这个工作我们如何做，也得想在前面。还有一点，就是龙飞大道的修建扩建工程，市委市政府刚刚启动，不能因为这件事情受到影响。首先要确保工程不能延期和滞后，而后再做后续的调整和安排。如果在这方面出了问题，恰恰会成全了某些人想要的结果。在这一点上我们一定要保持定力，不能让某些人的想法得逞，让老百姓的利益受损。我就说这些，如还有什么，一会儿再做补充。"

书记看了一眼市长，"李市长说的很重要，我完全同意。具体怎么办，下来大家都可以再议。今天紧急把大家召来，就是想达成一个共识，怎么处理这次任命决定没有通过以及可能带来的系列问题，包括辛一飞的工作如何调整和安排。马上再召开一次人大常委会会议，这个是以前从未有过的，也没有先例，这个我不建议考虑。但究竟怎么办更妥当，如何让辛一飞的情绪和我们的工程不受影响，大家议，大家定。下面大家接着说。"

"我接着说两句吧。"市委副书记王庆国接着说道，"我同意市长的意见，对田震书记的建议也完全赞同。以目前的情况看，再召开一次常委会确实是不合适，我们不能与人大常委会硬着来。按说，直接任命辛一飞为代理副市长也不是不可以，但以目前的情况看也明显不合适。不能人大那里刚刚表决没有通过，市委这里马上就直接任命了，这会让老百姓看我们的笑话。不是说人大是最高权力机关吗？怎么表决了不算，又让市委任命了？再接下来怎么做，也一样很重要，不能让龙兴市的干部群众产生错觉，好像市委和市人大在这场人事安排上是在对着干，否则我们无法解释也无法自圆其说。其实退一步海阔天空，有些暂时难以解决的事情，不如换个思路和角度，也许立刻就能迎刃而解，一通百通。我个人的建议是，辛一飞已经是市委常委，可以在市委分工这块调整安排。原定副市长一职的工作安排，可以暂时变一变。我们在现有市委常委的班子里另外物色一个人选也不是不可以。对辛一飞的情绪，也是个比较好的安抚。过了这一段时间，等一切都平静下来，省委调查组的调查也有了眉目，我们再做调整，也就顺理成章，水到渠成，干部群众也就能理解能接受了。如果我们现在就一味硬着来，万一再出了什么问题，就更不好解释，责任也更大了。"

田震这时插话问："是不是你已经有了新的人选？在市委市政府现有的班子里，你觉得谁可以替代辛一飞？"

王庆国副书记并不着急，很随意也很认真地说道："也不是有什么新的人选，其实也就是想让年轻一点的同志在新岗位上锻炼锻炼，应该也是个好事。这样安排也不是让辛一飞大撒手，有关工程方面的事情还得让他帮着带着。至于谁最合适，我觉得市委秘书长王新就可以。王新年轻，刚过四十，干过农林局长，当过区委书记，现在也是市委常委，政声一直很好。暂时替代辛一飞做个常务副市长，只是个平调，大家肯定都能接受，在下次人大常委会的表决中应该不成问题。当然，这只是我个人的想法，具体怎么办更好，还是由田震书记考虑定夺，最后由大家研究决定。"

"没了？"见王庆国不吭声了，田震问了一句。

"没了，就这些。其余的问题我们都同意书记市长的安排。"

田震有滋有味地盯着王庆国看了半天，他没想到副书记推荐的新人选竟会是市委秘书长。王庆国原本是常务副市长，今年2月刚刚被任命为市委副书记。田震一直很清楚王庆国的立场，对辛一飞这个人选，副书记王庆国一直持反对态度。即使在市委常委会研究通过后，王庆国对辛一飞也始终持保留态度。但今天王庆国当众推荐秘书长王新替代辛一飞则完全出乎田震的意料，尽管王庆国说得冠冕堂皇，头头是道，但让人感觉这样的推荐纯属搅局，无事生非，唯恐天下不乱。田震也没说别的，直接转向秘书长王新问道："王新你觉得如何？"

"什么？"王新愣了一愣，好像一直在考虑着别的什么，竟然不知道书记问的是什么。

"庆国书记刚才推荐你去市政府担任常务副市长，主抓龙飞大道的改建扩建工程，对此你有什么意见，有什么想法？"田震给秘书长详细说了一遍。

秘书长听了大吃一惊，想也没想立刻严词拒绝，没有丝毫商量的余地："田书记，我坚决反对。对市政建设和市政工程，我根本没有这方面的工作经验，更没有这方面的心理准备和知识准备。实事求是地说，我根本无法胜任这方面的工作，这不是谦虚，也不是推脱，而是起码的自知之明。我个人的意见，还是由辛一飞负责这项工作为好。这两个月来，受田书记的委托，我对辛一飞的工作和履历进行了全面的考察和调研。辛一飞这几年来，在市政工程，特别是城市建设这一块儿做了大量工作，积累了大量宝贵的经验。尤其是近两年以来，他启动的几个重要的项目工程，在基础设施、公共交通、城市防洪、旅游城建、文物修复、排水系统建设等方面，不论是质量还是速度，在全国都名列前茅。对龙飞大道建设最具实际意义的城市拆迁和旧城改造工程中，他做得十分成功，得到了上上下下方方面面的好评和肯定。一句话，有经验，有能力，有口碑；领导满意，群众满意，专家满意。对辛一飞的提职，由他来主政龙飞大道工程建设，是市委市政府多方权衡、全面考察、认真思考和研究的结果。这也是市委常委会的决定，省委也是同意的。这次人大常委会表决没有通过，我觉得原因是多方面的，但我相信没有一点是由于他个人的问题所造成的。对辛一飞下一步的安排，我觉得应该特事特办。他现在是市委常委，以这个身份负责龙飞大道工程建设工作，是完全可以的，应该不受任何影响。我刚才一直在考虑，或者干脆就由辛一飞担任龙飞大道建设总指挥和领导小组组长，这样一来，就更没有问题了，名正言顺，合情合理，对辛一飞的工作和工程建设不会有任何影响。这只是我个人的意见，是否可行，请大家研究决定。"

一片沉默，副书记王庆国也没再作声。

过了片刻，田震书记对组织部长李兴民问道："兴民部长你说说吧。以你的角度，讲讲辛一飞的工作调整和安排如何做更符合组织程序，如何更依法合规。包括这次对辛一飞的表决没有通过，你也谈谈你的看法。"

"首先我同意王新秘书长的建议，我觉得如果这样安排没有问题。"李兴民直来直去，力挺辛一飞，"以市委常委名义，担任龙飞大道扩建工程总指挥，我觉得是目前比较稳妥、比较合适，也比较符合组织程序的安排。如果同时也成立龙飞大道扩建工程领导小组，我建议李任华市长任组长，辛一飞任第一副组长更妥帖一些，这样的组织安排更能强化和体现市政府的领导与重视。对辛一飞这次副市长的任命没能在人大常委会通过，我感到十分震惊。其实想想也并不奇怪，前不久在市委研究辛一飞为副市长提名人选时，我们就遇到过各种各样的阻力，甚至有不少老同志公开出面反对，也有一些公开的实名信函，公开指责和批评对辛一飞的提拔任命违反了组织原则，是对广大干部群众不负责任的态度和表现，特别是为以后的干部选拔开了一个非常不好的先例。今天看来，提名辛一飞为副市长候选人的阻力比我们预想的要大得多。我个人感觉，在人大常委会的投票表决中能有一半以上的人投了反对票，这其中完全不能排除是有预谋、有计划、有目标、有步骤、有串联的非组织行为。而且我也有同感，觉得这里面似乎有几股势力合流的倾向，而且能量不小，我们确实不能等闲视之。这只是一个信号，不会是一个孤立的偶然的事件，我觉得刚才书记讲的非常重要，确实应该引起我们的高度警惕。会议结束后，我会按照书记和市长的指示，把近期的相关工作认真梳理和分析一下，首先看看自己的部门都还存在哪些没有发现的问题。特别是要防止近期再出现类似的重大事件和事故，以免让我们陷入更加被动的局面。"

组织部长李兴民的话，让大家再度陷入沉思。会场再次沉默起来。

良久，组织部长李兴民有些提醒似的对田震说："书记我的发言完了，如有其他情况，我会随时给市委汇报。"

田震仿佛在思索中被拉回了现实，他再次看看时间，直接对纪委书记王盟亦说道："王书记，你把你那里的情况给大家说说吧。"

　　"好的，我把目前掌握的有关情况给大家简单汇报一下。"纪委书记王盟亦五十六岁，是在场市委常委中年龄最大的。他说话的口气十分斯文，但话里的内容则十分果决犀利。王盟亦一边打开手中的笔记本，一边说："这些天，纪检监察委先后收到的有关辛一飞的告状信共有四百多件。其中联名举报的信件有三十二封，实名举报的信件有七十七封。联名举报的信件中，有十二件也是实名举报。人数最多的联名举报信，共有四百零八人署名。这些举报信，基本上都是在市委提名辛一飞任职副市长之后发送过来的，平均每天都能收到十几封几十封。昨天今天的最多，昨天一共收到一百零七封，今天截至现在，已经收到八十多封。纪检监察有关部门目前正在对这些举报信进行逐一核实。但实话实说，要把所有这些信件都核实清楚，不是仨月俩月能够完成的。这么多举报信如此集中地只针对某一个人，纪委也不是没有遇到过。但不论从规模上，还是从举报内容上，这次都远超过去。特别是举报内容，看上去非常具体，数据也好像十分翔实。其中有些举报信，就像有过详细记录一样，事出原因，来龙去脉，包括当时所涉及的人员、数目、时间、地点等等，都有头有尾，有始有终。我们曾派人调查了其中涉及的一部分人员，大都真有其人。并不像过去那种实名联名举报信，里面的内容和人名有很多都是虚的假的杜撰的。而这次则不同，凡涉及举报辛一飞的实名联名举报信，基本都确有其人。这四百多封举报信，内容重复的竟然很少。这种情况我们还是第一次遇到，实在令人匪夷所思。因为举报信太多太密集了，所以我们断定这里面有很大一部分是假的，完全是杜撰的，但如果要把这些举报信一一核实，一一澄清，将需要耗费大量的时间和大量的人力。我们曾派去多个调查人去寻找举报者并核实有关情况，好不容易找到这些人，他们的态度都很恶劣，而且很不配合。一问到实质问题，他们就会厉声质问：这些问题你们为什么不去找辛一飞核实，却来找我们的麻烦？我们响应党中央的号召，举报腐败分子难道有错有罪？有些甚至大叫大闹，根本就是胡搅蛮缠。这些都是以前从未遇到过的情况，让我们感到十分吃惊。

"对刚才兴民部长的分析，我也深有同感。这种密集的、集中的，在同一时间，在目前这样一个敏感时刻，对一个市委提名的副市长人选进行检举揭发，不能排除幕后有人指使，有人策划，这很不正常。而且绝不是少数几个人，更不是一般的老百姓所为。对此，市纪检监察委压力很大。李部长说的我完全同意，这确实是一个信号，事情仅仅是个开头，老鼠拉木锨——大头在后面。我觉得这种行为针对的并不只是辛一飞一个人，而是整个龙飞大道的扩建工程。我想大家也都清楚，打通龙飞大道，必然会让一些人利益受损。要保住他们的利益，也必然会使出各种手段和办法来阻止龙飞大道工程的开工和兴建。这将是一场全面的较量，既有明枪，也有暗箭。我们要捍卫老百姓的切身利益，他们也要捍卫他们的既得利益。现在的情形是，我们在明处，他们在暗处，就是老百姓讲的，明枪易躲，暗箭难防。更有很多人在利用我们体制的漏洞，来反制我们，甚至用来达到他们的目的。在新的社会阶段，出现这样的问题，更需要我们深思，需要我们警醒。

"这两天，市纪检监察委已经召开了两次紧急会议，专题研究如何才能确保龙飞大道工程的顺利进行。现在我们遇到的问题不仅越来越多，而且更加复杂尖锐。道高一尺，魔高一丈，新的矛盾和事件接踵而来，咄咄逼人。在一些重大问题上，纪检监察委并不比其他部门更清醒更高明，而是我们已经提前感受到了防不胜防的明争暗斗，激流汹涌。对龙飞大道工程的建设，我们确定了两条原则，第一要确保工程能够杜绝任何腐败行为，这要在程序和制度上加以保证。第二不能因为一些枝节问题而影响工程的进展，特别是要对一些人为的、恶意的行为进行及时甄别和排除。第一条相对容易，后一条则难上加难。参看这几天那些大量的举报信，更加需要引起我们的高度警惕。也就是我刚才说的，决不能让他们利用我们达到他们的目的。我们在这边刚刚布置，没想到在人大常委会会议上就出现了表决没有通过的事件，这确实让人感到十分震惊。来势汹汹，这股力量确实不小啊。对这次人大常委会发生的情况，我们会马上进行深入了解和分析研究。特别是关于田震书记和利斌主任刚才讲到的投票情况，我们也会密切关注，积极配合省委调查组的工作，落实市委省委的安排部署。如果发现这次表决确实存在利益输送和腐败问题，我们一定会及时跟进，加大查处力度，为市委市政府的决策保驾护航，确保龙飞大道扩建工程顺利进行，不出问题。书记，我就给大家汇报这些，大家如有不同意见，我们会及时研究和纠正。"

"谢谢！很好！"田震听完王盟亦的发言，不禁有些激动，竟止不住地这么说了一声，"感谢纪检监察委对我们工作的支持。盟亦书记的通报太及时了，否则我们被人重重包围了，还在这里高枕而卧，沉睡梦中。相信大家听了之后都会有所警醒，事情绝没有我们想象的那么简单。其他人还有什么要说的，我们还有时间。意见重复的就不用发言了，如果有不同观点，但说无妨。"

"田书记我再补充说几句吧。"刘利斌主任有些憋不住地说，"本来不想再说什么了，但听了大家的发言，我就表个态吧。说实话，刚才大家的发言给了我很大的警示和震动，看来我还是把问题想得太简单太表面化了。人大常委会的这次投票表决，下午常委会会议结束后，我们几个主任准备和所有的常委逐个谈谈话，认真了解一下常委们的真实想法和思想动态。与常委们谈话还有一个目的，就是要广泛征求他们的意见，听听他们关于这次表决的建议和想法。我们也准备在摸底结束后，立即再开个人大主任会议，把谈话的情况汇集起来，摸摸底，理一理，大致确定一下可能是哪些原因让这么多人大常委投了反对票，可能是哪些哪类的人大常委投了反对票。我们会把这些情况及时向市委汇报，供市委对下一步的安排部署分析参考。我们也会按照市委的安排部署把下一步的工作认真做好，确保万无一失……"

"好了，这些话就不说了。"田震很平和地打断了刘利斌的话，"保证一类的话，以后再说吧，现在还远不到那一步。现在关键的问题是分析和了解情况，四大班子，所有的部门都要密切配合省委调查组即将下来的调查工作。是我们的问题我们改正，是别的问题我们尽快解决。时间不早了，我基本同意大家对这次人大常委会表决结果的意见和观点。对这次人大常委会表决中出现的问题，到底什么原因，现在下结论还为时尚早。一方面我们确实要保持头脑清醒，看到问题的严峻性复杂性，另一方面我们也要相信绝大多数干部群众对市委省委的决定是赞同的，支持的。对利斌主任刚才的措施和建议，我觉得你们再斟酌一下。我个人的意见，下午的常委会会议该结束还是正常结束为妥。我刚才也说了，在事实搞清楚以前，切记不要搞人人过关，人人检讨。决不能搞得人心惶惶，人人自危。这等于是自乱阵脚，四面树敌。具体怎么办，你们自己研究。还有对王庆国提出的临阵换将，我也不能同意。在主要问题和原因搞清楚以前，临阵换将、草率从事是我们工作的大忌。如果进退无序，朝令夕改，省委市委在老百姓眼里还有什么威信可言？副市长人选目前不应改动，也不适合改动。尤其是龙飞大道的改建扩建工程，决不能因为人事上的波动，有丝毫拖延。如果在这方面出了问题，那我们就真的被算计了，正像老百姓讲的，一着不慎，满盘皆输。副市长一职何时再行表决，人大可以认真讨论一次。我觉得如果真要再行表决，可以考虑临时召开一次市人大全体代表会议，来一次真正的全民性选举表决。这样更能说明问题，也更能体现民意。我决不相信，全市四百多名人大代表，还会有一半以上的人反对省委市委推荐的人选。但究竟需要不需要召开这样的临时人大全体代表会议，是在全体代表会议上表决好，还是在人大常委会会议上再次表决好，何时召开，如何召开，请利斌主任和人大主任会议考虑决定。什么时候觉得条件成熟了，可以召开了，随时给市委打报告，我们再专题研究决定。好了，关于人大下一步的工作，我的意见就这样。利斌主任，你觉得这样是否可以？"

"可以，没问题。"利斌主任几乎想也没想地回答道，"我觉得书记的提议很好，其中的几点要求也非常重要。下午常委会会议结束后，我们会尽快研究和安排。"

"好，有什么我们随时沟通。"书记点点头，"现在已经下午一点多了，我们下午四点召开市委常委会会议。刚才大家的提议和建议，我们在常委会会议上再议。没有发言的，可在下午的常委会会议上继续发表意见。如有不同意见，大家在常委会会议上也可以提出来供大家讨论。大家还有什么要说的吗？"

"同意，没有意见。"市委副书记王庆国第一个表态，声音洪亮，干脆利落。

其他的人也都表示同意。

书记再次看看时间："就在市委食堂吃饭吧，有什么吃饭时还可以商量。散会。"

十

辛一飞得到副市长职务在市人大常委会会议上没有通过表决的消息时，正同自己的一个同班同学在一起吃饭。这是辛一飞唯一的一次算是饯行的饭局，地点是吴浙县政府招待所，就是他和同学两个人，一个小巧玲珑的包间，干净、简洁、温馨、幽静。

辛一飞的同班同学叫刘小江，县委通讯组组长，算是县里的第一笔杆子。这两年经常在报纸刊物上发表一些通讯报道和纪实文章，常常让市里省里的有关部门或刮目相看，或心惊肉跳。在网上，刘小江还是一个知名作家，笔名是海波江涛，拥有数十万粉丝，而且数额仍在不断增长，在县市一级一直属于网络大 V。以刘小江的话说，他的工作就是通讯搭台，网络唱戏。由于常年工作生活在社会基层，对政府的工作非常了解，对百姓生活又十分熟悉，因此他的作品真实生动，很接地气，颇受读者欢迎，每年网络写作的收入不菲，在文学界名声也越来越大，在省市作协文联以至各大网站都算是个名声显赫的人物。去年市文联换届，提名他担任龙兴市作协副主席和网络作协主席，他坚决不干，说："你们要是让我当了主席，我网上的粉丝立刻会消失一大半。还是让我留在网内好，不要让我在网外搞什么有名无实的表演工作。在台下我活得有滋有味，让我登台立刻就会死翘翘。"

辛一飞同刘小江既是同窗，又是无话不谈的密友。两个人是同班同学，但年龄却相差差不多有十岁。都是八八级，刘小江当时是班上年龄最小的一个，刚满十七岁。能考上大学，就是因为一篇满分作文，被破格录取。在班里两个人睡觉是上下铺，上课是前后桌，又是同乡，自然一见如故，形影不离。辛一飞的外语差，刘小江的数学次，常常在一起互通有无，考试的时候，也免不了相互递条子。他俩关系密切，在县里人人知晓，但密切到什么程度，只有通信员和司机略知一二。大凡辛一飞在工作上遇到什么麻烦，遭受了什么挫折，或者累得不行了，憋闷得快抑郁了，就一定会把刘小江叫来，喝上几杯，聊上一通，然后回家酣睡一场，精气神基本上就能恢复得差不多。当然，刘小江也会把他所了解到的情况统统倒给辛一飞，对辛一飞工作的成败得失也会毫不留面子地分析一通，该数落的数落，该夸奖的夸奖，其中也不乏讽刺挖苦，甚至会斗狠互撑，恶语对撕。但骂归骂，吵归吵，过去了，酒散了，仍然是无话不谈的密友。

之所以能有这样的关系，其中最重要的一点，就是刘小江从来也没给辛一飞找过什么麻烦，更没有找辛一飞办过什么事情。两人这么多年，除了对辛一飞的工作评头品足，反映情况，刘小江对辛一飞几乎一无所求。

因此，更多的时候是辛一飞离不开刘小江，只有在刘小江这里他才能得到最真实的信息，才能得到最中肯的评价和分析。刘小江也知道辛一飞需要这些，当官当大了，位置越高，权力越大，往往会变得又聋又瞎，在实际工作生活中，听到的都是套话废话马屁话，连看到的也大都是假象空象伪装象，真话真相都被掖了藏了。官越大，遮蔽得也就越深。刘小江来这里蹭吃蹭喝，没有别的，就是为辛一飞去伪存真，补偏救弊。当然刘小江也十分乐意同辛一飞东拉西扯，谈天说地，趁机了解一些情况，挖掘一些素材，给他的文学创作增色添彩。

真正的互通有无。

于是辛一飞一同刘小江坐在一起时，立刻浑身放松，戒备全无，俨然又成了一个地地道道的平民百姓。两人无拘无束，无话不谈。刘小江是个酒篓子，喝得越多，脑子越清醒，思维越敏捷，冷嘲热讽，嬉笑怒骂，把政府的毛病弊端和一些官员的愚蠢霸道描述得绘声绘色，淋漓尽致，其实也是借机给辛一飞反映下面的一些真实情况。辛一飞也常常是闷头吃饭，只听不语，任凭刘小江天马行空，神聊海吹。事实上两人也是相辅相成，各取所需。

刘小江对辛一飞的越级升职，空降龙兴市任常务副市长，只有一句评价：

"苦海无边，回头无岸；从此物是人非，再无自由之身。"

两个人几乎是在喝闷酒，刘小江今天一反常态，话很少，人也显得很郁闷。因为他知道，辛一飞这一走，他们再像往常这样聚会的机会肯定就少多了，过去一月三两次，将来两三月见一次都很难了，甚至像这样无拘无束的见面都可能不会有了。刘小江知道辛一飞的性格，这些年来，几乎是英雄无用武之地，一个几十万人的小县城，能做的事情撑死了也就那么一丁点大。好不容易有了一个大的平台，辛一飞一定会干得风生水起，超尘拔俗。何况辛一飞已过知命之年，能干的机会已经无多。在中国这样的体制内，干得再好，到了退休年龄也是六十岁一刀切。其实过了五十五岁，就是一个随时会被调往二线三线的年龄。领导们也都习惯了，就算你有通天的本领，换届时干不满一届，就得退出历史舞台，政协人大就是你的归宿。在基层做领导，能真正主事、自己说了算的时间，满打满算也就那么七八年十来年。年轻时都只能跟在领导屁股后面跑，领导说什么就是什么，再大点整天只想着提职升职，所有想干的事也只能是领导喜欢认可的事。等到能主事了，当了县长市长，任了县市委书记了，基本上就到了事事谨小慎微、整日如履薄冰的年纪。这么大的一个干部队伍，等着提拔的在你身旁烟波浩渺，波涛汹涌，长江后浪拍前浪。临到换届之时，就像层层剥皮，只要有一丝条件不合，立刻就会让你功败垂成，落下阵来。领导也没什么好办法，这么多豪杰精英，一辈子就在官场拼搏，哪个不是出类拔萃，人中蛟龙？年年月月，朝朝暮暮，不就是盼着升职提拔？手心手背都是身上的肉，鞍前马后都是自己的将，哪个该取，哪个该舍，只能定个死框框，划个硬条件。就像高考，千军万马拼分数；而在官场，万马千军拼年龄。只有年龄，才最公平，也最省事。五十三岁的辛一飞，年龄正在门槛上。如果后年市政府换届，恰好还能干满一届。也就是说，满打满算，他还有七八年的干头。作为一个有抱负有拼劲，有魄力有能力，如今又有了新职务，有了坚决支持他的领导，有了适合发挥他才干的事业领域，还有一个千载难逢的工作氛围的人，他一定会泼命大干，给自己留下一个名扬一方的业绩政声，真正干出几件利国利民的功德善事。

刘小江一边喝一边时不时地盯着辛一飞。驼背，精瘦，脖子细长，两眼幽深，身板弯弯曲曲，个子不高不矮，走起路来就像跑步，喜怒哀乐也很难看出表情。这样一个人，还真没什么为官之相。那一年刘小江和辛一飞去考察临县的兴国寺，半路上碰见个算命的，刘小江说了两句客套话，他便死死缠住刘小江不让走。说刘小江地阁天庭方正饱满，头上两道龙骨横贯天庭，将来不是国家栋梁，也一定官至钦差诸侯。刘小江指了指辛一飞："你别算我，算算他，算对了我给你两百块。"那算命的凝神看了辛一飞半天，说："能说真话吗？"刘小江看看辛一飞，忍着笑说："但说不妨，就是想听你的真话。"算命的说："他与你无法相比，一个在天一个在地，看面相，终生劳碌苦命，今世无有大运大财。"刘小江这时挥挥手，"你别扯别的，就说说他这辈子能当多大官儿。"算卦的正色说道："我刚才已经看出来了，他这辈子最好别进官场，如进了官场也是一样的劳碌空忙，最大不会超过副科级。"刘小江听了哈哈大笑，差点没笑得滚在地上。

那时候辛一飞刚刚当了县长，心雄天下，气势如虹。刘小江没想到这算卦的以貌取人，说得如此离谱。不过辛一飞却认真地说："人家没说错，我就是这受苦劳碌的命，这辈子走大运发大财的事情还能轮上我？"

二两酒下肚，刘小江的话终于多了起来。他对辛一飞说："下次再找你喝酒，估计就不容易了。苟富贵，勿相忘，当官当大了，别扔了老同学就行。"

"那倒不一定，说不定人还没去，就被赶回来了。"辛一飞不动声色地说道。那会儿他刚刚接到两条短信，有人已经告诉了他的副市长职务在人大常委会会议表决没有通过的情况。

辛一飞干巴瘦，平时滴酒不沾。但要放开了，喝个三四两老白干也能脸不红，心不跳。也许是心事重重，今天的酒喝得更是咕咚咕咚闷响。

　　"一飞啊，你可千万别这么想。当了常务副市长，再发落回来，只有两种情况下才有可能。"刘小江一脸严肃地对辛一飞说，"一是壮烈殉职，以身许国。我可不是咒你，这个极有可能，你得防着点，别不当回事。还有你这身体，咱俩现在出去，你要是不亮明身份，找个娱乐场所歌厅舞厅什么的，那些漂亮的姑娘肯定找我不找你。咱俩看相貌，至少差二十岁。身体差，从来不锻炼，也没有什么业余生活，到你这岁数不出问题才怪。还有，这些年被你剥夺阻止了发财机会的人，多了去了，个个对你恨不得食肉寝皮。你下一步到了龙兴市，如果还像在吴浙县这样，半夜三更地一个人在工地上明察暗访，走东串西瞎转悠，出了什么事，那可谁也保不了你。都过五十的人了，不论干什么，第一要确保人身安全。你不为自己考虑，也得为老婆孩子着想着想。万一少胳膊断腿的，自己受罪不说，岂不是还要苦了别人。"

　　辛一飞并不吱声，自顾自地喝着闷酒，默默地听着刘小江胡扯。

　　"你别不当回事，我可是警告你好多次了。到了龙兴市，还指望别人再这么说你，门儿也没有。"刘小江继续说道，"第二点，你要是再被赶回吴浙来，那就等于是下台了出事了，被免职撤职，解除公职了。市长你干不成，县长也一样不会再让你干了。贪污腐败的事我倒是不担心你，我担心的是你得罪的那些权贵会不会轻易罢手。世界上绝没有这样的好事，你断人家财路，夺人家利益，相当于杀人父兄，挖人祖坟。奢望人家不报复不反击，哑巴吃亏，不吭不哈，自认倒霉，纯属白日做梦，天下哪有这等好事？找个机会痛下杀手，置你于死地，那是早晚的事情。再说你到了那地方，一没背景，二没势力，连我这样的人也没几个。就这么一个副市长的头衔，黑道白道的人，有几个能把你看在眼里？一旦你把人家逼急了，可是什么招也使得出来。龙兴市是省里第一大市，书记还是省委常委，近千万人口，十几个县区，哪个地方不比吴浙县大？但这些年为什么就没人提拔你，关注你？偏偏今年就看上了你，火速提升，越级提拔？确实就是因为你能干，还是因为你确实有实践，有经验？No！No！都不是，就一条，你这个人铁面无私，不讲情面。再说好点，就是廉洁奉公，刚正不阿。不为名，不图利，就是想给老百姓干点实事。还有最最重要的一条，就是你这个人软硬不吃，刀枪不入，不唯上，不唯书。老百姓说的，一根筋，认死理，天王老子也不尿。但我不知道你到了龙兴还能这样吗？比如就像田震书记，这样举荐你，提拔你，据理力争，力排众议，因为反对你的人太多，听说到了后来连市长也改主意不坚持了，就田震一个人顶着。你说说，这样的领导是不是你的知音，是不是你的伯乐？将来在什么重大问题上，你的意见与书记不一致，你是听书记的，还是按自己的？一次不听，两次、三次还不听？再往上，还有书记的领导，书记的领导的领导，这些人的话你听不听？事情办不办？一次不听不办，两次三次还不听不办？你把人家弄狠了，刺痛了，人家就只吃止痛片，默默忍着，由着你在龙兴市的地盘上横冲直撞，任意作为？你以为这龙兴市真成了你家的？一飞市长，我的这句话你什么时候也别忘记，这天下是共产党的天下，你脚下的这块土地都在共产党的领导下，你是共产党的干部，你的上司你的书记市长都是党的领导。你不听人家的能听谁的？"

"瞎扯什么，什么时候不服从党的领导了？"辛一飞端起酒杯在刘小江面前晃了晃，"喝酒，一会儿还真有事听听你的主意。"

"你别扯别的，你辛一飞有今天的政绩和名声，就是因为你经常不服从你头上那些党的领导。你就是靠这个起家的，也是因为这个才这么多年也提拔不起来。不是吗？那一年吴浙县最大的一家煤矿被一家大型民企看中并计划收购，人家北京的一个领导把招呼都打到了田震那里，田震都请你吃了饭，你就是不给人家办，结果县委书记的位置硬是让别人给占了。说实话，这件事你也是因祸得福，如果不是那个领导出了事，你今天还能东山再起？田震还会再起用你？你就是因为不听领导的话，才有领导愿意用你。因为龙飞大道是个实打实的得罪人的工程，领导起用你，就是要让你去得罪人，否则怎么会想到你？这话听着别扭，可事实上就是这么回事。今天也一样，这龙飞大道可是天大的是非之地。你板下脸来，寸步难行，板不下脸来，也一样寸步难行。一个亿两个亿的利益你挡得住，五个亿十个亿的利益你挡得住挡不住？几十个亿上百个亿的利益你还挡得住挡不住？你这一路都是重重埋伏，腥风血雨，等你过五关斩六将，把这条龙飞大道修通修成了，你辛一飞还是辛一飞吗？在一些人眼里，你可就成了万人唾骂的独夫民贼。别指望老百姓永远会欢迎你，感谢你，你心里一定会觉得老百姓的口碑就是金杯银杯。这句话我不管你信不信，反正我是不相信。民意就是民意，关键时候民意又有什么用？老百姓要是能救了你，保了你，还会有那么多贪官污吏？就算龙兴市几百万老百姓全都为你跪下来，哭天喊地，泪流成河，也哭不动领导的一纸调令。你走了，再换个张三李四王麻子，老百姓抹抹眼泪，抬起头来一样会规规矩矩，感恩戴德。你也没几年了，再想这么走下去，你以为还能再遇到田震这样的书记，还会遇到李任华这样的市长？说实话，龙兴市现在的这几个领导，我觉得都应该是好领导。龙兴市这么多年，能干成事的领导没有几个，全都给内耗了，也就你捡了这么个便宜，碰到了这么个好时候，还能五十三岁了被越级提拔。但事情并不是一成不变的，等到哪一天，突然换了领导，新官不理旧账，翻脸不认老人，釜底抽薪，偷梁换柱，照样让你叫天不应，呼地不灵。若再让人家上下联手，'举遗民，覆灭国'，一朝天子一朝臣，你说你还咋干？你要是继续硬干，誓死不回头，那下场只有一个，轻则调离岗位，次则人大政协，重则找个借口做掉你，降级免职，随便干你一下，你的仕途人生也就到头了。"

"又扯远了，今天你是给我送行还是给我添堵？烦不烦你，一个人说个没完了。"辛一飞皱皱眉头说道，"要真像你说的那样，我还能到了那一步？只怕第一关都过不了，说不定今天的人大常委会就把我给否了。"辛一飞一直在心烦意乱地等着龙兴市那面的消息，也不知市委下一步会怎么决定，究竟是去是留，自己也没个主意。辛一飞表面上这么说，内心里还是不想现在就让刘小江知道自己已经被否决的消息，他还是想再等等看。

"嗯？"已经略有醉意的刘小江盯了一眼辛一飞，"你说什么？市人大常委会的投票表决？就你这个副市长？你想让自己落选？笑话！

现在的投票表决都是等额，还有那种稀奇古怪的投票办法，得个全票易如反掌，而想要把某个人选下去，即便是发动群众，上蹿下跳，也只能是痴心妄想，白日做梦。你当了快十年的县长副县长了，不会连这个也不清楚吧？就说说你这个县长的选举，还有那些副县长的选举，什么时候有人落选过？少了一票两票都如丧考妣，如临大敌，觉得像打了败仗一样丢人现眼，哪还能落选了？你要真的是给落选了，尤其是在这当口，那不仅不是坏事，而是天大的好事，说实话，比你当了市长书记还更有影响力。而且都是正面影响，而且都会是正能量。"

"你不信？"辛一飞瞥了刘小江一眼，"万一呢？万一落选了，你说我该怎么办？"

"去他的万一吧！"刘小江连讽刺带挖苦地说，"现在跟你说话，就一个字，晕。要是真有了万一，龙兴市委的脸还往哪里放？省委的脸还往哪里放？你现在可是省管干部，档案很快就会从市里调往省里，要是落选了，当不成这个副市长，那不等于直接打脸田震吗？田震这个市委书记还怎么干？市委的工作还怎么做？你要是落选了，对你是小事，对龙兴市可就等于是天塌了……"

正说着，刘小江摆在餐桌上的手机突然吱吱响了两声。刘小江随意点了一下，看了一眼，然后一下子怔在了那里。

两个本地微信群里，几乎是同时推出两条爆炸性信息：

　　重大消息！龙兴市副市长人选辛一飞在今天上午的市人大常委会会议上，投票表决没有过半，差一票被否决！

刘小江盯着微信足足看了有两分钟，然后一声大笑，满眼放光地说："辛一飞啊辛一飞，你可真是福将啊，我正替你发愁呢，没想到你时来运转，洪福齐天啊！这么重要的好消息，你竟然瞒着不告诉我。怪不得一直在这里阴阳怪气，满脸呆萌！"

辛一飞见状，也立刻明白了刘小江已经得到了自己被否决的消息。面对刘小江手舞足蹈、兴奋莫名的样子，不禁有些愤愤然地反唇相讥："二两酒就喝多了？这算他妈的什么好消息，一个下马威，人还没到，脸就让人给打肿了，还时来运转？"

"你等等，让我清静一下，先在脑子里理理这件事。"刘小江仍然沉浸在这个消息带来的兴奋中，"辛一飞，第六感觉告诉我，这对你一定是天大的好事，说你时来运转，你还不领情。让我再理理，再想想。太他妈的棒了，写进小说里都没人相信。"

"怎么会是好事呢？脑子进水了吧。"辛一飞一满杯一口干了下去，"原本宣布的是超过三分之二通过，后来发现有问题了，临时决定票数过半通过。没想到居然一半也不够，还差了一票。龙兴市的干部们看来真的是不欢迎我，还没干呢，就被撸回来了，你居然能说是好事！差个十票八票也就认了，有人反对完全理解，可这是少数人吗？你想想，这样的环境我还怎么工作？什么叫威信扫地？这就是！你连这个也看不明白？就吴浙县这点积累，让市人大这么一锤子砸下来，还有什么威望可言？老百姓又怎么信得过你？"

"哦？你这智商可真让我只能呵呵了，老百姓信得过的威望是选票选出来的？"刘小江依然兴奋异常，"我知道你心里这会儿不高兴，当然，落选了谁也不高兴。要是我，也一样不高兴。这就叫当局者迷，旁观者清。但你也认定这是坏事，那你这么多年的县长可就真的是白当了。只拉车，不看路，搞政治不研究政治，还当什么市委常委？"

说到这里，刘小江给辛一飞和自己的酒杯里都斟满酒，然后收起笑容，郑重认真地举起杯来，对辛一飞说道："今天的饯行酒，值！一飞兄，我敬你一杯！"

辛一飞大概没想到刘小江一下子会变成这个样子，愣了一下，也举起杯来，默默地与刘小江碰了一下。

"听我说，为什么我觉得这是一件大好事呢？"刘小江把话音降了下来，字斟句酌地说道，"以我原来的估计，以为你到了龙兴市，极有可能是孤军作战。就算是书记支持你，但书记并不能让四大班子所有的领导所有的部门都支持你。这一点，你肯定比我更清楚。但今天这件事，简直是天地翻覆，云谲波诡。真正是人助兴，天帮忙，你居然给落选了！天大的好事都让你赶上了。我刚才说了，你的落选，打的不是你的脸，打的是市委的脸，是省委的脸，还打了市政府的脸，市人大的脸。这一下子，可就把这些人，把龙兴市四大班子全都打到一条船上去了。一荣俱荣，一损俱损，他们公开这么干，实在太蠢了。既过早地暴露了攻击目标，也过早地暴露了他们自己。让你落选，等于是对你的公开绑架。龙兴市委市人大市政府包括市政协，将会齐心协力地维护你，声援你，并为你保驾护航，为你撑腰打气。告诉你，我现在清醒得很，我的判断绝对理性。你今天的落选，将让你声名远扬，成为龙兴市人人关注的英雄。你的落选，不是因为你在龙兴市干得不好，而是因为你在吴浙县干得太好。市委书记亲自点将，省市高度认同，让你从吴浙调往龙兴，准备大干一场。但因为你干得太好，龙兴有些人害怕了，担心了，还没等你干事，就想把你拉下马。聪明反被聪明误，确实蠢得让人匪夷所思。让你落选，只能说明你太能干了，说明你太厉害了，让这么多人害怕，让这么多人仇视，恨不得置你于死地而后快！从今天起，你将会堂堂正正地立足于龙兴市，老百姓会列队欢迎你，干部们会刮目相看你。这第一炮打得够响，惊天动地，威震四方。来来来，祝贺祝贺，再干一杯！"

"你就瞎嗨吧，你们这些狗屁文人，不是幸灾乐祸，就是唯恐天下不乱。"说是这么说，辛一飞还是与刘小江碰了一杯，头也没抬，一饮而尽，"我现在可是真想听听你的主意，以我现在的情况，下一步究竟怎么做才合适？"

"市委肯定也知道了，没动作吗？"刘小江问。

"书记正在办公室召开紧急会议。"辛一飞如实说道。

"什么情况？"刘小江好像比辛一飞还着急。

"不知道，估计也没什么情况。"辛一飞确实有些忐忑不安，"听说省里要下来一个调查组，估计也不会让别人临时接我的班。"

"看来也只能这样了。"刘小江点点头，"还有吗？就这点情况？紧急会议开完了？"

"刚开完，市委通知我参加下午四点的市委常委会会议。"

"四点！"刘小江看看表，"那你还坐在这里喝酒！"

"不想去，准备请假。"辛一飞拿起酒瓶，准备再倒一杯。

"你这才是瞎扯！"刘小江腾一声站了起来，一把夺过酒瓶子，

"你这不是给市委给书记难看吗？你还想让书记再被打一次脸？马上走，吴浙到龙兴，两个小时的路程，赶上常委会会议没问题。必须去，坚决去。首先你这里不能给市委再添任何麻烦，第二在这关键时刻，书记指向哪里就冲向哪里。从现在起，不管任何场合，少说话，少表态。今天的常委会会议上尤其要少说话，能不说一定不说，感谢的话坚决不说，就看市委下一步怎么安排。所有的人这会儿都看着你，你说什么都没用，说什么都会出问题。会后也一样，就是埋头实干，只干不说。以后有你说话的时候，现在只是开局，后面的路还长得很。好了，马上走！非去不可，这是决定命运的关口，龙兴市四大班子都在看着你，几百万老百姓都在看着你！你已经是这台大戏的主角了，你不登场，万劫不复！这时候脑子一定要清醒，千万不能犯糊涂！快走快走，饭我已经埋单了，家也别回了，路上再想下一步如何办。快走！"

十一

刚过三点一刻，辛一飞就赶到了龙兴市委。

半路上接到了田震书记秘书的电话，要他三点半左右去书记办公室面见书记。

辛一飞什么也没问，答应了一声就把电话挂了。

辛一飞与书记很熟，与书记的秘书程林也一样无话不谈。

辛一飞刚认识田震时，田震还只是个市里的团委书记。权力不大，但级别不低，正处。辛一飞当时是阳郴县城建局长，权力不小，级别不高，正科。那时候，田震二十多岁，辛一飞三十出头。再后来，田震去省里当了团省委副书记，副厅。辛一飞六年后才在吴浙县升到副县长，副处。两人关系一直很好，但级别差距一下子就拉大了，再后来，田震当了副市长、组织部长、常务副市长、市长、市委书记，再到省委常委，官至副部副省级。而辛一飞一直是副县长、县长，连县委书记也没轮上。五十三岁了，一直还是个正处正县级。

辛一飞之所以能和田震保持了几十年的关系，没有别的，就因为两个人是校友，而且是同专业，学的都是历史。

两个人的学业都很优秀，但由于辛一飞低调朴实，大学毕业后，直接被分配到了县城建局办公室写材料。而田震人长得英俊威武，又是体育健将，又有多种特长，还是学生会干部，见多识广，善于言辞，自然成了许多单位的争抢对象。于是被分配到了市委团委，第二年就被提拔为团委副书记。

种种原因，就让两人同车不同轨。尽管都是搞行政工作，成绩也不相上下，但差距越拉越大。

级别有差距，但并不妨碍两个人的私人关系一直很好。

私人关系好的一个重要原因，就是互相都很欣赏对方。

辛一飞是条犟牛，一旦拿定主意，十匹马也拉不回。正因为如此，辛一飞所经手的工程，即使拿到全国同类工程中都是一流工程。什么利益输送、暗箱操作、偷工减料、粗制滥造的情况，万难在他这里发生。工程就是他生命的全部，所有的非分之想在他这里都犹如谋财害命。就像眼里容不得一粒沙子，任何企图蒙混过关的伎俩都会被他绝不留情地打回原形。几十年来，辛一飞尽管是在一个县城，但凡是他打造出来的工程，包括那些市政设施、旅游新区、旧城改造、新城建设、采矿沉陷区综合治理、重点文物保护修复工程，等等，都会成为市里省里的样板工程和标杆工程。

田震任龙兴市副市长时主管城建工作，辛一飞所在的吴浙县就成了龙兴市每年样板工程展示会和现场会的所在地。一直到田震当了市长、市委书记，吴浙县都是他最常去的地方。

龙兴市是煤炭大市，沉陷区修复和采矿区改造是市政建设的最大隐患和最大难题。辛一飞当副县长时，就开始着手处理这一千年大患。主管城建的副县长，每年下矿探矿成了他最重要的工作之一。凡是他看过的地方，即使连县长书记也完全放心，一致认可。凡是辛一飞认为还能挖掘的区域才能继续采煤，凡是认为不可再采的区域，就是天王老子也决不能再采一寸。

辛一飞临近五十的时候才算当了正县长，这个位置对他来说，真是一场及时雨，一个天赐的重大良机。好几项他一直无法拍板的工程，终于在他手里开始逐步上马。那时候他如鱼得水，如龙入海，干得得心应手，游刃有余。之所以县委书记和主管市长都同意让他放手大干，一个谁也清楚的缘由，就是田震书记背后的强力支持。

田震欣赏辛一飞的犟劲，喜欢他无所顾忌的天性。田震虽然是市委书记，而且还是省委常委，但对他手下的一个县长辛一飞，从来也是客客气气，呵护有加。他觉得像辛一飞这样的干部，能在自己的手下任职，实在是一个做领导的福气和运气。领导干部需要各种各样的人才，而像辛一飞这样的干将，则是最难得最难碰到的。田震对辛一飞的欣赏和呵护，辛一飞好像很少有什么反应和感觉，既看不出他的高兴，也看不出他的满意。有时候田震忍不住剋他几句，他也不吭不哈，偏着脑袋一走了之，好像就算是认了听了。但你事后再看，他该怎么干，还怎么干，谁也别想让他改了主意。

三年前，北京一个颇有身份的领导专程给田震打来电话，开口先说不是要让田震开后门走关系，就公事公办，公平公正，只需秉公处理即可。田震问什么事，"首长您直说不妨，我们一定努力办好。"

吴淅县有一家私营煤矿，因为违规操作，私挖乱采，造成严重透水和重大伤亡事故，被市委市政府严肃处理，取消了那个煤老板的采矿资格，并罚以重金，煤矿经煤管局和县委县政府同意后，决定公开拍卖，拍卖所得给那些受害者和造成的资源破坏进行补偿。

北京领导说的要秉公处理的就是这件事，北京领导有个"亲戚"就是其中参与煤矿拍卖的买主之一。

这个买主神通广大，最终到真正成交时，原来的十七家买主，居然有十六家都突然宣布退出，买家就只剩了一家，就是这个北京领导的"亲戚"！

由于这个煤矿特有的地理位置，特别是有些重要的区域坚决不能再在地下采煤，因为这些区域涉及整个县城的居住环境和几十个村镇无以治理的地表沉陷问题，因此要确保买家必须能够遵守县委县政府的有关开采规定。

当看到十几个买家只剩了这一家时，作为县长的辛一飞，凭借自己从政多年的经验和敏感，当即决断，立即中止这家私营煤矿的拍卖！

那时候正是煤价高企的时候，挖煤等于挖钞票挖黄金。附近村民在煤矿大路旁捡拾煤渣，每天的收入也远高于打工收入。

那家买主为了买下这家煤矿，前期已进行了大笔投入。

他们不能让即将到手的金疙瘩就这么突然脱手了，让大笔的资金投入突然消失了。

于是他们就找到了龙兴市委书记田震，就让这个北京领导给田震说了那么一番话。

田震当天下午就叫来了辛一飞。

"那个煤矿拍卖是怎么回事？"田震劈头直问。

"找到你这里了？"辛一飞也直奔主题。

"你一个县政府，不能朝令夕改。公开宣布说要拍卖，怎么说停就停了？市场经济，得讲信用，这个你又不是不懂。"田震看了看辛一飞，轻声说道。

"市场经济也不能只看钱，只看钱的企业还能有什么信用？他那个企业我了解过了，背景太深，将来没人控制得了。你看，这不都找到你这里来了？"辛一飞低着头，一眼也不看田震。

"市场经济不看钱不看效益看什么？说人家背景深，就立即中止拍卖，这是什么理由，能摆到桌面上吗？"

"据我了解，为了要买到这个煤矿，这家买主已经投入了一两个亿，甚至更多，而我们的这家煤矿，按测算，以现在的煤炭价格，全部开采干净，纯利润也就是两三个亿。你说说他们这么干是想干什么？如果不为钱，他们花这么大投入是为什么？如果是为了钱，那他买下这个煤矿，下一步将会做什么？这不明摆着的事吗，如果不私挖乱采，不扩大采掘范围，一次性投入这么多，还找到你，找到那么大的领导，疯了还是傻了？田书记，这事你不用管，有压力我来顶。只要我还在吴浙县，我就不能让吴浙县老百姓的儿孙后代、祖祖辈辈都指着我的骨灰盒骂我是个败家子。"

"这不是瞎扯嘛！人家投入大，就是为了要私挖乱采？市场经济也是讲法律的，他买下煤矿，就能不遵纪守法，胡作非为？"田震皱了皱眉头。

"书记你这不是明知故问？他们真想遵纪守法，还能找到你来收拾我？"辛一飞耷拉着脑袋，一句接一句地戗着田震。

田震憋了好半天终于说出一句话来："我可是替你着想，目前你也没发现人家有什么问题。不就是一个公开拍卖吗？公开透明就行了，你半路卡死人家也得有个理由。"说到这里，田震看了看辛一飞，欲说又止地憋了半天，终于说出来一句话："你自己考虑吧，人家首长说了，你要是答应了这事，你下一步任县委书记的事，他可以给书记省长打招呼。"

"嗯？"辛一飞突然抬起头来，像不认识似的看了一眼田震，然后又扭过头来，撒气似的说，"既然有这么大的能量，干吗不马上把我调出吴浙县？不当书记平调就行，大县小县，穷县富县都没意见，我卷起铺盖立刻走人，吴浙县的事情我就一概不管了。"辛一飞好像根本不买书记的账，脑袋拧得转了半圈。

辛一飞后来酒中把这句话讲给刘小江时，乐得刘小江差点没栽到椅子下面去。

当时田震眼睛直直地瞪着辛一飞，好半天说不出一句话来。

辛一飞而后又蹦出一句话来："书记你也别生气，我是实话实说。你是市委书记，又是省委常委，连我的事情都做不了主，都得让给他来办，我们党还有没有规矩了？我又不认得他，你说说我应该是相信市委省委还是相信他？"

田震再次好久也说不出话来。好在这时田震桌子上的红机铃声响了起来，田震一边接电话，一边给辛一飞挥挥手，意思是说：不谈了，你走吧。

辛一飞看了一眼田震，也没说什么，转身就走开了。

辛一飞没再回来，田震也没再叫他。

连招呼也没打，辛一飞就回到了吴浙县城。

事后田震再没给辛一飞提起过这件事，辛一飞也坚持没让这家企业买走煤矿。

只是辛一飞的县长一直快满七年了，还是原地未动。这期间，县委书记已经换过两任，一个比他小八岁，一个比他小十二岁。好在这两任书记都对辛一飞尊重有加，客客气气，从未有过什么大的矛盾冲突。对此，吴浙县的人也都看得清清楚楚，有个口头禅传得谁也会说，

"吴浙县，扯蛋，几任书记靠边站。辛一飞，说了算，啥事都靠县长干"。

田震也一直没有调走，一直在龙兴市任市委书记。原来吵吵说田震有可能调到北京去，也有可能调到省里接任副书记，再下一步有可能被推荐为省长候选人。但也都只是风闻传说，一直传到现在田震也还是老样子。

唯一的变化，就是两个月前，田震力排众议，把辛一飞提拔到了龙兴市。直接从县长提拔到了常委，并被举荐为龙兴市副市长候选人。

辛一飞没想到他会越过县委书记这一关，直接就被任命为市委常委。

连刘小江也想不通，说你这个辛一飞，倔毛驴，自己当不了县委书记，还害得人家田震也提拔不了。刘小江说了："我要是田震，那天上午跟你谈完话，下午就把你调到一个穷县去，那是你自己同意的，你不服又能怎么样？没想到你真是祸去运来，田震不仅没有记恨你，反倒把你提拔了。不合常理，太不合常理了。你以为你是谁啊，不就是一个弹丸小县的县长？你这号人龙兴市多了去了，想取而代之、能取而代之的人也多的是。"

辛一飞明白，提拔他来龙兴市，无非是这个工程太难干，也太需要能干了这种工程的人。刘小江则反唇相讥："你以为离了你龙兴市就找不出人了，把自己想得那么高大。"辛一飞则说："能干了这活的人多的是，但能挡子弹的不多，我大概就是去挡子弹的。"刘小江不置可否，好半天才说："你也就是这命，好事轮不到你，需要敢死队的时候，才会把你捞出来。"

而今天这个结果，几乎等于还没有冲锋就已经被干掉了。

谁都没想到的局面，竟然在最不应该出问题的地方，居然就出了问题。他一个省委市委推荐的副市长候选人，居然在市人大常委会会议上被公然否决。

过去辛一飞上了车，马上就能酣然入睡，几乎走一路睡一路。今天却完全不同，脑子异常清醒，以至司机在后视镜看了一眼辛一飞，竟然吓了一大跳。辛一飞两眼瞪得溜圆，直直地盯着前方，完全是一副拼命的架势。

辛一飞跟刘小江并没有喝了多少酒，也没有准备请假的想法。他本想同刘小江聊聊下一步如何给市委表态，如何对自己副市长职务的被否决做出应有的反应。没想到刘小江一反常态，从刚开始的极度悲观，什么凶多吉少，有去无回，突然又一下子变得兴奋莫名，喜出望外。

刘小江说这是天大的好事，一下子就让四大班子空前团结了起来。

刘小江越是这样说，反倒让辛一飞的心情愈发沉重。超过一半的常委投了你反对票，怎么会是天大的好事？

即使有四大班子的空前团结做后盾，但如此之大的反对力量还是令人吃惊。而且是公然叫板，迫不及待，毫不掩饰地站了出来。

这并不是一个两个对立面，而是一大片。

不是一堵墙，而是一座山。

这些人大常委都曾是过去的县长、区长、局长、县委书记、党组书记，很多都曾是党政一把手，影响力、号召力绝非一般。

他们给整个市委市政府造成的负面影响将是空前的，给他日后工作带来的阻力和麻烦也一样是难以估量的。

辛一飞清清楚楚，他的副市长职务被否决，这在整个龙兴市，在市委市人大市政府市政协以及所有行政部门和机关，都将是一起惊天动地的大事情。

这对即将来到龙兴市的辛一飞既是棒喝，更是威慑。

辛一飞第一次有了一个强烈的感觉，他这个市委常委，未来的常务副市长人选，根本就不在人家的那个圈子里。尽管是一个无形的圈子，但辛一飞分明感觉到了它的存在和威力。它就在你的眼前，就在你的身旁，你还没到来，它就已经在强力地掣肘你，要挟你。你无法对它视而不见，更无法轻视它，随意绕过它。

他原本想着这次来龙兴市负责龙飞大道工程的阻力会很大，但没有想到会如此之大。而且这股力量来得如此之快，居然让你防不胜防，根本没有还手的机会。

短短几天，辛一飞调阅了有关龙兴经济状况的各种信息和数据，查看了无数有关龙飞大道工程的背景资料和档案文件。每天几乎只能睡两三个小时，整个人的精神状态完全处于一种极度的亢奋之中。

凭他这些年的经验和直觉，让他一直感到棘手和防不胜防的是那些利益攸关的地方黑恶势力和权贵群体。但这些人，以他的感觉一般不会直接出头露面，更不会公开出来寻衅滋扰。出头露面的有可能是一些将要遭到拆迁的穷困住户，是那些住在棚户区中几乎一无所有的打工群体，还有可能是那些大道两旁的中小企业的业主、经理、董事长等等。这些人随时都有可能成为潜在钉子户和闹事领头羊。特别是那些多年十几平方米住一家人的贫困户和几辈人都住在棚户区的打工群体。因为一无所有，所以恰恰最敢闹事，最具革命性，最有可能生发成群体事件。不过对这些人，辛一飞并不十分担心和顾虑，这些人没有那么大的胃口，只要合情合理、公正公平，该给的都给了，就会顺利解决。一般来说，他们不会讨价还价，斤斤计较，更不会得陇望蜀，水涨船高，越给越要，越要越高。

关键是要公正公平，这是辛一飞多年坚持而且一直顺利的最大原因。不能这个人一打招呼，马上就给优惠，那个人一闹事，立刻就安抚。闹而优则惠，闹而优则赔，于是最终只能强拆暴拆，结果就是一地鸡毛，一城怨气。

辛一飞十分清楚的是，这次龙飞大道的改建扩建工程，完全是政府行为，并不是市场行为。市场行为、商业行为，政府还可以隐在后面，出了问题再出面解决，还有个缓冲余地。而龙飞大道这一超大工程，则由政府直接面对各种复杂、尖锐的社会矛盾和冲突。群体性事件、突发性事件、恶性事件、暴力事件在所难免。龙兴市又是个革命老区，老百姓对政府对国家的依赖性极强，正因为如此，对政府对国家的利益回报和期望值也极高。

眼下正是房价疯涨、地价暴涨时期，这种极为迫切的高回报、高期待的社会氛围，必然会大大增加工程的阻力和难度。最难的工作和最难把握的复杂情况将会在这些方面陆续出现，一定会越来越猛烈，越来越棘手，越来越尖锐。

这是辛一飞坚持认为的工程最大难点。

就在前几天，辛一飞一个人坐着车，用了整整三个晚上的时间，在即将动工的龙飞大道两旁仔细观察了无数个来回。有些地方，他对着地图，认真看了好多遍。让他没想到的是，大道两旁竟然商铺林立，饭店宾馆数十家，特别是所谓的特色一条街、文化一条街，更是让辛一飞感到触目惊心，叫苦不迭。这些街上密密麻麻的门面，一个挨着一个，生意竟然十分红火，半夜十二点了，依旧欢歌笑语，人来人往，灯红酒绿，熙熙攘攘。

几个月内必须把它们全部拆除，实在太残酷了，简直无法想象。

可想而知，这一工程遇到的困难和矛盾将会多么巨大，多么尖锐。

什么都想到了，什么都在防备了，做梦也没想到的是，第一个重量级的较量，竟然来自高层。来自市人大常委会，来自那些为数不多的人大常委会的常务委员。

这些常务委员，大都是退居二线的龙兴党委政府的高官，有的甚至仍在政府机关和事业部门兼职，即使是党派成员，也有很多仍在机关任职。他们都是党的骨干力量，都应是党和政府重大决策的坚定支持者，也是市委市政府重大决策部署能够顺利实施和执行的坚实基础。尤其是对市委省委推荐的建议人选，人大常委会表决通常不是全票就是高票，极少有通不过的时候。

如今地方的选举和表决，包括省一级的选举和表决，有时候感觉差一票两票本不应该是个什么大不了的事情。但事实上，在一些领导眼里，这个结果问题很大，并不是件小事情。在下面投票的代表或委员中，都是某个地方或某个部门的主要官员，何况如今的选举一般都是等额选举，差一票就相当于一个地区或一个部门没有给你投票。他们的反对，就相当于是某个地区或某个部门的直接反对。并不是一般人认为的少一票两票没有什么了不起，更不是你所想象的无碍大局，不必过于计较。一个地区或一个部门的反对，将会在某个时候或某个关键点，给你的工作带来意想不到的影响和阻力。

而这次的表决，居然是没有通过。

反对票不是一票两票，而是超过了半数。

不仅仅是一次打脸，而是一次重大的打击。

从信心上，从影响上，从声势上，从力度上，都是前所未有的重大打击。

太突然了，猝不及防，防不胜防。

有一点刘小江说得对，你没有退路，只能应战。

刚一开场，你眼前的路就只剩了一条，你能做的事就只剩了一件，那就是全力以赴，迎接挑战。

什么也别想了，此时此刻，只有肝脑涂地，舍弃自我。

拼了。

也只有拼了！

十二

辛一飞走进田震书记的办公室时，田震正在同秘书长商量布置下午常委会会议的议程。因为是紧急常委会会议，所以所有议程秘书长都只能同书记直接商量。

大家的脸色都很沉重，秘书见了辛一飞，也没说什么，倒了一杯水，就让辛一飞在外间等着。

这期间进来了好几拨人，有的认识，有的不认识。认识的都过来握握手，什么也不说，点点头就走了。也没什么可说的，安慰不是，不安慰也不是。还有就是他们觉得，辛一飞都等在这里，一时半会儿肯定无法见到书记，所以走了是最好的选择。

辛一飞明白，大家可能连他能不能留在龙兴市心里都没底，为什么要同现在的他过多寒暄，问长问短？

那自己呢？紧急常委会会议会做出什么样的决定？尽管辛一飞知道书记市长几个主要市领导刚刚开过临时会议，但究竟做了什么样的决定，没人给他透露过任何信息，他自己也没有任何预感。

等待自己的会是个什么样的结果呢？

如果是再行表决，是不是要跟人大常委们见见面？这个好办，他尽可以把自己的所有想法和评估统统告诉给大家，绝不会藏着掖着、光拣好听的说。一定要让他们知道我已经了解到了什么，面临的风险和难题是什么，下一步准备干什么，下一步的下一步又准备干什么。

如果不在近期再行表决，那自己又可能去做什么？继续以市委常委的身份负责龙飞大道的改建扩建工程？这样可以吗？当然可以。中国的政府官员可以任何名义出现，领导小组、规划小组、办事处、管理处、主任、指挥等，都可以以领导身份行使职权。

还有呢？让自己重回吴浙县？以田震的风格，还没较量就认输，不可能。他不会让他力排众议的人选就这样重回吴浙县，绝不会。省委也不会答应，说不定还要问责。

那还有什么可能？让自己去当宣传部长？统战部长？政法委书记？这些职务不需要选举，直接任命即可。不可能，绝无可能，这同认输并无二致。何况自己也不会去这些部委，如果就是想当官，说不定早提拔到这一级了。真的不是，也真不想。

看看时间，已经快三点半了。

下午的市委常委会会议是四点。

快到三点四十的时候，田震才和秘书长从办公室走了出来。

田震手里拿着公文袋，砰一声关住门，然后对秘书长说："你在这儿等着，有人找就说我出去了。有急事给我发信息，我的移动手机关了，联通手机开着。"

说完然后对辛一飞说："走吧，咱们到常委会会议室旁的小客厅说事，这里太乱了，电话也太多，说不成。"

常委会会议室旁边的小客厅十分精致小巧，一个小茶几，一竖一横两排沙发，两个人坐在这里聊天正好。

小客厅里已经备好了两杯茶水，客厅里散发着淡淡的茶香。

两个人都无意品茶，田震可能渴了，也不管水烫不烫，两口下去，茶水就少了一大半。

"知道消息了吧，人大常委会表决的事？"田震算是打招呼。

"知道了。"辛一飞瞄了一眼田震，低下头回答。

"阻力这么大，现在还摸不清这股势力到底来自哪里。总得有个幕后总策划总指挥吧，居然一点眉目也看不出来。"

"我也没想到，真枪真刀地干，龙兴市还真不是个等闲之地。"辛一飞本想自我解嘲一下，但看看田震阴沉的脸色，笑容立刻收敛了回去。

"中午开了个临时会议，基本达成一致意见，你以市委常委名义，担任龙飞大道扩建工程总指挥，同时成立龙飞大道扩建工程领导小组，李任华市长任组长，你任第一副组长。"说到这里，田震盯着辛一飞，略停片刻，继续问道，"马上就上常委会会议了，说说你的意见。"

"人大常委会不再表决了？"辛一飞有些吃惊地抬起头来。

"不上人大常委会会议了，必要时召开人大全体会议，由全体代表表决。"田震又大大地喝了一口说道，"有意见吗？现在也只能这样办了。"

"没意见。"辛一飞回答得迅速而干脆，好像连考虑也没有考虑。

"让李任华当组长，目的就是让你有权调动和运转政府班子。"

"李市长不当组长我也可以直接调动运转。"辛一飞低头呷了一口茶水，"其实你当组长比李市长当更好。"

"也想调动运转我的班子人马？"田震斜了一眼辛一飞，"除了纪委，其他的几个部，你随时可以调遣打招呼。"

"就是想调动运转纪委，不能枪口总是对内。"

"胡扯，纪委的枪口不对内还能对了外？"田震没笑，语气硬邦邦的。

"那就找两个无党派担任国土和规划局长吧，我现在最担心的就是这两个部门。"辛一飞好像对自己的落选根本没有在意，一心还是在龙飞大道的工程上。

听辛一飞这么说，田震的心情顿时轻松了不少，他最担心的原本是辛一飞的情绪，没想到他还是这么一根筋，一心仍在工程上。"李任华给我说了，你就是对纪检的监督耿耿于怀。我现在给你说，这个工程让你来负责，就是为了要确保工程的干净。"

"干净没问题，但也不能打击信心，工程还没开始，就查这查那，我倒没啥，但下面那些人还怎么干活？谁还有心思干活？"辛一飞话里有话。

"你那儿也有人查？"田震问。

"岂止是查，电话都打了七八次了，还有十几封函询信件，我都不知道该怎么回答了。"

"就这几天？"田震有些吃惊。

"今天上午就两次电话，三件函询。"

"市纪委的？"

"都是刚考进来的一些办事员，啥也不懂，有什么直接一个电话就打过来了。"辛一飞倒是不动声色，声音也像拉家常。

"都是什么内容？"田震无法相信似的问。

"我想这些办事员都很年轻，没经验，也没有基层工作阅历，也不能怪他们。"辛一飞轻轻说道，"比如昨天的电话就问得我心里很不是味道，好像是一个年轻姑娘给我打的电话，说他们检查室收到一封检举我的揭发信件。说我在五年前，提拔自己没有大学学历的亲侄子当了县政府办公室副主任。这样的举报信，其实他们给吴浙县纪委或人事部门打个电话就可以问清楚，根本不必直接问我本人。我就一个哥哥，哥哥就一个女儿，根本就没儿子，哪来的我的亲侄子？你给她说没有这回事，她却很严肃地说，你可以保证你说的是事实吗？我都不知道该怎么给她说了，真让你有点哭笑不得。"

辛一飞说得依然很轻松，但却让田震听得脸色发青，"还有吗？也都是这样的内容？"

"书记你也不用生气，这种事情我经历得多了，别说市纪委了，省纪委也一样有过这样的事情。这叫走程序，人家本身也没什么错。但对那些想真干事、干实事的干部，这样的事情天天发生，再有承受能力的人肯定也受刺激。"

"天天这么走程序，那可不行，至少在目前这个时期不能这样。"田震一边说，一边想到市纪检书记刚才在紧急会上讲到的那些数据，就在这短短的十几天内，有关辛一飞的举报信就有几百封之多，实名举报的也有近一百封。这么多的举报信，内容重复的居然很少，很多都需要一一核实。但怎么核实，田震以前没往这里想，也没往更深处想。今天听辛一飞这么说，才明白这还真的是个大事情。如果不把这个事情扯清楚，干这么大工程，举报信以后肯定还会雪片似的飞过来，一个班子的人每天都忙于应付这种事情，那还有完没完了？那还怎么工作？辛一飞说得对，也说得及时。不干事就没事，一干事就有事，越不干事越没事，越想干事越有事。此风不刹，谁还想干工作？"一会儿我在会上把这个也列为议题，让大家都议一议。接着说吧，还有什么意见，抓紧时间。"

"市委常委会会议我能参加，政府常务会呢？"辛一飞立刻说道，"是以什么身份参加，或者就是列席？"

田震想了想，"列席吧，时间紧，还没考虑到这一层。"

"我没别的意思，列席很好啊，正好免得这会那会的整天开不过来。等到有什么要紧事了，确实需要了，再列席常务会，让李市长直接带到会上来研究，我真的觉得这样最好。"辛一飞并不隐瞒，把自己的想法表达得很清楚。

田震顿时有些感动，这个辛一飞，还真是不讲条件。"龙飞大道不只是政府的事，也是市委的事，四大班子共同的事，这个你不用担心。今天的常委会会议，除了你的事情，还要着重再讲讲这一点，四大班子目前所有的工作，都要以龙飞大道为中心，都要把龙飞大道的重建扩建工作列入所有部门重要的议事日程。"

"书记我刚才听说了一个消息，说是你也同意让省委派个调查组来调查我的这起落选事件，是真的吗？"

"真的，是省监察委提议的，我同意。"

"我以我个人的名义，向组织提出一个要求，请你一定转达，也请你一定同意，为了龙飞大道工程的顺利开工，此时一定不要派调查组下来。"辛一飞十分恳切地说道。

"为什么？"

"书记你想想，这次派调查组下来，立刻就会闹得人心惶惶，四大班子都会围着这件事情转，岂不让亲者痛仇者快？人家就这么搞了一下，我们立刻就自乱阵脚，岂不正中人家下怀？大家的心思还能一心一意再放在龙飞大道工程上？何况这样的事情最终只能是不了了之，结果只能让你让我，让市委领导都成了众矢之的，我们有必要这样做吗？我觉得，现在只有排除所有干扰，全力以赴把龙飞大道的工程方案制定了，让这个工程顺利开工了，才是对他们最好的回答和做法。"

田震顿时怔在那里，不禁万分感动，他没想到辛一飞会这样想。"好吧，让我考虑考虑，我会把你的意见转告给省委。"

"我会在常委会会议上提出我的意见，我相信大家也会同意我的意见。"辛一飞继续说道，"我相信省委也会同意。"

"谢谢。"田震再次感动起来。

"田书记，还有件事我现在得给你讲清楚，本来这应该是在市政府商量的事，但这对工程是头等大事，必须先给书记汇报，我得让书记心里有数。"辛一飞心事重重地说道。

"说吧，还有时间。"

"这几天我了解了一下，估计大数目你也清楚。我们龙兴市目前属于政府的欠债有一千二百多亿，这不是一个小数目。"

田震点点头，"这是很多年累计下来的数字。"

"其中银行贷款有七百多个亿。"

"这个大家都清楚。"

"但老百姓不知道。"辛一飞皱皱眉头，"我不知道怎么有这么多的负债，吴浙县我干了那么多工程，现在也只有十几个亿的负债，这对我们的龙飞大道工程影响很大。"

"知道，别的市比我们更多，各种原因造成的，也属于正常现象。"田震耐心解释道。

"这一千多个亿的欠债，每年的利息差不多就得一百个亿。这两年我们每年可用的财政收入，也就一百多个亿。而这次龙飞大道改建扩建，我大致算了算，连居民和商家的赔付都算上，至少也得两千个亿。"

"两千个亿能下来就不错了。"田震看来对这些都很清楚，"这个我们都明白，我们都会想办法。"

"没有办法。"辛一飞直来直去，"这次最大的不同，就是这个工程是政府行为，不是市场行为。所有的矛盾和风险都得政府承担起来。不像过去，政府可以藏在后面，有什么大事，还可以有个缓冲。"

"让你来，就是让你拿出解决办法。如果谁也干得了，还调你来干什么？"田震只能实话实说了。

"这个我明白。"辛一飞也不嫌书记的话难听，只顾低头说自己的，"我的意思，就是这个必须给大家讲清楚，办法很多，但要是按那么多条条框框去办，谁也办不成。"

"那也不能太离谱了，蛮干胡干，谁也不敢给你打包票。"

"书记，这条路修下来，等于重修半座城。我们又没有可以腾挪的空间，无地可买，无法利用经营城市土地倒出差价，再利用这些收益安置拆迁户和商家。政府本身也没有多余的资金，能给我三百个亿就不错了。"

"能给你两百个亿就不错。"书记一点也不含糊。

"那好，现在就说定了，先给我启动资金两百亿，其余再想办法。"辛一飞好像就在这里等着，他要的就是书记这句话。

田震瞪了一眼辛一飞，"你先同市长商量，我现在不能答应你。"

"我现在就只要你一句话，你同意不同意。"辛一飞纯粹是在逼宫了。

"……好吧，还有什么。"

"我前些天给市长说过，今天再给你说一次。工程期间，有什么事情可以直接查我，但一定不要动不动就查我的下属。如果确实有什么问题，事后再一并追究。"

"那你用什么给我保证？"田震反问。

"书记，我都到这份儿上了，你还要我怎么样？你也明知道这就是个火坑，非要让我往里跳，我眼睛一闭就跳进来了，你还要我怎么样？"辛一飞说到这里，眼圈一红，吭哧了一声，很快又恢复了过来，"你看，人还没来，就在人大落选，一半人大常委公开反对。每天上百封举报信，纪检监察部门几乎天天有电话有信函。整个人都被监视了，我还能干什么？稍有个差错，就会地动山摇。我只有一句话，那就是肝脑涂地，死而后已。"

"老兄，别说了。"看见辛一飞动情的样子，田震不禁内疚起来，轻轻这么叫了一声，然后拍了拍辛一飞的肩膀，"你的心情我明白，天大的事，我们一起扛着，放心就是。好了，不说了，开会吧。"

此时突然听到两声急促的敲门声，紧接着田震书记的秘书程林轻轻推门走了进来："田书记，会议室门口有人闹事，说是非要见你。"

田震吃了一惊："常委会会议室门口？"

"是。"程林说，"已经从市委大门进来了，也不知怎么进来的。"

田震不禁有些惊讶，市委大门竟然没有拦挡，直接就让进来了。"有多少人？"

"有两百人的样子。"程林显得有些紧张。

"两百人？"田震再次吃了一惊，"现在都在会议室门口？"

"是。"程林如实回答。

"都是些什么人？"田震已经站了起来。

"看样子大都是老干部，也有年轻一些的。"程林回答得比较含混，估计也不知道详情。

"现在都有谁在现场？"田震看了看时间，离常委会会议时间还有不到十分钟。

"秘书长、办公室主任，还有保卫处的都在。"

程林回答的当儿，秘书长也推门走了进来。

"怎么回事？"

"吴浙县的。"秘书长一边看了一眼辛一飞，一边对田震说道，"大部分都是离退休老干部，一共坐了四辆大巴，下午一点多就到了市委门口，总共一百七十多个人。除了少部分登记了以外，大都找了关系，分头分批进了市委大院。约定下午四点前，也就是常委会会议前，要同你见面。"

"吴浙县的？"田震也看了一眼辛一飞问道，"他们这会儿来有什么事？而且还知道下午四点要开常委会会议？"

"就一件事，听说辛一飞落选了，请求市委把辛一飞重新调回吴浙县，他们说吴浙县需要辛一飞这样的干部。还说他们来时，吴浙县正在联名征求意见，目前已经有一万多人签名要求把辛一飞重新调回吴浙县。他们还说前几天就要来的，但没想到辛一飞竟然会落选，所以就立刻赶来了。他们还说事先并不知道市委要开常委会会议，走到半路才知道消息的。于是才合计了这个办法，分头分批进市委，再集体到常委会会议室门口同你见面。其实外面还有四十多个人没进来，进来的都是找到关系的。"

"他们就这一个要求？"田震还是有些诧异。

"是，就这一个要求。他们说了，吴浙县眼下最需要的就是辛一飞这样的好干部。当初走的时候，大家就很不乐意，好多老百姓每天都在县委县政府门口请愿，希望把他们的县长再请回来。既然现在已经落选了，那就一定再把辛县长给我们派回来。请求龙兴市委一定认真考虑，这是吴浙县全体干部的愿望，也是吴浙县所有老百姓的期盼。吴浙县的干部群众都在热盼着辛一飞的归来。听说辛一飞在龙兴市落选了，吴浙县的老百姓奔走相告，欢欣鼓舞，私下里把彩旗鞭炮都准备好了，全县的干部职工和老百姓都会夹道欢迎辛一飞重回吴浙。"

辛一飞默默地低下头去，鼻子一阵发酸，眼眶也湿润起来。

现场一阵沉默。

田震也不禁有些感动，过了片刻又问："领头的是谁？"

"共三个人，一个曾任过县委书记，另外两个，一个任过县委副书记，一个任过常务副县长。年龄都很大了，估计都七十多了。"

"让他们进来吧，我和辛一飞直接给他们三个说明情况，你也一起参加。程林你给李市长说一下，常委会会议推迟二十分钟。"

辛一飞看了看时间，四点差三分。

辛一飞有些发蒙，对这二百多老干部的到来，他确实什么也不知道。

一点消息也没人给他透露。

刘小江知道消息吗？辛一飞看了看手机，连刘小江也没有给他发过任何消息。

与人大常委会好像一唱一和，如此大规模行为的事件，居然一点预感也没有！

这是怎么了？

大战的前奏就这么悄无声息地来了？

......

　　常委会会议一直开到晚上七点多才结束。

　　常委会会议结束之前，六点多的时候，市委大院门口突然聚集了足有三千多人，几乎都是棚户区的工人和住户。

　　他们把市委大门围了个水泄不通，一边拉着一道横幅，一边大声呼喊。

　　在晚霞的映照下，横幅标语醒目刺眼：

　　　　龙兴来了个好市长！
　　　　老百姓拥护辛一飞！

　　呼喊的声音整齐划一，声声震耳：

　　　　龙兴人民有福气！
　　　　来了个市长辛一飞！

　　正是下班高峰，市委门口的人越聚越多，以至水泄不通，交通完全堵塞。

　　一直到晚上八点多了，人流仍未散去。

　　常委们开完会都从市委大院后门开车走了，但每个人都看到了大门口的巨幅横标，也都听到了振聋发聩的呼喊。

　　秘书长一直铁青着脸，在大门口走来走去，一边打电话，一边指挥着几路人马，有条不紊地在维持着现场秩序。

　　市人大主任刘利斌一个人在大门口足足站了二十分钟。

　　辛一飞和田震是最后离开的。面对着呼喊的人群，好几次辛一飞都想过去一下，但都被田震制止了。"你过去想干什么？讲话吗？劝说吗？许愿吗？制止吗？你出面不是火上浇油吗？好了，跟我走吧，今晚咱们一起到我家吃饭。"

　　辛一飞突然想起了刘小江的话："从现在起，不管任何场合，少说话，少表态。……所有的人这会儿都看着你，你说什么都没用，说什么都会出问题。……就是埋头实干，只干不说。"

坐在车里，才发现大街上到处挤满了人。

从车里向外看，似乎所有的人都一脸生动，满身激情。

今晚的龙兴市，注定是一个不平静的夜晚。

十三

　　龙飞大道南翔胡同 43 号住户贾兴昆，退休已经四年，但其实他的真实年龄刚过六十二岁。

　　现在当领导的好像都想让自己小几岁，而在一线当职工的都想让自己大几岁。

　　贾兴昆是建工集团的土木工程技术员、工程师，一直在企业工作，与工人身份没有什么不同。走南闯北，披星戴月，夏入三伏冒酷暑，冬随数九顶寒冬。而且压力太大，稍有个闪失，就是跑不了的责任。

　　早就想退了，退得越早越好。

　　贾兴昆老伴早年去世，独生儿子在省城工作。贾兴昆是个建筑行业的技术员，二级工程师。中专毕业后，就一直在建筑行业工作，退休金不算少，还有不少积蓄。儿子儿媳都在省城工作，收入不菲，还没有孩子，平时并不需要贾兴昆资助。

　　贾兴昆身体很棒，一辈子无病无灾，老伴死后也再未成家。平时也注意锻炼，游泳篮球羽毛球，几乎没有他不会的，因此手脚利落，看上并不像个六十多岁的老人。

　　因为在建筑行业工作，很多年前就看中了一个私家住宅，并把它买了下来。这个住宅是市中心一个独门独栋的小四合院，房子加院子，有一百六十多平方米。退休前，他私下在公司找了个小型包工队，以极低的价格，把原有的平房改造成了一个独栋二层小楼，面积一下子扩大到了足有二百多平方米。有人给算了一下，就目前这个小院小楼，差不多能值四百万。比起他当初的房价，几乎提高了二十倍。

这栋小楼小院，成了贾兴昆这辈子最大的一笔财富。

贾兴昆有技术，身体好，也没什么大的嗜好，整天无所事事，就继续对他这个一辈子最成功的杰作谋划动脑子。

他决定对这个小楼小院予以进一步的改造。过去就有这个念头，现在这个念头愈发强烈。

他知道这栋小楼已经不能再增高了，房管局绝对不允许。

他就想在这栋小楼的地下再做文章。

他想在小楼下面，也就是整个小院下面，再挖出两层地下室来。

思谋了十几年的计划，终于在他退休后的第二年付诸实施了。

他什么人也没有找，也没有任何人知道，始终就他一个人悄悄实施着这一宏伟而周密的计划。

他知道这是违法的事情，一旦被发现，不但会有巨额罚款，还会让他一辈子的好名声付诸东流，以致让他身败名裂。

技术上没有问题，安全上也完全有保证。

他知道怎么运走挖出来的土渣，也知道什么位置和什么方案最安全。

他这么干，并不是为了钱，或者为了其他什么，纯粹就是闲得无事可干。

他连自己的孩子也没有告诉过，也许当两层漂漂亮亮的地下住宅完全装修好后，他说不定会在什么时候专门让自己的孩子来看看，给他们一个实实在在的惊喜。

看，爸爸的这栋小楼有多漂亮！

瞧，这都是爸爸一个人干出来的！

他甚至在想象着百年之后的某一天，他的儿孙们住在这栋宽敞舒适的小楼里时，无时无刻不在回忆着这个住处的建造人和拥有人。

当年的爷爷，当年爷爷的爸爸，当年爷爷的爷爷，曾是一个多么了不起的人。

这个人竟然靠自己一个人的努力和汗水，给儿孙们留下了这样一座表面看似极为普通，内里却是极不一般的豪宅。

能在市中心造出这样的一栋固若金汤的奢华小楼，对任何人来说，都是一个巨大的奇迹和创举。

这个奇迹的拥有者就是这个一辈子默默无闻的二级工程师贾兴昆。

这个奇迹既是他一生工程技术水平的真正实践，也是他一生辛劳付出的真实体现。

他就这一个目的，让自己的儿孙们能时时想到自己，时时以自己为傲。

一旦想到这些时，他常常两眼湿润，浑身有使不完的力量。

地下室的挖掘在两年前就开始了。

所有的进展异常顺利。

这个与整个院落和小楼面积几乎相等的巨型地下室已经俨然成形。

左右近二十米，前后十多米，深度足有八米，地下室按两层设计，前前后后共计要挖出土石方一千四百多立方米。

地下室如果顺利完工，这栋二层小楼的面积将会再增加一倍。

这栋小楼的总面积将会达到将近四百平方米。

一个巨大的工程，一个令人瞠目的空间，犹如一座宏阔的地下宫殿。

安全没有任何问题。

事先就做好了缜密的规划和测算，这是贾兴昆干了一辈子的拿手绝活，经验丰富，安全可靠。每一处的设计和施工，绝不会有任何隐患与纰漏。

先以多个井字形挖出承重墙基，而后以最好的钢筋混凝土浇筑为最坚实最牢固的承重墙，形成多个田字格后，再逐格逐块下挖。

在两年多的时间里，已经完成了将近一大半工程。

一个接一个的田字格，已分别逐步挖空。

这一超大工程，完全是一个人在规划，在设计，在施工，在亲手操作。

一个人干活，不能有任何闪失，更不能有任何失误，否则后果不堪设想。

这个他懂，贾兴昆始终十分清醒。

所有的施工材料和材质都是最好的，品质都绝对可靠。标号最高的水泥，质量最好的沙石，强度韧度综合度最优的钢筋。

对此他烂熟于心，清清楚楚。

在工地上干了一辈子，这些，他都明白。

两年多的时间里，渣土、水泥、石料、精沙、钢筋的进进出出，没有让任何人看出破绽。全部都是化整为零，积沙成塔。

挖出的渣土，平时都积累在下面，存放在麻袋里，每个星期外运一次。这些装满渣土的麻袋，都是由他借用工地上的一辆微型工具车在深夜送出城外。微型工具车的保管者也是原单位工地上的老熟人，平时相互帮帮忙，也不用花钱，甚至连燃油费也不用出。

一个星期借用一次，一次可以送出两车或者三车，一车可以载重六七百公斤甚至更多。都是在星期六、日休息日，没人注意，也不影响工地施工。

挖出的土质很好，均匀地撒在城郊附近的农田、山坡、沟壑、沟渠、堤坝、矿山等地方，不会让任何人产生疑惑和顾虑。

时间都是在凌晨一点以后，很少有人发现，即使有人看到了，也从没有受到打搅和质问。

一切都很正常，也非常顺利。

贾兴昆的劲头始终很高，有时候一晚上可以连续工作到大天亮。

尤其让贾兴昆感到兴奋的是，两年多的时间里，对他的这一浩大工程，居然没有任何人察觉和发现过有什么异常，即使自己的儿子和儿媳春节回家时，竟也毫无察觉，从初一住到初六，连问都没有问过。

唯一的一次，是儿子和儿媳看到院子里小厢房里放着的几袋水泥，儿子有些无意地问，这年头了，还要这些水泥干什么？

贾兴昆看儿子无意，也很随意地回答说，单位的东西，扔了怪可惜的，放在家里以备急用。万一哪天家里有什么地方破损了，也许就有用场。

儿子看看爸爸，很认真地说，爸你以后就别再鼓捣这些东西了。就算家里有了什么事，找两个人，花几个钱不就得了？为了省这么几个钱，万一闹出什么事来，我们在外面还怎么安心工作？

贾兴昆听了，分外感动，止不住地点头说，好，好，你爸现在身体还行，以后年龄再大点，也只能靠你们了。爸这会儿也没什么盼头，你们要是真有孝心，就早点给我抱个孙子回来。生两个最好，一个放家里来，爸请个保姆，保证不会出任何问题，一定养得白白胖胖的，也能让你们轻松点。

儿子儿媳听爸这么说，有些腼腆起来，也就没再问什么。

如今的地下室，工程已经完成了一大半。贾兴昆算了算，如果顺利，再有四五个月完工应该没有什么问题。而后再用七八个月的时间进行装修，到了明年春节前，基本上就能大功告成了。

用两年时间完成这个工程，要比他预想的时间提前很多，比他预想到的困难则少很多。

他当时设想的时间是三到五年，现在的进度几乎提早了一半。这完全出乎他的意料，确实就是一个奇迹。

像这样的一个土石工程，如果承包给一个工程队，不算装修，至少也得花三四十万，甚至更多。这对他来说，也同样是一个巨大的奇迹，以他六十多岁的年龄，能每个月省下一两万人民币的劳务开支，实在太了不起了。

这些天，贾兴昆一直在思忖着，这个地下室如果完全由自己装修，究竟有没有把握。还有，他还得仔细分析分析，自己装修还是请包工队来装修，到底哪个更合算，更安全，更合理。

装修的费用他大致计算了一下，如果自己装，大约得三十万。如果交给包工队，至少也得五十万左右。

总共两层，近两百平方米的面积，五十万已经是最省的装修了。

一想到这五十万，他几乎就彻夜无眠。

五十万除了材料费用，施工费用至少也在三四十万左右。

地下室施工省了三十万，装修如果再能省三四十万，就省下了将近一百万。

两年的时间能省下一百万，足以让他死而无憾。

门窗的设置，水电暖线路的安装，水泥砂灰的砌墙手工技术，自己都应该没有问题。唯一没有把握的是瓷砖和墙纸的粘贴，自己还真的没有实践过。特别像瓷砖铺地的施工技术，看似容易，实则很难。水泥铺下去，瓷砖贴下去，很快就会硬化，如果有了什么问题，必须返工，再进行二次装修，那损失可就太大了。

贾兴昆已经开始了相应的准备。白天无事时，他常常到瓷砖铺地的工地上走走看看，对感觉拿不准的地方，常常不厌其烦地问来问去。好在工地上有的是熟人，大家对这个退休在家的老技术员，毕竟还心存感恩和敬畏，他来干什么、做什么大家都会很尽心地回答和应对。有时候，贾兴昆干脆一挽袖子，自己直接就干了起来，一干就是一两个小时。施工员也乐见其成，正好可以休息休息。就算真的有了什么问题和毛病，施工员和队长那里也好交代。

还有像卫生间、盥洗室的装修工程，贾兴昆也常常在施工现场转来转去，把一些必须掌握的技术都暗暗记在心里。

贾兴昆的信心越来越足。如果真能省下这一笔费用，这个地下室工程将会成为他此生此世最大的满足和欣慰。

每天下来的时间，一般在晚上九点半以后，这已基本形成定律，也已经成了贾兴昆生活中不可或缺的重要组成部分。

晚上九点前，他该做的事一个也不能少。打球、跳广场舞、和老朋友聊天聚会，有时候还打打牌、摸摸麻将。他得时时露面，让大家知道他的存在。

好在上午可以起得晚一些，甚至一直可以睡到上午十点以后。

晚上不管参加什么活动，九点左右一定回来。换换衣服，喝口水，然后稍事休息，九点半左右准时下来。

一般来说，在地下室的劳动不会超过两个小时。十二点以前上来，洗洗漱漱，凌晨一点前准时休息。

只有一个例外，就是周末运送地下室渣土的时间则是在凌晨一点以后开始，所以周末在外的活动会适当延长一些。

准时回家，是一个好男人的前提。

这些年，给贾兴昆提亲续弦的人很多很多，主动找上门来的也有不少，但都被他一一婉拒了。一来他不想让自己的儿子儿媳心存芥蒂，相互间冷淡了关系。二来是一个人生活惯了，实在不想再找麻烦。除此之外，还有一个重要的原因，就是一看到这座阔绰的大房子，就会让他立刻没了其他的念头，假如再找个老伴，再带来个孩子，这座豪宅的结局很可能就会隶属他人，就会与他的设想完全不同。

绝不能在有生之年让他感到有可能失去这栋贮存了他一生心血的小楼房，不论是谁都不能对此产生威胁和欲望。

因此他的心境越来越平稳，对地下工程的进展也越来越专注。

他在外面的人缘和口碑也越来越好。本分、正派、健康、阳光、从无绯闻，一个人见人爱的好男人形象。

每天晚上九点回家，九点半开工。此时不再会有人来打搅。手机不会响，也不会有敲门声。

心无旁骛，尽可一个人在地下安心施工。

今天下来得依然非常准时。

九点半刚过，贾兴昆就来到了地下施工现场。

灯光很亮，亮得刺眼。二十瓦的节能灯，把现场照得一片白。

工作服是以前积攒下来的，合身，舒适，既透气也很蓄汗。劳作起来不牵扯，能使上劲。

四周很静。

仿佛一下子跳进了一个世外秘境，人世间的声响突然完全消失了。酒店的烦嚣、汽车的轰鸣、人声的嘈杂、住宅区的喧闹，包括那些细微的自然声，鸟叫、虫鸣，统统都隐去了。就剩下了眼前僵硬的黄土和沙砾。

从左往右，由里向外，贾兴昆完全按照自己的规划和设计，一步一步循序掘进。

越往里，土质越硬，这应是正常现象。小楼下方，经年没有雨水渗透，地基也更趋坚固，这说明这个住宅的地基没有任何问题。

一切都很正常。

今天的土质尤其坚硬，坚硬得让贾兴昆的胳膊打战，两手发麻。每一镢头下去，就好像能砸出火星来。

确实太硬了。

硬得有些令人不可思议。

半个小时过去了，砸下来的土渣居然还不到一筹筐。这太不寻常了，如果在前些日子，至少也能装几麻袋了。

贾兴昆一边擦着汗，一边有些发呆地看着眼前的土质。

昨天和前天的时候，贾兴昆对这样的土质一点也没感到懊恼和奇怪。在住宅下面发现这样的土质，让他感受更多的是踏实和放心，甚至还有高兴和振奋。太棒了，在自家小楼的下面出现这样坚实的地质结构，真是万幸!

前几天一镢头下去，还能砸出一小块土渣来。而这两天拼足力气，一镢头下去，只有一个手指大的小坑。就像砸在一个古堡上，甚至就像砸在一个日本鬼子那会儿的碉堡上。

以前在工地上搞拆迁，贾兴昆曾碰到过类似的情况。坚固的是过去的旧城堡，还有更坚固的是小日本的旧碉堡。铲子都能铲坏，钢钎都能撬弯，铲斗车都能把铲齿铲卷了。

但看今天的土质，并不像以前遇到的那种地质结构。

灰灰的，黏黏的，硬邦邦的还带点柔韧。

会不会是过去老城墙下的城基? 或者是建国前被毁掉的建筑遗址? 或者是"文革"中或"文革"前的什么工程，地基打好了，突然宣布下马了? 这在"文革"中或"文革"前是常有的事，贾兴昆以前也曾多次遇到。当然，也有可能是几百年、上千年的古建筑，地基自然打得牢固坚实。

如果真是这样，他的猜测和分析没有问题，那这样的土质越坚固他也就越放心。住宅底下出现这样的地质结构，将证实一点: 他的小楼坚不可摧，安如磐石。

唯一的不足是，他地下室工程的挖掘进度，将会慢一些，时间有可能被大大拖长。

慢一些就慢一些吧。没关系，他有的是时间，最不缺的也是时间。

不仅有的是时间，还有的是力气。挖一点就会少一点，就剩这么小一块儿地方了，早晚会被他挖得干干净净。

他还有好多挖掘的工具和利器没有使用，对这种硬土质，他有的是办法。今天晚上他就带来了钢钎和铁锤，即使像水泥一样坚固，他也能一块儿一块儿把它给撬下来。

今晚用的力气更大，但进度却更慢，土质比他想象的更坚韧。

钢钎也用上了，但钢钎根本就砸不进去，一锤下去，只能砸进去半厘米。坚硬而又柔韧的土质就像一个整体，砸开了一个小口子竟然又会慢慢地收缩回去。

贾兴昆在各种各样建筑工地上工作了一辈子，也从未见到过这样的土质。

太不寻常，太奇特了。

如此令人震惊的土质，终于让贾兴昆开始疑惑起来。

这样的土基，到底都是些什么成分和质地？黄中夹灰，灰中有白，中间还夹杂着沙砾、碎石。

这几乎不像是地基了。

那这样的地层会是什么？

贾兴昆此时早已是满身大汗，在惨白的光亮下，让他整个脸庞显得更加油光锃亮，衬着满身的灰土，活像一个呆萌的土神。

他突然想起来了，这样的情况以前也曾遇到过一次。

几乎是一样的土质结构，几个挖掘工都一筹莫展。最后连铲斗车也用上了，结果也并不理想。最终是文物局的几个专家来了之后，才知道那个地方原来是一座皇亲国戚的超大古墓。

想到这里，贾兴昆突然剧烈地抖动了一下。

紧接着，整个身子都不禁战栗起来。

莫非，这里也会是一座……古墓！

他突然察觉到了刚才的那种异常，当镢头抡下去时，确实像砸在一个巨型的壳子上！

他使劲摇了摇头，越来越清楚了，刚才发出的确实是这样的声响。

嗵！嗵！嗵！

真真切切，完全是一种空心的声响！

最后这一镢头抡下去时，好像一切都被证实了。

镢头确实像是砸透了一层硬壳，整个镢头噗嗤一声几乎全部陷了进去。

他下意识地回抽了一下镢头，哗啦一声巨响，镢头砸透的空陷处，竟然在瞬间塌陷成了一个黑洞。

手中的镢头几乎要随着塌陷的土块一起掉落进去，他再次回抽了一下镢头，再次哗啦一声，洞口顿时扩大了几倍。

听着洞内的声响，他不禁倒抽了一口冷气，突然感觉到眼前这个黑洞好深，碎土掉下去的回声，相隔的时间很长，很长，如此之长。

他一下子惊呆了。

突然间，他意识到自己刚才不是倒抽了一口冷气，而是整个地下室里都弥漫着一股冷气，地下室的冷气都是从这个洞穴口子里喷涌出来的。

冷冷的气息中，还有着一股浓烈的潮气和霉味。

四周顿时阴森起来，阴森得令人窒息。

贾兴昆再次打了个寒战。

突袭而来的恐惧，恐惧到了极点。

他几次想反身而逃，但两腿怎么也迈不开步子。

也不知过了多久，贾兴昆终于让自己镇定下来。

就是死也要死个明白。

无论如何，他也要闹清楚眼前的这个黑洞到底是个什么场所。

他想把身后悬挂着的那盏节能灯拿在手里，但手抖得几次都拿不住节能灯的抓手。

等到把节能灯拿在手里时，才发现自己浑身一直在剧烈地发抖。

汗透了的衣服冷冰冰的，整个地下室就像是罩在一座冷库里。

他慢慢地靠近眼前这个令人恐惧的洞口，然后颤巍巍地把节能灯从洞口伸进去。

愣了片刻，他把眼睛小心地凑过去。

屏住呼吸，紧张而又茫然地向洞口里看进去。

两腿禁不住又是一阵剧烈抖动，脑海里一阵眩晕。

一个深不可测的巨型空间，一个看不到底的超大黑洞。

让他万分恐怖的是，他整个人完全都被悬在空中！他的脚底下只有几十厘米的厚度，随时都有塌陷的可能！

不仅是他这个人，还有整个地下室，整栋小楼，整个院落，甚至整个这一片住宅区，几乎都悬在空中！

他这个辛苦了几十年的小楼小院，竟然都建在这个空旷的黑洞之上！

如果他不开挖这个地下室，他就绝不会有什么隐忧和恐惧，一辈子到死也不会有。

就像坐在一个巨大的穹顶之上，费尽了九牛二虎之力，竟然是在这个穹顶上凿开了一个窟窿，从而让自己顷刻间陷入万劫不复之地。

他突然强烈地预感到，不只是他这个人，而是他的整个地下室整个小楼和小院，随时都会陷进这个无底黑洞之中！

一阵剧烈的眩晕，让他止不住地摇晃起来。

当意识到黑洞里扑面而来的冷飕飕的气体的危险时，他已经无法挪动两脚。

隐隐约约地，他感觉到手中的节能灯被他后仰的身体拽了出来。

灯泡一下子摔碎在他的镢头上，像是火花四溅，又像是爆竹炸开。

他慢慢地，无法抑制也无能为力地向后倒了下去。

在身子落地的那一刻，眼前一片漆黑，便什么也看不到了……

十四

"常委会就这么定了？"半靠半坐在床上的云翔集团董事长靳如海有些疑惑地问道。

"是，就这么定了，一致通过，没有任何意见。"云翔集团所属云翔大酒店的总经理霍怡帆很随意地躺在靳如海的身旁，轻轻地抚摸着靳如海宽软的后背，嗓音轻轻地答道。

靳如海顿时陷入深思之中。

靳如海与霍怡帆之间的关系已经有了十几年。

靳如海从一个个体户，一直做到如今的近百亿资产的商业集团老总，霍怡帆死心塌地，一直陪伴着他。从表面上看，霍怡帆除了相貌姣好，其他方面好像也看不出有什么奇特之处。她的干练聪慧，也许只有靳如海清楚。

靳如海之所以一直没有离弃她，并不是霍怡帆离不开靳如海，而是靳如海始终离不开霍怡帆。在冰冷的商海，霍怡帆始终是靳如海温暖而又最得力的左右手。一是霍怡帆知冷知热，任何时候都能把他侍奉得妥妥帖帖，舒舒服服。二是霍怡帆善于察言观色，只要有她在，即使遇到天大的挫折和困境，也从来不会让靳如海束手无策或暴怒无常。她会帮他分忧解难，对他好言相劝，既让他看到差的一面，也能让他看到好的一面。即便前程千难万险，也决不让靳如海妄自菲薄，消极颓废，以致自暴自弃，失去信心。三是除了重大决策，靳如海必须亲自出面外，大凡日常遇到那些难以打理又不得不办的麻烦事情，都交由霍怡帆出面处理和解决，而且很少有办不好的时候。

这些年里，随同靳如海一起崛起的个体户，有百分之八十以上的不是进了戒毒所，就是在商场折戟沉沙，一蹶不振，再度穷困潦倒。唯有像靳如海这样为数不多的仅有小学学历的私营老板，不只躲过了一劫又一劫，并能在激烈血腥的竞争较量中逐步发展壮大，最终成为龙兴市民企中的皇皇翘楚，这其中不乏霍怡帆的智慧和精明。霍怡帆于云翔集团，即使不是厥功至伟，也应是功不可没。

霍怡帆正牌大学学历，英语专业，口语流利纯正。她委身于靳如海时才刚刚十八岁。那时她不仅是一个万众瞩目的校花，而且是一个没有受到任何污染的纯净处女，这足以让靳如海的大男人梦得到了前所未有的满足。靳如海当时的生意正处在关键当口，因为常常有大笔涉外交易，急需一个翻译。霍怡帆的出现几乎让他没有任何抵抗，真正是一见倾心，再见倾城。为了得到她，他以年薪五十万的高价聘用了她，而且允许她继续在大学完成学业。与此同时，他还用近百万的巨款给她在市中心买了一套一百八十平方米的豪宅。这个价格在当时的龙兴市几乎就是天价，一百万至少相当于今天的五百万。

霍怡帆与靳如海的关系，在整个龙兴市是一个人所共知的公开秘密。霍怡帆几乎就是云翔集团的内当家，也同样是龙兴市商业圈人所共知的公开秘密。连靳如海自己也清楚，事实上，霍怡帆早已跻身于有把控和运筹这一巨大财团决策权力的核心阶层，尽管没有最终决策权，但至少也已经能对这一核心权力施加重要影响。尤其让靳如海放心的是，霍怡帆从来都没有利用这一权力和身份给自己谋过任何好处、福利和实惠。

霍怡帆是地地道道的贫家之女，父母都是下岗工人，在霍怡帆考取大学之前，父母一直靠打工养家，直到现在仍然举家过着简单而平淡的普通生活，以领取微薄的养老金维持生计。霍怡帆还有一个弟弟，比她小八岁，如今正在读研究生。除了姐姐给弟弟上学必要的生活资助外，一家人对霍怡帆的生活和职业几乎从无过问。

这种和谐而又稳定的家庭关系，也一样需要霍怡帆的打理和智慧。

霍怡帆自己的这个家是个小家，但霍怡帆的父母亲则都身处人丁兴旺的超大家族。霍怡帆的父亲兄弟姊妹有七个，母亲兄弟姊妹有六个，连着各自的七大姑八大姨，让霍怡帆的叔叔婶婶、伯父伯母、舅舅妗子、姨姨姨夫、姑姑姑夫，还有上上下下的表兄表弟表姐表妹足有几十口。让靳如海十分感慨和叹服的是，霍怡帆跟随他十几年来，从未在这些亲朋好友的七七八八的事情上向他开过口。像如今诸如上学、就业、看病、住院、打官司、做生意等这些看似平常，实则极不好办的难事，霍怡帆自己能办则办，不能办一概不办，绝不会以公司的影响和公司的利益，或者利用自己的特殊身份让下属去办，托关系去办，更不会打着靳如海的旗号去办。也许这正是霍怡帆的聪慧之处，她不会让这些事情干扰靳如海的大局，损害云翔集团的声誉，以致拖了公司的后腿。在这个动辄得咎的社会环境里，任何一件事，都有可能给集团、给董事长，给她本人带来始料不及的负面影响甚至重大伤害。

霍怡帆自小在社会底层耳濡目染，深知人心惟危，不可揣测，这些年仇富仇官，更是登峰造极。生为百姓，身处困境，得到的往往是同情，是安抚，因此也是平安，是稳定。小富即安，更多是清醒，是理智。而越是发达，得到的往往是越来越多的疑惑、责难和索取。有三门穷亲戚不算富，有三门富亲戚不算穷。除此之外，树大招风，风险和悲剧就会接踵而来。这么多年的商海纷争，也让霍怡帆看到了这其间的血腥和残酷。一个人，一个公司，如果没有背景，没有根基，没有实力，没有后盾，做得越大，往往伤得越深；攀附得越高，跌得就会越惨。老百姓这些年常讲的话，不作死就不会死，就是对那些不知深浅、不知高低、心高命薄、异想天开的无知之人最贴切的形容。

安安稳稳，温饱一生，其实是一些人最适合的人生抉择和追求。

只有经过了，才会知道这种抉择和追求的珍贵与不易。

不切实际，不自量力，志大才疏又无自知之明；身处险境，却梦想着傲视群雄、脚踏万众，最终只能是自己对自己的惩罚和凌虐。也许只有到了离开这个世界的时候，才能体味到这其中的谬错和荒唐。

这也正是靳如海十几年一直离不开霍怡帆的重要原因。他不经意间喜欢上了一个女人，而这个女人居然十几年如一日，只求奉献，不图回报，几乎成为他商海之中的诺亚方舟，成为他拼死搏杀的强大动力和最后一道防线，让他深感庆幸、深为感动。这样的女子，实在太难得了，他并没有给过她什么许诺和名分，也没有给过她更多的利益和财物。家里的妻子，尽管也一样死心塌地，但妻子的唠叨和索求，似乎永无止境。自己的几个孩子，个个挥金如土，没有一个让他省心。唯有到了霍怡帆这里，他的心境才能平静下来，才能让他的思绪真正进入这座商业巨宫，让他能静心思考他的大业，思考他的未来，才能让他从迷乱进入理性，从粗俗进入儒雅，从蛮荒进入平和。

靳如海的云翔集团这几年似乎进入到了是否可以持久兴盛、继续做大做强的一个重要关口，甚至将是他的一个重大的人生拐点。

眼下龙兴市的人事变动和龙飞大道的开工，对他的商业帝国将是一个极大的冲击和威胁。现在看来，这些年他的最大失误，就是在龙飞大道两侧投入了太多的资金和太多项目。在这一点上，可以说他是刚愎自用，也可以说是他的赌徒心态。即使是霍怡帆的婉转规劝，也从未让他有过任何犹豫和动摇。

当霍怡帆清楚了靳如海不可更改的意识和心思后，也只能不顾一切，全身心地投入到了靳如海的设想和规划之中。

他们知道龙飞大道早晚都会动工，都会有一场真正激烈的搏杀和较量。但他们狂下赌注的原因只有一点，就是以时间换取利润，以快速赢利争得投入回报。一个宾馆，一个商场，一个饭店，一个会所，只要有人气有优势有胆略有影响有规模，就有可能在很短的时间把所有的投入都赚取回来。

尽管是一次大赌豪赌，但靳如海也绝不是拼傻充愣。龙飞大道的扩建改建，靳如海也不是不关心，不关注，不清楚。龙飞大道扩建工程的所有计划，甚至龙飞大道扩建工程的每一次工程图纸的修改和完善，霍怡帆都会千方百计地在最短的时间内给他弄来最为齐全的复印件。可以说，龙飞大道兴建扩建的每一步和每一个方案，靳如海都清清楚楚，烂熟于心。

一句话，靳如海之所以敢在龙飞大道两旁不断大笔投入，他判定的重要依据有这样几个：一是他看准的人选，有百分之八十的可能进入龙飞大道建设的主管层；二是龙飞大道的开工，怎么算，也要在五年之后了，因为龙兴市现在还没有这么大的实力，财力严重不足，负债又太多太滥；三是龙兴市的高层不稳，书记田震随时有可能被调走，在田震主政期间，没有人愿意把心思放在这种错综复杂而又矛盾重重的工程上；四，也是靳如海最为看重的一点，如果田震书记被调走，由李任华上任书记，这个新来的挂职市长缺少主政的经验和魄力，甚至能否统揽全局都是问题，因此这项工程的全面开工绝对遥遥无期。还有更重要的一点，龙飞大道两旁开建涉及的住户数以万计，在龙飞大道工程开工之前，一定会有重要的开工信号出现，那就是必须在市内几个区域内兴建较大规模的住宅区，让这些住户同意并在开工之前搬进住宅区。这是一个十分棘手的先期工程，如果不把这些住户率先安置好，无法让他们的利益得到满足，龙飞大道扩建工程的真正实施，就绝无可能提上市委市政府的议事日程。

靳如海看准了这几点，他觉得自己的判断可靠而又准确。没有五年以上的时间，龙飞大道不可能开工。即使在两年三年之后强行开工，也只能缓慢进展，没有五年以上甚至十年八年以上的时间，不可能全面完成。

有这么长的时间，靳如海的所有投资都会安全回收，而且都会有利可图。这还不包括政府拆迁时对云翔集团的补偿和许诺。

为这一补偿和许诺，靳如海将会打通各种关节，得到进一步的更大回报，这个回报和得到的利益甚至有可能比当初的投资更丰盛，更可观，更优厚。

这将会是一场投资的盛宴，让云翔集团的资产得到极速的膨胀和数倍的增值。

那时候的云翔集团，将非同小可，在龙兴市举足轻重，无可匹敌。

今天看来，靳如海所有的这一切都有可能失算失策。

让云翔集团陷入极大混乱和恐慌的是，龙飞大道的扩建工程居然在毫无征兆的情况下，突然宣布将在近期开工，并计划在明年十月一日国庆节前全线竣工！

龙兴市委市政府的决心和底气让靳如海瞠目结舌，胆战心寒。这些天来犹如噩梦缠身，恐慌万状，特别是省委拟升职任职的干部人选名单公示以后，靳如海早已方寸大乱，寝食难安，惶惶不可终日。

市委市政府举措的进度之快，更是让靳如海措手不及，惶恐不已。市委市政府竟然在每年的市人大政协两会之前，推出了今明两年龙飞大道的工程方案，并提请两会全体政协委员、人大代表广泛讨论，最终在市人大全体会议上高票通过，让这一工程成为龙兴市全社会和全体市民的共同意志和关注热点。

尤其让靳如海没有料到的是，在两会之后不久，市委市政府又以迅雷不及掩耳之势，推出并调来了主管龙飞大道工程的副市长人选辛一飞。对这个人选，市委市政府居然一致通过，省委也迅疾同意，在不到一个月的时间里，这个谁也没想到的吴浙县县长，就破格被提拔为市委常委，并顺利被提名为常务副市长人选。

这完全打乱了靳如海的计划和步骤。

几年来，靳如海在龙飞大道两侧投入了有四十多个亿。前后以超低价收购了四家宾馆、十二家饭店、四十多座临街小院，开工了两个住宅小区、五个大型地下车库、六所幼儿园、三所私立小学、两所省级初中名校分校、七个门诊医疗所，还有围着这些学校与酒店的无数个补习班、辅导班、跆拳道馆、空手道馆、柔道馆、武术馆、拳击馆、现代搏击馆，以及按摩院、洗浴桑拿室、洗脚屋、K厅、夜店、酒吧、夜总会等等等等。这些都是最赚钱的项目，也都是最烧钱的项目。

这些项目，几乎耗尽了他所有的流动资金，以致还破天荒地在银行贷款近二十个亿。一次性贷款近二十个亿，这是他几十年经商中从未有过的举动。商场征战半辈子，他平时唯一敢在外面夸海口的就是这一点，他从未在外借过贷过一分钱。即使在国家银根极度宽松的时候，他的负债率也始终为零。

让靳如海渐渐感到危机和忧虑的是，他的这次危机四伏的大笔投资，完全是不撞南墙不回头，倾尽家财，孤注一掷，就像一个赌场上失去理智的红眼赌徒。

几乎是把自己的身家性命，全部押注了上去。

看到现在的处境，他对自己当初的决策也觉得有些不可思议，无法理解。

如此不理智，当初到底是怎么了？

为什么会这样？

为什么！

尤其让靳如海无以自慰的是，他当初的这一切决断，都是在霍怡帆的坚决反对和极力阻止的情况下做出的。

十几年来，靳如海唯有这一次是由他完全自作主张做出的重大决定。然而偏偏是唯有这一次的自作主张，让他以稳健著称的商业帝国，让他在最能听取他人意见的几十年的稳健决策的好评中，犹如被人曲意作弄，被人诱入骗局，一似醉后的一场豪赌，在不经意间，就让他的巨额投资和宏大资产陷入了重重危机、无底深渊。

靳如海的脾气突然变得暴烈无比，动不动就摔杯子瞪眼睛，蹬桌子骂脏话。公司里大大小小的干部和部门经理，见了他全怕得要死。也只有到了霍怡帆这里，才能渐渐地平静下来。其实连他自己也明白，与其说自己在霍怡帆这里可以静下心来，倒不如说，是霍怡帆的忍辱负重让他于心不忍。

他对不住霍怡帆的地方太多太多了。

这个比他的女儿还小，曾被他劝说从容打胎三次的年轻女人，对他几乎没有任何非分之想，也从未对他表示过任何非分要求。

靳如海并不是没有考验过霍怡帆，几百万的银行卡和存款单，上百万的美金、欧元，在她这里的保险柜里放上几个月，一分也不会少，一张也不会丢。只要他吭一声，随时都会拿出来。有一次，他四十万美金放在霍怡帆这里，两个月过去了，靳如海确实给忘了，根本想不起来了，霍怡帆提醒他时，他甚至有些发蒙，好半天想不起来还有这笔钱。那一瞬间，让靳如海感动地盯住霍怡帆看了好久好久。

这个女人，如果放在过去，就八抬大轿把她抬过来做二房。但现在他即使离婚，也一样对她不公平。一个他太老，一个她又太年轻。

按如今的法律，如果他眼下突然离世，明面上能给她的可以说分文无有。算算他今天也已经六十出头了，这个世界留给他的好日子已经无多。但他现在似乎还真的没有想好如何回报身边这个聪慧而绝顶美貌的女人，没有想好如何把应有的幸福努力偿还给很早就献身给他的这个女人。让他深为感慨也极为愧疚的是，这些年的相处，让他越来越感悟到，他当初的冲动，让这个本来可以在这个世界上亮丽现身大显身手的女人，让这个可以在这座城市里找到任何一个高富帅择身而嫁轻轻松松活一辈子的女人，让这个睿智精明理性大气可以做大事成大事的女人，极有可能就这样终身背着小三的恶名，窝窝囊囊，忍气吞声地活一辈子。

可以毫不夸张地说，她的前程，完全毁在了他这个小学毕业、只是有几个臭钱的老男人手里。

同霍怡帆的青春相比，所有的回报都狗屎不如。

越是如此，靳如海就越是感到时不我待，岁月逼人。也许正是想给霍怡帆一个美好的未来，想给她一个令他死后也能放心合眼的结局，才让他这样急于快速把自己的商业帝国做大做强，做成无人可敌、无人可撼的商业巨无霸。也只有这样，他才可以把自己一个重要的营盘，放心彻底地交给霍怡帆去打理，去经营，最终变成她自己的资产。也许只有这样，他才能多多少少地让自己的良知和情感有一个安慰和寄托。

让靳如海没有想到的是，他此次说一不二，独断行事，本来是想让霍怡帆觉得云翔集团最为关键的一步并不是在她的助力和辅佐下取得的。等到大事成就，等她将来得到她应得的一切时，也许她打心底里还是会钦佩他，敬仰他，感激他。事实上靳如海也并不是一个鲁莽的人，草率的人，没有九成胜算的事，他一般不会轻易出手。但做梦也没想到的是，人算不如天算，独自闯关，竟是败走麦城。真成了机关算尽，反误了卿卿性命。

即使在霍怡帆这里，表面上的沉静也掩饰不了他内心的纷乱。不由自主的狂怒和粗暴，常常让他忘了是在什么处境和什么时候。好在霍怡帆从不提及这些看上去荒唐而又粗糙的拍板正是他咎由自取，甚

133

至看上去她早就忘记了那些曾经力劝无效的武断粗莽和刚愎自用，一如既往、毫无怨言继续陪伴着他认真分析和判断，默默地思考着，从容地提醒着。

霍怡帆的忠诚就像手机导航里女性的温情和耐心，任凭你稀里糊涂，晕头转向，老眼昏花，一错再错，她始终不恼不怒，不离不弃，会在你不断犯错的地方，重新告诉你应该如何朝对的方向走。

十五

靳如海能有今天的成功，当然也有他的过人之处。靳如海的最大成功，在于他拥有一个谁也没想过，也没有任何人敢做，只有他敢做，而且真正做到了，并且做成了的让他无可匹敌的制胜法宝。

那就是他的独一无二的集资手段。

靳如海的集资，不同于现如今社会上任何形式的集资。

靳如海的集资，一句话，就是在领导手里集资，在政府官员们那里集资，在那些最有权力最有实力，也是最有能量的人手里集资。

几十年的经历，让靳如海越来越清楚，想把企业做大，到银行贷款只能是下下策。只有把社会上的钱用起来，才是真正的企业高手。尽管现在老百姓手里多多少少都有些存款，大家也都想让自己的钱不贬值，能增值。但用老百姓的钱，在一般工薪阶层手中集资，仍然像过去一样太累太麻烦，风险也太大。一旦出了问题，一旦你当初的许诺无法兑现，那面对着你的将是像蚂蚁一样多的债主，尽管平均到每个人也许只有几千、几万、十几万、几十万人民币，但这些钱，却是这些蚂蚁债主毕生的积蓄，甚至是他一家人的养命钱、养老钱。

谁动了这些人的养命钱、养老钱，就相当于动了这些人的命根子。

你把这些人的养命钱、养老钱贬了，亏了，甚至血本无归，这些人就一定会与你拼命，与你不共戴天，让你祖祖辈辈不得安宁。

但你要是在领导们手里集资，那就完全不同了。

第一领导们那里真有钱，不是一般地有钱。有的领导钱多得让他咋舌，让他百思不得其解。怎么会这么有钱？哪里来的这么多钱？连他这样的人也觉得自己这半辈子简直白活了。

有些领导手里的钱，比数以千计的老百姓手里的钱加到一块儿还多。

找到一个这样的领导，甚至比用几十个员工在几百、几千甚至上万人手里拿到的钱还多。而且只要你找准了，做对了，这么多的钱，得来全不费工夫。

第二，领导的钱你用在哪里根本不用交代和解释，领导们只要把钱交给了你，你怎么用，他们一般都不闻不问。当然你得经常去给他们汇报，去给他们交底。除此以外，根本不用再担心会发生其他什么事情。事实上你汇报得太多了，领导反而会嫌你麻烦。真金白银不是靠说出来的，宣传出来的。只有平民百姓，才会相信你的表演才能和空头许愿，才会相信那些云山雾罩的宣传和花里胡哨的自吹自擂。

领导就看实的，对搞宣传那一套把戏，他们比谁都清楚。能不能挣钱，能不能增值，你说得再好也没用，领导根本不吃那一套。

你的企业好不好，生意行不行，领导们自有分析和判断。

他们心里有数。

你要做的，就是要让领导们更加心里有数。

能让领导放心大胆地把自己手里的钱交给你，一是靠你的业绩，二是看你的实力，最关键的一点，就是能让领导相信你，信任你。

就是通过努力地说服和极高的诚信，让那些领导把手里的余钱，都放心大胆地交给你，心甘情愿地让你去投资，而且要让他们相信这些投资绝对安全，会给他们带来更大的效益，更多的收入。尤其是要让领导们心里一万个踏实，这些钱，你会以自己和企业的生命担保，这些资金将会同靳如海的云翔集团同命运，共存亡。

而且最最重要的一点是，绝对保密，绝对保险，绝对不会有任何人知道。所有的合同和契约，都只有他和领导两个人清楚是以谁的名义和名字，以哪种形式在哪里保存着。

天知地知，你知我知。

说实话，如果放在过去，像这样的事谁也不敢做。

别说做了，想都不敢想。

拿领导的钱给自己的企业做投资，你开都开不了这个口。一个堂堂正正、前呼后拥的领导干部，你敢开口说，把你家里多余的钱取出来吧，放在我这里既安全，又增值。

你要敢这么说，几乎就是死定了。这无疑等于是说领导是个贪官，是个腐败分子。

傻子疯子也不会这么去干。

靳如海的取胜之道，在于他的审时度势，拿准了一些人的七寸和要害。

因为时过境迁，整个政治和社会环境完全不同了，从上到下，气氛也完全变了。

上上下下的人，现在谁也清楚，如今社会上除了那些大老板，最有钱的都是哪些人。

铺天盖地、雷霆万钧的全民大反腐，让官员纷纷落马，也给靳如海的企业带来了滚滚财源和勃勃生机。

一句话，时代变了。

一个偶然的机会，让靳如海生发了这样的顿悟和灵感。

那是在他宴请几个专家和技术人员时，电视里正在播放市里的新闻，说的是一个正县级领导的落马，用的都是一些常用的词汇：贪污受贿、以权谋私、权钱交易、明码标价、数额巨大、巨额财产来源不明……

当时的一个老专家看着看着突然脱口大骂："这些狗东西要那么多

钱干什么，放到银行就是一张纸，藏到家里就是一堆垃圾。我看这帮东西也真够可怜，听说把钱埋在粪坑里，压在猪圈里。说实话，靳董啊，我说把钱放在你这里也比藏在茅坑里强一百倍。放你这里的还能为社会做点贡献，让他们把钱糟践到这些臭烘烘的地方，也不怕将来真的都变成了一堆臭狗屎？听说有的钱挖出来，全都沤烂了，根本都不能用了。我要是有这么多钱，就一定放到你这里来，狗日的老子就算判了刑，坐了牢，过几年出来，还是一大富翁。我说靳董啊，以后真要有什么贪官往你这里放钱，你一定别客气，照单全收。这帮人哪天出了事，你也别吱声，就等于你把他们的钱全都没收了。将来出来问你要，什么也没有，他要敢跟你打官司，吓死他，让他返回去再坐二十年牢，给他十个胆量他也不敢……"

一番话说得靳如海愣了好半天。

见鬼，真是个好点子好主意好办法。

以前怎么就没想到！

……

靳如海没想到这个好点子好主意好办法竟然真的会这么好。尤其没想到这个好点子好主意好办法会来得那么顺利，那么容易。

在领导那里集资一开张就大获成功。

天时地利人和，一开局就让靳如海欣喜若狂，大喜过望，简直是喜从天降。

真像老百姓常说的那句话，天上掉馅饼，空手套白狼，挖萝卜挖出了一堆金元宝。

几十亿的资金，竟然唾手而得。

当然这也得益于云翔集团的声势和实力，更得益于靳如海十几年来同各级官员频繁交往的经验与履历。

龙兴市大大小小的官员们，靳如海都熟悉得不能再熟悉了。

平日里，靳如海对这些握有权力的领导，也向来是少有地大方。通常是有求必应，广结善缘。包括逢年过节、红白喜事、新房装修、老人住院、家属出国、父母生辰、孩子上学、喜得贵子千金，等等，他都会——打点，不管暗里明里，绝不会错过。

这些方面的开销，加上请客吃饭，每年最少也得上百万、几百万甚至更多。

靳如海他明白，这些都是必需的开销，一个也不能少，一次也不能少。

做和不做大不一样，完全不一样。

少一个少一次就会前功尽弃，说不定在什么时候什么事情上什么要命的坎上，便会让你付出成倍的代价。

这些年，靳如海有一点经商准则时时牢记在心里。一笔生意你挣十个，一定要撒出去七个八个，有两个三个能赚到手就行了，胃口一定不能大，贪心一定不能有。

大大小小的官员你得打点，大大小小的具体办事人员也得打点。

靳如海也清楚，并不是一家企业这么做。凡是龙兴市大大小小的生意场上，表面上都亮亮堂堂、你好我好，私下里则心照不宣，争强斗狠。你能送五十，我必送一百。特别是那些大工程、好项目，到了关键当口，几乎就是一场豪赌，最终必定是你死我活，鱼死网破。

靳如海看得越来越清楚，龙兴市这些大大小小的政府官员，尤其是那些当过市委书记、市长、县委书记、县长、部长、局长、院长、主任等一把手职务的领导，大都有一笔为数可观的积蓄。这些人中间，很多人一辈子为官，从乡镇长一直干到市领导，更不用说那些定居在龙兴市的省级领导，即使大家都认为他是个有底线、有分寸、有品格的好官清官，甚至算得上刚正不阿、为政清廉，但集腋成裘，积沙成塔，日积月累，水滴石穿，几十年下来，也极可能累积出一个庞大的数字。

有的官员则甚至会有一个令人震惊的数字，一个无法对人启齿的数字，一个无法公开在银行存储的数字。

这些年来，那些落马官员一旦出事，就能在家里、在办公室，搜出几千几百万的现金，对此靳如海一点也不觉得吃惊。

领导来钱的路子太多，面儿太广，一个市委书记县委书记，想想会有多少人处心积虑地给他送好处送钱。

领导的权力太大，想利用领导权力的人又太多。

大家都在这一条路上挤，谁也没办法。

三年清知府，十万雪花银。

这句话让靳如海刻骨铭心。

在龙兴市，最有权的是领导，最有钱的也是领导。靳如海对此深信不疑。特别是那些做了一辈子的领导，你根本不知道他到底有多少钱。

一个靳如海还算熟悉还算了解，也一直很敬重，在平时并不多来往的市级领导，在这个领导退下来不久，靳如海随意找了个借口只请他吃了两次饭，他就给云翔集团投进了将近两个亿的资金。

两个亿！

几乎都是现款！

那种进口的顶级商务车，整整拉了四车！

直看得靳如海瞠目结舌，连话也说不出来。

这个老领导平时很低调，为人也很随和。说起他来，人们一致的评价就是平易近人，没有架子。

就是这样的一个朴朴实实、平平和和、人人称道的领导，居然不显山不露水给他拉来了将近两亿的现金。

当然老领导说得也很诚恳，很平实。既然云翔集团需要资金，云翔集团又发展得这么好，又是咱们市里的顶级企业，作为老同志，理应给予支持。他说他发动了所有认识的亲朋好友，这些亲朋好友也还算赏脸，把钱放在他这里也放心，都是一家家人祖祖辈辈的积蓄，于是就有了这么多。如果不够，他还可以再给靳如海找点。

靳如海几乎听呆了，好半天才醒过神来，忙不迭地直点头，语无伦次地说道："够了够了，已经很多了，不用了，不用了，领导已经够操心了，如果还需要我再找领导……"

让靳如海万分吃惊的是，老领导说了，如果不够，他还可以再给他找点。

最后老领导轻轻地说："这些钱就拜托靳董了。"

靳如海再次点头如捣蒜："放心，放心，靳如海用命来担保，老领导的钱一定要用好，一定会用好，绝不会有任何差错……"

事后靳如海才知道，那次他的集资如此成功，并不是因为他的条件和保证，也不是因为他的实力和信誉，而是一个他当时并不知道，但却是极其重要的另一个原因。

当时纪委正在四处调查老领导的问题！

很久以后靳如海才知道，当时对老领导的检举揭发信件，正雪片似的不断地飞向各级纪委。听人说，就在那个时段，各级纪委都已经把老领导的问题列入了重点调查对象。

这个老领导当时肯定是如坐针毡，寝食难安。

这大把大把的金钱，已经成为他的心头大患。一堆堆的钞票，就像一座座火山，就像一颗颗随时会被引爆的核弹，稍有不测，随时都可以让他粉身碎骨，万劫不复。

直到这个时候，靳如海才明白老领导为什么会在那么短的时间内，能把那么多的钱一股脑全送给了他。

一定是感到万分危急，走投无路了，才让他有了这样让人目瞪口呆的举动。就好像一个洪涛中濒死的溺水之人，突然遇到一个浮物，就会不顾一切地搂在怀里，不管是朽木还是僵尸，都会成为他的救命稻草。

靳如海这时才慢慢地回过味来，那天老领导的感觉，其实是云翔集团在拯救他，老领导的眼神里其实全是感恩和感激。

也许有人会说，这些领导可以把他们的钱藏到更保险的地方，比如境外，但存在境外的钱对他们来说，又有什么意义？而且换成美元，再偷偷存到境外，至少相当于打了五折。也就是说，一百万换取外汇并转到、存到境外，能剩下五十万就很不错很不错了。而且非常危险，非常麻烦。

这大笔的金钱，能存放到一家生意兴隆的企业，既安全，又保险，而且还有比银行更多更快的增值，哪里还能找到这样的好事、幸事？

即使没有利息，没有增值，但在非常时期，又保险又能保本，这也不同样是天大的好事、幸事？

从老领导的眼神里，靳如海看得真真切切，四车现金悄悄地送给了靳如海保管，即使没有任何利息和报酬，也会让老领导打心底里感谢他一辈子。

尽管那个老领导至今仍安然无事，但靳如海明白，如今在人面上一定离那个老领导越远越好。在老领导的心里，也绝对不想让任何人看到，在他的家里会经常遇到靳如海这样的民营企业家。

如今他们，一定要形同路人，不能有任何过多的交集和接触。

一切都应该像没有发生过任何事情一样。

只有这样，对老领导，对那一大笔钱，才是最好的保护，才是最安全的做法。

这也再次给了靳如海一个重要的启示和顿悟。从那以后，哪些领导的处境比较危险，告状信比较多，他就把集资的打算盯在哪些领导身上。

霍怡帆在这方面同样立下了汗马功劳。她每次得来的信息都精准无误，精准的信息让靳如海的成功率几乎百分之百。

准确的信息让靳如海的谈吐和介入更加轻松主动。因为他已经知道了对方的底牌和心理，能居高临下，就游刃有余，进退自如。即使说一些过头的话、过去不敢说的话，对方也不会怪罪，更不会恼怒。

只要你给他以暗示，以保证，钱放在这里最保险，最安全，最放心，又可能是增值最快的，尤其是无人知晓，绝对保密。

两个人，在一个私密空间，话匣子一旦打开，话题一旦说破，余下的事情就很好做了。此时还有一个极其重要的暗示就是，你的这些多余的钱，无法存银行、做保险，无法炒股，无法投资，无法自己做企业办实体，也无法让自己的直系亲属直接做投资。尤其决不能私自交给陌生人把钱转到境外，不仅风险巨大，又损失巨大。只有把钱放在我这里，才最合理，最稳妥，最适合。

一旦谈话内容进入到这个空间，更私密的话就可以完全放开。

最重要的内容就是，保密，完全保密，绝对保密。你的钱放在这里，绝不会有任何人知道。靳如海还会特别强调，一定不要用银行卡，不要从银行打钱，不要由中介转账，总之不能有任何中间人。这一切都是为了安全，都是为了保密。

还有合同，合同更是绝对安全保密的，就我们两个人，绝对不能有任何中间人。合同的投资人，只要你同意，可以是直系亲属中的任何人，如果还是不放心，还可以填一个虚名假名。在这个虚名假名的合同之外，再另签一份合同，这个合同可写上你同意的任何直系亲属的名字。这样合同外的合同，也就是常说的阴阳合同，是绝对的双保险，想出问题都出不了。签了这样的合同，将来只要是你的直系亲属，不论是任何一个，也不论是任何时候，都可以手持这份合同，取回所有应得的资金。即使十年二十年后，即使是你的儿孙后代，也可以手持这份合同，拿回你的投资和红利。合同中对融资方的条款十分苛刻，融资方到期如果无法偿还本金利息，愿以企业和企业所有董事的所有资产和个人全家资产抵押赔偿。

当今世界上很少会有如此苛刻严酷的合同，这样的条款完全不合情理，不近人情。

靳如海清楚，列入这样的条款，无非就是要让对方放心：只要我的企业在，只要我活着，你的资金就不会打水漂，你的本金不仅有保障，你的红利也一定会很可观。

当然，要有这样的结果，需要我们共同努力。

我接受了你的投资，保证了你资金的安全，你也应该全力保证我企业的安全。我要全力保证让你的资金增值，你也应该全力保证让我的企业做大做强。

我给了你保证，你给了我投资，我们就是一家人了。而后我们就只能血肉相连，同舟共济。

在靳如海的心底里，还有一个无法说出的秘密：我今天保护了你，而你却不把我的企业当回事，不全力地呵护我，支持我，有朝一日我的企业亏了，垮了，破产了，让你的资金全都打了水漂，那就是你在自食恶果，自毁长城。等到了那个时候，就算我还有些资产，那也与你没有任何关系，即使你恨我骂我，也谅你没有胆量与我对簿公堂打官司。

你把钱投在了我这里，就等于被我捏在了手心里。不管是输是赢，你都只能听我的，任我调度和摆布。

我拿着你的钱，我就成了你的主人。

这就是这些钱的另一层价值，对他的企业意义重大。

因为这些人都不是一般人。他们一跺脚，整个龙兴市都得地动山摇。

有一次靳如海躺在床上休息时，对着霍怡帆很惬意地把自己的这些想法全都有滋有味地说了出来："怎么样？是不是这回事？"

"老大，你可别想得太美了。"霍怡帆靠近了他，用那双充满笑意的眼睛盯住了他。这个平时在人前对他恭敬有加的女人，只有到了这会儿才会叫他"老大"或者"老哥"。她的嗓音此时能让人酥了，微微的喘气声喷在耳旁，嗫嚅一般柔声细语地说了一声："我的哥，你以为人家都会让你捏在手心里啊。看着那些钱呀，我可是常常做噩梦，可不要到头来，让咱们带血再给他们吐出来。"

"嗯？"靳如海像听了声炸雷，有些发怔地看着霍怡帆，"说来听听？"

"老大，你以为他们当了一辈子官，就只有他一个人在台上？你以为他一个人倒了，所有的人都跟着倒了？"

轻轻一句话，噎得靳如海好半天说不出话来。这样的念头，靳如海平时并不是没有想到过。但让霍怡帆这样赤裸裸地说出来时，还是让他感到震颤。

霍怡帆轻轻柔柔的一句话，让靳如海彻夜无眠。

他瞅着微微打鼾，像只猫一样蜷卧在身旁的霍怡帆，突然觉得自己就像掉入深渊而又无以自救的一条老狗。他连自己也保护不了，又如何保护得了身边的霍怡帆？还有那些自己家的和跟了自己半辈子的大大小小的至亲挚友？

霍怡帆的意思他也多次盘算思忖过，但每次想起来都是一念而过。

有什么可担心的呢？

关键是要把自己的生意做大，只要自己的生意做大了，资本成倍地上涨，这些钱就统统不在话下。就像现在的势头，能拖到年底就差不多可以赢利，再拖到明年年底，整个龙兴市的消费市场，他几乎就能占到三分之一的规模，甚至更多。那时候，他的投资不仅会全部收回，甚至翻番也有可能。

还是那句话，关键的关键是不能让他的投资打水漂。

但是，如果这次投资真的黄了，全线亏损，甚至成为自己事业的拐点，从此一蹶不振，跌入人生低谷，他又该怎么办？

真的敢像自己当初设想的那样：反正你们的钱亏了，没了，连我的老本也都贴进去了，你们看着办吧，要杀要剐随便，即使打官司我也奉陪到底？

靳如海，你真的敢这样面对吗？即使你能对他们这样说：原因你们都清楚的，你们都挡不住，我能挡得住吗？

问题是，只要这么一说，他们就会这样善罢甘休吗？

他们一车一车的现金，能因为你的这一个理由，就默默地认了？

能吗？

如果是你的钱，你也会这样善解人意？

你当初那些信誓旦旦的保证和生死与共的承诺都哪里去了？难道他们会忘记吗？或者不会再计较？

除非他们是傻子呆子，是平民百姓。

别看今日闹腾得欢，就怕日后拉清单。

请神容易，送神难。

这一笔笔的巨款，当初能这样放心地交给你，除了当时的紧急情况，除了信任你，还有没有说出来的一点，就是觉得一定能把住你，能掌控了你，不怕你蒙我骗我，谅你也不敢耍我算计我，否则绝不会把这么多的钱，一股脑地都交给你。

你不能拿了人家的钱，然后一声不吭，迟迟不兑现，更不能轻易就宣布投资失败，宣布公司破产，最终不再露面，甚至携款而逃，远走他乡，以致逃身国外，终身隐姓埋名。

一般的融资方式你可以这么做。如果你真的破了产，确实资不抵债，无法兑现承诺，那你尽可以按照国家的法律去做。你最次的结局，还可以躲到看守所里去，躲到监狱里去，至少还有这样的地方可以保护你，可以让你苟全性命，安度残生。

而且一般的融资方式，就算你出了事，也只是一个人出事。你一个人顶着，可保全家无忧。牺牲你一个，还可换来几代人的富足和安逸，也算值了。

但是，你靳如海今天这样的融资方式，说白了，也就是乘人之危、趁火打劫，否则怎么会有这种你知我知天知地知的生死合同？

既然不让任何人知道，也就不会有任何人能保护得了你。

就像一架客机，满载着这么多人的血本，作为驾驶员，就只能与整架飞机共存亡。要死一起死，要活一起活，没有其他路可走。

你面对的这些债主，都不是一般的债主，几乎个个都是在龙兴市终身为官的大员要员。他们的子女，他们的七大姑八大姨，他们提拔重用的大大小小的下属，还有那些与他们在一条船上的利益群体，就像撒下的一张密不透风的天网，一旦出了事，没有任何一个空间一道缝隙可以让你漏网而逃。

即使是在监狱，即使是在国外，也绝无可能逃出他们的围猎和追剿。

不仅你会死得很难看，你的一家人都会死得很难看。父债子还，夫债妻还，说的就是他们，只有他们才会做出这样的事情。

包括你身边这个千娇百媚的霍怡帆，也一样会死得很难看。

只有他们才会让你无处可逃，插翅难逃。

怎样难受就让你怎样死。

炮烙、腰斩、车裂、剥皮、锯割、灌铅、油烹、人彘、千刀万剐……

这些刑罚其实都是当初的官员们想出来的，怎么解恨就怎么收拾你。

就算你躲过了初一，也躲不过十五。君子报仇，十年不晚。说的就是时机，不是不报，时辰没到。

一想到这些，靳如海的脑门上就会渗出一层层的冷汗。

一整夜一整夜地睡不着。

根本无法入睡。

十六

靳如海迷迷糊糊地好像打了个盹，然后突然吓了一跳似的惊醒了。

脑子一下子又纠结到了龙飞大道的扩建改建工程上。

绕不过去，也无法绕得过去。

如今看来，他现在的上百亿资产，极有可能要毁在这一次的巨额融资和投资上。

是不是他当初想要的筹码太大了，目标定得太高了？

这些年总是处处顺利，事事如意，凡事总想着好的一面，很少想着不好的一面。那时候，钱来得太顺手了，竟然一发而不可收。

最坏最坏的估计，觉得他们最终也不至于会真的同他对簿公堂，对他公开索讨。

今天当事情起了波澜，靳如海才突然醒悟，他只想到他们不敢与自己对簿公堂，但却没想到，龙兴市的公堂其实就攥在他们手里。

再说了，这些官员的钱财，这些寻求增值的资金，也不一定都来路不正，也许一样都是几代人，还有七大姑八大姨一起攒下来的血汗钱。

靳如海当初所有的筹谋和算计，确实全都拥在了这些资本的投入上。

想想也没什么大错。

那时候他也相当理性。

靳如海期望的结果是，这些资本进入的这些领域和项目，也就保障了这些领域和项目的顺利实施并利润丰厚。

市场就是战场，投资就是战斗，利益就是动力。只有利益，才能把这些资本的持有者最牢固最有力地凝聚在一起。

在市场面前，只有资本，才能让这么多的人与他一起浴血奋战、众志成城、同仇敌忾、所向披靡。

若在平时，靳如海只要悄悄递个话，或者暗示一下什么，这些资本就会引发强烈海啸，让他在龙兴市翻手为云，覆手为雨。

当初的盘算，并不是拍脑袋拍出来的。

只是人算不如天算。

把这一切计划和部署完全打乱的原因只有一个，不只靳如海没有想到，整个龙兴市那些大大小小的干部也都没有想到，就像从石头缝里蹦出来一样，从天而降，龙兴市竟来了这样一个刀枪不入、软硬不吃、百毒不侵、六亲不认、愣头愣脑、把谁也不放在眼里的辛一飞！

够狠！想到这里，靳如海再次不由自主地嚷道。

靳如海根本看不到自己失魂落魄的样子，倒是把身旁的霍怡帆吓得一愣。

"老板，你怎么了？"霍怡帆有些发怔地看着这个曾经气壮如牛、叱咤风云的靳如海，竟不禁有些心疼起来，"我们的好几步棋还没走呢，谁胜谁负，还远不到见分晓的时候呢。"

靳如海一下子又回到了现实中，看着霍怡帆受到惊吓的眼神，好像也感觉到了自己的失态，努力让自己镇定下来："没什么，大概是真的老了，想起一些事，情绪就止不住了。你说得对，到目前为止，我们不输不赢，顶多算个平手，也不落下风。"

"老板，我刚才吃饭的时候得到消息，只是现在还没有得到证实。"霍怡帆不紧不慢地说道，"省文物局的领导这两天要陪国家文物局的局长来龙兴市考察调研。这个情况很突然，十有八九是有人给国家文物局反映情况了。据说省委书记省长也接到了国家文物局的紧急通知，估计副省长也会一起陪同下来。龙兴市地下文物的保护和抢救，是国家文物局的重点项目。龙兴市的任何上马工程，都必须得到文物局的认可和批准才行。所以龙飞大道工程方案还须得到国家文物局和省文物局的同意才能进行。"

"嗯。"靳如海点点头，"龙飞大道工程需要文物局批准，这个情况我们早就知道，但国家文物局局长要亲自下来，这有点不一般。看来动静不小，应该是个大事件。"

"老板，听说国家文物局的局长也是一个愣头青，认准了的事情九头老牛也拉不回头。"霍怡帆很认真地说，"这下可有热闹好看了，一定够龙兴市的头头脑脑们喝一壶的。"

"也许能顶点事，但要起大作用，我看还不够。"靳如海沉思起来，"你想想，既然是一路货，碰到一起就不会起大冲突。惺惺惜惺惺，英雄爱英雄。说实话，如果我是共产党的大官，我也肯定喜欢辛一飞这样的属下，也肯定要重用这样的干部。你想想，两军还没有开打，连我这样久经沙场的人物都让他吓得六神无主，只有招架之功。再想想其他的那些小喽啰、小混混，哪经得起一两个回合？"

"你觉得他们不会起冲突？不会有矛盾？"霍怡帆轻声问了一句。

"当然会有，但很快就会沆瀣一气，穿一条裤子。"靳如海叹了口气，"那个国家文物局局长我也见过，跟辛一飞好像一个德行，都是不认爹妈的主儿。我刚才说了，如果我是市委书记，我也会起用辛一飞。一来他干事，二来他不贪。那个国家文物局局长也一样，从来不吃请，不听汇报，不抽烟不喝酒，下到基层，从来不住套房，也不要什么其他领导陪同，到了什么地方，就是找你的毛病和问题。像这样的领导干部，一认准了你是个干事的人，马上就会全力支持你，在各方面给你开绿灯。他手里每年攥着几百个亿，下面的哪个见了他不巴结？他要是支持你干事，立刻就能让你轰轰烈烈，他要是觉得你是哗众取宠，政绩工程，别说支持你了，憋也要把你憋死。你想想，他要是见了辛一飞这样的人，肯定会喜欢会满意。说实话，辛一飞确实是个干事的，敢干事，也能干成事。你看看他的那些项目和计划，真的是为了龙兴市，为了老百姓。这些项目和工程，那个国家文物局局长还会不同意，不支持？一旦支持了他，岂不是雪中送炭，让辛一飞干得更得劲，更顺当？"

"老板说得是，我们也没指望这个局长能把龙飞大道的工程给拦住。"霍怡帆也思忖起来，"我们的设想，也就是希望国家文物局这次下来，能把这个工程拖个十天半月的，给我们争取点时间就行。"

"那就得看我们的人怎么应对了，如果应对得好，拖个一月两月的也不是没有可能。如果应对得不好，拖个十天半月也并不容易。"靳如海说到这里，突然把话题一转，问，"纪委那边也该有消息了吧？"

"老板，你真是料事如神哟。"霍怡帆笑笑回答，"这就要给你说呢，我们真的摸着了一个大货色，分量很重的。"

"嗯？"靳如海看看霍怡帆，似乎有点不相信。

"揭发辛一飞的那份材料，中纪委和省纪委都有了批示，要求严肃查处，不得有误。"霍怡帆一字一板地说道。

"什么样的批示？泛泛的批示，还是具体的批示？领导一级的批示，还是一般主任一级的批示？"靳如海有些机械地问，"如今的批示花样可多了，重要的不重要的，那是要分类的。一般的泛泛的批示，跟没批示一样。"

"老板，听我说嘛。"霍怡帆唇角微挑，认真起来，"这次纪委的批示，肯定是很严厉的。因为下面的告状材料，准备得非常充分，证据也很确凿。所有涉及的问题都有案可查，有人作证。其中分量最重的一条，涉案金额三千多万，是吴浙县一项还没竣工的项目。这个项目工程是辛一飞亲手抓的，所以这个案子跟辛一飞肯定有牵连。"

"三千万？就是那个倒卖稀土矿的案子？"靳如海问。

"是。"

"那是书记干的事，不是已经快结案了吗？"辛一飞摇摇头说，"这个案子大家都知道，我们也了解过，与辛一飞没关系。"

"这次有了新情况，不仅有关系，而且关系重大。"霍怡帆目光灼灼，"龙钢集团的老总，把那个稀土矿以五千万的价格卖给了市委副书记的儿子，市委副书记的儿子又把这个稀土矿以八千万的价格转手卖给了吴浙县委书记的儿子，吴浙县委书记的儿子最后以一亿五千五百万的价格倒卖给了市里的国企上宇集团公司。市委副书记和县委书记的儿子都承认自己各拿了三千万，还给了国土局长五百万，给了龙钢的老总五百万，给了上宇的董事长五百万，剩下的三千万，几个人都不承认自己拿了，查来查去，也不知道谁拿了。直到前几天，才查出一些眉目来。"

"这与辛一飞有什么关系？"靳如海止不住地看了一眼霍怡帆，"不是说这笔钱转给一家房地产公司，做了投资了吗？"

"账面上看是这样，但这笔钱到底去了哪里，前两天才找到了确切的去向。"说到这里，霍怡帆微含笑意，看了一眼靳如海，不再吱声。

"嗯？"靳如海正听到关键处，根本没注意到霍怡帆的挑逗和打趣，"说呀，这笔钱到底去了哪里，又是怎么回事？"

"这笔钱最终转到了上宇集团下面的一家基建公司，这家基建公司承揽了吴浙县的一个工程，这个工程是一个大项目，这个项目是辛一飞手里的一个关键工程。"

"吴浙县的基建工程？"靳如海追问道，"什么工程？"

"吴浙老城堡。你知道的。"

"啊？老城堡啊，那倒确实是个有眼力的旅游工程。"靳如海兴奋莫名，"真的假的？"

"老板，怎么能是假的？什么时候了，我还敢给你开这种玩笑？"

"真的？"

"真的。"

"就算是，与辛一飞又有什么关系？"

"有人在文件上签了字，白纸黑字，铁证如山。"

"谁？"

"县长辛一飞。"

"辛一飞？"

"辛一飞。"

"真的？"靳如海一下子坐直了，又问了一遍。

"真的。"

"查实了？"

"千真万确。"

"这就是说，即使辛一飞没拿这笔钱，这笔钱的去向也与他有着说不清的关系？"靳如海顿时兴奋起来。

"对。"霍怡帆也很兴奋，"辛一飞在吴浙县铺的摊子太大，吴浙县是个小县，可用的款项又太少。他也是没办法，他当县长，最缺的就是钱。他想把吴浙县变成一个 5A 旅游景观区，一个小县长又找不到那么多钱，也不想在银行贷更多的款，让县里负债累累。所以不管什么钱，只要能帮他早日完工，他会不择手段，不顾一切，先拿过来再说。"

"确定中纪委已经介入？"靳如海两眼放光。

"中纪委和省纪委的批示都到了市里了，可能现在就在田震手里。"

"那就是说，辛一飞也已经知道了？"

"未必。"霍怡帆很有兴致地推测道，"这么大的事情，田震会先了解一下。毕竟辛一飞是他用起来的人，他要对此负责。他得防着这一手，不会贸然把这样的事情透漏给辛一飞。再说，这也是党的纪律，作为市委书记，这个他清楚。没有大的牵连，他不会随意顶风违纪，除非他们真的是一个利益共同体。"

"中纪委的批示找到了？"

"找到了。"

"什么内容？"

"严肃查处，结果尽快上报。"

"省里的批示是什么？"

"省里的批示更严厉，是省纪委书记宁一钢亲自批的。一共二十五个字：严肃查处，决不姑息，不管什么人，不管什么背景，坚决一查到底。"

"太好了，太好了！"靳如海一下子站了起来，有点情不自禁，"菩萨显灵了，老天帮忙啊！"

"哪是什么老天帮忙，人都是有弱点的。你不是说辛一飞是个好干部吗？看来也一样未必。"

"他一定是急了，人急了无药可治。"靳如海有些惋惜地说，"不过他胆子也太大了，什么钱也敢花，尤其是在这个时候。这些如果都是真的，那可绝对够他喝一壶，不死也得扒层皮。可惜了，真的是可惜了。"

"可惜什么？"霍怡帆有些不解地问，"你觉得能免了他？"

"免不免的说不准，但让他再管基建，再搞城建，估计就悬了。"靳如海字斟句酌地说道，"还有，如果这些问题真的都给查实了，他的那个常务副市长也绝对泡汤了，他这辈子的仕途也就到头了。"

"有那么严重吗？"霍怡帆有些诧异地看着靳如海，"连查案的也说了，这笔款子，辛一飞一分钱也不会装到自己兜里去，顶多也就是个警告诫勉谈话之类的，什么也影响不了。"

"那两个批示你都搞来了？"靳如海不做回答，径直问道。

"搞来了。"霍怡帆一边说，一边在身边的包里翻来翻去。

"我看看。"

"老板你看，这是辛一飞在文件上的批示。"霍怡帆把手里的复印件抽出一份来递给靳如海，"几个文件我都复印了好几份，这一份是专门留给你的。"

靳如海第一次看到了辛一飞的真实笔迹。

"同意。"

两个字龙飞凤舞，天马行空，无拘无束。

靳如海翻来覆去地看了几遍，突然笑了一笑，"哈，没错，就应该是这个样子，字如其人，别人不会这么不讲规矩。"

"老板还会测字啊。"霍怡帆也微微一笑。

靳如海突然情不自禁地在霍怡帆鼓鼓的下巴上掐了一把，"怡帆啊，你这次可是又立大功了。"

霍怡帆有点微嗔地瞄了靳如海一眼，"老板你这几天的样子真把人家给愁死了。"

说到这里，霍怡帆两眼眨巴眨巴的，便掉下两串泪珠来。

靳如海愣了一愣，禁不住地叹了口气，心疼不已，"都是我不好，人老了，脾气就差。怡帆，千万别怪我。"

霍怡帆一动不动，任凭泪水婆娑。良久，才嗫嚅道："老板，好事还没说完呢。"

"嗯？"靳如海一震，直直地端详着霍怡帆，"还有更多的好消息？"

"嫌多吗？"霍怡帆瞥了一眼靳如海，顿时也放松了许多。

"说说看？"靳如海眼里满是笑意和宠爱。

"几天前，接到举报，市公安局在文物市场发现了一件稀世文物，这个宝贝据说来头很大，背景很深，有可能成为南方一个省份多年前一桩盗墓大案的一个重要线索。这个盗墓大案也是公安部备案的一个文物盗窃大案，好多年了一直没破。"

"与我们的投资项目有关系吗？"

"当然有啊老板。"霍怡帆的两只大眼神采飞扬。

"噢？"

"第一，这件文物在龙兴市的文物市场发现，证明这伙盗墓贼目前很有可能就在龙兴市。第二，市公安局这两天已经发现了盗墓贼挖掘倾倒在市区近郊的地下渣土，进一步证明这伙盗贼很有可能已经在龙兴市动手了，时间也有可能会更早。第三，据可靠消息，市公安局有可能在近日收网动手，准备把这伙盗墓贼捉拿归案，一网打尽。还有第四，这件文物案，已经上报了公安部，公安部近日也将委派要员下来，要亲自坐镇，亲自指挥，确保这起文物大案水落石出，彻底破获。"

靳如海一边默默地看着霍怡帆，一边琢磨着她这些话里的真正含义。

"据公安局的可靠消息，这个盗墓团伙的一个盗掘地点，就在市区靠南偏东附近的位置上。"霍怡帆继续说道，"这个位置几乎就在龙飞大道的规划线上，至少离规划线很近，如果属实，这对龙飞大道扩建改建工程，将会产生重大的影响。也就是说，盗墓团伙瞄准的地下文物点，很可能就在龙飞大道的规划线路上。如果真是这样，如果这个地下文物点真是一个重要的文物所在地，还有，如果这里的地下文物甚至是一个重要的文物群，那将会是文物考古界的一个重大发现，一个重要事件，很可能引发国内外的高度关注。如果真的是这样，老板……"

霍怡帆说到这里，只是默默地看着靳如海，不再说话，就剩了眼里的笑意在弥漫。

"如果真的是这样，"靳如海豁然开朗，一下子明白了过来，接过霍怡帆的话头继续说道，"那这个龙飞大道工程就得延期了，是不是？"

"而且很可能要无限期地延期。"霍怡帆完全沉浸在一片遐想之中，"这个被公安部追缉了好多年的盗墓团伙，一定不会是一帮草寇毛贼，肯定都是有根底的江洋大盗。他们看准的地方，绝无可能只是小打小闹，小偷小摸。一定会是一次大支锅，看到了一堆大肉粽，想搞一次大翻膛。"

霍怡帆记忆力好，把刚刚学到的盗墓黑话都用了起来，直说得靳如海心荡神驰，一下子让他仿佛又回到了十年前。

那时候的靳如海，雄视天下。

那时候的霍怡帆，倾国倾城。

桃花红，杏花白。潺潺流水，悠悠白云。峡谷草木氤氲，青山一片翠绿。这个世界突然变得如此美好，看山山如画，听水水如歌。

眼前的霍怡帆，顿时又把他拉回了初恋般的时节。霍怡帆的美丽清纯，像魔杖一样击倒了他。几分钟几个小时的等待，就像几个世纪的分离。坐卧不宁，茶食无味，心神难安，彻夜无眠。

他就像座大山一样地倒塌了，整个世界都深深地陷了进去，完全被那双美丽羞涩、浩瀚无垠的眼神倾覆、掩埋……

十七

龙兴市公安局副局长沈慧办公室，默默地围坐着几个面色严肃、神情冷峻的人。

市局技侦处处长陈浩、市局治安支队副队长李志杰、南城分局治安大队队长刘秉昆、市文物局文物安全督察科副科长史文祥，另外还有几个公安人员，此时都在静静地全神贯注地看着屏幕上的录像投影。

陈浩站在一旁，用激光笔很细心地给大家讲解着屏幕上的内容。

陈浩四十岁左右，个头适中，本地人，毕业于公安大学。说话嗓音不高，沙沙沙沙的，一口浓浓的方言。但听他讲出来的分析和判断，你就立刻明白他是一个真正的专家和高手。经验丰富，绝对权威。

"瞧，这里的渣土，同其他几个地方的渣土完全一致，没有任何差别。经过我们分析化验，已基本确定，这些土质是一千多年前高黏质的夯土。这样的夯土，只有过去的帝陵、寝殿、地宫、皇家才会使用。这不是一般的夯土，精选的红黏土里面，掺杂了上好的石灰、米粥、木炭、鳔胶等物质。足以证明，这种夯土的出现，是重大地下文物发现的重要线索。"

"等等。"沈慧副局长这时打断了陈浩的解说，"你再把前面的情况详细解释一下，除了这些夯土，我们依据什么来判定这些夯土的来源就是在龙兴市，就是在南城区，犯罪人目前仍在盗掘作案？"

沈慧的年龄看上去比陈浩要年轻很多，其实她比陈浩要大两岁。

作为副局长沈慧分管治安管理、技术侦察等等，同时还分管南城公安分局。这次出现的这个盗掘文物的重要线索，市局自然而然把这个侦破任务交给她来负责。

沈慧是公安系统少有的女性局长，长得眉清目秀，婀娜多姿。如果不是一身警服，很难会有人把她同"公安"两个字联系起来。沈慧身材匀称、肤色白皙，腿长腰细，英姿四射，举止言行女性韵味十足。其实她武功超群，功夫了得，年轻时曾连续数届在省级擒拿搏击比赛中拿过名次。一个典型的外柔内刚的女强人形象，也曾让无数小偷无赖和性骚扰者吃尽苦头。

面对着沈慧的发问，陈浩想了想说："这么说吧，我们的依据主要来自这样几个方面。第一，我们在很多倾倒场所发现了数量很多的地下渣土，初步估计有上百立方米，根据倾倒渣土的这一数量，基本可以判断这个挖掘工程不是一个小工程。

"第二，作案人作案的时间已经很长了，人数不会很多，很有可能就是一两个人，而且应该是隐蔽很深的老手。他不用大车，也不用小车，估计就是一种小型货车。倾倒渣土的地点非常散乱，没有任何规律，南郊、北郊、城郊、沿河旁、庄稼地都有发现。仅从目前发现的地点，就有上百处。感觉这个罪犯也很有耐心，每个星期运送的数量，就是三五次。从这个情况来看，我们也基本可断定，这个作案人极有可能就是本地人，甚至就是市区里的人。

"第三，作案人应该非常熟悉地下建筑，或者对这个地下文物所在地的判断查找非常精准。我们把收集来的渣土进行了综合分析，渣土的成分十分单一和均匀，很少有其他的土质成分。这一点让我们感到很吃惊，作案人确实是个老手、高手。看准地点，直接进入，而且在现场不留任何痕迹，至少我们目前还没有查找到明显的痕迹。我们现在正在调看各条路线的路标监视器，截至目前，还没有找到可靠线索，再次说明这个嫌犯手段高明，非常老到，有极高的反侦查能力，隐藏得很深。至少可以断定，这绝不是一般的小毛贼、小土鳖所为。

"第四，最近我们在文物市场发现了一枚重要文物，是一个镏金下座的玉佩吊坠，做工精致，价格不菲。经过文物局专家的认定和分析，这很有可能是十年前发生在南方的一起盗墓大案中的失窃文物。如果这个分析成立，我们认为，目前在龙兴市准备盗窃地下文物的这一作案人，极有可能就是十年前在南方参与皇陵盗墓的罪犯同伙。这表明，他们在我们龙兴市又有了新的发现，又准备出手了。而且看得出来，他们已经准备了很长时间了，说不定早在一两年前就开始行动了。

"还有非常重要的一点，从我们找到的最近倾倒的渣土情况看，基本可以肯定，作案人目前极有可能已经挖掘到了最终目的地，或者可以这么说，他们距离到手的目标已经很近很近了。如果我们现在不马上行动，他们一旦得手，就有可能对这一地下文物造成极大的破坏。我们稍一疏忽，打草惊蛇，他们甚至就会以毁灭破坏性的盗掘，攫取最重要的物件仓皇而逃，从而给我们带来更多的麻烦和遗憾。我个人的看法，我们现在必须当机立断，尽快以排查式的行动进行侦查，以封锁式的部署监视交通，以最强的阵容布阵，争取能在最短的时间内破获此案，把犯罪分子一网打尽。"

良久，沈慧问了一句："完了？"

"基本情况就这些。"陈浩点点头，"该说的都说了，大家有不清楚的地方还可以再问。"

"省厅和公安部什么意见？"沈慧又问了一句。

"正在研究，基本同意我们的意见。"陈浩回答道，"公安部和省厅很快都会派人下来，这方面的专家也会一起赶来。"

沈慧沉默了一会儿，向史文祥看过去："老史，你们文物局什么意见？"

史文祥半天没吭声，良久才说："局长，实话实说，我还没想好。"

沈慧又看了史文祥一眼，不动声色地问："那个玉坠你怎么看？这个能确定吗？包括你们文物局的专家们，也都确定那是南方盗墓大案中丢失的文物？"史文祥常年与公安打交道，尽管沈慧刚升任副局长不久，但与沈慧以前就认识，也算是老熟人。史文祥比沈慧年龄大很多，业务很专业，沈慧对他也很客气。

"确定。"史文祥回答得很干脆。

"你和专家都认定不会有误？"沈慧又砸了一句。

"是。我和专家都认定不会有误。"史文祥口气坚定，毫不含糊，"我们同南方那个省的文物局也联系过了，已经把情况给他们做了详细汇报，他们也完全认定这个物件就是当年被盗走的文物中的东西。"

"他们有人来过吗？"沈慧又问。

"来过了。"史文祥答道，"他们也带来了专家，对这件文物进行了认真的鉴定，并写了鉴定报告，也给他们省局做了汇报。现在省局和省公安厅也分别给国家文物局和公安部打了报告。从目前的情况看，如果真的能顺藤摸瓜，抓住当年的盗墓团伙，那就一定会是一起震惊国内外的文物大案。"

"那你为什么不认可陈浩的判断？"沈慧直来直去。

"不是不认可。这肯定是个重要的线索，也肯定会是个大案。但局长，我总是觉得哪里有点不对卯，接不上茬。还有，这个案子是不是真像我们判断的那样，马上就可以收网了？我也想了几天了，这个线索确实是重要线索，但我觉得在具体细节上还是应该再考虑考虑。比如说，如果真的是一个团伙在作案，而且瞄准的是一个大目标，怎么可能会是一两个人？"史文祥并不忌讳，该怎么说就怎么说，案情分析必须充分精准，有分歧是正常的，不能人云亦云。"如果细节上出了问题，很可能前功尽弃，毁于一旦，不仅让大家白忙一场，更重要的是别让国家文物遭受重大损失。"

"当然，现在还不是下结论拍板的时候，我们也只是征求意见。"沈慧当然清楚这个案子的分量，也明白史文祥话里的意思。末了，她直接问道："那你的意见是什么？"

"首先我同意陈浩处长的判断，这应该是一个重大的线索。还有，对渣土的分析我也完全赞同，这应该是一个重要发现。我有些拿不准的是，这个玉佩吊坠的持有人，是不是就是正在倾倒渣土的作案人？会不会还有其他的作案人员？因为从目前我们猜测的这个作案地点看，作案人员一定不会很多，对这一点我完全同意陈处的判断。我现在有些疑惑的是，如果确实就是一两个作案人员，那他们敢这么做，是不是胆子太大，太疯狂，太自不量力了？

"陈处对倾倒出来的渣土的分析是非常准确的,从土质分析,这绝对是一个大家伙,大场地,说是皇家气象绝不过分。甚至极有可能就是掩埋在地下数百年的通天寺遗址中的一部分,如果真是这样的一个超大地下文物群,靠一两个人的力量是绝对不够的。除非他们对挖掘的目标一无所知,毫不知情,或者只知道有地下文物藏匿点,并不知道是个重大文物发现。但这可能吗?

　　"我感觉我们现在掌握的情况似乎有点有悖常理,想想,如果挖掘的真是一个地宫,是一个皇陵,就他们一两个人单打独干,岂不是在找死? 一个大型地宫你把它打开了,里面会是一个什么样的场面,一两个人掌控得了吗? 一个超大墓冢,就算你挖透了这一层,还有更多更厚更结实更坚固的隔离层,一两个人怎么上下通联,怎么预警放哨,又怎么挖掘,怎么转运? 这可能吗? 就算有可能,他们连侦察监视防控报信的人都不设置,真的就敢那么肆无忌惮地放手裸干,直接盗掘? 有这么不要命的盗墓贼吗? 除非确实就是一两个不知天高地厚、除了胆大什么也不懂的生瓜蛋。

　　"还有,这同我们现在掌握的情况也不尽相同。南方那帮盗贼的情况是主犯一直在逃,但协从犯罪嫌疑人已经抓了六七个,在逃的据说也有五六个,如果真的还是这帮人在作案,怎么会是一两个人呢? 是不是在别的什么地方,还有一拨人在协同盗掘? 这一点我们是不是应该再摸摸底,把情况再进一步侦查清楚? 否则的话,我们一旦贸然行动,那个刚发现的珍稀文物玉佩吊坠的线索价值就会大打折扣,甚至让那些真正的主犯逃之夭夭。

　　"我的意见就是在没有找到这个挖掘点时,还不适合搞大面积的排查,这等于是在给盗贼通风报信,逼使他们进行毁坏性盗掘,或者让真正的主犯溜之大吉。我的意见就这些,大家可以讨论,如果有不对的地方,请大家指出来,我接受批评。"

　　良久,沈慧突然转身对着治安支队的副队长李志杰问了一句:"那个查获的吊坠带来了吗? "

　　"带来了。"李志杰示意旁边的一个公安,那个公安立刻从身旁的一个密码箱里取出了一个锃亮的不锈钢盒子,用密码打开盒子,又从层层裹着的丝布里，取出一个软绸小袋子。打开袋子，一枚精巧雅致的金座小吊坠便摆在了沈慧面前。

在柔和的灯光下，这个紫翠吊坠显得愈加晶莹剔透，珠圆玉润。尽管已是上千年的东西，但依然灵气逼人，浑然天成。

几个人都情不自禁地围过去，啧啧称奇地端详起来。

沈慧也不作声，拿起一个放大器细细看了半天，然后点了点头。看得出来，她对这件文物的精美珍贵已深信不疑。

等到把吊坠重新收藏起来，沈慧又盯着李志杰问道："这个吊坠的真正持有人有新的线索了吗？"

李志杰三十出头，粗壮干练，是市局年轻的中层干部之一。支队长因为受伤疗养，治安支队的工作目前由他全权负责。看得出来，沈慧对他非常信任。

"有一些新线索，但还没有查实，目前正在追查之中。"李志杰回答得干脆利落。

"说说看。"沈慧说道，"这个文物持有人，目前看来，对案情的进展非常关键。"

"是。"李志杰目光炯炯，点头说道，"我们在半个月前就发现了这件文物，这首先要感谢史文祥科长，这是他第一个了解到的情况，根据这个情况，我们也迅速找到了买主和卖主。他们对这件文物的持有和买卖，都供认不讳，没有异议。等我们进一步寻找上一个持有人时，没想到这个持有人已经在半月前一次事故中被滚石砸死了。我们了解了很多人，谈的情况大同小异，基本一致。确实是一次事故，连他们的工头也受了重伤，大腿骨折，差点没被砸死，现在还躺在医院里。我们当时觉得这个工头与死者有联系，但他的受伤影响了我们的判断。最近我们终于了解到，这个工头虽然也受了重伤，但那场事故确实非常可疑，确实有人为的痕迹。还有这个工头与死者的亲属联系也非常紧密，发生事故前后，虽然他也住在医院里，但死者的亲戚前来处理后事和赔偿，都是这个工头一手料理的。而且赔偿金额之大，也让我们有些吃惊。

"我们调查了这个工头的背景，也有一些可疑的地方。我们在正式的户口本上和身份证上，查明他是北方人，祖祖辈辈都是农民。大专毕业，专业是经济管理。但他妻子的身份证，却与他不是同一个省份的。他妻子的专业是土木建筑工程，而且是研究生学历。家庭情况也不错，父母都是公职人员。妻子长得很漂亮，高学历，典型的一个白富美。这个让我们很吃惊，尽管现在年轻人也不讲究什么门当户对了，但像这样差别悬殊的婚姻，着实很少见。尤其是他的妻子现在没有工作，完全是一个全职太太，就一个孩子，不上班，还雇着一个保姆，家住省会城市。据我们了解，她家的住宅两百多平方米，虽然算不上豪宅，但也绝不是一般平民住得起的住宅。

"为此我们正在进一步调查，这个工头应该不是一般的工头。如果仅以他的薪金，绝对养不起这样的一个家庭。还有，他的学历我们也正在调查。他妻子的学历应该是真的，因为她不上班，也没有上班的打算，编造学历没有意义。如果他妻子的学历没问题，那就是他的学历有问题。据了解，他和他妻子是同学，至少也是校友。如果属实，那他的学历就有问题了，他为什么要隐去他真正的专业，编造一个没有任何意义也不会引起任何人关注的学历呢？别人都是把自己的学历编得玄而又玄，怎么厉害就怎么来，而这个工头却完全反了，尽量往低的说，甚至完全是在贬低自己，大专毕业，经济管理，这个学历太普通太普遍了，现在中专改大专的学校，基本都设有这种万金油似的专业，大家一般也都不把这种学历当回事，除非你是名牌大学、重点大学的经济管理专业。那么他这么做，目的是什么呢？还有他的老板用这样的人当工头，是不知情还是暗中有意默许？

"我们来之前刚刚落实了一个情况，这个工头的大专学历很可能是假的，我们在网上没有查到这个人的名字，又专门咨询了这所学校，学校回复说没有查到这个学生，虽然学号是真的，但可能并不是同一个人。学校说，他们可以马上调查，有什么情况立即给市局汇报。从目前的情况看，很有可能根本就没有这个人，或者就是一个冒牌货。看来这是个重要线索，如果我们觉得有必要，可以马上对这个人进行询问或者直接拘留。

"现在让我们感到更为吃惊的是第二个买家，就在几天前，也突然因车祸而亡。对此我们也已经调查了很久，这个车祸目前看没有什么可疑之处，但让我们感到可疑的是，为什么两个吊坠持有人，居然都相继死掉。其实这个出车祸的吊坠持有人什么情况也不知道，对文物也基本是个外行，他的死让我们感到费解。

"刚才听了文祥科长和陈浩处长的分析意见，我觉得都有道理。不过我觉得史科长的建议更稳妥一些，像目前这种情况，那些犯罪嫌疑人一定万分紧张，在没有找到更多更可靠的证据时，匆忙行动，只能打草惊蛇，让主犯再次逃脱。我的意见就这些，下一步怎么办，请沈局拍板。"

李志杰说完好半天了，沈慧局长仍然没有吭声。

办公室一直沉默着，大家似乎都在等着局长的决断。

沈慧则在眼前的笔记本上不断地写着，看着。她知道大家都在等她，但她依旧默默地思考着，分析着。

这是沈慧的一贯作风，她不在乎形式，能决断就决断，不能决断就不瞎说。思考的时候也不避讳身旁有人没人，身旁的人再多也不会影响她的思考和注意力。从小就是学霸加校花，不论是在学校还是单位，不论是在会场还是大街上，每时每刻都有无数盯着她的目光，她习惯了，即使注视的人再多，也不会对她产生任何干扰。

良久，她才从笔记本上抬起头来，一脸严肃地对李志杰说道："志杰，你们的报告我们让局长也看了，局长和我的意见基本一致，对你们的报告是认同的，也是支持的。你们目前的侦查路径是对的，对整个案情的判断是正确的。今天让大家来，不仅仅是集思广益，讨论案情，而是要告诉大家一个重要的信息，就是省厅、公安部还有市局，已经把这个案子定为重大案件，特别是省厅领导和部领导都对这个案情高度重视，做了很多重要批示。尽管我们的这个案子还八字不见一撇，所有的一切都只是在设想之中，但恰恰是如此，才会引起上面如此强烈的关注。原因就是这个案情太重大了，尽管就是一个小小的玉器吊坠，但它极可能就是一个通天大案的重大线索。

"谁都知道，我们龙兴市是一个文物大市，是一座千年历史的文化名城。我们龙兴市的地下文物和地上文物都在全国占有重要地位。没有挖掘和探测出来的地下文物同样浩如烟海，深不可测。这也一向都是地下文物盗窃团伙蠢蠢欲动、垂涎三尺的地方。盗贼们现在把目标定在龙兴市，我们毫不奇怪。尽管是个小吊坠，但它后面牵扯的东西太大。这也是我们为什么会这么敏感，为什么会牵一发而动全身的根本原因。十年前南方的那起盗墓大案，是让我们公安人一直抬不起头来的一起文物大案，至今让公安系统无颜面对世人。这次如果真的还是同一伙人在作案，最终如果真的让他们在光天化日之下再次得手，逃之夭夭，我们这帮人还怎么有脸面在龙兴市继续待下去？

"这一点我就点到为止，也不需要我再多说什么。局长现在的压力很大，省厅的压力也可想而知。还有部领导那里，大家应该也想得到。说了这么多，意思就一个，今天把大家叫来，也就是把这个千斤重担放到大家肩上了。我现在就正式宣布，这个案件的办案小组今天就成立了。事前我们已经征求了有关市领导和市政法委的意见，让大家进入这个办案小组，也都是大家所在单位领导同意了的。已经决定了的事，大家都别再推辞，推辞也不批准。这个吊坠是在 3 月 18 日发现的，我们就把这个小组定为 318 案件专案小组。我是组长，陈浩、志杰、史文祥你们是副组长，其他都是组员。这中间我们随时还会补充人员。以后我们可能随时叫大家来开会或者研究问题，一般情况下，请大家不要请假。

"史文祥我在这里要给你特别申明一下，让你担任副组长，你们宁为善局长是不太同意的。宁局长说你的工作太忙，尤其是目前牵涉的事情太多，几乎忙不过来，建议让另外一个人过来。但我们经过认真考虑后，大家一致认为还是你任副组长更合适。你回去后，可能宁局长还会找你谈话，意思就是不想让你担任副组长，希望另外一个人担任，这个我不同意，局长也不同意。我们要的就是你，需要的也是你。希望你能说服你们局长，同时你一定要强调，这是市领导的决定，如果局长还是有顾虑，可以让他直接找市领导调整。"

"哪个市领导呢？"史文祥问道。

"分管你们的副市长王欣。"沈慧立刻答道。

"好吧。"史文祥点点头。他心里一下子踏实了。王欣他很熟悉，钻研文物是这位副市长的第一大爱好，有了什么新的文物发现，时不时地就会把他叫过去聊得昏天黑地。

"对我刚才的宣布，大家还有什么意见？"沈慧对几个人扫视了一遍，然后接着说道，"如果大家没有意见，那就这样定了。我手里有一份上面批示下来的文件，大家现在传看一下。"

沈慧随手从办公桌上拿出一个批件来，首先递给了离她最近的史文祥。

史文祥拿过文件来快速地看了一眼，是市公安局就这个案件上报后公安部和省公安厅有关领导的批示。

首先是公安部领导的批示：

这个情况非常重要，对有关线索要密切关注，请杨骁骏副部长与有关司局密切关注，认真研究，提早部署，确保万无一失。进展情况请及时报我。

下面是公安部副部长杨骁骏的批示：

请王勇助理立刻协调经侦、治安、刑侦和省公安厅和有关局领导，尽快来部里专题汇报有关情况，汇报会由我负责主持，各局领导务必参加，认真传达落实部长批示精神，案情重大，不得有误。

下面是部长助理王勇的批示：

请办公厅按杨骁骏部长批示要求，立即落实。落实情况即刻汇报沟通。

再下面是省公安厅长的批示：

请公安厅任岑郡副厅长和龙兴市公安局立即组织有关部

门和人员认真传达部领导批示精神和要求。省厅要立即建立有关情况热线联系，随时掌握一线动态，随时报告有关情况和案情进展。注意保密，如有纰漏，要严肃问责处理。

再下面还有其他省厅和市局领导的批示。

大家很快传阅完毕，办公室里的气氛顿时显得紧张起来。

史文祥看过很多批件，但如此多领导而且如此严厉和重视的批文则是第一次看到。

不过史文祥也突然有一个闪念，这么繁琐公开的批示能保密吗？

中间任何一个疏漏，就会让消息泄露出去，给这个案子带来难以估量的影响。

为什么不能在电话上说呢？或者，直接用手机也是没问题的，这样的批件如果让一个内贼掌握了，岂不坏了大局？

沈慧好像也意识到了这个问题，等到大家看完了，第一句话就说到了安全保密问题。

"大家听好了，今天大家汇总的情况，还有刚才让大家看到的领导批示，都属于我们市局的重要机密。今天在场的人员，不管是部门领导还是工作人员，都是组织上极为信任的同志，如果在我们中间，有人有意或无意间泄露了今天讨论的内容，我们将会按照党纪国法严肃处理，领导的批示大家也看到了，不管是谁，到时候你也别怪我无情无义下手太重，其实我想保也保不了你，只怕我连自己也保不了。不是不相信大家，实在是案情重大，我们不得不防，必须慎重再慎重。"

说到这里，沈慧停顿了一下，眼光在所有的人身上都扫了一遍。

无人吭声，一片沉寂。

"好吧，丑话在前面说了，我们现在言归正传。"沈慧面色更为冷峻，看上去与她白皙的肤色很不协调，"今天大家的意见建议都很重要，对情况了解得很充分，分析得也很到位。从目前看，在短期内我们找到新线索，看来大家还是有信心的。"

听到这里，李志杰本来想冲着沈慧点头笑一笑，但点了头，却没能笑得出来。市公安局，沈慧的严厉和记仇是出了名的。不管是过去任队长的时候，还是当了副局长期间，市局凡是由她负责的案件，如果出了问题，或者有了重大疏漏，甚至最终没有破案，那她将会记你一辈子，任何时候也不会放过你，会时不时地敲打你，在你最关键的时候，比如在调动、提拔、任职和考察时，都会把你的过失和问题再提出来，让你无法蒙混过关，陷入十分尴尬的境地。反过来，你要是有重大立功表现，对案子的破获起了关键作用，那她也一样会牢牢记着，你的任何一个机会，她都不会让你错过。她会在各方面举荐你，支持你，提拔你。也正因为如此，大家都对她心存敬畏，行有所止，须臾不敢懈怠造次。

"所以我今天首先要感谢大家，大家辛苦了。"沈慧接着说道，"从目前看，一个大案的轮廓，已经基本显现出来了。但能不能及时把这个案件拿下来，及时找到最有力的线索，让我们能在最恰当的时机全线出击，收网抓捕，这期间一个差错也不能出。"

"田震书记今天上午也约见了我们市局局长，给局长说公安部的领导也给他打了电话。田震书记对这个案子也高度重视，说如果这个案子真的是一个文物大案，那就越快办越好，越快就越不会影响大局。田书记说的这个大局，就是不要影响到龙飞大道的改建扩建工程。从今天大家汇总的情况和我们掌握的线索看，我也倾向于这个案子有可能是一个大案要案。

"之所以感觉这会是一个大案要案，一是因为我们是个文物大市，才会吸引一些专业的盗窃文物团伙来我们这里作案，而且肯定是有他们认定的大目标。这个我们也相信一些专业团伙的真实水平。对此我们必须有充分认识，决不能掉以轻心，以致让我们的行动功败垂成。所以对这个案子的行动部署，一定要慎之又慎。

"二是这个案子的线索，又牵扯进来另外一个多年没有破获的文物失窃通天大案。这也不奇怪，从大家的分析看，既然这个大案这么多年没能破获，证明这伙盗贼的反侦查能力确实不可小视，同时也进一步证明这个团伙的隐蔽性也非同一般。虽然我们目前掌握的线索还非常少，但我们的推理应该是缜密的、正确的、合乎情理的。假如这个推理没有问题，那就从这个线索中，更加印证了我们所面对的确实有可能是个要案大案。根据大家的推理和分析，从目前公安部和省厅的重视程度来看，极有可能还是一个惊天动地的要案大案。

"南方这个省份十年没破的文物大案，如果在我们这里找到了突破口，对我们市局来说，事关重大，非同寻常。反过来说，如果真的是一个通天大案，最终在我们这里再次劳而无获，无功而返，也同样会让我们耻笑于天下，实话实说，那可真是丢人丢到北京去了。那时我们这个领导小组就只能以辞职谢罪天下，就算活着也没法在公安口待下去了，到了哪里也只能是个让人耻笑的对象。我今天不说什么立军令状之类的空话，也不是要挟大家，反正这个领导小组也不是什么显摆的头衔，成功了你想怎么嘚瑟那是你的事，你就是吹上天也没人能埋汰了你，吹一辈子也没人奈何了你。但你这次要是干砸了，过去的成绩只能统统作废，只能一切归零，立功再多也无法将功折罪。我刚才说的事关重大，非同寻常，就是这个意思。

"至于下一步怎么做，根据大家提供的情况，我要马上给局长汇报。是否立刻布局，全线出击，要酌情而定，还要看局领导最终研判的结果。还有，省厅和部里的领导，有可能还要再次听取大家的情况汇报，大家除了继续抓紧实施我们制订的行动计划外，还要把过去的案情进展再认真梳理一遍，尽量简明扼要。汇报内容要让领导既清楚，又放心，至少不要让领导感到我们都是一群吃干饭的，还要不停地询问上面派来的专家，那也一样是我们的失败和耻辱。这是我们关起门来说的话，大家要心里有数。

"我看今天就到这里吧，回去后，如有新的发现，第一时间给我报告。还是过去的老规矩，缩手缩脚，不敢担当，我们要处理；我行我素，不报瞒报，我们更要处理。好了，别的不啰唆了，大家还有什么要交代的？"

说到这里，沈慧再次扫视了一圈。

一片沉寂。

"那好，陈浩、志杰你俩留下，其他人就可以走了。"沈慧这时看了一眼史文祥，原本严厉的样子突然换成了一脸的笑意，"老史啊，这次真的要辛苦你了。任务很重，确实需要文物局的支持帮助，一家人，感谢的话就不说了。我们这次的任务涉及的都是文物，这方面你是专家，好多事真的离不开你。做得好不好，全靠你了。"

史文祥笑笑，与沈慧伸过来的手轻轻碰了一下，什么也没说，摆摆手走了。

史文祥不喜欢这个女局长。平时总端着个架子，说话拿腔拿调，装出一副挺威武的样。需要你的时候，立刻又会与你显得亲亲热热，说一堆虚情假意的废话。

多次与她打交道，对她确实很熟悉。

他真的不喜欢她。真真假假，故作姿态。

除了模样还行，其他还真看不出她有什么过人之处。

这个318小组，他真的不想待在里面。

不过也没办法，他无权选择，是她在选他，而且是力排众议。

宁为善局长居然不同意他参加这个办案小组。为什么？这一点却是出乎意料。

宁为善担心什么？

史文祥有点想不明白。

按说，及时破获这个文物案，宁局应该是支持的。

这符合他的意图，从目前的态度看，宁局认为龙飞大道工程的启动，过于仓促，不利于龙兴市地下文物的抢救和保护。

这个突发的文物案，不正有利于他想法的实施吗？

而且如果真的是一个文物大案，对龙兴市地下文物的抢救和开发不是一个最大的利好吗？就算不是利好，但也绝对是有利且有益的。

他为什么会反对呢？

文物局这方面真正的专家，除了他，没有其他人。除非有人想滥竽充数，有意不让他参加这个破案组。

为什么？

平时为善局长对他的工作还是满意的，至少挑不出什么毛病。

难道就是因为自己同新来的辛一飞走得太近，或者，因为自己也是同意龙飞大道扩建工程应尽快上马，才让他感到不快？自己曾多次在会议上讲过，只有龙飞大道工程启动，才是对龙兴市地下文物的最大保护和抢救。这话有错吗？

文物局应该坚决支持龙飞大道的开工建设，如果没有龙飞大道工程的上马，但凭文物局一家来探测、抢救和挖掘龙兴市的地下文物，几乎没有任何可能。文物局一没有这个实力，二没有这个能力，三也没有这个权力。你想在龙兴市的任何一个地方，给人家说，这里的地底下可能有埋藏的文物，我们想在这个地方探测挖掘，人家会答应吗？你有大笔的资金给人家补偿吗？政府会同意吗？公安会觉得安全吗？交通部门会支持吗？国土局会允许吗？即使是省文物局和国家文物局，他们也能安心放心地让你去探测去挖掘？

简直就是异想天开。这么多年的文物大发现，有哪个是你文物部门自己挖掘出来的？不是因为大工程的开工，就是因为盗贼的偷挖，或者就是非常非常偶然的发现。事实上，有几个重大文物遗址挖掘工程，真正是文物局自己开发自己抢救自己发现的？

实话实说，好几次在政协会上、人大会上，以及各种公开场合，他都直言不讳地这么讲，文物部门应该坚决支持龙飞大道工程的上马。

是不是就是因为这一点，才让局长对他有了什么看法？

今天的会议，回去还要专门给宁局长汇报，琢磨着究竟该怎么给局长说。

想了半天，史文祥也没想出个头绪来。

也只有走一步看一步了。

先听听局长是什么意思，然后再想着给他怎么说。

还有，辛一飞知道这个情况吗？

是不是该给他打个电话？

十八

等人都走了，办公室里只剩下他们三人时，沈慧立刻开口向李志杰问道："你一直都说史文祥没问题，这个人真的可靠？"

"局长这个你放心，史文祥也算是文物侦查方面的老人了。绝对可靠，肯定没有问题。"李志杰笑笑，但说的话一点也不含糊。

"我怎么看他今天情绪不高，说话也萎靡不振的。"沈慧快人快语，感觉很不放心，"我别的不担心，就担心他会走漏消息。今天的碰头会，都是保密内容，我觉得还是盯着他点好。"

"他今天说得不错啊，局长。"陈浩这时插了一句，"他分析的情况对我启发很大，对此我也是同意的，我刚才也在琢磨，我们的分析思路是不是确实偏了？会不会真的是两拨人在同时作案？如果是那样，我们现在发现的几个线索就完全合情合理了。"

"我也同意陈处的看法。"李志杰附和道，"史文祥对龙兴市文物市场和文物景区的情况，包括地下文物遗存的情况，比我们更熟悉更清楚。这个吊坠首先就是他认定的，否则就不会引起我们的关注，也不会有今天的这个局面。如果他要泄露秘密，早就泄露了，那些盗掘团伙说不定早就潜逃了，哪还会等到现在？"

"那他们的局长怎么对他的评价一点也不高，啰啰唆唆，零零碎碎，到了没说一句肯定的话。翻来覆去就是说文物局的工作太忙，他负责的好多工作任务都完不成。因为他的原因，文物局好多工作都给

172

延误了，如果再让他兼职干别的，他的任务就更难完成了。"沈慧有些不解地说，"如果不是你们打了招呼，坚持要他，我稍一松口，他们的局长肯定把他否了。他们局长说，文物局这方面的人才有的是，换了他，我一定给你找一个更强的。难道他们的局长在说瞎话？我现在就问一句，说这个作案团伙，不是一般的作案团伙，第一个提出来的也是他？"

"是他。"李志杰答道，"实话实说，这些情况首先是他提供的，也是他最先判定的。他确实比我们想得更深更远。"

"好吧，我们言归正传。"沈慧沉着脸，不表态也不置可否，似乎并不喜欢这种赞歌似的评价，"现在就我们三个，志杰我问你，你给说实话，现在这个案子的风声是不是已经走漏了？"

"我觉得有点不保险，现在的事情，只要有人盯着，没有什么能保得了密。"李志杰直直地说道。

"你呢？"沈慧示意陈浩，"什么看法？"

"我也觉得不保险，志杰刚才说了，关键是看作案团伙是不是也掌握着我们这方面的信息。如果掌握了，那就成了我们在明处，人家在暗处，这个仗就太难打了。说不定此时此刻正在同咱们比速度，比手段。道高一尺，魔高一丈。不论我们做什么，都会比人家慢半拍。"

"我现在最担心的就是这个。"沈慧面无表情地说，"案子还没有开始，就已经闹得这么大动静，局里几乎人人皆知。你说那个盗窃团伙，即使就是一个最笨的团伙，也不可能什么也不知道。这个担心我也给局长说了，局长说这就要看你们的智谋和水平了，三十六计，看你们适合哪个。局长说得没错，我们得提前想出办法来。或者将计就计，或者虚虚实实，或者故布迷阵，想办法要让对方防不胜防。现在的问题是，你们俩回去马上找人都好好研究研究，动动脑子，我们现在该怎么下手？我的意见，立刻开展行动，马上加强警力，要多少给多少，这是局长的意见。志杰，我再问你一句，你估计这个团伙有多大多强？"

"我手头的线索还无法准确判断。"志杰顿了一下，似乎有点跟不上沈慧的思路，"不过局长我目前基本同意陈处的分析，虽然文祥说可能还有别的作案人，但从现在的情况看，还不好确定。以我的直觉，好像还不能敲定就是一个团伙在作案，人数应该不会太多。否则他们不会这样长时间地隐秘作案，一年两年，甚至更长的时间。如果是个团伙，就应该速战速决。否则那么多人，又这么长时间布局，好像并不符合他们的规则。"

"局长，我觉得史文祥的话也不是没道理。"陈浩接着说道，"我在想，会不会有这种可能呢？确实是一个团伙，但核心人员很少，真正知情的更少。他们也许会以别的目标，掩盖他们真实的目的。也就是说，有多人参与作案，但他们并不知道他们在作案。这样干会比较保险，但这样他们投入也会很大。所以我觉得也可以按这个思路行动，我们兵分多路，哪一条线索也不放过，从今天开始就投入更多警力，全线布局。即使打草惊蛇也没有关系，反正他们目前也没有得手。还有按局长刚才的分析，如果他们对我们的一举一动都掌握得很清楚，我们正好也可以以此麻痹他们，明一套暗一套，虚虚实实，声东击西，让他们闹不清我们究竟要干什么。"

"我们目前正在全力以赴查找倾倒渣土的人到底在哪里，在好几个倾倒点，我们都安排了警力。交通部门那边也在全力配合，正在调动所有三个月以内各条大街的监控记录，这个估计到了明天差不多就会有结果，至少可以弄清这些渣土的来源所在地。"李志杰低着头说道，"假如这里有了突破，我们基本就可以有一个相对准确的判断。"

"那个倾倒渣土的人，这两天还是没动静？"沈慧问道。

"没有。"李志杰对此也百思不得其解，觉得十分蹊跷。就在这两天，他们查遍了所有可能倾倒渣土的地方，那个倾倒渣土的车辆好像突然消失了，新的渣土也突然没有了。说实话，沈慧的猜测绝对有道理，莫非这个作案团伙真的听到了什么风声，连夜逃跑了？"我也在想，如果这帮家伙确实听到了什么，那他们现在在干什么呢？是真的逃跑了，还是在暗中窥探，等待时机？"

几个人都沉默了起来。

这确实是一个令人揪心的情况。

作案人如果突然逃跑了怎么办？

他们肯定也知道现在的公安一旦盯上他们，那大街上小区里大大小小的无死角探头，绝对会让他们插翅难逃。

他们不选择逃跑，难道会躲在原地等死吗？

他们不会那么笨，那么傻。

居然是在这个时候。

谁也不知道损失会有多大，情况会有多糟。

也不知过了多久，沈慧打破了沉默。

她看了一眼时间，嗓音不高，神色凛厉："说话，把你们意见都讲出来，拍板定调子，那是局长的事。我现在就是想听你们真实的想法。"

"局长，你也别急。"陈浩这时反倒镇静下来，"局长我觉得是这样，对这条线索我看我们目前没有必要拿出什么结论。总之我们严防死守就是，就一点，决不能让任何可疑之人漏网，即使现在跑出去了，我们也要把他再抓回来。别的我们正常进行，加强警力，直到案情水落石出，真相大白。现在纠结在这里，那我们真的就没法干了。"

"陈处的意见我附议。"李志杰接着说道，"局长，我们先不管它省厅还是公安部，就是来了，也不能全听他们的。不唯上，不唯书，只唯实嘛，部长厅长还有你，不都多次这么讲？我们先不要自己有压力，把应该坚持的都临时变了。说实话，我刚才也确实紧张了半天，但反过来一想，我们目前做得其实很好，很正确，并没有什么毛病和破绽。"

见陈浩不说了，沈慧用赞赏的眼光看了他一眼："说，说，往下说，我听着呢。"

"从目前我们掌握的情况看，这个倾倒渣土的人不可能多，最多也不会超过两个人。还有，作案人估计也不会有什么高水平。首先工具很原始，很老旧，不是什么现代化器械，也不是什么专业化的工具，好像连洛阳铲之类的东西也没有用过。从运送渣土的情况看，量也不是很大，运送的次数不会很多。对渣土的取样我们进行了分析，应该全是手工作案，用的都是普通镢头、铲子之类的工具。这样又黏又硬的地下夯土，用的又是原始工具，人数也不多，想快速挖掘，难度很大。从这个角度看，再次印证了作案人数不会太多，至少在这个点上的人数不会太多。所以我也同意李队的看法，再等两天，看看再说。"

"你的意思，就是外松内紧，看准了再出手？"沈慧逼问了一句。

"对，再等等。"陈浩答道。

"你呢，也是这个意思？"沈慧再次向李志杰发问。

"局长，昨天我和陈处就在一起碰了碰。"李志杰一边思索一边说道，"刚才我们也说过了，现在可以讲得更内部一些。一方面，从我们发现的那个文物上看，可以肯定说这不会是一个小情况，确实是一条重大线索。另一方面，我们也及时地发现了数量可观的、新近挖掘出来的可疑地下渣土。毫无疑问，这两条线索都非常重要，也完全可以逻辑证明案情重大。不过我这几天也思考过，如果把这两条线索连接在一起，前边是因，后面是果，或者说，以此可以断定这是同一伙人在作案，会不会把我们引入误区？其实昨天我们俩就提到了这一点，今天史文祥也有同样分析，好像这成了这个案子的一个焦点，一个关键。我刚才也再次认真思考了一下，我觉得这个关键地方确实有可能把我们引入误区。"

"局长今天的会议非常及时，大家一碰头，很多问题就捋清了。"陈浩接着说，"现在一定不能过早地定调子，更不能过早地下结论。否则真的有可能让我们把更有价值的线索忽略了，把真正的犯罪团伙放跑了。"

"好吧，你们现在还有什么要求、还有什么问题可以直接说出来。实话实说，我会认真考虑，全力解决。"沈慧皱起眉头，好像并不赞同他们俩这种慢条斯理的说话方式。

陈浩依旧不慌不忙，一字一板地分析道："局长，你看是不是这样更妥帖一些。能不能给这次行动配备三到五个机动小组，每个组的警力不需要多，有四五个人足够。这三五个小组里面，一定要把南城、西城、东城和城郊的户籍管理人员配备进去。主要目的是让他们能及时查找到这些区域潜在的可疑分子，并有效制止这些可疑分子可能把国家的重要文物转移出去。几个重要路口必须严防死守，特别是龙兴市的三大出口，对可疑的出入车辆从今天晚上开始，一定要严格查验。"

"你这不等于封城吗，公安局没有这么大权力，市委市政府也不会答应。"没等陈浩说完，沈慧直接就把他给否了，"还有，这不是明摆着打草惊蛇吗？那帮人听到了，还会自动往你的口袋里钻？"

"对啊局长，就是这个意思。"陈浩很兴奋的样子，"就是这个目的，打草惊蛇，让这些人暂时不敢轻举妄动，第一有利于守护我们的文物，第二让他们暂时收手，给我们空出时间，有利于我们找到新的线索。还有，在这种情况下，我们也更容易找出他们的漏洞和破绽。"

沈慧听了不置可否，然后转脸看看李志杰："你呢？想法？要求？"

"我估计在交通局给我们提供的视频数据上，很快就会找到一些蛛丝马迹。"李志杰清楚陈浩的话是在替他提要求，虽说治安管理方面的警力在局里算是比较多的，但一个萝卜一个坑，公安系统警力缺乏的现象普遍存在。在这个关键时刻，侦破这样一个无头无绪的大案，确实需要局里统一调配，八方驰援。"一旦有新的情况出现，我估计还得增加一些人手，迅速进行侦查。究竟增加多少，得酌情而定。"

"这个我清楚，等情况出来了再解决不迟。"沈慧一口否决，"说别的。"

李志杰顿了一下，"我们现在发现倾倒的渣土，大都在南城和东城郊区。这些地方都是大片的农田，其中水田居多。而且交通方便，道路纵横交错，大路小路都可以行车。这些农田到了晚上，行人稀少，在这些地方倾倒渣土，非常隐蔽，轻易不会被人发现。这些地方也没有安装什么电子眼、摄像头之类的监控设备，只能靠布置人力来寻获目标。我们已经在这些地方布置了不少警力，但基本等于守株待兔，目前还没有发现有什么新的情况。我担心的是，假如这几天这些盗贼有意迷惑我们，转移视线，声东击西，甚至变换了工具车，变换了路线，把渣土倾倒在完全相反的地方，这就很有可能让我们延误战机，让他们如愿得逞。我算了算，如果在西城、东城和市郊这些地方也都布置一些警力……"

"不行，这个要求不能同意，市局没有那么多人手……"李志杰还没说完，再次被沈慧一口否决。

"好吧。"李志杰有些无奈地笑笑。想了一下，继续说道："局长，有一个可以减少警力的情况，你听听看有没有问题。陈处我昨天给他也说过，我们现在并没有定论，所以今天会上也没有说。"

"那就抓紧时间说吧，还有时间。"沈慧依旧一脸冷峻。

李志杰这时从身旁的手提包里拿出两个纸袋来，一边展开一边说："局长你看，这是我们这几天分析的两种渣土样品。一个是三个月前倾倒的渣土，一个是一星期前我们发现的最新的渣土。这两种土质完全不同，一种是普通的地表浅层土，一种是我们刚才分析的那种古代地下遗存建筑用的夯土。我现在想让你注意的是这种普通的表层土，这是我们市区常见的一种土质。我们也找了一些建筑公司，让他们做了土质分析。他们认为这种土质就是'文革'前后建房时的一种夯土，与当时一般住宅的地下夯土没什么两样，三四十年前，也就是六十年代七十年代那会儿，龙兴市普通职工的住宅，基本上都是平房。建造这种房屋时，大部分都是用拖拉机或者推土机来回碾压几次就算是打了地基了。'文革'前后职工们居住的平房，打地基用的都是这种办法。所以龙兴市那会儿大多数平房下面，都是这种夯土。"

听到这里，沈慧突然发问："那就是说，作案的地点有可能在市区中心？"

"至少可以断定是在这种夯土的房子下面。"李志杰说道，"那时候龙兴市最高最好的住宅建筑，一般都是五层六层，普遍的都是三层，多数职工居住的是平房，平房是当时龙兴市最常见的住宅，即使现在，这种平房在龙兴市也随处可见。以我们现在发现的这种渣土来看，犯罪团伙确实有可能就在这种平房下面作案。而这种平房大都在老市区，这样我们的关注范围就可以大大缩小。因为这样的住宅非常普遍，在市区仍然随处可见，要真正查找到盗贼团伙的犯罪地点，难度依然很大。要真正尽快找到作案地点，唯一可行有效的办法，还是要加大警力，进行密集拉网式排查。"

"你也这么认为？"沈慧反过来问陈浩。

"是。"陈浩回答得快速有力，"如果是高层建筑，那地下的文物在当初施工时，早就被发现了。因为地基要打得很深，夯土也一定非常坚实。即使是再大再坚固的地下文物，也不会埋藏得那么深。前几天我们问过文物局，史文祥也同意这个判断。史文祥认为，龙兴市地下文物集中的地点，绝大部分都可能在市区中心区域。过去的龙兴城，主要区域都在龙兴湖四周。龙兴市的商业区和住区，都是当年众多寺院集聚的地方。后来因为战乱和地震，这些地方才逐渐改为居民区。而当年的那些寺院，则都搬到了附近的山岭上。史文祥曾多次提议过，希望能在老市区中心搞一次地下文物大清查，但都因为各种原因没被采纳。目前龙兴市区的平房建筑群，虽然面积不小，但同已经改造过的地段相比，毕竟要小得多。如果我们想以最少的警力，最小的投入，最不扰民的办法，可以先从这些区域进行清查，也许可以取得事半功倍的效果。"

"还有其他更好的主意吗？"沈慧依然不表态，再次问道。

"当然，"陈浩回答，"最省力的办法，就是以逸待劳，以守为攻，外松内紧，全线收缩，把作案团伙和作案机动车憋出来，逼出来，引诱出来，最终被我们人赃俱获。而我们只需耐心等待便可坐收其利。不过这也有风险，如果对方比我们更狡猾，更聪明，那我们也可能坐失良机，陷入被动。"

"如果按你们刚才说的，大约得抽调多少警力。"沈慧终于来了一句实的。

陈浩没吭声。如何布局，这是治安管理的范畴，只能李志杰来考虑。

良久，李志杰才说道："局长，我现在考虑最多的是，万一我们好不容易抓到了倾倒渣土的嫌疑人，结果并不是我们想要抓获的罪犯，而是个一般的盗窃犯，或者跟我们发现的吊坠并没什么关系，那我们应该如何及时改变策略？或应该如何调整办案方向？"

"那是后话，现在我要的不是这个结论。"沈慧显然很不满意，"我只问你，陈处的意见你是否同意？"

"同意。"李志杰立刻回答，"陈处的建议我完全同意，没有任何意见。回去以后，我们马上研究部署。"

"好吧，既然你们俩意见一致，那我就安排了。"沈慧终于定了调子，"会前局长给我说了，这次任务紧急，关系重大。我们市局向来都是分工不分家，到了关键时候，谁也不要有什么担心顾虑，谁也别缩手缩脚。我刚才说了，如果出了什么差错，我们一荣俱荣，一损俱损，谁也没法交代。谁在这次破案中立了大功，谁就是局里的头号功臣。谁要是在我们眼皮子底下放走罪犯，让重要文物流失，谁就把警衔老老实实地放到我办公桌上来，我们一起谢罪辞职。多余的话不说了，根据你们的意见，原有的安排一律不动，我再给你们调配五个机动小队，三个小队归陈浩负责，另外两个小队归志杰负责。陈浩专门负责侦破渣土倾倒一案，志杰专门负责吊坠文物侦查一案。注意，我说的是小队，不是小组，小队可以随时增加警力，一个小队还可以再分几个小组。这是局长的要求，配备机动小队，为的就是随时可以给你们增加警力。今天你们反映的情况，散会后我会马上报告局长，局长要是没其他意见，就这么决定了。局长如果有什么别的想法或安排，我也会立刻告诉你们。具体怎么做，你们回去后，按照局长同意的方案，立刻协同研究，尽快拿出意见再报我。中间有什么问题，随时报告，警力如果不够，我们还可以继续调配，反正需要什么就给什么，全力以赴，不惜代价，坚决拿下这一战。最后再问一次，还有别的要说的吗？"

两个人都点点头，没再说话。

"我再给你们宣布一个消息，省厅和公安部的领导明天下午五点左右赶到。吃完饭连夜听取汇报，局领导全部参加，主汇报人是我和你们俩，文物局那边局长和史文祥参加。田震书记和李任华市长也有可能参加。你们俩做好准备，我汇报完了，你们补充，如有新情况，马上报告。你们俩的汇报材料让局办公室整理，出来后第一个给我。今明两天，你们不要离开办公室，局长可能随时通知你俩了解情况。好了，就这些。"

十九

每天上午七点前后，田震会准时坐到办公室办公桌前。

八点上班前，他有一个小时的时间批阅文件。

按照辛一飞在常委会上的提议，暂时不用派专案调查组调查辛一飞副市长落选一事，最终得到了大家的一致同意。对此田震也已经给省委和省纪检监察委做了汇报，省委和省纪检监察委也基本表示同意，但需要给上面呈送一份详细的有关表决的书面材料。下一步如何办，省委会酌情而定。

这份材料昨天就改过了，今天又看了一遍。感觉没有问题了，然后让秘书以机要件马上寄出。

这件事就算暂时放了下来。说实话，田震那颗悬着的心，总算平稳了一些。

这一点还真是应该感谢辛一飞，关键时刻，识大体，顾大局。否则还真是一个麻烦事，以致会带来很多新的问题。

但秘书随后送来的几份文件，又有点让他始料未及。

田震看着办公桌上几份厚厚的文件和上面大段的批示，好半天说不出话来。

作为市委书记，案头上每日需要阅看的文件数不过来，重要的需要表态和批示的也会有很多。他明白，市委书记的表态批示在整个龙兴市各行各业将会是一个极其重要的批示，因此他对需要批示的文件和材料向来慎之又慎。

今天的两份批文非同寻常，让他怔在那里，好久也不知该如何处置。

一份是国家文物局的批文，一份是公安部的批文。

两份批文的附加材料都很厚，都十万火急，都需要他认真阅看，并且都必须尽快表明态度并抓紧落实。

国家文物局和公安部的批文内容，之前田震也多少知道一些情况。说实话，当时他并没怎么当回事，也没多想过该怎么应对该怎么处理。不就是发现了一些盗窃地下文物的线索吗？这些事情让公安局和文物局自行处理就行了，用不着大惊小怪，把它列入市委市政府的重要议事日程即可。龙兴市是一个文物大市，每年各种各样的文物失窃案，防不胜防，大大小小、多多少少的总有那么几起。

这一次的文物盗窃案，目前也仅仅只是可能，只是涉及，与龙兴市本身的工作关联并不大，积极配合就是了，用不着作为重大事项去处理。文物失窃案，就算是个大案，能上升至市委市政府重要工作的层面，也绝无可能，所以田震还真的没有把这个情况当回事。

然而今天看到这份文件上的批示，却着实让田震大吃一惊。

国家文物局局长的批示旁，居然还有省委书记和省长的批示！

首先让田震感到震惊的是国家文物局局长方新辉的批示：

龙兴市文物市场混乱，文物盗窃案时有发生，原因应归咎于重视程度不够，查处力度不足。需要特别指出的是，目前多头并进、耗资巨大、正在实施的龙飞大道工程，对地下文物的保护毫不重视，并未出台这方面的任何保护措施和规章制度。根据反映，作为重要文物保护地区的龙兴市，对文物的保护机制历来不够健全，这方面的防范措施也远不到位。这次龙兴市大搞市政建设，对地下文物如何开掘和保护，依然没有实施建立有效的防护手段和相应的准备工作。这对一个文物大市来说，是不负责任的，也是令人担忧的。请省委省政府有关部门高度重视，以免国家文物遭受重大损失，在全国造成负面影响。

这份文件竟然是省文物局给国家文物局打的报告。

国家文物局局长在这个报告上的批示竟然是直接批给了省委省政府。

省委书记和省长在上面都有批示。

省委书记张舜禹的批示：

　　请刘斌、田震、任华同志研处。

刘斌省长的批示：

　　田震、任华同志，对国家文物局方新辉同志的批示要高度重视，严肃对待，积极整改。目前所有正在实施的工程项目，都必须在征得文物部门的检验和同意后方可进行。龙飞大道工程如不达标，不合规，应暂缓推进。

几个批示直看得田震双眼冒火，两手发颤。

这哪里是批文呢？纯粹就是向省委省政府告了他一状。

田震与国家文物局局长方新辉很熟。龙兴市是文物大市，是方新辉经常下来考察光顾的地方。方新辉每次下来，田震只要在龙兴市，肯定会亲自陪同，再忙也会一起吃个饭，聊聊天。方新辉不喝酒不抽烟，喜欢看书，爱好体育，多年来每天上午坚持五公里长跑风雨无阻。两人级别相同，性情脾气几乎一样，自然一见如故，无话不谈。两个人还通着微信，有什么消息、段子，经常互相转发，常常博得彼此一粲一笑。好多年了，两个人早已成了心心相印的好朋友。然而这次的批示就像突然翻了脸一样，这一大段措辞几乎像有世仇长恨，严厉凶悍得让田震无法相信自己的眼睛。

这个方新辉到底是怎么了？

龙兴市又没有惹过你，到底哪里得罪你了？

就算是有什么让你不高兴不了解的情况，那你怎么也应先给龙兴市有关部门打个招呼吧，于公于私于情于理，至少也得给我先打个招呼吧？这不明摆着是在告状，是在公开打我的脸吗？平时我那么尊重你，好歹你在大面上也应给我一点尊重吧？

做官是做官，做人是做人。我们同朝为臣，患难与共。就算你铁面无私，六亲不认，但也不能把同僚太不当回事了吧？怎么板起脸来，一到了场面上，就翻脸不认人了？

都说这个方新辉是个拧巴家伙，脾气大，一根筋，只记仇，不记恩。今天还真是领教了，简直不可理喻，让人无法理解。

生了半天闷气，田震再次努力让自己冷静下来。

到底怎么了？

方新辉雷霆震怒，到底哪里出问题了？

肯定是有了什么情况，才让他在火冒三丈的情绪下有了这样的批示。

那会是什么情况？

是什么人给他打小报告了？

田震把方新辉批示的文件看了好几遍，也没有看出有什么太大的问题。文件基本上就是一个例行报告，是省文物局对省里一年来的文物保护工作和举措做了一个全面汇报。其中对龙兴市的文物保护工作，也还基本是肯定的。只是其中有一段，说是龙兴市有关龙飞大道工程的全线开工，是龙兴市几十年来的第一大工程，涉及的区域之广，投资之大，部门之多，都是前所未有的。这一工程把文物保护工作也提到了一个新的层次，尽管有一些地方还存在问题，条规管理也有不健全不到位的地方，但总的看来，市委市政府还是重视的，措施也是得力的，相信存在的这些问题都会尽快得到解决。同时也希望国家文物局在今后相关的文物保护工作中，进一步给予支持和帮助。这句话也是泛泛而讲的，并不特指龙兴市。还有一些存在的其他问题，也都是共性的、长期存在的、年年都讲的一些问题，具体到龙兴市的就再没有了。

找来找去，并没有什么让他如此动怒的内容。

到底是怎么了？

当然，那些泛泛而指的内容，如果全是龙兴市发生和存在的问题，你方新辉疾言厉色，把下面视若寇仇也是可以理解的。但你方新辉也不是不清楚，龙兴市的文物保护工作，历来也是走在前面的，即使不是榜样，但也从没拖过后腿。田震在龙兴市坐镇也有好几年了，文物保护工作也从来没有出过什么大的事故和纰漏。大前年你方新辉刚上任的时候，还在龙兴市召开过一次全国文物保护现场工作会，那时候龙兴市虽然不是第一，但也算是这方面的典型。怎么到了今天，突然就成了一个历来都有问题的地方了？

这一次到底是怎么了？批示得这么严厉苛刻，这么不留情面？

方新辉居然还要亲自率队来龙兴市检查，对龙兴市发生的问题要进行实地调研，对文物系统不作为和渎职失职行为进行全面检查和问责。

方新辉对市文物局的工作有意见？一看就不是，方新辉的批示中只字没提市文物局，完全是冲着龙兴市委市政府来的。如果真的是对市文物局的工作有看法，方新辉还犯得着把这份文件直接批给省委省政府？

那么，是冲着我田震吗？好像也不是。

冲着市长来的？看来更不是。

如果是个人的问题，方新辉用不着发这么大肝火。一定是因为哪件事情彻底触怒了他，才让他这样情绪激动，言辞异常。

如果都不是，那就只有一件事让他怒不可遏，拍案而起。

龙飞大道工程！

一定是龙飞大道工程中对地下文物的保护不够、措施不力才让他无法隐忍，不吐不快。

或者，一定是有什么人得罪了文物部门的人，甚至没把文物部门的意见、建议和忠告当回事，这才逼得有人给省文物局和国家文物局打了报告写了材料。

辛一飞！

只有辛一飞的做法和脾气才符合这样的推理。

那就是说，方新辉所有的怒气都是冲着辛一飞来的？

田震本来想给方新辉打个电话或者发个信息什么的，想了想觉得还是算了。还没闹清病根究竟犯在哪里，现在打电话直接询问，岂不是火上浇油？

问问辛一飞还是问问文物局？

辛一飞这些天带着几队人马正在实地勘验龙飞大道工程的项目规划，工作量很大，夜以继日，马不停蹄，忙得焦头烂额。

是不是因为太忙，没有把文物局的保护措施规划进去？或者，由于什么原因，没有邀请文物部门的有关人员参与？

有可能。按辛一飞一贯的性格和作风，凡是有可能拖后腿的人和事，统统都可以先甩到脑后，不与你纠缠。

这就是说，一定是文物局有了什么保护方案，让辛一飞给否决了不采纳，或者没有及时沟通，冷落了文物局，让文物局没办法，就直接给国家文物局汇报了？

田震突然想起辛一飞以前给他说过的一句话："这么多年，龙兴市文物局除了干扰捣乱，没干过一件好事。"

看来问题就出在这里了。

过去辛一飞在吴浙县搞工程，一定没少吃过文物局的苦头。从那时起，就不认可文物局的工作。现在做了龙飞大道工程的总指挥，肯定仍然会把文物局的工作看成是对工程的干扰和捣乱。

田震随手拿起电话给辛一飞直接拨了过去。

电话响了老一会儿，辛一飞接了："田书记，我马上去你那里。"

田震意识到他要挂电话，立刻打断了他："辛一飞你给我听着，你别整天都这样忙忙碌碌，事务主义，想到哪里就干到哪里，顾头不顾尾，只拉车不看路。市里不比县里，可以只抓一头，其他都可以不管。你现在是市委常委、总指挥，考虑问题要全面，要有大局观念。"

"书记是不是又有人给你打小报告了？有什么你让他来找我，别让这些人老是在领导跟前鼓捣来鼓捣去的。我这里一堆事，都在等着我，一会儿还有纪委的信函必须今天回复。书记我挂了啊。"

"辛一飞！听着！"田震止不住发了，一个人在办公室，嗓音像狮子吼，"你这脾性真的得改改了！你也不想想，鸡毛蒜皮的事我会给你打电话吗？"

听到田震盛怒的吼声，辛一飞顿时不作声了。

"一飞我现在正式通知你，"田震努力地让自己平静下来，但口气依然冰冷瘆人，"国家文物局和公安部领导对龙兴市的文物工作都有重要批示，省委张书记和刘省长也都有批示，省厅省文物局也都有具体批示，主要内容我看就是对龙飞大道工程的文物保护措施不满意，提出了严厉的批评。我问你，你的指挥部里，安排没安排文物局的工作人员？有没有出台文物保护的具体措施？还有，你与文物局的领导联系过没有？"

"这个呀，我知道了。"辛一飞像是松了一口气似的说道。

"你到底知道了什么？闹出这么大的事情，你才轻描淡写地告诉我你知道了。"田震再次恼怒起来，看来他的猜测没错，果然与辛一飞有关系，而且确实根本不当回事。"你马上给我说说，到底是怎么回事？"

"按他文物局的报告，龙飞大道明年也动不了工。"辛一飞嘟囔了一句，既不回答也不解释，好像仍在忙着什么。

"那你要做工作，要沟通，不能激化矛盾。"田震感觉到里面肯定有原因，嗓音也平缓了下来，"你是市委常委、市领导，有不同的意见是正常的。你又不是没有做过领导，领导干部的重要职责就是能把不同的意见统一起来。"

"工作做了，意见没办法统一。"辛一飞脑子很清楚，回答得也很实在，看来确实做了工作，但也确实没做通。

"什么意见，为什么统一不了？"

"那个宁局长脾气大得很，我们给工程制定的文物保护方案给了他好长时间了，他就是不给我们答复，也不提任何建议意见。我三次登门，两次吃闭门羹，后来见了面，把我教育了一个多小时，说我不懂文物工作的重要性，还说龙兴市是文物大市，龙飞大道工程纯粹就是个破坏工程，政绩工程，这么仓促上马，要遗臭万年。"

"他真这么说了？"田震有点不相信。

"比这难听多了。不过你也别在意。下面这样的干部多了，你在上面不容易听得到。"辛一飞在手机里像是在拉家常，"一见面这个宁局长就给我发了半天脾气，我屁也没敢放一个。等他牢骚发完，我问他的建议是什么。他的意思就一个，龙飞大道工程要上马，得把沿线所有的地下文物先探测出来，重点保护起来，然后按专家的要求进行抢救性挖掘。我说这不矛盾，龙飞大道对地下文物保护的措施我们早就拟好了，你看看就明白了，有不同意见我们可以再商量，再研究。我说只要你看了我们的方案就明白了，这方面的工作根本不需要担心，我们完全可以一边施工，一边探测，如果有重要发现，我们会立即进行现场保护，现场挖掘，保证不会造成任何损失破坏。但他根本不理我的话茬，坚持要先探测先挖掘，而且只能是文物局说了算，所有的工作都得听他的。反正就是一句话，现阶段龙飞大道就是不能动工，一切只能是文物保护在先。至于龙飞大道工程什么时候可以开工，那要看文物工作的进展情况。我一直给他解释，他就是坚持他的意见。还给我搬来一堆文物保护的法规条文，言外之意，龙飞大道工程的开工上马，本身就违反了文物保护法。这等于说我们市委市政府的决策也是违法的，龙飞大道工程根本就不合法。他始终就这么一根筋，我不知道他是故意还是向来就这样。我问了分管的市长，他也说这个局长就是拧巴，他认准了的事，谁也说服不了。与其做他的工作，还不如直接干就是，干起来后再说服他也不晚。"

"就这些？"田震问。

"就这些。"辛一飞答道，"书记你如果没有别的事，我找个时间再给你详细汇报。我这里人围满了，都等着我呢。"

"宁局长也是一个老干部了，怎么会听不进你的意见呢？"田震还是觉得无法相信，党的干部，首要一条就是服从命令听指挥。一个老干部，怎么会这么不讲道理，不讲原则？"我再问你一句，是不是你的态度十分强硬，把人家逼急了？还有，是不是你提的条件，也没有任何回旋的余地？"

"你马上派人问问他，看我那天说过一句难听的话没有。"辛一飞话音不高，但听得出来，他说得非常实在，"从头到尾，都是我在求他。我一个新来的落选的副市长，凭什么跟人家一个老干部发脾气，摆架子？我口干舌燥地说了那么久，始终坚持一条，只要工程能顺利开工，一切都可以按文物局的要求办。开工后，如有重大文物发现，即刻就地停工，一切都会按照相关规定办，绝对不会对新发现的文物有任何损害。就这样的条件，他也不答应。"

"为什么？"田震也觉得不可思议，怎么这样的条件也会不答应？

"他就认为龙兴市是文物大市，一切都必须给文物让路。"辛一飞实话实说，并不隐瞒，"他始终坚持的一点，龙飞大道工程全程都在重大地下文物发现区域，一旦开工，难免会对重要的地下文物造成不可挽回的破坏。我承认他说得有道理，也知道龙兴市市区一定会有重要的地下文物，说实话，如果不是当着这个工程总指挥，你把我调文物局得了，肯定比他干得强多了。如果我现在是他，一定高兴疯了。你要是真正想保护这些地下文物，只能借助工程才有可能实现，才有可能让这些文物得到最好的发掘和保护。你说他到底想干吗呢？我不相信他不明白这个道理。我们不开工，他也不说文物保护和抢救。我们刚一准备开工，他就说必须先保护先抢救。如果没有龙飞大道工程，这些地下文物是不是就永远没有出头之日，永远也不可能去发现，去保护？他是有意捣乱还是德不配位确实不称职？他真的会连这个道理也不懂？还是一个老文物局长，像吗？这事我想起来就有气，今天你问我，更让我生气。否则我不会这样说他，我的为人你也知道，从来不会在别人面前说人的坏话。"

"按你说的，国家文物局的批示，一定是这个原因了？是因为咱们这里有人给上面打报告了？"田震有点无法相信地问。

"书记你这不是明知故问吗？"辛一飞在电话里直话直说，"不是他是谁啊，还会有别人？明摆着的事，我早看出来了，跟我落选的事差不多也能牵扯到一块儿。就是明摆着不想让我们动工嘛，也真是邪门了，龙飞大道工程，为什么会有这么多人反对？书记，人家的态度强硬得很，不是我们没有余地，而是人家根本没有余地。不是我不让步，是人家根本就没想让我让步。"

田震拿着电话，一时语塞。这个情况他这个市委书记还真不知道，辛一飞也从来没有给他讲过。原来想着龙飞大道工程的阻力不小，但没想到会这么大。明的暗的，防不胜防。看来辛一飞确实不容易，即使有什么问题也很少给领导说，什么压力也自己扛着。什么事情也不争论不辩解，就是埋头干活。这是他辛一飞的一贯风格，也恰恰是他的优点长处。只做不说，多做少说，否则气也把他气死了，哪还能干得了那么多事？想到这里，他不禁又问道："那问题总得解决吧，不能就这么僵着，把事情越搞越大。"

"关键是问题在他们那里，不在我们这里啊。"辛一飞的话语显得十分无奈，"田书记，这样吧，听说国家文物局的人要下来，你就让我给他汇报。方新辉我又不是不认识，他就是个文物狂痴，凡涉及文物的事，有什么人一点火他就着。到时候我来对付他，你只管放心就是。大不了就来个三对面，让他听听到底谁有理。"

"但你现在也不能总是这样的态度，总得拿出个解决的办法来，我们也好给上面回复。"田震觉得，这事你辛一飞能那么干，但他这个市委书记说什么也不能这样干。

"我想过了，指挥部马上从文物局调一个人过来，让他任副总指挥，所有事情也就迎刃而解了。"辛一飞回答得很干脆，看来早就考虑好了。

"谁呢？"

"史文祥。"

"做什么的？"

"文物保护。"

"是副局长吗？"田震默默想着辛一飞的要求应该如何兑现。

"正科级的副科长。"

"副科长？那不行。"田震吃了一惊，"至少也得是个副局长，你这个指挥部可是个厅局级建制。"

"那你把他提拔起来不就行了？他这个正科级，可是有好多年了。"

"胡扯吧，干部提拔有那么随心所欲吗？想提谁就提谁？"

"你看看龙兴市一年提拔的那么多处级干部，哪个不是单位领导觉得谁能干就把谁提拔起来的？火线入党，火线提干，这是我们的优良传统。"

"那得有程序，要摸底，要提名，要群众推荐，要考察，随便说一句就提拔了？"

"你就破格呗，有用之才，我现在真的需要。"辛一飞很认真的口气。

"下步再说吧，哪有你这样挑人的？"田震不想说这个话题了。

"你说过的，想用什么人任我调动。"辛一飞很执拗，"我来这么多天了，就提了这么一个人。"

"那也得让市委考虑一下，哪有你说的这么简单？"

"那好，我就给你来个简单的。"辛一飞有点不依不饶，"他不能当副总指挥，那就让他当个文物总监，或者当个办公室副主任。这个我同意，你点个头就可以，这总行了吧？"

"你为什么坚持要他？"

"我会给你解释的。"

"好吧，我同意，但组织部也得给他们局长打个招呼。"

"还招呼什么？"辛一飞好像有些调侃地说，"我要是市委书记，就把这个宁为善马上调走，让这个史文祥主持工作当局长。"

"什么时候你把这个史文祥带过来，我怎么没听说过这个人。"田震也很认真地说。

"书记，这个人绝对没问题。"辛一飞也认真起来，"我跟他认识快二十年了，第一次见他的时候，他比我的职务还高。现在我都副市级了，他还是个副科长。只凭这一点，你想想他会是什么个性。好听点，叫恃才傲物；难听点，叫谁也不尿。有本事，工作能力强，爱提意见，不会拍马屁，这种人哪个领导会喜欢？"

"你俩半斤八两。"田震调侃了一句。

"那是我命好，搞了行政。"辛一飞自我解嘲，"碰不上好领导，就窝囊几年；碰到好领导了，就顺心几年，还能有个机会。他一毕业就分到文物局，一干就是几十年，一个局长不喜欢，再来一个局长还是不喜欢，两个局长就能熬他一辈子。"

"好了不说了。"田震就此打住，"那文物局的事就交给你了，工作你来做，方局长的调研主要由你汇报，至于说什么，你把材料写好了让我看看。我支持你，但措辞上注意点，别给我惹事。"

"书记你放心，到时候我让史文祥给他们汇报，保证给他们说得有理有据，清清楚楚。"辛一飞胸有成竹地说道。

原来这样。

田震突然明白了辛一飞为什么要用史文祥。

放下电话，一看时间，差不多半个小时过去了。

这件事就算安排了。

田震整理了一下思绪，然后又看了一遍公安部的批示。

也一样是个天大的事情。

就在这时，大概是听到田震挂电话了，秘书轻轻敲了几下推门走了进来。

"书记，这是中纪委的批件，省纪委宁一钢书记专门有批示。"

田震愣了一下，马上把文件接了过来。

文件不厚不薄。

看看批文，田震不禁有些发愣。

没等看完，田震的脸色早已变得阴郁煞白。

二十

吴浙县通讯组组长刘小江锲而不舍地打了七遍，才把辛一飞的手机打通。

"什么事，一遍一遍地催命。"辛一飞一开口就毫不客气。

"哎哎我的辛常委，不带这样的吧。刚当了几天总指挥，就打不通电话了，以后基层群众再想见你一面，是不是比登天还难？"刘小江通了电话，立刻一通猛烈攻击。

"什么事？说吧。"辛一飞并不生气，"要没什么正经事就挂了。"

"哎等等，总指挥。"刘小江赶紧服软，"这样，我想了好几天了，你看我能不能到你那指挥部挂个职？三月五月，一年两年都行。"

"别扯了，你以为我这里是收破烂的吗？"辛一飞根本不接茬。

"真的，不开玩笑。"刘小江努力让自己的语调严肃起来，"老领导，我给县里的宣传部长已经说了，也给市文联主席说了，他们都同意，都表示支持。"

"你以为你是谁呀，你先说说你都能干得了什么？"辛一飞好像一边正在忙着什么，一边漫不经心地调侃着。

"什么也行啊，规划、测量、记录、材料，最好能让我去拆迁办，我什么也能干，再苦再累也不计较。"刘小江看来真的想来，而且确实对指挥部的情况了解了一番。

"你小子没安好心吧，你肚子里的那点小九九，你以为我不知道？"辛一飞语气刻薄尖利，一点也不给刘小江面子，"想在我这里深入生活，找错门了吧。"

"我还是几大报刊兼职记者呢，深入生活也没什么错。"刘小江并不生气，只要辛一飞能答应，什么也好说，什么也能忍。

"深入生活不就是想找点什么阴暗面，好在你的作品里显摆显摆吗？"辛一飞的言辞愈发犀利。

"哈，领导。你不必担心这个，我知道你干的事情都是为人民谋福利的，那些欺压老百姓的事跟你绝对无缘。"刘小江嘻嘻哈哈地说着，但每一句话里都是陷阱蒺藜，"比如，你真能让我去了拆迁办，等我了解了真实情况，我就给你们全力平反，让社会还你们一个公道。我一定大声告诉老百姓，你们这帮人不一样，绝不是狼心狗肺、满嘴人血的黑老大，也肯定不是人面兽心、巧取豪夺的活阎王。"

"你那葫芦里卖的什么药，我猜也不用猜。"辛一飞大概真有事了，"谁都可以考虑，就你不行。如果没别的事，我挂了。"

"等等，等等，再一分钟。"刘小江忙不迭地说好话，"我可是从来没求你办过什么事，这件事你真的考虑一下，啊？不开玩笑的。还有一件事，你真的要注意了，不是小道消息，听说是中纪委和省纪委都知道了，马上要立案侦查。有关你的，三千万，吴浙上宇集团承揽的一项工程。我了解过了，这个工程现在正在扫尾，全县城都知道那是你抓的工程。那个老板也承认了，说是你同意的，把一笔三千万的款项转给了这个工程。你知道吗？有没有这回事？"

"你听谁说的这些有屁股没屁眼的事？"辛一飞依旧一副调侃的语气，"那个工程好几个亿呢，岂止三千万。"

"这笔钱是那个县委书记儿子的赃款，你不知道？"刘小江嗓门一下子高了八度，"什么时候了，你还在这里给我打马虎眼。我只问一句，你实话告诉我，这笔款你是知道的？"

"我知道什么了？"辛一飞也严肃起来，"我问你，都是谁给你说的这些事？"

"你以为我在给你编故事？"

"不是吗？"

"你以为这种事我也能蒙你？"

"被别人蒙了，又跑来蒙我。挂了。"

"辛一飞！你醒醒吧！"刘小江吼了起来，"全县人都吵翻了，就你一个人还蒙在鼓里，还说我蒙你！"

"全县人民都吵翻了的事，就一定是真事？"

"你知道啊？"

"不知道。"

"我把你的批示都复印下来了，你说你不知道？"

"批示？"辛一飞顿了一下，"什么批示？"

"转款报告上的批示。你画了圈，签了名，还写了'同意'两个字。"

"胡扯吧。"

"白纸黑字，铁证如山。"

"复印件在哪里呢？"辛一飞的语气也分明凌厉了起来。

"我一会儿用微信给你发过去。"

"那是个什么批件？"

"你是忘了，还是真不知道？"刘小江分外焦虑。

"知道还问你？我当个县长天天批文件，我怎么记得住是哪个文件？"

"一个小县城，有多少个三千万？这么大一笔钱，又是这样的一笔钱，你会记不住？"刘小江似乎在提醒辛一飞。

"别给我卖关子了，不想告诉我就用微信发过来，一会儿有时间再详细看，我正忙着呢？"

"这么大的事情，田书记没给你说吧？"

辛一飞没有吱声。

"田震肯定知道，但他肯定不能给你说，除非他知道真相。"刘小江直言不讳，"田震不给你说，就证明这件事情对你十分不利，至少也说明他也对你有看法，真的，这非常危险。"

辛一飞大概也被刘小江的话震慑了，一时无语。

"领导，你当回事吧，知道这意味着什么吗？要是立了案，然后查实了，马上就会对你实施双规。"

"你就瞎扯吧。"

"市长都让人家落选了，还瞎扯？"

"这会儿了还给我添堵。"辛一飞一直没挂电话。

"我给你说过，他们什么事也干得出来。落选干得出来，双规他们也一定干得出来。要是双规了你，你知道意味着什么吗？意味着你在龙兴市的彻底出局，意味着龙飞大道工程的彻底泡汤，意味着你要把龙兴市的书记市长，一起带进沟里！意味着……"

刘小江突然说不下去了。

辛一飞把手机挂了。

独自生了半天闷气，想想也没办法，人家是领导，你大不了就是个出主意的，听不听，权利在人家那里。

你紧着提醒人家，人家还以为你危言耸听，大惊小怪。

不过说实话，他也无法相信这些传言。

不管别人说什么，辛一飞他是绝对信任的。

辛一飞如果真有事，早就出事了，哪会挺到现在？

想了想，赶紧把手里的批件拍了照，然后在微信上给辛一飞发了过去。

他又给辛一飞附了几句话：

尊敬的辛总指挥，我刚才可能有些瞎着急，别生气。不过批件你先看看，提前有些准备也是必要的。我是绝对相信你的，你绝对是龙兴市第一大清官。批件上如果还有什么不清楚的地方，如果觉得需要，只要你吭一声，我马上专程上去给你汇报。这件事我大致做过了解，我还是有发言权的。另外，还有我听到的其他几件事，我觉得你也应该知道一下。

写完了，又看了看，然后猛一按键发了过去。

刘小江盯着手机看了半天，顿时一肚子闷气：真是热脸贴了个冷屁股，又不是我的事，不感谢也就算了，连一句领情的话也没有？还摔我的电话！辛一飞，你也太自负了，爱听不听，爱看不看，反正我的义务尽到了。

刘小江本来还有件别的事想请辛一飞帮忙，但看他那个样子也就没再吭声。

也没找他的必要了。

他自己的事都不当回事，别人的事还不把他烦死？

只是这个事还真的需要辛一飞帮忙，别的人还真帮不上，如果辛一飞愿意帮忙，也就是一句话的事。

一个女孩的事。

刘小江这几天心情很差。

一个是宣传部长给他谈了几次，想让他辞去通讯组组长职务，去县文联任主席。

他不想干。

通讯组组长与县文联主席级别一样，但文联主席无职无权无钱无编制，基本就是光杆司令一个。轻松倒是轻松，问题是轻松得没有任何人理你。

通讯组虽然也就一两个人，但毕竟还有发稿权、调研权、考察权，会有人来找你，会有人给你提供一个观察、探看党委、政府、企业、学校、医院和各行各业的窗口。你会觉得你实实在在地生活在一个鲜活的社会里，生活在一个有生命的世界里。至少觉得你还是一个社会需要的人，一个有用于社会的人。你的每一天还是踏实的，充实的。

文联就不同了，现在的文联主席跟刘小江非常熟悉。六十年代的时候，他曾经在省级文学期刊上发表了一个短篇小说，于是就奠定了他作为一个县级文化人的牢固地位。而后便在这么多年的时间里，他就一直没有一份像样的职业。好像什么工作也不需要他，什么时候也没人想着提拔他，重用他。一直到"文革"后成立文联，才给了他这么一个文联主席的位置。他这一辈子，因为这一篇小说，几乎就成了一个废人。一直到现在已经超龄几年了，还担任着这个文联主席。

刘小江不想干这个文联主席。他还不老，他不想就在这个位置上养老送终。

县文联连个车也没有。他想去哪里，只能自己想办法。

县委通讯组不仅有车，即使没车了，他随便给哪个单位、哪个企业打个电话，立刻就有车给你开过来，想去哪里去哪里，连油钱也不用你出。

通讯组就是县里的记者站，他就是记者站的首席记者。

作家顶多只能获得人的客气和尊重，记者就不一样了，那可是无冕之王。

所以这几天他一直想见见县委书记，给书记说说他的想法，怎么着也让他在通讯组再待几年。

没想到突然听说了三千万这么个事，就一头扎进来了，了解了两天，结果这里面的事情居然让他惊诧不已。

今天给辛一飞打电话，也就是想告诉他一声，看看他有什么反应，没想到不仅不领情，反倒被叱了一通。

不过这一顿叱，反倒让他对辛一飞放心了。

而这边呢，一下子让刘小江警觉了起来。

如果辛一飞确实不知道这回事，那就是说，不是这个三千万有蹊跷，就是那个批件一定是有问题的。

刘小江问过那个惠源公司的董事长，这事究竟是怎么出来的。董事长叫赵祯熙。刘小江与赵祯熙很熟，平时无话不谈，来往还算密切。那个董事长赵祯熙说，肯定是有人告状吧，他的公司本来干得好好的，突然就有人说那三千万是赃款。还说是辛一飞县长把这笔钱汇过来目的是洗钱，要把黑的洗成白的。赵祯熙说，这钱确实是辛一飞县长当时调剂过来的，但要说这笔钱是什么钱，是不是赃款，赵祯熙自己啥也不知道，也根本不清楚。特别奇怪的是，那些来调查的人还让他这个董事长交代是不是原来就知道这回事。赵祯熙当时吓得几乎要上吊，一下子就病倒了。赵祯熙说那些人实在太凶了，看那样子不把他整垮了绝不会松手。还说如果他拒不老实交代，马上就会把他给双规了。赵祯熙说，他已经在医院住了好几天了，真的想死的心都有。赵祯熙说，干了这么多年企业，就算这个没问题，但在别的地方找你点什么事，那还不是手到擒来？要是真的查出他什么事情来，不只他这个公司完了，他这个家也完了，与其如此，还真不如死了好。至于那个批件，赵祯熙说他这个董事长确实不知道，也从来没见过。县长的批件，他也看不到，也没必要让他看。

这个董事长的话看来没有掺假。

刚才刘小江给辛一飞打电话，却感觉辛一飞根本就不知道有这么个文件，连这三千万的来龙去脉好像也想不起来。

这就是说，所谓批件的事情，根本就是子虚乌有。那三千万的资金，辛一飞应该知道，但要说那三千万是什么赃款，辛一飞肯定不知道。

有人在这个批件上使阴招。

目的一定还是冲着辛一飞。

还是那个龙飞大道工程。

说实话，他现在担心的倒不是这个工程，也不是这三千万。

他担心的是这个董事长，万一他真的想不开上吊服毒跳了楼，这三千万还真的说不清了。

他更担心的是辛一飞，万一他真的说不清，也没人替他说得清，一旦开始查他，谁也拦不住，谁也不敢拦。

现在的局势，你干得再好，也没人表扬你。你干得再不好，也没人批评你。你不出事，大家都嘻嘻哈哈。你一旦出了什么事，尤其是经济上的事，立马就成了臭狗屎。纵使你立过天大的功劳，也不会有人替你说话，替你辩解，更没有人维护你，珍惜你。个个唯恐避之不及，跑得比兔子还快。

辛一飞在龙兴市，现在几乎就是孤家寡人，如果书记市长对他不信任了，那他的处境实在太险恶了。

刘小江越想越觉得不踏实。

看来他还得再去一趟那家公司，应该把那个上宇集团的事弄得再清楚一点，然后晚上再给辛一飞打个电话。

静下心来，看了手机，一会儿工夫，没看的微信已经显示出七十多条。

刘小江的手机里，各种各样的群有几十个。都是一些筛选了又筛选，暂时无法或者不想退出的群。这些微信群大都设置了消息免打扰，只有一些家人和挚友的微信群除外。而且所有的信息和微信统统没有响铃，包括按键都是静音，连振动也没有设置。没办法，微友太多，微信短信太多。加之他的工作和身份，每去一个地方，哪怕是吃顿饭，开一次座谈会，微信就会增加好几个。

微友越来越多，微信越来越多，电话也越来越多，于是整个手机每天几乎都在静音状态，否则他算了一下，一天至少在手机上花费的时间要超过五六个小时，有时候甚至会超过十个小时。

这实在太可怕了。一方面因为手机而重生，一方面因手机而毁灭。

刘小江就是这方面的典型。一个无法摆脱的手机控，每天一睁眼醒来，第一件事就是翻手机。差不多得翻看两三个小时，才会从床上爬起来。

刘小江的老婆在省城工作，一个孩子正在上初中。老婆孩子基本住在岳父岳母家，自己那套老大不小的房子只有他回去时，才会住上几天。刘小江有个弟弟，早年弃政从商，生意做得还算可以，父母亲常年都和弟弟住在一起，父母有什么事大都由弟弟处理。对此刘小江常常慨叹不已，懒人自有懒福。工作自己做主，家事一概没有。也许正是这个懒福，才让他渐渐成了一个颇有影响的记者、作家，势头也越来越旺。

微博上的粉丝每天都在涨，有时候一天能涨几千。他的一些不着调的言辞观点，常常获得大量的喝彩和点赞。

嘚瑟的时候，也感到吃惊。

他常常和粉丝互撑，但更多的时候都是被粉丝撑得败下阵来，蹬鼻子上脸，狼狈万分。而恰恰可能就是这些原因，才让大家感到这个博主好可爱。不逞强，不霸道，不记仇，不辱骂，不居高临下，不咄咄逼人，更不会说脏话，即使让粉丝骂得狗血喷头，也从不删帖，更不拉黑。下次再碰上了，像是没有发生过任何事情。

脾气好，心地善，内容鲜活，见多识广，文笔不拘一格，无禁口而又接地气，国家政策法规又十分熟悉，能把问题讲透并不触及底线。这是刘小江微博的一大特色。

也许正因为如此，他的粉丝从来都只增不减，而随着粉丝的日渐增多，他的名声也越来越大。

反过来，他的粉丝也让他越来越忙，对任何事情也越来越关注。

他的粉丝达到五十万的时候，他第一次被这个数目吓了一跳。

整个吴浙县才三十多万人，他的粉丝居然五十万。

五十万！特么的你算个神马鬼，粉丝会有这么多！

县委书记的权力比他绝对大，但县委书记的影响未必会比他大。

他突然意识到了什么叫责任感，什么叫任重如山。

在他的心底深处，第一次觉得自己确实应该不负众望，既要对自己负责，又要对社会负责。社会，他面对的确实是一个社会。一个喧闹的社会，一个虚拟的社会，但绝对是一个鲜活而生动的社会。他绝不能辜负这个社会，更不能辜负这些时时刻刻关注自己的大大小小的粉丝。

他开始在多方面关注大家都关注的社会事件，更加注重真实，更加关注各种焦点问题、难点问题，尤其是那些引发老百姓普遍不满的问题。

他的关注也引来了越来越多的关注，他密切关注社会，社会也在密切关注他。

各行各业，三教九流，包括那些走投无路，求告无门，被冤枉、被欺负、被诈骗、被打压的人，都会向他求教求救。他的通讯组办公室门口，常常有一些莫名其妙的人过来给他传递着各种各样的小道消息和八卦新闻。

所以有关市里县里的各种信息，他这里常常第一个知道。即使是县长书记，一旦见了他，也常常会问他一句，小江啊，你那里这几天有什么咱县里的新鲜事？

不只是他的粉丝群，整个县里的人也都开始关注他。

刘小江其实年龄也不算小了，实在是因为在这个小单位待得太久，当初的那些老领导都一茬茬退休了，调离了，却把当初这个"小江"

的称谓给保留了下来。

好在小江人长得年轻，四十多岁了，看上去也就是三十出头。人本来就精精干干，又很少风吹日晒，再加上会保养，爱时尚，穿衣着装也时髦，所以一般人也都觉得叫他"小江"很顺口。

一个帅帅的常年单身男子，人年轻，收入不少，名声又大，各种各样的情色传闻自然也少不了。不过刘小江对这些并不在意，妻子不在身边，用不着费力澄清，他甚至也乐意享受这些绯闻所带来的乐趣和惬意。

说一个男子是什么少女少妇杀手之类的调侃，岂不是从另一个角度对你的赞许和褒扬？

当然，他也想借这些褒义或贬义的传闻，在另一个领域给他带来更多的逸闻趣事，佳话美谈。

事实上他手机里就有好多个网站平台，什么探探、陌陌、脉脉、丫丫、麦芽直播、隔壁同学、同城交友等等，这些公开的网站基本上还算干净，表面上看都健健康康，都是规规矩矩的标准绿播，没有一点破绽。但你看的时间久了，一些网站直播平台上的女孩，冷不防会突然给你提供一个网址，或者让你打赏，然后就会让你加她微信，在她的微信里就会给你提供她的另一个直播平台，只要你进去了，就会看到各种各样让你瞠目结舌的交易和画面。

这其实早已是公开的秘密，不管什么交友之类的网站，如果真是一路绿播到底，这家网站绝对只会亏钱，绝对无法长期办下去。

这类网站，不管多么有信誉，只要你按照它说的交了钱，最终保证让你看到你最想看的东西，达到你真正想达到的目的。

刘小江这几天就在时时刻刻地关注一家这样的网站。这家网站的每一个动静，都会在他的手机里有最快的显示。

今天这个显示再次出现了。

他似乎忘记了其他的事情，一摁键就打开了这个网址。

他立刻就看到了这个女孩。

这个女孩叫吴莹莹。

前几天刚刚发生的事情。

那天让他颇感意外的是，一个快五十岁的农民，早上五点就等在他办公室门口，一直等到他上班开门把他领进来，这个满脸皱褶的农民一进门喊了他一声大哥，紧接着扑通一声就给他跪了下来。

这个农民一边磕头如捣蒜，一边呜咽着，要刘小江一定救救他女儿。

当刘小江把他拉起来时，他的额头都渗出了一片血珠子。

这个快五十的农民，居然叫他大哥！

说了将近一个小时，这个叫他大哥的农民才把事情的前前后后、原原本本给他讲清楚。

这个农民叫吴爱民，家在吴浙望杨镇吴峪村。

吴爱民的女儿就叫吴莹莹。

吴爱民有三个孩子，两个男孩，还有这个女儿吴莹莹。

吴莹莹今年十六岁，在职业高中读书，刚刚上了一年。

吴莹莹几乎每个星期的课余时间都要出去打工，她很知足，她也知道职高毕业了，就是要去打工。职业中学学到的那些东西，就是教他们如何打工。莹莹非常节省，几乎不花家里一个钱，平时的开销，用的全是打工赚下的那些钱。尽管职业中学不交学费，但吃喝拉撒的事，照样还得花钱。

吴莹莹的一个哥哥一个弟弟，一个比她大两岁，一个比她小两岁，都在上学。哥哥在普通高中读高三，马上要考大学。弟弟读初三，马上要考高中。

对一个农民家庭来说，正是最要命的时候。

吴爱民的妻子在省城给人做保姆，是家里经济唯一有保证的重要来源。

家里还有几亩地，勉强够一家人糊口。

一个七十岁的老母亲，是一家人最放心的免费保姆。

如果没有老母亲，他的妻子不可能抽身去省城做保姆，他也没可能起早贪黑，每天在地里料理那几亩庄稼。

直到那一天，母亲突然中风倒在了炕上。

从住院到回家，前前后后一个多月。几经抢救，母亲终于从死神那里再次回到人间。

母亲的病很重，虽然脱离了危险，有了意识，稳定了下来，但想要恢复到生活自理，几无可能。

每天的他，一筹莫展。

也不知过了多久，吴爱民突然又得到一个消息，他的女儿吴莹莹突然失联好久了。

他用手机连续给女儿打了无数个电话，确实都是关机。

吴爱民平时不怎么用手机，他的那个被几个孩子分别用了很久的老式2G手机，上网功能很差，没有微信，没有任何网上通信方式，连短信也不用。手机费用也是同妻子的手机绑定在一起的，平时一般只在固定时间同妻子联系通话。

是他的妻子告诉他的消息，妻子给他打电话时，已经有三天联系不上女儿吴莹莹了。

让吴爱民感到恐惧的是，作为父亲的他居然有十多天没有同女儿联系过了。

女儿其实早就与他失联了。

母亲的病让他一筹莫展，母亲倒下了，他才刻骨铭心地知道了母亲的劳累和负重。

他每天除了做饭，还有数不清的家务让他得不到须臾喘息。

地里的农活也到了最关键的时期，人误地一时，地误人一年，他知道这几亩地对这个家意味着什么。

他曾几次想让自己的妻子回来，但他也知道，妻子如果回来了，他的这个家，几乎就等于天塌了。几个孩子的学费，立刻就会成了家里的最大难题。

唯一让他感到有可能解决这一困境的办法，就是让他的女儿吴莹莹辍学回家。

女儿回家，可以让他解脱出来，让这个家不会垮掉。可以让妻子不必马上回来，可以让两个儿子继续上学。

大约就是半个月前，他决定让女儿辍学回家。

他给女儿打了个电话，女儿在电话上就哭了。

他也哭了，他说莹莹你要是不想回来就别回来了，爸爸再想别的办法。

两个人都泣不成声，肝肠寸断。

他知道女儿已经做出的牺牲。莹莹的学习成绩一直很好，但没让她考高中，直接上了职业高中。

他这个家庭供不起所有的孩子上学，只能有一个做出牺牲。

这个必须做出牺牲的只能是女儿莹莹。

吴爱民并不重男轻女。但家乡的习俗，如果让一个女孩子上学，让男孩子休学在家，等于是让儿子与父母结下了世仇大恨。

吴爱民心疼女儿，但也只能牺牲女儿。

女儿没回话，他也没再打电话。

他只有在星期天儿子回来时，才能抓紧时间在地里忙活两天。

他几乎也没时间与女儿通电话。

没想到晚上妻子打来电话，莹莹在三天前失踪了！

吴爱民连夜赶到了学校。学校的答复是，莹莹出去打工了。莹莹给学校说了，家里她爸来电话了，说她奶奶瘫痪了，家里没人照顾，还说她可能要退学，不能再在学校学习了，她现在马上得出去打工给家里挣钱，等过些天回来了再做最后决定，决定休不休学，办不办退学手续。

吴爱民大吃一惊，莹莹一个十六岁的女孩子，能打得了什么工，又能去得了哪里打工？

莹莹竟然没有告诉家里说她要出去打工。

整整一天，都没能联系上吴莹莹。他不断地给女儿打电话，但莹莹的手机始终关机。

第二天，还是联系不上，也没有莹莹的任何回复。

他与妻子不断地联系，也不断地给两个儿子打电话，但一家人都没有收到莹莹的任何回复和信息。

第三天，他向派出所报了案。

第四天莹莹给家里所有的人都回了一个短信，说她在外面挺好的，不用担心她，工资给得挺高，管吃管住，四个人一个房间，有卫生间，有空调。她在外面先工作一段时间，如果觉得可以，就继续干，如果觉得不满意，那就再找一个打工的地方。莹莹说她暂时不想回去，她会把工资都寄回去，一定要让哥哥弟弟完成学业，让奶奶有钱看病。

他第一次和妻子通了半个小时的电话。

怎么办？

莹莹只回短信不回电话，说明莹莹铁了心不想回来。现在农村的孩子差不多都这样，孩子大了要出去打工，父母亲没理由阻止，也没什么更好的办法把他们留住。

不管是本科专科的还是研究生博士生，最终都要留在城里。一旦留在城里，只要能有份合适工作，能待下去，然后娶妻生子，就再也不会回来了。

大大小小的农村就成了年轻一代一辈子再也不想回来的地方。

家家如此，吴爱民也清楚他这个家将来也一定是这样一个结局。

当孩子们在城市里站住脚后，等到父母都不在人世的时候，这个曾经的农村的家就彻底消失了，不存在了。

这大概就是这一代人的宿命，谁也逃脱不了。

所以当莹莹发来信息后，虽然还是忧虑重重，但悬着的那颗心也就放下了。

妻子也觉得既然如此，那也就认了。有音讯了，就继续联系吧。等以后找见人了，了解清楚了，再说下一步。

吴爱民也只有同意了。他给学校说明了情况，派出所也撤了案。

莹莹时不时地给他们回个短信，一切安好，工作非常顺利，吃住都不错，马上就会发工资，有什么情况，会随时同家里联系。

一个月过去了，眼下已经是第二个月了，除了那几个短信，吴爱民依旧什么也不知道。莹莹目前在哪里，干的什么工作，收入是多少，一概不知。

一直到了今天，一直到了这个时候，吴爱民和妻子终于意识到，莹莹极有可能真的是出事了!

令人担心的事情接踵而来。

紧接着没几天,一个消息传来,莹莹和他们学校的另外一个女孩,一起被拐骗到龙兴市一家网络公司去了。这家网络公司主营业务是视频直播,但其实是一个以情色骗人的直播团伙,常常是打一枪换一个地方,利用一些年轻女孩,搞的都是些以色示人的视频直播,让不明就里的观看者上当受骗。这些视频直播虽然不是什么阳光绿播,但也不能算是淫秽色情和卖淫招嫖,因此也就屡禁不止,屡屡得手。

之所以能把情况了解得那么清楚,原因是原来和吴莹莹一起的那个女孩竟然被解雇了,回来了。

被解雇的原因很简单,这个女孩子长得不好看,招不到客人。当主播,观众少,没人打赏,也没人喜欢。

虽然只出去了一个多月,工资还是给发了,在一个地级城市,管吃管住,一个月两千元,不算多也不能说少,也不会让什么部门和人找麻烦。

这女孩说是与莹莹一起走的,也是看到网络招聘启事,才一起过去的。去了就宣布了一条纪律,不能私自与外界联系,包括家人和亲友。之所以要这么做,是由工作的性质和内容决定的,一旦让你的家人和好友知道了你的地址,更多的人就会知道你的地址,他们就会找上门来,就会让你时时处于危险之中。

手机一律上缴,由公司保管,身份证也一律封存,弄丢了或让什么人偷走了,一样会带来极大麻烦。

没人拒绝这样做,你也无法拒绝,拒绝不了。

吃住条件还算可以,每餐有米饭有馒头,至少两个菜。

还有衣服和化妆品,不是名牌,但也质量不差。用多用少,都会在你的工资里扣除。

对一个高中生来说,毕竟还是一个不错的地方。比起学校的严格管理,也差不到哪里。

所谓的人身自由,这里没有,她们的学校一样没有。

女孩子们并没有感到有什么不适。

底薪都是八百，其余的全靠自己。打赏得越多，自己的分成也就越多。和她们在一起的，有的一个月三千五千，甚至过万的也有。

工作其实并不累，无非就是聊天唱歌，和下面的观众互动互撩。人气高了，三百五百，三千五千，有时候也会上万。人气更高的时候，可以打擂台，也可以让你的情人级铁粉趁机抬高你的价码，别人给一个气球，就让他给一个火箭。一个气球相当于一百二十元，一个火箭相当于三百元，当然还有更高的打赏，就看你的铁粉有什么样的背景和身份。铁粉心甘情愿给你打赏，也看你给他许了什么愿，得到了什么暗示。你可以给他微信，也可以给他手机号码，也可以给他住址。一切看他对你的痴迷程度。

莹莹的同学显然没有这种"魅力"，即使同样是个十六七岁的女孩子，即使是另外一个这样的网络平台，也不会再让你干下去了，也一样要"解雇"你。

这里是真正的"市场经济"。

当吴爱民听到这个消息，虽然对莹莹的安危总算暂时松了口气，但对莹莹的处境则是越来越忧心如焚，坐卧不安。

妻子请了半个月的假，一起在龙兴市找了整整四天，根据莹莹同学提供的地址，还找了两个认识的亲戚，几乎把龙兴市的大街小巷找遍了，也没找到任何有关莹莹的蛛丝马迹。

吴爱民给县里和市里的公安部门再次报案，但可能不属于紧急重大案情，而且以前也报过案，后来又撤了案，并没有引起特别的关注。县公安让去找本地派出所，派出所让他们去找事发地公安，事发地公安说外地来打工的上百万，又不是失踪了，出事了，你们还是多联系本人和学校吧。

刘小江当时听了也觉得不算是个什么事，一个不听话的女孩子，自己出去打工了，不愿意多和家里联系，还经常给家里人报平安，至少不是个什么大事。

这样的事如今多了，刘小江真的也没当回事。送走了老农民，几乎很快就把这件事忘了。

只是这个吴爱民锲而不舍，第三天再来找他时，居然还给他带来了一袋子自家磨下的小麦精白粉。

又过了三天，吴爱民除了号啕大哭，又给他带来了一大筐子自家地里的新鲜蔬菜。

那天晚上，他打开了吴爱民妻子的微信，看到了这个女孩子的照片。

看到吴莹莹的一刹那，刘小江的心扉就好像被什么猛的一下子刺痛了。

一个漂亮得让人眩晕的女孩子！

漂亮得不忍直视。

这个农家长大的女孩子居然如此地美丽清纯。

莹莹的照片有十几张。都是近照，都是真容。全身、半身、冬照、夏照。不高不矮，不胖不瘦。不是P照，没有化妆。静静的神态，浅浅的微笑。眼波清湛，眉目如画。不施粉黛，愈加齿白唇红；衣着朴素，更显清秀端庄。

莹莹的美是天然的，不加雕饰，浑然天成。

如果这个女孩子生在城里，生在富裕之家，一定会被培养成演员、播音员、主持人、歌唱家，说不定早已红遍大江南北，成为万人仰慕的网红，成为家喻户晓的明星。

刘小江突然明白了这个吴爱民为什么会这样椎心泣血，痛不欲生。

这样的女孩子本就不应该出生在这样的人家，已经把孩子耽误了一程又一程，如今再任凭自己的孩子流落到这样人不人、鬼不鬼的地方，岂不等于鬻儿卖女，岂不让她生不如死！

刘小江也突然感到了这个女孩子的失踪绝不会是个小事情。

一个如花似玉、无依无靠的农家女孩子，如果真的被拐骗到坏人手中，堕入烟花柳巷之地，岂不是人间罪孽，当今耻辱？

这样的事情，他不知道也就罢了，生活中多抱打不平的壮举，自会有人挺身而出。但这件事他知道了，而且还是发生在吴浙县的事情，他还算是这个县里的政府工作人员，还是个通讯组组长，通讯组本身就是个新闻单位，他还是一个兼职记者，一线作家，岂可无动于衷，默不作声，对这样的事置之不理，放任不管！

一个压抑不住的冲动，让他开始行动了。

刘小江的微博名字叫海波江涛。

刘小江把莹莹的照片发在了自己的微博上，给他的五十万粉丝配发了一段煽情的文字，并大声疾呼：请善良正直的网友们伸出你的正义之手，尽自己的力量帮家长把这个单纯被骗的女孩子找回来吧！爱你们，也请你爱我们中的任何一员！

刘小江的行动、照片和文字打动了千千万万的网友，回报也同样是丰厚的。

当天晚上，莹莹的网上照片和网址就发回了一百多条。

几乎没有费什么周折，刘小江就在网上的一个直播平台上，看到了离校出走已经两个多月的吴莹莹。

那已经是深夜十二点多了，吴莹莹的人气居然还有七万多！

莹莹在直播间的网名叫菲儿。

莹莹不唱歌，不对话，也看不到什么表情，甚至正眼都不看你一眼。很长时间就默默地坐在那里。更不像别的主播那样搔首弄姿，满嘴的贫嘴挑逗，说出的一些话让你面红耳赤，心惊肉跳。

莹莹就那么慵懒、随意、满不在乎，把一切都不放在眼里。即使如此，居然在深夜十二点之后，还有几万人气。

给她打赏的人数居然有近百人之多，榜单首位打赏的额度居然高达十万余元！也就是说，有个雇主今天晚上已经为她花费了三四千块。

下面的留言庸俗不堪的竟然不很多。也许看到这样的一个女孩子，任何人都不想一下子把这个菲儿给吓跑了，惹恼了，更不想让这个菲儿把自己禁言了，拉黑了。

经常在这种平台上猎艳或者取乐的人一眼就看得出来，这个女孩子与网上直播的那些女孩子完全不一样。

莹莹的人气不在她的举止，只在她的颜值。

莹莹是出水芙蓉，雨中梨花。

莹莹的魅力就是她的美丽再加上清纯。

刘小江对这个很清楚。

颜值在这里十分重要，还必须加上颜值中透露出来的洁净和清纯。

一个女孩的颜值可以描绘出来，但一个女孩的洁净和清纯既画不出来，也装不出来。

一个女孩子美不美，纯不纯，干净不干净，男人们一眼就能看出来。

男女之间，这是毫无办法的事情，也是无法改变的事情。

否则天下的女孩子都会成了一个样子，男人们也就丧失了追求的目标和动力。

莹莹正是这样的一个女孩子。

莹莹的一颦一笑、一举一动之所以能聚起这么多的人气，大概只有一个原因，那就是这样的女孩子在现实生活中已经越来越少了。

物以稀为贵，美得自然，自然的美，美得你没有邪念，即使是那些情场老手，也不能不被深深打动。

如今的一些富家阔少，有时候看中了哪个女孩，一掷千金是常有的事情。

只是美，他不会那么慷慨，美而清纯，才是他豪放大度唯一的缘由。

美是可以买来的，清纯则千金难得。

网络视频十分清晰，莹莹的美尽收眼底。

直看得刘小江两眼发呆，这样漂亮干净的女孩子，像他这样见多识广、阅历丰富的人也很少很少看到过。

莹莹居然就生在吴浙县，离县城只有十公里！

如果早前见到了她，他一定会劝说她的父母让她去考艺校，考舞蹈专业，让她去县电视台，去县剧团，而不是让她到什么职业高中去上学。

为什么这样的女孩子会默默无闻？美貌本也是一种资本，也是一种资产，也是一种投资，难道没有人知道这其中独有的价值？

真的是因为农村只剩下了鳏寡孤独、留守儿童，劳动力大量流失，有才有钱的人都跑出去了，即使像莹莹这样的女孩子也被人遗忘忽略了？

深山出俊鸟，寒门有贵子。看到莹莹的那一刻，刘小江就在暗中立下誓言，他一定要竭尽全力把这个女孩子挽救回来，既能兑现英雄救美的一段佳话，也能赢得更多粉丝的赞誉。

　　那天晚上刘小江曾试图与莹莹对话，但可能因为莹莹的人气太旺，或者是莹莹太疲劳了，面对着那么多的追随者，对所有的对话和暗示都无动于衷，默然相对。然后没过多久，不屑一顾地突然一下就把视频关掉了。

　　莹莹这个举动吓了刘小江一跳，一个主播居然对自己的几万人气不屑一顾，一言不发，连一句再见也没有，就关掉自己的视频，这让观看直播的刘小江和无数观众目瞪口呆，一片惊诧。

　　刘小江想了想，反倒放下心来，莹莹这样的举止，恰恰说明莹莹还是一个干净的孩子，至少到现在还保持着她的贞洁。显然她十分憎恶和厌烦这样的处境，她所做的这一切，则完全是身不由己。

　　刘小江突然觉得要同这个女孩取得联系非常不易，而且她的手机说不定还被什么人控制着，你要真的同她对话了，也绝不能贸然暴露身份。

　　第二天一直等到下午五点多的时候，莹莹才又懒洋洋地上线了。

　　莹莹的上线很快就把这个视频直播平台拉上了高潮。莹莹的人气很快就上了万，关注度也立刻排到第一。

　　刘小江知道必须付出才能得到回报，因为莹莹就是这个直播平台的摇钱树。

　　刘小江先送了玫瑰，又放了两个气球，才让莹莹向他问了一声好。

　　他必须用词谨慎，而且还能引起莹莹的注意。

　　"菲儿你好，我们是老乡，我叫江涛，出差刚到龙兴，看到你好高兴。"刘小江的话滴水不漏，找不出什么毛病。说自己是老乡，也不会引起别人的怀疑，一句常用的套近乎的平常话。出差，说明是有点身份的人，可能是一般职工，也可能是老板经理，大款阔少，公务员干部。

　　莹莹没有理他。

他放了第二个气球。这个平台上一个气球折合人民币一百二十元，一般人不会这样连着放飞气球，除非你是富豪或者有什么想法。

"江涛哥哥好。"莹莹终于开口了。嗓音脆脆的，略带羞涩。

"我在龙兴可能会住几天，晚上也没什么事，想跟菲儿聊聊天，有微信吗，菲菲儿？"刘小江尽量不露声色，只给菲儿的名字多加了一个"菲"字，以表亲昵。显得彬彬有礼，但也不是一无所求。

"知道了哥哥。"菲儿应了一声，不置可否。

"是不是要送个跑车，就能加菲菲儿微信了？"刘小江小心翼翼地问道，同时也想借机查看菲儿的手机是不是就在她手里。

菲儿低下头去，没有回答。

"怎么了，菲菲儿。"刘小江觉得奇怪，一个跑车相当于六七个气球，这是让一般直播动心动情的底线礼物，怎么会不理不睬？除了一点，就是莹莹的手机在别人手里。能不能留微信，这也是分析莹莹究竟是别人挟持了，还是有一定人身自由的一个重要因素。

留言太多，刘小江的话很快就被别的留言挤没了。

"菲菲儿怎么不说话？送跑车加微信，这里不是这样吗？"刘小江显得很有耐心。

莹莹沉默着，仍然不做回应。

她在等什么？

刘小江又放了一个气球，外加十个玫瑰，一个钻戒。算了算，八字不见一撇，六七百块已经出去了。

"菲菲儿？你要是顾不上我就忙别的了，改天有时间我们再联系，好吗？"刘小江显得高深莫测，气魄宏大，那点钱根本不当回事，好像只是九牛一毛，不值一提。

几分钟过去，仍然没有任何回应，菲儿的脸上也依然看不出任何表情。看到这样，刘小江真的想走了，欲擒故纵，今晚不行，明天晚上再看吧。再说话已经说出去了，你再赖着不走，反显得自己没意思了。

也就在这时，莹莹突然抬起头来，不易察觉地笑了一笑："江涛哥哥还在吗？"

刘小江两眼一亮："在呢，菲菲儿顾不上，我就走了，菲菲儿顾上了，我就不走了。"

"顾上""顾不上"，是吴浙县的方言，小江把这两个词用吴浙话表达出来，果然让莹莹听得不禁愣了一愣。

"哥哥在哪里呢？"莹莹眨巴着两只眼睛，像是在人海中搜寻。

"在宾馆房间呢？"

"市里的宾馆吗？"莹莹颔首垂眸，脸色微微一红。

"嗯，建国宾馆。"建国宾馆是龙兴市中心的五星级宾馆，尊贵豪华，价格不菲，刘小江住过。

"那江涛哥哥今晚愿意陪菲儿聊一晚上吗？"莹莹分明是跟刘小江谈条件了。

"好啊，江涛今天的事情都办完了，没事了，愿意陪菲菲儿聊聊天，只要菲菲儿喜欢，聊到明天日头爷出来也没问题哟。"刘小江用的都是吴浙方言，亲昵并不猥琐，热切而无龌龊，看不出一点欲心邪诞的味道。

"那哥哥就送个礼物加菲儿微信吧，菲儿在微信里和哥哥聊。"莹莹居然不说送什么礼物，刘小江急促地考虑着，送什么呢？莹莹又为什么要这样说？是不是担心说多了，怕留不住江涛，说少了又不合规矩？至少，莹莹是希望能留住刘小江，当然，也可能希望刘小江送的礼物越大越好。但有一点是肯定的，他们聊天的时候，手机会在莹莹手里，下线后，很可能又会被没收。还有更大的情况，就是莹莹和人聊天时，极有可能她的手机也是被监控的。

怎么办？

刘小江紧张地思考着。也许是因为他的大度豪爽，让那些人感觉到他是一个钱袋子，是个一掷千金的富豪或阔少，应该千方百计地让他上钩，让他在菲儿这里大把大把地撒钱。好苗子挂上钱袋子，才会变成真正的摇钱树。

如果真是这样，那他就必须一步一步迷惑他们，一不着急，二不松手，渐渐让他们放松警惕，然后悄悄告知莹莹自己的真实身份，再想方设法知晓莹莹的真实境况。

消磨时间，装成一个痴心情郎与少女菲儿柔情蜜意，应是一个作家的长项。但要装成一个挥金如土的豪门子弟，那可是需要真金白银。

没办法，事到如今，只有拼了。

刘小江没有犹豫，断然送了一个价值一千多元的豪华巨轮。

莹莹也没有犹豫，立刻把她的微信号码告诉给了他。

第三天，莹莹把自己的手机号码也给了刘小江。

第五天，刘小江在凌晨两点左右，突然告知了莹莹他的真实身份。同时告诉莹莹看后立刻删除，千万不要把情况暴露给他们。

莹莹没有回音，也没有把他删除拉黑。

一切如旧。

第七天的凌晨，可能是监控的人都睡着了，莹莹突然一个微信连发了三遍。

> 江哥快救我！
> 他们把我劫持了！！
> 我逃了几次都没有逃出去！！！
> 这是一个黑窝点，关着好几个女孩子！！！！！

他迅速回复了一句话：

> 不要着急，不要轻举妄动，等我信息，明天准时联系。

然而第二天再打开这个直播视频时，菲儿居然消失了，不见了！

莹莹突然再次失踪了！

他给辛一飞打通电话时，莹莹已经整三天没有消息了。

他再次向他的五十万粉丝求助，依然一无所获，杳无音信！

二十一

龙兴市崔家聚英武馆的主人崔晓剑穿好练功服，悄无声息地走进习武大厅，与他的大弟子姜宸一招一式地对练起来。

午后时分，大厅里人头攒动，熙熙攘攘，大家都在忙着练功，没人注意他们两人的加入。

姜宸一边轻柔而有力地摆动着拳脚，一边压低声音对崔晓剑说道："师傅，公安局那边有消息了。情况有些不妙，我们掉出去的那个小件，连公安部也知道了，明天下午公安部和公安厅的人要来龙兴。市公安局已经有动作了，成立了318专案组。副局长沈慧挑头，师傅，这女人不太好对付。"

"已经查到哪一步了？"崔晓剑不动声色，拳路打得老到娴熟。"对我们都可能有什么威胁？"

"威胁已经被我们堵死了，他们还在找线索。目前看，他们想找到新线索的可能性不大，上线下线，下线的下线都被我们掐死了，这个师傅放心。"姜宸气不喘，脸不红，手脚自如，十分自信。

"你说的情况不妙是指什么？"

"也是那边的情况，他们也发现了。"姜宸把声音压得更低。

"发现了什么？"

"与我们一样，发现了老夯土。"

"他们在哪里发现的？"

"南面东面都发现了，北面估计也会很快发现。"

"嗯？"崔晓剑吃了一惊。

"他们好像开始撒网了，从今夜起，在市中心区开始排查。"

"那就是说，位置他们确定了？"

"这个应该还没有。"姜宸环顾四周，镇定自若。

"估计多久会找到？"

"最多一个星期，最少一两天，甚至更早。"

"龙飞大道工程的前期地下探测什么时候开始？"

"估计会很快，应该也在这几天内开始。"

"是全线探测吗？"

"分段探测，比全线探测更快。"

"打听清楚了没有，那个地方是不是在探测范围？"

"打听清楚了。距离规划线路大约有一百米，如果涉及了较大面积的地下文物群，有可能被发现。"

"那怎么办？"崔晓剑的招式突然有些凌乱。

"师傅，我们今晚能否动手？"姜宸的声音几乎听不到。

"保险吗？"

"保险。"

"你还是觉得一个人就行？"崔晓剑脸色愈加阴沉。

"暂时不能人多。"

"万一出了漏洞，如何让老爷子放心？"

"完全可以让老爷子放心，这个地方我已经守了几个晚上，没有任何动静。里面不可能有人，有人也不可能人多。我一个人对付得了。"

"不行，万一外面有人设下埋伏怎么脱身？"

"我进去会把大门从里面拴死，除非他们也是翻墙而入。"

"那今晚我陪你去。我在外面替你守着，你就不必再担心外面有什么闪失。"崔晓剑态度坚决。

"那坚决不行。这件事目前还犯不着我们兴师动众，我们只是查看一下。"姜宸神色坚定，目光灼灼，"决不能冒险，如果把师傅赔进去了，那才是最大的闪失。我出了事，师傅还可以把我捞出来，师傅出了事，我们全得玩儿完。"

"无论如何，在外面也得有个接应，一个人风险太大。"崔晓剑的口气也斩钉截铁，不容置疑。

"好吧，我再考虑一下。"

"晚上几点行动？"

"七点左右。"姜宸立刻答道，"此时都在家吃饭看电视，声音嘈杂。时间尚早，也没人注意这个点儿会有什么事情发生。"

"进去了发现有人怎么办？"

"发现了马上再出去，不接茬，不撕扯，不纠缠。"姜宸嗓音依旧很低，"我已经打听清楚了，里面的住户是个退休工程师，六十出头，身体强壮，但不会武功，人也老实。"

"你不是说他有个儿子吗？会不会正好在家？"

"没有，我也联系过了，有儿子媳妇，现在都在省城，没有回来。"

"是不是这个家伙已经发现什么了，一直闷在家里一个人在地下捞货？"

"只能进去查看了才知道。"姜宸对答自如。

"如果进去后，有了重大发现那就按我们商量好的办。"

"明白。"姜宸坦然自若。

"市公安今晚会不会也要搜查那里？"

"不会，他们也是今晚行动，但最早也得到十点以后了。"

"消息可靠？"

"可靠。即使提前行动，他们的目标也不可能找到那里，他们只知道有可能在那个区域。"

"但他们人多，一起动员，行动会非常迅速。"

"所以我们今晚必须动手，不能再等。如果让公安搜查到目标，再一网打尽，极有可能让我们前功尽弃，让我们所有的努力都付之东流。"

"好吧，我一会儿再和老爷子商量一下。"崔晓剑终于定了调子，"你回去马上准备，等我电信手机的微信。如果给你发一束鲜花，你就开始行动。如果是晚安，就取消行动。别的明天再说。"

"师傅，明白。"

"如果行动，我会给你配备一个人过去，你不要问他是干什么的，也别跟他说话，只管让他跟着你就是。"

"明白！"

崔晓剑赶到父亲崔铭化的文物商店时，正好下午三点。

父亲午睡起床的时间。

崔晓剑走进屋里时，不禁有些吃惊。父亲精神矍铄，目光锐利，正端坐在那把木椅上，静静地等着他的到来。

看父亲的面容，并不像刚睡醒的样子。

崔晓剑分外诧异。父亲的午睡在他有记忆以来，几乎是雷打不动。

是不是父亲有了什么预感，觉得有重大事情要发生了？

这些天，崔晓剑有什么事情都要及时同父亲商量。父亲的思维是缜密的，越是有重大情况，考虑得越是深沉细致。深谋远虑，老成精到。

即使是在最紧急的时刻，父亲也能酣然入睡，谈笑自若。

然而今天确实有些异常，父亲竟然一反常态，端坐直视，凛然厉肃。

父亲一定是要做出什么重大决定了。

"爸爸，你没午睡？"崔晓剑小声问了一句。

"晓剑，情况是不是有变化？"崔铭化直奔主题。

"有些变化，但还不到见分晓的时候。"崔晓剑到了父亲这里，宁可把问题说得更严重一些，"公安部和公安厅也插手了，下一步可能对我们非常不利。那个卖出去的物件他们也已经查明，认定就是那起盗窃大案。"

"公安部什么时候来？"

"明天下午。"

"那么说，市公安局马上就要行动了？"

"是的，爸爸。"崔晓剑暗暗称奇，父亲果然料事如神。

"那个佩件他们查到哪一步了？"

"人都死了，我们把线索掐了。"

"掐不了，公安部的人憋屈了这么多年，这次他们一定不惜血本。"

"他那老婆孩子都已经改名换姓，安置到国外了，现在全世界没人知道他们住在哪里。"崔晓剑悄悄向父亲瞄了一眼。他突然觉得这话很不靠谱。

"你知道，他们就会知道。"父亲声色俱厉。

"他的父母和岳父母确实不知内情，这个可以保证。"

"准备收手吧，不能深陷重围才想着脱身。"崔铭化似乎在下命令。

"爸，情况还没有那么差。"

"别十面埋伏了，再霸王别姬。"崔铭化语气决绝。

"公安部公安厅来人查处地下文物大案，这对龙飞大道工程恰恰是一个强力掣肘，这对我们的计划其实是重大利好。"

"等他们发现了新线索，所谓的重大利好立刻就会变成我们的灭顶之灾。"

"可靠消息，他们现在什么也没发现。"

"消息可靠，公安部公安厅就不会来人了。"

"他们只是推测，市公安局今晚也只是搞排查，根本没有目标。"

"如果是假消息假象，摆个迷魂阵让你上钩呢？"

"……"崔晓剑一下子愣在那里，没想到老爷子会这么想。他突然想到了姜宸晚上行动的事情，会不会也是个圈套？不可能，他立刻否定了这种猜测。"爸，如果是假消息，晚上就不会调集那么多公安搞排查了。"

"地方党委政府最不发愁的就是人，最发愁的就是上面领导不满意。上面领导要是把哪件事当成了大事，下面为了办成大事，给领导一个交代，会不惜一切代价，人力物力他们有的是。"崔铭化一语破的，凛若冰霜。

"这个我懂，爸。"崔晓剑有些着急了。

"你还是不懂，干我们这一行的，不能贪念太重。"

"现在撤出来，我们损失太大。"

"留得青山在，不怕没柴烧。"

"爸，我们前后三个亿的投资啊。"

"就是三十个亿，该撒手也得撒手。"

"爸！"

"从明天开始，一个月内，必须全部撤出，就这么定了，别讲任何条件。"崔铭化语气决绝，不容置辩，"龙飞大道工程在前面已经逼得我们无路可走，公安部再从后面杀过来，会让我们无处可逃。"

"我算过了，一个月内我们连一个亿的本钱也收不回来。这还不算我们阻止龙飞工程的投入，爸，从目前看，我们仍可以放手一搏。"

"一个月的时间已经够冒险了，再往后拖，我们一家三代都会死无葬身之地。"崔铭化的口气突然软了下来，"儿子，你要听话。"

崔晓剑不禁愣了一愣，一瞬间他发现父亲竟已经是那样地苍老羸弱。

"晓剑，我算过了，我们没有更多的时间了。再晚，我们真的就没时间了。老天爷已经额外垂顾我这一家人了，我不想到了这把年纪，再给我的一家招来血光之灾，杀身之祸。"崔铭化分明动了感情，言近意远，把自己的顾虑和盘托出。

"爸，我们今晚七点有个行动。"崔晓剑下午过来原本就是要给父亲报知情况的，没想到父亲对整个局面的态度竟然如此令人沮丧。想了半天，还是觉得晚上的行动无论如何也必须让父亲知晓。

"还是那些夯土的事吗？"

"是。我们已经找到了出土的地点，在一个职工独家小院里。"

"不是好多天都没动静了吗？"崔铭化表情淡漠，无动于衷。

"是，快一个星期了。"

"你怀疑这个人找到源头了？"

"有可能。"

"公安局也这么认为？"

"是。市公安局已经在另外很多地方发现了这些夯土，对这些夯土他们也做了分析。现在他们基本确定了区域，正在查找那个位置。很有可能在一两天内找到那个地方。"

"放弃吧，晓剑。"崔铭化突然说道。

"为什么？"崔晓剑一惊。

"你知道的，那可能不是我们的目标。"

"离我们的目标只有几百米。"

"我细细看过，那些夯土都是城墙夯土，不是宫墙夯土，更不是佛殿、寝殿、陵殿夯土。"崔铭化瞬间又变得目光炯炯，言辞灼灼，"公安局如果不是有诈，那就是找错了目标。这里即使有什么东西，也肯定不是我们要的货源。我们不需舍大求小，抓了芝麻，丢了西瓜。尤其不必冒这么大风险，坏了大局。"

"爸，我们商量过了，安全没问题。"崔晓剑很坚决，"我们进去只是看看，有问题或者真的什么也没发现，就马上出来。如果有发现，也决不逗留，出来研究分析后再说下一步怎么办。"

"研究分析什么？"

"如果确实是宫墙夯土，挖透了后，会出现什么？难道真的与我们的目标没有关系？如果确实是一面宫墙，那挖进去了会不会又探出一个宫殿来？还有，万一是个通道呢？会不会就连着我们的目标？如果里面真的是空的，那还需要再往外运送渣土吗？再如果，这个人顺着通道找到了我们的目标，那岂不是早就在抄我们的后路，早就谋算了让我们白忙一场？"

崔铭化沉默了，良久无语。

"如果真的有这样一个通道，那我们完全可以舍远求近，歪打正着，最终让我们大获全胜，满载而归。爸，说不定真的是时来运转，柳暗花明。"

崔铭化再次沉默不语。

"还有很重要的一点，这个院落并不在龙飞工程前期的探测范围。如果这里有了重大发现，并且与我们的目标一致，爸你想想，这又会是一个什么局面？我们完全可以跳出他们的视线，从这里用很小的代价，获得最大的回报。同时也更安全，更出其不意。"

"你不是说市公安今天晚上就要开始行动？"崔铭化问了一句。

"爸，他们只是排查，我们已经分析过了，排查到这里，最晚一个星期，最早也得一两天。如果我们在别的地方搞些假动作，吸引他们的注意力，需要的时间可能会更多。"崔晓剑双目焦灼，一脸急切，

"爸，这个机会决不能放过，否则我们会后悔一辈子。"

崔铭化正襟危坐，陷入沉思。

"今晚的行动我暂不参与，不会出什么大事的。退一万步说，如果人被抓了，顶多也就是个小偷小摸，我们很快就能把人捞出来。"

"晚上几点？"崔铭化终于说话了。

"七点。"

"派了谁去？"

"姜宸。外面还有一个放哨的，他俩互不照面。"

"好吧，今晚我不睡觉，事成出来后马上告诉我。不要打电话，你和姜宸直接过来就是。"

"好的！"

……

南翔胡同43号。

姜宸轻轻落进这个院子时，时间正好七点整。

姜宸对这里的电子眼、监视器早已了解得一清二楚。

一切无懈可击。

他从四米多高的砖墙上翻越进来，无声无息，像一只黑色猎犬。

姜宸屏声敛息，静静地蹲在院子里，久久一动不动。

院子不大，水泥铺就，四四方方，规整坚实。

一座精致的二层小楼，坐南朝北，简洁明快。

所有的窗户都看不到灯光，整栋小楼被笼罩在微微的月色里。

院子里很静，静得让人窒息。除了院外远处隐隐约约的车响和话声，院子里沉寂得像是在深山野谷。

大门旁是个厢房，里外通透，像个简易库房。厢房里放着一辆工具车，不大不小，载重量估计一吨左右。

姜宸一下子明白了，一直没查找到的运送车辆，原来在院子里放着！

车在这里，人呢？

姜宸突然警觉起来。

是不是他一进来时就被发现了？

好像没有。

刚才翻到墙头上时，就发现整个院子里没有任何动静。

主人会不会出外吃饭去了？

不会。

姜宸五点多就过来了，院门一直锁着，没有人出入。

其实快一个星期了，院门一直就这么锁着，好像一直没有人出入。

前几天，姜宸曾看到院子大门上贴着个字条，上面写着一行字：

老贾，工地上要用车，你看到了马上与我联系。

陈

看了字条，姜宸知道了这个院子里的主人姓贾。

第二天姜宸再来时，字条不见了。当时姜宸以为他们肯定是联系上了，贾把车还给了陈，就把字条撕掉了。

工地上要用的车，大概就是这辆车。

这辆车居然还在。

时间是好几天以前了，那就是说，几天前这个老贾就不在了？

那个姓陈的呢？也没有再来？他们之间莫非不用手机电话联系？

姜宸想到这里突然怔住了，他再次对自己的推断大吃一惊。

什么年代了，怎么会不用手机？

如果手机没联系上，敲门也没敲开，字条也没回应，难道这个老贾出事了？

见鬼了，这个老贾去哪里了？

真的失踪了？

让人给劫持了？谋害了？坑杀了？

姜宸久久地愣在那里，不知道下一步该怎么办。

半个月前，姜宸在他们的农田附近发现了倾倒的夯土。

这些夯土姜宸原以为是自己人干的。一定是他们偷懒，才悄悄把挖出来的夯土倾倒在附近这些农田里。

姜宸很快就知道自己的猜测和判断错了。

这些夯土绝对不是自己的人倾倒的。

这种夯土根本就不是自家的地方挖出来的渣土，自家的地方也不会有这样的渣土。

他把这个情况马上告诉了崔晓剑，崔晓剑听后顿时也目瞪口呆。

几乎就是一个晴天霹雳。

竟然有人与他们在同一时间、同一区域，不期而遇、不谋而合地在地下偷挖盗掘！

目标也会是同一个吗？

崔晓剑立刻让姜宸纠集了五六个可靠的手下，在查找到的几个倾倒点整日整夜蹲伏守候。

一个星期后，他们终于等到了这辆倾倒渣土的车辆。

他们不想打草惊蛇。

看到车辆后，只是远远地盯着。

等把渣土倾倒完毕，他们立刻小心翼翼地紧随其后。

在远处看不清是个什么样的人。

直到这个人和车一起进了这个院子。

他们记住了门牌号，也记住了这个院子的位置。

市区中心，四周都是清一色的平房和早年的四层五层的预制板住宅楼。

老市区，也是旧房改造区。

看清了目标，回来立刻给晓剑做了汇报。

一天后，崔晓剑给了他最后的决定：不能贸然进去，一定要等这个人再出来时，再悄悄走进院里去查看他究竟在干什么。

是一个人，还是一伙人？

是在盗掘文物，还是在做什么工程？

比如，是不是在偷挖地下室或者地下车库？

查清楚了，再考虑下一步。

然而这个院门自此以后好像就没有再打开过。

等了一天又一天，直到一个星期过去了，这个车辆也没有再开出来。

一直等到今天晚上的七点，姜宸翻墙而过，轻轻跃进了这个院子里。

姜宸不能打手机，崔晓剑嘱咐过的，这是死命令。

主意要自己拿，一切都必须自己做主。

考虑了几分钟，姜宸做出了决定。

他慢慢靠近小楼的大门，轻轻摁了一下开关，没有任何动静。

一道坚固的防盗门，想打开它并非易事。

他轻轻移动到窗下，仔细看了看，两扇窗户都被防护栏牢牢封死。

二层的窗户也一样，防护栏精致而坚实。

想破窗而入，也绝非易事。

这个楼主人一定精明强干。

姜宸环顾四周，静静打量着整栋小楼，看到楼房东侧有一个通向楼顶的铁梯。

一条很结实的绳索从楼顶自上而下悬在梯子一旁。

微风中，这条绳索微微抖动。

姜宸拽了拽绳索。

绳索滑溜，坚韧。

看来有人经常在使用。

姜宸再次屏息静听。

幽暗昏黑的楼房像凝固了一般僵硬死寂，依然听不到任何动静。

姜宸像只壁虎，嗖嗖几下便踩着铁梯悄无声息地爬上了楼顶。

楼顶上视野开阔，豁然开朗。

这一片区域，这栋小楼并不显眼。

放眼看去，远处的房屋高高低低，绵延起伏。

小楼的四周几乎都是平房，站在楼上，近旁的住宅院落尽收眼底。

楼顶宽阔平整，楼顶周边高台垒砌，姜宸蹲下环顾四周，几乎被完全屏蔽。

即使是白天，四周院落里的住户，也不可能看到姜宸的身影。

铁梯旁边有个支架，绳索缠绕在上面。

姜宸用手搋了搋支架，同样非常牢固结实。

姜宸转过身来，在微微的月光下，默默地盯视着楼顶中央。

一个老式带摇把的水井吊水辘轳稳稳地支在那里。

姜宸心头突然一震。

水井辘轳四旁整整齐齐地放着几个土筐。

就近一看，筐子里满满的全是夯土。

正是他们在农田四周发现的夯土！

姜宸止不住怦然心跳。

水井辘轳下方对着一个不大不小的天窗。

天窗敞开着。

天窗里面一团漆黑，深不可测。

摇把辘轳上缠绕着的绳索顺着天窗口直直地垂向楼内。

天窗旁边装满渣土的筐子，看来都是从这个水井辘轳上摇上来的。

摇把有杠杆的作用，把这些土筐吊上来，用不着很大的力气。

土筐吊上来后，再从楼顶旁的支架上把这些筐子一个个吊放下去。

省力，干净，隐蔽，很难被人察觉。

一个绝妙的办法，确实动了脑子。

看来这个房主不仅内行，而且智慧。

姜宸附耳静听，楼内依然一片死寂。

天窗是敞开着，一股刺鼻的味道扑面而来。

一种不祥的预感让姜宸心头再次发紧。

姜宸至此也终于明白了房主是用什么方法挖掘和运送这些渣土。

姜宸刚进到院子里时，还纳闷看不到任何痕迹。

没想到渣土都是这样吊拉出来，再运送出去的。

原来是这样。

姜宸再次俯身静静停了几分钟，楼内确实没有任何声息。

他打开手机上的手电筒，对楼内细细查看了一番。

天窗直接从楼顶通到一层大厅，一层通二层的楼梯设置在楼房中间。二层有一个连接天窗的横墙，人可以通过墙上的挂梯上升到楼顶。

手电筒照了许久，楼内依然没有动静。

姜宸不再犹豫，直接从天窗进入了楼内。

二层的几个房间都紧闭着。他一个一个打开看了看，除了中间的屋子是住人的，其他房间根本不像有人住的样子。

一楼也一样，空空荡荡。

客厅，厨房，整栋楼房都干净整齐得让人吃惊。

楼主绝对是一个十分讲究的家伙。

这样讲究的人，应该不会是一个文物盗窃贩子。

这栋楼房如果仅仅是用来盗挖地下文物，决不会布置得这样精致优雅。

楼主是个退休工程师，但实际究竟是干什么的？又想干什么？

客厅里电视机旁的网线装置一晃一晃地闪烁着荧光。

姜宸明白楼房里用电正常，但他始终没有开灯。

他看了看时间，已经快一个小时过去了。

八点左右，正是街坊邻里串门的时间。

太危险了，决不能开灯。

楼主呢？

楼主现在会在哪里？

会在楼下吗？

姜宸一个人在幽黑的楼内活似一个鬼魂。

即使此时有人闯进来，也很难发现他的存在。

他静静地站在那里一动不动，屋子里死寂得让人窒息。

仍然听不到任何声响。

楼里呛人的味道再次让姜宸感到惶恐不安。

顺着刺鼻的味道，姜宸终于发现了客厅旁的一个储藏间。

储藏间不大，有七八平方米。

走进储藏间，姜宸一下子怔住了。

足有四平方米的一个大坑赫然显现在眼前。

坑内的气味更加浓烈。

隐隐约约地好像还夹杂着一股腐臭味。

姜宸犹豫了一下，然后慢慢向坑内一步一步移动。

越往下走，气流越凌厉。

手机手电筒的微光摇摇晃晃地闪烁着。

姜宸突然忍不住地哆嗦了一下，几乎惊叫起来。

他的预感终于被证实了。

一具浮肿的尸体，仰躺在过道里。

尸体面色黑紫，两眼圆睁。

一股冷风从尸体旁的一个巨大窟窿里呼啸而出，寒意阵阵，阴气逼人……

二十二

龙兴市的早晨，与美丽的人间四月天似乎毫不搭界。

龙兴中心大街上一片散乱，各种小吃早点都摆在了街面上，让拥堵的商业街更加繁杂纷乱。吃剩的饭盒、纸袋、餐巾纸，四处散落，一片狼藉。

辛一飞和司机在一个油条豆腐脑摊上，一边吃，一边打量着身旁各色各样的顾客。

刚来了没多久，还没人认得出他来。趁机在小摊上吃饭，也算一大乐事。

这是个人口密集的地方，生意看来不错。一茬一茬的顾客来来去去，基本没什么空位置。饭铺口还排着队，不少顾客都是买现成的。塑料盒盛豆腐脑，塑料袋子装油条，老顾客老熟人很多，见面互相聊几句也不设防，嘻嘻哈哈，口无遮拦。

"掌柜的，听说你这铺子也做不了几天了，哪天拆呀？"问话的是个老者。

"没接到通知呢，听居委会的说了，过几天要填表。"应声的大概是饭铺老板。

"那就快了。听说新来的那个总指挥是个狠角色，明年十月前竣工。"

"就是强拆呗，刀把子在人家手里。"

"穷折腾。"

"会给补偿的，听说。"另一个人接了话茬。

"屁，这种话也信？"

"那也不能无法无天吧。"

"法律是给老百姓定的，这也不懂？守法的是民，执法的是官。"又一个人插话。

"那个姓辛的就一招，先拆了再说，反正政府没钱，不服你就告去。"

"好像在吴浙县就是这么干的。"

"一帮狗官，有几个好的？除了欺负老百姓，还能干什么？"

"我怎么听说这个辛一飞还可以。"另一个人也插了进来。

"可以？可以怎么会落选呢？"

"拿选票的都是当官的，当官的把他选下去了，不就证明还可以？"

四周一阵哄笑。

辛一飞的司机也止不住笑了起来。

辛一飞没笑。笑不出来。

辛一飞从早上五点多开始，一个人带着司机小杨一直在龙飞大道两旁的小街小巷走访查看。

司机小杨开的是一辆老旧桑塔纳，在小巷里转来转去，不会引人注意。

辛一飞的皮鞋满是尘土，身上的衣服也已经泛白，没人能想到他会是一个市委常委，工程总指挥。

今天来的这个地段，是一个非常复杂的区域。住户杂，人口多，拆迁难度大。这个地方刚开始摸底，就已经暴露出各种各样的矛盾冲突和诉求。

事实上，有关拆迁的事情，现在也用不着发布什么安民告示之类的东西，决定了什么还没等你宣布，网上早已沸沸扬扬，人人皆知。

辛一飞对此非常清楚。刚才几个人的议论，其实就是这种反映。

现在的领导干部不好当，这可能也是主要原因。因为不论干什么，你一出手就已经被包围在老百姓的监督之中、舆论之中。过去你干好干坏，老百姓怎么议论，你常常不太知道，或者可以假装不知道。现在不同了，干得好大家就会说好；干得不好不坏，大家的评论也会不好不坏；假如你干得不好甚至很差，立刻就会成为过街老鼠。除非你还是过去的那种思维，或者满不在乎，任凭别人怎么说也脸不红心不跳；或者倚势凌人，硬生生地把舆论压下去。

或者，就什么也不干。

自己被破格调到市里来，是不是也是这个原因？

没人肯干的事，才让你来干。你干好了，大家一起叫好。干砸了，你一个人背锅。

难道不是？这不，刚来了，就落选，好在民间还有替你说话的明白人。好好听听老百姓的骂声，假如这工程干不好，这辈子所有的政绩统统得归零，连你的祖坟都能让人给刨了，让你死都死不安宁。

就算觍着脸想活着，老百姓的口水也能把你淹死。

实话实说，在现在这样的环境里，想干事，想干成事，干成好事大事，实在太不容易了。左的右的，上面下面，赞成的反对的，有大声叫好的，也有跟你拼命的，让你防不胜防。知道难，但没想到会这么难。

烦心的事时时有，今天来的这个地方，就让他忧虑重重。

具体拆迁方案还没有定下来，这个地方就有十几个人找上门来，什么理由也没有，就是坚决反对在此地拆迁。

其中五六个人，态度尤其坚决。说如果政府强行拆迁，他们就一起死给政府看。

他们对如何补偿的政策条款问都不问，考虑也不考虑，一口咬定，就是不能对他们的住宅进行拆迁。

怎么回事？听到工作人员的汇报，辛一飞觉得匪夷所思，实在想不出这里面到底存在着什么问题。当然，肯定有目的，也肯定有利可图，否则这些人不会这么干。

会不会这些人的住房都是学区房、临街房和铺面房？

这些房子都正在高价出租，因此任何拆迁补偿都微不足道，得不偿失。因此反对声音最大、最不满意的大多数都是这些人。

这些情况必须搞清楚。

辛一飞让社区把这几个人的地址一一找到，也没打招呼，今天一早就出来了，他要亲自来看看，亲自见见这些当事人，面对面地与他们谈谈。免得下一步拆迁条例出来，这些人拒不执行，而你又根本不清楚他们的要求，最终酿出什么意想不到的事端。

让辛一飞没想到的是，这个小区居然是个破破烂烂、脏乱差窄到无法想象的地方。

真见鬼了，住这种地方的人怎么会反对拆迁？这里面究竟藏着什么样的猫腻，看来确实有必要搞清楚。

要找的第一家，登记的是两个人的名字，估计是两口子，一个叫乔明虎，一个叫赵艾云。

找了好半天才找到。

一个非常杂乱的小区。大都是七八十年代的预制板楼，可能都是当时机关单位的急就章，自筹自建，非常便宜，但安全隐患多多，尤其是抗震度很低。现在一般的楼房也是七度八度抗震设防，而那时候能有五度六度就不错了。

这几年辛一飞在吴浙县，对这类老旧的预制板楼房做了硬性规定，属于必须尽快拆迁改造的 C 类住宅。这类住宅一般都是先砌好砖墙，再把提前做好的预制板摆放上去。有些承担预制板的砖墙只有四五厘米宽，看上去没什么毛病，但稍稍有个摇晃，预制板一旦错开就会整体垮塌。

确实属于非常不安全的住宅，再加上年代久远，当时的安检也不过关，所以像这样的小区必须尽快列入危房改造区。

龙兴市属于地震活跃带，一想起这个话题，辛一飞心里顿时就压抑得喘不过气来。

辛一飞来市里之前大致了解了一下，像这样的房子，还有其他急需改造的市民住宅，要占到整个市区的三分之一，甚至更多。

而龙兴市区包括外地大学生和打工族，登记在册的常住人口有五百多万。没有登记的流动人口也极可能是个天文数字。

这就是说，在龙兴市，每时每刻都有二百万人处于危险之中。

他这个主管市政建设的市领导，任重如山。

他需要了解的情况太多太多了。

眼前找到的这一家就让他十分震惊。

武山小区 11 号楼。

这个 11 号楼就是一个典型的老式预制板楼。

这一家居然住在这个板楼的第七层！

辛一飞一看就明白，这个楼房原来应该只有五层，上面两层明显是后来加上去的，这是非常不合格也是非常危险的住宅。按说这样的住宅现在已经不允许存在了，属于最高等级的 D 级危房，是最符合标准的急需安置的拆迁对象。他们究竟是不清楚，还是存心闹事？难道他们真的会不知道，拆迁后，他们得到的安置房，要比这好得多，宽敞安全得多，将会是一个天翻地覆的跨时代变化，为什么要反对？而且是誓死反对？

大门紧闭着。过去的那种老式木门，陈旧而又破败。

辛一飞好半天也没敲开门。正准备离开了，门吱扭一声打开了。

开门的居然是一个残疾男孩，有十二三岁。辛一飞扫了一眼，发现这个孩子居然少了一只胳膊，还有一只脚好像也有问题。

房子不大，通透一大间，不足二十平方米。

屋子里一股刺鼻的味道，让人难以忍受。没有沙发座椅，一张大床旁边支着一张双层铁架床，把屋子里挤得满满当当，看来家里至少住着四五个人甚至更多。过道里堆满了杂物，啤酒、饮料、矿泉水空瓶、废旧报纸、书本、纸板，横七竖八，一片狼藉，一看都是捡来的日用废品。

这样的家，不需要什么安全门。

不会有什么小偷来这里偷东西，家徒四壁，没有一样可偷的物件，连电视机也是老式的箱体机。

这个家是卖废品的？

卖废品的怎么会住在楼顶？

孩子很瘦，十分警惕地看着两个来客。

"家里就你一个吗？"

孩子怯怯地点点头，问："你们找谁？"

"爸爸妈妈呢？"辛一飞压低了嗓音。

"出去了。"

"哪里去了？"

"去市政府了。"

"市政府？"辛一飞一怔，"去市政府干吗去了？"

"有人叫去的呀。"

"有人？谁呢？"

"你们是干什么的？"小孩愈发警惕。

"我们就是市政府的呀。"辛一飞尽量让自己的声音柔和起来。

"他们找市长去了，你又不是市长。"

"我就是市长派来的，你爸爸妈妈找市长干吗呢？"辛一飞不想对一个孩子撒谎。

"市长派来的？"小孩瞪大双眼，疑虑重重。

"对啊，我就是市长派来的，专门来找你爸妈商量事情的啊。"

"可他们刚才出去了，那怎么办？"

"你有手机吗？能不能把他们叫回来？"

男孩摇摇头。

"能记住他们的手机号码吗？我给他们打过去。"

孩子再次摇摇头。

"那你告诉我，爸爸妈妈找市长什么去了呢？是有什么要求吗？"

"有要求啊，就是不想让他拆我们的房子。"

"为什么呢？"

"因为这是别人家的房子，拆了我们就没地方住了。"

辛一飞一下子愣在了那里。

原来这样！

"你们这房子是哪里的呢？"辛一飞又问，"是租的别人的房子吗？"

"爸爸说了，我们租不起房子，这房子是给人家打工才让住这里的。"

"打工？给谁打工？"

"就是给人家饭店打工啊。"

"饭店？你爸爸吗？"

"对啊，我爸爸，还有妈妈、姐姐，都给饭店打工，就是哥哥在上学。"

"一家人都在这里住吗？"

"都在。"小孩大概也感觉到屋子里太挤了，有点难堪地说，"爸爸说，哥哥今年上了大学就不在家里住了。"

"你姐姐多大了？不上学了？"辛一飞也不明白自己为什么要这么问。

"姐姐今年本来要上高中的，可爸爸说姐姐学习不好，就让姐姐去打工了。"

"那你呢，怎么也没去上学？"

"爸爸说，姐姐挣了钱，我就能上学了。"

"爸爸妈妈姐姐都在那个饭店打工吗？"

小孩点点头。

"这房子是饭店让你们住的？"

"对呀，爸爸妈妈姐姐都在那里打工，所以就让我们在这里住了，我们这个楼，上面这两层住的人都是在饭店打工的。"

辛一飞再次吃了一惊，这两层添加的楼房居然住的都是打工族！

原来这两个楼层，就是饭店专门为临时工准备的住宿楼。这一家人都在饭店打工，所以饭店就让他们在这里居住。于是，他们这一家人全都挤在了这里。

难怪感觉这个房子根本不像住宅，原来就是一个集体宿舍。

"你们家原来就没房子住吗？"

"有啊，我们家原来在马路那面的小区里，因为市里要盖新房子，就让我们搬出来了。"男孩可能因为身体残缺，记忆力和表达能力反倒很强。

"那市里没给你们家安排新的房子吗？"

"爸爸说，市里给了钱了，让我们自己买房。"

"那为啥不买房呢，要住在这里？"

"钱都给我治了病了。"

"给你治病？什么病？"

"脊髓炎？"辛一飞突然明白小孩为什么少了一只胳膊和一只脚。

"现在好多了。"小孩子突然低下头来，声音也变得很小，"家里花了好多钱，现在还欠着债。"

"那你爸爸妈妈就没有工作吗？"

"听妈妈说，爸爸原来有工作的，后来给划成超生户了，就没有工作了。"

"那你妈妈呢，也一直没工作？"

"妈妈是农村的，前几年妈妈和我们的户口才转过来。"

辛一飞一下子明白了，久久无语。

原来这样！

辛一飞突然意识到问题的严重性。

这样的一家人，真的最需要拆迁、最需要安置。但如果这次被拆迁了，恰恰是他们什么也得不到，损失又最大。

所以他们真的会拼命反对，以死抗争。

真是一个怪圈，最应该支持你的反而最反对你。

看上去繁华兴旺的龙兴市，类似的情况还有多少？

要是不下来，还真的了解不到这一层。

辛一飞临走的时候，给小孩写了一张字条，上面写了他的名字和手机号码。

"爸爸妈妈回来了，让他们给我打电话，好吗？"

小孩疑惑地看着手中的字条，默默地点了点头。

辛一飞觉得这一趟没有白来。

第二家主人的名字叫陈喜可。

陈喜可家挺好找，下了那栋楼，一拐弯就到了。

是个小四合院，看样子有四五户人家。都是小平房，各家收拾得还算整齐。说是小院，其实已经没有什么院子了，每家延伸出来的厨房、储藏室、杂物室把整个院子挤得只剩下了几个过道。

这种院落辛一飞没觉得有什么稀奇，现在城市里这种亟须改造的小区有很多，所说的旧城改造，指的就是这类城区。

这类城区的改造，遇到的也是同样的问题。亟须改造，但阻力很大。

开门的是一个七十岁左右的男性，清瘦，驼腰，身体看上去还算结实，说话声如洪钟，估计耳朵不大好。屋子不大，收拾得很干净。

报了姓名，说明了来意，老人显得十分坦然，开门让座，还给倒了一杯热水。

"老陈多大年纪了？"辛一飞问道。

"七十一。"老人答道。上午八点左右，住户大概都上班去了，院里家里很静，于是老人的大嗓门也就显得更加响亮："同志你在市政府管什么的啊？"

老人显然并不知道坐在眼前的辛一飞是谁。

"管规划的，负责咱这一带的工程。"辛一飞的嗓门也非常大。

"就是修路那个工程吗？"

"对，就是要修路，提前要搞规划。"

"这工程已经定了吗？"

"对，市委市政府已经定了。"

"不能再往后推迟一段时间吗？"老爷子的嗓音更加刺耳。

"为什么呀？"

"再能拖个一年半载的，事情可能就过去啦。"

"你家里的事情吗？"

"对啊，没办法，家里这会儿转不开。"

"什么事转不开啊？"转不开就是缺钱，手头紧张，辛一飞听得懂。

"儿子刚买了房，孙子也都在上学，他们也指望不上。"

"老陈你应该有退休金吧？"

"有。一个月两千一百三十块。"老人记得很清楚。

"老伴呢？"辛一飞没敢问老伴在不在了，只问老伴的退休金多少。

"老伴也有退休金，一个月八百七十块，差不多小一千。"

"怎么这么少呢？"

"已经不错了，她原来就没有养老金，这还是政府后来给补的。"

"什么原因哪？"

"我插队的时候，她跟我结的婚。——年的时候，才把户口转过来。"

"她原来什么工作？"

"原来在县水墨厂当工人，后来企业破产了，就让厂里买断工龄退休了。厂里并没钱，政府就把他们划给了社保。他们那里的社保养老金都一样，就这么多。"

"那怎么——年才回来？"

"她父母在县里，就她一个女儿，年龄大了，没人照顾，她离不开。儿子在我这里，我也离不开，所以就一直拖到现在。"

"这样啊。"辛一飞感觉这样的情况很多，也不应算特困户，"工资在哪里领啊？"

"县里到了月头就打到卡里了，方便。"

"你们俩一个月差不多三千块，也还够用吧？"辛一飞话一出口，突然觉得自己很残酷。

"唉，怎么说呢？"

"你说吧，如果确实有困难，政府帮你解决。"

"我的困难政府解决不了。"

"什么困难，说来看看。"

"不瞒你说，我是支持政府的。"老人实实在在，并不隐瞒自己的观点，"这条路也该修了，吵吵多少年，大家都盼的事。"

"那你为什么要去政府表示反对呢？"

"没办法，家里有困难啊。"

"我也给你说实话，我就是负责这个工程的，有什么困难我一定帮你解决。"辛一飞很认真地说道。

"感谢政府，感谢政府。"老人家不像是说假话。

辛一飞有点发蒙。老人吞吞吐吐，这是怎么回事？

这时候，辛一飞突然听到里屋窸窸窣窣的声响。

屋里原来还有人。

"老人家，家里还有人呀。"辛一飞往里屋看了看，"是老伴吗？"

"对，是老伴。"

"身体不好吗？"辛一飞突然意识到了什么。

"……她回来以前就一直有病，因为要照顾父母，她也不说，我也不知道。直到父母去世了，才知道她也有了病。"

"什么病？"

"刚开始说是乳腺增生，就没当回事，后来检查才说是乳腺癌。"

"做手术了吗？"

"做了，后来又转到肺里了。"

"哦？"辛一飞看着老人饱经风霜的脸，一时无语。老人很平静，沉沉的，木木的，脸上看不到任何表情。

"这是什么时候的事？"

"回来的那一年就做了全切手术，第二年说是转移了，开始化疗。化疗了几个月，也没有什么明显效果，再后来，医院说不要治了，让回去做保守疗法。回来住了一个多月，看看人就不行了，大医院又不接收，我们就找了个中医诊所。就这么一直治到现在，时好时坏，已经几年了，人家说，已经是奇迹了。"老人的嗓门依旧很大，声音震得满屋子嗡嗡作响。

"现在的情况怎么样？"

"大夫说了，好了能撑到年底。不好了，也就是三两个月的事。"老人还是那个样子，脸上看不出有什么哀愁悲伤，仿佛说的是别人家的事。

"这些情况，老伴知道吗？"

"知道，都到这份儿上了，她啥也清楚。"

"这病到晚期了，很难受的啊。"辛一飞禁不住问了一句。

"就是疼，还有憋气。过去十天半月得到医院抽一次胸积水，现在五六天就得去一次。医生说了，要是还想化疗，那就再接着化疗，积水可能会少点。我和老伴商量了，老伴也同意，以后就不再化疗了。

除了去医院抽胸积水，其他以后就对症开药。如果疼得厉害了，就让医生开点止疼药。如果咳得厉害，就用咳嗽药。前几天大夫说了，你得准备准备了，给我开了几盒杜冷丁，还有吗啡。现在还没有开始用，大夫说，这种药一用就停不下来了。不管怎么说，这辈子到头了，家里再紧，也不能让她再这么遭罪走了。"

听到这里，辛一飞也就明白了，两口子这点退休金，如何经得起这种劫难？像这种病，得花掉家里多少钱啊。父母双双亡故，孩子前几年又买了房，孙子还在上学。真是多灾多难，雪上加霜。过去是人到中年上有老，下有小，现在人到老年了，却是当儿当孙当保姆，还得有钱有力有健康。将来这一代人都不在世了，下一代又会如何应对？

像这样的家庭，政府究竟应该怎么应对？

政策都是现成的，但要是按规定办，这样的家庭可能什么样的救助条款也对不上。

该做该思考的事情太多了。

辛一飞默默地站了起来，走过去轻轻地掀开门帘。

一个很小的卧室，一张双人床占了大多空间。

一个脸色黢黑的老人静静地躺在床上。

人很瘦，颧骨高耸，显得眼睛很深很大。

大概是卧床多年的缘故，人已经萎缩得很小。

老人分明醒着，神志也清楚，只是眼神完全浑浊了，像枯干的池塘，燃尽的蜡烛。

一个很普通的老人，也是一个值得尊敬的老人。为国家默默无闻干了一辈子，几乎没有什么个人财产。三年困难时期，"大跃进""文革"一直到改革开放。学工、学农、插队，一直再到回城。该赶上的都没赶上，不该赶上的都赶上了。该上学的时候"文革"了，该上班的时候插队了。回城了，下岗了；再就业了，讲文凭了；上了班了，转合同制了；转合同制了，工厂破产了；好容易熬到退休了，养老金没有着落了。

几乎相同的经历，差不多整整一代人。

正是这一代人的牺牲，助推着改革开放的快速发展和成功。

大大小小的城市里，这一批人都已经步入老年。

眼前的老人就是其中的一个。

他老伴的遭遇更让人心疼。一辈子两地分居，含辛茹苦，超负荷劳作，照顾父母，抚育儿女。等到老了，团聚了，却得了这种倾尽积蓄也很难好转的病症。而眼前的这两个老人，恰恰没有任何积蓄。

富人得了病以钱换命，穷人得了病以命扛病。

眼前的这个老人，就这么在自己家里的床上已经躺了几年！

床头上没有什么营养品，更不会有什么进口药。

孩子不在跟前，身旁只有这么一个老伴。

辛一飞面对着这样的老人，一时间竟然感到是这样地无能为力。

辛一飞轻轻俯下身去，朝老人点点头："大妈你好！"

老人怔怔地看着他，良久，"你好。"

"我是市政府的，特意来看看你。"

"……谢谢。"

"你安心养病，不用担心，我一会儿就让医院的人来看你，有什么需要就给他们说，他们一定会想办法解决。该用药就用药，该住院还得去住院。好吗？"

老人浑浊的眼光看了辛一飞半天，"谢谢政府，不去医院了，我这病好不了了，在家里清静几天吧。只是苦了他爸了，这辈子就是对不住他啊。"

辛一飞一时无语。

老陈这时俯身过去，一边说着，一边掖了掖老伴身上的被子。紧接着突然哽咽了一下，两颗眼泪便掉了下来。"咱不说了啊，孩子她妈，领导还忙呢。咱不说了，一会儿该喝药了。"

屋子里一下子安静下来。只见老陈突然用手在脸上抹了一把，很快把泪水擦掉了。

辛一飞出了卧室，立刻对司机说道："你给秘书小吴马上打个电话，让他给卫生局局长说一下，看这地方附近有哪家医院，让医院院长带着医生下午务必过来一下。就说是我说的，这儿有个老人，马上安排住院。费用的问题，让他给我打电话。"

司机小杨点点头，马上出去打电话了。

辛一飞再回过头来时，发现老陈正一脸惊愕地看着他。

"原来你真是领导啊，不好意思啊，不好意思。"老人惶恐得手足无措，惊愕中还带有难以言表的谦恭和自责。

"老陈啊，这都是我们的工作没有做到家。是我们来晚了，像你这样的家庭，政府应该提前了解清楚的。"辛一飞尽力安慰着老人。

"昨天都是我的不是，人老了，糊涂了。"老人突然掩面而泣。

"你家的情况特殊，下一步搞拆迁，政府一定会提前安排好，老人家你放心就是。"看到老人这样，辛一飞格外内疚，深感歉意。一个工程，不管有多少正当的理由，不管你想有多快的进度，也决不能无视老百姓的实际情况和切身利益。更不能说一套做一套，强势碾压，让这些社会底层且发不出声音的弱势群体吃亏遭难。

"我没在电视上见过你，你大概是新来的领导吧。"老人一边擦着眼泪，一边难为情地说道，"政府这些年对我们已经很好了，我老伴的病，政府有医保，也没花太多的钱，如果不是医保，她哪里能活到现在。想想自己真是不该啊，真是鬼迷心窍了。"

"老陈，与你没关系，是我们的问题，我回去就让他们登门给你道歉。"辛一飞十分认真，郑重其事地说道。

"领导，你不知道啊，本来我是不想去的。"老人满脸悔意，十分自责地说着，"是他们有人来找我，他们说像你这样的情况，去找政府肯定会重视，拆迁时肯定就会多照顾。我说家里的情况政府肯定知道的，政府不会不摸底不调查就拆迁。他们说了，这次情况不一样，上面要赶工程，没时间跟拆迁户了解情况搞谈判，就是要搞一刀切。还说新来的那个管工程的，外号就叫'辛镢头'，都是先拆了再说，你现在不找他，等拆了再找他，可就不容易了。"

老人的话，让辛一飞惊诧不已。这样的家庭，居然也有人来鼓动。与刚才的那户人家，情况居然如出一辙。看来后面的这些人，应是来头不小。想到这里，他不禁问了一句："他们都是什么人呢？搞拆迁这么大的事，政府怎么会不跟大家商量呢？"

"是啊是啊，今天你一来，我就知道上当了，我还是太贪心啊。"

"贪心？"辛一飞再次感到吃惊。

"确实是贪心啊，我说不想去，他们说去了还有报酬，去一次给两百，如果能拦住领导就给三百，如果领导答应了他们提出的条件，每个人还会给更多的报酬。唉，人老了，真的是糊涂了，真是不该啊。"老人愧疚万分，悔恨莫及。

"他们都是谁？"

"你这么大领导来了，我也就没什么可怕的了。"

"你说吧，别担心。"辛一飞突然心疼起来，多少年了，还是这样，越是贫穷，就越容易被人控制。

"就是前面的那个大酒店啊。"老人隔着窗户指了一下不远处那个高层建筑，"听说他们那里也要给拆掉，所以就让我们这些人出头，其实是替他们谋利。今天你一来，我立刻就明白了。领导你放心，今后我决不会再去。这个社会我也算是过来人了，人老了，什么也别想，只能靠政府。"

"那个酒店叫什么名字？是哪家开的？"

"云翔大酒店啊，云翔集团开的，你刚来，可能还不了解，这个公司大得很，这一带的人，没人不知道。"

……

辛一飞从那个院子里出来，回了几个电话，看看时间还早，又去找第三家。

第三家登记的也是两个人的名字，一个叫王国庆，一个叫杨育红。年龄应该都不小了，一看就是五六十年代用的比较普遍的名字。

还是要多在下面走走，多听听下面的意见，看看老百姓究竟是怎么说的，怎么想的。

多年的经验告诉他，好多事情不能只听汇报。如今的基层领导，都很年轻，急于提拔，立功心切，报喜不报忧，凡事都不想让上面的领导不满意不高兴。因此不管大事小事，若想做好做成一件事，作为负责人，你要是不下来，不认真调研，闹不好，就会掉进陷阱罗网，把一把好牌打得稀烂。等你麻烦缠身，再想把情况了解清楚，真正解决问题，可能一切都为时已晚。不仅做不了事，做不成事，还会让你名誉扫地，狼狈不堪，甚至身败名裂，一败涂地，成为你仕途的滑铁卢和老百姓口中的笑柄。

掌握一手材料，获得真实情况，万分重要而又太难太不容易。

万事开头难，也许就是这个意思。

王国庆的家在大街小巷转了好半天也没找到。

司机看了几遍手里字条上记下的地址，是办公室给他提供的门牌号。字条上很清楚地记着是在78号附近，78号是一个学校。再到79号，则是一个住宅小区的门牌号。除此之外，这中间就是一个摆菜摊的地方，根本看不到还有其他地方有什么房子院子。

难道是登记错了？

司机问了一下办公室，办公室的人说，地址是他们昨天留下的，没错。

那会在哪里呢？

辛一飞又转了半天，还是找不到人住的地方。

这时办公室电话又打了回来，很确定地给司机说，核对过了，没错，就是在那个摆小摊的地方。

辛一飞看了一眼摆菜摊的地方，有点无法相信地向菜摊后面看了半天。

那是学校一侧的一个公共厕所后面，同住宅小区一侧有一个与公厕相连的空间。空间是一个狭长的过道，一边连着厕所后墙，一边连着小区的一溜高墙。这之间有三四米宽，十来米长。

辛一飞这几年搞市政建设，一看就明白这中间的过道，原本是厕所的露天粪池。这两年旧城改造、城市现代化，搞厕所革命，这类粪池都不允许存在了，露天粪池改成了地下化粪池。也就是说，厕所的露天粪池完全被封闭了，连那个像烟囱一样的通气管道也给拆掉了。旧的街区里有很多这样的空间，因为无法利用，隐患多多，大部分都被闲置，或者种了树，或者养了花，或者堆放废品杂物。

即使是市中心寸土寸金之地，也绝不会有人想把这样的地方改成住人的地方。

这曾是一所学校的露天厕所。

几十年的学校，几十年的露天粪池，成千上万人的排泄便溺。无法想象，这里面会隐藏着多少令人恐怖的病菌毒素。

这是一个不能住人，也决不允许住人的地方。大凡是个正常人，就决不愿意住在这样的地方。

让辛一飞感到震惊的是，这样的一个地方，竟然住了人！

过道上方用那种工业用的防水毡布遮了起来，然后用一块无漆的木板做了门，于是这样一个长长的过道便成了住房。

辛一飞三步并作两步走了过去，门没有上锁，也没看到门关子在哪里，门轻轻推了一下就开了。

一股刺鼻的霉味和说不出来的味道直冲而来，呛得辛一飞几乎猛咳起来。

上面的毡棚很低，低得让他直不起腰来。

因为没有窗户，或许里面外面的对比太强烈，辛一飞待了好半天才看清里面的样子。

十来米长的过道里，居然摆着三张床。与其说是床，还不如说是用砖块垫起来的长木板。

过道里没有桌子，没有椅子，没有茶几，连一个柜子也没有，更没有任何一件家用电器。

进口处居然生着一个老大不小的煤炉，煤炉上面一个被熏得黑乎乎的老式铁壶冒着热气。4月初的天气，棚子里热得足有三十度以上。

多余的衣服都在床头上堆在一起，吃剩的东西在床头上一个浅筐子里装着，上面布满了大大小小的苍蝇和飞虫。

没有任何修饰的破墙上，各种形状的残渣碎物，随时都能掉下来。

两只黑黢黢的爬虫和一只绛绿色的甲壳虫正匍匐在防水毡子上慢慢蠕动着，发出一阵沙沙的声响。

直看得辛一飞瞠目结舌。

这是个什么样的人家，能住在这样的地方？

让他哭笑不得的是，这样的住户，居然还反对拆迁！

居然还找了政府表示坚决不搬！

如果在第一家乔明虎夫妇那里听到的情况，还让他觉得情有可原的话，那这一家人的情况简直让他感到匪夷所思，不可理喻！

辛一飞怔怔地站了好半天，才发现最里面的床板上，居然还躺着一个人。他赶忙问了一声："里面有人吗？"

"谁呀？"床上人慢慢坐了起来，迷迷糊糊地朝他喊了一声。

辛一飞好久才看清了问话的是一个老太太。

老太太年纪很大了，但感觉人还利索。

"老人家，这里住的是王国庆吗？"

"是啊，你找他吗？"老人耳朵还好使，可能眼睛花了，懵懵懂懂地看着他。

"他不在吗？"

"出去啦。你有事啊？"

"那杨育红呢？是不是也是一起的？"辛一飞一边弯着腰，一边后退，想走出去和老太太对话。

"那是我儿媳妇，和国庆一块儿出去了。"老太太没有想出去的意思，她一只手扶着床板，一只手捂着腰，使劲仰着脸对辛一飞说道。

辛一飞感觉到脖子上额头上的汗珠子已经密密地渗了出来，一边用手抹了一把，一边问："老人家，他们都去哪里了？"

"拉菜去了啊。"老人依旧一脸疑惑，"你是谁啊？"

"我是市政府的，来你们家看看。"

"市政府的？"老人突然不安起来，"摆摊的钱刚交了啊。"

辛一飞明白，摆摊是要交税的，那就是说，这一家在这个地方住和摆摊，管理单位是知道的，允许的。辛一飞不禁愤懑起来，这究竟是官僚主义还是熟视无睹，竟能如此毫无人性，麻木不仁？难道就不进来看看？怎么能让一家人住进这样的地方！

看见辛一飞默不作声，老太太赶忙又解释说："昨天刚交了的，这里还有收据哪。"

"老人家我不是来收税的。"辛一飞赶忙说道，"你儿媳妇和你儿子昨天去政府了，你知道这事吗？"

老太太摇摇头，"不知道干吗去了。我只听他们说了一句，去政府好像要给发钱的。"

又是发钱！

辛一飞再次感到问题的严重性。虽然很热，老太太也不愿意出去，辛一飞索性在床上坐下了。床板很薄，晃晃悠悠的，辛一飞用脚支在地上，才能保持床板的稳定平衡。他示意老人也坐下来，但老人没动，依旧站在那里一脸不解地看着他。

"老人家，你们家几口人啊？为啥要住在这里啊？"辛一飞真想了解一下，到底是什么原因，让这一家住在这里。

"五口人。还有一个孙子上大学了，不在这里住。"老太太小心翼翼，有些畏怯地答道，"我们原来住的地方拆迁了，政府让我们找地方住，我们找不到合适的，就住这里了。"

"谁同意的？他们就没来过吗？"辛一飞心里的火气不由得就大了起来。

老太太看见辛一飞发了火，怔了一怔，赶忙给低声下气地赔不是："我们很快就会搬出去的啊，暂时再住几天，天气暖和了就一定搬出去，街道也是允许的啊。"

"老人家，这个地方不能住人啊。"辛一飞万分焦虑地劝道，"这样的地方不安全，不卫生，容易生病，特别是对老人，有很大的害处。"

老人一听辛一飞这么说，表情反倒一下子放松了："这里能住的，冬天也不冷。他们说，怕里面有味道，没关系的，过去村里的房子，也比这好不到哪里去。"

辛一飞叹了口气："那你们的家原来在哪里？"

"阳庄湖啊，拆迁了一大片，搬出来好多人家呢。"

"阳庄湖？谁家拆的你们？他们要那里的地段干什么用？"阳庄湖那个地方辛一飞去过，当时感觉是很好的一个地段，龙飞大道工程完全可以征用。没想到已经被人抢先了，会是哪一家呢？

"说是区政府同意的，你们市政府不知道吗？"老人家很费力地思考着，斟酌着，"说是要在那里搞旅游，搞房地产，还要盖一个大

248

宾馆。"

辛一飞点点头，大致明白了内中的原因。"那为啥让你们住这里呢？没有搬迁费吗？没有安置房吗？"

"有啊有啊，给得很多啊，都签了合同啦。"老太太忙不迭地说道。

"那怎么会住在这里？他们都给什么了？"

"给了一套大房子，我们都看过样板房了，现在还没有建起来呢，一建起来就交给我们了。"

"多大？"

"说是差不多有八十平方米。"

"我问实的，折给你们多少钱？"

"四间房，一个厨房，一个院子，还有差不多一亩地，一共算了四十五万。"老太太记得很清楚，"人家说了，这已经是很高很高的啦，以前还没有这么高的。"

"那八十平方米的房子算了多少钱？"

"一平方米七千多，算下来一共要付六十多万。他们说，这也是很低很低的啦，现在市面上再差的新房，每平方米也得要八九千，小一万的。"

"胡扯！有这么算的吗？"辛一飞勃然大怒。

老太太吓了一跳："真的啊，我没有骗你。"

"不是不是，老人家我不是说你。我是说他们太不像话，安置房的钱不能那么算。"辛一飞也发现了自己的失态，赶忙给老太太解释。

"人家挺好的，房子是我们自己挑的，我们要的大房子，要是小房子就不要这么多钱。"老太太很自责地说，"人家还给孙女安排了工作，都是按合同办的，一样不少。"

"那是应该的，你们为什么要住在这里？安置房入住之前，他们没有给你家拆迁租房补助费吗？你们可以用这个钱，租个好点的房子住啊？"

"人家都给啦，一个人一天补助三十块，五个人算，合一百五，已经不少了。"

"你那孙女多大了，给安排了个什么工作？"

"在饭店当服务员,一个月一千三,管吃管住,可以啦,孩子还小,刚十六,能给这么多,我们很乐意。"

辛一飞皱了皱眉头,想了想又问:"这些钱可以租个房子住啊?"

"可以啊,就是钱有点紧,孙子大学毕业还没找到工作,房子的钱也没凑够,每天卖菜,挣不了几个,还有养老金的钱每个月都要缴,一家人这点钱不够用……"

"养老金的钱?怎么回事?"辛一飞听不懂,一下子打断了老太太的话。

"我儿子两口子没有工作啊,说好的要安排工作,可年龄大了,都快六十了,也没地方要,就给他俩折算了十年工龄,还有五年得自己缴,缴满五年,他们以后就有退休金了。"

听到这里,辛一飞倒吸一口闷气,不禁呆在了那里。

辛一飞在基层工作这么多年了,这种情况还是第一次听说。这是什么样的开发商啊,要了人家房子,要了人家的地,几乎把人家一家人都赶出来了,还要让人家贴钱买房,交钱买工龄!还有,社区和街道办的人都到哪里去了?一个个的政府工作人员对这些情况难道不知道不了解?

这究竟是谁在主宰这个社会?

让那些黑了心的狗东西这样盘剥老百姓,这还能叫人民的政府!

与那些没人味的王八蛋一起糟践受苦人,这还是共产党的天下!

如果他还在县里当县长,马上就能找来相关的人骂他个狗血淋头,然后坚决撤职、查办!他决不相信能干出这种勾当的人会廉洁奉公,一尘不染!

想了半天,还是咽不下这口气,他朝门外的司机喊了一句:"小杨你也进来看看,然后马上让吴秘书给区政府办公室打电话,就说是我说的,下午我要在这里的街道办开个现场办公会,市规划局、国土局、人社局和工程指挥部的所有领导,包括这里的区长和分管区长都必须参加,还有这一带的社区负责人,一个都不能少!"

司机有些吃惊地看着辛一飞,进来看了看,悄悄对辛一飞说:"刚才吴秘书就说了,今天是星期天,别的事还可以,开会这样的事,又没有事先通知，是不是放到明天？"

"星期天？看看今天我们看到的这些老百姓，哪个有星期天？你告诉吴秘书，今天开会就是想让他们看看，这些普通群众过的都是什么样的星期天！"

司机有些吃惊地点点头，赶忙出去打电话去了。

等到司机出去了，辛一飞安慰了老太太几句，并嘱咐老人等他女儿女婿回来后，一定给他打个电话，然后一边把电话号码给了老人，一边问："老人家，你那个孙女也是在那个云翔大酒店上班吗？"

"对，云翔大酒店。"

"你家孙女叫什么呢？"

"叫王梦舒，做梦的梦，舒心的舒。"老人此时一脸温和，笑得灿烂甜蜜，"我知道了，你是个领导，不瞒你说，我也是念过书的，认识字，能听明白你说的意思。我们一定听政府的话，你就让我们再在这里住几天吧，我们一家三代人都感谢你，这一辈子都念你的好……"

辛一飞愣了一下，没想到老人会这么说。看着老人满是皱纹的笑脸，突然止不住地在自己脸上抹了一把，眼睛酸酸的，鼻子也酸酸的，分不清脸颊上流下来的是汗水还是泪水……

二十三

云翔大酒店几乎完全临街。

因为它的存在，让老旧的龙飞街显得更加狭窄。

高大，骄猛，威风凛凛，雄视八方。

一溜七座大厦，一如人间仙境。

一家完全现代化的超一流大酒店。

高档餐饮，宴会定制，五星级住宿，大小会议服务，洗浴保健中心，按摩足疗水疗高档包房，健身游泳网球保龄球专业陪练，各种设施供应一应俱全。宽敞、高端、豪华、阔绰。放眼看去，有如琼楼玉宇，歌台舞榭，果然洞天福地，人间胜景。

让辛一飞惊讶的是，这个明显违规的庞大建筑群，居然是大前年刚刚建设起来的杰作。也就是说，在市委市政府已经决定筹建龙飞大道工程之后，这家富丽堂皇的酒店是在明确知情的情况下而顶风启动的建筑项目。

这样一个庞大建筑群的开工许可权需要无数个政府部门的批准才可能获得。

居然就通过了！

谁有这么大的本事和能耐？

良心都让狗吞了！

辛一飞再次怒不可遏。如果没有这些违章建筑，龙飞大道工程也许就不会像现在这样处处掣肘，举步维艰。

没有七八个亿的投入，建不成这样的酒店。

敢虎口拔牙，在这样一个时间和这样一个地段大笔投资，如果背后无人撑腰，任何人都不会有这么大的气魄和胆量。

云翔集团，辛一飞早就听说过这家公司。这些年辛一飞一直在吴淅县，与市里的企业很少打交道，虽然知道有这么个云翔集团，并没有明显感觉到它的影响。只有来到了市里的时候，才真正感觉到了云翔的存在和分量。

算上今天上午的经历，辛一飞已经渐渐意识到了云翔集团的异乎寻常。

他真的想当面瞧瞧，这个掌控云翔集团的幕后人到底是个什么角色。

进了酒店正门大厅，更加感觉到了酒店的富贵华丽，金碧辉煌。

打眼看去，花团锦簇，窗明几净。众多服侍人员，个个温情脉脉，仪态万方。

刚从王国庆那个"家"出来，一走进这样的地方，就好像一下子走进了人间天堂，眼前完全是另外一个世界。

同在一个区域，相隔只有几百米，居然如此天差地别，云泥不同。

进了正门并没有受到任何盘问和阻拦，两个女服务员对他深深鞠了一躬，然后训练有素，异口同声地喊了一句："贵宾您好！"

辛一飞对她们点点头，算是打了招呼，然后也很温和地问："你们的大堂经理在吗？我想见见他可以吗？"

"您好，请问您是哪里的？"其中一个姑娘微微一笑。

"我是市政府的，有点事问问他。"

"请问您怎么称呼？"姑娘彬彬有礼，落落大方。

"姓辛。"

"请问您是政府哪个部门的？"

"搞工程规划的。"

"那叫您辛主任或者辛处长可以吗？"姑娘似乎想打问清楚辛一飞

的来历。

"可以吧。"辛一飞不置可否。

"好吧，辛主任您稍等。"

没有五分钟，一个三十岁左右的女子袅袅婷婷地走了过来。

"你找我吗，辛主任？"大堂经理明眸皓齿，温文尔雅。

"龙翔集团的总部也是在这个酒店吗？"

"是。"

"是在这个主楼吗？"

"不在。主任您要找谁？"

"你们董事长在吗？"

"哪个董事长？"女经理轻轻发问。此时她显得十分小心，也许感觉到了这个姓辛的不是个一般人物。

"董事长还有几个？"辛一飞反问。

"抱歉主任，我是问您要找这个酒店的董事长，还是找集团公司的董事长？"

"集团公司。"

"明白。"女经理看了看手表，"您稍等，我马上联系一下。您现在是否到大堂雅座喝杯茶？"

"谢谢，不用了。"辛一飞摆摆手，问："你们这里有个叫王梦舒的女孩吗？我想见见她。"

"王梦舒？她是哪里的？"

"她就住在附近，我刚从她家出来。"

"酒店很大，部门也很多，我给你问问好吗？"

"那麻烦了，谢谢。"

十分钟左右，大堂经理过来对他说："我们董事长说了，他在外面办事，一会儿才能回来，您要是愿意等，大约四十分钟后，他可能在办公室。"

司机见状，撇撇嘴说："你们董事长架子够大啊！"

辛一飞给司机挥挥手，示意他别插话。然后看看表，想了想，对大堂经理说："好吧，我等等。那个王梦舒呢？找到了吗？"

"她不在这里，在 2 号楼，您可以到 B3 层找找那里的值班经理，她大概会告诉您王梦舒在哪里。"

2 号楼是餐饮、宴会、中医理疗按摩中心楼。

大楼一共十二层。

一层面对大街，所有的餐饮、酒宴，包括婚宴均对外营业。

二层、三层、四层都是饭店雅间。生意应该不错，否则不会把三个楼层都做了包房。

再上面好像都是各种特色服务的包间套间。

上到四层，再想往上走，就根本上不去了。

上电梯要刷卡，走楼道进门也一样设了密码。

当然还有保安，个个脸色阴沉，虎视眈眈。

辛一飞本来想上去看看这一层一层的楼房里到底都在干什么，看来没有关系没有身份根本不可能进去。

如果您亮明身份，那肯定又会是另外一种接待方式，有专门的讲解员、接待员，所有的地方都是想让领导看到的好项目、好名目，既有文化内涵，又有历史底蕴，还有创新精神。

而你真正想看到的，他决不会让你看到。

算了，再说吧。改天再来，辛一飞还真不信邪，朗朗乾坤，光天化日，你一个市委常委，在你所管辖的地盘居然都无法了解实情？

这里一切都对外营业，并不是什么属于个人隐私的地方。

看来这个云翔还真不寻常。

B1 也就是楼下一层，整个一层都是大大小小的厨房。热气滚滚，人来人往，一片嘈杂之声。辛一飞在那个大点的厨房里扫了一眼，只见七八个厨师都在忙忙碌碌，炒瓢舞动，上下翻腾，明火闪闪，油气腾腾。看来生意果然不错，刚过十一点，就有这么多人来吃饭。

B2 是锅碗瓢盆各种餐具洗刷搬运厅，这里的声音清脆响亮，尖利刺耳。大厅里几十个水槽旁站着一大排女孩子，都在忙手忙脚地洗刷着，搬运着。电梯口不停地张合着，上面吃过的餐具碗筷源源不断地送下来，下面洗刷过的又源源不断地运上去。门口不住地有人大喊着：

“快点快点，大号碟子！”

“干吗呢！瓷盆？瓷盆！”

“怎么回事？包间的碗怎么还没有洗完！”

“说你哪，9号！能不能快点！”

……

辛一飞摇摇头，这工作太忙太累了，姑娘们几乎没有一分钟的间隔歇息。今天是星期天，客人从上午到晚上，会源源不断，这就是说，这个星期天如果没有三班倒，从早到晚，估计要干八九个小时以上。不过辛一飞知道，在这种饭店工作，基本上不会有三班倒。能有两班倒，已经算很不错。还有，人的多少也是一个问题，如果五个人的活儿，却让两个人去干，即使只干五六个小时，也能把人完全累垮。

他本想问问，看看时间，算了，下午再说。

B3也就是楼下三层，没想到B3层会是食材厅。辛一飞考察过饭店，他知道食材就是各种菜肴羹汤的原料，食材有肉类食材、素类食材、新鲜食材、速冻食材等等。大饭店的食材准备，是最累也最脏的一道工序。特别是那些野生禽兽类食材，做好了端到饭桌上看似山珍海错，美味佳肴，而作为食材在烹调之前，则腥秽污浊，臭气冲天。

辛一飞对这些所谓的珍禽奇兽做成的菜肴从来都敬而远之，第一不尝，第二不看。

他在后厨看过，吃不下去。

地下三层的通风设备明显更差，脚下湿漉漉一片，拔脚顿感黏腻，就像踩进了一层软泥里。还没走进去，已是腥臭扑鼻，秽气逼人。几个食材配送大厅一览无余，各色各样的海鲜、肉类、禽类、米面、油、蛋、蔬菜和解冻食品，大致划分间隔了几个区域。堆满了食材的大大小小的货架，做了几个区域的隔离墙。有十几个工人在里面忙忙碌碌，肉禽类剁、劈配送的大都是男工，蔬菜择、洗配送的大都是女工。

除了腥味冲天，剁肉劈肉的声响居然也震耳欲聋，撞击心扉。特别是刀剁牛骨羊骨的声浪，一下一下地连地板也震得嗡嗡作响。

这样一个环境让辛一飞分外吃惊。他原本想着王梦舒打工的环境不会太好，但没有想到竟会是这样的一个环境。

她还是一个十六岁的孩子！

辛一飞对门口的一个年龄大点的女工问道："王梦舒在吗？"

女工正忙着，看也没看他，直接朝里面喊了一句：

"王梦舒，有人找！"

王梦舒看上去比实际年龄更小，小得让人感觉她有意隐瞒了年龄。

个子不高，不到一米六的样子。人很瘦，感觉发育不全，或者根本还没有发育起来。

王梦舒穿着一身笨拙的工作服，衣服上面布满了泥斑菜屑，还有一股浓烈的鱼腥气。

散乱的头发胡乱地扎在脑后，头发上几乎沾满了黏糊糊的残渣碎物。发黑的眼圈撑着两只充血的眼睛，显示着她的疲劳和睡眠不足。

这根本就是一个正在发育的孩子，此时此刻，她应该正在学校学习，正在操场上沐浴着春天的阳光，正在教室里抑扬顿挫地朗诵着亮丽的唐诗宋词。

让这样的一个女孩子刚刚十六岁就无休无止地劳作在这样的一个地方，究竟是因为什么？

看着急急慌慌走过来的王梦舒，辛一飞良久无语。

他本来想过来问问她家的情况，却没想到竟然是在这样的一个地方。

他本来也想顺便了解了解拆迁户在这里打工的情况，却没料到来这里打工居然是在这样的一个环境。

富丽堂皇的背后，隐藏着生灵涂炭？或者，是生灵涂炭衬托着富丽堂皇？

满脸怯生生的王梦舒有些发愣地看着辛一飞。

辛一飞突然觉得不知道该说些什么。

"你找我啊？"王梦舒终于问了一声。

"你就是王梦舒？"

"对，你是谁？"

"我刚从你家过来，见到了你奶奶。"辛一飞本来想说自己是市政府的，但此情此景，实在说不出来。话一出口，又觉得分外内疚，那样的地方能称之为一个家？

"哦？"王梦舒眨巴着眼睛，再次愣在那里。

"你爸爸叫王国庆，妈妈叫杨育红，对吧？"辛一飞努力打消女孩的顾虑。

王梦舒点点头。

"我就是来了解一下你的工作情况，你在这里多久了？"辛一飞尽力思索着应该怎么和王梦舒对话。

"三个多月了，过了年就过来的。"王梦舒依然有些疑惑不解地看着辛一飞，"是奶奶和爸爸妈妈有什么事吗？"

"没有，你奶奶挺好。"辛一飞赶忙解释道。

"我奶奶腿不好，走不了路的。"

"腿不好？什么病？"辛一飞吃了一惊，他突然明白了老人与他对话时为什么会不愿走出来。

"医生说是类风湿，老毛病，好不了了。"王梦舒有些着急地往身后看了一眼，好像在担心自己手头的工作。

"你在这里打工，每个班工作多长时间？"

"每个班？"王梦舒摇摇头，"我们就一个班。"

"一天就一个班？没有两班三班倒？"

王梦舒摇摇头。不知道她是不想回答，还是根本就不知道两班三班是什么意思。

"那这一个班得工作多久？"

"早上八点过来，一直到下午六点半。"王梦舒再次向身后看了一眼。不知是害怕，还是急着想回去干活。

"梦舒没关系的，有什么事我会帮你的，不用担心。"辛一飞竭力安慰着女孩，"你一个月工资多少呢？"

"我刚来，试用期，一个月一千二。"

"像在这里干这种活，有补贴吗？"

"补贴？"王梦舒依然摇摇头。

"如果时间长了，有没有加班费？"

王梦舒再次摇摇头。

"这里给你们交社保吗？"辛一飞继续问道。

"社保？"王梦舒发怔地看着辛一飞，显然她还不知道什么叫社保，也没人给她交过什么社保医保。

"管吃管住？"

王梦舒点了点头。

"工作服呢？付钱吗？"

王梦舒又点点头，"二百。"

"你下班后住在哪里？"

"不远，住职工宿舍。"

"几个人住一个宿舍？"

"我们十个，也有八个的。"

"十个！很挤吧？"

"我们不算挤，有住大间的，一个屋三十多个。"

"三十多个？在哪里？"

"就在楼下。"

"楼下？楼下还有一层？"

"还有两层，再下一层是仓库，最下面的住人。"

辛一飞一愣，人在最下面一层！顿了一下又问："你们的宿舍在六楼七楼？"

"对啊，你知道？"

"武山小区 11 号楼，是吗？"

"是。"

"白住，不用出钱？"

"是。"王梦舒迟疑了一下，"一个月交一百，管理费。"

"管理费？"辛一飞再次感到吃惊。一个月左扣右扣，一千二的工资已经只剩下几百了。

"你还小，为啥不上学了？"辛一飞突然转了话题。

"爸爸说了，上了大学也找不到工作。"

"上了大学机会还是多啊。"

"我们这里好几个都是大学生。"王梦舒看了一眼辛一飞。

辛一飞不吭声了，他并不怀疑王梦舒的话。他愤然不解的是，大学生在这里工作，难道也是一样地对待？"他们也是一样的待遇？"

"是。"王梦舒紧接着补充了一句，"不过有两个刚来的，昨天不干了。"

"为什么？"

"他们吃不了苦。我们带班的说了，在这里干得好，就可以转到上面当服务员。"

"你算是干得好的吗？"

"不好，他们老说我没劲。"王梦舒低下头来。

"服务员的工资比你们高？"

"是，一个月一千五，还不用干这么累的活，还有好看的衣服穿。"王梦舒十分向往羡慕的样子。

也就在这时，有人大喊起来："王梦舒！还没完吗？"

王梦舒应了一声，想赶过去，但身子没动，"你还要问什么吗？"

"你们的伙食怎么样？"辛一飞瞅着王梦舒单薄的身板又问道，"能吃饱吗？"

"挺好的，米饭，大烩菜，有时候还能吃上面条。"

这时候刚才那个喊叫的人又嚷了起来："嗨！门口那个人，还有完没完哪！不知道是上班时间吗？"

辛一飞朝喊叫的方向看了一眼，那个人对着他继续大吼："就说你哪，看什么看！"

辛一飞本来还想说什么，却发现王梦舒已经离开了。

辛一飞没再吱声，尽管身后有个司机，但要真的在这里起了冲突，看那个一身横肉的家伙，还真不是人家的对手。

挨打也是白挨。在这样的地方，当你的身份被遮蔽时，你立刻就会明白，制度和规则都成了摆设。所谓的丛林法则，就是强者为尊，弱者为食，拳头才是硬道理。

辛一飞转身要出去的时候，看到司机正默默地瞅着他。

"走吧。"辛一飞知道司机在生气。

"这帮人简直太黑了!"司机满脸通红,好像憋着一肚子气。

"都有什么电话?"辛一飞没接话茬,径直问道。

"好多呢?吴秘书的有几个,还有家里的,县里的……"

"拣重要的说。"辛一飞打断了他的话。

"就是吴秘书很着急,说是有几个要紧的事,要直接给你汇报。"

辛一飞拿出手机,扫了一眼来电显示,除了秘书的来电,还有几个不认识的手机号码,看来确实没有什么重要的电话。

他给秘书拨了回去。

一拨通,秘书立刻着急地给他说道:"领导,刚才程林秘书来了好几个电话,说是田震书记安排的,下午五点有个重要的活动,要你参加。先是会见,然后吃饭,晚上还要听取汇报。"

"什么活动?"

"公安部和公安厅下来人了,是关于……"

"知道了,我下午有会。"辛一飞没让秘书说下去,"你给程林说一下,下午的陪同我就不参加了,没时间。"

"那不行啊,田书记说了,你必须参加。"吴秘书急了。

"田书记那里我去说,你给程林这么回复就行。"辛一飞接着问,"还有哪些要紧的电话?"

"还有任华市长秘书的电话,说国家文物局方局长后天一早到,安排你全程陪同,一起调研。午饭田书记参加,下午的汇报和晚饭李市长参加。"大概是知道辛一飞很忙,吴秘书语速很快,但概括得非常全面,讲得也清清楚楚。

"知道了,你给市长回话,就说下午的汇报市长不需要参加,有我一个足够了,也符合中央精神。"辛一飞顿了一下,"还有吗?"

"下午你要安排的会议已经落实了,凡是你点名要求参加的人员都没有问题。包括区长副区长都参加。"

"还有呢?"

"……其他的都是你知道的事,回来再给你汇报吧。还有一件事,云翔集团的董事长靳如海,刚才来了好几个电话,急着要找你。"

"嗯？"辛一飞怔了一下，"云翔集团的董事长？他不是不在吗？"

"对，他当时确实在外面。"秘书很谨慎地说道，"他说刚才不知道是你到了云翔大酒店，所以特别着急要见面给你解释一下。"

"他现在哪里？"

"他在办公室等你好半天了，还说午饭也安排了。云翔大酒店的总经理霍怡帆现在就在大楼门口等着你。"

二十四

辛一飞还没上到一楼，就感受到气氛已明显不同。

几个衣着鲜丽的服务员，排成两排，个个满面笑容地站在电梯门口两旁。

一走出电梯，顿时掌声一片，场面喜庆而温馨。辛一飞扫了一眼，足有四五十个人在大厅站着喊着向他热烈鼓掌。

"辛指挥好！"几十个人同声一词，在大厅里久久回荡。

辛一飞刚才还在琢磨着怎样与这个靳如海见面，却没想到人还没见到，竟然会遇到这样的一个场面。

如果没有今天上午看到的那一切，眼前这个情景，也许真会让他感受到一种激动，感受到一种兴奋。一家民营企业，能搞成这样，已是十分不易。能这样对待一个地方领导，尽管有些夸张，有些故作姿态，但至少也能说明一点，他希望政府能信任他，支持他，保护他。表明他真心实意地服从国家的法规条款，心甘情愿地接受政府的领导。

对一家民营企业来说，还能有其他更多更大更苛刻的要求吗？

只要能合理营销、依法纳税、遵章守法、阳光操作，政府怎么能不大力支持和帮助？事实上这些年他们帮政府解决了多少社会难题和矛盾冲突，包括市场供给、社会就业、人民生活水平和生活质量的提高，不都有这些民营经济的参与和努力？

但今天看到的则完全是相反的一面。

民营企业的赢利和扩张，绝不能靠对社会财富的任意倾轧和非法攫取，更不能成为罪恶的帮凶，权贵的鹰犬，人民的宿敌。

市场经济的健康运作，一定是以严刑峻法来保证。否则只会怨声载道，黑幕重重。

辛一飞默默地看着向自己送来这么多笑脸的人群，一时也不知道该怎么应对。

大厅里这么多男男女女，也许大多数和王梦舒都有着一样的遭遇。

王梦舒说了，如果干得好，就可以到楼上当服务员。

楼上的服务员一个月一千五，还有好看衣服穿。

一千五的月薪，在王梦舒眼里，还有这些孩子的心里，似乎已经很知足很满意了。

整个云翔大酒店，有多少这样的打工族？

辛一飞来时，看过这里房间的标价，每日普通标间八百，小套一千八，大套两千八，总统套八千八。最低的单人间，也是五百八。

辛一飞清楚，来这里住套间、住大套的一般都是国家行政人员，或者是央企国企的经理董事，私家旅游不会住这里的宾馆，个人办事也不会住这里的套间。

也就是说，其实都是国家的钱，大把大把地流向了这里。

来这里住宿吃饭，包括楼内隐秘的林林总总的那些包间和设施，应该是最安全也是最可靠的土豪、巨富和公款消费的项目和场所。

辛一飞已经看到了，即使是星期天，来这里消费的公车居然也占了一半以上。因为政府工作人员来这里消费，车辆人员进进出出，你根本分不出是住宿、开会还是看望、接待客人。因为云翔大酒店既有餐饮，又有住宿，还有公务服务，包括隐蔽不隐蔽，看得见看不见，可保密也可不保密，可公开也可不公开，并且统统可以名正言顺公款报销的各种各类档次的消费项目。

如果住在总统套房，一晚上的住宿费，就是王梦舒半年的工资，甚至更多。

如果这里的住宿率达到百分之五十，那滚滚而入的金钱必然会是一个天文数字。

如果在这里吃饭，一个包间消费三千五千应该是保底价。但如果是一个大款，是一个请领导吃饭的老板，或者一个请老板吃饭的领导，或者一个请书记市长院长县长区长局长部长检察长警长社长队长校长园长处长站长吃饭并想让他们办事的高层人士或一般人士，那这一顿饭的消费价格，三万两万、十万八万也有可能。

那么，这一顿饭的价格，就可能是王梦舒一年两年，甚至五年的工资，甚至更多。

看着这里宾客如云，春色满园，一片莺歌燕舞、物阜民丰的景象，谁还会怀疑这背后的差别和不公？

辛一飞正想着，一下子站住了。

一个风姿绰约、袅袅婷婷的女人走到了他眼前。

"一飞常委您好。我叫霍怡帆，云翔酒店的总经理。"

霍怡帆轻轻地把手伸在了辛一飞的面前。

霍怡帆秀发轻挽，薄施粉黛，面带微笑，不亢不卑。

伸过来的手白皙柔嫩，微香扑面。

眼前这个霍怡帆的举止容貌立刻给了辛一飞极深而难忘的印象，这样的一个女人，唯有锦衣玉食、千金万银方能打造出来。

看样子三十岁左右，但真实年龄多少，估计很难猜得出来。

辛一飞轻轻握了一下霍怡帆的手，"你们搞这些干什么，我又不是来视察。"

"您的名望我们早有耳闻，您今天来这里，是整个云翔的大事，如何能不欢迎？"霍怡帆嗓音清脆，措辞得当。

"你们老板呢？他在哪里？"辛一飞一边问，一边往外走。

"如海董事长一直在等着您，他让我请示您，我们是直接去包间用餐，还是先到他办公室尝尝新茶？"

"不吃饭。"辛一飞一口回绝，大步如飞，"老板在几楼？"

"十二楼，最后面那栋楼。"

"几层几号？"

"顶层，上面就他一个办公室。"霍怡帆在后面紧跟着辛一飞的步子，有些气喘吁吁，头发也散乱了起来。

"我一个人上去，你不用去了。"辛一飞头也不回地说道。

"那怎么行呢？董事长说了让我必须陪同您的。"霍怡帆几乎小跑起来。

"那你让他们都离开吧，这么一大堆人跟在后面，像什么样子？"辛一飞不怒自威。

"他们都是今天楼上的跟班，也是董事长吩咐过的。"

"你要再这样，我就不上去了。"辛一飞突然站住了。

"好吧，您别生气。就按您的办。"霍怡帆向后面的几个跟上来的人挥挥手，示意他们离开。

辛一飞向后看了一眼，一转身继续往十二楼走去。

"一飞常委，您好厉害啊。"霍怡帆也继续紧跟在后面，有意找话题说道，"还没有见过这么让人害怕的领导。"

"你在这里几年了？"辛一飞没接她的话茬。

"大学毕业就来这里了。"霍怡帆很认真地回答。

"哪所大学？"

"省外语学院。"

"为什么要来这里？"辛一飞有些诧异，省外语学院是除北京上海以外，省里最好的一所外语大学。那里的毕业生，尤其像霍怡帆这种形象的学生不愁分配。

"当时这里需要外语人才，就把我挖过来了。"霍怡帆的回答，看不出任何破绽。

"那给你的薪金肯定很高。"辛一飞好像等的就是这句话。

"也没有多高，只是比一般的领班高一些。"

"年薪五十万总是有的吧。"

"其实我们付出的要比别人多得多。"霍怡帆没有肯定也没有否认。

"付出？"辛一飞没想到霍怡帆会这样说，年薪五十万，她没有否认，看来比五十万更高，"优秀的大学生多了去了，他们一样在付出，但年薪五十万以上的没有几个。"

"所以来这里还是来对了，我一直觉得我很幸运。"霍怡帆立刻改口说道，"我也见证了云翔集团的努力和崛起。"

"那就是说，你也见证了酒店的立项和筹建？"

"是从头到尾我都参与了。"霍怡帆有些自豪地说道。

"那当时这座酒店的立项是谁批准的？"辛一飞轻轻问了一句。

霍怡帆一下子呆了，她好像突然意识到自己的失误和随意，没提防让自己一下子跳进了别人的圈套里。

"是区里批的还是市里批的？"辛一飞紧接着又追问了一句。

"……是这样，我当时只是参与酒店的室内装修和人员招聘，立项和筹建的事情都是董事长直接负责。我们没有参与，具体情况也不清楚。"霍怡帆渐渐恢复了常态，把说出去的话终于圆了回来。

"你是这个大酒店的总经理，规划立项报批的事情都不参与？"辛一飞知道霍怡帆不说实话，但也并不深究，"这个酒店是大前年建成的，那时候你不是总经理？"

"当时已经是经理了，不过我刚才给您说了，工程这一块儿没让我参与。"

"霍经理家是哪里的？"辛一飞又转了话题。

"就是市里的。"

"你爱人是干什么的？"

"领导不好意思，我还没成家呢？"霍怡帆大概没想到辛一飞会问这个，一时间窘态毕现，十分不安。

辛一飞不再问了，他也终于明白这个女人的真实身份了。

霍怡帆，辛一飞记住了这个名字。

靳如海的办公室，没有想象中的那么金碧辉煌。

一切从简，但又让你感觉得出来，在这个简陋的外表下，又隐藏着明显的别出心裁和不同凡响。

办公室里既没有什么海黄紫檀之类的办公家具，也没有什么奇珍异宝一般的办公用品。

一个海阔天空的办公室，看上去更像一个展馆。

办公室围墙四壁，挂满了各种各样的奖牌和锦旗，如今的奖牌已经不是过去那种纸做的奖牌，大都是不锈钢铸就，铜箔贴面，金光四射，耀眼夺目。锦旗也与过去迥然不同，毛毯作底，铺锦列绣，金色大字，璀璨绚丽。

还有几个超级放大的相框，齐齐地竖在大门两旁。

一张是同一个中央领导合影的照片，一张是与省委书记省长合影的照片，一张是与一个国家级名人的照片，让辛一飞诧异的是，居然还有一张与田震书记和任华市长合影的照片！

照片的用意，在这里得到了最有力的体现。

就这么几张照片，就足以让人触景生情，陡生敬意。

让人惊愕是办公大厅里有一个硕大的鱼缸，足有十数米宽，六七米高，四五米厚，这样一个鱼缸里，竟然养着几条体形狭长而健壮的鲨鱼！

这个鱼缸并不是顺墙摆放，而是矗立在大厅中央。

人们一进来就可以看到它，并可以四面围观。

只这么一个鱼缸，就立刻让你对室内的主人刮目相看，不可轻视。

像这样一个鱼缸，包括鱼缸里面的鲨鱼，一年没有千万以上的纯收入，没有几个固定的服务人员，想要把这些鲨鱼养活养好，想也别想。

当然这样的鲨鱼也不白养，主人的目的就是要让你刮目相看，对这里的一切心怀畏服，另眼相待。

大凡到了这样一个大厅，看到环绕四壁的照片和奖项，再看到这个不同凡响的大鱼缸，至少也得对这里的主人不敢小视，高看八分。

面对辛一飞，靳如海并没有介绍他办公室的任何一样东西。可能靳如海明白，值得炫耀的东西一定得是温暖的，不经意的，也因人而异。对一个能决定你命运的人物，炫耀只能是不露痕迹的，尤其是对一个你不熟悉、不了解，而且声望奇高的领导，露骨的炫耀往往是一种极其危险的举动。对此靳如海当然明白，他绝不敢也绝不能造次。

只有霍怡帆依旧显得非常活跃，虽然她不再插话，但忙上忙下，沏茶倒水，自如娴熟，身轻如燕，亲切柔和。

靳如海给辛一飞的第一个感觉就是这个董事长居然这么老了。

满头黑发一看就是染的，体格还算结实，但腰背分明佝偻了。

很热情，也很谦卑，总低着头，一直微笑着。说话语速也很慢，看得出来，什么话他也不会一下子说死。对任何问题，他都留着后手，不会把话说得很满。

他见到辛一飞的时候，老早就把两只手伸过来，没等辛一飞伸手，连同整条手臂就已经被他牢牢地握在手里。

十分真诚，十分朴实，十分忠厚，十分亲切，十分和善，十分温暖。

看不出有任何做作的地方。

如果第一次见面，一定会被他的这种言谈举止深深打动。

靳如海给人的第一个感觉，这一定是一个好人，一个德人，一个实在人，一个善良的人，一个不会说假话谎话的人。

茶当然是最好的茶，茶杯也都是上品极品。看得出来，董事长非常心细，非常周到，安排的一切也非常自然，非常得体。

"辛市长啊，早就想去拜访你。"靳如海一口一个"市长"，辛一飞制止了几次也不改口。他用一种沙沙沙沙的嗓音，轻轻地一直叙说着，倾诉着，既显示着自己的饱经风霜，顺便也介绍了自己的阅历和境况，谦和而不落俗套，尊重且不失体面。"知道您初来乍到，一定是日理万机，事务缠身，所以也就迟迟没敢去打扰。这些日子我每天都同您的秘书联系，您的秘书都说您太忙，实在顾不上，说有时间了就报告市长。可我知道，哪会有时间呢。这么大一个市，这么大一个工程，永远也没有闲下来的时候。您这次临危受命，任重如山啊，市里上上下下、方方面面的人都在看着您，大家也都替你着急，捏着一把汗哪。"

辛一飞一边品茶，一边默默地听着。他明白，此时此刻也没必要插话。

"市长啊，您大概也看得出来，我就是这么一个粗人，没有念过几年书，'文革'的时候刚上初一，再后来就是学工学农，上山下乡。大学考不上，好容易熬到改革开放，可也快老了，没时间了。这几年四处闯荡，屡败屡战，就是吃了没文化的亏。用脑子直来直去，说话也只会实话实说。我们在下面的也想过，龙兴也是个大市，不说人才济济，至少也是藏龙卧虎。这次龙飞大道工程上马，选来选去，上百个书记、区长、县长、部长、局长，还是找不到可用之人，只能说明一点，蜀中无大将啊。才到用时方恨少，平日只见拍马人。嘿嘿，这都是下面胡诌的一些话，也算是我给您反映情况吧。其实哪里都一样，自古以来也就是这么回事，不管官场还是商场，没啥区别。喜欢听话的，能干的人当然就上不来。大家都说了，像您这样的，如果早几年上来，龙兴市还能像现在这样？"

辛一飞不置可否，依然默默不语。这个靳如海，果然不可小视，他能给你说出这么一番道理来，只凭感觉，你还真不能说他没文化。即使是在逢迎你，也不那么毫无遮掩，酸文假醋。不过靳如海所说的文化应该是一种阅历，是一种见识，是一种看风使舵的经验和教训，这一切都与知识和素质无关。可能是现实社会的遭遇让他不得不这样，只有这条路，他才走得顺风顺水，只有这样做，得到的收获的才会远大于付出。说穿了，这并不是文化，只能算是一种聪明。真正有文化的人才会有底线，没文化的人就不会有底线。靳如海应该是一个十分聪明的人，没文化却极为聪明，这种人就很可怕，他如果作恶，就不会有底线。

"市长不瞒您说，我这人不迷信，但有些事不可全信也不可不信。这两天眼皮一直跳，心里琢磨着会有什么大事啊，没想到就应在这里了，是您来了。刚才他们说市政府有个辛主任找我，我一想，除了您还有谁姓辛啊，给您的秘书一打电话，果然就是您。霍经理说您不吃饭，正好我就抓紧时间给您说说我们这里的情况。市长您就稍稍多在这里坐一会儿，有些情况您了解一下，对工程的下一步进展也会有帮助，也算是我们民营企业的一些建议吧。"

辛一飞看了一眼靳如海，知道他要进入正题了。

"市长我给您说的句句都是实话，一点也没掺假。这个云翔大酒店一共占地二十二亩，大小房间两千四百八十三间，入住各类企业公司和业务机构有一百零四家，职工一千二百多人。每天的支出三十多万，每年给政府纳税四千万。云翔大酒店每年的纯利润并不多，去年前年基本持平，今年的情况也不很乐观。这些都有账可查，不会有什么太大的误差。说了这么多，其实就一个意思，云翔不是外面传的那样，产值有多高，利润有多厚。区政府当时允许开建这个大酒店，我也是很犹豫的，一来这个酒店存在不了几年，当时市里已经开始了龙飞大道的工程规划，我们这个酒店明摆着就是个违章建筑。二来这几年酒店也没什么利润，这个您也清楚，各区县来龙兴市开会出差，都必须到市政府指定的酒店宾馆，否则不予报销。像我们这样的酒店宾馆，也就是吃点残羹剩饭。三呢，区里面当时也希望固定投资和基建项目能多一些，社会就业能好一些，GDP能亮一些，领导们的政绩也能突出一些。您看，今年刚过完年，还不到4月底，区里的任务就已经下来了，云翔酒店今年至少要解决三百个就业指标，利税要达到五千万。我这么说，也不是要把这个违章建筑的责任全部推给政府。今天您来了，我也只能实话实说，当时如果不是政府有这么个任务，换了别人，给的条件再好我们也不会在这里投资啊。"

对靳如海说的这些，辛一飞不置可否，不动声色。说实话，靳如海的话并不是没有道理，这些年，各级政府大规模地招商引资，固定资产投资，往往把一些重大的社会矛盾和问题都掩盖了，也让一些投机资金有机可乘，让一些企业和机构以政府的名义，以不正当的手段攫取了大量国家资产和人民财富。包括土地，包括资产，包括投资权和经营权。至于酒店的投入多少，利润多少，如果不想让你知道，也许永远都是一个谜。至于靳如海说的什么政府的残羹剩饭，什么利税大户，什么就业指标，是真是假，只需看看这个大鱼缸立刻就会一清二楚。能让政府批准在这个违章之地建起这么大一个酒店，反过来也一定能让政府把所有的会议和公务安排在这里。没有一个大老板会在自己的顶头上司面前，会在能给自己提供帮助和支持的领导面前，夸耀自己赢利巨大，利润丰厚，除非这个人已经成了他的人，成了自己人，成了他这里的胁从和傀儡。

"辛市长，我不是故意在这里评功摆好、老王卖瓜。云翔酒店从开工建设一直到今天，在区里已经拿了好多个第一。工程质量第一、工程速度第一、社会效益第一、酒店卫生第一、服务质量第一、酒店环保第一、管理水平第一，多得我记也记不清了。我办公室的墙上，你大概也看到了，这不过是其中的一部分。一会儿有时间，我会带你再到隔壁那个房间去看看，看看云翔的奖杯奖状有多少。而且这些奖杯奖状区里市里一级的只是一小部分，大部分都是省里部里和国家级的。"

靳如海说的这些，辛一飞自然看到了。这个他完全可以大声夸耀，放心展示，不会产生任何负面影响和情绪。一溜奖牌锦旗和一个硕大的鲨鱼鱼缸，虽然有些滑稽，但也足以让一些不知根底的人心悦诚服，肃然起敬。

"不好意思啊辛市长，您看您来了，就我一个人在这里啰啰唆唆说了这么多，人老了，话就多。我最后再说一句话，我向您保证，这次龙飞大道工程，我坚决支持，坚决服从指挥部的所有规定和安排，决不会拖工程的后腿，指挥部让我什么时候拆迁，我就什么时候拆迁，一分钟也不迟延。这一点说到做到，向您保证，也请您一定放心。"

说到这里，靳如海果然不再说话，立刻沉默下来，静静地看着辛一飞。

依旧是十分真诚、实在、敦厚、恳切的样子，看不出有任何虚虚实实、闪烁其词的味道。

辛一飞注意到，这个时候，一直在旁端茶倒水的霍怡帆悄悄走了出去。

看来要进入正题了。

"没了？"良久，辛一飞才开了口。他直直地打量着靳如海，"就这些？没有任何意见和要求？"

"没有。"

"真的没有？"辛一飞又紧逼了一步。

"真的没有。"

"嗯？几个月之后，云翔大酒店就可以着手考虑搬迁？"辛一飞再次紧逼。但他清楚，靳如海已经无路可退。

"可以，没有问题。"靳如海的口气明显软了下来，"不过市长，不是还要评估吗？还要协商吗？有些问题我们下面不是还要谈判吗？"

"说你的条件。"辛一飞不想与他绕来绕去。

"不是讲条件啊，市长，我们怎么会同政府讲条件？我们就一句话，服从政府的决定。"靳如海依旧十分坦诚地说道，"云翔大酒店所有的投入是十八个亿，这里面不包括土地。我给你说实话，当时我们筹建大酒店时，这二十二亩土地，政府也没有要我们一分钱。这十八个亿的投入，全部拆迁了，我们也不会向政府要一分钱的补偿。就一点，这个酒店搬迁的位置，我们希望政府能给予支持。我们希望政府支持也不是要政府支持我们钱，支持我们土地。这两年，我们配合政府进行旧城改造，在一个地方已经投入了大笔资金。当地的拆迁工作也已经进入尾声，只要市政府能予以批准，云翔大酒店马上就可以整体搬迁，不会给龙飞大道工程带来任何麻烦和拖累。"

"你说的是阳庄湖？"辛一飞直接进入，轻声叩问。

靳如海一下子愣在了那里，也许他根本没想到辛一飞会这么问。良久，才回答了一声："是，市长您知道啊？"

"我不知道。"辛一飞神色冷峻，面无表情。

靳如海再次愣在了那里，也许他从来没有碰到过像辛一飞这样的领导，苦口婆心说了这半天了，也不知道辛一飞这个葫芦里装的什么药，也不知道他到底在想什么，究竟要干什么，简直让他不知所措，无所适从。憋了半天，才又十分谨慎地解释道："阳庄湖是一个老市区，那里的住房大都是危旧楼房，市里区里早已经把那里定为必须尽快改造的住宅区。区政府前年就委托我们做了，让我们在那里负责前期的拆迁协商和签约，我们确实已经投入了很多，现在算来已经好几个亿了。"

"你们已经在那里干了两年多了？"辛一飞再次感到震惊。这就是说，云翔大酒店开始兴建的时候，阳庄湖区域的拆迁工作几乎在同时就已经开始了。这几乎让人无法想象，怎么能如此明火执仗？这个云翔大酒店果然有偷天换日之功、瞒天过海之术。辛一飞突然想起了王梦舒姥姥住的地方，他们就是从阳庄湖拆迁过来的，他们的被拆迁，他们的被剥夺，他们的流离失所，难道就是眼前这个人干出来的？

"市长，很难干啊，现在拆迁，比过去要难多了啊，为什么现在的领导干部和政府官员都不愿意介入呢？都让我们来干呢？确实不好干啊。市长您也知道的，现在的拆迁户也不是过去的拆迁户了，都是狮子大开口，条件一条又一条。过去一平方米三千五千就可以了，现在三万五万也没人答应。钉子户那里也是，动不动就上门闹事，找公安，找法院，这拆迁的事情，纯粹是赔本的事情。有利可图的地方基本没了，政府也清楚这个情况。实在是我们投入进去的太多了，否则我们早就不干了。"

如果是过去，辛一飞也许就信了他的话，但现在辛一飞对这些话只剩了三分疑惑，七分憎恶。靳如海所有的话加起来，都没有王梦舒那张沾满土渣菜屑的脸令人震颤和信服。还有那个爬满蝇虫的窝棚，还有那个患病等死的老人，还有那个一家三代一起挤在不足二十平方米的破屋危房！

辛一飞并不想发作，也不想当面责问和反驳。面对着眼前这个背景复杂而又老谋深算的靳如海，你在这里说什么也没有意义。你如果在这里大发雷霆，厉声怒斥，说不定还会给了他再次接近你、靠拢你的借口，给了他进一步软磨硬泡、死缠烂打，让你无法脱身的机会。辛一飞此刻脑子非常清醒，今天到这里只是想了解了解情况，想摸摸底，知道龙飞大道工程究竟是什么人在反对，为什么要反对。对这些情况还需要深入了解，进一步核实。

他不需要在这里与他纠缠，他需要的是制定原则，需要的是制度和法规。

看见辛一飞一直沉默着，靳如海突然着急起来："市长，也不知道我说明白了没有，是不是还需要给您一份材料？"

"听明白了，不用。"辛一飞慢慢站了起来。

"那市长，您是同意的？"

"需要我同意吗？"辛一飞反问了一句。

"当然啊市长，这是您定下来的啊，龙飞大道两旁所有的搬迁安置，全部归工程总指挥部负责管理。"

"归市政府统一管理，而不是指挥部。"

"指挥部就是市政府啊。"

"谁说的？"

"市长是领导组长，您是第一副组长兼总指挥，下属都是政府的重要部门，其实就是市政府了啊。"靳如海对指挥部的设置清清楚楚，了如指掌。

"好啦，谢谢你的好茶。"辛一飞已经从茶几旁走了出来。

"市长，还有时间，先别走啊，我办公室里的东西你还没看完哪？"见辛一飞要抽身离开，靳如海赶紧靠近说道，"辛市长，我知道您是个文物鉴定大家，我这里还有几样国宝级的玩意，劳市长大驾能不能给鉴定一下？"

这时总经理霍怡帆也推门走了进来，笑容可掬，姿态优雅地摆出一个让辛一飞过去观看的手势。

辛一飞想了想，便跟着过去了。

靳如海的办公室还有一个更为宽大的外间。

到了这个外间，辛一飞立刻就明白，这才是靳如海真正显示气魄和尊贵的地方。

足有三百平方米的空间，支架林立，珠围翠绕。各种各样的藏品和宝物琳琅满目，美不胜收。灯光幽静柔和，愈加显得珠光宝气，富丽堂皇。

靳如海大概清楚辛一飞不可能一一浏览他的藏物，很快找了几样精致的玉器让辛一飞过目。

一看都是稀世之珍，连城之璧。

一旦拥有，非富即贵。

其中一件是一个形似奔牛的翡翠摆件。造型不大，大约十二厘米见方。

昂首挺胸的奔牛，气宇轩昂，出神入化。

整个物件晶莹剔透，浑然一体，没有任何雕琢的痕迹。

尤其让辛一飞诧异的是，这个雕刻的底座居然是紫檀！

辛一飞这么多年曾见过无数美玉，但像这样的摆件还是第一看到。

直看得辛一飞有些发愣，如此精美的器物竟然会展示在这里。

"市长，这个东西我是九七年在缅甸买回来的，那时候的玉器还不像现在这么漫天要价，当时我只花了两百万不到。"靳如海很平和地说道。

辛一飞明白靳如海的意思，那时候的两百万几乎相当于今天的两千万。

"这个东西去年才摆出来，他们好些人都对这个东西是真是假拿不准，前些日子有个文物专家看了半天，说好像是真的又不像是真的。"

"什么意思？"辛一飞随意问了一句。

"他说我那会儿能一百多万拿下来，他就不敢肯定这东西到底是不是真的，别说九七年了，九○年也没这个价，说我买得太便宜。"靳如海轻声细语，丝毫没有炫耀的意思，"辛市长，您是行家，您看看，这东西是真是假？"

"假的你还摆出来？"辛一飞不置褒贬，随口回了一句。

"哈哈，市长果然厉害。"靳如海大笑，"辛市长，听说您也属牛，对不对？"

辛一飞一怔，感受到了弦外之音："怎么了？"

"我也属牛啊，整整比您大一轮。"靳如海喜形于色，不加掩饰。

……

辛一飞出来的时候正好十二点整。

靳如海一直把他送到大楼外，再次拉住他的手说了又说。

霍怡帆则一直把他送到小车跟前，轻轻打开车门，又轻轻合住车门，一直到小车拐弯要出去了，还直直地站在那里给辛一飞招手。

去哪里吃饭呢？想了想，对司机说："回家也没饭了，咱们还是去那个削面馆吧。"

"刚才他们给车里放了盒饭，我怎么拦也没拦住。"司机有些无奈地说。

"在车里放着？"辛一飞问。

"是，都在后备厢呢，不少呢，一堆饭盒子。"

"那好吧，找个地方，看看有什么能吃的，真饿了。"辛一飞确实饥肠辘辘。

司机很快在一个公园广场旁边找到一个有椅子的地方，把车停了下来。

果然大大小小十几个盒子。

司机翻来翻去，找到了两盒扬州炒米饭、两份红烧肉、一只烤鸡能在这里吃外，其余的都是星斑鱼、帝王蟹、龙虾、乳鸽之类的高档饭菜，足足还有十几盒子。

辛一飞看了看，"炒米饭和红烧肉，留下咱们俩吃。其余的你分一分，然后一会儿送给我们上午去过的几家人吧，估计他们一辈子也没吃过这些东西。"

"好的。"小杨应了一声，把饭菜分成了三份，分到最后一个袋子时，突然喊了一声，"领导你看，这里面还有这么一个东西。刚才没注意，没看清什么就让他们放在里面了。"

一个并不显眼的绒面盒子，在一个塑料袋里包着。

酱紫色的绒面盒子不大不小，大约一尺见方。

辛一飞一下子明白了。

盒子打开，刚才在靳如海那里看到的那个翡翠奔牛，赫然显现在辛一飞眼前。

……

下午的会议开的时间不长。

听完汇报，讨论了半个小时后，通过了相关条例。

——凡是龙飞大道两旁所有即将拆迁的行政机关、企事业单位、商家和住户，要求在两个月之内完成拆迁协议并签署合同。

——凡是违章建筑，以前已经签署的所有相关协议和合同全部作废。

——凡是两个月之内拒不签署协议合同的，之后因拆迁带来的所有损失均由自己承担。

——凡是在两个月之内签署协议合同的住户，新住址和小区划分一律优先安排。

——凡是在两个月之内签署协议合同的机关、单位、企业、酒店、宾馆、商场、学校等，即可同时在已经划分安置的区域开工筹建新址。

——凡是在两个月之内签署协议合同的，不论个人和集体，均可在五个月内完成搬迁。

——凡是在两个月之内签署协议合同的，搬迁补偿和人员安置一律按最高标准发放执行。

——凡是在两个月之内签署协议合同的，所有安置房住址均划分安排于市中心区域。

……

辛一飞最后做了个总结。

本来不想讲，但一讲起来，就收不住。

"大家可能都看到了，我们出台的这些条例，应该是我们龙兴市前所未有的条例。即使我在吴浙县，也从来没有出台过这样的条例。

"为什么是前所未有？一句话，就是要把心窝子掏给龙兴的老百姓，让那些给龙兴市做了牺牲和奉献的个人、集体和企业能享受到最优惠最公平的条件和待遇。

"什么是最优惠最公平，就是要动真格的。不是嘴上一套，心里一套；人前一套，背后一套。更不是以公平的名义，干那种见不得人的事情。特别是我们不能每搞一次拆迁，最终让富的更富，穷的更穷。让一些人自己的腰包鼓了又鼓，还在那里不知羞耻地说要造福一方。如果这次真成了那样，那我们就是帮凶，就是同伙，就是同流合污，狼心狗肺，连个人味都没有，禽兽不如！

"市委市政府把我调过来搞这个工程，不是因为我有三头六臂，十八般本领。也不是因为我是金刚之身，能刀枪不入。我跟大家其实没有任何区别。我只不过就是个愣头青，易冲动，好蛮干，六亲不认，寡情绝义，看到不顺眼的事，看到欺负老百姓的事，就心疼，就冒火，就与你誓不两立，翻脸不认人，就甩开膀子与你拼，不是你死，就是我亡！

"我也不是不爱钱、不缺钱，我也上有老、下有小。但做官首先是做人，做人就得有底线，底线就是不能作恶、不能造孽、不能站在老百姓的对立面。一做了官就想把金钱美色都揽到自个儿怀里，那就想想在老百姓眼里你算个什么东西！你过的日子比一般的老百姓还不如吗？你的吃喝拉撒还用你发愁吗？你没老婆吗？你老婆当初不是你心仪的女人吗？看看当今世界，已经是什么时代了，脑子还在封建社会！一有了权，一有了钱，就住豪宅，养小三，穿金戴银，宝马香车，这种人，想想老百姓怎么能容忍，怎么能答应！你把这个社会看成你家后院了？满世界都成了你家的天下了？只想占尽国家的便宜，捞尽社会的财富，就不想给自己留条后路，不想自己的子孙积点阴德！伤天害理，灭绝人性，老百姓又怎么能放过你！

"今天我去了一个地方，说是政府同意，已经把阳庄湖那块地方预定出去了。我现在也不想知道究竟是真是假，也不想现在就追查有没有这回事，我现在就再说一遍，那块地方是龙兴市目前最好的地段，傍山临水，寸土寸金。这个地方不管是谁，不管出多高的价钱也不出让也不卖，不准！干什么？就是要留给拆迁户做安置房！有人说，你把这么好的地方建了安置房，不觉得可惜吗？能说出这种话的人，让我说，如果不是奸商贪官，那也一定是最没良心的人！让老百姓住在最好的地段，天经地义！凭什么天下的好地方都必须给了有钱有权的人？老百姓凭什么就只该住在旮里旯儿、昏天黑地的地方？

"老百姓当初为什么跟着我们共产党打天下？因为共产党的章程归纳起来就一句话，让人民当家做主！新中国成立已经七十年了，当家做主的人民都让我们给忘了吗！忘记过去就等于背叛，背叛了人民，就等于把这个天下全都卖给了有钱有势的人！如果真是这样，这还是人民的天下？

"我今天看了几个地方，心里很不是滋味。我中午查了一下资料，龙兴市的就业率连续三年全省第一，去年的就业率达到了百分之九十五，大学生的就业率几乎达到了百分之百。你说我能不相信这个数据吗？我信！我看了那个工作环境后更加相信这个数字！我今天去的那个地方，据说每年都能完成政府指令分配的指标，去年完成的大学生就业数额达到了三百名！今年还要继续安排三百名。三百名大学生啊，如果光看数字，你会觉得很不容易，会觉得很了不起。但事实怎样呢？我大致了解了一下，也亲眼看到了一些真实情况，刚分配去的大学生每个月的工资只有一千二百元，其中还要扣掉三百元的工装费和住宿费。而且试用期不交社保，没有工伤保险，也没有医疗保险。一天工作十四五个小时，吃的都是残羹剩饭，十个人住一个房间。最小的孩子才十六岁！大学生一个月几百块钱的工资，干着牛马不如的苦活脏活累活，这是就业吗？这也叫就业！他们在阳庄湖开发的房地产项目，知道预售价是多少？两万八！没日没夜给他们打工两年，也买不到他们的一平方米！这是帮政府还是黑政府？这样巧取豪夺，鱼肉百姓，老百姓还会拥护这样的政府吗！还会拥护共产党，拥护改革开放！

"要不是开会，今天真想在这里骂娘！这帮狗东西，真是畜生嘛！还有我们的一些政府工作人员，你也不了解了解，这是就业吗！这是什么就业？这是给有钱人提供的一群家奴、囚犯！比过去给地主老财扛活的长工短工都不如！这是拿着老百姓的孩子给有钱人做供奉，当祭品！伤天害理，吃人血馒头！能干出这种事的人这辈子不得好死！下辈子也猪狗不如！挂羊头卖狗肉，如果我们的政府成了这样的政府，在老百姓那里还有什么号召力！还有什么公信力！你那个政府就是个黑窝，就是个粪坑！看你像个领导，其实你就是一条走狗！你每天口吐莲花，说得天花乱坠，也不会有人再信你半句！你再涂脂抹粉，满脸贴金，老百姓也知道你是个厚颜无耻的诈骗犯，是个杀人不眨眼的刽子手！这次龙飞大道的拆迁安置，如果再有这种情况出现，我第一个就把你拉出来，一查到底，看看你到底是人是鬼，到底活吞了老百姓多少血和肉！能干出这种事的人，龙兴人民一定与你不共戴天，世世为敌……"

二十五

　　龙兴市公安局治安支队副支队长李志杰看看时间，已经凌晨一点多了。

　　他的三个小分队都还没有回来。

　　一个在西城，一个在东城，一个在城郊。

　　其他分队晚上的行动均已结束，一无所获。

　　市局技侦处陈浩处长几个小队的行动也基本结束，除了发现一些新的渣土外，好像也没有什么新的线索。

　　晚上李志杰参加了公安部和省公安厅的座谈会，在会上做了简短的汇报。

　　对他们的分析和下一步行动，上面的领导并没有什么异议。唯有部里的专家，给了两点建议。

　　第一个建议，立即扩大倾倒物的侦查范围，如果是一个专业性很强的文物盗窃团伙，所盯的目标又很大，那就不可能只会在一个地方作案。倾倒出来的渣土，也不可能就是一种成分。第二，越是专业的盗窃团伙，作案的隐蔽性就越强，作案的方式也越独特。所以不能只用一种方法追查作案的线索和路径，应从多方面多角度展开侦查和辨析。

　　这两点建议非常重要。

　　今晚的安排扩大了这两方面的侦查范围，也增加了这两方面的侦查内容。

省厅的领导在座谈会现场就给予了强有力的支持，通过公安厅厅长、副省长任岑郡，直接同省交通运输厅主要领导进行了联系，请求调动所有手段，立即全面配合公安部门对龙兴市以及周边市县进行全方位全天候追踪和侦查。

这个支持非常重要。

今天晚上，省交通运输厅和市交通运输局的相关工作人员，分成两个小组连夜作战，回看和辨别三个月内的所有电子眼视频记录，争取在今晚能拿出有力的证据，找到这个倾倒渣土的嫌疑犯。

公安部和省厅下来的最大作用，就是高度统一了认识和行动，促使省市公安两家集中最大力量，一夜之间把侦查警力扩大到数倍之多，这完全超出了李志杰的预料，连沈慧副局长也兴奋不已。

今晚的行动，陈浩那里，增加了四个小队。李志杰这里，增加了三个小队。

这三个小队，到现在还没有回来。

看看时间，即将凌晨两点。

没有任何睡意，仍在默默地等待。

市局的多个办公室，依然灯火通明。李志杰知道，沈慧局长、陈浩处长，还有相关的几个处室，他们都还在办公室工作。

一种强烈的预感，或许今晚会有奇迹出现。

凌晨一点五十八分，手机铃声响了。

李志杰一个激灵，一下子拿起了手机。

七小队队长张扬的电话，"李支队，有个新情况。"

"嗯。"李志杰应了一声。

"我们在东城城郊发现了新的渣土。"

"什么样的渣土？"

"一般的渣土，但感觉量很大，主要是附近没有看到有什么土建工程。"

"多大的量？"

"只这一块儿地方看了看，有七八吨左右。"

"这么多？"

"至少。"

"具体什么地方？"

"是在东城城郊偏南的一片蔬菜大棚附近。"

"蔬菜大棚？"李志杰陷入思考，"不是蔬菜大棚的农用土？"

"不是，这种土质不会是农用土。"

"确定？"

"确定。"

"确定附近没有基建项目？"

"确定。"张扬顿了一下，"至少方圆五里之内，没有看到。"

"倾倒渣土的人和车，有发现吗？"

"没有。我们正在查找，找了一个多小时了，还是没有什么发现，估计不会在这一带。"

"有车痕吗？"

"有。像是三吨左右的小型卡车。"

"附近交通怎么样？"

"交通还可以，不偏僻。"

"附近有电子监控吗？"

"没有。我们看了，电子眼在高速路口才有，离这里七八公里远，路岔口又很多，电子监控估计很难查得到。"

"已经两点多了，会不会还会再出来？"

"打电话就是这个意思，今晚我们不回去了，准备在这里蹲到天亮。"

"所有人？"

"是，三辆车、六个人，两个留在附近，两个在高速路口，两个在另一个路口。正好。"

李志杰略作思考："好吧，随时联系。辛苦了。"

"为人民服务！"张扬故作夸张。

"如果有突破，首先给你记一功。"

"谢谢首长！"

"扯，回来罚酒。"

刚放下手机，座机便响了起来。

市局治安支队的内部电话。

"支队，交通运输局的录像资料送过来了。"支队二大队马玉忠的声音。

"什么情况？"

"支队，有重要发现。"

"讲。"

"那辆运送渣土的车基本可以确定了。"

"是个什么车？"

"是市建三局正在东城施工的一辆小型工具车。"

"车主人？"

"在册登记的车主人叫陈良化，是一个五十岁的老工人。"

"住什么地方？"

"就住工地。"

"现在就在工地居住？"

"对，我们刚查过。"

"确定是他开的车？"

"确定。"马玉忠紧接着又补充了一句，"不过据工地值班的人讲，这个车平时很少用。"

"这个陈良化是哪里人？"

"不是本地人，家在南县，就是个老工人，没有任何前科。"

"家也不在市里？"

"不在。他家在农村，连他五口人。老伴、儿子、儿媳，还有一个一岁的孙女。儿子是教师，儿媳是农民，都没有任何前科。"

李志杰也不禁有些发愣，这样的人有可能会在什么地方偷偷作案？老老实实的一个工人，实则是个江洋大盗？"还有什么发现？"

"暂时就这些。"

"确认这个陈良化现在就住在工地？"

"确认。"马玉忠十分明确，毫不含糊，"他和另外一个工人合住一间工房，两个人现在都睡在里面。"

"工地上还有其他人吗？"

"那里一共有二十多间工房，每间工房住四个工人，基本都是临时工，只有陈良化和跟他一起住的那个工人是正式工。"马玉忠了如指掌，清清楚楚。

"说你的意思。"

"支队，你定，是否今晚实施抓捕。"

马玉忠心里清楚，晚上抓捕和白天抓捕，造成的影响完全不一样。在目前还没有确凿证据的情况下，连夜实施抓捕，是不是有点不大妥当？想了半天，问："监控录像在你那里？"

"在。"

"你看过了？"

"看过了，都是剪接起来的，时间不长，一目了然。"

"现在拿过来吧，看了再说。"

李志杰想看看那个陈良化究竟长的什么模样，开起车来又是个什么样子。然后再确定是否连夜抓捕。

好人坏人，有时候相貌上还是可以判断几分。

马玉忠人还没到，手机铃声再次响了起来。

技侦处陈浩处长的手机号码。

"志杰，你那里什么情况？"陈浩开门见山。

"正常。"

"有线索了？"

"好像有，还没有落实。"李志杰十分谨慎。任何线索在确定之前，都只能是线索。

"我这里有情况。"

"什么情况？"

"我们所有的行动，好像对方都了如指掌。"陈浩心事重重。

"你指的什么？"

"我们这次行动。"

"行动前我们都知道消息会泄露出去，有什么大惊小怪的？"李志杰松了口气，"吓我一跳，还以为真出了什么事。"

"我不是指整个行动。我说的是我们具体的每一步行动，他们都洞若观火，一清二楚。真他妈的见鬼了！"陈浩异常恼怒，止不住骂了起来。

"怎么回事？"

"今天晚上去的几个地方都一无所获，包括以前的一些线索，也都给掐断了。"陈浩义愤填膺，"尤其是那个死者的老婆孩子现在都找不到了，还有死者的几个朋友，也全都没影了。找其他人询问，没想到整个施工队全部换人了，施工队所有的人都解散了。"

"越是这样，越证明这里面问题严重。"

"我也是这么想的。看来我们的对手神通广大，能量不可低估。"

"你现在准备怎么办？"

"明天继续商量对策，不过明天的行动我得看紧了，别让消息再提前泄露出去。"

"能防住？"

"试试。"

"有可疑的目标了？"

"只是猜测。"

"你说的我也有感觉。今晚我这里也有发现，这个发现一旦证实了，就有可能进一步看清我们对手的情况，我现在的预感，确实应该不是一般对手。"

"有新情况？"

"对。"

"我可以知道吗？"

"你现在哪里？"

"办公室。"

"能过来？"

"马上。"

"好，马玉忠也过来了，正好我们一起商量一下。"

马玉忠同时拿过来三个录像存储卡，一个给了李志杰，一个给了陈浩，还有一个让李志杰明天交给沈慧副局长。

视频清晰度还算可以，但基本都是远距离的影像，嫌疑人的特写镜头几乎没有。

但看得出来，那个运送渣土的人确实很老了。怎么看也像六十多岁的样子，怎么现在还没有退休呢？

"你确定是五十岁？"李志杰对马玉忠问道。

"没问题，我们看了身份证的影印件，五十岁，十一月生人。"

"那就是说，五十岁还是虚岁？"李志杰无法相信。

"但录像里的这个人确实太老了，至少也有六十了。"陈浩也予以附和。

一共七段视频，特写镜头就只有一个，但几乎是一晃而过。

对那个特写镜头看了反反复复好几遍，依旧没有一个明确的印象。

"会不会是另外一个人？"李志杰突然问。

"哦？"马玉忠吃了一惊，"怎么可能？"

"有可能。"陈浩点点头。

"我再看看。"马玉忠又仔细地看了两遍，"支队，有些人其实就是看着老。这个人虽然显老，但你看，他很有劲，很健康，也很利落。"

"万一不是一个人呢？"李志杰再次发问。

"我也是这么想。"陈浩与李志杰的眼光慢慢碰在了一起。

李志杰突然站了起来，沉着脸对马玉忠说："找两个人过来，快！马上出发！"

"对陈良化马上实施抓捕？"马玉忠立刻紧张起来。

"不是抓捕，是保护！"陈浩低吼了一声。

"啊！"马玉忠也立刻醒悟过来，"明白！"

二十分钟后，他们一行五人风驰电掣般地赶到了建筑工地的工房所在地。

陈良化住在临街的第一间工房里。

工房不大，在朦胧的月光下，工房显得幽暗而神秘。

工房的门虚掩着，马玉忠轻轻一推，吱扭一声慢慢开了。

没有任何动静。

李志杰和陈浩早已握枪在手。

两支强光手电同时打开，四人一拥而入。

两张床只有一张床上有人。

床上的人脸色煞白，两眼圆睁，惊恐万状地斜视着房顶。

一具尸体！

所有的人都愣在了那里。

马玉忠试了一下脉搏，已经没有任何体征。

李志杰用手摸了一下尸体额头和脖颈，尚有余温。

刚死不久！

脖颈上一片青紫，应是被强力扭断了颈椎。

十几分钟后，工地上的负责人也赶到了工房。

让李志杰再次震惊的是——

死的这个人并不是陈良化！

二十六

市委书记田震不到清晨五点就突然醒了。

胸口有点憋闷，干脆坐了起来。

手机上没有什么要紧的信息，也没有秘书特意告知的微信和短信。

今天的日程仍然很满。

——公安部省公安厅下来的考察组，今天不再需要自己出面。

——国家文物局的考察组，明天晚上才能赶到。要提前查看一下准备的情况。

——省交通运输厅的常务副厅长明天上午也可能赶到龙兴，应该也是公安那边的事情，正厅级的老领导，争取见面。

——国税局的路局长下午要来，看情况能否与其他领导一起吃个饭。

——上午九点的省第二附属医院的开工仪式，分管卫健委的副省长和主任都参加，自己还有个讲话，八点五十以前必须赶到。

——上午十点半科技厅的颁奖活动，是按自己的时间安排的。颁奖完毕要同获奖专家合影。合影前是否讲话，看情况而定。

——下午两点的市委常委会会议，有六项内容需要上会决定。其中重要的一项是有关龙飞大道工程的相关内容。涉及拆迁的范围和条例，还涉及拆迁的安置和赔偿。

……

田震清楚，今天其他的事情都是走走形式，没什么压力。唯有下午的市委常委会会议是个极其重要的会议，需要研究决定的都是龙飞大道工程有关方面实实在在的大事情。里面涉及的矛盾和权益，牵扯到方方面面。

这些年，有关人事上的安排，大家的意见基本上一致。因为只要是上了常委会会议，已经是各方面协调统一的结果。宣传口的宣传部长肯定同意，统战口的统战部长也一定赞成。而且这些上会的名单，都已经经过书记、省长、纪检书记和组织部长的审查和研究。上了会，除非特殊情况，很少会有不同意见。

但经济工作就不一样了，特别是涉及的工程项目、市政建设，大家对此关注度高，而且不涉及敏感问题，再加上利益攸关，看法相左，自然不同意见就很多。一旦上会，不仅发言踊跃，甚至言辞尖锐，情绪激烈。

对此田震有心理准备，他也希望大家的意见能更充分一些。毕竟这是龙兴市牵扯到千家万户的大事，牵扯到经济建设、文化建设、生态建设和市政建设的头等大事。

这个谁也能理解。

只是今天的情况完全不同，事情的发展完全出乎田震的意料，让田震心里十分忐忑难安。

昨天晚上十点左右，省委副书记郭健雄用座机给他打了一个电话。

当初辛一飞来市里，破格提拔带调动，是田震运筹帷幄、多方调节的结果。省委书记、省长、省委副书记、组织部长、纪检书记以及其他常委，包括政协主席，都得一一说到并做好工作，一般来说，省里人事上的提拔和任用一旦上了省委常委会会议，基本上就有了百分之八十以上的保证。但有时候也不一定，像类似这种破格的、不合程序的、年龄偏大的人选，即使上了常委会会议，也有被否决的可能。

事情的最终结果，辛一飞的破格提拔，在省委常委会会议上几乎没有任何异议，相当于全票通过。

在随后的市委常委会会议上，依旧没有遇到什么大的不同意见和阻碍，再次顺利通过。

顺利得连田震自己也没有想到。

事实上，辛一飞最关键的支持者，除了省委书记，再一个就是省委副书记郭健雄。

郭健雄五十四岁，外省人，曾在两个市任过市委书记，做过统战部长、副省长、省委秘书长，如今任省委副书记已经四年。人们说了，这个年龄，这个履历，这个条件，很快就是下一任省长的最佳人选。

一旦成为省长，郭健雄的前程将一马平川。

据传，中央某领导对郭健雄的能力也十分看重。还有人说，曾在中央党校的一个短期班上，郭健雄和现任的某个政治局委员是同班同学，两人关系非同一般。

不管传说如何，省里这几年的人事安排、重大决策和机构设置方面，郭健雄的影响力人所共知，十分明显。

尤其是在常委会会议上，郭健雄常常是言行必果，言必有中。

常委会会议上大家都看得出来，即使书记、省长对他的意见和建议也十分尊重。

书记张舜禹今年六十四，省长刘斌五十九，两个主要领导随时都有可能离职和履新。

这样的情况下，没有人不看好郭健雄的下一步。

田震向来都是郭健雄的支持力量，郭健雄也同样是田震强有力的后盾。田震与郭健雄的关系很近，他们是正经八百的中央党校同班同学，而且都是六个月的长班。

既是同窗，两个人在一起自然无话不谈。

郭健雄对田震的前程同样十分看好。

郭健雄很多次给田震说过：你现在这个年龄，这个位置，正是可以大展身手的时期。要有政绩，要有影响，要有让所有的人心服口服的魄力和能量。如果平平淡淡，碌碌无为，缩手缩脚，就不可能有什么好的机会和前程。

机会都是给有准备的人留的，这个准备不是别的，就是你的努力，你的形象，你的政绩和口碑。

一句话，在这样的一个位置上，而且是省委常委的市委书记，这是省委省政府包括中央对你的一次重大考验，也是你个人的一个重大机遇。

这个位置比一个副省长、一个副书记，甚至比一个省政协主席，都要重要得多，也更有意义得多。

如果你在这样的一个位置上仍然毫无建树，寸功未立，平平庸庸，碌碌无为，那你这个省委常委的市委书记当得还有什么意义？

任何一个市委书记，只要稳稳当当，不出错，不越轨，不违法乱纪，不犯低级错误，等到退休之前，有一个副省级待遇，那还不是手到擒来？

除非你看透官场，不想再进步，或者年龄已经到站，努力已无意义，否则任何一个人都不会在这个位置上毫无进取之心，甘做平庸之辈。

郭健雄的话深深地打动了田震，与田震多年的思虑和心结产生强烈共鸣。

正是在郭健雄一而再再而三的劝导下，才坚定了田震多年一再犹豫不决的龙飞大道工程，也最终让他有了破格提拔起用辛一飞的决断和立场。

这个想法也得到了郭健雄的坚决支持和赞赏。郭健雄当时说了一番让田震终身铭记的话："能帮你成大事的人就是你最该用的人，能帮你干大事的人就是最听你话的人。能干的不听话，听话的不堪用。这话对也不对。其实古往今来，没有一个被你起用的人，在关键的时候会不听你的。量小非君子，无毒不丈夫，就是这个意思。这个人，你看行，你就用。只要你能定下来，我就支持你。做大事就不能计较小节，等你把事情干成了，所有的批评和质疑，都会变成表扬和赞颂。"

郭健雄说到做到，不仅说通了书记、省长，还专门给组织部部长说了一次，甚至还给龙兴市的几个常委也都打过招呼。

事情一帆风顺，处处绿灯。

辛一飞连跳三级，从一个小县的县长，一直被提拔任命为市委常委、副市长候选人。

昨晚与郭健雄的通话，将近四十分钟。

龙兴市云翔集团公司董事长靳如海下午专程找到了郭健雄，并给郭健雄汇报了最近遇到的一些问题和困难。

郭健雄就一个意思，龙兴市的龙飞大道工程应该依法办事，不能借口龙飞大道工程任意撕毁已经签订的正式合同，更不能漠视民营企业的发展和诉求。

郭健雄副书记协助书记、省长负责全省经济工作和民营经济发展，对民营企业的问题和困难有权过问。郭健雄还兼任省政法委书记，对全省的法制建设可以直接指示和提出意见。郭健雄主管党建工作，对任何一位违法乱纪的省管干部都可以提出批评并严肃问责。

郭健雄在电话里直接提到了辛一飞。

"我们支持辛一飞大胆工作，并不是支持他可以破坏法制、违法乱纪。云翔集团公司是龙兴市这些年发展起来的优秀民营企业，在全省也是一面旗帜。这些年，对民营企业保护不力、任意打压的行为屡禁不止，与我们一些领导干部法制意识和大局意识的欠缺和偏离有很大关系。发展是硬道理，这是个非常重要的认识。白猫黑猫，能逮住老鼠就是好猫，这句话并没有过时。靳如海给我说，这些年，云翔集团所属六十多家实体和公司，总共给国家纳税数十亿，解决就业近万人。这样一家优秀的企业，给国家做了这么大贡献，我们有什么理由不保护，不支持？人家十几个亿的投资，你要强拆，人家全力支持，补偿分文不要，只需要一块儿地把这个酒店迁移过去，而且这块地也是按市场价格购置，并且已经与政府签订了合同，你有什么依据宣布人家的合同作废？这样做，如何取信于民？我们还是不是一级政府？还讲不讲信誉？还有没有一点法制观念？我们的依法行政岂不是形同虚设……"

田震对云翔集团的情况还是清楚的，有关拆迁的规定，辛一飞也给田震做过详细汇报，对此田震还是同意的，也认为是可行的。但他真的没想到郭健雄的意见会这么大，而且好像确实掌握了一些情况，并有了他固定的看法和结论。

"你们唯一的依据就是说人家的酒店是违章建筑。那么大的投资，那么大的一个工程，你说人家违章建筑又有什么依据？既然是违章建筑，那当初是怎么建起来的？你们政府当初干什么去了？如果是违章建筑，首先是你政府的失职，是你政府的违规。你批准让人家建起来了，然后又说人家是违章建筑，究竟是你们违法，还是人家违法？你们现在说人家是违章建筑，那人家的投资你们是不是应该予以赔偿？权力在你们手里，你们想怎么说就怎么说？这个社会还有没有法制了，有没有天理了？像你们现在这样的行为，如果人家提起诉讼，法院究竟会判你们输还是判你们赢？判输了，政府还怎么运作？判赢了，社会能不能答应？现在是自媒体时代，网上给你一热炒，你是硬扛还是道歉？现在全国都在关注民营企业应该如何大力保护和健康发展，龙兴市委市政府要坚持逆流而上反潮流吗？你拒不承认有错，那难道是全国都错了？中央也错了？你如果道歉，那你下一步还怎么再在龙兴干？你当初搞的这个龙兴工程究竟是什么目的？其实事情很简单，不就是人家已经花钱购买的那块地吗？而且已经签了合同，你按合同办事不就行了？为什么又凭什么说不？凭什么坚持要说人家是违章建筑？非要逼着人家要把人家签订的合同作废？本来这么小的一个事儿，为什么非要把它激化为一个大事件，一个大矛盾？辛一飞看不清，你也看不清……"

郭健雄的口才非常了得，田震的口才已经很好了，但比起郭健雄来，还是自愧不如。昨天晚上田震再次领教了郭健雄的思辨能力和概括能力，说话理性、明晰，头脑清楚，逻辑严密，让田震几乎没有反驳的余地。

"辛一飞昨天开了个指挥部会议，听说在会上破口大骂，第一大骂现在的民营企业都是一帮畜生，狗东西；第二大骂现在的领导干部都是走狗，都是诈骗犯、刽子手；第三大骂现在的政府都是挂羊头卖狗肉，是黑窝、粪坑，好像没有一个好人。像话吗？！一个市委常委，一个局级干部，连最起码的党员素质、干部涵养都没有了？这是在骂谁？又是什么性质的问题？哗众取宠，还是趾高气扬？把自己置于什么样的立场？这将会造成多么恶劣的影响！说轻点，这就是无组织无纪律，说重点，就是故意挑起事端，利用群众的不满情绪以达到个人目的，这是非常严重的政治问题，是我们必须严厉禁止的行为。"

田震非常吃惊，辛一飞在会上讲了什么，郭健雄竟然都一清二楚。果然是信息社会，没有什么事情能隐瞒得住。对辛一飞讲的那些话，田震也略知一二，说实话，田震也是不赞成的。刚来龙兴，要收敛锋芒，韬光养晦，何况副市长落选不久，干吗要如此张扬？也太没有自制力了。至于性质是不是像郭健雄说的这么严重，以至上纲上线，甚至是政治问题，则是田震没想到的。

"听说你们明天就要上常委会会议，我建议你与辛一飞好好谈一谈，这不是小事，这个方案宁可推迟十天半月，也用不着这样仓促上马。如果让矛盾激化，事态扩大，闹得不可收拾，那时候还有没有自我纠正的可能？还有没有给自己下台阶的机会？你是一把手，一旦常委会通过，最终所有的责任都会压在你一个人身上。如果事端真的到了不可收拾的地步，到时候辛一飞能替你受过吗？又有谁能保了你？不出事就没事，一旦出了事，就是天大的事，省委省政府包括中央还会像现在这样支持你，看好你？我是看好你才这样说你，你是省委重点培养的对象，我不希望你在这些小事上有个三长两短。你放心，我不会像一些人那样看着你出笑话，或者事不关己，高高挂起。现在的一些地方，干部队伍里面风气很差，很多人都是多一事不如少一事，明哲保身，好好先生。其实内心里都巴不得你捅娄子，早点下台，取而代之。我今天给你说的都是心里话，也不像是个省委副书记应该说的话，就是替你着想，心里着急，该说不该说的都拎给你，你也好好想想……"

田震几乎没再说什么，也好像说不出什么。别说反驳了，就是连提出自己一点想法的感觉都没有。

郭健雄的话理性、动情、有理有力、直言不讳，而且设身处地，完全是站在田震的角度考虑问题。这让田震十分感动，也十分感激。

田震对郭健雄之所以心悦诚服，还有一个谁也不知道的原因，就是那桩被纪委重新开始调查的三千万贿款投资房地产项目的重大案件。

事发突然，事关重大，但却在意料之中。

这件数额巨大的贿款投资案，也同样牵扯着郭健雄和田震。

原吴峒县委书记吴峒任职期间，吴浙县境内的一家省属国有企业龙钢集团，曾把一个稀土矿以五千万的价格卖给了龙兴市里的一家民营公司，这个公司的实际掌控人最终查明，竟是原龙兴市委副书记龚基业的儿子，市委副书记的儿子一转手，又以八千万的价格卖给了另外一家皮包公司，这个皮包公司的董事长恰是县委书记吴峒的儿子吴浩博。

这个八千万到手的稀土矿并没有开发，一年之后，便以一亿五千五百万的价格转手卖给了另一家国有企业。这家国有企业叫上宇集团，是市里的另一家公司。

县委书记吴峒的儿子吴浩博几乎是空手套白狼，一转手获利七千五百万。

吴浩博并没有独吞，按照市委副书记儿子的指示，自留三千万，龙钢矿业集团董事长五百万、上宇集团董事长五百万、市国土局局长五百万。

还有一笔三千万，吴浩博听从父亲的指示，把这笔巨款汇给了另外一家企业的账户。

这家企业叫振浩投资公司。

振浩投资公司负责这笔款项的中间人，是市委书记田震的外甥陈旭轩。

田震的外甥陈旭轩和吴峒的儿子吴浩博是中学同学，两个人情同手足，关系密切。

田震的外甥是振浩投资公司的部门经理，当时正在进行一笔投资，急需资金，就向吴浩博开口借钱两千万，并声明时间不会长，一旦周转过来，立刻清还。

吴浩博把借钱的事告知了父亲，父亲立刻指示，直接给陈旭轩打过去三千万。

这件事很快被田震察觉，立刻责令外甥全部退款。

纯属巧合，恰恰就是在这个时间，县委书记吴峒被提名为龙兴市副市长人选，极力给田震推荐的人正是这个市委副书记龚基业。

田震之所以同意提名吴峒为副市长人选，一是觉得吴峒这个人很实在，这几年与辛一飞的配合也不错，各项指标都名列前茅，尤其是龙兴市 GDP 排名，吴浙县连续三年增速第一。吴峒本人曾在两个县任过三任县长、两任书记，在龙兴所有现任的县委书记里资格最老，政绩突出、年龄适合、口碑不错、威望很高，提拔任命他，省市两级都不会有什么大的异议。

只是没想到突然查出的这起倒卖事件，成为一声暴雷，引发龙兴政坛强烈地震，并让两个书记和自己的孩子都成了阶下囚，也成为田震在任期内轰动一时的重大腐败案件。

田震之所以没有受到影响，其一是这件事田震确实毫不知情；其二田震的外甥陈旭轩并不是所在公司的董事长，他只是个部门负责人，借款也只是个牵线人；其三，确实只是借钱，手续齐全，有还款时间还要付出利息，而且确实并不知道这三千万是贿款；其四，这笔款项只用了不到十天，而后便连本带息如数奉还。还有重要的一点，由于省委副书记郭健雄的全力保护和支持，最终让田震涉险过关。

事情来得非常突然。

当时因为有人检举揭发，省纪委开始调查这起案件，郭健雄即时把情况告知了田震。田震大吃一惊，才知道在他的辖区竟然发生了这样一起惊天大案，而且他的外甥陈旭轩竟然也涉案其中。

田震连夜叫来了陈旭轩，止不住一个巴掌甩过去，打得他好半天站不起来。外甥陈旭轩是田震姐姐的孩子，田震就这一个姐姐。这个姐姐在四十多岁时得了子宫癌，十年后转为肝癌去世，这个外甥把姐姐丢在医院，很少再去照看。姐姐几乎在医院住了整整十年，去世时，他连母亲的病房在哪里都不知道，前前后后，所有的一切都由田震照管打理，对此田震从来也没有生气埋怨。姐夫是个老工人，姐姐得病不久就退休了，退休金并不高。外甥毕竟还小，不论是上中学还是上大学，学费还得田震自己资助。姐姐去世的时候，外甥大学刚刚毕业，刚过二十五岁。那时候，田震刚从团省委书记的位置上到了龙兴市。费了很大周折，给外甥在龙兴市投资促进局下属的一家公司找了一份工作，工作内容基本上就是招商引资。这么多年了，除了逢年过节，平时也很少与这个外甥见面。但外甥毕竟是外甥，因为有田震这么一个市委书记的舅舅，位置便不断蹿升。贿款案事发时，外甥已经做了两年多的部门经理。在整个公司炙手可热，成为公司董事长最为信赖的公司成员。

田震那一巴掌打过去，吓得跟在一旁的老姐夫差点没跪下来。田震当着姐夫的面，怒不可遏，破口大骂："你这个不孝之子，究竟是个什么东西！你妈在住院的时候，我就知道你是个没良心的狼崽子，一年都不来看一次！上了大学四年，来医院总共还没有四次！那时候我觉得你还小，不懂事，一次一次都原谅了你，从来也没说过你。今天再回头看你，真是个天下最没良心的混账王八蛋！你妈一定是你给气死的，今天你又想来气死我！你脑子让驴踢了，还是就是想存心害我？你算个什么东西，别人会无缘无故借给你三千万！呸！抬起你那屁脸让人看看，就凭你这个恶心样子会有人借给你三千万？你究竟想干什么！要是把我害死到监狱里，等我出来，第一个就宰了你……"

田震如此雷霆震怒，有一个重要的原因，就是这三千万根本退不回去。

县委书记吴峒的儿子吴浩博闻讯后已经逃之夭夭，不知去向。连吴浩博的父亲母亲和妻子都不知道他去了哪里。

吴浩博的公司就是一个皮包公司，吴浩博不在，根本就没有人接收这一笔巨款。

已经听到风声的吴浙县委书记吴峒，此时已经噤若寒蝉，即使儿子在，也不敢再让这三千万巨款重新打回来。

赃款如果再增加三千万，那他将是死路一条。

一个要马上汇回这笔巨款，一个则无法接收这笔巨款。

对田震来说，这笔钱多留一天就是对他多一分致命的威胁。

这笔钱汇走得越快，他就越安全。

怎么办？

想来想去，心慌意乱的田震专程找到了省委副书记郭健雄。

郭健雄立刻见到了田震，立刻做了安排和决定。

那时案件正在核实调查阶段，还没有正式立案。

尽管消息满天飞，整个龙兴市已经传得无人不知无人不晓，但表面上看，一切都还在正常运转。

县委书记吴峒和市委副书记也都还在职。

郭健雄当着田震的面，第一个给吴峒打了个电话。县委书记吴峒因为副市长候选人的事，曾托田震找过郭健雄副书记。

郭健雄电话里面毫不客气："到现在了还没感觉到问题的严重性？想学鸵鸟啊，脑袋钻进沙子里就能逃避了，就会什么事情也没有了？有那么简单吗？现在的问题不是推卸和逃避，尽管是孩子的问题，但你们的责任大小，不是想推卸就推卸得了的。现在你还是县委书记，我还是你的省委副书记，过多的话我现在也不便给你说。你的事情如何定性，关键看中纪委的意见。但最终怎么处理，处理到哪一步，也还要听取省委的意见，省委也还要听取龙兴市委的意见。是不是非要等到立案了，才会把七七八八的事情交代出来？那岂不是有意欺瞒市委欺瞒省委？再说得难听一些，岂不是故意给市委抹黑，给省委抹黑？为什么到现在了还这么糊涂？我现在对你只有一个希望，不管你是有意的还是无意的，这笔钱你说什么都得想办法拿回去，一个多年的县委书记，这点起码的做人的道理也不懂吗？你这不是有意给别人栽赃吗？市委都已经提名你做了副市长人选，就算没有感恩之心，也不能这样非要拉别人给你垫背吧？大家也知道你现在心里忐忑不安，也肯定非常难过，但越是在这样的时候，越是要想到下一步，越是要有做人的底线。还有，毕竟你现在还是领导干部，要把该处理的事情都处理好，脑子不能一下子就全乱了……"

紧接着，郭健雄又给龙兴市委副书记龚基业打了一个很简短的电话："老龚啊，我刚才给吴峒打了一个电话，很严厉地批评了他。现在电话里也不用再给你讲什么，我建议你尽快见见他，首先工作不能停下来，该做的事情还是要做。好吗，有什么我们再联系，再见。"

再接下来，郭健雄又给省纪委书记宁一钢打了一个电话："一钢，田震过来了，他给我说了一些情况。他也想见见你，有时间吗？"

宁一钢非常痛快："让他十分钟后过来，我在办公室。"

十分钟后，他见到了纪委书记宁一钢。宁一钢非常年轻，不久前刚从外省调过来，来之前也是任职市委书记，两个人也是一见如故，谈话投机，有共同语言。

田震来前，郭健雄已经面授机宜：主动给纪委书记承认自己管教不严，出现重大疏漏，就是主动给组织交心和承认错误。人无完人，岂能没有过失？这是认识问题，也是立场问题。这件事如何处理，纪委书记的态度和看法至关重要，所以一定要首先获得纪委书记的谅解和好感。包括班子的问题，也要诚恳检讨，认真反思。

田震没想到自己过去了，还没开口，宁一钢就主动给他讲："田震书记，你不要有什么包袱，这件事情我们已经掌握了一些情况，特别是你外甥的情况，我们也认真做了调查。平时你们接触非常少，这件事情只是公司之间的交易，目前看并没有查出有其他因素掺杂其中。尽管中间人是你的外甥，但并不能以此确定这起案件的性质。书记、省长还有健雄书记对你的事情都非常关心，你一定不要有什么压力，对这个案子我们会实事求是，严肃公正地予以处理。还有一点，就是在你们这个班子成员中出现这样的问题，值得我们进一步反思。对部属省属国有企业和地方政府之间的监督，也是我们需要强化的一个重点和难点。出了这样的问题，不仅市委有责任，省委和省纪委都有责任。回去以后，不要因此放松自己的工作，要以大局为重，稳定班子的情绪，不能让工作受到任何影响……"

田震明白，宁书记之所以能这样认识问题，与郭健雄的努力和支持分不开。

一切都比预想的顺利，满天的愁云一下子变成了艳阳高照。

田震当天就从省城回到了市里。

从省里回到龙兴之后的第二天，那一笔巨款便从外甥所在的公司，汇回到了吴浙县的上宇集团公司。

也同样非常顺利。

钱一汇出，田震如释重负般松了口气。

这件事也就到此了结。

田震的工作也没有受到任何影响，包括市委班子的工作，由于事前布局，也同样没有受到太大的影响。

事前布局，就是吴浙县委班子的重新配备非常及时，新任县委书记在一个月后被任命，而被大家一直看好的辛一飞原地未动，继续担任县长。

元旦之后，省两会和春节之前，该案件经省委同意，并报中纪委批准，省纪委正式立案。随即县委书记吴峒、市委副书记龚基业、龙钢矿业集团董事长、上宇集团董事长、市国土局局长，以及两位书记的儿子，在同一天被实施双规。

田震有惊无险，平稳过渡，安然无恙。

两个月后，吴浙县县长辛一飞被正式任命为龙兴市委常委，同时被提名为龙兴市副市长候选人。

一切都觉得已经平稳过去了，没想到昨天突然接到了省纪委转来的中纪委的一份批件。

批件措辞严厉，直接指名要求查明三千万的这一笔巨款，汇到了哪里，谁接收的，又是谁同意的。上宇集团并不是该款汇出公司，而是该矿被倒卖的接受方，并不具备接收这笔巨款的资格，为什么要把这笔巨款汇给该公司？又是谁授意该公司要接收这笔巨款？接收这笔汇款的目的又是什么？

言外之意，是否有把黑钱洗白的意图？

最让田震感到震惊的是，中纪委的批示对收款单位的资质提出了严重质疑，这一点完全让田震没有想到。

有如五雷轰顶，这一点竟然给忽略了！

目前看来，上宇集团确实不具有收受这笔汇款的资格。

如果确实没有这个资格，那中纪委所有的询问都是支支利箭。

为什么？谁授意的？目的？

谁同意的？省纪委书记在批示里特别指出，这一点要追查清楚。最后几句话尤其严厉："严肃查处，决不姑息，不管什么人，不管什么背景，坚决一查到底。"

纪委书记宁一钢的批示非常具体，从本质上讲，这是一笔贿款。但在立案前，这笔钱从借款公司手里汇回了买方公司，是违反规定的。

问题是，这究竟是谁同意的？

纪委书记宁一钢在批示上明确指出，根据检举材料复印件上的显示，辛一飞同志做过同意的批示，这就是说，当时作为县长的辛一飞，对这笔汇款是知情的，也是同意的。如果确实如此，这明显是错误的，也是严重违纪行为。

从宁一钢书记的批示来看，有人检举揭发，才有了中纪委的批示。

这个检举揭发的人不简单，对款项的因由和进出，十分清楚，也完全了解。

让田震百思不得其解的是，辛一飞怎么会参与到这个案子里来？

为什么？

是吴浙县他主抓的一个工程接收了这一笔巨款。

有复印件作证明，辛一飞签了字。

"同意！辛一飞。"

辛一飞当时是县长，当时这个案子炒得沸沸扬扬，直接关系着他的进退，他能不知道这个案子的严重性？

如果知道，他为什么要同意把这一笔钱接收下来？

究竟怎么回事？

看看时间，他必须马上做出两个决定。

第一，是否上午让辛一飞过来一趟，有些事要与他当面讲清楚。

第二，有关龙飞大道工程实施拆迁的条例和方案，是否要在下午的常委会会议上研究决定。

上午十一点左右，田震叫来了辛一飞。

"田书记，你要让我过来，就提前告诉我。好多事情都已经布置了，人都到现场了，现在说不去了，都没法给人家说。"辛一飞一到了田震的办公室，就开始发牢骚。

"坐吧。"田震没理他的话，离开办公桌，指了指会客的沙发，自己也坐了过来。

"我一身泥巴，你的沙发这么干净。"辛一飞确实一身泥点子，连脚上的皮鞋也看不出什么颜色。

"少废话，坐吧。"田震皱了一下眉头。

"什么事？"辛一飞一屁股坐下来。

"下午的常委会会议，龙飞大道工程的内容别上会了，下次再说。"田震直奔主题。

"为什么？"辛一飞大吃一惊。

"意见不一致，上面也有反映，暂时停一下，完了咱们再商量。"

"我知道有人不满，也知道有人告状，但有什么关系？这很正常。咱们停下来，不正让他们满意了？"辛一飞焦急万分。

"你怎么知道没关系？反映这么强烈，你也有责任，什么事八字不见一撇，就炒得沸沸扬扬，满城风雨。"田震板着脸，根本没有商量的余地。"昨天你在会上瞎讲什么？搞得连省里的领导都知道了，什么话该说，什么话不该说，你心里没数吗？你现在是市委常委、总指挥，不知道现在是自媒体时代，在家里咳嗽一声，满世界都听得见？"田震盯着辛一飞，一半是提醒，一半在批评。

"书记，我就是要把这件事情炒起来，炒热了，炒得龙兴人人皆知，我们就达到目的了。"辛一飞好像根本不在乎这些反应，"大家都知道了，就等于公开了。公开了，就有利于公正公平，有利于我们条例的实施，有利于老百姓能更加了解我们的政策方针。老百姓了解了，清楚了，知道了我们的想法和初衷，知道了我们的立场和老百姓的利益是一致的，这对我们打开局面，对我们下一步工程的顺利实施会有很大的帮助，老百姓就会全力支持我们。这个工程如果不透明，不放开，处处暗箱操作，就算你是公正的，老百姓也不会相信你。老百姓不相信，不支持，甚至反对，我们的工作就会非常被动。如果处处被动，老百姓又不支持，下一步的局面又怎么能打开？"

"那也要在政策的范围内，也要依法合规，现在是市场经济，法治社会，不是我们想怎么干就可以怎么干。"田震一直沉着脸。

"书记，法治社会首先是要保护人民的利益，而不是保护少数人的利益。我知道你指的是什么，说的是谁，肯定又是他们到上面搬救兵去了。他们向来就是打着法律的幌子，干着损害老百姓利益的事情。你要是光听他们的，我们这工程还怎么干？"辛一飞语速始终很快，"这件事你不要老在后面替我背锅，有什么让我来顶着就行，我背的锅不只是这一个。下午你不用担心，常委会会议上你让我一个一个与他们辩论，我就不相信那些人敢让我把他们背后的那些事情扯出来。"

"你以为你是在打擂台？好了，不说了，这件事就这样定了，这个议题这次不上常委会会议。"田震一锤定音。

"书记，你给我说实话，到底是哪个领导给你施加压力了？"辛一飞径追问了一句。

"我是市委书记，我没有这个权力吗？"田震突然觉得要说服这个辛一飞真的非常难。他其实是一心干事，别的一概不论。这样的干部，如果多了，肯定会一团糟，他还真的没办法领导。"这件事就这么定了，有时间我们下次讨论了再说。"

"书记，那我也丑话说在前面，有些事我也会先斩后奏，等我做了再给你汇报。反正你这里顾虑重重，我也不再给你添麻烦。"辛一飞拉下脸来，表情也十分严肃。

"你以为你现在还在吴浙县当县长？"田震再次目光凛厉地瞪了辛一飞一眼，"你平时就这么与你的书记打交道的？怪不得有人说你当了县长，书记没法干；当了书记，县长没法干。"

"调我来你肯定后悔了。"辛一飞一头低下去，自顾自地喝起茶来。

"好几次了，常委会会议你都不参加，你知道下面的人怎么说我吗？"田震确实有些生气，"任华市长也给我反映，政府常务会，你也是想去就去，不想去就不去。"

"所有的安排和决议我都同意，没有意见。这还不行吗？去了不也还是这样？"辛一飞明显地开始发牢骚，"不管政府常务会还是市委常委会会议，我给市长和副书记都请假了，也都说明了。我又没有具体分工，也不具体分管其他工作，到了会上除了表态就是听别人讲他们自己的工作，一开就是大半天五六个小时，太耽误时间了。你也不是不清楚，市委市政府让我干的这些活，不是开开会就能办到的，那得到现场，得解决具体问题。"

一番话说得田震怔在那里，想了半天。"那也不行，你是常委不参加常委会会议，别的常委都像你这样，市委还怎么开展工作？你有牢骚我知道，但今天这里不是你发牢骚的地方，想发牢骚我们改天一起喝酒，把你肚子里的怨气都给倒出来让我听听。"

"书记我再说一遍，龙飞大道工程不能再耽误了，现在还不开工，所有的工作都得放下，每天的损失数以百万计，除非你不想明年十月份竣工。这个工程你让我负责，大事定下来，其他具体的事你就交给我来处理。如果工程能按时开工，明年国庆前胜利竣工，所有的功劳都是市委市政府的，都是整个班子的。如果工程搞砸了，就让我一个人去顶罪，我会辞职以谢天下，给龙兴市所有的老百姓磕头鞠躬。"

"说这种没用的话，有意思吗？你骂别人活在封建社会，你自己是不是也在封建社会？"

"这话也传过来了？书记跟前都是什么人啊，嘴这么快。"辛一飞面无表情地，"书记他们到底给你说了什么，连下午上常委会会议的议题都取消了？"

"已经给你说过了，怎么又扯回来了？如果意见统一了，龙兴工程就专项开一次常委会会议，随时都可以开。"

"好吧，那就再等等。"辛一飞依旧低着头喝茶，突然轻轻问了一句，"书记，我就是有点吃惊，感觉肯定出问题了，你是不是要打退堂鼓了？是不是这个工程干不干都无所谓了？我不是发牢骚，只是疑惑，究竟出什么问题了？"

田震不禁有些发愣，突然也发现自己今天的情绪确实有些失常，"瞎说什么，四大班子定下来的事情说不干就不干了？"

"我没瞎说，以前你比我还着急，现在你不仅不着急，还有意往后拖。"辛一飞直来直去，"以前你说过，咱们俩一根绳上的蚂蚱，现在我感觉你想飞了。有什么你得早点给我说，也让我有个心理准备。是不是上面要调你走了？"

"又扯别的。"田震就此打住，问，"你现在给我回答一件事，只需要你说有，还是没有。其他不用解释。"

"说吧。"辛一飞几乎把杯子里的水喝得底朝天了，仍在那里嘶噜嘶噜地一个劲喝。

　　"上宇集团接受的那笔三千万的汇款，是你同意的？"

　　"就是你家外甥借的那笔钱？"辛一飞抬起头来。

　　"你知道？"田震十分吃惊，这笔钱看来辛一飞很清楚。

　　"不知道。"

　　"不知道你为什么同意？"

　　"同意什么了？"

　　"让这笔钱退回上宇集团。"

　　"你说是我？"辛一飞惊讶起来。

　　"你不知道？"

　　"我同意的？"辛一飞反问。

　　"是。"

　　"为什么要我同意？"

　　"你不同意这笔钱就汇不回去。"田震耐心解释了一句。

　　"真有这事？"

　　"别装傻。"

　　"等等，我想起来了。"辛一飞好像突然想起什么似的说道。

　　"想起什么了？"

　　辛一飞赶忙打开手机，看了半天，终于在微信上找到了一条信息。然后又认真地看了半天，终于摇摇头，"记不起来了。"

　　"到现在了你还开玩笑？什么记不起来了？"

　　"前天就有人告诉我了，说过这三千万的事情。你看我真的给忘了，你刚才这么一问，才提醒了我。"

　　"你能不能说清楚点？提醒你什么了？"田震提高了嗓门。

　　"有人说我在一个文件上签字了，是不是？"

　　"是。"

　　"我记不起来了。"

　　"三千万，你记不起来了？"

　　"我得回去再查查，真的记不起来了。"辛一飞有些发蒙。

"你是财政部的领导吗？你那个吴淅县一年有多少钱，三千万的款子都记不起来？"田震根本不相信。

"书记你怎么也是这么说我？"

"还有谁这么说你了？"田震吃了一惊。

"我的一个校友，就是给我提供消息的那个人。"辛一飞好像还没有回过神来。

"这就是说，连你的校友都想到这一层了，就是你还没想到？"

"记不起来很正常，有什么奇怪的。吴淅县再小，一年的基建投资、工程投资、项目投资，还有那些七七八八的招商引资，下来怎么也有几十个亿的投入，怎么都能一笔一笔记得清清楚楚？"辛一飞似乎终于回到现实之中。

"那你怎么知道是我外甥的三千万？"

"书记你为什么那么在乎你外甥的三千万？"

"我是在乎你。"

"在乎我干什么？"

"上宇集团在吴淅县承揽工程了没有？"

"是。承揽了。"

"承揽的工程是你主抓的一个项目？"

"是。吴淅老城堡。旅游局文物局都同意的项目工程。"

"上宇集团把这个工程承包给了另外一家公司？"

"这个我清楚，不算承包，那个公司其实就是上宇集团的一个分公司。"

"看来你确实清楚，这个公司还是属于上宇集团。"

"是。"

"如果是你同意给这个工程拨款三千万，你能不知道这笔钱的来路？不知道是谁给的，哪里批下来的？"

"不可能。"

"那你为什么会同意？"

"我要看了原始批件才能确定。"

"确定什么？"

"确定我为什么会同意。"

"这就是说，你签了字了？"

"我没说，我要看看原始批件。"

"如果你确实签了同意，你知道这是什么性质的问题吗？"

"不知道。"

"你知道上宇集团与当时吴浙县委书记吴峒什么关系？"

"嗯？"辛一飞脸色变了。

"你肯定知道，是吴峒的儿子把他的稀土矿卖给了上宇集团。"

"……我真混蛋。"辛一飞不由自主地骂了一声。

"如果这笔钱打回来，相当于什么性质的问题？"田震步步进逼。

"……明白了。"辛一飞再次沉下头去。

"明白了什么？"田震怒火中烧，"你有意要给吴峒减轻罪责是不是？"

"那怎么可能！"辛一飞朝自己的大腿猛拍了一把。

"如果不是，是不是要借此想把我的问题摆平？"

"这又怎么可能！"辛一飞也越来越意识到问题的严重性，"我为什么要摆平你的事情？我怎么可能干出这种事情来？"

"怎么没有可能！案件结束后，你不就被破格提拔了吗！这是假的吗！前因后果不是很清楚吗！动机和效果不是很一致吗！是你自己钻进去了，还是别人把你套进去了！证据确凿，铁证如山，你还如何抵赖！"田震勃然大怒，猛地发作起来。

辛一飞听到这里，腾的一声站了起来："书记，我走了。"

"干吗去？！"

"马上去趟吴浙县，反正下午常委会会议也没我的事。"

"你想干什么？"

"找那份文件去，把这件事情闹清楚。我就是再糊涂，也不可能糊涂那份儿上！"

田震想了想，觉得不妥，本想拦他回来，但话还没出口，辛一飞一路小跑已经不见了踪影。

二十七

刘小江接到辛一飞的电话时，正在办公室里的电脑上查找资料。

刘小江根本没想到是辛一飞的电话，好半天才拿起手机。看了一眼愣了一下，立刻兴奋异常，"总指挥好，哪路春风把久违的乡音吹过来了？"

"你在哪里？"辛一飞没同他搭讪，直接问道。

"你又不要我，我还能在哪里？"刘小江耿耿于怀。

"你前天给我说的那个文件在哪里？"

"前天？什么文件？"

"就是你用微信给我发过来的那个文件。"

"微信？哦，就是你的那个批示？"

"三千万的。"

"有人查你了？"

"在不在你手里？"辛一飞不想跟他纠缠。

"哎？怎么啦？这会儿想起我来了，还这么理直气壮？"刘小江不依不饶。

"别给我扯，我在路上，一个小时左右到吴浙。"

"你市委常委，来不来吴浙，或者去哪儿与我有什么关系？"刘小江继续摆谱。

"别扯了，文件在哪里？"

"我这里没有文件。"刘小江感觉到辛一飞的情绪不对，不再插科打诨。

"那你微信里照片从哪里来的？"

"从上宇集团承揽工程的公司老总那里复印的。"

"承揽工程？"

"对呀，你自己抓的工程你都忘了？"

"吴浙老城堡？"

"没错。"

"就是那个惠源公司？"辛一飞连续追问。

"是。"

"董事长赵祯熙？"

"正是。"

"你见他了？"

"见了，前天下午还见了他一次。"

"你看到那个文件了？"辛一飞持续发问。

"什么文件？"

"就是你给我发的那个微信上的文件。"

"哪有什么文件，就是个复印件。"

"复印件也一样，上面什么内容？"

"什么内容？"

"我批示的那个文件是个什么文件？文件的内容是什么？"辛一飞耐心问道。

"只一个文件的题头，不也发你了吗？"刘小江一边说，一边打开了手机。

"那只是文件的标题，文件内容？"

"那也很清楚啊，标题不是《关于吴浙老城堡工程资金短缺问题的请示报告》吗？你不是在上面写了同意？"刘小江找到了手机上储存的信息，一字一板地给辛一飞念道。

"还有呢？"

"没了，就这些。"

"你看到的复印件就是这些？"辛一飞显得有些吃惊。

"对啊？已经发给你了。"

"再没有了？"

"没有了大人！"刘小江有些烦了，调侃起来，"我都给你发过去了，你还不相信？"

"你看到的复印件也是这些？再没有其他内容了？"

"你还要什么内容？"

"刘小江你怎么这么糊涂呢？"辛一飞的口气真的急了，"文件标题能证明我同意的就是那三千万吗？"

"……卧槽，还真是！"刘小江一点就醒悟了过来。

"真是什么真是！这么重要的东西你就只看标题？"

"我问过了，那个董事长赵祯熙都快吓死了，见人就哭得稀里哗啦。他说这个文件他也从来没有见过，还说上面的文件怎么会让他看。我想也是，就没再追问文件的具体内容是什么。那家伙是个胆小鬼，说要是真查他，没这三千万也能查出他的问题来。"

"还说人家，我看你就是糊涂虫，什么也没了解清楚，就给我发这么一个啥也看不明白的复印件？"

"那你早干什么去了？"刘小江也恼了起来，"我前天就给你打了电话，几十遍才打通。你也不想想，我一个小人物给大领导打电话，会是鸡毛蒜皮的事？我苦口婆心提醒你，没皮没脸上杆子求你，你爱理不理的，我还没说完你就摔我电话，你也不想想这是个小事？你要是早点告诉我，还用得着你这个大常委专门跑过来？为了你的事，几十里开外的那个地方，我去了好几次，那个赵祯熙根本找不见，我加了几次油才找到他，你以为我是给你有偿服务啊？前天我给你说了大半天，都说到那份儿上了，你根本不当回事，现在知道厉害了，才来找我，你手下前呼后拥的那帮人都干什么去了？你干吗不去找纪委要文件？田震他是一把手，他外甥的三千万，人家都不着急，你着急什么？难道真的有你什么事？让我说，这事根本就不用你出面，你打个招呼我给你查清楚就行了，用得着你亲自出马吗？"

辛一飞不再吱声，静静地听着，任由刘小江在手机里恶语相加，牢骚满腹。等到刘小江不吱声了，才问道："说完了？"

"没呢！我以为大领导又要把我的电话摔了。"刘小江仍然怏怏不乐。

"你继续说。"

"我现在只问你一句，这事与你有关系吗？"

"没有。"

"你知道内情吗？"

"不知道。"

"不知道内情你为什么签字？"

"记不清楚了。"

"当时工程确实需要钱？"

"有可能。"辛一飞似乎也在竭力回忆着。

"我知道，你的工程都缺钱。你搞了那么多项目，几年投了上百亿，银行只给你贷款六个亿，县里能用的财政收入，除了工资和基本开支，一年只有一个多亿，你哪来的钱？不都是借的？不都欠着？为什么就只惦记着这一笔，还要亲自跑过来？说句心里话，我不相信你在这里面有什么猫腻，打死我也不信，但你得告诉我实话，到底什么原因？"

"好了别问了，我真的想不起来了。我想睡会儿。我大约一个半小时到，午饭一起吃吧。你给我找个地方，想办法叫上那个赵祯熙，我想当面跟他谈。"

辛一飞随即把手机挂了。

辛一飞的话很软，听得刘小江心疼。

刘小江知道辛一飞很累，也没再打他的手机。

愣了半天，看看时间，已经十二点了。

一个半小时到，哪里还有吃饭的地方？

去哪里呢？以前都是辛一飞找地方，刘小江带张嘴就过去了。现在辛一飞让他找地方，才知道这么一个吃饭的地方还真不好找。

要安静，还要吃得可口，还不能贵，否则会吃出麻烦。还有酒，太贵的不能喝，太便宜的也不能喝，中不溜的，还得是真的，有品位的，有年份的。刘小江办公室里倒是有几瓶，牌子也可以，关键是不知真假。

辛一飞好久不见了，估计在龙兴市也没什么真正能喝酒放松的地方。今天找个地方请他吃饭，怎么也不能让他太委屈了。

还得叫上赵祯熙，刘小江突然一振，让他请客岂不正好？

好了，就是他了。

手机刚一响，赵祯熙就接了。

"刘组长好。"赵祯熙的口气谦恭而又亲切。

"在哪里，董事长？"

"在食堂啊，正吃饭。"赵祯熙如实回答。

"公司食堂？"

"对啊，你来过的。你要不嫌远，现在过来我们喝二两。"赵祯熙乐呵呵地说道，"我看到你网上的消息了，我已经发动了我所有的职工都在找那个吴莹莹。知道吗？我的职工里面，差不多有一半都是你的粉丝。你现在说话，比我管用多了。"

"哈，你再夸我，我就成高血压了。谢谢，拜托拜托。"

"这种事他妈的现在多了，再不管这个国家就乱套了。"

"是，所以网友都会感谢你。"

"感谢我干吗？"

"我在网上已经公布了几个公司领导对寻找吴莹莹的支持，第一个就是惠源公司董事长赵祯熙。"

"怪不得，我说呢，公司好多职工这两天见了我，都朝我点头微笑，原来我也成网红了。哈哈，好，好。"赵祯熙放声大笑起来。

"赵董，你刚吃上？"

"没有，饭还没上来呢。"

"这样吧，辛一飞市长要过来，咱们三个一起坐坐？"

"什么时候？"赵祯熙一震。

"一个小时后到。"

"到吴浙？"

"对，他来吴浙有点事，我觉得你正好可以与他说说那件事，趁机

313

见见他也好，你说呢？"刘小江连哄带蒙。

"那当然。"赵祯熙已经满怀感激。

"本来想给县委县政府打个招呼，但想了想还是咱们聊了以后再说，免得县领导都凑上来，把咱们的事也给搅了。"

"是是，谢谢，谢谢！"赵祯熙回话如磕头捣蒜。

"那你找地方，还是我找地方？"

"还能让你找地方！放心我来办。"赵祯熙满口应允。

"也好，就咱们三个，还有一个司机自己吃，你安排好，地方要安静安全。"

"明白，你放心就是。"

"我办公室还有两瓶好酒，我一会儿带过去。"

"刘组长怎么能让你带酒，放心放心，我这里什么也有。"

"那好吧，快到了我给你打电话。"

"好，地点定了我马上给你发位置。"听声音，赵祯熙已经从食堂出来了。

刘小江安排完，想想还有什么事情需要办。

对了，那个女孩吴莹莹的事情正在紧要关头，这个一定得让辛一飞帮帮忙，哪怕只给市公安局打个招呼就行。

辛一飞到了吃饭的地方，已经快两点了。

是在县城一家宾馆对外餐厅的一个小包间里，很安静，也很隐蔽。

赵祯熙连住宿的房间也安排好了。吃完饭，可以休息一会儿。如果今天不走，那就直接住这里。

这家宾馆的服务水平刘小江当然清楚，刘小江很满意。

辛一飞看上去也很满意。刘小江没有通知县委县政府，这一点，辛一飞尤其满意。

辛一飞可能根本没想到刘小江会把赵祯熙直接叫了过来，因此对其他的安排也就没说什么。

酒是八二年的汾酒，虽然看上去是个玻璃瓶子酒，但一看日期，就知道这绝对不是随便什么人也可以喝到的陈年老酒。比起那些二十年三十年的年份酒，比起茅台、五粮液来，也更让人觉得有面子，有情调。

赵祯熙也没显摆，直接就开了，顿时清香扑鼻，沁人心脾。

辛一飞也不说什么，同大家比划了一下，一杯一口就干了下去。

刘小江突然觉得鼻子发酸，不到两个月的时间，辛一飞明显瘦了一圈，脖子上青筋突兀，眼睛也有些塌陷，眼珠子满是血丝。

一杯酒下肚，刘小江两眼发湿，好半天说不出话来。

辛一飞大概刚在车上睡了一觉，精气神还算可以。也许真的是饿了，眼前的一盘子鱼香肉丝，眨眼间大半盘子已经没了。

大家都不说话，各顾各地喝闷酒。

只有赵祯熙不停地走来走去，不断地给辛一飞和刘小江倒茶斟酒。

吃得半饱，辛一飞终于开了口。

"祯熙我们也有一段时间没见面了，老城堡工程快竣工了吧。"

"托老县长的福，快了快了，马上竣工，正在扫尾，五一前肯定全面开放。到时候，您是老县长又是市里的领导，又是您亲自抓的项目，整个吴浙人都说了，没有您就没有吴浙老城堡，所以吴浙老城堡开城剪彩的那一天，您一定得来啊。凭这个我得先敬您三杯！"话没说完，赵祯熙已经自斟自饮了三杯，说完给辛一飞又倒满一杯，也不管辛一飞喝不喝，自己又喝了三杯。赵祯熙四十多岁，胖墩墩的，一看就是酒场泡出来的。腰缠万贯，但看上去十分敦厚，只有眼神透露着他的机敏和精明。

"情况还可以？"辛一飞问。

"岂止是可以，领导，简直是太好了，没有想到的局面，里面商铺爆满，整个老城堡，连旮里旮旯的地方都预订出去了，领导，你既是总帅又是福将，真正为官一任，确实造福一方啊。"

"当年赢利应该没问题吧？"辛一飞又问了一句。

"没问题，肯定有盈余，多少不敢说，但赢利绝对没问题。"

"这个工程你前后投资了多少？"

"四个多亿，最后算出来，应该不超过五个亿。"赵祯熙实话实说。

刘小江一直默默不语，他知道辛一飞问的这些话是什么意思，其实辛一飞一开始提问，就已经进入正题。

"银行贷款多少？"辛一飞已经不再喝酒，与赵祯熙比划了一下。

"三亿三千七百万，我个人垫了八千多万。"赵祯熙记得很清楚。

"你承揽上宇集团的工程费用多少？"

"两亿五千万。"

"政府折合其他费用相当于给了上宇集团三亿五，你知道吗？"

"知道。人家是东家，国有企业，没办法。其实就是两亿五能在今年年底给了我，那我也得谢天谢地了。现在都这样，倒手让人家白赚一个亿，我们认。"

"截至目前，上宇集团一共给你预付了多少？"

"就只给了那三千万啊，你在的时候，催过几次，后来你走了，就再没有音讯了。不瞒您说，我现在真的快揭不开锅了，再这么下去，银行的贷款就能把我压垮了。别人都说我是亿万富翁，其实我现在纯粹就是一个负债累累的穷光蛋。"赵祯熙突然一肚子苦水，满脸沮丧，"要不是这个工程您选得好，我就真的就死在这里了。"

一句话说得辛一飞眼睛瞪着看了赵祯熙好半天，"就是这一笔？"

"就是这一笔啊。"赵祯熙愈发难受起来，"结果他们还要查我，说这笔钱是有问题的钱。有问题没问题也不归我管，我也不知道，我只知道他们欠我的钱。他们给我还钱天经地义，两亿五只付给我三千万，不查他们为什么反倒来查我？"

刘小江顿时也目瞪口呆，做梦也没想到这么大的一个工程，会有这样一个内幕。尤其没想到赵祯熙花了四个多亿了，居然全是自个儿的钱。工程都快竣工了，上宇集团只给了三千万，这三千万竟然还是别人的一笔说不清的贿款！

"祯熙，这不是查你不查你的问题，而是要核实你到底知道不知道这笔钱的来历。"辛一飞依然直直地盯着赵祯熙问道，"这笔钱汇给你时，有人给你什么了没有？"

"没有。这个调查组来时也问我了，我说真不知道啊，记不起当时有人给我说什么了。"赵祯熙继续给辛一飞诉苦，"我只知道我当时找过辛县长，说工程的款一直下不来，如果再不给款，工程很可能得停工了，我连民工的工资都发不了了，再这么欠下去，别说工程完不了，我们一家子和那么多民工一样，连年也过不了了。"

"这事我知道。"辛一飞点点头。

"辛县长，说实话，我这么多年见了那么多领导，没有一个像您这样，让我觉得踏实。如果当初不是您当县长，打死我也不会揽这工程。为什么我敢接下这个工程？因为不只是我，大家心里都明白，只要辛县长在，这个工程就绝对黄不了，就绝对能建成，而且能保质保量干成一流工程。工程只要建成了，其他的都好说。为了这个工程，我敢在银行贷那么多钱，敢把自家的老本也贴进去，其实就冲着您这个领导。"

"这笔款是什么时候打到你这里的？"辛一飞岔开话题，面无表情，不苟言笑。

"我记得是找过你不久，这笔钱就打过来了。"赵祯熙如实回答，"我找到你的时候，你正好也在工地上，我记得你当时把上宇集团的老总骂得狗血喷头，说再不给人家汇款，就发动工地上的民工集体到他家闹事去，说他不想让人过年，他也别想过这个年。"

"你知道他在电话里怎么说的吗？"

"嗯？不知道啊。"赵祯熙十分吃惊的样子。

"他说你们其实就是一个公司，都在一个账户走账，他们的钱就是你们的钱，怎么会没有你们的工钱，更不会欠下你们的工程款。还说只要他们有吃的，肯定就饿不着你们。"辛一飞如实说道。

"老领导，那都是假话，都是面子上的事。这些情况你们领导可能都不太知道，其实就是个相互利用，我们每年给他们上交一笔钱，他们就允许我们可以挂他们的牌子。小公司挂上他们的牌子，可以四处招摇。我们挂上他的牌子，就是为了能揽到一些工程，毕竟人家是国有企业，政府的很多工程，第一个就是让他们去做。让他们去做，领导也不怕犯错误，如果直接交给我们做，一旦出了事，弄不好就得一锅端。我们也有我们的麻烦，我们出了事，立马死翘翘。国有企业就是出了天大的事，政府也得兜着端着保着养着。所以我们也愿意做他们的子公司分公司，就是挂个名，其他什么福利也没有，更不会是什么一个账户，有他们吃的，就肯定让我们饿不着之类的说法。根本没有的事，如果我们真的破产了，与他们一毛钱的关系也没有。说得不好听点，就是个保护费。"

"你们每年给他们多少保护费？"看上去辛一飞确实不了解这种情况。

"也不多，每年五百万。"赵祯熙话音一下子低了下来。

"提起这三千万的事是在什么时候？"辛一飞继续问。

"一个星期以前。"

"你什么时候才知道这笔钱有问题的？"

"就是一星期以前。"

"以前你什么也不知道？"

"知道什么？"赵祯熙有点发蒙。

"这笔钱的来历，没人告诉过你？"

"没有啊，当时就是财务告诉我，有一笔三千万的款到账了。"

"突然就打过来了？事先没人给你说过？"辛一飞也很吃惊。

"事先我什么也不知道，也没任何人给我打过招呼。"赵祯熙一副无辜的样子，"我当时想的是，这是别人给我打过来三千万，早晚肯定会有人告诉我。我只管等等就是了，我又没有什么可着急的，反正是我收到钱了，又不是我给别人汇了款。说实话，当时也不是什么也没想，我估计肯定是你说话起作用了，应该是上宇集团给我打过来的一笔款。上宇给我打钱，那也是他应该的，欠我两亿五，只给了三千万，连零头也不到，我又有什么可激动可感谢的？当时又是春节前夕，民工等着发钱，工程上的事情又千头万绪，忙得焦头烂额，确实也没时间想别的事。"

看着赵祯熙满脸汗津津的样子，辛一飞觉得他说的应该都是实话。想了想，又问道："当时都是什么人找的你，向你查问三千万的汇款？"

"说是省纪委的啊，三个人，两男一女，问了没几句，就开始收拾我，那天要不是小江组长来开导我，我跳楼的心都有。"赵祯熙满脸通红，突然抽泣起来，紧接着又很快止住了。

"董事长那天人整个垮了，我见他的时候，还真怕他出事。"刘小江这时插话说道，"纪委的那几个确实很凶，当时还差点给他上了手铐。说他不老实，还说再不老实交代就把他马上带走。"

"戴了手铐？"辛一飞明显吃了一惊。

"是，我当时也觉得蹊跷，事情还没问清楚，就要给当事人戴手铐？"刘小江继续说道，"但我问了当时在现场的人，他们都这么说，我也相信了。不过我觉得他们主要是想吓唬董事长，让董事长交代是不是有人在背后唆使，让他接受了这笔钱。这个矛头后来就挑明了，就是问是不是辛一飞县长指使的，还说了，辛一飞指使你干这种事情，背后有不可告人的目的，言外之意，就是想巴结田震书记，争取下一任担任县委书记。"

"是的辛县长，他们太过分了。"赵祯熙接着说道，"他们说这事只是刚刚开始，必须认识到问题的严重性，要我好好反省，如实坦白，老老实实地把问题交代清楚，还要让我尽快写一份材料，三天之内务必交给他们。"

"你写了？"辛一飞仍然一脸疑惑。

"我没让他写。"刘小江答道，"我觉得这个事情现在根本不知道来龙去脉，什么也不清楚，第一没法写，第二也不能写，第三他又写不出什么。然后我去找了上宇集团吴浙办事处的负责人，他说他也不知道怎么回事，也没人通知他们。然后他当着我的面，给他们新任的董事长打了电话，他们的董事长说，他刚到任，前任董事长的好多问题现在还没查清，这笔钱没人告诉过他，他也根本不知道这回事，还说凡是涉及前任的类似这些问题他也从不过问，有什么问题可以直接找纪委和财务了解。后来又问了财务，他们的财务也一推六二五，根本不承认有这回事。我今天上午还见了县纪委书记，问他最近是不是有个省纪委调查组来县里调查过，纪委书记给我说没有。我给他说了情况，他也觉得很奇怪，说如果省纪委下来调查，事先应该通知他们的，很少会越过当地纪委直接调查问题。"

"我也找纪委了，纪委的一个主任说，这件事他们不知道，他们可以了解一下。"赵祯熙接着说道。

"那就是说，一直到现在，你也不知道这笔钱是从哪里来的？"

"不知道，都过去七八天了，一直到现在都没人告诉我这是怎么一回事。"赵祯熙满脸惊恐和不解。

"他们也再没有来过？"

"没有，给我留了一个手机号码，但一直没有联系。"赵祯熙回答得很细致。

"他们还让你看了一个材料？"

"是。"

"在你身上吗？"

"在。"

赵祯熙拿出来的是一份完整的复印件。

这个完整的复印件，刘小江也是第一次看到。

刘小江突然明白，赵祯熙还是留了一手。他一定是不想让事态扩大，免得到处炒作，给领导造成更大负面影响，所以没让他看正文。

有辛一飞签字的是复印件的扉页：

关于吴浙老城堡工程资金短缺问题的请示报告

内文也很简单：

吴浙县政府并辛一飞县长：

吴浙老城堡工程自去年开工以来，在县委县政府的大力支持下，上下同心，团结合作，整个工程严格要求，保质保量，优质高效，进展顺利。目前二期工程已经竣工，各方指标均达到优质标准。为确保三期工程在三月底前按期按量、高标准完工，我们将进一步规范作业流程，科学施工，严格对照标准操作，争取验收工作一次通过，不走弯路，确保后续工序如期展开，提前实现五一全线竣工的胜利目标。

工程自开工以来，公司所有施工费用，均源于筹建公司贷款与自筹，目前工程已经进展过半，但由于公司目前资金短缺，急需筹措其他资金予以补充。现有振浩投资公司愿以股份方式投资老城堡工程，投资额度为三千万，投资完成后，将占有吴浙老城堡百分之五的股份。

　　妥否，请予以审定。

上宇集团有限责任公司

×年×月×日

还没等看完，辛一飞已经一脸乌青。

根本就是假的！

而且居然假到这个份儿上！

假得如此居心叵测，丧心病狂！

黑了心了！

二十八

崔晓剑无论如何也没想到事情会闹成现在这样一个局面。

那天晚上姜宸给他打来电话时，崔晓剑当时还想着老爷子的话，是不是确实到了该全线撤出的时刻？父亲崔铭化那张沧桑的老脸，像是刻在了他的脑海里，时不时地显现在他的眼前。

父亲的每一句话，都是血染的智慧和经验。

"你知道，他们就会知道。"

"准备收手吧，不能深陷重围才想着脱身。"

"别十面埋伏了，再霸王别姬。"

"等他们发现了新线索，所谓的重大利好立刻就会变成我们的灭顶之灾。"

……

但姜宸的一个电话改变了这一切。

姜宸发现的这个惊天秘密让他立刻被彻底地横卷了进去。

南翔胡同43号小院房主贾兴昆！

没想到这么大的一个发现竟然是一个老头挖出来的，这个老头居然还是一个搞了一辈子建筑工程的工程师，看样子他只是想挖一个地下室，没想到挖成了自个儿的一个坟墓。

如果他多少有一点点地下文物常识，也许就能避开这个人间悲剧。

当然，如果能避开这个悲剧，也就不会有现在这样的局面。

看样子像是被积压千年的一种毒气给熏死的。

也可能是被附近偷挖乱采的小煤矿的高浓度瓦斯给闷死的。

有些惊慌失措的姜宸给他打电话，问他究竟该怎么办。是他出去说说情况，还是他进来看看？

崔晓剑问了几句，又考虑了几分钟，便做出了这辈子第一个属于自己的决定。

他完全违背了自己的父亲，他不想就此收手。

他决定孤注一掷，放手一搏。

崔晓剑让姜宸从院里打开大门，他和姜宸重新进了地下室。

现场同样让他感到吃惊。

这个地下室完全出乎他的意料。

工程之完美，设计之精巧，堪称神来之笔。

他们移开尸体，立刻发现了那个风声大作的地下洞口。

洞口下面的幽深和空旷让他大吃一惊。

这些年，大墓小墓，崔晓剑曾见过无数，但像这样的场景，前所未有，闻所未闻。

难道这下面真会是父亲说的那个遗迹？那个传说之中的宝刹通天寺？

父亲说不会在这个方位，至少还差近千米。

是父亲错了，还是本来就在这个位置？

他让姜宸打开了地下室的电灯，一个四十瓦的节能灯泡，照得下面雪亮一片。

很宽，很深，也很长。

这栋二层小楼几乎空悬。

顿时头晕目眩，天旋地转。

好像只要一跺脚，整栋楼房都会瞬间倾覆。

必须下去查看清楚，才能决定下一步的行动。

没有费什么力气，他们用房内现成的绳索，从洞口顺着绳子慢慢滑下。

下去了，才渐渐看清了整个下面大致的结构。

这并不像是一个巨大的古建筑遗址，而是一个完全塌陷后造成的巨大空间。

从浓浓的气味中，基本可以判断这个空间是一个煤矿撤离之后造成的地层塌陷。

塌陷的时间应该不会长，但也不会太近。

太近了不可能。因为这一带基本可以算是市区中心，即使在二十年前，这里也不应该是郊区。大凡是市区，任何在地下盗挖乱采的行为，也将是重罪死罪。

太长了也不可能，这里的房龄也就是三四十年。尽管这里原来是平房，但即使建造这样的房子，打地基时，也会发现这下面的空洞。

这样算来，这个塌陷应该是在三十年的时间内所形成的。

如果按这个二层小楼的建造时间来算，也应该有七八年的时间。

最保守的估计，这个塌陷的形成，应该在三十年到七年之间。

三十年前，这一带应该还是在城市的边缘。那时候龙兴市与全国的城市建设都一样，大规模的城市扩容，应该都是在改革开放以后开始的。城市扩容刚开始的时候，都是漫不经心的，很随意的，但很快就被汹涌的城建波涛所淹没。于是，就遗留了很多几乎没有任何建筑标准和建筑资质的住宅区和房地产，甚至还有很多急需改造的"城中村"和数量可观的"小产权"。这些建筑大部分都是急就章，找几个民工，拉几车红砖，一转眼房子就建起来了，一建就是几十年。等到边缘成了中心，郊区成了市区，这些房子依旧还是老样子，以至在旧城改造时，甚至都成了一个一个的钉子户。

所以这样的房子，当初建造时，就不可能会有什么地质勘探，也不会有什么地下文物检测。

于是，就有了这样的一栋违章建起来的小二楼。

于是，就有了这个工程师的地下室工程。

这个工程师雄心勃勃，欲望太大太强烈了，居然挖下去近八米的深度。

这实在是一个可怕的深度。这个工程师太自信了，他一定是觉得这里的地基是牢固的，坚不可摧的，可以完全让他放心。所以他不仅要挖出一个地下室，而且这个地下室的规划竟然是两层设计。

如果只是一层，那一切的一切，都还会是老样子。

人心不足蛇吞象，是贪心让他走进了地狱。

崔晓剑下到地洞里，第一个感觉这是一个煤矿造成的塌陷结构。第二个感觉，就是这个塌陷结构也正好坐落在一个大型文物建筑的遗址之上。

这栋二层小楼其实就悬在这个巨大文物遗址上空。

崔晓剑看到这个遗址立刻就明白，为什么会在这个地下室里挖出那么多坚硬强韧的夯土。

一道类似宫墙一般的古建筑。

这栋二层小楼之所以没有塌陷下来，就是被这道厚重的宫墙强力支撑着。

宫墙的一侧，是塌陷下去的一片空地，另一侧，则像是一条沿着宫墙的环形过道。

崔晓剑正好站立在被凿开穿透的宫墙之上。

塌陷的一侧，可能是因为连着一个煤矿的巷道，带着浓烈气息的冽风就是从这里吹过来的。

穿透宫墙的一侧，像是另一个深洞，黑煞煞的两边都看不到头。

这个深洞的方向正是父亲拟定了位置的那个方向。

也正是崔氏一家投资将近三个亿，用时将近两年的那个方向！

如果真是那个方向，那将是一个极其重要的发现，也是他梦寐以求的一个重要发现，更是他出奇制胜、绝地逢生的一个重要发现。

一个传说了数百年之久的皇家佛地：通天寺！

崔晓剑必须马上做出决定，下一步应该怎么办？

继续探测？不行。首先今晚肯定不行，因为一旦有公安人员闯进来，不管你如何解释，也一定凶多吉少。地下室的情况，也会让公安直接介入。公安一旦介入，他们所有的努力都会前功尽弃，化为泡影。

今晚这个地方不是久留之地。

崔晓剑清楚，今晚公安有大行动，随时可以追查到这里，绝不能贪心不足，不管不顾，贸然下去探测。只能等形势缓和下来，把这里的所有情况掩盖起来，万无一失时，再进行下一步。

这个地方公安有可能会发现，迟早会发现，最终一定会发现。

所以必须把这里的现场立刻改头换面，才有可能阻止事态的进一步发展。

崔晓剑算了算，再有五六天的时间足够。

五六天的时间，足可以让他们的计划得以实施。行就行，不行就不行，不管有没有发现和收获，都可以让他们为下一步的行动做出最后的决断。

因此，这个地方被公安发现得越晚越好，即使发现了，这个地下室下面的发现，也一样让公安发现得越晚越好。

首先，应该尽快阻止公安找到这个小院，如果掐断了找到这个小院的所有线索，公安想找到这个小院应该并不容易。线索有两个，一个是院子里的这辆工具车，一个是和这个老贾联系的那个姓陈的老头。

其次，必须马上把地下室这个凿开的洞口掩藏起来，这样即使公安发现这个小院，发现了地下室，也不会想到地下室下面还有一个重大的发现。

其次，这个姓贾的的尸体，也必须掩藏起来。否则一旦让公安发现，必然会刨根究底，弄个水落石出，那么地下室下面的发现也随时会让他们发现。只有把尸体掩藏起来，他们的注意力才会放到如何找人的那方面，地下室就可能在更晚的时间被他们发现。

最后，当这一切办理妥当，必须要以最大的投入，发动所有力量，再争取拖延一个星期的时间，阻止龙飞大道工程的全线检测和勘探。

剩下来的，才是最后的行动。

打开通天寺，挖走寺内的稀世之宝！

崔晓剑的这几个行动，实施得都非常顺利，几乎没有遇到什么阻拦和障碍。

只是在找到那个姓陈的老头时，发生了一个意外。

崔晓剑以为那个老陈一个人住在家里，没想到屋子里居然还有另

326

外一个人。

原定的计划不是灭口，只要把这个姓陈的老头悄悄带走，关他几天即可。

同房的那个家伙打乱了计划。声音很大，厉声质问，甚至要报警。就在这关键当口，又获悉公安马上赶到。临时起意，没办法。

姓陈的老头还算老实，看见同房的那个人，只一下就命丧黄泉，顿时服服帖帖，唯命是从。

然后就知道了这个人叫陈良化，是建筑公司的管理员。借车的曾是建筑公司的工程师，已经退休，叫贾兴昆，两个人平时关系不错，那辆车就是陈良化借给贾兴昆用的。平时都是星期六日休假日用车，星期一早上准时归还。但上个星期六借走后，一直到今天还没有归还，打手机一直不接，后来就关机了，一直联系不上。本来想找他的孩子联系一下，但一直没找到他孩子的联系方式。再后来，就给他的门上贴了字条，贴了字条也两三天了，还是没有他的回应。

陈良化说，幸亏是这几天不怎么用车，否则他就报案了。

崔晓剑问他：还有谁知道你把工具车借给了贾兴昆。陈良化说除了同房的那个人，没有人知道。整个公司，他没有给任何人说过，不是因为得了什么好处，主要是这个贾兴昆在任时对陈良化不错，给他办过不少事情。包括陈良化的转正和提级，贾兴昆都帮过忙。

"贾工程师是个好人，对大家都好。"陈良化这么评价贾兴昆。

但陈良化并不知道贾兴昆为什么用工具车，更不知道贾兴昆在楼下挖了一个地下室。"我知道他不会干见不得人的事，才借给他工具车，这个我放心，否则我不会借给他。每次用完车，他都把车擦得干干净净，有时候连油也加满了再还回来。要说没好处也不是一点没有，逢年过节，儿子给他送来的水果点心，他都送给了我。我儿子去年考大学，也是人家帮了忙，他的一个同学在建筑学院当副院长，要不是贾工程师写信打电话，还真录取不了。他真不是坏人，也没什么坏毛病，老伴死得早，也从不找女人，也没什么朋友，不喝酒不抽烟，就是感觉儿子不大孝顺，一年也回不来一两次，平时也不多联系，十天半月的只要工程师不给他打，他也从不主动打，好像就没这个爸。"

情况了解清楚后，崔晓剑把陈良化和那辆工具车一同安排在一个谁也不知道的地方，并告诫他说："你老老实实待在这里，哪儿也别想走，哪儿也走不了，你要是听话，过了这几天就把你送回去，若是不听话，那就别嫌我们不客气。"

陈良化点头如捣蒜，到现在也老老实实，不敢越房门一步。

崔晓剑把一切安置妥当后，静静等了整整两天，贾兴昆的小院四旁一直悄无声息，不见任何动静。

四十八个小时，他派了几个人昼夜轮班值守，暗暗躲在远处死死盯着这个院落四周，没有一分钟间隔放松。

公安没有人来过，连着两天，甚至连公安的车辆也从未经过这里。

崔晓剑还派人到建筑公司暗访，也没听到有什么重要的信息。只是说公安局已经接到指令，正在四处调查，务必在近期破案，给当地群众一个交代。

公安局那边也传来消息，说是这个案子不太好破，死者无冤无仇，那个失踪的工人也不像是个作案嫌疑人，要想近期破案，难度确实很大。

没有任何消息，反而让崔晓剑心神不安，愈发紧张。

他们会不会已经找到了线索，掌握了证据，布下了一张弥天大网等人上钩？

好像不会。崔晓剑回头把所有的行动经过回忆了一遍又一遍，一切严丝合缝，没有任何破绽。

那么，为什么会没有任何音信？公安局排兵布阵，调动了那么多警力，不就是要通过这个线索破大案吗？莫非他们又发现了新目标？

昨天市公安局发现的那个新目标，由于及时得到了内线的密报，崔晓剑已经把那个目标彻底转移了。

那边的挖掘暂时全部停工，在没有得到准确消息的情况下，全部转移待命。

公安人员的几辆车仍在昼夜值班守候，但他们肯定还不知道崔晓剑已经给这些工人下了命令，让从事挖掘的这些工人和卡车，全部悄悄转移到了另外一个地方。

如果仅仅是这个目标，那么在三五天内，市公安局不会有任何进展。

公安会有更新的目标和线索吗？

据可靠消息，在市中心区，市局的大批警力仍在集中进行着密集的排查行动。

除此以外，并无其他让人担忧的信息和情况。

一切正常。

事实上崔晓剑这两天并没有只是原地待命。

绞尽脑汁，重磅投入，崔晓剑给辛一飞和龙飞大道工程指挥部设置了一个巨大陷阱，这个陷阱同样掩藏得不易察觉，机关重重。

也许，今天晚上崔晓剑就有可能得到这方面的回应。

这方面的行动一旦成功，整个龙兴市将会雷电交加，天地轰鸣。

整个龙兴市四套班子，各行各业的注意力都会被转移过去。即使是公安部门，也同样会被这样的讯息所雷倒。

这一点同样让崔晓剑信心十足。

今天已经是第三天的晚上了，是否可以按计划走进这所小院开始行动？

崔晓剑整整考虑了一下午，在吃晚饭的时候，终于做出了最终的决定。

这个决定他没有告诉他的父亲崔铭化，虽然父亲是他此生最为敬重的亲人和导师，但因为此次行动风险太大，他暂时不想告诉父亲，只有等到了事成之后，他再向老人负荆请罪。

无论生死，无论输赢，他要一人把这天大的责任扛在肩上。

今晚十二点整，他将带着姜宸和其他三个人，一同进入南翔胡同43号贾兴昆那个小院，对地下的目标进行一次全方位的探测。

凭崔晓剑自己几十年的经验，凭父亲一生的心血教诲，凭他冥冥之中的意念和感应，他信心高涨，热血沸腾，这次行动志在必得，必将马到功成。

天赐良机，决不能放过。

晚上十二点整，崔晓剑一行准时来到小院墙脚之下。

天色阴沉，没有月亮，四周一片沉寂。

为了这次行动，崔晓剑布置了四个岗哨，在三个出入口，四个方向严防死守，绝不会让任何一个可疑的目标靠近小院。他们设置了四组报警器，在发现险情时，每一个报警器都会在第一时间把警报传递给所有人。

为了避开电子眼，崔晓剑仍然没有从大门进入，而是再次翻墙而入。

崔晓剑趴在墙头上的那一刹那，往四周细心扫看了一番，附近和远处没看到有什么令人怀疑的情况。

一切正常。

一同进来的人个个武功了得，身轻如燕，悄然无声。

为了以防万一，这次所有人必须衣着暗色，佩戴面具。

院子里一如既往，没有看到有什么被翻动检查过的痕迹。

小楼里也一样，看不出有任何变化。

崔晓剑那天出来时，曾设置了机关，只要有人进来，一旦碰触，就会被发现。

机关安好无恙，没有被碰触的迹象。

崔晓剑长长出了口气，终于摘下了面具。

略略休息片刻，又同外面的人进行了暗号联系，仍然一切如常。

半个小时候，他们全部进入了地下室下面的深墙内侧。

洛阳铲、地质锤、探测器、频谱射线仪、无声破碎剂、多功能德国铁锹、高性能瑞士军刀，所有的地下勘查器具一应俱全。

打开强力探照灯，地下顿时亮如白昼。

沿着这道厚重的宫墙，首先映入眼帘的是一个幽深的巷道。巷道四米多宽，五米多高，一个结构严谨的皇家宫廊巷道。

这个巷道也几乎整体塌陷了，只能在巷道上方看到一处一米左右的缝隙。

崔晓剑让一个随从上去探查，没有遇到什么障碍，很快就攀上了巷道缝隙处。

紧接着崔晓剑也跟了上去，一个惊奇的发现让他喜出望外。

这条巷道只是在入口处有坍陷，过了这个坍塌处，里面的巷道竟然一望到底，完好无损！

人努力，天帮忙，冥冥之中，有如神助！

从塌陷处到巷道尽头，有二百多米的距离。

崔晓剑没有想到这个巷道会有如此之长。从这个巷道回望，他突然有一个强烈的预感，这并不仅仅是一处地下文物所在地，也不会只是一个大型地下建筑，而极有可能是一个城堡似的超大建筑群。

极有可能是一尊殿宇，一方宝刹，一座佛宫！

通天寺！

顿时心荡神迷，莫可名状。

距离父亲敲定的目的地，似乎也近在咫尺。

极有可能就是同一个位置，完全重合了！

几个人很快就走到了巷道的尽头。

巷道尽头是一重巨型石门。

尽管尘封经年，土幕重重，但依稀看得出石门的森沉和凝重。

崔晓剑用地质锤敲了敲石门，发出阵阵空旷的闷响。

石门厚重，但不难凿开。

看看时间，凌晨不到两点。

一直到凌晨五点，都是最安静也是最安全的行动时刻。

无声炸药足够。无声炸药其实就是一种膨胀剂，注水后，可以瞬间膨胀百倍千倍，摧毁这样的一道石门，威力足够。

四个人一起动作，两个小时内拿下应该没问题。

崔晓剑沉思片刻，看了一眼姜宸，这是崔晓剑最得力的助手之一。

姜宸也看着崔晓剑。

通常，这是行动前最有力的契合和激励。

突然间，四个人的警报器同时响起。

这是重大危险的信号。

最后的突破和成功近在咫尺，崔晓剑被惊恐和无奈同时击倒。

本来约好了不用手机联系，但崔晓剑仍然止不住把电话打了过去。

"怎么回事？"

"师傅情况不好。"

"发现什么了？"

"我们刚刚发现，门口和附近的一个支架上有新装的监视器探头。"

"什么方位？"崔晓剑一惊。

"一个正对门口，一个在附近的高墙上。"

"能看到方位？"

"一个对着大门，一个对着整个小院。"

"确定？"

"我们看过了，清清楚楚。"

"确定是新装的？"

"今天上午。"

"上午怎么没有看到？"

"上午来了两个工程队，一直在刷墙，没注意到给装了探头。"

"不是专门来装的？"崔晓剑心里一沉。

"不是，师傅，所以很危险！"

"有动静了？"

"有动静就来不及了师傅，快撤吧。"

崔晓剑一时蒙在那里。

怎么办？

几个人都眼睁睁地看着他。

手机里突然大喊了起来：

"师傅快撤！快撤啊……"

二十九

刘小江把辛一飞送到车上时，才给辛一飞放下一份文字资料，"这是那个女孩的基本情况，你一会儿在车上看看，我觉得这应该是个团伙，他们的活动地点就在龙兴市。"

"你管得是不是太宽了？"辛一飞飞快地翻着刘小江给他的材料。

"与你的事一样，都是我分内的事。"刘小江笑笑。

"多大了？"

"刚过十五岁，十六。"

"你想让我怎么办？"辛一飞渐渐被材料上的信息所吸引。

"给公安部门打个招呼，或者告诉我去找什么单位什么人能尽快找到这个女孩。"可能是看着车要开了，刘小江的话简洁而明了。

"这个女孩吴浙人？"

"是，望杨镇吴峪村。"

"与你什么关系？"

"人民群众。"刘小江回答得一本正经。

"确定是在龙兴市？"

"百分之百。"

"估计在龙兴市什么地方？"辛一飞对着那个女孩的照片若有所思。

"有网友告诉我，那个地方有百分之九十的可能在云翔大酒店。"

"云翔大酒店？"辛一飞突然抬起头来，像不认识似的直直地看着刘小江。

"不会？还是不信？"刘小江看到辛一飞吃惊的样子，有点意外，"据说很热闹，很开放，名扬省内外，是龙兴市的天上人间、三里屯、不夜城。"

"该死的东西。"辛一飞怫然作色，然后脸色阴郁地对刘小江说了一句，"记着，有些事要量力而行，别陷得太深。"

汽车轰然离去，刘小江对着辛一飞的车嚷道："你什么意思啊？"

"等我电话。"辛一飞在车内扔出这么几个字来。

一直到夜深了，刘小江也没有等到辛一飞的电话。

刘小江几次打开手机想给辛一飞打电话，但想了想还是把手机放下了。他肯定忙死了，另外，他那个批示的假材料，也够折腾他一阵子了。刘小江给辛一飞做了认真分析，这件事不可小视，背后一定有大阴谋。对手非常老到阴险，三千万的汇款是真的，三千万汇款是贿款也是真的。时间是真的，地点也是真的。中纪委的批示是真的，省纪委的批示也同样是真的。唯有辛一飞的批示是假的，还有批示的材料是假的。这么看来，即使纪委认定这个批示是假的，但这个批示显示出来的内容，岂不是在有意引导纪委就是要在这方面予以严重关注吗？

这一招够狠够黑。

纪委即使最终认定辛一飞没有批示过这个申请文件，那也会认定作为县长的辛一飞负有无可推卸的责任。这个老城堡工程是你主抓的，这个惠源公司是你批准的，惠源公司缺钱你也是知道的，为什么这笔贿款你恰恰什么也不知道？你说不知道？凭什么不知道？难道会没有动机？没有目的？市委书记、市委副书记、县委书记这几个人足以决定你的命运，而恰恰就是这几个人的儿子、外甥与这笔巨款有着千丝万缕的联系。如此严重的问题，纪委又怎么不会把这笔巨款列为重大案件？

还有，那个涉案的县委书记、市委副书记、局长、董事长都已经一窝端了，还有那么多涉事人也已经抓的抓，规的规，凭什么你能独善其身，安然无恙？何况到了这一步，是交代问题重要，还是查处造假重要？即使查处造假，也丝毫不会减弱对你所造成的影响和冲击力。

这个假批文最恶毒的一点，辛一飞估计还没有想到，如果这个批文是真实的，而且确实是辛一飞批示的，那么这三千万贿款就成了投资，就成了股份，完全变成了贪污受贿！

当刘小江把这一点给辛一飞指出来时，辛一飞着实大吃一惊。

从目前的情况看，即使不是你批示的，即使文件是假的，但这笔钱的性质在此时此刻已经完全变化了，这三千万巨款确确实实、明明白白浮现出来一个实质性、根本性问题，那就是，这笔贿款已经变成了不折不扣的投资！

辛一飞似乎已经意识到了问题的严重性。当他看到那份假材料后，听了赵祯熙和刘小江的陈述与分析后，便一直沉默不语，不再问其他问题。

刘小江本来还想问问田震的态度，但看到辛一飞阴沉的脸色，也就没再问什么。田震的压力一定不会小，否则辛一飞不会专程来一趟吴浙老城堡。

辛一飞说得对，有些事情要量力而为，不要陷得太深。

辛一飞说的是这个三千万的贿款，还是吴莹莹的失踪？

三千万的问题，岂是他能涉足的事件？

如果是吴莹莹的失踪，那又会有什么危险？

量力而行，不要陷得太深？

为什么？

云翔大酒店？那里会有什么危险？

寻找一个失踪的女孩子会遇到危险？

当然会遇到危险，如果面对的真的是一个黑社会团伙。

但是，辛一飞是市委常委，他居然会这么说，这就严重了，看来这个云翔大酒店确实是个不一般的地方。

如果真是这样，网友的说法是成立的。

吴莹莹很可能就被拐藏在这个地方。

云翔大酒店。

刘小江在县委通讯组多年，在龙江市住过无数宾馆，恰恰没有在这个大酒店住过，虽然听说过，但由于价格高，费用多，又不是县里规定可以报销的酒店，再加上离开会的地方，离市委市政府的地方都相对较远，又是个新酒店，所以还真的没在这个酒店住过。

名声很大的一个酒店，各种各样的传闻。

刘小江突然振奋起来，如果吴莹莹真在那里，可就太热闹了，一定会引发万众瞩目。

海波江涛的粉丝也一定会更加关注，他也一定要给他的几十万粉丝一个圆满的回答。

如果真的是一个涉黑团伙、涉黑酒店，就算他真的陷了进去，那也值了！

光天化日，朗朗乾坤，刘小江没什么可怕的。

真有个三长两短，那也只能拼了。

刘小江这些日子一刻也没有松闲。

因为这个吴莹莹，刘小江在网上已是名声大噪，万众瞩目。

他为了查找追踪吴莹莹的下落，已经把他的粉丝完全发动了起来。

刘小江把吴莹莹的照片和他们对话的视频，全部发在了他的博客上面。博客上的内容迅速被转发数千次，引发了巨大的轰动效应。

为了增加效果，刘小江再次叫来了吴莹莹的父亲母亲，录下视频再度发放在自己的博客上，两位满脸皱纹、敦厚朴实的老农民一同跪求社会各界救救他们的女儿！

这一视频再度引发全社会的震动。

首先惊动的是县公安局和县政府，都在网站发出公告，表示对吴莹莹失踪一事尽快予以查证落实，并希望吴莹莹父母尽快到公安部门告知有关情况，公安部门将会依照被侵害失踪人员的有关规定，及时上报有关部门并积极开展查找工作。

与此同时，更多的网络知名人士也都参与了进来，一时间，似乎整个网络都被这一事件刷屏。

让刘小江极为震惊的是，他的粉丝竟然在两个晚上增加到了将近七十万！

目瞪口呆，诚惶诚恐，刘小江再次感受到了网络的力量。

他把七十万粉丝卷进来了，他自己也被七十万粉丝卷了进去。

这么多的粉丝，他突然觉得已经身不由己。

在这个平台上，他这个博主才是真正被陷进去的人。

如果吴莹莹这件事突然偃旗息鼓，就这么不了了之，七十万粉丝又岂肯善罢甘休，漫天的吐沫花子还不把你淹死？除非你逃之夭夭，永不复出，自己把自己的微博号封杀掉。

如果真成了那样，岂不生不如死，或者还不如一条狗。

你还如何再去面见江东父老，如何面对你的那么多头衔，你这个县委通讯组组长立刻就会成为整个吴浙县的耻辱和笑谈。

那不是刘小江的为人和风格。

绝不是。

今天晚上刘小江的微博上依然波涛汹涌。

留言将近两千条，点赞三万七，阅读量超过二百万！

刘小江再次惊诧不已。自己的影响力连自己也觉得匪夷所思，难以想象。

为什么会这样？

不就是因为你的那点爱心和善良吗？不就是你的那份正义感和责任心吗？就这么一点点内容，一点点努力，一点点呼吁，就得到这么多支持和力挺，就得到了这么大的赞誉和声望，这不也正是你期待的人生追求和价值所在吗？

一定要找到吴莹莹，付出任何代价也在所不惜。

刘小江默默地看着手机荧屏，他今晚应该给这七十万网友一个什么样的回应和承诺？

面对着汹涌的跟帖，刘小江无法一一回复。

牢骚也好，埋怨也好，谩骂也好，呐喊也好，其实都是一个信念，真心地希望这个美丽清纯的女孩能平安归来，一切如常。都希望这个社会岁月静好，弊绝风清。

让我们都尽力做我们可以做到的事情吧。

不要沉默，不要静观，不要退缩，不要做局外人。

刘小江不会知难而退，不会半途而回，更不会有始无终，望而却步。

刘小江梳理了一下这一天多的情况。

吴莹莹依然没有任何确切消息。

所有的人对这一点都在高度关注。就像巨浪里的一叶扁舟，飓风中的那一道风眼。

这些天，刘小江确实没有停止行动。

他去了一趟公安局，县公安局对刘小江提供的证词基本认可，表示可以采信。

刘小江也和吴莹莹的父亲吴爱民一起去了一趟县公安局，对吴莹莹父母提供的情况，县公安局十分重视。一旦确认为失踪，将立即展开侦查。

刘小江的朋友包括网友提供的信息和线索有一百多条，仔细划分了一下，跟帖大致可分类为这样几方面的内容。

吴莹莹在学校时的个人照片与合影。虽然只有参考价值，但居然发来很多，证明在吴浙县境内关注这一事态的年轻孩子有很多。

吴莹莹做主播时的照片和视频。这些有一定价值，可以从这些视频中再次看到吴莹莹个人的一些情况，还有吴莹莹所在平台包括背后那些人如何操纵指使的一些蛛丝马迹。

吴莹莹突然消失以后回复的一些文字内容，这些文字内容不多，却显得十分重要。其中有三条内容具体清晰，直接告知吴莹莹就在云翔大酒店，那些女孩都在云翔大酒店。

其中有一条，连用了好几个惊叹号：

　　重要的事情说三遍！吴莹莹在云翔大酒店！吴莹莹在云翔大酒店！！吴莹莹在云翔大酒店！！！

还有一条更具体，更恐怖，是用私信发过来的：

吴莹莹现在仍在云翔大酒店，具体地点，3号楼十一层春雨包房。你们再不过来，肯定就让人给糟蹋了。破处费，最低十万。据说有几个大款报了名，正在大楼里等候。

看得刘小江血脉贲张，怒发冲冠，火冒三千丈。

这些有钱的狗东西，禽兽不如！

这个信息太重要了，如果是真的，只要公安出手，便可直捣黄龙，除邪惩恶，让所有的罪行即刻大白于天下。

怎么办？刘小江紧张地思索着，是不是马上报警？

如果报警，就凭这样一个没有人证物证的信息，公安会采信吗？

如果你是公安，你会采信吗？

这个给你发来私信的人，又会是一个什么人呢？

他不仅知道在什么地方，而且竟然准确到几楼几层，他可能是个什么人？

如果确实是真的呢？

如果是真的，他也许会是那里的一个常客？因为是海波江涛的粉丝，或者良心发现，或者心怀不满，或者本来就是一个有钱的好人，发现了这种勾当，不禁义愤填膺，但又不愿意暴露自己，于是就用私信暗中告发了这个罪恶的勾当？

如果是真的，他也许会是那里的一个工作人员？服务人员？因为是海波江涛的粉丝，突然发现了楼层里的女孩就是那个失踪的小姑娘，不禁悲愤交加，但又不敢暴露自己，于是忍不住就用私信揭发了这里的黑暗和龌龊？

但如果是假的呢？

如果是假的，也许会是一个恶作剧？会不会是哪个网友或者哪个身边不喜欢你的人，反正也加进了你的粉丝队伍，向来就是专门恶心你的。眼下看到你这样呼风唤雨，兴风作浪，趁机就想这么恶搞你一次，让你出尽洋相，好让大家看你的笑话，让你这个海波江涛成为茶余饭后的笑柄。

如果是假的，也许会是这个作恶团伙在搞鬼？因为他们在第一时间就发现了你，因此才会让吴莹莹突然失踪，再接下来看到你在微博上对他们进行人肉搜索，同时对吴莹莹全程跟踪，自然对你恨之入骨，于是就潜进了你的微博，用私信给你设了这么一个圈套。目的就是想转移公众视线，让你上钩，让你迷失方向，然后他们趁机逃脱并继续作恶。

都有可能，也都没有可能。但你这样贸然报警，公安难道就会这样无凭无据，迅速立案，而后立刻派人追查，并将这个团伙一网打尽？

全世界的警察都不可能这样，在没有确凿证据的情况下，就可以发令，派人到一个合法的地方进行专项搜查。

这有可能吗？

除非你有特权。

他突然再次想到了辛一飞。

看看时间，已经到了深夜。

辛一飞为什么还没有给他来电话？

手机铃声突然响了，刘小江急忙拿起一看，居然是妻子谢毓梅的电话。

这么晚了，妻子会有什么事，刘小江打开电话，居然半天没有吭声。

"小江？"妻子的声音像是在试探。

"是我，这么晚了有什么事？"刘小江预感到好像有什么不吉利的事情。

"你在哪里？"

"在家。"

"还在你的微博上？"

"你看到了？"

"我什么也没看到。你都在微博上做什么了？"妻子的话里透露着惊慌。

"有人告诉你什么了？"

"我刚才接到了一个电话，他说让我告诉你，让你小心点，别再在自己的微博上胡作非为，否则就对咱们一家子不客气。小江你告诉我，你到底做什么了？"

"什么时候给你打的电话？"

"我和孩子都睡了，刚刚接的电话。"妻子似乎仍在惊恐之中。

"用手机打的吗？"

"我没看，应该是吧。"

"你看一下。"

"是手机。"

"哪里的手机？"

"看不出来。"

"男的还是女的？"

"男的。"

"还说什么了？"

"还说他知道我是干什么的，知道我住在什么地方，也知道咱们家在哪里，还知道我在哪里上班，孩子在哪里上学。"

"别信他的，那是在吓唬你。"刘小江话一出口，突然觉得自己的话起不了任何安慰作用。

"不是吓唬，他一个一个说得都很准，他还知道孩子的生日和学校，每天都什么时候上学，坐的哪路车，在什么地方上车，什么地方下车。"妻子在手机里突然哽咽起来，"小江你惹谁了？你到底做了什么事？"

"什么也没做，你放心，什么事情也不会有。"刘小江极力安抚着妻子，"你一会儿把手机号码给我发过来，我明天一早就给公安局报案，先查查这个手机的来路，再查查都是些什么人。"

"小江，你听我的，千万不要报案，你要是报了案，他们肯定会加倍地报复我们。"妻子一边抽泣，一边乞求似的说，"小江我好害怕，你如果做了让他们生气的事，那就不要做了，好吗？"

刘小江一时无语。妻子是个本本分分、循规蹈矩，一辈子逆来顺受、与世无争的女人，丈夫的事情从来没有干涉过，也很少责怪自己的丈夫。妻子今天能说出这样的话来，一定是受到的惊吓和刺激太强烈了。沉默了半天，刘小江只好说："知道了，我会注意的，你不要太担心，也不要把今天晚上接电话的事情告诉爸爸妈妈和孩子。"

"这个我知道，你也多多小心。小江，咱们家的日子已经很好了，你也用不着再像过去那样拼命了，我什么也不图，就图个平平安安，只要家里不出事我就心满意足了。"

……

接了妻子的电话，刘小江久久地愣在那里。

看来真的是惹着恶鬼了，这个电话绝对不会是个一般的电话。

不仅给妻子打了电话，还知道孩子、妻子和父母包括自己的所有情况，明摆着就是一个公开、恶毒的要挟，明目张胆、肆无忌惮而又有恃无恐。

看来这不是个一般的团伙，也不会是个小团伙，更不会是一两个小毛贼能做出来的事情。居然在这么短的时间内，就能把这些信息全都搞到手里，背景深不可测，细思极恐。

什么都想到了，没想到会在这里砸过来一横锤。

怎么办？

妻子有一点是对的，首先要保护好自己。

怎么保护？目前看来，唯一的自我保护就是就此住手。

就此住手可以吗？刚才已经给自己彻底否了，就此住手的代价就是生不如死，活着也是行尸走肉。

除此以外还能如何保护自己，保护自己的家庭？

把这件事公开出来？现在看还不到时候。如果现在公布出来，谁会相信？这个打电话的已经算准了下一步，他没有给本人打，只打给了他的妻子，用的是手机不是座机，没有用微博、短信，没有留下任何文字记录，空口无凭说有人威胁，威胁他的妻子，说不定还会让人觉得自己在哗众取宠、沽名钓誉，无非是想博人眼球。

报警？警察又怎么相信你？仅仅一个手机号码，能查出什么来？说不定这个手机号码是他们临时用的，没有任何意义和价值。就是警察也无从下手，又怎么支持自己？

如果有件武器就好了，至少可以防身。武器？笑话！中国的警察平时都不能佩带武器，一个科级干部又哪来的武器？又想要什么武器？

如果是切菜刀擀面杖之类的武器，用来防身同样没有任何意义。一介文弱书生，想用菜刀擀面杖与凶犯殊死一搏，除了自取其辱，说不定还会带来杀身之祸。

文臣不爱财，武将不怕死，到这步田地了，还有什么可怕的？

现在怕死无非就是因为爱财，爱惜羽毛。人的名声和操守，是不是比生命更重要？当真正面临抉择的时候，莫非就动摇了？

一介书生，果然就是一介书生。

秀才造反，十年不成。不知道为什么，刘小江突然就想到了这句话。

手机铃声再次响了起来。

刘小江完全被吓了一跳，紧张到窒息，两手捂在胸口，明显感受到自己的剧烈心跳。

看看时间，凌晨一点多了。

辛一飞的电话。

"领导好。"刘小江的声音明显发颤。

"没睡吧。"辛一飞的声音沙哑而遥远。

"没有。"刘小江使劲让自己放松下来，"你也没休息？"

"听着。"辛一飞的语气严肃起来，"你说的那个女孩子的事情，我给市局那说了，有个手机号码你记一下，有情况你可直接打这个号码。"

"我现在就有情况。"

"那你天亮了就打，应该没有问题。"

"市局这个人叫什么名字？"

"叫沈慧，市局的副局长，分管治安。"

"沈慧？女的吗？"刘小江十分吃惊，"副局长？身份是不是太高了？"

"对，是个女局长。女孩子的事情，由她来处理，更合适方便。"辛一飞这时候的口气变得十分恳切，"小江我今天给你说过了，这件事你要量力而行，不要陷得太深。你说的情况我已经给沈慧讲过了，她非常重视。有什么情况，你可及时向她报告，千万不要一意孤行。你的性格我了解，爱冲动，不计较，做事拉拉忽忽，对人从不设防。社会上的事很复杂，不是写文章，都是理想主义。这件事，你一定按我说的办，明白吗？"

"好的，明白。"刘小江心里一阵感动，交往这么多年了，还从未听过辛一飞这样婆婆妈妈的话，"我想明天就去一趟市里，那个女孩的事情有新情况。"

"可以。但我明天没有时间见你，你直接找那个副局长就行。亮明身份，就说我介绍的，她就会告诉你怎么做。"辛一飞交代得十分清楚。

"明白。"刘小江本想不再说什么了，但实在忍不住，还是问了一句，"你的事情怎么样了？大家都很担心。"

"没事，今天去老城堡，让你费心了。"辛一飞算是给刘小江表示了谢意。

"我现在最顾虑的是田震书记的态度，你今天见他了吗？"

"刚见过，没什么可顾虑的。"辛一飞的口气非常放松。

"现在的问题是，这件事闹得越大，对田震书记就越不利。以前他可以为你说话，这三千万的问题如果任其这样发展下去，他就越来越不能为你说话。你的副市长前不久刚落选，现在又到了工程的关键时期，反对的人只会越来越多，在这种情况下，如果田震书记不能为你说话，不能像以前那样支持你，你想想下一步会有什么样的情况发生。"

"该来的就都来吧，你想躲也躲不了，这也是我当初的选择，到了这一步，也真没什么可顾虑的了。"

"事情是不是已经很严重了？"刘小江突然感受到了辛一飞话里的悲壮，"不管怎样，我们也要想想办法啊。"

"小江，到了这一步，我们还有退路吗？"

……

手机挂了好长时间了，刘小江仍然直直地僵在那里。

辛一飞的这句话，让刘小江悲愤交加，痛心不已。

三十

市公安局沈慧副局长几乎整整一晚上都没有合眼。

凌晨四点了，才打了个盹，紧接着像吓了一跳似的又醒了。

看看时间，凌晨四点五十。她睡了有半个小时。

事情太多了，多得让她对这几天的工作安排都有点理不出头绪。

晚上快十二点的时候，她竟然还接到了辛一飞的一个电话。

辛一飞说了两件事情，一个是龙飞大道工程指挥部明天要进行全线地下探测，不知什么原因被市公安局拦住了，理由只有一句话，上面有指示，有重大任务，暂时不能进行探测。至于什么时候可以，没有时间，听候通知。辛一飞万分着急，他甚至给田震书记和任华市长都打了电话，但他俩也都推说不了解情况，等了解以后再说，也都表示同意市公安局的意见，可以让工程暂时停下来。辛一飞没办法，就给她连夜打来电话了解实情。还有一个，他说有个吴浙县的小女孩可能被绑架了，请她能予以帮助。

辛一飞与沈慧是老相识。沈慧的父亲是吴浙县的前任公安局长。辛一飞任吴浙县副县长的时候，沈慧的父亲也刚刚被任命为公安局长。一直到辛一飞当了两年县长的时候，沈慧父亲才从局长的位置上退了下来。由于公安局长兼任副县长，因此辛一飞和沈慧父亲的关系也就非同一般。那时候沈慧在市局已经供职很久，因为父亲的关系，平时聚会啊，开会啊，包括工作上的联系，自然同辛一飞也就很熟。沈慧父亲退下来之后，辛一飞每到市里开会或者出差，常常会来家里看望。逢年过节，也常常代表班子到家里慰问。沈慧和辛一飞两个人的联系也就一直保持着，有了什么需要了解、需要帮助的事情，一个电话就打过来了。两人之间从来也不客套，能办则办，不能办也能把原因讲清楚说透彻。

大概知道沈慧睡得晚，所以就敢在深夜把电话打过来。

互相都没怎么客气，沈慧的回答也非常干脆。女孩的事情，她一定会重视，放心就是。至于工程探测暂行停止的事情，沈慧推说是上面的指示。公安部来人了，还有省厅的领导，都在听取汇报，估计是与地下文物方面有关的原因，或者是正在破获一个案子的原因。沈慧说到这里已经感到很为难很不好意思了，因为她无论如何也不能说有个正在破获的文物大案，那个大案正在关键当口，还是她亲自负责的。那个大案目前发现的位置，正好就在龙飞大道的探测线上，这个位置一旦让工程队探测出来，就会让他们所有的努力前功尽弃。所以唯一的办法，就是暂停龙飞大道的探测施工。

辛一飞听她这么讲，也就没再追问。但沈慧听得出来，辛一飞对她的解释根本不相信，也非常不满意。

也只能这样了，她没有办法。这是纪律，这是原则，这是底线，一旦传出去，就很有可能让她的战友流血牺牲。

等案件结束了再给辛一飞解释吧。

真的没办法。

这些天沈慧也真的太忙了。

沈慧一直在一线工作，任副局长时间并不长。有一次局长说她："你现在的思维还是在你那个支队长的位置上跳不出来。你现在是局长，你要学会调动大家的积极性，你就是再能干，还能一个人干几十、几百个人的工作？再这么干，就会误事，就会让人骂你，大将无能，累死三军，最后连你也一起累死。"

她突然感到她现在的工作是不是就是这样？你就是累死了，大家也不会说你是个好领导。

有些工作，她究竟该不该放手，实在让她无法定夺。

最挠心的就是正在全力侦破的这个文物大案，已经让她盯了整整几个晚上了，连市局的一个副局长也当面调侃她："哪有你这样当局长的，是不是不想让我们活了？"看上去好像是在表扬她工作勤奋，但她听得出来，言外之意，你这么干，还像个副局长吗？你老这么干，是不是我们这些副局长都不称职？

但如果真的把任务布置下去，然后一个大撒手，照常上下班，准时回家，准时休息，按照规定，二十四小时不关机，感觉有问题，随时听取汇报，必要时，让他们直接到办公室听取指示，能这样就已经很好很不容易了。

即使能这样，也照样会非常非常忙，非常非常累。因为你一个副局长，管的部门有十几个，你绝不可能每个部门的工作都亲力亲为。要学会当指挥，你是副局长，你是指挥，你懂不懂？你究竟会不会当领导？

那你为什么还要像现在这样干？

沈慧每一次这么问自己时，都觉得自己真的应该放手，应该学会管理，具体工作让他们去做，你是主管局长，你只要在上面指挥即可，只要随时监督就足够了。

但她无论如何也做不到。

如此事关重大的案情，她无法待在家里安心等待消息。她有职责也负有责任在第一时间得到第一线最新的案情进展。

这不是指挥不指挥的问题，这是信念，这是使命。

就像连续发生在眼前的几条重大线索，她不能放手，无法放手，一步也不能。

前天晚上，那个工程公司的职工被杀案，让整个队伍顿时进入紧急状态。

紧接着，一个小时之后，他们发现了凶手的线索。

崔晓剑，一个陌生的名字，进入了她的视野。

这个名字让她前面所有的努力都发生了颠覆性的改变。

崔晓剑的聪明，在一个关键时刻，用错了地方，反而成了他致命的软肋。

崔晓剑不该在那天晚上就行动，要把那个叫陈良化的职工带走。他带走了陈良化，却促成了一桩凶杀案。也许，崔晓剑还应该把那具尸体也带走。问题是，他来不及，治安支队李志杰的反应比他更快。他们只有五分钟的时间差，如果崔晓剑再晚五分钟离开，等待他们的结局就是一窝端。

由于仓皇而逃，便留下了一溜印记，紧急调来查看到的电子监控系统，将他们的行踪和意图立刻暴露得一清二楚。

崔晓剑，四十二岁，崔氏聚英武馆当家人。父亲崔铭化，龙兴市古绛文物市场93号店主。但这些都只是对外公开的身份，实际上他们业务范围远不止武馆和古玩市场。在市郊他们投资了一座铁矿，一座煤矿，在煤矿周边建起了一座砖厂，一座铁厂，并在市郊近旁投资了一处面积不小的房地产开发小区，还承租了附近的数百亩土地，承建了三十多座蔬菜大棚，多处花卉种植园，两百亩中药材种植基地。粗略算了算，这些投资至少也有两个亿。

让沈慧感到惊诧的是，这么多的项目，几乎都是不计成本的投资。尤其是那块作为房地产项目的开发小区，地处偏僻，既不傍山，也不临水，毫无亮点可言。这样的一块儿土地，却是他们以每亩二百万的价格，在两年前就买下的。即使到了现在，这块土地的价格，也不可能涨到每亩二百万。

还有那个铁矿，基本就没有开工，好像一直只是在开工的筹备之中。那个煤矿的情况也很一般，看来在正常运转，但以现在的煤炭价格，这样的运转无法达到利润的最大化，能基本持平就很不错了。还有那些砖厂、蔬菜大棚、花卉种植都不是十分赢利的项目，这些项目的收入和投入完全不成比例。

看来这些所谓的投资，都只是在掩人耳目。他们更大的目标和投入应该不在这里。

沈慧突然想到了前天晚上小分队的发现，而且就在他们的蔬菜大棚附近。

那一堆堆在深夜倾倒出来的渣土，是不是才真正蕴含着他们的秘密和目标？

他们的秘密和目标究竟在哪里？

很可能就在他们的砖厂、铁矿、花卉种植园、蔬菜大棚和中药材种植基地的附近，这些地方也许只是他们故意制造出来的一个个假象。

如果从表面上看，这里一切正常。包括一直在那里值守的小分队，仍然一无所获。

一定是他们已经察觉到了什么。

志杰陈浩他们都暗示过，家贼难防。

他们有可能得到了信息，于是按兵不动，静观其变。

这些天如果说有最大的线索那极有可能就在这里。最强的对手，也可能就在这里。

他们本来可以再次侥幸过关，逃离危机，但却犯了这样一个不可饶恕的低级错误。

是什么原因让崔晓剑这样急不可耐、迫不及待，宁可犯致命错误也在所不惜？

崔晓剑连夜要抓走建筑公司的工地看管陈良化，一定是和李志杰发现的目标完全一致，高度吻合。那就是说，他们同时发现了运送地下渣土的那辆工具车和嫌疑人。

李志杰发现了运送渣土的工具车和嫌疑人，是依赖电子眼的帮助。

崔晓剑发现了运送渣土的工具车和嫌疑人，依据的是什么？除非他也得到了同样的一份电子眼录像。

这一点似乎没有可能。因为找出这个工具车和驾车人，是公安交警部门的几个人同时在操作，几个人一起合成，而后又由两个人同时送来。在看到这个视频不到十分钟后，李志杰和陈浩就开始了行动。

崔晓剑他们不可能在这十分钟的时间内收到视频并看了视频，而后也做出相同的行动，并且赶到了陈浩志杰他们前面对陈良化和那个工人一并进行了处置。

绝无可能。

前后时间差不到五分钟。

但这个崔晓剑为什么突然要抓走这个看管员陈良化？而且在抓人的时候处死了同房的另一个职工。

为什么？

只有一个可能，就是崔晓剑提前发现了渣土，提前发现了运送渣土的工具车，而后发现了运送渣土驾驶工具车的那个人。由于发现了那个驾驶工具车的人，才再次从那个人身上发现了陈良化与这些渣土有关联。是这样吗？

这个关联是什么？

崔晓剑知道了这个工具车是建筑公司的，这个工具车由陈良化保管。为了防止陈良化泄密，把工具车借给别人的事情交代出来，于是就抓走了陈良化。

这就是说，崔晓剑也知道了公安已经介入了这起案件。

崔晓剑必须把这个线索掐死，不能让公安发现这个工具车借给了谁。

以此推断，这个挖掘出大量渣土的嫌疑人也极有可能在崔晓剑手里。

如果是这样，所有的疑问就全迎刃而解了，所有的线索也就捋清了。

这个崔晓剑极有可能就是这个大案的核心人物。

崔晓剑的紧张铸成了他不可挽回的失误。

百密一疏，在慌不择路的逃离中，终于让沈慧看清了他，看清了他的父亲，看清了他的一家，也看清了他们的行动。

沈慧决定立即停止318专案的一切侦查行动，继续等待崔晓剑他们走出的下一步。

沈慧不想贸然实施抓捕，一旦实施抓捕，有可能节外生枝，得不偿失，以至让案情出现重大纰漏。何况，现在还没有发现他们最终的目标在哪里。

还需再等待。

所有的较量就是比耐心。

崔晓剑绝不会就此罢手，而后举家逃之夭夭。目前还看不到这方面的迹象。

陈浩派出去的便衣发现了那个陈良化的被关押处，陈良化安然无恙，目前并没有生命危险。

一切均在掌控之中。

一天过去了，李志杰认为不需要再等了，可以行动了。

两天过去了，陈浩也有所动摇，觉得没必要再等下去，抓捕后审讯即可，这样省时省力，免得夜长梦多，再弄出什么幺蛾子。

沈慧没有动摇，耐心等待。

一直等到夜里十二点了，崔晓剑出动了。

让沈慧吃惊的是，这次崔晓剑竟然出动了一个团队。

总共十个人，分成了两队。

目的地是一座有二层小楼的独家小院。

一队翻墙进入了小院。一队则在外巡视守护。

这个地方确实是沈慧他们没有想到的。

为什么要在这里？

幸运的是，这个小院四周刚刚装上了交通监视器，一切都被这个电子眼记录了下来。

尤其幸运的是，附近有一栋八层小楼，隐藏在楼顶上，只需一般的小型望远镜，便可把小楼院外和四周的情况大致看清楚。

南翔胡同 43 号小院，一栋二层小楼。

进入小院的五个人，有一个是那天晚上一起作案的同伙。名字职业已经查清，姜宸，三十四岁，崔家聚英武馆专业拳师，武功高强，擅长通背、太极，应该是武馆的 2 号 3 号人物。

另外三个则是今晚第一次看到。看身法手脚，应该也都是武功高手。

他们一共来了五辆车，还带来了不少工具。

等到崔晓剑翻越进入小院的那一刹那，沈慧突然明白了，这极有可能就是挖出了大量渣土的那个地方。

那么，这个地方也是他们的一个作案地点吗？

沈慧让当地派出所立刻查清这到底是一个什么地方。

一刻钟后，户主的资料便被发在了沈慧的手机上。

贾兴昆，六十四岁，市建筑公司退休工程师。妻子于六年前病故，儿子儿媳均在省城工作，现单身，独居在家。历史清白，没有任何污点……

沈慧看后一愣，这个贾兴昆与那个陈良化都曾是一个单位，陈良化的那辆工具车是不是就在工程师贾兴昆这里？

案情一步一步开始明朗起来。

贾兴昆是陈良化的老上级，陈良化把工具车借给了贾兴昆，退休了的贾兴昆每天在他的小院里掘土挖方。

贾兴昆是在盗挖地下文物？

应该不是。

那这个小院出租给崔晓剑了？

也应该不是。

那他在这个小院下面做什么？

挖天井？挖地窖？挖地下室？

最大的可能就是偷偷在挖地下室。这些年，由于房价的快速上涨，老百姓对住宅空间增大的希望，只能寄托在自家的房子身上。扩大面积，盗挖地下室，便成了许多平房老住户人家的十分具有诱惑力的选择。

那么，这个儿女都不在身边的独身老人，会是一个人独自动工？

很有可能，他是建筑公司的一个老工程师，一人偷偷挖出一个地下室，应该不成问题。

那么，那些撒遍城郊的地下夯土，就是从这里挖出来的？

那些具有重要文物线索的地下渣土，全是他一人所为？

如果是，最后的这个悬念，也就破解了。所有的一切，都有了一个合理的解释，完全顺理成章了。

崔晓剑发现了这些夯土，紧接着又发现了运送渣土的工具车和贾兴昆。

也就在此时，崔晓剑察觉到市公安也发现了这里的地下渣土，紧接着发觉市公安也在追查这辆工具车，并且已经知道了这辆车的持有者就是陈良化。

为了阻止公安人员接近陈良化，于是就有了那天晚上惊心动魄的一幕。

那么，这个贾兴昆呢？此时在哪里？

崔晓剑会放过贾兴昆吗？

或者，是不是这个贾兴昆也让崔晓剑关起来了？

截至目前，总的看来，崔晓剑所有的行动，都非常成功。

如果除去暴露了自己，崔晓剑所有的谋算和计划，几乎都得逞了。

崔晓剑一定是知道了在这个二楼下面挖出了有重要价值的文物遗址，所以才这样铤而走险，孤注一掷。

在这个地下室里，究竟藏着什么重要的地下文物？

从目前的所有迹象看，他们所窥视的地下文物一定还没有到手，甚至还不清楚这个小楼的下面会有什么。

他们肯定也是突然发现了这里的情况，对这里应该还是一无所知，只是知道这下面可能会有重要发现。

那么，他们这些人究竟是干什么的？他们的背景是什么？

他们为什么会一路跟踪到这里？居然会采取这样的行动？

是在探测吗？还是在勘察？

沈慧紧张地思考着，看着他们一个个翻墙进入院落，眼看一个小时过去了，究竟该怎么办？

马上行动吗？只要一声令下，半个小时之内，即可调动上百警力把这里围得水泄不通。

他们动用了十个人，留在外面五个人，进去了五个人，究竟在干什么？

莫非确实发现了重大地下文物遗址的线索或迹象？

这个小楼的四周和下面会有重大的地下文物建筑？

沈慧想到这里，让李志杰立刻给文物局史文祥打电话，让他以最快的速度赶过来。

虽然已经深夜，但不到二十分钟，史文祥竟然赶过来了。

史文祥并不像睡醒的样子，看来也一样是个夜猫子。

"不错，有点公安的样子。"李志杰见到史文祥显得十分兴奋。

"熬夜呢，明天国家文物局局长要来，正准备材料。"史文祥有些吃惊地看着眼前这么多公安人员，深更半夜竟然聚集到这个楼顶上。他突然感觉到事态的严重，问了一句："干吗呢？要我做什么？"

沈慧把一个望远镜递给史文祥，"你看看，前面那个二层小楼，是个什么位置，这个二楼下面，还有这周围的下面，会不会有地下文物遗址？"

"不用看，这一带就是龙兴市的文脉所在地。南朝四百八十寺，多少楼台烟雨中，不只是南方当年的盛况，咱们这里当年也一样。要是来个大起底，把这里所有的地下文物发掘重现，龙兴市将会是天下第一文物大市。"史文祥大概不知道沈慧他们几个在这里干什么，一提起自己的老本行，立刻兴奋莫名，"我和辛一飞都认为，数百年前被埋没在地下的皇家寺院通天寺，很有可能就掩藏在这一带，这是龙飞大道工程要重点关注和保护的地方。"

"哦？"李志杰止不住嚷了一声。

听史文祥这么说，几个人顿时都呆在了那里。

沈慧也不禁大吃一惊。

难怪公安部和公安厅会如此重视。

也难怪这个崔晓剑下手会这么狠。

看来自己还真的是大意了，太大意了。

就差一点儿，几乎就是大意失荆州。

"文祥，我们找到的那些夯土，有可能就是在这个地方挖出来的。"沈慧轻轻给史文祥说了一句。

"啊！"史文祥顿时也目瞪口呆，"就在那个小楼下面？"

"应该是。"沈慧在紧张地思考着，"百分之八十的可能。"

"你们发现什么了？这么晚！"史文祥突然如梦初醒。

也就在此时，陈浩突然小声喊了一声："沈局不好，他们突然都跑出来了，怎么办？"

"沈局，行动吧！"李志杰也低声咆哮了一声。

沈慧举着望远镜，静静地注视着前方，一声不吭。

"局长！"陈浩焦急万分，"再不动手，就全跑了！"

"局长！"李志杰止不住在地上砸了一拳。

沈慧依旧一动不动。

三十一

辛一飞每天五点准时起床，即使凌晨两点睡觉，也一样会在五点醒来。

二十分钟洗漱完毕，十分钟吃完早点，然后去工地，去施工现场。

这是当副县长时就养成的习惯，十几年了，已经成了稳定的生物钟常态。

看看时间，离早上去宾馆吃饭还有一个多小时。

国家文物局局长方新辉在昨天晚上六点四十到达宾馆。

昨天的晚饭是田震书记陪同，今天的早饭是市长李任华和辛一飞陪同，早饭后一起给方新辉局长一行做工作汇报。

工作汇报座谈会规模不大，有十几个人。辛一飞知道方局长的工作风格，非常务实，不喜欢搞那些花里胡哨、华而不实的排场。

早饭也一样，时间是七点半，自助餐，然后安排在一个单间一起吃饭。其实就是个工作餐，主要是为了提前见见面。一是表示尊重，二是问候问候，寒暄寒暄。

今天有个地方他必须提前去一下，就是那个远近闻名的市内棚户区。

大家都叫这个地方为二道河马家园，市里最大的一个棚户区。这个地方李任华市长曾来过，所以几次都要求辛一飞一定来这里好好考察考察，一定要把这里的问题搞清楚。如果能把这里的问题搞好了，龙飞大道拆迁安置的难点之一也就解决了。

马家园毗邻已经干涸多年的二道河，也是龙兴市过去的一个驿站，后来又改成了骡马店，其实与姓马的人家没关系，可能是因为这两个地方多年与马有关系，时间长了，大家就把这个地方叫成了马家园。

马家园地处龙兴市远郊，否则就不会成为驿站和骡马店。这些年，由于城市扩容的迅猛，这个远郊偏远的马家园，渐渐由远郊变成了近郊，又渐渐由近郊变成了市区。这几年，由于龙兴市区狭窄局促，这个马家园棚户区几乎完全被市区包围，成了地地道道的城中棚户区。

棚户区里面的住户，大都是好几代留在这里的矿工。年龄大点的，改革开放之初就来到了这里，年龄小点的，这些年高中初中一毕业就来到了这里。棚户区里面的住户，大多数是在这里出生、在这里长大的矿工后代。

龙兴市是个远近知名的矿区。煤矿、铁矿、铝土矿，蕴藏丰富，年代久远。

当初来到这里打工时，大都没想过在这里久住。农村来的，都是临时工，干一段时间，挣点零花钱。随便在附近找个住处，临时搭个草棚，挖个窑洞，或者盖间土坯房，只要晚上能遮身，能有个睡觉的地方就行。再后来，随着矿业需求越来越大，产量也越来越高，需要的矿工也越来越多。再加上矿工的工资越来越高，农村种地的收益越来越低，很多临时工变成了长期工，长期工多了，又促成了新政策，五年以上的矿工可以解决城市户口，十年以上的矿工可以自带家属。于是一人打工，带来了一家人打工。一个单身窝棚，变成了两代住户。棚户区也积少成多，越变越大，最终连片成区，便成了现在这样一个一眼望不到头的超大棚户区。

整个龙兴市，从事挖矿的产业工人足有二十多万，解决了住房问题的不到五分之二。剩下的五分之三，大部分都还住在这样的棚户区里。龙飞大道人口最密集、问题最多也最难解决的地段，有很多被这样的棚户区所占据。随着龙兴市城市化进程的加快，这些围困在市区的棚户区，就成了一道绕不过去的大坎难坎。

同样也是龙飞大道绕不过去的一道大坎难坎。

而且这个区域的下面，也很可能还埋藏着一些重要的地下文物宝藏。

史文祥就给他说过，你要是能把这里的住户全部移走，我就能重新给你一个千年的龙兴文化城！

辛一飞知道史文祥话里的意思，如果能让这里的地下文物重见天日，那将是龙兴市文化史上的一个里程碑事件，将会让龙兴市名扬天下，誉满九州。

这里需要重现的地下文物，几乎可以同掩埋在地下的通天寺相媲美！

辛一飞今天要进一步把这里的情况了解清楚，一会儿给方新辉局长汇报时，就更有分量，更有说服力。

文物价值，文化前景，意义重大，不可估量。

辛一飞调来龙兴，到这里来过两次，每次都只是在外围看了看，没法深入到棚户区最里面。地方太挤，人又太多，走不了几个地方，几个小时就过去了。

好在现在很多人还认不出他来，他还可以方便地进进出出。如果将来与这里的人熟悉了，估计再到这里查看实情就比较难了。

司机也习惯了，每天五点半准时在门口等着。

大清早不堵车，不耽误时间。有时候就这么一个很短的时段，往往能干成很多很多的事情，甚至比一个上午都出活。

一刻钟不到，就来到了马家园棚户区。

此时的马家园，应该是一天之中最混乱、最忙碌的时刻。

很多人正在起床，很多的人在做早饭，很多的人在洗洗刷刷。也有很多的人正在收拾，准备到街上随便吃点。

拥挤得不堪想象，井然有序得也同样让人难以想象。

辛一飞没有去过国外的那些贫民窟，不知道那里的居民谁来管理，又如何管理。

来到这里的第一个感觉，就是在这里居住了几年十几年甚至几十年的矿工，他们实在太和善太有忍耐力了，竟然可以没有任何怨言地在这样的地方居住这么多年。

他们付出的太多，得到的则太少太少了。

辛一飞和司机一直默默地向棚户区深处走去。

这么多的住户，这么多的小格子工棚，就像一个个连片的蜂巢群，一条不到一米宽甚至更窄的小路，把这些密密麻麻的小蜂巢交织相连在一起。

在这样狭窄的小路上移动穿行的人太多了，有时候一进一出两排人需要等候好久才可以通过。

没有什么叫嚷和咒骂，大家都静静地忙碌着，等待着。居住在这里的人似乎都已经麻木了，习惯了。也可能都认命了，住在这样的地方，还能争什么？

即便如此，面对着来来往往的人，小心翼翼地擦肩而过，也还是难免相互碰碰撞撞，磕磕绊绊。

一间一间的小格子房都很浅很窄，一扇扇的小门，挂着各种颜色的门帘，风一吹，屋子里尽收眼底，大都是家徒四壁，没有什么像样的装饰和家具。有个小电视机小冰箱就已经很奢侈了，再多了也没有用处也毫无意义。新婚夫妇的家也没什么两样，顶多在一个新门帘上挂一个"囍"字，就算是新房了。格子有大有小，有两代五六个人住一个家的，也有三四个人住一个家的。新婚夫妇能两个人住一个家，已经十分不容易了。一路上辛一飞见到的最小的格子房居然只有两米长一米宽一米多高，而且不是一户两户。

根本就不像人住的地方！

辛一飞知道这里的人会生活得非常艰辛，但今天真正到了这个地方，目睹到这一切时，还是没想到这里的生活会艰辛到这种程度。

他突然想起了云翔集团靳如海那个几百平方米的办公室，还有那个硕大无朋的鲨鱼缸。人与人之间的差别，真的是因为才华的出众和智慧的高低而形成的？

这样的差距如何缩短，又如何服众？

司机小杨也目瞪口呆地看着眼前的这一切。司机很可能也从未来过这里，不要说小杨了，就是附近的居民，包括社区的领导，也不一定很熟悉这里。至于市里区里的领导，他们来过吗？还有，省里、中央的领导，也有机会来这里吗？

哪个领导愿意把上级领导带到这样的地方来?

辛一飞没想到棚户区的最中间,竟然是在一个高地上。

几乎无法立足的最高处,居然有这么多的住户还住在这样的地方。

在这里俯视下去,才发现这个地方真的像是个巨大无比的蜂巢。

无数个小格子连着小格子,密密麻麻,居然蔚为壮观。

这个棚户区实在太大了,大得让你触目惊心。

这里的住户,估计每天都会有变化,因此也没有人可以准确地说出这里的户数和人数。

前天他要求居委会给一个准确的数字,他们说所有的都算上,有一万两千多户,人数有四万三千多。

就按一万三千户计算,每户六十到八十平方米,大约需要一百万平方米的住房。

一百万平方米的住房,每平方米成本价按三千元计算,大约需要三十亿人民币。

三十亿对龙飞大道的工程费用,不是一个小数字。

龙兴市去年的一般公共预算收入是三百二十亿,一般公共预算支出是五百八十亿。

辛一飞对这几个数字十分敏感和清楚。

一般公共预算收入,就是可以由政府自己使用的市财政收入。去年三百二十亿的一般公共预算收入,却支出了五百八十亿。支出远大于收入。

是什么填满了这二百六十多个亿的亏空?一是中央的钱根据实际情况再重新拨回来的一部分。比如贫困县的转移支付,比如基础建设的资金投入,比如各行各业的国家补助。

当然,还有一部分属于政府的预算外收入。比如土地收入,比如发行地方债券。

出让土地,地方债券,让政府能用的钱更宽裕一些,这是谁也知道的公开秘密。

但问题是,这些钱应该用在什么地方。

是选择那种大名赫赫、声震寰宇，一眼就能看得到的政绩工程，还是选择那种寂寂无闻、徒劳无功，谁也看不着的惠民工程，是摆在每个地方领导面前的第一大考。所以才有了老百姓为官一任造福一方的企盼和热望。

龙飞大道算是什么工程？

文件里，文章里，口头上，都说它是惠民工程。但私下里，也有很多很多的人说它是政绩工程。

无论如何评价，现在这个工程的实质性操作就握在辛一飞手中，生杀予夺之权一大半就在他的抉择之中。

既然市委市政府把这个工程交给了你，那就一定得想办法把这个工程搞成一个铁心铁意、里外通透的惠民工程。

惠民工程需要的是真金白银。

这个年代，老百姓已经不再相信空头支票。弄虚作假、华而不实的承诺只会换来更多的厌恶和愤怒。这也是越来越多的领导干部在一个地方干不了两三年就急于调走的重要原因。老百姓一旦看透了你，你再怎么掩饰也无处可逃。

辛一飞在吴浙县干了十几年，那里的老百姓还盼着你留下来，世界上还有什么比这更重要的东西？

辛一飞今天来这个地方，就是想如何用最少的钱，才能把这个地方拿下来。

三十个亿，这个数字几乎占了整个龙兴市可以使用的财政收入的十分之一。

如果不是马家园，而是另外一个需要移走的住宅小区，这些住户的住宅小区又是在寸土寸金的市区，他解决这笔资金几乎不需要任何顾虑。这块土地完全可以置换出另外一个小区。不仅资金绰绰有余，甚至还可以省出建造另外一个小区的资金。

所谓的经营城市，所谓的旧城改造，所谓的资源配置，其实都是这个路数。

只是这些套路和做法，在马家园这个地方完全不成立。

马家园所占据的地方是一块儿类似山丘一样的高地，和一道过去的干河床。即使这块山丘被铲平了，可使用的面积也只有原来面积的五分之一。

在市中心有这样一个山丘，没有什么人会想动用巨大的人力物力把它彻底铲平，然后去建一个住宅小区。

建筑这样的一个小区耗费的资金根本是得不偿失。没有人会想着在这里重新规划一个住宅小区。

何况市中心有这样一个小山丘，将会是一个城市难得的景观，如果把它建成街心公园，将会得到所有居民的称颂，也会成为无数文人墨客寄情山水的名胜佳境。

史文祥说了，这个山丘的下面和周边，还有众多等待发掘的地下文物建筑。这是文物局多年考古判析的结果，也是辛一飞一直密切关注的区域。

辛一飞其实是个文物迷，按他自己的话说，至少也算半个文物专家。

辛一飞除了喜欢建筑方面的研究，唯一的业余爱好就是文物的鉴赏。辛一飞从来不持有文物，他认为收藏文物，持有文物，是不明智也是不会长久的。文物界所有的大佬级收藏家，最终的归宿，都是把一生持有的文物交给了国家或者博物馆。何况文物的收藏永远没有止境，纵使你富可敌国，也收藏不了世间文物的亿万分之一。

只有懂得对文物的鉴赏，只要能看到更多价值连城的珍品至宝，就此生足矣，又何必要以天价独自收藏起来一人把玩？

辛一飞从来不收藏任何文物，最昂贵和最便宜的，他决不会自己收藏，也决不接受任何人的赠予。

这是他做人的原则，也是决不逾越的底线和铁律。

爱好不能成为让人乘虚而入的软肋和空隙，文物是有灵性有真趣的，但文物是死的；人是有需求有嗜好的，但人是活的，不能让死的东西把活人的灵魂和精气神活生生缠死。

辛一飞一方面是一个狂热的文物爱好者，同时又是一个没有任何收藏的文物爱好者。

从某种意义上说，他与史文祥是一个类型。

这也是他同史文祥能成为至交的重要原因。

史文祥对龙兴市埋藏在地下的古建筑群进行了几十年的研究。史文祥说，辛一飞你如果真是一个清官，我就能帮你把龙飞大道建成一座历史丰碑。

这座丰碑的奠基地会不会就在马家园？

看了看时间，离早餐还有半个多小时。

在这个最高点上，居然还挤满了几十家住户。

这个地方没有水，生活用水，需要到最下面的水管去接。大城市已经在十几年前绝迹了的水桶，在这里家家都有。没有燃料，也同样几乎绝迹了的蜂窝煤炉，在这里也俯拾皆是。没有厕所，大小便要走到半山腰的公厕去解决。在城市绝迹了的马桶在这里也随处可见。

如此简易的棚子实在太矮了，今天到了实地，才明白棚子为什么只能这么矮。

没有遮挡，夏天会很热，冬天会很冷。遮风挡雨，像这样的地方唯一的选择就是把棚子建得越矮越好。

这不是人住的地方，但这里的人已经在这里住了很多年，在这里娶妻生子，有的甚至会一直住到死。

此时一个七十多岁的老人从窝棚里钻了出来，可能是因为看到了一个陌生的面孔，猛不防给绊了一下，狠狠地摔了一跤。

辛一飞吓了一跳，和司机小杨一起赶忙把老人扶起来。

"没事，没事。"老人挣扎着，显出非常尴尬的神态。但辛一飞分明看到，一丝血已经从老人的额头上流了下来。

额头的口子很深。

"有创可贴吗？"辛一飞问。

老人看看辛一飞，摇摇头，"不用，我自己来处理，没事的。"

但血流很快，脸上顿时血色一片。辛一飞对司机说："车里有吗？有就去拿几个过来。"

大概是因为路途太远，小杨觉得有些为难，"有是有，来回得十几分钟，怕没时间了。"

"没关系，马上去拿，吃饭的事情再说。"辛一飞向司机摆摆手，"我记得有个急救包，一块儿都拿来。"

"好吧。"司机怔了一下，随即迅速离开。

辛一飞把老人慢慢扶进老人住的棚子里。

棚子很矮，像辛一飞的个头，根本直不起腰来。他让老人躺在床上，然后掏出手绢，把老人额头上的伤口敷住。大清早，老人的便盆还在床头放着，散发着一股刺鼻的味道。大概是觉得不妥，老人坚持要把便盆放到外边去。辛一飞赶忙端起尿盆，替老人把便盆端了出去。

棚子里可能太窄了，居然连一个电视机也没有。除了一张小桌、一个燃气炉、几双碗筷以外，没有任何家具。床倒是很大，一张一米八的双人床，占了整个屋棚的四分之三。

棚子里就老人一个，看这些摆设，也不像是两个人的屋。

给老人敷伤口的时候，感觉老人有些发烧。"老人家你是不是病了？"

"没啥，有点感冒，几天了，就好了。"老人说道。

"就一个人吗？"辛一飞想想，还是问了一句。

"就一个人。"

"单身？"

"对。"

"你多大了？"

"不大，刚六十。"

确实不大，但看上去足有七十了。"一直单身？"

"对，你看，这样的地方，谁来？"老人伤感起来，"来了也是受罪，一个人也好。"

"你来这里多少年了？"

"三十三年。"老人记得很清楚。

辛一飞吃了一惊，这大概是最早的那一拨打工族。"这么多年一直都在打工吗？在煤窑还是在铁矿？"

"先是小煤窑，也去过铁矿。后来这十几年，一直在包工队做油漆工。"

"建筑工程吗？"辛一飞再次看了一眼老人，"市建公司，还是省建公司？"

"私人的公司，省里市里的门槛高，闲人多，虽然轻松点，但不合算。都是一样的活儿，私人的挣得多点。"

"包工队有五险一金吗？"辛一飞问。

"让自己交，可你看，我们这样的，随时都会出事，交不交的，唉，能活几年啊。"老人叹了口气。

"那受了伤怎么办？"

"受伤？受了伤就扛着呗。轻伤公司还是要管的，重伤谁管也没用，早点死了就解脱了。跟我一起来的，有几个早走了。"老人看了一眼辛一飞，"你是哪里人呢？"

"我不是本地人。"辛一飞说。

老人看了一眼辛一飞皱巴巴的衣服和沾满尘灰、看不出颜色的皮鞋，"你是不是也想在这里找个住的地方？"

"现在还有人在这里找住的吗？"

"有啊，打工的，谁不想在这里找个地方？市面上的房子，咱们买不起，也租不起啊。"老人长长叹了口气，"我以前住在下面，后来有个好哥们儿老婆生孩子，就让给他了。你还想在这里找住的，就再等等吧。"

这样的地方居然还很难找，还得再等等。

"你的户口办过来了吗？"辛一飞又问。

"早办过来了。"老人不禁又叹了口气，"城市户口有什么用啊，现在好后悔。当初转户口大家那个高兴哟，转手续的时候，说村里的地要上交，想也不想马上就交了。说转户口要交增容费六千元，马上就交了。那时候一个月的工资才五百元，差不多一年的工资。可转来了就后悔了，工资加得再快，也赶不上物价涨得快。那时候的万元户，能买下房子娶下媳妇。我们刚来的时候，一平方米房子六百元就算很高了，四五年的工钱就可以买一套房。那时候年轻，不吃不喝，拼命攒钱。哪想到房子后来就一千、两千、五千、八千，噌噌噌噌地往上涨，眼看都涨到两万多了，现在三十年的工钱不吃不喝都买不下一套房。三十平方米就得五六十万，我买得起吗？你说说，咱们不辛苦吗？十几年了没有过过几个星期天，逢年过节都在加班，可为什么就买不下房子？那么多房子都让什么人买走了？他们都比咱们还辛苦吗？"

没想到老人会这么说，辛一飞一时无言以对。大概他是把辛一飞也当成是打工的了，所以就一口一个"咱们"，有啥说啥，把心里话一股脑都倒了出来。

老人并不是咒骂，也不是在怨恨，甚至都不是发牢骚，只是在发问，只是想不明白。一辈子没明没黑，省吃俭用，却无房无车，连老婆也娶不到。这个社会正常吗？

"老人家，下一步这里的住户都得搬走，要修龙飞大道，要给解决住房的。"

"你信吗，反正我不信。"老人突然像明白了什么，"你是不是想在这里占个地方，等着政府给你分一套房？"

"为什么不信？"

"我看你是个好人，但年龄也不小了。"老人很和蔼地看着辛一飞，"我问你，你在这龙兴市工作有多少年了？"

辛一飞有些不解地看着老人，猜不出他想说什么。

老人神情庄重，十分认真地说："我是过来人，你听着，这些年，政府的那些话，你千万别信，领导的话什么时候兑现过？都是说说而已，你可千万别当真。我住在这个地方已经三十年了，政府说过无数遍要解决这里的住房问题，解决过吗？市长书记的来了一茬又一茬，哪一任解决了？就是动动嘴皮子，你要真相信，就跟我一样，一辈子到死就只能住这里了。我给你说，这里的人没人相信。今天听说有个大领导要来这里，这里的人听说了，铆足了劲，要给他来个下马威呢。"

"要闹事？"辛一飞吃了一惊。

"也算是闹事吧，反正就是一条。"老人依旧很放松地说道，"听说龙飞大道要从这里过，这个棚户区要全部拆掉，既然这样，这里的人就只有一个条件，什么时候把我们的房子建好了，所有的合同都兑现了，我们什么时候才搬走。大家都是一起的，只要有一户解决不了，所有的人都不会搬走。"

辛一飞没想到老人会说出这样一个情况。

大领导不就是国家文物局局长方新辉吗？

他们已经提前知道了方局长今天上午要来这个地方视察。但他们并不知道方局长来这里只是查看对地下文物的保护举措，与这里的拆迁和安置问题没有什么关系。

那就是说，他们肯定知道了辛一飞也会一起来这里，李任华市长也可能会来这里，还有其他的领导也会一起来这里。当然还有电视台，还有报社，还有其他的一些媒体都会来这里。

这样一来，事情肯定就闹大了，甚至闹得不可收拾。

怎么办？

打电话告诉方局长马上取消上午的行程安排？

肯定不行。方新辉的个性辛一飞清楚，一个十头牛也拉不回的角色。他定下来的行程，如果没有正当理由，决不会让你随便取消。

如果你告诉他是这样的一个理由，反而会更加刺激他非到这里来不可。

如果行程改变不了，方局长来到这里以后，假如真的让这里的住户包围了，又有什么可以解脱的办法？

只能辛一飞自己与这里的住户谈判，或者告诉他们自己的想法。

这些想法的具体举措，还没有上常委会，市委市政府还没有正式通过，还没有形成正式的决议。

所以你还没有权力宣布这些举措。

那怎么办？就像这个老人说的那样，再来一套没有实质内容的虚假承诺？如果那样，你还能离开这里吗？

还有方局长，又如何离开这里？

将近二十分钟的时间，小杨终于满头大汗地回来了。

急救包里的东西还真全，该用的都用上了。清理、消毒，辛一飞很熟练地给老人做了包扎。辛一飞的父亲曾是村里的赤脚医生，辛一飞小时候经常帮父亲干这些一般的医护工作。像这样的伤口，他知道怎么处理。

老人非常感谢。不过也渐渐感觉出来了，辛一飞并不像是一个来这里找房住的打工族。这个人好像还有一个随从，这个随从对他是那样地言听计从。

小杨这时压低声音对辛一飞说："刚才方局长那里来电话了，方局长不让李市长和你陪他吃早饭。也不开座谈会，不听汇报。"

"你没说我马上就到？"辛一飞没想到方局长又变了，不住套房，不吃聚餐，不开汇报座谈会，居然还不让人陪他吃饭。

"说了，他说他已经吃过了，不需要你过来，让我告诉你一会儿在预定的地点和你见面，八点半以前准时赶到。"小杨很急切地汇报说。

八点半？现在马上已经七点半了，还有一个小时。

"还有谁陪同？"辛一飞看了看时间。

"可能就一个文物局的宁为善局长，还有市政府的一个副秘书长，其他就不知道了，我一会儿再问一下。"司机一边擦汗，一边回答。

"不用。"辛一飞摇摇头，"你让吴秘书马上给文物局史文祥打电话，让他八点前准时过来，让他把材料准备好，我和方局长一起在这里等他。"

"知道了。"小杨有些难为情地说，"领导你上午还没吃早饭，我现在马上买点吃的去？"

辛一飞想了想："也好，我也马上下去，你通知吴秘书，让他马上通知这里的社区负责人，就说我八点钟要在这里和住户们见面，让他们提前通知一下这里的管理人员。让他们给我带上麦克风，就说我可能会直接同大家对话。"

小杨点点头，一溜烟地跑下去了。

辛一飞这一连串的举动，让一旁的老人直看得目瞪口呆。

说了这么半天，没想到眼前的这个不起眼的人竟然是个大领导！

辛一飞看见小杨走了，回头向盯着他看的老人笑了笑，"老人家，我都忘了问你了，你贵姓？"

"不敢，姓乔，名字叫大顺……"

话没说完，老人突然放声大哭。

哭得邻近的人都围了过来。

老人一边哭，一边沙哑着嗓子，"一辈子了，第一次和你这么大的领导说话，还让你给我倒尿盆、包伤口……"

……

不到八点半，已经有上万人围在了棚户区附近的一块儿空地旁，辛一飞面对着整个棚户区，站在这块空地的一个高点上，手里拿着一个笔记本，脑子里飞快地运转着，准备推心置腹地给大家讲几句心里话。

与他站在一起的是社区的负责人，手里拿着麦克风，算是会场临时主持吧，一遍一遍地喊着"请大家安静"，用了几分钟的时间才让现场安静下来，然后开始给大家做介绍："今天上午，市委常委、龙飞大道总指挥辛一飞同志专程到我们马家园来了解情况，这是市委市政府对马家园所有干部群众的最大关心和爱护。辛一飞常委大家可能还不太熟悉，我现在把辛常委的情况给大家简单介绍一下。辛一飞是龙兴市宜春县人，曾在宜春县做过镇长、镇党委书记、副县长，后来到吴浙县……"

"喂！这些我们都知道啦，不用介绍，让总指挥给我们讲吧！"

"辛市长我们都熟悉，请辛市长给我们讲！"

"让辛一飞讲，不用你啰唆。"

"我们想听实话，别拣好听的哄我们！"

……

看来大家对这个社区负责人不买账，没人想听他的话，现场顿时一片混乱。

社区负责人看来对此已经司空见惯，见怪不怪，"那好吧，大家安静，现在我们就请辛一飞常委给大家做重要讲话，大家欢迎。"

社区负责人使劲在鼓掌，提示大家一起热烈鼓掌，但现场掌声寥寥，除了身边几个人，基本听不到什么掌声。

辛一飞接过麦克风，扫视着现场一张张面孔，良久没有发声。

现场一片寂静。

"乡亲们！不瞒大家说，马家园这个地方我来过两次了，今天是第三次。我与好多住户都聊过，回去把大家的话都记在了本子上。这个笔记本就在我的车上，重要的事情我都会记下来。"辛一飞声音不高，像是在拉家常。

现场一阵骚动。

"你们看，就是这个笔记本，大家的话，我全记在了这个笔记本上。"辛一飞把笔记本举起来，让大家看了看，"所以这不是我的讲话稿，我在下面同群众见面，从来没用过讲话稿。就像我们在家里一样，同自家人说话，还需要讲话稿吗？"

现场寂静无声，所有的目光都聚集在辛一飞身上。

"不过，我今天要先给大家念几段话，就是记在我笔记本上的几段话。这些话都是咱们这里的住户给我讲的，凡是我能记住的，一句也没落下。"辛一飞打开笔记本，一字一板地给大家念起来。

"第一段，是一个叫许凯归的给我讲的。他是这么说的：我老爸是抗美援朝的最后一批志愿兵，抗美回来时生的我，就给我取名叫'凯归'，就是凯旋归来啊。那时候家里有五亩地、十亩山林、一头牛、一群羊，日子过得红红火火。我长大的时候，碰到了'三年灾害'，后来又有了'文革'，再后来，到了改革开放，那时候因为考不上大学，就一直留在村里务农。在村里种地刚开始还行，后来就一年不如一年，没办法，那就出来打工吧。没想到到了这里一下子就打了几十年。我有个哥在铁矿当矿工，出了一次事故给砸死了，矿上给赔了七万多块钱。那会儿这是好大一笔钱啊，我爸就用这笔钱给我娶了个媳妇，给他和我妈买了两副棺材。我爸说了，他和我妈身体不好，万一哪天不行了，不能没个准备。你看，我说了这么多，好像是在忆苦思甜，我不是，我不会反党反政府，不是那种昧良心的人。我老爸死的时候对我说，咱们到死也不能忘本，咱们一家最大的恩人就是共产党，就是毛主席。所以我给儿子也说了，咱们再穷再苦也不能骂政府，因为咱们唯一的希望就是党和政府，只有党和政府，才是我们真正的亲人，才会顾及我们的死活。其实我一直在想，我们不指望政府还能指望谁？世界上那么多有钱有势的人，咱们能指望吗？中国的老百姓，唯一的靠山就是政府啊。政府让我们做什么我们就做什么，政府让我们说什么我们就说什么，我们什么也听政府的，什么也按政府的办。我现在想不明白的是，这么多年了，我们什么都听政府的，为什么政府反而什么也不管我们？这到底因为什么？这已经多少年了啊，没明没黑地在这里打工，为啥我们越打越穷，却让人家越来越富？老爸给我说过，抗美援朝那会儿上了战场的，都是我们受苦人的孩子啊，炮火连天，机枪扫射，一片一片地倒下，一片一片地接着往前冲，不都是为了这个国家为了这个政府吗？老爸死的时候还给我说，儿子你一定要相信政府，相信国家。我爸的话我信，我就不相信我到死的时候，国家和政府还会把我们扔在这里不管。"

辛一飞念到这里，鼻子一阵发酸，突然停了下来。

现场无声无息，只有微微吹过的风声。可能谁也没想到辛一飞是这样的一个讲话，笔记本上记下的会是这样的内容，现场安静得像没人一样。

稍停片刻，辛一飞继续念道："第二个，是一个叫高俊才说的话：我今年三十八岁了，老婆也是一起打工的。不敢生孩子，生了也没地方养。在外面租房也不是租不起，一室一厅的房子，一个月三千多，我们俩也不是没租过。说是一个月三千多，加上水电费网络费，就上四千了。除了这些费用，租房先得多交一个月的费用算是中介费，除了这些还得再交一个月的押金。就是这样的花费，还只让你租一年，为什么？原来一年住满了，你又得再续合同，再交一个月的中介费。我老婆在饭馆给人家打工，一个月累死累活，也就三千来块，而在外面租个最便宜的房子，随便一开口就是三千多。气也没用，告也没用，根本就没有讲理的地方。没办法，只能再回到这个地方来。有时候睡不着，想来想去，觉得怎么也想不通。这个社会到底怎么了？凭什么我们天生就该一辈子受苦受穷？到底谁让我们这些人一生下来就得给别人打工，打了一辈子还是一个穷光蛋，什么也没有？你说说，我们生在这个世界上算什么？凭什么我们天天风吹日晒，三伏数九天也没有一刻消闲？我们这地方好多人打工打了多半辈子了，还是无家可归，无处可住，上无片瓦，下无针插之地？难道我们天生就是打工的？再

371

看看人家，凭什么那些人什么也不干，就开奔驰宝马，住豪宅别墅？一生下来就是人上人，一辈子穿金戴银，吃香喝辣，凭什么？看看那些有钱人，我们这些人起早贪黑，干的是牛马活，吃的不如人家的狗粮，住的不如人家的狗窝，为什么？这些事情政府看不到吗？为什么就不管管？不是要人人富裕吗？敢情那些当领导的每天讲的那些话，都是骗我们的吗？还要让我们等到什么时候啊？前几天我们这里有个打工的老人去世了，一家子哭得死去活来，儿子一边哭一边翻来覆去就只说一句话：爸，等咱有了房，你一定回来住啊……"

辛一飞再次念不下去了，强忍着没让眼泪掉下来。

现场一片唏嘘声，很多人几乎哭出声来。

良久，辛一飞继续念道："还有，这是一个姓刘的小伙子给我讲的：我今年二十七了，在这里住了快十年了。我是农村长大的，高中也没考上。像我们这样的，心里都清楚，别说你上不了高中大学，上了也一样，将来还是得出来打工。现在上高中上大学，花钱不说，没钱没关系纯粹就是瞎扯。现在的研究生博士生回来找工作也得凭关系，你就是大学毕业了又能干得了什么，算个什么？我爸去世早，就我妈一个人凭什么能供我上大学？现在的大学生研究生都是钱堆起来的，你再省吃俭用，没有几万、十几万根本别想拿到文凭。有人说了，现在的大学生就相当于过去的高中生，没有个研究生博士生文凭，想找个合适的工作，做梦也别想。这话我信，你看看住在我们这里打工的大学生有多少？就算那些研究生博士生找到一份合适的工作，那也得有房子住，也得娶老婆，农村的孩子，穷人的孩子你行吗？像我这样的，趁早，上大学的事想也不想。我不给自己找麻烦，也不想让老妈再每天为我抹眼泪。这社会早就两极分化了，我们这个地方就是穷人的窝。你看看电视上每天都说生活一天比一天好起来，谁信？你们这些报纸电视台的，为啥不敢到我们这里来？我在这里快十年了，那些记者一个也没见过。逢年过节，那些领导干部一个个出来访贫问苦，哪个来过这里？这个地方难道是龙兴市的幸福之地吗？住在这里的都是龙兴市的富裕人家？如果不算富裕人家，连个贫苦人家也排不上？心虚了还是心里有鬼？是不是这个棚户区让你们觉得丢人，所以从来也不敢来？难道这个棚户区不是你们一届一届政府给造成的吗？'棚户区'也是你们编出来的词，什么叫棚户区？棚户区是什么意思？你们心里不明白？说难听点，不就是个贫民窟吗？叫成'棚户区'，就好听了？换个名你们就可以眼不见心不烦，脑袋钻进沙子里，什么也没了？这里难道不是你们管治的地方吗？我们难道不是你们的平头百姓吗？就算我们是仆人是用人，你也要管吃管住吧？你们到底是谁的领导？整天这里讲话那里做报告的都干的是些啥事？能糊弄了上面也能把下面糊弄了？领导不就是家长吗？做家长的为什么不为这个家负责？就不怕把这个家毁了？还是你们存心就是想把这个家给毁了？反正我老妈也去世了，想想她，一辈子还不如一条狗。去年年底在县医院查出了癌症，我把她接来复查，她在我这里住了一天就回去了。她是抹着眼泪回去的，她没想到我住的地方是个这样子。老妈回去就喝了老鼠药，给我留了一张存款单，还有一张字条。存款单是老妈一辈子的积蓄，一共七千六百多块钱。老妈的字条上就两句话：儿子，这些钱就给你买房添点钱吧。你安心打工，老妈不拖累你……"

辛一飞念到这里，慢慢合住了笔记本，面带泪水，一脸峻厉地看着整个棚户区，继续一字一板地说道："……笔记本上还有，我今天不念了。我很难受，每天看到这些话，我就一晚上一晚上睡不着。刚才主任说了，我今天要给大家做一个重要讲话。我刚才给大家念的那些话，确实很重要，对我，对市委市政府都太重要了。这本日记我记了很多，我今天就只念了这其中的几个人的。不瞒你们说，这些话我几乎天天要看。好几次，我都想在市委常委会会议上念给大家听，在政府的常务会上念给大家听。只要有时间有机会，我一定会在所有重要的会上，把日记的内容给所有的人念出来。

"为什么？因为这些话都是大家的真话，心里话，都是掏心窝子的话。我听了这些话，第一个感觉就是难过，就是痛心，就像胸口被捅开了一道大口子，每一句话都是一把刀啊。我今天上午在这里还见了一位老人，名字叫乔大顺，六十岁了，还在打工。他给我说，这些年，政府的那些话，什么时候兑现过？都是说说而已，政府领导的话，咱们可千万别当真。他说他住在这个地方已经三十多年了，政府说过无数遍要解决这里的住房问题，哪个领导解决过？市长书记的来了一茬又一茬，哪一任解决了？就是动动嘴皮子，你要真相信，就跟我一样，一辈子到死就只能住这里了。他给我说，这里的人没人相信政府说的话，说啥也没人信。意思就是说，这里的人早就没人相信政府了。

"为什么不相信政府？因为政府说过的话，从来就没有兑现过。所以我今天就为这一句话，首先给大家赔罪，道歉！我在这里给大家鞠躬！感谢大家这么多年来对龙兴市的贡献！街上的每一座新楼，政府的每一个工程，都有大家的血汗，都有大家的付出。你们是龙兴市每个市民真正的衣食父母，市委市政府感谢你们，龙兴市所有的居民，都永远不会忘记你们，都永远感谢你们！给你们鞠躬了！谢谢！

"马家园棚户区，是市委市政府这次重点关注也是要重点解决的住宅区。我们的市委书记还有市长，都多次来过马家园，这个地方我们是下了最大决心的！不瞒大家说，如果市委市政府为了省钱，龙飞大道完全可以绕过这个地方，绕过这个地方直接可以给龙飞大道工程省下几十个亿。但如果那样，就是最大的偷工减料！就是最大的不担当，不作为！

"我今天有一句心里话也要掏给大家，就是大家希望政府做的事，这次一定要兑现，也一定能兑现。我前天已经在区里开会讲过了，今天当着大家面，我还要再讲一遍，龙飞大道工程这次所经过的地方，凡是需要安置的居民，一定要让他们住上龙兴市质量最高、楼盘最贵的楼房，也是风景最美、地段最好的楼房。凡是需要安置的居民，一平方米价格不会超过三千元，必须是最低价，成本价。如果买不起，可以在银行贷款。如果不想贷款买房，可以廉价租房。每月的租金，我在这里给大家保证，绝对让我们这里的每个工人既能租得起，又能养了家……"

现场突然一阵骚动，紧接着便是一阵雷鸣般的欢呼和掌声。

几分钟后，现场才安静下来。辛一飞继续说道：

"乡亲们，我今天已经提前知道大家要留在这里与上面下来的领导见面，他现在已经到了现场。我之所以要在领导之前给大家说这一番心里话，就是大家刚才说的，就是要大家明白，我们市政府要说话算话，说到了就必须兑现，决不能再失信于民，让老百姓在背后骂娘。作为一届政府，我们决不能让穷的更穷，富的更富。不能让每天干最脏最累工作的人，收入最低，连家也养不了，连房子也住不起！我今天为什么要在这里说这些话，因为今天来到我们这里的，不仅有国家部委的领导，还有省里的领导和市里的领导，还有大家说的那些电视台、报社和网站的记者，我今天讲的这些话，他们肯定也都能听到。不仅要让他们听到，还要借助他们，让中央和省里的领导也听到，让全市的老百姓都能听到。如果政府这次还是说空话，说假话，那么上面肯定不会答应，老百姓也绝不会答应……"

辛一飞的讲话再次被现场的掌声和欢呼声打断。

辛一飞透过掌声欢呼声，看到站在人群中的方新辉局长也在鼓掌，他还看到了李任华市长，还有省里市里的那些领导也都在鼓掌……

三十二

龙兴市聚英武馆崔晓剑经过慎重考虑，还是来到了云翔大酒店。

崔晓剑感到危机重重，此时此刻，他需要高人帮扶。

这些年深居简出，尽管办了个武馆，也只是挂名而已，除了自己人在这里切磋操练，其他都只是摆个样子。

并不是没有耳目，但只是一些用得着的部门。比如公安交通文物部门，也拉了一些有用的内应。但更高的领导，崔晓剑并没有去结交。他觉得用不着，也没用。他在龙兴市只是一个过路客，不需要想得那么远。

只是没想到人无远虑，必有近忧。崔晓剑认识的几个内应，关键时刻全部哑火。因为高层的情况，他们无从知晓。

关键时候没了信息，对崔晓剑现在的处境绝对就是致命的。

他现在完全就是个瞎子，根本不知道对方的任何情况，连自己是否处在危险中，也毫不知情。

晚上从贾兴昆那座小二楼里仓皇出逃的时候，几乎就是漏网之鱼，丧家之犬。即使回到自己认为最保险的地方，仍然如坐针毡，方寸大乱。

活像一群困在死牢里的未决要犯，坐以待毙，惶惶不可终日。

崔晓剑想让父亲崔铭化提前离开，但老爷子似乎已经嗅出了其中的风险，坚决不单独提前撤离。老爷子甚至给他撂下了一句狠话："儿子，听我的话，快点撤吧。如果有什么，就往我这里推，我老了，无所谓了。"

情况确实万分危急。

何去何从，必须当机立断，否则后果不堪设想。

崔晓剑想到了靳如海。

崔晓剑和靳如海是忘年交，走得很近。其实他们认识的时间不长，满打满算不到一年。去年 8 月，崔晓剑父亲的古玩店里有一件东西被靳如海看中。这件东西并不起眼，但绝对是超级珍宝。父亲只是试试这里人的眼力，玩玩。

但摆出来的第二天，就被靳如海看中。

龙兴市的古玩店有数十家。古玩市场上的跳蚤地摊，少说也有一二百家。但靳如海居然能这么快就在如此众多的古玩市场上发现了父亲的这个珍宝。

父亲当时并没有给靳如海报价，只是让崔晓剑去了解一下靳如海的身份和背景。

云翔集团董事长。崔晓剑第一次知道了这个人原来就是大名鼎鼎的龙兴巨富靳如海。

崔晓剑立刻就知道了靳如海竟然也是一个狂热的文物爱好和收藏者。

父亲是个十分敏感的人，获知靳如海的身份后，立刻让崔晓剑主动与靳如海接近。

崔晓剑受父亲委托，把靳如海看中的物件亲自送上门去。崔晓剑说了一个不高不低的中间价，靳如海根本没有还价，立刻成交。

一百六十万，现款。

他们从此一见如故。

这几年他们交易了不少抢手货，靳如海的胃口很大，需求量无休无止，只要有好东西，只要他看上了，来者不拒，出手阔绰，从无拖欠。

慢慢地崔晓剑就明白了，靳如海的需求量与他的生意有关。珍贵文物是靳如海打开各种关卡的钥匙和敲门砖，在生意场上运用得得心应手，炉火纯青。

崔晓剑渐渐也明白了，现在的一些政府官员，对玉翠珠宝、紫砂陶瓷之类的文物古董，有着难以割舍、日益剧增的痴爱和癖好。

崔晓剑终于发现，靳如海手里握着一大把这样的官员。

各个层次的都有，几乎囊括各个重要的部门。

那时候，崔晓剑觉得这些发现与他无关，有什么关系呢？靳如海的财路与崔晓剑的财路互不搭界，风马牛不相及。

然而今天，崔晓剑才突然意识到熟识靳如海的重要意义。

崔晓剑怀揣一件稀世珍宝，还有一份材料，一大清早便赶到了靳如海的办公室。

崔晓剑手中的材料，也同样是靳如海急需的东西。

这个材料原本也是崔晓剑急需的东西，但这个花重金得来的东西，现在似乎有点远水不解近渴。

他想把这个交给靳如海，他现在应该用得着，而且特别需要。

崔晓剑知道，靳如海面临的最大敌人，就是这个龙飞大道工程，就是正在全力推进这个工程的辛一飞。

崔晓剑在一个月前精心策划了这件事，可以给辛一飞造成重大伤害，甚至是致命一击。

崔晓剑是要阻止这个工程的进度，而推动这个工程进度的是辛一飞。

如果能造成对这个辛一飞的打击，那这个工程的延迟就有极大可能。

崔晓剑那时算好了只需要一个月的时间，一个月的时间足够。

现在情况有了变化，崔晓剑要尽快行动，需要的时间大大提前，但他需要信息，需要了解内部情况。

崔晓剑要和靳如海交易。

崔晓剑怀揣的物件价值连城，这个材料的力度足以扳倒辛一飞。

昨天就给靳如海打电话，打了无数遍不接。

打不通，他原本想着是不是电话不在身边？于是就写了一封短信，让手下的一个人务必亲自送到他的手中。

手下的人回来说，他送到了，是大酒店的一个叫霍怡帆的人收的信。

看来是真的送到了，这个霍怡帆，是靳如海的女人，大酒店的总经理。

天快黑的时候，公司的一个女会计接了个手机电话，并拿着自己的手机来找崔晓剑，说有个人一定让她不要关机，直接把手机送给崔晓剑接听电话。

一个陌生人的电话。

很简单的两句话：不要再给靳董事长打电话，也不要再送信，更不要再发短信微信，明天一早六点十分，不要带手机，直接赶到靳如海指定的另一个地方，那里有个办公室，靳如海董事长会在那里等他。

六点十分，靳如海准时出现在那个人指定的办公室。

崔晓剑一分钟也没多等。

靳如海的第一句话："手机没在身上吧。"

"都按你的指示办了，手机在车上。"崔晓剑如实回答。

"你暴露了，我们只有五分钟的时间，然后你必须马上离开。"

崔晓剑一震，一下子就明白了。同时也突然意识到，他今天来对了。

"是我一个人暴露了，还是整个都暴露了？"崔晓剑低声问了一句。

"整个。"

"危险吗？"

"危险。"

"有办法解救吗？"崔晓剑一边说，一边把那个宝物轻轻放在了桌子上。

"暂时还没有。"靳如海滴水不漏。

"今天这是孝敬您的，请董事长出手相助。"崔晓剑把东西亮出来，往靳如海身旁轻轻一推，"事成必有重谢。"

靳如海看了一眼，依然不动声色，"材料呢？"

"在这里。"崔晓剑把手里的文件袋打开，把厚厚的一沓子复印件铺在了靳如海眼前。

"已经办妥了？"

"办妥了。"

"办事人安置了？"

"安置了。"

"如何安置的？"

"现款。"

"可以告诉数字吗？"

"这个。"崔晓剑伸出了三个手指头。

"三十还是三百？"

"三百。"崔晓剑语气坚决，不容置疑，"一岁一百，如今三十还有人愿意办这种事？"

"还有什么人知道这件事？"

"你知我知他知。"

"送上去了没有？"

"一个电话即可报送。"

"报哪里？"

"省委组织部。"

"组织部什么时候会发现？"

"收到就会发现。"崔晓剑目光灼灼，"组织处、干部处、信息处都会看到。"

"会报送纪委？"

"当然，属于严重违纪行为。"

"瞒报了几年？"

"三年。"

"是不是太多了？"

"少了不起作用。"

"什么作用？"

"增加三年，就逼近五十七岁，这个年龄是只能进入二线的年龄。这个年龄第一进不了市委常委，第二当不了副市长。最高也就是个市政协副主席，连市人大也去不了。"崔晓剑对答如流，"这是那个处长亲口所讲。董事长，这个你懂。"

"不会发现是造假吗？"

"董事长，崔家祖祖辈辈干的就是这行。连稿纸、信函、公章，所有涂改的笔迹都是几十年前的，别说省里的鉴定机构，就是国家的鉴定机构也查不出来。"崔晓剑言之凿凿，"这点您一百个放心。"

"会调查吗？"

"这是重大事件，会立刻调查。"

"会露馅吗？"

"绝对不会。所有涂改的地方，都是他自己的笔迹，与档案管理人员无关。县领导的档案，只有两种人可看，一个是组织部管理人员，一个是县委领导。按照组织原则和组织纪律，个人无权查看自己的档案。但作为领导干部，私下随时可调看自己的档案，这是公开的秘密，也是这几年上上下下深恶痛绝也难以根绝的腐败问题。一旦发现涂改档案问题，必定会严肃查处。像这份档案，如果下去调查，除了他，所有的人都不会有责任，负有责任的只能是他一个人。"

"身份证呢？"

"档案与身份证不会有关联。"崔晓剑颇为自信，"组织部现在只相信档案，身份证影响不到档案。档案有假，身份证上的年龄只能再次证明他造假的嫌疑。"

"今天寄送，几天内到达？"

"走的是机要，明天即可送到。"

"我怎么可以得到送达的消息？"

"我会让一个人给你打电话。"

"什么人。"

"就是那个处理档案的人。"崔晓剑解释道，"对方也不知道你是干什么的。"

"别给我打电话，直接打给霍怡帆。"

"明白。"崔晓剑知道霍怡帆是谁。

"说说你的要求。"靳如海突然压低了声音。

"我想知道我们暴露到什么程度。"

"你的几个手下，你的武馆，还有你的铁矿煤矿和植物园，他们都知道了。"靳如海贴近崔晓剑的身旁，几乎是在耳语，"包括你关押的那个陈良化，还有关押的地方，他们都知道。"

崔晓剑大惊失色，惶恐不已。这些事情崔晓剑从未给任何局外人说过，如果不是神通广大，手眼通天，靳如海绝无可能知道这些信息。这就是说，自己确实暴露了，暴露得一无遮拦，完全彻底。"那他们为什么还不下手？"

"等你们那个大的行动。"

"他们也知道了是什么行动？"

"目前还不知道，只是在猜。"

"那个小二楼他们进去过没有？"崔晓剑把话完全挑明了，他明白靳如海对他正在做的事情已经了如指掌。

"没有进入。他们认为你们一定在里面设了机关，不想打草惊蛇，让你们识破。"靳如海果然洞若观火，一清二楚。

话到此时，崔晓剑已经完全被靳如海所慑服。不禁有些憷然："他们是不是在小二楼附近新装了监控系统？"

"这个不清楚。"靳如海摇摇头，"我没问。"

崔晓剑看看时间，突然抱拳，对靳如海万分敬重地行了个拱手礼："董事长，请您一定出手相救，拜托了。"

"说吧，我会尽力。"靳如海神色阴厉。

"两件事，一个，可否在一两天内，让小楼四周的监视电子眼，暂停几个小时。"

靳如海想了一下，"可以考虑。"

"我会付给费用，您老只需说出数额，我们定了时间，先付三分之二。"

靳如海默不作声。

"我说错了，这么多年了，您对我们这样恩重如山，定了时间，一笔全部支付。"崔晓剑突然明白，此时此刻，钱多钱少已经没有意义。

"你多虑了。"靳如海脸色更加森冷，"说你的第二个。"

"我们定了时间，可否在一个小时之内，在那个小楼附近，组织两千人路过。或者殡葬，或者婚礼，或者是游行。我也能组织一些人，但如您所说，我已经完全暴露，如果行动过大，一旦被察觉，必然前功尽弃，招来大祸。所以这件事只能拜托董事长成全。"

"这个没有问题，定好时间，提前告诉我，我会按你需要的时间安排妥当。"

"大恩不言谢，我会提前按每人五百元的数额一次性付清，您只需提前告知账号即可。"

"还有吗？"

"如有险情，请您及时相救，发个暗号即可。"

"什么暗号？"

崔晓剑略一思索，"急需两件上好玉器，请尽快送来！"

……

崔晓剑离开时，才发现这个地方根本不是靳如海的场所。甚至没有名字，只是一个很不起眼的小会所，主人应该也不是什么显赫人物。靳如海让崔晓剑来这里见面，并不是为了保护崔晓剑，而是为了保护他自己。

已经完全暴露了，一想到这里，崔晓剑顿时毛骨悚然。

毫无疑问，他已经完全暴露在公安的监视之下。

这么说，所有的一切都暴露了。连同自己父亲，连同自己的身世，包括自己的所有身份，一并暴露无遗。

事到如今，还有什么他们没有知晓？

一个，估计他们并不知晓，那就是十年前的那起通天大案。

一个，崔晓剑在这里近两年的动机和目标，他们还未知晓。

他们知道了铁矿、煤矿、砖厂、房产公司，还有大棚、花卉种植园，等等，他们肯定也都知道了，但他们还没有了解到最核心的东西。

也就是说，他们最想要的东西还没有拿到。

所以他们还没有下手。

他们也太狠了，想要的目标太大。

如果真的是这样，那他崔晓剑就还有机会。

　　今天要做的事太多了，幸亏来到了这里。

　　这一步太及时，太重要了，有如神助。

　　靳如海，以前，还真是小看了这个董事长。

　　他不会忘记这个人，如果成功，一定涌泉相报。

　　有靳如海的帮助，他还可以最后一搏。

　　崔晓剑第一件要做的事，就是今天必须全线撤离，把自己的老父亲和几个孩子安顿好。

　　老父亲即使以死相拼，也要把他拉走。

　　必须保密，安全就是生命。

　　其他的，包括这里的所有投资，全扔了也不足惜。

　　唯一可押注的就是这最后一搏。

　　只要他们还不肯下手，就还有机会。

　　不成功则成仁，一半对一半，越是危险越有机会。

　　这辈子最后一次。

　　拼吧！

三十三

惠源公司的董事长赵祯熙这两天好运接踵而来，天天喜事临门。

自从辛一飞走后，纪委的人一直没有再来。

刘小江那里，也没有再来电话，这也意味着一切正常。

风平浪静，一切安好。

除了继续为工程的资金发愁外，其他烦心的事情好像突然间一下子都没了。

时来运转。真应了那句老话：否极泰来，绝处逢生。

两天前，吴浙县老城堡来了两个不速之客，一男一女。

这两个人很清楚惠源公司董事长赵祯熙的住处，一辆高级并不显眼的雷克萨斯轿车，直接开到了赵祯熙的办公室门前。

女的十分漂亮，男的格外健壮。

一看不像夫妇关系。女的举止儒雅，男的则更像是一个贴身护卫。

赵祯熙看到两个人进来时，一时愣在那里。说实话，赵祯熙走南闯北，阅人无数，却很少见过如此漂亮的女人。

女人递上来一张名片：龙兴市简美文创有限公司董事长冯美蓉。

男的也递过来一张名片：龙兴市简美文创有限公司部门经理鲁志强。

让座，上茶，几句寒暄之后，赵祯熙笑容可掬地问道：

"冯董这么远过来，有何要事？"

"没什么大事，您这个吴浙老城堡还没建成，早已名声远扬，我们慕名而来，一是来看看，是否可以在这里投资或者承揽一些项目。二呢，想与惠源公司建立长久伙伴关系，借助老城堡的品牌潜力和竞争效应，想让简美文创公司也能有一个更好的前景。今天我们是不请自来，还请赵董能予以见谅，只是不知赵董是否赏脸。"

"哪里哪里，冯董客气了。"赵祯熙也客气了一下，顿时放下心来，松了口气。不是什么大事。

"今天我们虽然是不期而至，但我们也是有备而来。吴浙老城堡我们已经做过认真考察和研判，对这里的情况也算有些了解。我们公司目前资金充裕，暂时还没有找到投资的对象。据我所知，老城堡截至目前已经投入四个亿，如果简美文创现在向贵公司追加投入两个亿，可否占有老城堡百分之四十九的股份。从此两家有福同享，有难同当。也叫互惠互利，合作共赢。当然，今天只是投石问路，这仅仅是个意向。"

赵祯熙听后不禁有些发呆，竟然是这等好事，还是由美人亲自送上门来。看看这个冯美蓉并不像是一个金玉其外、秀而不实的人物，顿时心花怒放，大喜过望。如果真的如她所说，这个简美文创有如此之强的实力，可以一次性投入两个亿，这对惠源公司来说，几乎就是凤凰涅槃，浴火重生。末了，赵祯熙压住心中的惊喜，同时也想了解了解简美的真正实力，便有意淡淡地说道："哦，明白，欢迎欢迎。简美文创实力雄厚，冯董真是秀外慧中，文武双全啊。龙兴市我还比较熟悉，也不知简美文创位置在哪里。有时间了，我专程登门拜望。"

"不瞒您说，我们就在龙兴市中心大街上，因为近期龙兴市要搞龙飞大道工程，我们的地方属于搬迁之地，所以才出来找地方投资。"冯美蓉似乎看出了赵祯熙的心思，依旧十分虔诚地解释道，"赵董觉得对我们还不了解，对此我们完全理解，简美文创欢迎赵董随时前来视察。刚才给您的名片上手机号码和公司位置都有，赵董可随时联系。"

"那倒没有，冯董多虑了。"赵祯熙赶忙笑了笑，"今天看冯董的气度，就知道简美非同一般。如果冯董果真有意在这里投资，我们可以考虑。"

"因为时间很紧，赵董您看情况，我们之间的合作应该越早越好，因为我们亟须确定投资立项，原因是我们要尽快找到安置被拆迁物资和设备的投放目标。否则被拆迁后的大量拆卸物资和仍然可用的设备无地存放，这对我们来说是一大笔资金，我们无法承受丢弃这些物资设备的损失。"冯美蓉显得认真急切，分外真诚。

此话说得合情合理，赵祯熙一下子就有了八分相信。龙飞大道工程他是知道的，他本来也想在这个老城堡工程结束后，以老城堡作抵押，在银行再贷一笔资金，也投资到龙飞大道工程中去。他已经看中了一个位置，想在那里建一座高层写字、公寓两用楼房。预期投入两个多亿，如果顺利，三年后即可收益翻番。那样一来，他所有的投资就都搞活了，就不会再在每年巨额利息的阴影下喘不过气来。赵祯熙思考了几分钟，然后点了点头，"好吧，我可以考虑一下。"

"我们在这里等等，还是明天再联系？"

"等等吧，我找我们的几个人商量一下，成与不成，尽快给你答复，也免得再让你跑一趟。"赵祯熙说得不亢不卑，其实是不想失去这个合作机会，何况他真的已经山穷水尽，几乎转不开了。

中午赵祯熙和冯美蓉在一起吃了个午饭，下午赵祯熙就去了一趟龙兴市。

冯美蓉的简美文创公司气派不小，一座大楼，几乎占了大半个。赵祯熙让那个部门经理鲁志强领着，一层一层都进行了考察参观。到了这座楼里，赵祯熙才明白这个文创公司，涉及的经营范围还真是不小。文化、旅游、房产、建筑、运输、工艺、装潢、拍卖、古玩、艺术、影视制作、环保设备等几十项。

注册资本六千万。

这样的营业执照赵祯熙还是第一次看到。跨行业，而且边界模糊。

这个冯美蓉果然名副其实，不同寻常。

赵祯熙带来了公司的会计师、法律顾问，对方除了鲁志强，还有一个副总。

当天下午就达成了合作意向，意见基本一致，合同草案也同时拟好。

只要合同正式签署，两个亿的资金即可一步到位。

简美文创公司也让会计师查看了他们的银行资金，果然资金雄厚，没有问题。

一切就绪。

各自都留给对方进一步的考虑空间，约定一天后正式签约。

赵祯熙其实是个十分精细的人，这份拟订的合同草案，他看了又看，分析了又分析，让法律顾问给他解释了又解释。

反反复复看了无数遍，看不出有什么破绽和漏洞。

一切合理、合规、合法，没有任何问题。

关键是，只要有两个亿到账，所有的问题都将不复存在。

两个亿分三期到账。

签署合同五千万，一个月后再付五千万。

工程竣工后，一个亿一次性全部付清。

也就是在三个月内，两个亿全部到账。

赵祯熙一夜无眠，决定签约。

这个机会，一定要抓住。

此时此刻，资金对他太重要迫切了。

他需要现金偿还巨额债务，否则只是银行利息，就能把他彻底压垮。

政府欠自己的钱，那是水中月亮镜中花，暂时指望不上。何况辛一飞又被调走，远水难解近渴。

尤其让赵祯熙感到紧迫的是，这等天大的好事，双方签约确实越快越好。万一对方反悔了，吃亏的只能是自己。

这是公司的大事，赵祯熙决定搞一个盛大的签约仪式。

他要让公司所有的职工都能见证这一辉煌的时刻。

今天的签约仪式十分顺利、圆满。

签约仪式的举办地点在吴浙老城堡。老城堡工程参加仪式的有百十号人，简美文创公司的人也来了十多个。

电视台、报社和网站的记者也都准时赶到。统一新闻稿都已经提前拟好，借此机会正好把吴淅老城堡工程炒作了一把。

中午请了五六桌，赵祯熙红光满面，逐桌一一敬酒，喝得满身酒气，晃晃悠悠。

送走了客人，整整昏睡了一下午。

晚上六点半的时候，连着十几遍的一个电话终于把他吵醒。

简美文创公司的电话。

十分严厉的口吻，要他立刻启程赶到简美文创公司。

"什么事？"迷迷糊糊地，赵祯熙好半天才问了一句。

"十分紧急，冯董说了，你必须马上赶过来。"对方口气强硬，没有任何商量的余地。

"现在？"

"现在。"

"明天不行？"赵祯熙看看时间，现在赶到龙兴市，至少也要九点了。

"不行，明天再来，就太晚了。"

"什么事嘛？"

"天大的事，你来了就知道了。"

……

赵祯熙赶到简美公司的时候，正好晚上九点整。

一路上他给董事长冯美蓉打了七八遍电话，都没有打通。对方一直关机状态。隐隐约约中，他突然感到了有什么险恶的事情要发生。

他想到了刚刚签署的合同，太顺利了，现在想起来，才觉得这里面肯定有猫腻。

他的酒一下子醒了。

会不会是个圈套？

一直到了简美文创公司大楼的时候，他都觉得浑身酥软，直不起腰来。

一个身材强壮的男子走了进来。赵祯熙想了好半天才想起来，这个人就是第一天陪着冯美蓉一起到老城堡的那个男子鲁志强。

"冯董呢？"赵祯熙有些紧张地问。

"冯董身体不舒服，晚上不能来见你了，特意让我来转告你。"鲁志强语气不善。

"身体不舒服？今天签约还好好的啊，她要是说她身体不好，我可以明天再来啊。"

"坐下。"鲁志强厉声呵斥了一句。

赵祯熙猛然一怔，终于觉得确实是出事了。见这个鲁志强如此凶相毕露，本也想发作，但想了想，还是乖乖坐了下来。面对着这个强壮的男子，他眼下只能选择屈服。还有，赵祯熙也急切地想知道内情，他们到底要给他说什么事。

"说吧，什么事？"赵祯熙的脸色也沉了下来，不能不气，大不了不跟你们合作不就完了，摆出一副大老爷的架势想干什么？

鲁志强并不看他的脸色，等他坐下来，才冷冷地问："冯董让我问你，你在去年9月21日，是不是给一个叫龚基业的领导家里送过两张银行卡？"

赵祯熙大惊失色，顿时噤若寒蝉。

龚基业是当时的龙兴市委副书记，今年年初出事落马，已经被纪委带走快三个月了。他的儿子和当时吴浙县委书记的儿子正是那起倒卖稀土矿大案的主犯，也一同被带走。前几天出来的三千万汇款，也同这个副书记的儿子有直接关系。

现在又突然提起这两张银行卡来，则让赵祯熙心胆俱裂，毛骨悚然。

这种事情，只有他和当事人知晓。现在消息走漏了出来，一定是当事人交代了，纪委掌握了。

简美文创能知晓这件事，背景深不可测。

鲁志强没说假话。

这对赵祯熙来说，真的是一件能要了命的事情。

去年9月21日那一天赵祯熙确实给龚基业的家里送了两张卡，一张卡一万，一张卡一百万。

那一天是市委副书记龚基业母亲的八十大寿，赵祯熙专门去了一趟。赵祯熙与龚基业是老乡，两个人私交不错，逢年过节，都要打点打点。给领导的父母祝寿，这是大家都知道的规矩，尤其像赵祯熙这样搞企业的老板，好容易有这么个靠山，自然贴得更近。龚书记母亲的八十大寿，自然非同寻常。尤其那时候大家私下都在吵吵，龚基业下一步接任龙兴市市长，已经是板上钉钉的事情。没有人不在这个时候给个像样的表示，尽管龚基业一个人也没有告知，但所有的人好像都知道了，该来的都来了，不该来的也来了。没有人敢不来，或者不想来。那一天龚基业的老家院子里，人来人往，熙熙攘攘。人们到了这里，虽然只是坐几分钟，问候几句，但大家心照不宣，知道哪里是上礼的地方。现在上礼也方便，不像过去那样显山露水，院里设个账房，还有账房先生，一笔一笔都记得清清楚楚。现在不同了，一张小小的卡，往信封里一放，写上自己的名字，往礼柜里一放就全部办妥。大家都明白，放礼柜的地方有最靠得住的人在把守，最后也一定会如实交给书记本人。绝不会有任何纰漏，不会丢了，更不会错了。而且方便，利落，不需要装模作样，假眉三道。

赵祯熙临走，特意见了当时的县长辛一飞，提起龚基业书记老母八十大寿这个事来，说自己要专门去一趟，并说要替辛县长也送一份。辛一飞坚决拒绝了，不送，从来都不送，现在突然送算什么？赵祯熙说："县长啊，过去不送，那没关系，现在不送，关系可就大了。现在人人都送了，您不送，不恰恰说明您与人家有隔阂，有矛盾，有意见？据我所知，县长县委书记一级的基本都送了，咱县的书记也送了，人家也不是自己去送，有人专门替人家去送。这些日子，大家都盼着您再升一级，现在正在关键时刻，您怎么能不多多少少表示一下？就算你无意，人家又会怎么想？何况这是人之常情，听说人家对您也挺关心的，平时开会调研，也抬头不见低头见的，再说您也是个大孝子，人家老母亲八十大寿，你没有必要这么不理不睬的吧。如果大家都不送，那也没什么，如果大家都送了，那不真的成了事了？您何必因小失大，把事情搞得这么复杂？"

听赵祯熙这么一说，辛一飞想了半天，然后拿出两千元来，说："那你就替我把这份礼送过去吧。"赵祯熙推辞不要，但辛一飞坚决不让，说："你要是不拿走就别替我送。"没办法，赵祯熙拿着钱，笑笑说："县长，您也是的，现在给领导送礼，随行就市，这个数早就拿不出来了。"辛一飞说："就是这两千块，你一分也别给我加，加了我可要找你算账。两千块钱还嫌少？老百姓打工一个月也就两三千块，一般的公务员工资，一个月不也两三千块，凭什么嫌少？你以为我是贪官啊，有那么多钱到处撒！"

赵祯熙到了龚基业书记的老家院子里，问了问，即使是一般的朋友，也没有送两千的。连五千的都没有，领导干部里面，最低的都是一万。想了想，因为就要到中秋节了，正好口袋里还有几张卡，便找了个一万的，写上辛一飞的名字，就放在礼柜里了。赵祯熙自己呢，昨晚想了一夜，送少了没有任何意义，要送就送份大礼。他的吴浙老城堡，今后会出现各种各样的情况，用人家的时候多的是，现在不烧香，等到有事了再临时抱佛脚，岂不什么也晚了？于是一狠心，就送了一百万。

龚基业出事之后，赵祯熙为这事慌乱了好久。一百万应该不是个小数目，如果追究起来，他这个行贿罪绝对是坐实了。

但一个月过去了，两个月过去了，什么事情也没有发生。

随着时间一天一天地过去，赵祯熙那颗整日惶恐不安的心，终于渐渐平静下来。

给龚基业送礼的人多了去了，难道他真会一个一个地都给交代出来？他犯得着吗？有必要吗？

本以为没事了，一切都过去了，却没想到这个时候，让一个同他并不相识的人突然给说了出来。这个男的无非就是一个跑腿的，背后真正的主子就是那个与他刚刚签约的冯美蓉。

这种事，冯美蓉怎么会知道？又是怎么知道的？

这个女人他最终还是看走了眼，这个女人确实非同寻常，非同一般！

她究竟要干什么？

"怎么了，说话啊？"鲁志强逼问了一句。

"你什么意思？"赵祯熙有些发蒙，回了一句。

"现在是问你呢，这事有还是没有？"鲁志强口气愈发凶狠。

"我为什么要给你回答？"赵祯熙一边说，一边强迫自己冷静下来。现在不能再有纰漏了，否则就真会让人家给抓住把柄。

"冯董说了，这涉及我们老城堡的成败与否，问题十分严重。你不要执迷不悟，最后闹得毁了我们老城堡的前程，也毁了你自己。"鲁志强说话像是在审问。

我们？赵祯熙注意到他连着说了两次"我们"，两次"我们老城堡"！截至目前，他们还没有给老城堡打进来一分钱，合同上说好了是在明天给他的账户打五千万。但他们现在就开始说"我们老城堡"。赵祯熙突然想起了合同上的几句话，他的心一下子被揪了起来。

"听不明白？"鲁志强对他继续斥问。

"你让我明白什么？"

"你是不是给龚基业送了两张卡？一张一万，一张一百万？"鲁志强再进一步，把数目报了出来，"对吗？"

"你们到底什么意思？"

"什么意思你还听不明白？我们在关心你的安全。"鲁志强依旧咄咄逼人。

"我的安全关你们什么事？"看着这个男人面目狰狞的样子，赵祯熙忍不住发火了，"我们不与你们合作了，马上与你们解除合同！"

鲁志强冷笑了一声："你以为什么事情都可以无法无天？我们的合同是有法律保证的，不是你一个人说了算。"

赵祯熙一时哑口无言，憋了半天，仍然口气坚决地回应说："合同上写得很清楚，如双方发现一方有违法违规和隐瞒欺诈行为，另一方可以提出解约并要求对方承担违约责任。"

"那恰恰说的是你。"鲁志强恶狠狠地扔给他一句，"你在违法，你在违规，你在隐瞒欺诈。还有一条你不要忘记，如果一方因违法犯罪行为而被捕被抓、判刑入狱等，则自动丧失执行董事资格，公司管理权限则由其他董事暂时代管。"

这些话就像一块儿石头，把赵祯熙几乎砸晕在那里。他刚刚想到的就是这一条，最担心的也是这一条，果然就是这一条！公司目前只有两个董事，一个是他赵祯熙，一个就是三天前他才认识的冯美蓉。

赵祯熙突然觉得，刚才的话，在此时显得多么愚钝和苍白无力。你自己居然还用合同里的这句话质问人家，违法违规的是你，隐瞒欺诈的也是你，如果真的把那两张银行卡的事情抖搂出来，赵祯熙你还能往哪里逃！

如若被检举出来，入狱是肯定的，最轻也会判你个三到五年。

一旦入狱，你也就自动丧失了执行董事的资格。失去了执行董事资格，那这个吴浙老城堡也就等于拱手让给了别人！

就是这个赵祯熙已经投入了四个亿的吴浙老城堡，一眨眼间，几乎就等于没了！

四个亿，还不算他这么多年的呕心沥血和日夜操劳！

赵祯熙一下子瘫软了下来，好久好久，才说："说吧，你们什么意思？"

"那就是说，你承认了？"鲁志强不依不饶。

"说吧，你们想干什么？"赵祯熙无力地反问道。

"你的事情中纪委省纪委都已经批示了，要严查严办。"鲁志强的声音和缓了下来。

"中纪委省纪委？"赵祯熙再次吃了一惊。

"没错。"鲁志强压低了声音，"龚基业顶不住，已经交代了，这不是小事，你懂的。"

"那就是说，你们早就知道了这些，所以就设局来套我。"赵祯熙这句话的内容很硬，但语气根本硬不起来。

"赵董，那你就错了，你那个老城堡，投资了四个亿，现在也就值两个亿。而且，还有另外一件事情你也一直瞒着我们，你们公司的账上，还有一笔三千万的受贿款，早晚也得还给纪委，如果要治你的罪，再判你个十年八年也打不住。像你这样的公司，你现在卖一次试试，看多少钱会有人敢要你们的老城堡？其实你也是清楚的，像这样的一个工程，能值那么多吗？否则你怎么迫不及待地想与我们合作？再说，我们公司还会在乎你们老城堡那么个工程？我们投入老城堡，无非就是看中了老城堡长期的潜力，并不是想现在就设局把老城堡的经营权拿过来。"鲁志强说得非常诚恳。

"那你们什么意思？"赵祯熙继续问道。

"你名下的这两张银行卡，一张是你的，一张是你替辛一飞送的，对不对？"

"……谁说的？"赵祯熙再次瘫软在沙发里，连呼吸也变得急促起来。

"当然是纪委那边传出来的，否则我们怎么会知道？"

"把你们的意思说出来吧。"赵祯熙觉得一阵阵绝望感直袭过来。

"我们冯董说了，现在挽救你、挽救我们老城堡的办法只有一个，那就是你坚决不能承认那一百万的卡是你送给龚基业的，你只能承认那张一万的银行卡是你送给龚基业的。明白吗？"

"……我为什么要那样做？"赵祯熙几乎像是在呻吟。

"不是你为什么要这样做，因为事实上就是你给了一万元。你对那个龚基业无欲无求，没有任何个人目的。只有那个辛一飞他有个人想法，他是县长，想提拔，想做书记，才会给龚基业送一百万。任何人都会这么认为，纪委也是这么个看法。"

"就是想要让我承认那一百万是替辛一飞送的？"赵祯熙完全傻了一样。

"赵董，你千万别犯糊涂。"鲁志强苦口婆心，谆谆告诫地劝说道，"你如果承认是你给了龚基业一百万，对你来说就是弥天大罪。你如果出了事，你的整个公司就彻底完了，包括你这么多年的努力，包括我们的老城堡，还有你的几百员工，还有你的老婆孩子，亲朋好友。难道你都不想要了？你忍心吗？你千万要好好想一想，别犯糊涂。纪委可能这两天就会找你谈话，何去何从，只有你自己能救你，也只有你自己能决定了你的前程……"

……

赵祯熙也不知道自己是怎么坐到车上的，一股窒息般的绝望紧紧地缠绕着他。

他终于明白了，这完全是一个圈套。

也就短短三天时间，就这么完美无缺地给他设了一个局，把他彻头彻尾地套了进来。

他们的目的也许就是一个，就是要借他的手，把辛一飞干倒。

如果他真的承认了那一百万就是替辛一飞送的，那对辛一飞无疑是一个毁灭性的打击。

即使最终确认那一百万也是赵祯熙的钱，辛一飞也一样会被彻底击毁。

这样做，确实可以解脱自己。没办法，那一百万是被逼无奈，在人家的管辖之下，只能替人家送了一百万。

这样一来，自己就不会有任何重大问题，至少不会有牢狱之苦、灭顶之灾。

但那并不是事实。

这一点，在这个世界上，只有赵祯熙一个人清清楚楚，明明白白。

那一百万与辛一飞没有任何关系，辛一飞连知道都不知道。即使是那一万元，也同样是假的，也根本不存在！辛一飞只给了他两千元，而且那两千元确确实实是辛一飞他自己的钱。

赵祯熙到现在都没敢给辛一飞说，赵祯熙实际上替他给了一万块钱。

至今想来，这是自己这辈子做的最傻的一件事。

当初根本就不该那样做，真正是鬼迷心窍，害人害己。

而今天，如果让自己承认那一百万是替辛一飞送的，那就是昧了良心，没了人性，狼心狗肺，人面兽心，活生生的一个畜生！

如果那样做了，那还不如跳进粪坑里把自己淹死！你还有什么脸面活在这个世上！

这么多年来，辛一飞是对自己最好最公道也是最支持的一个领导，从没得过自己一分钱的好处，逢年过节，连一条烟、两瓶酒都送不进他家里。

为了这个老城堡工程，他操的心比自己还多，工程上的每一个细节每一道工序他都记得清清楚楚，出了一丁点问题都会让他耿耿于怀，必须从头再来。没有辛一飞，老城堡工程绝不会有今天这样的质量，也不会在那么多的检查评比中，一直名列前茅，数一数二。

老城堡工程处处有他的心血，有他的印记。

没有辛一飞，就不会有这个老城堡工程。

他如何能忍心去诬陷他，污蔑他，闭着眼睛向他身上泼脏水，伤天害理、灭绝人性地向自己的恩人下毒，向自己最敬重的领导背后捅刀！

世界上最毒的人恰恰是这个白骨精一般的冯美蓉！

太狠了，怎么会这样傻了吧唧，眼睁睁地就栽在了人家的手心里！

这个女人到底是谁呢？

他突然想起了前些天来调查他的那几个自称纪委的人，会不会也是他们一伙的？

还有这个三千万的批件，是不是也是他们鼓捣出来的？

这跟辛一飞有多大的仇啊，能下这么大的工夫，赔上这么大的老本，偷天换日，瞒心昧己，居然能卑鄙无耻到这个份儿上，真是骇人听闻！

细思极恐，越想越怕。

怎么办？

半路上，他给刘小江打了个电话。

"赵董好，出什么事了，这么晚了？"刘小江打开电话就问。

"刘组长不好意思，你现在有时间吗？"

"什么事，直说不妨。"

"给我查一个人好吗？"

"可以啊，马上查吗？"

"马上查。"

"有照片吗？"

"有，我马上给你发过去。"

赵祯熙在手机上找了几张签约时的合影，立刻给刘小江发了过去。

几分钟后，刘小江回电话了："赵董，这个人我查出来了。"

"她是干什么的？"

"她是云翔大酒店的总经理。"

"叫冯美蓉，是吗？"

"不是。"

"叫什么？"赵祯熙吃了一惊。

"霍怡帆。"

三十四

刘小江接到惠源公司董事长赵祯熙的电话时，已经快深夜十二点了。

他闹不清楚赵祯熙是什么原因在半夜三更让他查这个女人。

霍怡帆，云翔大酒店总经理。

他给龙兴市的两个记者朋友发了霍怡帆的照片，两个朋友几乎在同一时间给了他回复，并告诉了他这个女人的名字和身份。

刘小江看到这个身份时，连自己也吃了一惊。

这不正是网友告诉他吴莹莹所在的那个酒店吗？

刘小江再次详细查阅了网上有关云翔大酒店的所有信息，渐渐与他以前得到的所有评估逐一吻合。云翔大酒店不只是一个星级宾馆，更是一个包括餐饮业在内的超级娱乐中心。

这是龙兴市刚刚建立起来的一个巨大的娱乐消费城，常年客流量居高不下，生意兴隆，财源滚滚。

云翔大酒店属于云翔集团公司的核心资产，两年前凭借集团的雄厚实力，在龙兴市一举拿下这块寸土寸金的核心地段，并以极快的速度建成了这个云翔大酒店。

这个大酒店每年以数以亿计的回报，给云翔集团带来了巨额利润和巨大收益。凭借这个大酒店，云翔集团可以一次性完成数十亿的银行贷款。占有如此庞大的金融资本，自然就可以在整个龙兴市呼风唤雨，兴风作浪，甚至会变成各个阶层的超级代言人并享有强大话语权。

云翔大酒店凭借其安全舒适而又独具特色的项目服务，使整个龙兴市甚至周边和省城的超级富豪、社会名流以及权贵阶层成为自己的服务对象和无间密友。

这种超级娱乐服务项目一旦形成一个巨大市场，众多漂亮的女孩子，自然会成为这里最抢手最珍贵的市场资源。

这个超级娱乐中心，其实极可能就是一个藏污纳垢的中心。

那个十六岁的女孩吴莹莹也极可能就是被隐匿在这个娱乐中心。

两天前，刘小江专程去了一趟龙兴市，因为他的粉丝们为了这个吴莹莹的下落已经整个沸腾了起来。

吴浙县和龙兴市的公安部门也开始行动，公开表示已经介入这个女孩的失踪侦查。

在粉丝们眼里，吴莹莹的行踪和安危，也已经成为一个被各方人士，尤其是年轻人强烈关注的社会事件。

无论如何他也要亲自来一趟云翔大酒店，他要给他的七十万粉丝一个交代，既然有人说吴莹莹可能在龙兴市，可能在龙兴市的这个地方，那就有必要把这儿的云翔大酒店的情况给大家讲明白，说清楚。

刘小江在晚上八点多，一个人赶到了云翔大酒店。

刘小江原本想着这个云翔大酒店会很热闹，很豪华，但没想到当他真正到了这个大酒店里面时，还是被里面的场面和排场给震撼了。

紧邻大街，一进了酒店大门，并排几栋大楼一览无余。

所有大楼上的霓虹灯和广告牌，汇聚在一起，立刻就让你感到这完全是另一个世界。

灯红酒绿、纸醉金迷、花天酒地、锦衣玉食、穷奢极欲……不管你用什么样的词语，都无法形容这里带给人的欲念、迷惑和遐想。

只要有钱有势，即可在这里得到人世间你所想得到的一切。

主楼、美食楼、按摩楼、洗浴楼、KTV 楼、理疗楼、养生楼、回春楼……

吴莹莹有可能被私自关押的地方，就在这个大酒店里。

网友提供给刘小江的具体地址是 3 号楼，十一层，春雨包房。

3 号楼是异域风情楼。主营是不同地域的美食和小吃，外加不同地域的理疗和按摩。项目类别有中医按摩、泰式按摩、日式按摩、欧式按摩、韩式松骨、俄罗斯理疗、前列腺按摩、男式养生服务……

十一层是 SPA 健身理疗。

刘小江问了问值班服务员，什么是 SPA，服务员笑笑，就是水疗养生服务。

刘小江不禁愣在那里，水疗养生服务，这特么的是个什么玩意！

刘小江也算是吴浙县的第一大秀才，被人赞誉为见多识广，学识渊博，当今人间活字典。然而今天到了这里，居然发现自己就像刘姥姥进了大观园。触目所及，活似一头水牛闯进了瓷器店。所有看到的东西都让他发傻，发蒙，几乎什么也不清楚，什么也看不明白。

平日在吴浙县风流倜傥、一表人才的刘小江，在这里完全变成了一个直不起腰来的老农民、大傻瓜。

这也应了过去的一句老话：钱是人的胆，财是人的威。看看那些被女孩子们簇拥而进、簇拥而出的熟客和贵宾，立刻就会感觉比人矮了三分。

刘小江小心翼翼地问了 SPA 水疗的价格，服务员看了看他，说："先生您是按时段还是按项目？是想单项还是多项？"

一下子就把刘小江问住了，好半天，他才说："你就说最便宜的多少，最贵的多少？"

"最便宜的一个小时三百八，最贵的一个小时八百八，如果是上门服务，房费另算。"

"房费怎么算？"刘小江问。

"房费看你是要单床的还是大床的，单床一小时二百八，一晚上五百八。大床一小时三百八，一晚上八百八。"

"单床和大床有什么区别？"

"单床只能是一个人服务，大床可以两个人服务。"

"服务？两个人？"刘小江吓了一跳。

"是啊，这里的回头客要的都是大床。两个人服务更周到，也更到位。"前台服务员平心静气，落落大方地说道，"还有三个人四个人的，这要看客人的需要和兴趣。"

三四个人的水疗那是什么水疗，会是打水仗？刘小江实在想不明白水疗养生居然会有三四个人的项目服务，而眼前这位前台服务员却说得绘声绘色，娓娓动听。末了，刘小江又问道："除了这些，还有什么项目？"

"房间里有服务项目介绍，先生如果要大尺度的，可以到房间里提出要求。"

"也是提前交钱吗？"

"不用，一律在这里交付押金，服务结束后，我们统一结算。如有其他要求，也可以在房间直接结算。"前台服务员十分年轻，不到二十岁的样子，但说起这些服务项目和价格，看不出有任何难堪和窘态，始终显得堂堂正正，大大方方。

"押金多少？"

"一万。"

"这么多啊？"

"多退少补，都这样啊。先生你第一次来吧，再来几次就不觉得多了。"

"为什么？"

"值啊，包你满意。下次还会再来，我们这里大部分都是回头客。"前台服务员突然给了他一个灿烂的笑容，美丽而又亲切。

刘小江本来想办个水疗服务上去看看情况，却没想到押金先要一万。钱包、银行卡和手机里估计都没有这么多钱，他不想在这里出丑，把所有的钱凑在一起交一万，没有这样的大款，穷小子还想在这里玩，让服务员耻笑。想了想，问："我可以先上去看看吗？"

"交了押金就可以。"服务员再次笑容灿烂地说道，"交了押金就可以办卡，办了卡就可以上去，我们这里的房间和电梯刷卡才能打开。"

"我不知道水疗是个什么样子，上去看一眼就走，可以吗？"刘小江还是有点不甘心，想求求情让服务员网开一面，上去看看。趁机拍几张照片，好让他的粉丝们也长长见识，见见世面。

"那怎么行呢？就算我让你上去，你也上不去。楼口和电梯里都有探头，不用你的房卡刷卡，什么人也上不去。"

"我走楼道也可以啊，行吗？"刘小江再次央求说。

"楼道口也得刷卡，我们这里绝对为客人负责，安全第一。"服务小姐一点也不含糊地说道。

"好吧，这里有介绍吗？给我一份，我改天再来。"刘小江无奈地说。

服务员看了他一眼，随手把柜台上的广告册子给刘小江扔过来一份，脸上的笑容顿时消失得无影无踪。

刘小江从云翔大酒店出来时，已经晚上快十点了。

妻子那里再没有来电话，但刘小江知道事情没完。刘小江当时忍不住在自己的微博上写了几句含混而又决绝凶狠的文字："你们这些下流的东西，如果想用下流的东西要挟我，要挟我的家庭，那一定是你们瞎了眼。我会尽我所能，与你们殊死一搏！别忘了，如今早已不是旧社会了，以恶治天下的时代早已一去不复返了，你们这些无耻下流的小人……"

这些文字，再次把刘小江的粉丝给激发了起来。

那一晚上，他的留言再次上了两万。

他的粉丝，再次猛涨，已经接近八十万。

几乎所有的人都在为他呐喊，所有的人都在为他喝彩，所有的人都在因他而愤怒，代他而焦虑。

就是在这种情绪的包裹中，他一直毅然决然坚持到现在。

这已不是身不由己，而是脱胎换骨，焕然一新。

本来想见见辛一飞，但看看时间，太晚了，实在不忍心再打搅他了。一些新的情况，一会儿发微信告诉他。

吴莹莹的事情，辛一飞让他直接去找沈慧副局长。刘小江不知道辛一飞是怎么给沈慧局长说的，但从辛一飞的语气里，可以感到这个公安局女领导是靠得住的。

需要打个电话吗？

想想云翔大酒店那样的场所，他应该把这些情况反映给公安局的领导。

看看时间，差几分钟十点，应该还可以打。这是辛一飞让他联系的，至少也应该先探探人家的口气，听听人家是个什么态度。

刘小江很快找到了市公安局沈慧副局长的电话，再次思考了一下，手机拨过去，如果铃声响四遍不接，立刻挂掉，然后等到明天再说。

手机响了第二遍就通了。刘小江吓了一跳，赶忙说道："沈局长好，这么晚打搅您休息了。我是吴浙县委通讯组刘小江，您的手机号码是辛一飞常委给我的，不好意思，实在太晚了。"

"不打搅。我知道你，告诉我你的情况。"沈慧的声音不高不低，显得十分柔和。一点也没有感觉到是个市公安局副局长，也一点听不出像是休息了的样子。

刘小江没想到沈慧的节奏会这么快，赶忙给沈慧说了说晚上去了云翔大酒店所见到的情况，以及他的判断和怀疑。

"你说的情况我们已经注意到了，这段时间也接到不少人的投诉，从这些情况看，我们认为云翔大酒店确实存在问题。事实上从今年年初到现在，我们已经在那里查处了几起涉及黄赌毒的案件，并进行了严肃处理。辛一飞常委昨天给我打电话以后，我们就已经到云翔大酒店进行了暗中调查，相信很快会有一个反馈。你今天反映的情况很重要，我们会认真严肃地进行调查核实，如确实存在问题，我们会立刻严肃处理。"沈慧局长说得很认真，也很自信。看来公安部门也确实是掌握情况的，这一点让刘小江十分欣慰。

"沈局长，那个大酒店，我感觉晚上和白天还是有区别的，晚上显示出来的东西，可能与白天会有很大的不同。"刘小江说道。

"你说得很对，这是涉黑涉黄窝点的一贯做法。"沈慧局长说，"对这类行为，我们从不手软。关键是我们要找到有力的证据，只要有证据，我们马上就可以展开调查并予以打击。他们现在的做法也越来越隐蔽，越来越狡诈。我们有时候很难查找他们的违法犯罪行为，这需要多方面的努力。像今天晚上你提供的情况，是不是你那里掌握了一些线索？"

"是网上的一些网友提供的地址，因为有三个人同时提供了这里的地址，所以我才到那里去暗中查看。我不知道这算不算证据，我去了以后觉得那个地方确实非常可疑。"刘小江尽可能把自己知道的情况都提供给沈慧局长。

"他们都是实名举报吗？有他们的联系方式吗？他们提供的地址是他们自己看到的，还是有目击证人？"沈慧很细心地问道。

"这个没有。这些提供地址的人，我也不认识，估计也很难找到。他们的联系方式，我现在也无法提供，因为我也不知道他们的联系方式。我回去可以试试看能不能找到，但我觉得很难，即使找到了，我也无法保证他们是不是愿意出来做证人。"刘小江实话实说。

"好吧，我知道了。"沈慧听了以后，轻轻地对刘小江说道，"你不要着急，也不要再贸然行动。你不是警方，暗中调查情况需要司法授权，否则也是违法的。同时这也是很危险的，作为警方，我们要确保你的人身安全。"

"我不是调查，我只是寻找。我是受当事人父母的委托，已经向公安部门正式报案。"刘小江赶忙解释说，"您的话我明白，我会保护自己，也会谨慎行事，谢谢您的关心。"

"你还有什么要说的吗？"

"已经耽误您这么长时间了，就是这些情况，其他没有了，真的非常感谢。"对沈局长的关心，刘小江打心底里确实十分感激。

"是我们要感谢你，如果大家都能像你这样，我们的工作就会容易得多，现在很多人都是多一事不如少一事，这对我们维护一个良好的社会环境是非常有害的。当然你也清楚，这需要多方面的努力。小江，我看过你的作品，我们家里的人都很喜欢。你是一个值得尊重的作家，也是一个有良知有正义感的人。"沈慧轻轻说道，"你有什么情况，可随时给我打电话。我也在网上看了你的微博，非常令人感动。我们一定会支持你，你放心就是，在这件事上，警方一定会是你强有力的后盾。"

"……谢谢，谢谢，谢谢局长。"刘小江没想到沈慧局长会说出这样的话，一时竟然有点语无伦次，不知道该说点什么。

已经很久很久没有这样了，他一个人在汽车里突然泪流满面。

刘小江接到赵祯熙的电话时，已经从龙兴市回来快两天了。

回来正好是星期六和星期天，晚上忙于网上的问答，工作上的事什么也没做。

好在由于声势越做越大，再加上警方的介入，吴莹莹的情况也暂时没有更坏的消息。估计对方也非常害怕小心，正在观望，暂时并没有什么令人关注的动静。

晚上到了办公室时，才看到了几个县里的消息，其中有一个就是吴浙老城堡惠源公司同龙兴市简美文创合作签约的新闻。

当时本想打电话祝贺一下，但想想赵祯熙今天一定很忙，明天再说吧。

没想到晚上快十二点了就接到了赵祯熙的电话。

霍怡帆！

刘小江默默地注视着网络照片上的这个女人。

一个如此美丽的女人，竟然就是云翔大酒店的总经理！

当然，现在的照片 P 出来的太多，美颜照充斥着整个网络，以至分不出真假。但霍怡帆看上去不一般，刘小江查看了所有网络上霍怡帆的照片，即使是那些别人偷偷拍出来的生活照，也几乎看不出明显的差别。

一个天生丽质、花容月貌的超级大美女。

一个善恶不明、黑白难分的云翔大酒店。

刘小江无论如何也难把这两个形象联系在一起。"人不可貌相"，刘小江脑子里突然跳出了这个词语。好看的人就不会作恶吗？在小江的认知中，美丽的人受到的宠爱多，赞扬多，呵护多，所以心智一般都是健全的，人性化的，很少去做那种极端和暴戾的事情。

那么，是自己的感觉错了，还是自己的判断错了？

看看时间，刘小江给赵祯熙拨了一个电话。

赵祯熙的手机竟然处于关机状态。

这个太反常了，赵祯熙向来二十四小时开机。

刘小江又给赵祯熙的另一个手机打电话，仍然是关机。

刘小江想了想，又给赵祯熙的司机打了一个电话。

司机很快接了："刘组长你好。"

"赵董呢？"

"在办公室。"

"他为什么关手机？出什么事了？"

"我也不清楚。我们刚刚去了一趟龙兴市，赵董从龙兴市回来情绪就不好。"

"龙兴市？今天不是在吴浙举行的签约仪式吗？"

"是，刚签完约，下午赵董还睡着，就被龙兴市的电话叫醒了，说是有急事，让赵董必须马上去一趟。我们连夜赶到龙兴市，已经晚上九点了。"

"是谁叫他去的？"

"就是与我们签约的那个公司。"

"就是那个女董事长的简美文创公司？"

"对。"

"长得很漂亮的那个董事长？"

"对。"

"你现在那里？"

"我就办公室门外，董事长情绪不好，我不敢离开。"司机如实说道。

"你进去一下好吗？你把电话给他，就说我要与他通电话。"

"我刚才敲门了，他不让我进去。"

"你大声告诉他，如果他不接电话，我就马上赶过去。"

"好吧。"

五分钟以后，赵祯熙接了刘小江的电话。

"赵董，到底出什么事了？"

"你不用管，我知道下一步该怎么做。"赵祯熙的话听起来阴森可怖。

"到底什么事啊？赵董，告诉我，或许能帮你。至少可以给你出主意，想办法。"

"这事你们谁也帮不了。"

"为什么？"

"不关你们的事，全是我自己的事。"赵祯熙语气幽沉，一改平日的恭顺温和。

"赵董，我只问一句，是不是被人坑了？"

"不用你管，我会处理。"

"坑你的，就是那个女人吗？"

"谁想让我死，他也别想好活。"

"你说的就是那个霍怡帆？"

"我只知道她叫冯美蓉。"

"你给我的照片，那个很漂亮的女人？"

"那是个白骨精，天下最恶毒的魔鬼！"赵祯熙嗓音嘶哑，像只野狼一样低吼着。

"赵董，你要冷静。"

"我清醒得很，我知道我该怎么做。"

"那个女人的情况我正在了解，你千万不能莽撞。"刘小江十分耐心，十分谨慎。

"你不了解，这个衣冠禽兽。"

"我正在了解，我也想去见她。还有，那个叫吴莹莹的女孩子，我发动了好多人去找，我好几次也委托过你，除了吴莹莹，还有好多那样的女孩子，很可能就在她的那个酒店里。"刘小江给他解释得十分细致。

"肯定会在她那里，她这样的魔鬼什么事情也干得出来。"

"赵董，我们要想办法，不能再上她的圈套。"

"在县里你是干部，在网上你是英雄，可在他们眼里，你我啥也不是。想给狼唱歌，让狼变成羊，那是白日做梦，只会让他们吃了我们。"

"别把事情想得那么悲观，他们也没那么大胆子公开作恶。"

"他们不是人，连人都不是的东西还会怕什么？我想了一晚上，同这些禽兽打交道，没法用人的办法。"

"我们要理性，不能硬碰硬。"

"这辈子活得够窝囊了，我不想就这么随意让人给收拾了。"

"赵董，听我说，这辈子你已经很好了，不要再好高骛远。你还有孩子，还有你的家，要多为他们想想。"

"这个我明白，我就是不能再给他们留下一个坏名声。等儿子将来长大了，他也知道他老爸当初也是一条硬汉！"

"赵董，你的情绪有问题，我马上去你那里。"

"你不用来，别打搅我。我正在写材料，我会给你和辛一飞一人留一份。听我的，现在别来打搅我。你要来，我就马上走。"

"写什么材料？你要干什么？"刘小江意识到赵祯熙那里一定出大事了。

"我的事不用你管，你帮了我很多了，我一辈子都会记着。还有辛一飞，他是我这辈子的恩人，就是死一百回，我也不会当叛徒，也不会昧良心。"

"还跟辛一飞有关？"刘小江大吃一惊。

"你见了辛一飞告诉他，我家祖祖辈辈都会记着他的好，谁要是想从我这里害他，只要我赵祯熙死不了，那就别想从我这里跨过去。"

三十五

半夜十二点多了，辛一飞的手机突然铃声大作。

辛一飞不禁紧张了一下。按照规定，像辛一飞这样的领导干部，每天必须二十四小时开机，即使有市委市政府专线电话也不行。所以大凡这么晚打来电话的，基本没有什么好事。当过领导干部的都知道，每天最怕的就是晚上十二点以后的电话。

辛一飞看了一眼，刘小江的手机号码。想了一下，还是接了。刘小江说过，没有天大的事不会给他打电话。

"什么事？"

"赵祯熙那里可能出事了。"听得出来，刘小江焦虑万分。

"什么事？"辛一飞又问了一句。

"霍怡帆可能坑了他，也涉及了你。"

"涉及我什么了？"

"赵祯熙不说，但感觉他被逼得无路可走了，要铤而走险。"

"云翔大酒店的霍怡帆？"

"是。我现在只担心一点，你和赵祯熙之间还有其他什么纠结吗？"

"我和赵祯熙之间？"

"是。赵祯熙给我撂了一句，说他决不对你做昧良心的事。"

"还是那三千万的事？"

"好像不是，你再想想，是不是还有别的什么事？"

"你指的是什么事？"

"赵祯熙说，他让我转告你，他不会当叛徒，谁要是想从他那里害你，只要他赵祯熙死不了，那就别想从他那里跨过去。"

"三千万的事情我已经给田震书记说了，那个批件是假的，根本没有的事。这件事田书记是认可的，除了这个还会有什么事情？"

"我觉得不是三千万的事情，如果是三千万的事情，他会给我说的，他的情绪也不会那么激动。肯定是别的什么事，而且事关重大。"

"刚才吗？"

"对，我刚给他打了电话，放下就赶紧给你打。"

"那你过去一趟，问问到底出了什么事。"

"他不让我过去，说我过去，他就马上离开，他还说他正在写材料，还要给我和你一人留一份。"

"那也要过去，马上过去，别让他干傻事，让他理性一点，好好问问他到底出了什么事。"辛一飞急忙说道，他渐渐意识到问题的严重性。

"我现在就在车上，半小时差不多就能见到他。你好好再回忆一下，到底还有什么事。我担心那个云翔大酒店一定是搞了什么鬼，现在是非常时期，不能不防。你在明处，人家在暗处，别让他们再使坏。"

"知道了。"要挂电话了，辛一飞突然又问了一句，"你给沈慧打电话了吗？"

"打了。沈局长很好，她说局里对我的关注十分重视，已经对那个大酒店展开调查了，还说有什么让我继续同她联系。"

"还是那句话，注意安全。对那里存在的问题，我已经安排一些部门去调查了，那个地方你不要再去找事，单枪匹马会有危险。"

"明白。"

放下电话，辛一飞睡意全无。

这么晚了，看来确实出情况了。赵祯熙能说出那样的话，肯定是有情况的。

会是什么情况呢？

不会是一般的情况，连刘小江也感觉出来了，一定很严重，很紧要。

辛一飞想了好半天还是想不起与赵祯熙之间还会有什么瓜葛。

辛一飞与赵祯熙是在一年前认识的，是那个老城堡工程把他们联系在了一起。

赵祯熙刚开始给他的感觉就是傻傻的，憨憨的，大大咧咧的，但同时又很精明，很狡猾，很强悍。他的傻和憨大都是装出来的，精明和狡猾则是拼出来的。大大咧咧说明他可以不拘小节，不计前嫌，但并不是说明他会任人宰割，坐以待毙。如果碰到什么大事，他也会殊死一搏，与人拼个你死我活。否则他的生意不会做得那么大，从一个小包工头，一直做到惠源公司的董事长。

赵祯熙曾锲而不舍、千方百计地尝试着给辛一飞送过各种东西，但都一一被辛一飞毫不留情地坚决拒绝了。

这种情况辛一飞遇到的多了。第一他明白这些企业家曾经受过各种各样的吃拿卡要，舍不得孩子打不到狼，这是他们的经验教训。宁可错杀三千，不可漏网一人，否则你很可能就会死在这一个人身上；第二，这些企业家也肯定尝过这方面的甜头，吃小亏占大便宜，送礼是最不赔本的好买卖，不会干这种事的肯定是傻瓜；第三，送东西是显示一个企业家尊重不尊重领导的大是大非问题，即使人家确实不要，也比不送要强好多倍，至少可以证明对人家的尊重，没有小看或者无视人家；第四，他们觉得领导都是有弱点的，这样的东西他们不要，但那样的东西说不定他们就会很喜欢，所以千万不能送一次被拒绝后就再也不送了，这样反倒会误了大事。等等等等，不一而足。

辛一飞非常了解这些情况，所以提前就会给他们把这些事情讲清楚，你们送什么也不会收，以后别再给我捉迷藏，以为这个不收那个就会收。你给他讲清楚了，连着拒绝几次后，他们也就不送了。

赵祯熙就是属于这种公司老板。这一点辛一飞很清楚，他送过很多次，但辛一飞一次也没有收过。连土特产都没有收过，连一条烟两瓶酒这样的礼物也没有收过。

除此以外，那还会有什么呢？

翻来覆去想了很久很久，真的什么也没有。连赵祯熙逢年过节悄悄塞进后备厢和家里的那些东西，他都会让司机马上送回去。这一点，从来不含糊。

对这些，其实辛一飞也有过很多教训，有好几次，人家把东西悄悄放进家里或者办公室了，因为你还没回去，或者还没有察觉，等你还没有把这些东西给退回去，那个送东西的人对你的态度就已经完全不一样了。

一旦觉得你收了礼了，送礼时的那种温顺和恭敬一下子就全没了。在你面前立刻变得趾高气扬，夸夸其谈，颐指气使，神气活现，甚至发号施令，指手画脚。这种前恭后倨的快速变化，常常令人目瞪口呆，不可思议。

有钱能使鬼推磨，没钱便做推磨鬼。有钱方为人上人，这大概就是一些人的人生哲学。

这种情况辛一飞看得多了，也有了一个钢铁般的认知，你要是一个收礼的官，那就别想为老百姓做成任何事情。

纵使你做成了什么事情，也一定是千疮百孔，漏洞百出，人人斥骂，后患无穷。

辛一飞不想做这样的官，也决不做这样的官，如果是为了赚钱而当官，那你真的是找错了地方。

你这个官一定活得猪狗不如！前呼后拥、冠冕堂皇地在前面走，背后让成千上万的人戳你的脊梁骨。

这是辛一飞做官的原则，也是他做人的底线。

他从来没有越过这道底线，也从不会违背自己的原则。

不要说是赵祯熙了，几十年来，他同所有的老板企业家打交道，都坚守着这一底线和原则，从不会越雷池一步。

除此以外，那还会有什么呢？

想不起来，真的想不起还有别的事情。

下午五点半的时候，田震书记给他来了个电话。

辛一飞本想过去一趟，把这两天的情况，包括那个三千万的汇款的事情，一并给田震汇报一下，但田震说让辛一飞再等等，暂时不用过来，有时间了他会同辛一飞联系。

这十分反常。平时都是书记找他，每次联系，都是让他马上赶到。今天辛一飞要面见书记，田书记却让他再等等。事实上，辛一飞已经三天没见到田震了，特别是有关龙飞大道工程施工的一些情况，急需得到田震的支持，已经不能再这样没有限期地拖下去了。

田震书记没有同他说别的，只问了他一个问题："一飞，听说你在云翔大酒店见到了一件非常精美的玉器，有这回事吗？"

辛一飞愣了一下，没想到田震书记打电话，居然问了这么个问题。"书记，这事你也知道？"

"一飞啊，这就叫好事不出门，坏事传千里。你现在是市委常委，主管龙飞大道工程，想想会有多少双眼睛在盯着你。"田震的语气十分严肃，也十分客气。

"那件东西确实很好，是我看过的十分上档次的一件翡翠原石摆件，我在那里还看到了你的巨幅照片。"

"巨幅照片？我的？在哪里？"田震有些吃惊地问。

"云翔大酒店董事长靳如海办公室，足有两米高，气魄宏大。"

"是会议照片？"

"好像是，靳如海和你都戴着会议胸牌，应该是两会期间。"

"没办法，有些老板就是爱干这种事。"田震像是松了口气，"靳如海把那个翡翠玉器给了你了？"

"偷偷放车上了，我当天就让司机送回去了。"辛一飞一边回答，一边想，田震怎么会问这样的事情？不禁反问了一句："怎么？又有人在你跟前告状了？"

"看来也确实是无风不起浪啊，一飞，我以前就告诫过你，别犯低级错误。你现在担子很重，责任不是一般地大，稍一出事，就是天大的事。"田震声音严厉起来。

"书记放心，我啥事也不会有。我要是想做贪官，就不会混到现在这个样子，让那么多人在背后盯着。"辛一飞有点悲愤起来。

"好吧，没事就好。我不是不放心，是担心。你近期注意点，别让人抓住把柄。在马家园的讲话有人告诉我了，不错。方新辉局长对你赞不绝口，说没有你的那番话，他还真没意识到龙飞大道的重大意义。而且说，龙飞大道工程，是真正保护龙兴市地下文物的工程，也是保护群众利益的工程。他要把龙飞大道工程的建设方案在全国推广。"田震突然又兴奋起来，信心满满。

"我和方局长谈了很久，我说了，市委市政府制定的这项工程，就是让龙兴市千年地下文物重现的工程，没有龙飞大道的巨额投入，就不可能有这么大的人力物力，对龙兴市的地下文物有一个全面的探测和挖掘。他听了汇报后非常满意，还说如果确实有重大发现，国家文物局会给予十个亿以上的拨款支持。如果马家园附近确实有一个重点地下文物群，国家文物局将会继续加大投入，并会对马家园棚户区居民安置予以全面补偿。

"一飞，你这次可是给市委立了一大功，也让我久悬的心终于给放下来了。让方新辉说表扬的话很难很难，这也证明咱们龙飞大道工程确实抓对了。方局长在省里给书记和省长都汇报了咱们这里的情况，书记省长都很满意。我现在唯一的希望，就是你别出事。你要是出了什么事，龙兴的天都得塌了……"

……

辛一飞想了好久，还是觉得田震的电话有些怪怪的。

唯一的希望就是我别出事，我会出什么事？田震担心的是什么？

那个翡翠摆件？那是什么事！看了一下怎么了？

那么多领导的照片都还在那里挂着呢，又怎么了？

但田震明明白白地说：你要是出了什么事，龙兴的天都要塌了。

什么意思？

辛一飞又想到了刚才刘小江的电话，还有那个三千万的批件。

居然冒出来这么多的事，田震的担心并不是多余的。

龙翔集团董事长靳如海的样子此时突然显现在辛一飞眼前。细细回想一下，看来对这个人的估计和判断，应该远远不够。这个人能量实在太大了，眼前所有烦心的事情，几乎都与他息息相关。

辛一飞渐渐感觉到，靳如海似乎正在处心积虑地布下一道铁网，想把整个龙飞大道工程慢慢吞噬掉。如果是这样，那这个靳如海的胃口实在太大了。

包括自己的市长落选，肯定也与这个靳如海有着千丝万缕的联系。

这几天他找人摸了摸底，渐渐发现，龙飞大道工程需要拆迁和安置的地方，差不多有一半与龙翔集团的资产密切关联。

龙翔集团的这些资产，几乎都是这几年内的投资和布局。

也就是说，当市委市政府确定龙飞大道工程后，在别的临街企业、商场、饭店和园区都在全面撤离时，恰恰是龙翔集团以地板价把这些企业和部门一个个回收在自己的名下。

如果不是有天大的背景，如果不是有超强的后盾，一般的企业决不会做出这种决策。

云翔大酒店就是一个再明显不过的实例，它在大前年刚刚建成，投资总额超十亿，这样的投入，需要快速回报，所以才会有刘小江说的那些女孩子的遭遇。除此之外，还能得到巨额补偿，任何一个领导看了这样的大酒店，都会万分惋惜，都会同意给这样的酒店一个合理公正的报价。但一般的企业，敢这样做吗？能这样做吗？允许他这样做吗？这其实就是一场豪赌，设下的一个大局，快速赢利，巨额补偿，超级回报，一步一步都看明白了，才敢这样走棋。如果能置换到阳庄湖那块土地，将是一个会超过这个大酒店投入数倍之多的重大收获。

没有强硬的后台，谁敢这样大手笔投入？

几乎就要成功了，就只差那么一步。如果不是你辛一飞从中作梗，一切都很容易，表面上也看不出任何破绽。

虽然还没有成功，但也一样并没有失败。

就是再不用心的人，到了此时也应该看明白了。这一系列的举动，已经挡住了你的副市长任命，挡住了你的工程进度，挡住了你的条例制定，最为关键的是，挡住了这次对双方都至关重要的市委常委会会议！

没有市委常委会的决定，就意味着前期所有努力都只能是零，随时都可能让你的计划彻底翻盘。

下一步，他们还会干什么？

在这个要命的关口，他们最大的目标和目的，会是什么？

如果对方是你，你又会怎么去想，去做？

你看，连田书记也在担心，还有刘小江，还有那个赵祯熙，都在说一样的话：你千万不要出事，你要是出了事，龙兴的天都要塌了！

没错，下一步他们的目标和目的一定就是你辛一飞。

只要干倒了你，他们将一马平川，所向披靡。

辛一飞想了又想，如果真是这样，那他们将会在哪里下手？

父亲过早去世，老母亲一手把自己拉扯大。有个姐姐，一直务农在家，常年与母亲住在一起。姐夫是个村医，今年已近七十，身体不好，有过腰伤，走路很不方便。有一个三十三岁的外甥女，师范学院毕业，爱人也是一个老师，现在一同在一所县城小学教书。

自己的家呢？妻子与自己同岁，在吴浙图书馆上班，没有职务，明后年即可退休。一个儿子，二十七岁，眼下正在读博。

一个做生意的也没有，一个当干部的也没有，一个出国的也没有，一个在重要岗位在实权单位工作的也没有。这方面，没有什么可担心的。

房子、存款、股票、理财、投资，同样没有什么可担心的。

那还有什么呢？

生活作风，大吃大喝，男女关系？这些更没有什么可担心的。

看看时间，凌晨两点多了。

刘小江一直没有来电话。

倒是有一条刘小江的微信：

赵祯熙一直找不到，他的司机也不接电话。你安心休息，找到他后，我会在第一时间给你联系。我觉得这里面有鬼，你一定要注意。还有田震的态度，也非常重要。龙兴市不比吴浙县，如果田书记不再保护你，你几乎就是单枪匹马，成了孤军作战。一定要慎重行事，不要让他们把你套进去。我毫不担心你会有什么问题，我担心的只是你的职务。现实中太多的事例常常让我十分悲观，优秀的干部，往往在重要的岗位上站不稳，守不住。一飞，此时此刻，觉得还是叫你名字亲切。一飞，你一定要站稳，一定要守住。我们有幸生活在一个大浪淘沙的时代，等到我们垂垂老矣，再回望这个时代，只要有一句就足够了：我们没有辜负这个时代。这不是书生气，也不是多愁善感，我总觉得有什么事情要发生，你要多多保重。随时联系。

手机铃声突然响了起来，辛一飞猛地睁开了双眼。

看看时间，还不到六点。

谁呢？一个不认识的座机号码。想了一下，清了清嗓子，接了。

市纪委书记王盟亦的电话。

"老辛你好，我是纪委王盟亦。"王盟亦比辛一飞大两岁，但经常叫他老辛。

"书记好，这么早啊！"辛一飞有些吃惊地说。

"吃饭了吗？"

"没呢，刚醒过来。"辛一飞一边说，一边琢磨着是什么原因让书记这么早给他打电话。

"那太好了，早饭就别在家里吃了，省纪委刘晨副书记昨天晚上来市里了，正好你们一起在我这里吃早饭吧。"

"有什么事吗？"辛一飞不禁警惕起来。

"是，有几个问题与你核实一下。"王盟亦不紧不慢，很随和地说道。

"有几个问题？什么问题？"

"来了你就知道了。"王盟亦嗓音不高，但感觉得出来那种不怒自威的严肃，"你现在就过来吧，我已经通知你的秘书和司机了，他们也一起过来。"

"在什么地方？"辛一飞一震。

"南郊齐家庄，大约一个小时的路程，位置我已经发给你的司机了。"

辛一飞突然明白，这是纪委正式约他谈话。

纪委查处问题一般四种方式：函询、电话询问、约谈、立案。

立案的同时，很可能就是实施双规。

约谈属于案情严重的一种，距离双规只有一步之遥。

辛一飞只觉得脑子里嗡的一声，顿时僵在了那里。

三十六

龙兴市委常委辛一飞被省纪委约谈的消息瞬间传遍了龙兴市的大街小巷。

史文祥得到这个消息时，已经是下午两点多了。

他是在318专案小组集中研究案情时，得到的这个消息。

是沈慧副局长同时给几个人轻轻说了一声。

"辛一飞被省纪委带走了，今天上午六点左右。"

沈慧的声音不高，但给史文祥的感觉就像五雷轰顶，地动山摇。

"什么事？"史文祥止不住地问。

"不知道。"沈慧冷冷地回答。

"双规了？"

"不知道。"沈慧的脸色愈加冰冷。

"那就是说，已经立案了？"

"不知道！"沈慧发狠地又回答了一声。

现场突然一片寂静。

史文祥也不知道沈慧为什么要发火，再次呆在了那里。

史文祥的心一下子乱了，这才真正是龙兴市惊天动地的大事件。前天刚刚送走国家文物局方新辉局长，由于对龙兴市文物保护方面的各项措施都非常满意，方局长对龙兴市的地下文物的发掘保护工作给予充分肯定，方新辉的期望值很高，甚至当场就答应，如果确有重大发现，国家文物局将直接给予政策和资金上的双重支持。

方新辉的表态是前所未有的，证明他非常看好龙兴市的文物保护工作。方新辉非常认可辛一飞的工作作风和工作态度，尤其对辛一飞这个人非常喜欢，尽管过去他们就认识，但这次见面，犹如以石投水，两个人志同道合，谈得昏天黑地。原来市文物局宁为善局长准备了一大堆材料要给方新辉汇报，都让方新辉给否了，宁局一张口说汇报，方局立刻就一口打断他的话："汇报什么，材料交给秘书，我看看就行。要光听你们汇报，我下来一趟还能发现什么？还能调研到什么？"

连省文物局的许局长也连连点头："就是就是，方局说得对，就按方局的要求办，下来就是要到第一线，要找第一手材料，汇报的事情就免了，有材料就行，今后不论是省局还是市局，也要坚持这一点，少汇报多调研，事实胜过一切，光说有什么用，干不出成绩，找不到解决问题的方法，说得再好再漂亮也没用。"

两天多的实地调研和考察，也再次确认了很多新发现。特别是对龙飞大道工程范围涉及的地下文物的发现和开掘，大家都充满了信心。龙兴市下一步的文物前景，让每一个人都兴致勃勃，心花怒放。

没想到的是就在关键时刻，辛一飞居然被纪委带走了！

从沈慧副局长冰冷的神态上，史文祥也感觉到了事态的严峻和沉重。

如今不管是什么事情，也不管是什么人，只要是涉及纪委正在查处的问题，涉及经济问题，立刻就会一片沉寂，再也不会有任何人替你说话，替你辩解。你立刻就成了所有人驻足观望的对象，不管你以前是领导还是主管，也不管你是重点还是骨干。你立刻就会成为一个孤立的对象，成为一个茶余饭后的谈资或笑料。

然而不知为什么，史文祥听说到这个消息时，第一个反应就是他想说话，他想大喊大叫：你要说别的我都信，但你要说辛一飞是个贪官，是个贪污腐败分子，打死我也不信！

辛一飞怎么会因为经济问题让纪委给带走？

谁相信他也决不相信！

史文祥在沈慧局长面前之所以如此无所顾忌，就是因为两天前，沈慧征得局长的同意，没有通知陈浩处长和李志杰，带了几个信得过的公安人员，在夜里十一点左右悄悄到贾兴昆的二层小楼里进行了一次突击侦查。行动之前，经过详细了解和再三考虑，沈慧通知了史文祥，要求他一同参加这次行动。

沈慧通过了解，发现史文祥这个人确实是一个真正的文物专家。这些年，他撰写主编出版的有关文物常识、文物鉴定和文物保护方面的书籍，竟然有二十多种。而且这个人刚正不阿、为人正派，从来不利用自己在文物局的职务和权力搞那些邪门歪道的灰色收入。文物局有些人不喜欢他，也与他软硬不吃的个性不无关系。有一次在施工现场，发现了掩藏在地下上百年的一个巨大银库，挖掘出上万枚不同年代的铜钱。文物局有个副处长，挑了上百枚各种各样的铜钱，要给局长送去鉴赏鉴赏。当时他在现场，坚决给制止了。说这是国家的文物，在清点结束以前，一个铜钱也不许乱动。送谁也不行，局长不行，市长书记也一样不行。弄得那个处长当时几乎下不来台，尴尬万分。

也就是这些事情，让他在文物局得了一个绰号：史榔头。

正是因为这些，沈慧才逐渐改变了对史文祥的看法。沈慧过去甚至怀疑一些内部情报的泄露，说不定与他有直接关系，现在看来，确确实实是错看了他。以史文祥这种性格，他要想发财早发了，想提拔也早提拔了。那些龌龊的事情，像他这种性格的人，很难干得出来。

晚上的突击侦查行动，史文祥恪尽职守，完全发挥了他熟悉地下文物的专业特长，非常好地完成了这次突击侦查任务，也为下一步的行动方案提供了非常重要的依据。

沈慧对史文祥不禁刮目相看，大加赞赏。

同样，正是由于这次行动，史文祥也进一步了解了沈慧，行动结束后，史文祥居然有点不好意思地说："局长啊，过去看走眼了，没想到你这个领导还真是不一般。"

沈慧笑笑问："怎么不一般？"

"长得像个女干部，一点也不像女干部。"史文祥很认真地说，"过去总以为长得好看点的女性肯定能力偏软，你还真的是作风硬朗，也有魄力。"

沈慧看了看史文祥说话的样子，怎么也想不明白为什么他表扬人也这么让人不喜欢。

史榔头，难怪他有这个绰号。

这次召开专案小组碰头会，其中一个议程，就是在准备行动前，让史文祥把贾兴昆住宅下侦查到的情况给大家做个简单介绍和汇报，以便在行动时，能对小楼建筑和地下文物遗址的情况有一个系统的了解和认识。

让沈慧没想到的是，一听到辛一飞被带走的消息，史文祥竟然心急如焚，怒形于色，情绪会突然变得如此糟糕。

就在这时，史文祥再次忍不住地对沈慧说道："局长，我的心很乱，我要请假，今天这个会我不参加了。"

"坐下。"沈慧面色凛厉地说道，"今天的会议非常重要，任何人都不准请假。"

"局长，这还能干成什么？"史文祥大声嚷了起来，"辛一飞要是出了事，哪还有什么龙飞大道工程，我在这里与你们一起破案还有什么意义？这么个干法，龙兴市还有什么人愿意工作？大家都躺在家里躲清闲得了！辛一飞一来，就闹了个市长落选，这么大的事，为什么不查？稀里糊涂地给了人家一个总指挥，尽管阻力重重，但人家毫无怨言，没明没黑地干，老百姓一片叫好声，到这会儿了，关键时刻，让纪委把人家给带走了，这叫什么？亲者痛仇者快，不干活的整人，干活的被人整，市委市政府都干什么去了？眼睁睁着让人整吗？我也不干了，辞职！干什么不比在这里每月挣几千强……"

史文祥完全一副撂挑子不干了的架势，好像精神上突然受到什么刺激一样。

"史文祥！"沈慧突然呵斥了起来，"你想干什么？还嫌不乱吗？刚才局长还给我说，大家都很着急，市委市政府，还有人大、政协，都非常关注这件事。但这件事是中纪委批下来的，涉及好几个重大问题。省纪委也非常重视，市纪委书记给田震书记和市长的回复就是例行谈话，把问题说清楚，核实清楚就可以了，根本没有涉及双规和查处的阶段。不要听到风就是雨，哗啦哗啦一阵子，什么工作也摆下不干了。任何人碰到这种情况都一样，不是像你说的，就是因为是辛一飞才这样。"

"我根本就不相信！不就是有人背后告状打小报告吗？告状的人多了，为什么就只查辛一飞一个？扳着指头数一数，龙兴市委市政府的领导，哪个没人告？为什么就没有人查？辛一飞刚到龙兴市才几天，就那么多人在告状，这正常吗？背后是什么原因不知道吗？闭住眼睛我都看得清清楚楚，凭什么纪委就看不清楚？市委市政府就看不清楚？一身屎的人你不查，清清白白的人一来你就查，这指鹿为马、路人皆知的事，领导们都瞎了眼了还是装糊涂？"

"既然是清清白白的那你还怕什么？"沈慧反敛了史文祥一句，"纪委找你核实几个问题，天就能塌了？一个好干部有那么脆弱吗？"

"那随便查个人试试？哪个受得了？一个月几十几百封告状信，还有什么信件查询、电话查询，谁还有心思干工作？反正我肯定不行，我受不了！士可杀不可辱，哪个干部能经得起这样天天折腾？"史文祥怒发冲冠，火冒三丈。

"老史你干吗呢！"李志杰大喊了一声，"你以为这里是市委啊，沈慧局长又不是纪委书记，你这牢骚发错地方了吧？"

史文祥愣了一下，似乎也意识到自己的失态。有点下意识地在脸上揉了一把，不再吭声，找了个地方坐了下来。

"大家越是在这个时候，越要守好自己的工作岗位。史文祥今天的表现有些反常，但我还是很感动。"沈慧很诚恳地说道，"现在大家的心里都很乱，我也一样。但我想，如果我们在这会儿都乱了，这不正是某些人想要的结果？我们一定要安下心来，把我们的工作做好，不能让某些人趁机钻了空子，达到他们的目的。如果不让他们得逞，唯一的办法，就是安心工作，不给他们任何机会。好了，我们现在开始研究我们今天遇到的新情况，新问题。事态非常严重，也非常紧急，现在请陈浩先把总体情况给大家介绍一下。"

目前的情况，局面确实变得越来越严峻。

424

这些天公安小队一直跟踪的崔晓剑、姜宸几个人，一直没有动静。他们的手机号码和导航定位，也一直处于静止状态。但今天上午才发现这几个被跟踪的手机一直都处于无人携带状态。这些手机既不通话，也没有信息，甚至都不上网。这就是说，他们很可能发现了他们的手机号码和个人行踪已经暴露。他们好像正在制造一种假象，有意迷惑监视的一方。手机和电子监控系统显示他们没有任何行动，但事实上，他们很可能一直在活动，他们很可能已经全部换了新手机。从前天开始，他们在白天根本不行动，晚上到了深夜后，好像才出来散散步，走走路什么的，其实这好像也是在故意制造假象。让公安一方认为他们的手机仍然是原来的手机，并没有发现他们自己已经暴露的情况。更为令人担心的是，从今天起，这几个被监控的对象，始终都围坐在一起，好像一直在研究什么事情。

"这是在研究什么呢？"技侦处长陈浩分析道，"我个人觉得，拿着这几个手机的人是不是就是崔晓剑和姜宸这几个人，值得我们警惕。第二，如果是这几个人，他们如此密集地集中在一起，究竟想要干什么？是不是要开始下一步的行动？第三，目前建筑公司工程师贾兴昆的住宅里外仍然一直没有任何动静，我们是不是应该进去查看一下，看看里面究竟是个什么情况，由此也可以对我们下面的行动做重要参考。"

陈浩说完，支队长李志杰接着说道："陈处的分析我赞同，有一点我补充一下，我们上次监控这个小院时，他们突然撤出来。什么原因，终于闹清楚了，他们在手机里的通话内容显示，他们突然发现了住宅附近新装了电子监控系统，并认为是我们安装的，所以就提前撤出来了。事实上，他们发现的新的监控系统是交通局统一安装的，跟我们并没有什么关系，估计他们现在也清楚了，所以我觉得这个新的电子眼，不会对他们下一步的行动产生影响。"

"你们七小队的张扬在吗？"沈慧向李志杰问道。

"沈局，我在。"坐在后面的张扬应声回答。

"说说你那里的情况。"沈慧说。

"好的。"张扬马上回答道，"各位领导，我们这几天一直还在那个地方日夜蹲守。除了有一些新的发现以外，暂时没有发现他们有任何新的行动。新的发现就是，他们还有一个很专业的包工队，专门是搞地下挖掘工程的，这应该是个很重要的发现。他们在城郊的那一块儿房地产开发用地，这几天好像有土地出让的迹象。另外，我们还发现他们的那个铁矿，一年多来根本没有进行过任何采矿作业，而更像是一个工程垃圾和地下渣土的掩埋地。这实在太奇怪了，如果买下这个铁矿就是为了倾倒垃圾和渣土的话，那就太不合算了，除非他有别的想法。这个想法没别的，就是掩盖他们对地下文物的盗挖。以前我们可能不会往这方面想，但现在只有这个分析是最合理的，也是最符合实际的。"

"那就是说，他们一定还有其他重要的挖掘点，是不是？"史文祥这时忍不住地问了一句。

"对，就是这样。"张扬继续说道，"这几天我们一直在附近找挖掘点，也可能是一个，也可能是几个，这些挖掘点估计很难发现，应该是隐蔽得非常严实的，我们从前天开始，在志杰支队长的同意和支持下，已经增加了警力，加大了寻找的力度。在找的同时，我们又发现了更多的倾倒物。只不过都是一般的土质，并没有地下文物特征的渣土土质。基本情况就是这些，我个人的意见，他们目前是不是已经发现了我们，会不会已经放弃了这里的挖掘行动？还有，这里的情况与市中心贾兴昆住宅的情况究竟有什么关联，是否需要马上展开进一步的侦查。这一点，我也同意陈处的意见。"

"还有什么？"沈慧看了大家一眼问，"李志杰，你那里呢？"

"我再补充一点，关于贾兴昆的情况我们也做了进一步的了解，他的儿子儿媳并不知道父亲失踪的情况，他的儿子在一个星期前，曾给父亲贾兴昆打过一个电话，没有打通，然后就发了一个短信，短信内容是：爸爸没什么大事，方便时回信息。而后就再也没有联系。贾兴昆本人也没有给他儿子回复。从这个情况看，贾兴昆本人很可能已经出事了。贾兴昆本人的手机，从目前的定位来看，应该一直还在他的二层小楼里。我们发现贾兴昆到现在，已经失踪十天以上了，可以肯定地说，凶多吉少。"

"好吧，大家还有什么意见？"沈慧问道，"一会儿史文祥科长要给大家汇报一件事情，在他汇报以前，大家还有什么要说的？"

现场无人作声，大家都有些好奇地看着史文祥。

"好吧，我先把情况给大家通报一下。"沈慧看了看大家说，"前天晚上十点，征得局领导同意，我和史文祥还有另外几个警员，到贾兴昆的住宅进行了一次突击侦查。从刚才大家的发言看，从我们得到的情况看，我们的这次突击侦查完全正确，这也是大家一致的意见和想法。事先没有告诉大家，一是大家这几天的任务都很重，基本上都是白天黑夜连轴转，不忍心再给大家增加任务。二、我个人对贾兴昆住宅的情况特别想了解一下。那天晚上，史文祥科长说了那里地下的文物情况后，我觉得必须实地了解一下。知己知彼，方能百战不殆。三、这是局长和我特别交代的，就是这几次我们的行动，都有内部情报被外泄的发现和疑点，让我们防不胜防。问题究竟出在哪里，我们下一步会认真追查。目前我们只能尽量做到有备无患，所以请大家不要有什么顾虑。事先没有告知大家，也没有叫大家参加行动，并不是对大家有什么怀疑，问题是我们并不清楚，包括大家身边的人，这上上下下，里里外外，谁才是真正的嫌疑人。所以现在我们主要还是防御为主，请大家积极配合。今天在决定是否行动之前，还是老规矩，请大家不要擅自离开各自的办公室，不要给任何人打电话。好了，现在请史文祥把情况给大家简要介绍一下。"

"刚才我的情绪很不冷静，先给局长和大家表示歉意。"史文祥沉默了一下，有点不好意思地说，"这两天我把我的分析都已经给沈局汇报了，今天也都还是自己的一些不成熟看法，供大家参考。

"贾兴昆的住宅原是一个单位的集体自建平房，七年前，贾兴昆私自请包工队改建成了一栋二层小楼。由于当时地基打得很浅，没有发现也没有探测到地基下面的文物建筑和更深层的小煤矿巷道。我们推测，这个小煤矿由于是私挖乱采，挖到这里时，由于这个文物建筑遗址贮存了大量的积水，导致小煤窑发生了一次重大透水事故，这个小煤窑也由此垮塌作废。因此，现在的这栋二层小楼，就建筑在一个完全悬空的煤层巷道和文物遗址巷道之上。

"从目前的情况看，这栋小楼是一个非常危险的建筑。在这个危险的建筑最底层，我们发现了贾兴昆的尸体，这个工程师极可能是吸入了大量瓦斯或者其他有毒气体致死的。

　　"我们进去后，终于搞清楚这个盗窃团伙已经发现了一个目标，我个人判断，这个目标就是我们探寻了多年的通天寺遗址。事实上文物局这些年，也已经对这里的地下文物遗址做过大面积的勘测，分析的情况也基本吻合。我刚才之所以那么火气冲天，就是因为我们要借这次龙飞大道工程，把掩藏地下数百年的通天寺重现人间。如果龙飞大道工程受阻，我们的这一夙愿，又不知道会拖延到什么时候才能实现。

　　"我们发现的盗窃团伙，肯定是一个十分专业的盗窃团伙，我们在现场已经发现了那座石门上的膨胀炸药，现在基本可以断定，这一盗窃团伙，也极有可能就是我们发现的那个重要的文物翡翠佩件的持有者，他们目前也很有可能在某一个地方，同样在进行着地下文物的盗掘。如果确实是这样，那我们所有的分析和判断就都合理了。

　　"我给沈慧局长也谈了我的一些想法，那天在这个地方准备动手的盗窃团伙，是不是同张扬刚才说的那些人是同伙。如果是，我们现在就应该立即行动，把他们全部缉拿归案。如果不是，那我们是否再等一等，等案情更加清晰之后，我们再动手也不晚。从目前的情况看，他们已经完全在我们的掌控之中，所以我个人的意见，还可以再等等看看，看他们下一步的行动是什么，我们再酌情处理和决定。我的汇报就这些，我说过了，仅供参考。

　　"沈局刚才批评我，说我们一定要安下心来，把我们的工作做好，不能让某些人趁机钻了我们的空子，达到他们的目的。这话说得太对了，所以我觉得现在就是考验我们的时候，尽快把这个案子搞清楚，案子破得越彻底越好。破了这个大案，就是对龙飞大道工程的最大支持，也是对龙兴市地下文物的最大保护。这个我守土有责，我也熟悉这一带的情况，下次行动，还请局长继续带上我，我一定服从指挥，决不会贸然行动，草率行事。只要能发现一些地下文物盗掘方面的蛛丝马迹，我就大致可以判断会是一个什么样的文物发现。这一带的地形我研究了十几年，辛一飞其实也是这方面的专家，他对这里的情况也熟得很。这不是题外话，辛一飞如果想发财，他早发了，他八十年代就开始这方面的研究，随便收藏几件文物，现在至少也是个千万亿万富翁。说实话，以我的感觉，他来龙兴市主管龙飞大道工程，受了那么多委屈，依然坚持不懈，拼命工作，他就一个信念，就是要把龙兴市的未来打造好，就是想把龙兴市掩埋在地下几百年几千年的文化瑰宝，完好无损地呈现出来。如果说他有什么私念，这就是他的私念。如果大家同意我的想法，那就让我参加这次行动，无论对龙飞大道工程还是对辛一飞本人，都是对我最大的安慰和激励，也是我最大的渴望和心愿。"

"好了，这方面的话到此为止，我们要相信市委和省市纪委对辛一飞的调查会有一个公正的结果。"说到这里，沈慧看了看陈浩和李志杰，"刚才史文祥科长讲的情况，你们还有什么意见和建议？"

"没有，同意。"陈浩回复得简短有力。

"我也没有，同意史文祥的分析，我也同意史文祥参加我们下一步的行动。"李志杰也表示了自己的态度。

"好吧，今天我们长话短说。"沈慧看了看大家，开始归纳总结，"那天的行动，大家都在催我下达行动命令，要求马上把那几个立刻全部抓获。这几天我一直在想，一直在检讨自己，那天没有行动是不是我的一次重大失误？不过现在还不是追责的时候，等把这个案子彻底破获后，我们再回头总结。今天的会议我也已经给局长汇报过了，一会儿我还会把大家的意见集中一下，然后给局长和局党委汇报，这次我们的行动究竟应该何时开始。我现在的意见，就是大家回去马上准备，我们晚上七点以后，开始我们的第一个行动，就是组织所有可用的警力，包括我们已经在编的几个小分队，对张扬他们发现的那几个地方进行全方位的排查。主要目标，就是尽快找到那些渣土的来源，找到他们挖掘的地方。一句话，就是挖地三尺，也要尽快把这个挖掘点找出来。我同意史文祥的要求，如果局长也同意，那今晚的行动就再次请史文祥科长参加。还是那句话，希望大家严守秘密。再说一遍，还是老规矩，大家都原地待命，不要回家，不要给任何人打电话。这是我们这次的重大行动纪律，请大家自觉遵守，确保我们的行动万无一失。"

下午四点左右，沈慧突然接到市局治安支队长的紧急电话。

"局长，我已经给局长汇报了，局长让我马上通知你，改变原定的行动计划，立即组织所有警力，准备上街维持秩序。"

"出什么事了？"沈慧一惊。

"市区内有部分群众上街了，要求市委市政府马上放人，他们的口号是：'不要冤枉人民的好干部辛一飞！'"支队长有些急切地说道。

"哦？这么快啊。"沈慧顿时也紧张起来，"估计现在上街的有多少人？"

"马家园那里有七八千人，云翔大酒店附近有三四千人，南城区最少有两千人，从吴浙县过来的有一千多人，总共算下来，目前最少一万五千人。"支队长显得十分紧张，"如果到了五点以后下班时间，加上观望的，估计会超过三万甚至更多。"

"他们上街游行的方向是哪里？"

"市委市政府，很明显。"

"局长什么意思？"

"马上抽调市区所有警力，确保市委市政府不受到任何冲击，确保不与游行群众发生任何冲突。"

沈慧顿时愣在那里。

三十七

刘小江得到辛一飞被纪委带走的消息时，已经下午四点了。

刘小江当时正开着自己的车，以每小时一百迈的速度向龙兴市进发。

他赶往龙兴市，是为了尽快找到老城堡惠源公司的赵祯熙。

此时此刻，赵祯熙需要得到保护和帮助。保护和帮助了赵祯熙，就等于保护和帮助了辛一飞。

刘小江几乎找了整整一晚上，都没见到赵祯熙的踪影。整整一晚上，赵祯熙和他的司机都一直关机。刘小江同时发了无数遍微信和短信，也一直没有任何回应。直到天亮了，刘小江回到办公室时，才在自己的办公室门缝里，看到了两封赵祯熙的信件。

一封是给刘小江的，一封是给辛一飞的。内容大致一样，都是赵祯熙亲手签名。

小江组长：

这可能是我给您的最重要的一封信。

事情很简单，就是那个霍怡帆，她用假名字冯美蓉欺骗了我。

这个霍怡帆我查清楚了她的来历和背景。她是云翔集团公司靳如海的姘头，人面兽心，作恶多端。

苍蝇不叮无缝的蛋，首先是我的错。我犯下的错，我认，我活该。

去年九月二十一日，当时的市委副书记龚基业母亲八十大寿，我送了两张银行卡作为寿礼。一张是我自己的卡，卡里的钱数是人民币一百万。一张是我替当时的县长辛一飞送的，里面的钱数是人民币一万元。我必须交代清楚的是，送礼之前，我专门去见了辛一飞县长。当时他坚持不送礼，是我恳求他送的。后来他拿出两千元现金，要求只能送这么多。我没有按辛县长的要求办，因为觉得像他这样的领导只送两千元，反而会让龚基业心里不高兴。于是我就以辛一飞的名义送了一张一万元人民币的银行卡。我对不起辛县长的是，直到现在，我也没给他说实话。

以上就是这两张银行卡的全部事实，没有一句假话。

我承担这一事实的全部责任。

小江组长，以上就是这一事情的全部经过。

因为有这样的事，他们也提前掌握了这一情况，霍怡帆才假扮简美文创公司董事长，以非常优惠的条件，与我签订了合作协议，然后利用他们掌握的情况，置我于死地，不仅图谋侵吞我的公司，而且还要把我送进监狱。他们最为恶毒的是，要我承认这一百万是替辛一飞送的，说这样就可以减轻我的罪行。

我简直无法相信这样恶毒的话是从人嘴里说出来的，太恶毒了。

请您一定转告辛一飞县长，我已经替他把话讲清楚了。

请他不用担心，我就是死一百回，也不会诬陷一个好人，诬陷一个好领导。

我是一个懦弱没出息的人，一辈子弯腰做人，没想到是这样的下场。您是我的朋友，也是我的知己。我把我的这些事告诉您，就是希望您告诉大家，我不是坏人，也不是混蛋。我是懦夫，但我并不傻。谁是我的恩人，谁是我的朋友，我看得清清楚楚。

最后再说一句话，他们不让我好死，我也绝不让他们好活。死到临头了，我就挺起腰杆做一回人让他们看看！

你忠实的好友：赵祯熙

赵祯熙给辛一飞的信非常简单。

尊敬的辛一飞领导：

我的事情已经给刘小江组长讲清楚了。也给中纪委、省纪委、市纪委讲清楚了。

请您放心，我绝不是忘恩负义的小人。

您是这辈子我遇到的最正派的好领导，我们一家人一生一世都感谢您！

我这辈子能报答您的就只能是这些了。谁要是想在这件事情上陷害您，那就让他们从我的尸体上踏过去！我做鬼也不会放过他们！

向您鞠躬：赵祯熙

两封信刘小江翻来覆去看了几遍，得出的一个感觉越来越强烈，就是赵祯熙要铤而走险，与霍怡帆和靳如海殊死一搏！

赵祯熙究竟想干什么？

如果他真的要殊死一搏，那他又能干得了什么？

以一己之力，如何撼得动云翔集团公司的雄厚实力和资深背景？真正是蚍蜉撼大树谈何容易，岂不是飞蛾扑火？

想到这里，他立刻给辛一飞拨了个电话。

居然是关机。

紧接着他给辛一飞的秘书拨了个电话。

还是关机。

他又给辛一飞的司机拨了个电话。

也同样是关机。

怎么回事？太不寻常了！

难道是三个人同时登上了飞机？

不可能。

会在一起开会？

更不可能。

刘小江明白，这件事情必须马上让辛一飞知晓，事关重大，万分紧急。

如果有人把这件事捅给了纪委，这样重大的事情，如果说不清楚，立刻就可能对辛一飞采取措施。两千元，一万元，一百万元，哪一点讲不清楚，都会让人感到可疑，感到是在撒谎。

刘小江很快做出了决定，马上去一趟龙兴市，第一要尽快见到辛一飞，把这件事情的原委给他讲清楚。第二，他要想办法找到赵祯熙。赵祯熙一定是去了龙兴市，十有八九要找靳如海和霍怡帆，他要劝他赶紧回头，切不可困兽犹斗，酿成大祸。就算是行贿一百万成立，也不值得把自己的性命搭进去。

还有吴莹莹的事情，也应该有个说法了，如果最后证实吴莹莹真的就在云翔大酒店，刘小江也只有最后一搏了，他也正好借此见见这个靳如海，见见这个霍怡帆。

刘小江也同样会劝导他们，你把别人逼在死路上，别人也一定会以死相拼。戒除贪念，立地成佛，苦海无涯，回头是岸。

人生苦短，善恶只在一念之间。为什么为了一己之利，非要与所有的人为敌？

动之以情，晓之以理，难道他们真的是蛇蝎心肠？

一晚上的时间，刘小江的粉丝眼见着又涨了三万。

八十万粉丝的刘小江，冒一次这样的风险，值。

刘小江得到辛一飞的消息时，把车停在路旁，足足愣了有二十分钟。

所有的猜测一下子全部被证实了。

会是双规吗？

应该不是。除非有确凿的证据。

那就是说，肯定有了重大嫌疑，需要核实，需要找到确凿的证据。

都有什么重大嫌疑呢？

刘小江把网上传来的各种消息捋了一遍。

贪污受贿三千万。这个瞎扯，刘小江知道这是假的。

巨额财产来源不明。狗屁，子虚乌有，刘小江不信。

男女关系，作风问题。纯属诽谤。每天休息四五个小时，一身沙土一脚泥，还有兴致搞女人！

经常在高档饭店吃吃喝喝，烂醉如泥。胡说八道，刘小江跟辛一飞在一起吃饭应该是最多的，从未见辛一飞在高档饭店吃吃喝喝，更别提什么烂醉如泥。

违规超标准乘坐交通工具。这倒是有，辛一飞给他说过。去年年关辛一飞到甘肃洽谈项目，回来时高铁普通座全部售罄，好不容易托关系买了一张商务座，这才在腊月三十赶了回来。回来后，因为不符合规定，辛一飞没有去报销。后来财务了解情况后，以普通座的价格予以报销。即使如此，还是有人告状，说按照规定，按辛一飞的级别，就是自己花钱也不能坐商务座。纪委后来也有函询，辛一飞专门做了解释才算了结。这种事，已经过去了，还会旧话重提？这又算什么？

有豪宅多套。扯。刘小江鄙视这种话题。

一次行贿一百万。这算一个？不就是赵祯熙说的这件事？

档案造假，瞒报年龄。这是怎么回事？辛一飞会干这种事？

收受贵重礼品。有人实名举报，收受一家企业上千万的翡翠玉器。上千万？翡翠？辛一飞喜欢研究文物不假，但研究文物和喜欢玉器并不是一回事。辛一飞会收受人家的贵重玉器？有可能吗？不管别人信不信，刘小江绝不相信。

为当选副市长四处拉票，引发广大干部厌恶反感，导致落选，表明广大干部的眼睛是雪亮的，也说明市委用人不当。狗屁！这才真正是指鹿为马，颠倒黑白。

算来算去，大概就是这几个算是需要核实的问题。三千万的汇款，一百万的寿礼，档案造假，收受贵重礼品，副市长选举拉票。

但这几个好像又不是那么容易核实的问题。

三千万的事，有。真需要核实。

一百万的事，有。也需要核实。

档案造假，需要认真查验。肯定还需要时间。一样需要核实。

收受贵重礼品，如果一方说没收，一方说收了，双方都坚持，怎么办？当然也要核实。

选举拉票，这个最难说，如果有人坚持说你拉票了，你又有什么办法证明没有？难道也需要核实？

刘小江以前就给辛一飞说过，人家就是有枣没枣打三杆，等到你应对过来了，什么大事也误了。人家要的就是这个效果，先把水搅浑了再说。

这些事情确实都属于重大问题，纪委接到举报又如何能不核实不调查？

眼下又该怎么办？

此时此刻，刘小江才知道什么叫束手无策，一筹莫展，什么叫无计可施，干瞪眼。

自己的八十万粉丝又有什么用处？

也许有用，他马上在博客上用自己知道的事实来证明辛一飞的清白！

包括辛一飞对吴莹莹事件的支持，还有辛一飞同沈慧局长的通话。

为什么不呢？多么有力的旁证，多么有说服力的事例！

用什么样的标题呢？如何才能更醒目，更让人关注？

也就在此时，他身旁突然一辆接一辆，二十多辆满载乘客的大巴车轰然驶过。

都是吴浙县的车辆！

也就在这时，他接到了几个信息。

龙兴市的群众上街了！

吴浙县的老百姓也正往市里赶来！

几条横幅照片，醒目刺眼：

"陷害党的好干部，人民群众不答应！"

"辛一飞是老百姓的官，请把辛一飞还给老百姓！"

"人民的干部人民爱！"

……

根本就不用绞尽脑汁地去编写去杜撰，真实生活中的语言和故事更生动更鲜活。

刘小江顿时泪流如注。

刘小江开足马力，一路狂奔。

他今天来得正是时候，最值得纪念的时刻他没有错过，也不能错过。

就在此时，手机响了起来。

正开着车，他瞄了一眼，看是个什么电话，该不该接。

赵祯熙！

他吓了一跳，以最快的速度把车再次停在路旁。

"赵董你好。"刘小江尽力让自己的声音显得平静温和。

"刘组长，你在哪里？"赵祯熙的嗓音低沉沙哑。

"我在去龙兴市的路上，你在哪里？"

"很好，来了你哪里也不要去，直接去找靳如海。"赵祯熙的话像一头受伤的豹子。

"……哦？你说好了？"刘小江十分吃惊。

"你只管去就是。去了让他直接与我通话。"

"你在什么地方？"刘小江突然有一种恐怖的感觉。

"你不用管。你就告诉他一句话就行，他肯定会老老实实听你的。"

"什么话？"

"你就给他说，霍怡帆要与他通话。"

"……霍怡帆？"

"对，你就这么说。"

"赵董，你在干什么？霍怡帆在你那里？"

"你就按我说的去做，今天我要同他们做个了断！"赵祯熙的声音杀气腾腾。

"赵董！"

手机里已经是一片忙音！

三十八

沈慧局长接到刘小江的电话时，正在布置城区中心街区的治安任务。

是个紧急会议，时间是下午四点半左右。

当时已经上街游行的群众估计在一万五千，吴浙县的一千多名声援者也即将赶到。

市区能够抽调出来维持治安的公安人员，包括辅警在内大约有四百名。

总体来看，局势是可控的。上街群众的情绪相对稳定，并没有出现什么过激的口号和行为。

让人担心的是马家园一些群众的反应相对比较激烈，有一些人不停地在大喊，说政府里面有奸臣，这些奸臣除了欺负老百姓，还把为老百姓干事的人抓走，老百姓坚决不答应！

他们的口号是：

"保忠臣，杀奸臣！"

"为民除害，把陷害忠臣的坏人揪出来！"

……

这些口号十分危险，具有很大的鼓动性。

沈慧觉得马家园出来的这批群众，应该重点关注和防范。

也就在这个时候，刘小江打来了第二遍电话。

没办法接，沈慧正在布置任务。

刘小江第三遍打来时，沈慧看了看，摁了一个短信回复：

抱歉，现在不方便接电话。

确实无法接电话，估计还是那个女孩子的事情，一会儿再给他回电话。

任务还没有布置完毕，有人突然给沈慧报告说，从云翔大酒店方面出来的两千多上街群众，没有走向市委市政府门口，而是往另外一个方向走过去了。

"什么方向？"沈慧有些疑惑地问。

"市区中心，一个老街区，目前还不清楚他们究竟要走向哪里。"

"有标语口号吗？"沈慧警觉起来

"有。还打着横幅，有的举着红旗，大部分都是年轻人。"

"年轻人？"沈慧又吃了一惊。年轻人这会儿还不到下班时间，怎么会有这么多在这个时间蜂拥上街？"密切关注，看他们到底要往哪个方向走，会不会返回市委市政府方向？"

紧接着治安支队的一个警员又报告了一个情况："沈局，贾兴昆住宅有异常情况。"

"什么情况？"沈慧再次警惕起来。因为她刚刚看了一下位置，这两千人的上街队伍，正好去的就是那个方向。

"电子监控系统好像有些不正常。"

"看不到了吗？"

"好像一直是以前的那些影像。"

"你确定？"

"差不多。"

"继续监视，我马上了解一下情况。"沈慧突然感觉这个异常情况很不一般。

沈慧马上给交通局主管副局长去了个电话，居然关机。

沈慧的头一下子大了起来。

她紧接着又打了一个电话，让治安支队迅速查明崔晓剑几个人目前的行踪。三分钟后，沈慧接到了治安支队警员的电话回复："沈局长，情况紧急。导航系统显示，崔晓剑、姜宸几个人的手机此时确实在贾兴昆的住宅内集结在一起。"

这是怎么回事？

沈慧急速地思考着，判断着。

此时，再次传来一个惊人的消息，游行队伍果然接近了南翔胡同43号贾兴昆的住宅小区！

沈慧顿时蒙在那里。

来得真是时候！

多大一个鬼！

他们的行动会有这么大吗？

居然用两千人的队伍在配合他们的这次行动？

有可能吗？

如果不是，怎么会有这么多的反常？

如果真的是呢？

那就是说，此时此刻，他们确实要在贾兴昆的小楼下面采取行动，否则他们不会这样不惜血本，不计代价。

现在需要决断，怎么办？

必须立刻行动！绝不能有任何迟缓，否则将会有不可推卸的重大责任和难以挽回的重大损失！

抽调警力马上采取措施？

来得及吗？

市区大街上反馈回来的信息显示，现在围堵在市委市政府门口的群众有近两万人，而且继续在快速增多。

前来增援的武警部队还在路上，由于有重要的森林消防任务，能来的武警人员只有一百多名。

如此巨大的险情，如此紧张的局面，又如何抽调警力？

十几年的公安生涯，这样的情况还是第一次碰到。

和平年代，光天化日之下，居然无将可用，无兵可调。

能给局长说明情况吗？

局长又有什么办法？

这个时候报告局长，不是推卸责任吗？

报告再次显示，两千人的游行队伍，已经接近了贾兴昆的住宅。距离不到一站地，一刻钟左右就会到达那个小区。

沈慧飞快地思考了一下，如果现在过去，她能够调动几个警力。

她身旁的两个办公人员可以算一个，不能两个全部被她调走，否则这里的信息暂时就会无人传达。

陈浩处长和李志杰都在一线，此刻正在大街上维持秩序，须臾不可离开。

司机也算一个，连她自己一共三个。

还有什么人呢？

史文祥！此刻太需要他了。他了解那里的情况，从刚才他的介绍看，他对那里的地下文物布局和地下建筑遗址有着十分透彻的研究和了解。

他今天也说了，他要同公安一起行动，招之即来，随时待命。

她打了个电话，没想到史文祥就在贾兴昆住宅附近，他正在那里勘察探测。

太好了，这个人果然令人刮目相看。

还有他们科室的两个人和他在一起，一共三个。

六个人，应该可以了，至少可以防止他们的进入或者逃跑。

她还可以随时抽调警力，因为在这两千多上街群众的四周，肯定也有不少的警力在维护秩序。这不是冒险，她完全可以相机而动。

没有时间了，马上行动。

沈慧不到十分钟就赶到了贾兴昆的住宅小区。

半路上她给陈浩和李志杰分别打了电话，局势平稳，没有过激的事态和行为发生。

沈慧没有给两个人说明她现在所面临的情况，也没说她准备去干什么。只是说，她准备到一些地方转转，如果有行动，会随时通知他们，要求他们提前做好准备。

两个人回答得非常痛快，但似乎都没有意识到发生了什么情况。

史文祥已经等在了那里。

游行人群就在附近，就在几百米开外。人声鼎沸，口号声此起彼伏。

贾兴昆的住宅里静悄悄的，听不到也看不到有任何动静。

进去还是不进去？必须马上决断。

上次是翻墙进去的，十分顺利。

这次如何进去，翻墙还是撬锁开门？也必须马上决断。

翻墙已经来不及了，又是大白天，四周人太多，太扎眼。

只有从大门撬锁而入。

身上有备用的万能钥匙，就像特等士兵一样，这是超级警探的必修课和必杀技。

没用一分钟，大门就打开了。

外面留了两个人放哨，其余四个立刻走进了小院里。

在游行队伍围过来时，小院大门又重新再次关闭。

小院里一下子显得很静。

一座小楼，一个小院，没有任何被破坏和挖掘的痕迹。

小楼的门虚掩着，轻轻一推就开了。

小楼里更加寂静。尽管是下午五点多，整座小楼几乎还被夕阳笼罩着，但屋子里已经明显暗了下来。

一楼二楼都很正常，干干净净，整整齐齐。一切都井井有条，没有被搜索过的散乱和混杂。

储藏间地下室的入口，也一样没有听到什么响动。

沈慧突然紧张了一下，在储藏间门口，看到了一些清扫过的痕迹。

沈慧立刻警觉起来，示意史文祥立刻停止进入。

这个痕迹太明显也太新鲜了，不像是几天前甚至是十几天前的陈迹，完全是刚刚清扫过的迹象。

沈慧几个人敛声屏气，都默默地蹲了下来。

仍然听不到任何动静。

隐隐约约地，院外人群鼎沸的嘈杂声，十分清晰地传了进来。

沈慧下意识地摸了一把背后的手枪盒子，想了想，并没有掏出枪来。

沈慧的枪配备的子弹很足，特殊情况，今天只有她一个人可以配枪。以防不测，她多备了十发子弹。

三分钟，五分钟，十分钟过去了，依然没有听到任何响动。

天明显地黑了下来，院外的嘈杂声也似乎弱了很多。

楼外的阳光好像突然一下子消失了。

小楼内越来越暗，完全黑了下来。

沈慧急切地思考着下一步应该怎么办。

院外的嘈杂声和呼喊声突然又高亢了起来。

沈慧示意一个人出去看一下怎么回事。

三分钟后就回来了。游行的队伍又回来了，可能要原路返回。

事不宜迟，行动吧。

所有的秘密都应该在这个地下室里。

沈慧和史文祥轻轻商量了一下，先拉开灯，然后进入。

开关就在地下室门口。

史文祥轻轻摁了一下开关，屋子里一片强烈刺眼的光芒。

静静地等了一分钟，还没等眼睛适应过来，身旁两个年轻的公安率先走入了地下室。

史文祥紧接着也跟了下去。

沈慧再次把手摸在枪盒上。

也就在这个时候，沈慧突然有些绝望地意识到自己忽略了一个致命的错误。

但一切为时已晚。

一声低沉的爆炸声浪从地下室轰然而出，整座屋子瞬间垮塌了下去……

三十九

霍怡帆好像一下子就醒过来了。

想了好半天，也想不起自己是在哪里。

使劲想睁开眼睛，但怎么努力也睁不开。

她想喊，想说话，却发现怎么也张不开嘴。

渐渐地，她终于感觉出来了，她的眼睛和嘴巴都被什么紧紧地扎住了。还有她的双手和双脚，也被牢牢捆死。

四周一片死寂，听不到任何声音。

呼吸困难，头疼欲裂，干呕恶心，浑身阵阵抽搐。

这是在哪里？又怎么会到了这里？她怎么也想不起来。

一阵强烈的眩晕袭来，她感到又要再次昏厥过去。

……

一阵疼痛再次让霍怡帆清醒了过来。

这是在什么地方？

她使劲地思索着，回忆着。

……

中午吃饭前，霍怡帆突然接到了惠源公司赵祯熙的电话。

电话里的声音非常绝望和悲切。

"冯董，我想单独见见你。有些话，我得给您讲清楚。"

"赵董啊，鲁志强没给你说吗？"霍怡帆一边说，一边考虑着现在到底应该不应该同这个赵祯熙见面。关键是赵祯熙愿意不愿意干那件事，如果赵祯熙能一口咬定那一百万就是替辛一飞送的，那辛一飞将插翅难逃。

"说了，我就是为了这事想与您见面。"

"你想好了？"霍怡帆注意到赵祯熙一直用"您"来称呼她，这应该是个好兆头。

"想好了。"

"你做出决定了？"

"对。"

"那你的意思？"

"只能见面说，我也有个条件，因为我知道不管我承认不承认，交代不交代，我的情况都很不好，需要您保护我。"霍怡帆感觉赵祯熙几乎要哭出声来。

"个人条件，还是你公司的条件？"

"反正我那公司也保不住了，交给您就算了，现在就是个人的一些条件。"赵祯熙明显地抽泣起来，"冯董，我也有孩子有老婆，还有七十岁的爹妈。我不想他们吃苦，我真的不想坐牢，你得救救我。你要不管我，我就去跳楼。"

霍怡帆突然间觉得赵祯熙也确实够可怜的，不禁心头一软，"好吧，那你过来吧。"

"冯董，地方我都安排好了，中午我们一起吃个饭，算我最后一次请您。"

"你现在哪里？"霍怡帆也确实不想让赵祯熙过来，因为此时她和靳如海都在云翔大酒店。

一旁的靳如海也同意霍怡帆和赵祯熙见面，关键时刻，赵祯熙的证词太重要了。

赵祯熙说是一个很僻静的小饭店，很干净，也十分安全。

霍怡帆知道那个地方，是个不错的会所，那里的老板她也很熟。

霍怡帆觉得没什么可担心的，赵祯熙已经是自己的囊中之物，他

446

已经没有更多的选择。

霍怡帆只带了一个司机，足够了。司机是靳如海专门给霍怡帆物色的，搏击高手，公安院校毕业，十八般武艺，样样精通。

司机直接把霍怡帆送到了包间，包间精巧舒适，没有任何外人。

霍怡帆此时见到的赵祯熙已经同两天前的赵祯熙完全不同，一脸的恭顺和谦卑。

赵祯熙忙上忙下，亲自给霍怡帆拉开椅子，端茶倒水，然后催促上菜，并细心地用公筷给霍怡帆搛菜。

满座都是霍怡帆爱吃的佳肴。

上好的拉菲法国干红，口感一流。

霍怡帆食欲大开，很清爽地喝了一杯。

十分钟后，霍怡帆突然有种异样的感觉。

她看了一眼一脸讪笑的赵祯熙，好像意识到了什么。紧接着一头栽在饭桌上，便什么也不知道了。

蒙眬中，霍怡帆仿佛又回到了十五年前。

十八岁的霍怡帆，在人生中第一次遇到了她根本无力抗衡的无妄之灾。

下岗后靠打工养家的父亲突发癌症，立刻断了一家人的经济来源。为了给父亲治病，万般无奈的母亲借了高利贷。两年后，这笔高利贷利滚利，由十八万变成了五十万。

五十万对十五年前的一个平常人家纯然就是一个天文数字。那时候霍怡帆正上大二，十二岁的弟弟正准备小升初。两个人，都处在最需要花钱的当口。父亲的病几乎就是个无底洞，而且人也基本就算废了，无法再靠体力挣钱。尽管亲朋好友一大群，但看到家里的情况，别说一万两万了，就是想借到几千块也是难上加难。要偿还这五十万，一家人面临的只有一条路，那就是霍怡帆退学，而且必须找到一份合适的工作。

还有第二条路，那就是万人瞩目的校花霍怡帆，找个有钱的人家马上结婚。

债主看中的恰恰就是第二条路。

债主知道负债者有个惊为天人的女儿霍怡帆。

霍怡帆得知这个消息时，正好是八月十五中秋节放长假，被母亲一个紧急电话从学校叫了回来。

回到家里的霍怡帆不仅得知了家里负债五十万的消息，而且也第一次得知了什么叫高利贷，什么叫黑社会。

霍怡帆当时并没有意识到事情的严重性，而且还天真地认为，这样的高利贷完全是违法的。十几年学校课本上的知识，让她义正词严，愤然不平。

债主看见这个如花似玉的女子对他怒声呵斥，甚至要与他对簿公堂，不禁哂然冷笑。

债主是当地一霸，谁也不知道他有多硬的后台，多年横行跋扈，黑白通吃。

从小到大一帆风顺、备受宠爱的霍怡帆，根本不知道人间的恶有多么狰狞凶险。

债主只用了一招，就让霍怡帆至今想起来依然魂飞魄散、毛骨悚然。

债主的几个打手摁住了霍怡帆姐弟俩，当着父母的面，生生地用一把火钳，把弟弟的上下两排门牙一个一个拔了下来。

然后对着几乎昏死过去的霍怡帆撂下一句话：一个月内还不了钱，你也是这个下场！

债主扬长而去，留下呼天抢地的一家人血泪盈襟，肝肠寸断。

亲朋好友、姑姑姨姨、叔父伯父几十个，个个胆战心惊，噤若寒蝉。都是普通良善人家，又有哪个敢出头露面，飞蛾扑火？

悲愤交加的霍怡帆整整奔波了二十天，把所有的部门和关系都找遍了，最终的结果是罚款四千元，算是了结了此事。

凶手几乎每天仍然大摇大摆地闯进霍怡帆的家里，告诉她还债的期限。

万念俱灰的霍怡帆回到了学校，把家里的情况反映给了老师和学校领导，依旧让她看不到任何解决的希望。

好多次，霍怡帆都想到了自杀，一死了之。

就在这个时候，霍怡帆遇到了在学校招聘翻译的靳如海。

靳如海一眼就相中了霍怡帆。

霍怡帆止不住地把一肚子的血泪都倒给了靳如海。

那时候还不到五十岁的靳如海，直听得咬牙切齿，怒火冲天。

靳如海回去后不到十天就替霍怡帆报了一家人的深仇大恨。

债主登门道歉，给霍怡帆的父母一人磕了三个响头。免了三十万的高利贷，还付了弟弟十万元的住院和种植牙费用。

这一切来得如此突然，让霍怡帆多次失声号啕。

最终霍怡帆倒在靳如海的怀里时，天覆地载般的再造之恩，仍然让她情不自禁，泪流满面。

十多年来，霍怡帆一直被这样的情感包裹着，簇拥着。

靳如海的恩德她愿意用一辈子的当牛做马来偿还。

靳如海让她做什么都会在所不辞，死而无怨。

有靳如海的呵护和宠爱，她觉得这辈子值。

为了靳如海的利益，她什么也不在乎，即使是死。

四十

刘小江在视频中看到霍怡帆时，已经是晚上七点了。

当时大街上围聚的群众越来越多，网上消息乱飞，参加游行的人数越说越多。有的说有三万多，有的说五万，到后来，还有说至少也有七八万。

各种各样的视频充斥在手机上大大小小的微信群里。

在这期间，刘小江又给沈慧局长拨了几个电话，但一个也没能打通。

看到这些视频，刘小江突然明白沈慧为什么不接电话了，这样的局面，公安部门的压力太大了。

好在没有任何负面的消息，比如谩骂，比如暴力，比如冲突。

打不通电话，找不到更合适的人联系，也不能贸然行动。

赵祯熙一定是把霍怡帆绑架了，否则他不会让刘小江去冒险。

他也无法知道赵祯熙的去处，一定是一个隐蔽的地方。赵祯熙不会让他知道，也不会让任何人知道。即使知道了，也绝不可轻率行事，否则人质非常危险，赵祯熙也会犯下无可挽回的重罪。

眼下，刘小江必须也只能按照赵祯熙的指使去办。

路上太拥堵了，从高速出口进入市区，再进入云翔大酒店，十几公里的路，整整用了一个多小时。

这中间刘小江不失时机地转发和拍了一些照片，尤其是那些具有震撼力并能引发共鸣的横幅标语，都及时地放在了自己的微博上。

一时间跟帖汹涌，众多粉丝群情激愤。

走进云翔大酒店，没想到果真十分容易和顺利地就见到了靳如海。

靳如海满脸谦恭，诚惶诚恐地在门口迎候着他。

刘小江的第一感觉就是靳如海竟是这样慈眉善目，和蔼可亲，大公司老总的气派和威严一点儿也看不出来。

不过，刘小江很快就发现了靳如海为什么会对他如此和颜悦色，低声下气。

只有一个原因，霍怡帆在靳如海的心中分量太重了，靳如海太牵挂这个霍怡帆了。

赵祯熙的预判是对的，在这个世界上，能够拿住靳如海的，也许只有这个霍怡帆。

没什么多余的话，刘小江简单说明情况，即开始同赵祯熙联系。

刘小江给赵祯熙同时发了微信和短信，三分钟后，直接拨了赵祯熙的手机。

第一次赵祯熙没有接，第二次赵祯熙还是不接。

第三次，赵祯熙回了一个微信语音：

"靳如海在跟前吗？"

"在，赵董。"刘小江也用微信语音回复。

"有公安吗？"

"没有。"刘小江明白赵祯熙的意思。

"你告诉靳如海，如果他报警，我立刻就捅死霍怡帆！"

"我告诉他了。"刘小江一边回复，一边给靳如海再次放了一遍语音，"他绝不会报警，一切按你说的办。"

"让他身边所有的人都离开！"赵祯熙继续命令道，"除了你和他，我再见到任何一个人，我立刻就捅死她！"

靳如海立刻让所有的人都离开了现场。

"已照办。"刘小江如实回复，"现在就我们两个人。"

"让靳如海把笔和纸准备好！"赵祯熙再次用语音指使，不容置辩。

"明白，赵董。"

"你先让靳如海老实交代，吴浙县那个叫吴莹莹的女孩子在不在云翔大酒店？"

刘小江愣了一愣，没想到赵祯熙先把这件事捅了出来。

"靳如海要是不交代，今天就别想见到霍怡帆。"听得出来，赵祯熙的声音没有商量的余地。

靳如海也愣在了那里，明显有些不知就里，茫然无措。

刘小江说了情况，他还是有些发蒙。也许靳如海真的不知道这些情况，"这个我得让他们调查，我什么也不知道。"

"霍怡帆知道，就在云翔大酒店的3号楼十一层。"

"赵董，你得让我相信霍怡帆就在你那里。"靳如海说出一个条件，但语气很软。

一分钟后，一个女性的声音回复过来："如海，我什么也不会告诉他，你千万别信他的……"

只听"嘭"的一声，好像是闷头一棍，话音戛然而止。

确实是霍怡帆的声音。

靳如海脸色煞白，猛然跌坐在身旁的椅子上，几乎无法站立起来。

"告诉靳如海，在我们视频之前，这件事如果他办不了，就别想再见到霍怡帆！"

刘小江看了一眼靳如海，发现眼前的靳如海一下子苍老了十岁。

"好吧，我马上打电话查问这件事。"靳如海战战兢兢，一下子就屈服了。

三分钟后，靳如海证实了这件事，确实就在3号楼十一层。

"告诉靳如海，把所有的女孩子都放了！"赵祯熙继续命令道。

靳如海再次打电话："你们把那里的女孩子都放了，马上。一分钟也不要耽误。"

"小江，让他们立刻把吴莹莹的照片发给你，你在你的微博上马上发消息，就说这些女孩子已经找到了，放出来了。"

刘小江心头一震，这个赵祯熙平时真小看了他，没想到把问题想得这样严谨缜密。

五分钟后，所有的事情全部办妥。

刘小江此时也突然意识到，赵祯熙这样做，也是以他的智慧和算计，在确保刘小江的人身安全。

这个赵祯熙真是智谋超群，心狠手辣，胆大如斗，心细如丝。

"小江，现在让靳如海把手机关掉，然后把他的手机交给你。"赵祯熙看来事先确实想好了所有步骤和安排。

"明白。"刘小江此时也只能唯命是从。

靳如海立刻关掉了手机，并交给了刘小江。

一分钟后，赵祯熙同刘小江开始了视频通话。

于是，刘小江在视频中终于见到了这个一直想见到的霍怡帆。

背影朦朦胧胧，似乎是在一个独栋楼房里。

霍怡帆整个人像是个粽子一样被牢牢地捆着。嘴和眼睛都被黑色胶带层层缠死，此时正被迫站在一把椅子上，脖子被一根粗粝的绳索死死套住并拽得很紧。

此时此刻的霍怡帆就像站在绞架上，绞索的另一头则悬挂在楼梯的高处。

赵祯熙手握一把利刃，凶相毕露地站在一旁。

霍怡帆不住地挣扎着，犹如窒息了一般。

这个情景一下子就把刘小江惊呆了。

赵祯熙完全失去理智，已经彻底疯狂了。

靳如海几乎被吓傻了，张口结舌，完全僵在那里，什么话也说不出来。

"小江，你把手机交给靳如海，我直接跟他说话。"赵祯熙口气凶狠，面色可怖。

刘小江迟疑了一下，对赵祯熙说："赵董，手机我拿着是不是更方便一些？"

"给他，有些话我必须与他当面对质。"赵祯熙似乎把所有的细节都想好了，不容更改。

"好吧。"刘小江不再争辩，直接把手机交给了靳如海。

靳如海的手在剧烈地颤抖着，用两只手几乎也握不稳刘小江的手机。

刘小江赶忙扶了一把靳如海的手，好半天才算拿稳了手机。

靳如海注视着手机里满脸杀气的赵祯熙，一时语塞，竟不知如何开口。

"靳如海！"赵祯熙突然厉声呵斥了一声，"知道这是谁吗？"

"……知道，赵董。"靳如海忙不迭地点头。

"她叫冯美蓉吗？"

"不是，赵董，不是……"靳如海顿时结巴起来。

"她叫什么？"赵祯熙满脸凶杀之气。

"……她……她叫，赵董，你先把她放下来好吧。"靳如海突然乞求道。

"她叫什么！"靳如海咆哮起来。

"……霍怡帆。赵董，求你了，先把她放下来，我们什么都好说。"靳如海再次哀求。

"靳如海，别做梦了！先给我老实交代问题！"赵祯熙一边说，一边突然用刀背在霍怡帆的膝盖处猛磕了下去。

霍怡帆剧烈地挣扎起来，喉咙发出的声音撕心裂肺。

"说！你为什么让这个女人来陷害我？"

"赵董，没有……我们，就是想合作。"靳如海惊恐万状，语无伦次。

"不想说实话？靳如海，我再警告你一次，说不说？"赵祯熙脸色阴沉得可怕。

"赵董，我说的是心里话，真心要与你合作……"靳如海突然说不下去了，他看到赵祯熙在身旁拿起一把裁剪花木的滑轮大剪刀，对准了霍怡帆已经被捆成青紫的一根手指头。

"靳如海，最后问你一遍，什么目的？"赵祯熙完全陷入疯狂。

"赵董，我们有话好好说……"话没说完，靳如海一下子跪倒在地上。

只听咔嚓一声，霍怡帆的一根手指生生地被剪了下来。

靳如海止不住地呜咽起来，浑身打战，手机也跌落在地上。

刘小江在一旁也看得魂飞魄散，不禁一把拿起手机，可嗓子地骂了起来："赵祯熙，你在干什么！不想活了？"

"说得对，我就是不想活了！小江这与你没关系，把手机给他，我跟他还没完！"赵祯熙一脸狰狞，活似一个魔鬼。

这时靳如海一把抢过手机，对着视屏如丧考妣地嘶喊起来，"赵董，我给你说实话，让霍怡帆找你都是我的主意，跟她没有关系。我的目的就是一个，就是要通过你把辛一飞拉下马来，这就是我的目的，我全都承认，我给你彻底交代，给你道歉。我做的是违法的，都是犯罪行为，对不住你。赵董，请你原谅，请你饶了我，饶了霍怡帆吧，鬼迷心窍了，我该死，真的该死……"

靳如海一边恸哭，一边给赵祯熙大声求饶。

"三千万的汇款，是霍怡帆干的，还是你干的？"赵祯熙话锋一转，再次厉声问道，"说，你们什么目的？"

"……三千万，赵董，你听我说……"靳如海刚想解释，一下子又呆住了，再次显得惊恐万分，满脸恐惧。

此时的赵祯熙一边把园林大剪刀再次对准了霍怡帆满是血污的手指头，一边像豹子一样号叫了一声："你还要让她再掉一根手指头？"

靳如海再次跪倒了下来，磕头如捣蒜，失声痛哭："赵董，我交代，我交代。都是我犯下的罪，你千万饶了她，这件事她什么也不知道，前前后后都是我一手策划。目的也是要干掉辛一飞……"

"那几个假冒纪委的也是你指使的？"

"是，是我指使的。就是想让你先承认了，然后再向中纪委省纪委举报。"

"给中纪委省纪委的举报信都是你写的？"

"都是，都是我指使人写的，与霍怡帆没有任何关系。"靳如海抽泣不止，泪流满面。

"我两张银行卡的事，是谁告诉你的？"赵祯熙不依不饶，一步一步，算计得清清楚楚。

"……是纪委网站上公布出来的。"

"放屁！公布出来了，为什么没人查我？靳如海，你是想让她马上吊死在这里，还是想让她再被剪掉所有的手指头？"

"好吧……我说，我说。"靳如海一下子瘫软在地上。

"小江，把笔和纸拿过来，他说你写，然后让他签名。"

刘小江已经意识到，眼下说什么都苍白无力，毫无作用。

他走过去把纸铺在桌子上，拿起笔来。

也就在此时，他再次被惊呆了，只见霍怡帆猛地一个鱼跃，从椅子上重重地跳了下来。

霍怡帆就像一只颤动的麻袋，直直地吊悬在空中。

四十一

已经晚上七点多了，龙兴市的大街上依旧人潮涌动，而且没有任何减少的迹象。

此时此刻，崔晓剑对龙兴市区的一举一动兴奋异常。

崔晓剑打心底里感激靳如海的援救，当然，钱也没白花。

靳如海居然鼓动了两千多人两次围堵了贾兴昆的住宅。

紧接着，崔晓剑得到了那个他久盼的信息：

急需两件上好玉器，请尽快送来！

这是云翔集团的老总靳如海给他发来的重大危险通报信息。这是事前商量好的信息，意思是：危险！市公安局的人即将对你们采取行动，请你们尽快离开那个地方！

此时此刻，崔晓剑他们全都原地未动，根本没有采取任何举措和步骤，只是在默默地等待着下一步的行动。

如此奏效，让崔晓剑喜出望外，兴奋不已。

这一神奇的谋略，居然把靳如海骗了，把公安局骗了，把给靳如海提供消息的内线们也全部给骗了！

他们果然都认为崔晓剑在这一切的有意掩饰和超常布置下，在贾兴昆的小楼里采取了第二次盗掘行动。

崔晓剑把他和姜宸几个人原来的手机，都充满电，全部打开，然后和地下室的爆炸物放在了一起。手机的导航系统，会清晰显示给所有的监视设备，十分明确地告诉对方，此时此刻，他们确实就在贾兴昆的小楼地下室内。

这样的策划谋略，实在太完美了，声东击西，调虎离山，堪称中国古老谋术最成功的当代体现。

所有的一切似乎都在掌控和成功之中。

崔晓剑很快就得知了小楼垮塌的消息。

紧接着又得到了四个公安全部被楼房垮塌所掩埋的消息。

再紧接着，又得到了一个极其重要的消息。

被掩埋在楼下的还有一个公安局副局长！

是一个女副局长，名字叫沈慧！

尤其让崔晓剑大感意外、极为吃惊的是，市公安局得到贾兴昆小楼垮塌，副局长沈慧和几个公安被掩埋的消息时，居然已经是一个小时之后了。

据可靠消息，市局目前仍有二十多个人在事故现场挖掘搜救，公安局的所有注意力都集中在那个地方。

一个副局长被覆压在下面，是多大的一个新闻！

炸药的爆破力控制得恰到好处，不多不少，正好把二楼底层轰塌，整个楼房并没有倾倒。这反而为搜救挖掘工作带来了更多的障碍和困难。

这一切，都要感谢崔晓剑的父亲崔铭化。

愈接近成功，崔晓剑对父亲的敬佩之情愈发强烈。

这些天，老爷子洞察一切，崔晓剑所有的举动都没能逃出他的法眼。

"这天大的事情，你还要瞒我多久！"老爷子一声断喝，崔晓剑只能把所有的情况如实禀报。

老爷子听了略作思考，就断定这么干下去，必然是死路一条。

"公安把你们的一举一动都看死了，套牢了，你们还蠢蠢欲动，妄图拼死一搏。是糊涂，还是脑子让狗吃了？"

老爷子第一眼就坚定指出，那个地方绝对不能再作为下步行动的聚合点。不仅不能，而且必须把它彻底封死。

老爷子第二个过人的智慧，就是看出了地下埋藏的那个超大文物建筑的巨型石门，离他们秘密挖掘的通道，已经近在咫尺。老爷子经过实地探测，有三五十米。

抢挖两天即可完全打通。而且根本无须再往外运土，挖出的渣土，正好可以用来把原来的通道口彻底堵死。

一切都必须置于严格的保密之中，确保不会有任何人察觉，包括公安。

这里的保密，必须要让对方加大力度继续关注那个地方。就是要把贾兴昆那个二层小楼做成一个让他们高度关注的诱饵，以保证这里的行动成功。

立刻换掉所有的手机。

但这些手机一个也不能停，继续使用，继续上网。

崔晓剑、姜宸几个，都必须像往常一样照常上街，吃饭，去武馆。

其他所有的行动都由老爷子一人指挥，调动。

两天时间，果然打通了地道。

昨天晚上，悄悄把小二楼地下室的炸药安放妥当。

也就在设置炸药的同时，姜宸他们发现了有人悄悄进来的痕迹。

太惊险了，证明公安一方也在秘密行动。

公安也一定发现了这个巨型地下文物遗址！

为什么他们没有采取行动？

也许，他们还在寻找更多的线索。

也许，他们还没有发现另一面的挖掘地点。

老爷子的推算太准，太神了！

时间静静推移，所有的猜测和计划如期开始实施。

也许纯粹是巧合，或者根本就是天意。

今天一大早，就得到了辛一飞被纪委带走的消息。

中午时分，崔晓剑用一个暗语，让靳如海的账号上的资金增加了一千万。

同时告知了靳如海，他需要在下午四点至七点期间，让贾兴昆住宅四周的监视器停止运作。然后在五点至六点之间，派出两千人的队伍在贾兴昆的住宅区来回绕行两圈即可。

这就是老爷子布下的八卦疑阵。

然后集中用了一整天的时间，把所有该撤的东西全部撤出，所有该销毁的东西全部销毁。

家小早已远走他乡，所有的金银细软也都搬运一空。

所有的行动起始点都定格在今天晚上的七点整。

七点，正是一个城市防备最为松懈的时刻。

而今天晚上的七点，为辛一飞奔走呼喊的人群仍处于兴奋的巅峰之中。

从七点开始，崔晓剑和崔铭化父子，只需要一到两个小时足够。

这一两个小时，很可能给他们这些年的付出以数十倍甚至数百倍的回报。

崔晓剑晚上的行动，一共带了七个人，除了姜宸和上次的四个兄弟，还多了一个爆破专家，还有一个就是自己的父亲崔铭化。

崔铭化的身体很好，生活规律，戒烟限酒，清心寡欲，每天除了打打拳，逗逗孙子，从无其他嗜好，体质健壮得像小伙子一样。

晚上的行动事关重大，多年梦寐以求的稀世珍宝，是真是假，即将重现人间还是南柯一梦，就在今晚立见分晓，焉能不激动万分。

听了儿子那天晚上的所见所闻，崔铭化止不住老泪纵横，看来多年的心血和辛劳并没有白费，毕生的心愿即将实现，不禁心潮澎湃，彻夜无眠。思前想后，也终于痛下决心，决定拼力一搏。一来护犊心切，万一有什么困境和险情，自己还可献计献策，独当一面，不至于一网打尽，片甲不留。二来儿子崔晓剑雄心勃勃，野心太大，早有叛逆之心，此时此刻已大权在握，自己也无力回天。眼下已是押上了全家性命和一族安危，如此危难之际，岂有逃避，以至放任不管，拿全家的安危让儿子领受教训和追悔之理？三来，这个地下建筑的即将发现，实在诱惑太大，朝闻道，夕死可矣。旷世之珍即将现世，亲眼目睹乃人生大幸，如草草放弃，岂不是遗憾终生？还有，自己的计划无懈可击，万无一失。百分之九十九的希望，为何不做百分之百的努力？

通天寺！只要能看上一眼，即已了却宏愿，此生无悔！

知子莫若父，知父莫过子。老爷子的心思，崔晓剑也心知肚明，一清二楚。

老将出马，一个顶俩。而父亲这次的筹划，真正是出神入化，稳操胜算。如果这样的算计，还会遭受挫败，那就只能是天意了。

但崔晓剑坚信不疑的是，天意一定会眷顾永不放弃、永不松懈的努力。

一切都比预想的还要顺利。

崔晓剑很快打开了已经清理过的通道，没有任何阻碍地接近了那道巨型石门。

也没有发现任何异常情况，一切都还是昨天设置过的样子。

通道很静，没有任何问题。

前几天装上的无声炸药装置，仍然在。

几个人一起来到了石门前面。

崔晓剑抚摸了一把石门上厚厚的积尘，突然无比兴奋。大战在即，激动之情，不能自已。

他与姜宸相视以对，崔晓剑默默地挥了挥手。

一切就绪，开始行动。

突然一声枪响，撼动了整个通道。

强烈的震动，让四周的尘土纷纷坠下。

"不许动！举起手来！把你们的手贴在墙上！"

崔晓剑一个踉跄，差点没跌坐在地上。

所有的人都呆住了，有两个人几乎被吓得晕了过去。

通道里顿时窒息一般地死寂。

"举起手来！按我说的做！否则就开枪了！"

一个女人的声音！

崔晓剑终于开始了思考。

没错，是一个女人的声音。

有枪。刚才那声枪响货真价实，威力强大。

距离他们二十米左右，就在通道的尽头。

除了她，还有其他人吗？

为什么只是她一个人的声音？

她是从哪里出来的？

也是一起进来的吗？

绝无可能！

那么她是从哪里进来的？

只有一个可能：贾兴昆的地下室是唯一的通道。

如果是从那里出来的，那这个女的就只能是那个被掩埋的副局长沈慧！

沈慧居然活着！

这个副局长没有被压死在楼房之下！

沈慧的声音再次传了过来：

"举起手来，否则开枪了！"

崔晓剑给其他几个人示意，然后都慢慢把手举了起来。

这个副局长虽然是个女的，但一定不是平庸之辈，如不听话，她的枪法绝对精准。

崔晓剑紧张地思考着，他明白，留给他的时间已经不多，束手就擒还是拼死相搏，必须迅速做出决断。

一直是她一个人的声音，那就是说，她目前就只有一个人。

那几个人如果有一个活的，也一定会与她一起高喊，以壮声势，让他们缴械投降。

始终是她一个人的声音。

而且，声音很弱。

那就是说，她很可能受了伤，而且有可能是重伤！

否则她的声音不会这么微弱。

而且，她好像不是在地下躺着，而是在靠墙站着。

这是一个危险的动作。

也许她没办法。

躺不下去，躺下去就可能站不起来，她的伤确实很重。

这应该是一个机会。

怎么办？

突然一个念头袭来，她请求支援了吗？

如果请求了支援，报告了她的位置和情况，她还需要这样鸣枪警告吗？

她只需要等待即可。

援兵就在楼上，只要接到通知，不需要多久援兵就可以从地下室打开缺口冲下来。

她是一个副局长，她知道应该怎么做。

如果明知援兵将至，还这样鲁莽行事，只身冒险，那就太不明智了。

以一个副局长的智慧，她绝不会这样。

那就是说，她的手机不在身旁，或者没电了，或者随着楼房垮塌，她的手机也一同被掩埋，丢失了，找不到了。

一定是这样。

一个受重伤的女人，没有任何帮手，也没有救援，所以她只能这样孑然一身前来制止崔晓剑的行动。

她很英勇。

但是，她也太不把崔晓剑这帮人放在眼里了，这个女人太放肆，太不把他们当回事了！

崔晓剑决定反击。

崔晓剑身旁五六条壮汉，个个武功高强，智力超群，岂能被一个女人就这样踩在脚下，束手就擒？

而且，崔晓剑和姜宸也都有枪。

　　马上开始行动。

　　崔晓剑看了看身边的这个硕大的照明灯，在身旁地下放着，灯照的方向正对着石门。

　　还有两个强力手电筒，一个开着，一个没开，分别由两个助手拿着，两个手电筒此时都被两个助手高高举在手上。

　　如果把手电筒熄灭，再迅速把地上的照明灯灯照的方向扭转对准通道口，那沈慧一定会被强光笼罩，完全暴露在明处，他们几个则会完全隐蔽在黑暗中。所有的被动，立刻就会变为主动。

　　崔晓剑把这个计划悄悄传达给身旁的几个人：听他的号令，随即行动。

　　随着手电筒的熄灭，所有的人立刻卧倒。然后再按他的指示进行下一步。

　　"不要有侥幸心理，企图逃脱没有任何可能，你们已经被包围了，一个也逃不出去。老老实实投降，我们会从宽处理！"沈慧继续喊道，"举起手，一个一个走过来，你们没有别的出路！"

　　"一，二，三，行动！"崔晓剑一声令下，一个助手的手电筒突然灭了。

　　崔晓剑亲自行动，把那盏照明灯猛地一转对准了通道口。

　　"砰！"一声枪响，刚才那个灭了手电筒的助手应声倒地。

　　崔晓剑已经闻到了浓浓的血腥气，他惊恐地发现这个助手不是卧倒，而是被击毙。

　　这个女人的枪法精准得令人恐怖。

　　"砰"，身旁姜宸的手枪也响了。

　　沈慧好像被击中了，只见她摇晃了一下。

　　"砰"一声，几乎是同时，沈慧的第二枪又响了。

　　姜宸一下子仆倒在地，头耷拉着，手里的枪也被甩出去老远。

　　也就在这时，崔晓剑完全看清楚了，就在二十米开外，一个满身是土、满脸血迹的女人站立在灯光里，紧接着又射出了第三枪。

　　"砰！"

另一个助手再次被射中。这次没有被击毙，而是射中了肩膀。助手立刻撕心裂肺地叫了起来。

"把灯摆正！举起手来！你们的位置都在我枪击的范围内！"

崔晓剑顿时心胆俱裂，吓得缩做一团。

自己的五个助手，一分钟之间就废了三个。

这个女人太可怕了。

"砰！"又一个助手一声呻吟，再次被击中腹部。

"把灯口转过去，崔晓剑，再给你十秒钟！"沈慧再次喊道。

崔晓剑吓得一跳，她居然知道自己的名字！

灯光中，满脸血迹的沈慧犹如一尊女金刚，怒目而视，威震八极。

身旁的一个助手突然抽泣起来："大哥，投降吧，我们斗不过他们。"

崔晓剑一声哀叹，也不禁掉下泪来："好吧，告诉她，我们投降。"

也就在此时，突然间，又听得一声枪响。

"砰！"

灯光中，随着枪声响起，只见沈慧踉踉跄跄地摇晃着，颤动着。

崔晓剑浑身一震，同时又看到了另一个身影。

崔晓剑的父亲崔铭化！

父亲！

崔铭化手里也握着一把手枪。

崔铭化声嘶力竭地喊着："晓剑！你们快走！快！"

崔晓剑一下子清醒了过来，一个机灵爬起来，一边拼命向通道口跑去，一边对身旁两个助手喊了一声："你们两个快跑！"

身旁助手的反应也一样快，还有另一个助手也一并爬了起来，几个人同时向通道口飞快跑去。

"砰"一声，沈慧的枪声再次响起，崔晓剑身旁的一个助手应声倒地。

"砰"一声，还是沈慧的枪声，另一个助手再次应声倒地。

"砰！"崔铭化的枪声也再次响起。

沈慧终于像一尊石佛一样倒了下去。就在倒地的那一刹那，她手中的枪再次发出惊天动地的声响。

"嘭！"

崔铭化猛地一个趔趄，摇摇欲坠。

"儿子快跑……"像是来自地宫深处的回音，崔铭化嗓音沙哑着幽幽地喊了一声。

崔铭化晃了一晃，随即也重重地一头栽倒在地上。

四十二

龙兴市人大主任刘利斌一大早就接到了市纪委书记王盟亦的电话。

寒暄了几句，王盟亦便说到了涉及辛一飞有关问题的核查情况。

"我也正想给你打电话呢，辛一飞到底是啥问题？"刘利斌问。

"那些乱七八糟的告状信，该排除的早都排除了，还有那么几个问题需要核实一下。"

"还没有核实清楚？"刘利斌显得很着急。

"有些确实很难核实，上边也很关注，我们正在努力。"王盟亦如实回答。

"老百姓都上街了，得尽快给干部群众一个交代啊，人大这边大家都很着急，都在关注。"刘利斌实话实说。

"明白，大部分都核查清楚了。"王盟亦轻轻地说道，"截至目前，还有两个问题需要最后核实一下。"

"王书记，这是你们纪委的事情，为什么要给我说，莫非与我有关？"刘利斌有点疑惑地问，"是不是有关于辛一飞副市长落选的事情？"

"与那个没有关系。"王盟亦的语气依旧十分平静。

"让我参与纪委对辛一飞的调查？"刘利斌一下子明白过来，"这合适吗？过去没有过这个先例吧？"

"按照相关条例，纪委可以委托当事人主管部门对有关问题进行核实调查。"

"市委什么意见？"

"这就是田书记和李市长提议的，省纪委也同意。因为要回应群众的要求，你是人大主任，辛一飞是人大代表，你参与辛一飞问题的核查，也具有权威性与合理性。对此，市纪委也是同意的。刚才，省委张舜禹书记已经给田震书记打了电话。这是我们临时做出的决定，请你和纪委一起参与这两个问题的调查核实。"

"舜禹书记给田震书记打电话了？"刘利斌问。

"是。"

"省委什么意见？"

"公开程序，严肃调查。如果有问题，零容忍，不护短；如果没问题，要保护，要支持。尽快给人民群众一个公正的答复。"王盟亦说得十分清楚明白，"田书记要求把省委的指示马上传达给四大班子所有的领导。"

"明白。"刘利斌随即问道，"调查什么时候开始？"

"上午八点。"

刘利斌看看时间，已经七点五分，"都有谁？"

"主任你带队，还有市纪委的一个副书记，市委组织部的一个副部长，还有市检察院、市公安局、市委宣传部的相关负责同志，还有两个专家和部分群众代表，包括新闻单位，一共十五六个人。"

"新闻单位？"刘利斌有些惊讶地问。

"田书记说了，要确保全程公开，让全市人民都能看到。"

"要去哪里核实调查？"

"去辛一飞办公室和家，还有辛一飞的老家。"

"核查什么问题？"刘利斌问。

"一个是辛一飞的个人房产，一个是辛一飞的年龄问题。"

"年龄问题？"刘利斌再次吃了一惊。

"是，档案年龄比实际年龄大三岁。这个我们查过档案了，目前还不能确认真假。现在比较可行的办法，就是到辛一飞老家去一趟。辛一飞的母亲还建在，你们可以直接找他母亲对话，看能不能找到确切的证据。"

"为什么要去这么多人呢？我觉得不需要这样兴师动众。"刘利斌问道。

"刘主任，据刚刚得到的消息，今天估计会有五万以上的群众上街，田书记李市长把这个情况已经给省委汇报了。可以说，不仅省委，还有中央，都对龙兴市的事态高度重视。目前唯一的办法，就是公开，彻底公开，全程公开，就是要让龙兴市所有的老百姓都能看到事实真相。我们只能这样做，也必须这样做。只有这样，才能让老百姓心服口服。"

……

刘利斌赶到吴浙县辛一飞的住宅时，正好上午十点整。

事先不能与任何单位和部门打招呼，包括县委县政府，这是此次调查核实必须严格遵守的纪律和要求。

由于没有人知道刘利斌领队的调查组会到吴浙县，加上是上班时间，还有那些平时在家的退休老人，此时大都去了龙兴市，因此吴浙县辛一飞家的这条街上，静悄悄的，除了偶尔驶过的机动车辆外，几乎空无一人。

辛一飞的住宅不算偏远，也不在商业区。由于辛一飞这些年在房地产方面的努力，刚需、拆迁户和贫困户的住房问题，基本得到了合理解决，吴浙县的房价确实不高，即使是县里的高端新城区，也就是一平方米七八千左右。

辛一飞的住房在旧城区的一个干部住宅小区里。县级领导的住房基本上都搬到新城区了，留在这里的已经没有多少住户。辛一飞的家在一栋副处级住房的平板楼房里，建筑面积七十平方米。

居然是在六楼，顶层。

楼道已经很破旧了，尽管打扫得干干净净，但楼梯和过道墙壁上的裂缝和破损，随处可见。

刘利斌好多年没有爬过这样的楼房了，虽然爬得很慢，等到上了六楼，还是止不住地气喘吁吁，有点透不过气来。

辛一飞的妻子孙欣茹刚从学校赶回来，没想到来了这么多人，本想给大家倒水沏茶，但被刘利斌制止了。"你坐吧，我们还有别的事，就简单问你几个问题。"

"是关于一飞的事吗？"

"对。当然也与你有关。"刘利斌笑笑。

"说吧。"孙欣茹的眼圈突然红了起来，"我也早就想找你们了，今天总算盼来了。"

"你这套房子是你们买下的吗？"刘利斌问。

"不是。"孙欣茹已经平静下来，"这是一飞刚到县政府来的时候，给他分下的房子，已经十三年了。当时他还是正科级，因为是十年以上的正科，所以就把这里排名最靠后的房子分给了他。"

"一直就住在这里？"刘利斌轻轻问道。

"是。"

"来吴淅以前，你们在哪里居住。"

"在老家，阳郴县城建局职工宿舍。"孙欣茹的回答简洁明了。

"那里还有房产吗？"

"没有。"

"你们那些年住哪里？"

"我说过了，住职工宿舍。"

"当了六年城建局长，为什么没有自己的住房？"

"这也是我一直问他的话。"孙欣茹的眼圈又红了起来，"他妈来的时候，还有我妈来的时候，还有我生孩子的时候，都住在那里，没有别的地方可住。"

"除了这里的住房，还有别的房产吗？"

"我真希望还有。儿子马上就二十八岁了，今年博士毕业，如果有房子，他就可以结婚了。"

"那就是说，你认为除了这套房子，你们再没有其他任何房产？"

"不是认为，是一直在怀疑，一直在恨他！"孙欣茹突然抽泣起来，一边哭一边说，"他做了这么多年有职有权的领导，为什么就这一套房子。他的儿子也根本不相信，本来可以出国留学，他给儿子说他真的没那么多钱。儿子问的话比我更直接，更难听：那么多与你一样的干部，比你职务还低的干部，比你更没有权力的干部，都有车有房，有的房子好多套，人民币美元欧元几百几千万，为什么你没有？你的钱都到哪里去了？你不是我的亲爹吗？我不是你亲生的吗？你是不是在外面还有一个家？还有老婆，还有一个儿子？他听到孩子这么骂他，一个巴掌把儿子打跑，快三年了，都没有回来见他。今天我见到你们就只想问一句，一样是当领导干部，为什么他那么穷，那么忙，那么累，那么苦，还让那么多人骂他恨他，他都穷成这个样子了，为什么还有那么多人告发他检举他，说他是腐败分子？这些年，所有的朋友都跟他翻了脸，说他不办事，不为人，六亲不认，铁石心肠。逢年过节，他连老家也不敢回去，外甥侄子连压岁钱也不舍得给。今天他的这个家你们也看到了，这个房子住了快二十年了，连个地下室也没有。你们不信就在这个房子里好好翻翻，如果能翻出什么值钱的东西来，就把我也一起抓走！如果他在外面还有房子，还有存款，那你们一定告诉我们，我和儿子这辈子都绝不认他，他到死都别想再回到这个家里来！昨天听说纪委把他抓走了，我长长地出了一口气，终于有人可以查查他了。我一个人在家里哭了一整天，哭得一口饭也咽不下去。我给儿子打电话，儿子在电话里和我一起哭，这么多年了，我还没有这么哭过，儿子这么大了，也没听他这么哭过。如果他真的是一个腐败分子，就让他接受惩罚吧，他真是个坏人，我和我儿子也就死心了，明白是怎么回事了，请党和政府一定严肃处理他，决不要轻饶他！如果他是冤枉的，清白的，我和儿子就一起给他道歉，我让儿子马上回来，一定让儿子跪在他跟前，让他的爸爸原谅他这不孝顺的儿子……"

刘利斌老泪纵横，居然一句话也没再说出来。

……

吴浙县与阳郴县相邻。

吴浙县城距离辛一飞阳郴县老家大约三十公里。

刘利斌赶到阳郴县刘家村的时候，已经上午十一点了。

村子不大不小，百十户人家。

辛一飞的母亲居然不在家。

一个土改时分下的四合院由三户人家住着。

辛一飞的母亲住在西厢房。房子不大，但看上去是翻修过的，青砖灰瓦，白墙板檐，一溜三间，清新洁净，一看就是一个勤快干净的人家。

问了一下隔壁的人，一个邻居有些茫然地问："你们是干吗的？"

"没什么事，就来看看辛一飞他妈。"刘利斌竭力温和地问道，"老人家去哪里了？"

"哦，找一飞他妈啊？"

"对。不在吗？"

"在，她还能去了哪里。"

"串门去了？"

"这时候，谁串门啊？"

"那去哪里了？"

"去地里了啊，这会儿还能去哪里？"邻居十分不解地看着这一院子的不速之客。

"远吗？"

"不远，我去给你们把她叫回来？"邻居看看太阳，"等等也行，估摸着个把时辰也就回来了。"

刘利斌看看时间，问："你能带我们去一趟吗？我们有车，到了地里马上就再把你送回来。"

邻居疑惑地看了刘利斌半天，良久，才说了一句：

"好吧。"

刘利斌到了地里，一直快到了老人身旁时，辛一飞的母亲才发现来了这么多人。

老人的耳朵有点背，眼神似乎也不太好，几乎坐在地上，有些吃惊地看着正在走向身旁的刘利斌。

"干吗的哟？这么多人啊，别踩了我的地。"老人的嗓门洪亮有力，完全不像是个八十岁的老人。

"好的，大家注意了，别把脚底下的庄稼苗踩了！"刘利斌赶忙对跟上来的十几个人说道。

这时候刘利斌才发现，老人正在栽红薯苗。

与老人一起干活的还有辛一飞的姐姐和一个外甥。

外甥在挑水，姐姐在刨坑，母亲在种苗浇水填土。

刘利斌种过红薯苗，知道这是个又脏又累的辛苦活。刨坑、施肥、栽苗、浇水、填土，再把土地整平。

三个人都确实满头汗水，一身泥土。

一上午的时间，足有三分地的面积，已经栽满了绿莹莹的红薯苗。

尤其是辛一飞的母亲，干脆就坐在地上，几乎半个身子都让泥巴糊了。

一种说不出的滋味，突然让刘利斌满脸羞愧，两眼发湿。

自己的母亲也八十了，早已从村里搬进城里，已经二十多年没有下过地了。

"大娘您好！我们是市里的，来看看您。"刘利斌也蹲了下来，大声给老人家打了个招呼。

"噢，市里的啊？是一飞让你们来的吗？你看你看，他也没告诉我呀？"

"老人家这么大年纪了，还在地里干活啊？"

"嗨，我今年八十一，还小哪。"老太太很认真地说着，"这些活儿，他们年轻人干不了，让他们干也不放心。"

"怎么种这么多红薯啊，一家人都吃不了。"刘利斌没话找话地问道。

"那是，我能吃了几个呀。都是给一飞种的，他牙不好，就喜欢吃个红薯。我每年都托人给他送几麻袋，都让他一个人吃了。"老人家乐呵呵地说道，"你们到底有啥事呀？"

"没啥事。"刘利斌一时竟不知如何开口，看来她对辛一飞的事情毫不知情。老人面色黢黑，坦然又毫无忧戚之态，让刘利斌顿时感慨万端。跟他一起来的十几个人，也都对眼前的情景十分感动，好像又无法相信。电视台和报社的几个记者，正在忙碌地录像拍照，围着老人四周转来转去。

看着这个情景，老人愈加疑惑起来："这大老远的，还能没事呀。你们要是饿了，我就回去给你们做饭。"

"不用，不用，老人家，就问你点简单的事。"

"那就问吧，别耽搁你们的时间。"

"大娘你今年八十一了，生一飞的时候多大了啊？"

"二十八岁，七月初六。"老人家脱口而出，几乎不假思索。

"一飞属什么啊？"

"属牛。"

"是在医院生的，还是在家里生的啊？"

"你要是问这话啊，我还真得给你们好好说说。"老人家这时突然收敛起笑容，一边回忆，一边说了起来，"一飞这孩子命苦啊，还没生下来，就多灾多难哪。村里人生孩子，那会儿都是在家里接生，哪像现在都去医院生孩子的呀。生一飞的时候，没想到是个难产，孩子生了一天一夜也没有生下来。后来啊，就大出血了呀，大夫说那叫血崩。眼看着整个被子褥子都让血洇透了，把孩子他爸吓得都不是人样了，公公婆婆一家人也都哭得稀里哗啦。深更半夜的，把满村的人都哭醒了。

"唉，也算孩子命大，那时候正好村里住着工作队，那个工作队长，后来才知道他就在县卫生局工作。他听到消息来了一看，二话不说，马上就让人把我往县医院抬。听他们说啊，那会儿连医院的人说我也救不活了，那血流了一路，好怕人哪，一路上就没断过。正是'三年自然灾害'的时候啊，营养也不好，哪架得住身上的血这样流呀。那会儿，还不像现在这样入院先得交钱。要是像现在这样，我们母子俩哪还有今天？好在我们村离县医院不算远，到了医院，一检查，又说我的血型是什么稀有血型，一百个人里面只有两三个是我这样的血。我那孩子爸，我的亲戚朋友，都不能给我输血。县医院存下的血，根本不够。当时的医院领导知道了，就连夜给附近几个县医院打电话，看能不能找到这样的血。因为担心其他县医院的血也不够用，医院的领导连夜又给县委书记打了电话。那会儿的县委书记也不像现在的书记架子那么大，不好联系。那个县委书记一接到电话，马上就给广播局发指示，要全县的广播连夜播放我难产的事，让全县和我一样血型的人来医院输血。后来他们告诉我，因为大家都不知道自己是啥血型，全县和整个县城跑来验血的人有好几千，县医院的门口排队排了有几里长。

"把我母子俩救活了的事，整个县里都炒翻了天。县里的、地区的，还有省里的报纸都登过，好多记者都来找我，采访我。我当时也不知道该咋说，翻来覆去就那么几句话：感谢毛主席，感谢共产党，感谢国家，感谢老百姓，感谢医生和大夫。他们的恩情，几辈子也报答不完啊。

"其实当时我醒过来的时候，已经是两天以后了。那会儿啊，我以为我那孩子肯定已经死了。没想到他还活着，一看到他，一家人就哭了个昏天黑地。我说你活着就对了，你要是死了，让我怎么报答那些给咱输血，把咱俩救活的好人哪，将来妈就指望着你啦，长大了好好报答他们吧。我当时对他爸说，这孩子以后就叫百姓娃吧，他这命是老百姓给的啊。百姓娃，百姓娃，一直叫到他上了学，老师才给他改了名字叫辛一飞。为啥叫一飞啊，老师就是按我和家里的意思，盼着他一飞冲天，长大后能做大事，报答天下的百姓给了他这条命。

"这些年，一飞算是有了些出息。这两年啊，回来得越来越少了，见面少了，但话没少说啊，每次他给我打电话，我就唠唠叨叨地一个劲对他说，不过翻来覆去也就是那么两句话。我说孩子啊，一定别忘了你和妈的命都是国家给的，都是老百姓给的。咱就是再苦再累，也不能做那些对不起国家和老百姓的事。你爸临死的时候，也给我说过，哪一天你要是做了什么对不起老百姓的亏心事，就是到了阴曹地府他也饶不了你……"

后　续

当天，刘利斌回来后，关于辛一飞有关问题的调查核实情况，立刻给市委市纪委做了详细汇报。

一天后，辛一飞重返工作岗位，纪检书记王盟亦对辛一飞说："这么多年来，很少有像你一样经得起如此严峻考验的领导干部。"

当天晚上，龙兴市电视台推出了有关辛一飞调查核实的专题报告。龙兴市电视台创造了前所未有的收视率，龙兴市街头行人驻足，餐厅屏声，汽车骤停，万人空巷。

三天后，龙兴市委常委会通过龙飞大道工程实施方案，并正式通告龙兴市全体人民。

一个星期后，省委书记张舜禹在龙兴市四大班子座谈会上，十分严肃地指出："党纪国法，既是对干部的监督，也同样是对干部的保护。有人屈从于利益交换，利用党纪国法，打击我们的优秀干部，这绝不允许，也绝对不能容忍。作为领导干部，敢于任用优秀干部，是一种责任；敢于保护优秀干部，更是一种担当。对我们干部队伍伤害最大的是麻木不仁的官僚主义，是无处不在的形式主义，是肆无忌惮、是非颠倒的权钱交易，是假善真恶、指鹿为马的恶性腐败。一个健康的、良性的干部队伍环境的建设，是我们党的一项长期的重大任务。"张舜禹同时进一步指出："一个地方领导干部的腐败，必然要以全体人民的血汗付出为代价，也必然会让我们更多的优秀干部和英雄人物流血牺牲。"

两个月后，靳如海因重大行贿嫌疑被正式立案，随即拉开了龙兴市塌方式腐败调查的序幕。

三个月后，市委书记田震被调离龙兴市。市委工作，由李任华代理。

半年后，辛一飞被龙兴市人民代表大会正式选举为龙兴市副市长，紧接着被市委市政府任命为常务副市长。

一年后，李任华被任命为龙兴市委书记。

一年半后，龙飞大道全线贯通，省长刘斌、国家文物局局长亲临现场，为龙飞大道竣工剪彩。

两年后，龙兴市重大地下文物挖掘工程阶段性结束，展出的文物珍品轰动国内外。

两年半后，辛一飞在龙兴市人大换届中被选举为龙兴市人民政府市长。

刘小江不久后被推选为龙兴市作协主席、市文联副主席，被正式调至市文联驻会主持日常工作。

吴莹莹被解救后，被安排到龙兴市艺术学校表演专业学习。

惠源公司董事长赵祯熙自杀身亡，享年四十三岁。惠源公司由他的妻子继承，目前业务开展正常。

云翔大酒店总经理霍怡帆，自杀未遂，由于颈椎骨折，一直处于植物人状态。

两年后，云翔集团公司董事长靳如海被判刑十二年。入狱前靳如海对代理他的副手说，不管花多少钱，一定要让霍怡帆活着。一定要等他出来，这辈子要与她终身厮守。

古绛文物经理崔铭化、崔氏武馆姜宸被当场击毙，武馆另外四名随从均被击中受伤。

崔氏武馆董事长崔晓剑一人在逃，目前仍在公安部 A 级公开通缉之中。

史文祥身受重伤，目前已脱离危险，正在逐步恢复中。

市公安局副局长沈慧壮烈牺牲。她奋勇抗击文物盗掘团伙的英雄事迹，被公安部授予最高嘉奖，并荣立一等功。

同时牺牲的还有另外两名公安人员。

是日，龙兴市公安局为沈慧和另外两位烈士举行了隆重的追悼仪式。

龙兴市三十万群众上街泪洒龙飞大道。

……

2014 年 3 月第一稿

2015 年 6 月第二稿

2017 年 2 月第三稿

2019 年 12 月第四稿

2020 年 5 月第五稿

——完——

图书在版编目（CIP）数据

生死守护 / 张平著. -- 北京：作家出版社，2020.7
ISBN 978-7-5212-1030-9

Ⅰ. ①生… Ⅱ. ①张… Ⅲ. ①长篇小说 – 中国 – 当代
Ⅳ. ①I247.5

中国版本图书馆CIP数据核字（2020）第111672号

生死守护

作　　者：张　平
责任编辑：宋辰辰
装帧设计：意匠文化·丁奔亮
出版发行：作家出版社有限公司
社　　址：北京农展馆南里10号　　邮　　编：100125
电话传真：86-10-65067186（发行中心及邮购部）
　　　　　86-10-65004079（总编室）
E-mail:zuojia@zuojia.net.cn
http://www.zuojiachubanshe.com
印　　刷：北京盛通印刷股份有限公司
成品尺寸：152×230
字　　数：439千
印　　张：30.5
版　　次：2020年7月第1版
印　　次：2020年7月第1次印刷
ISBN　978-7-5212-1030-9
定　　价：68.00元